Zu diesem Buch

Die hier mit den Originalillustrationen Josef Ladas vorliegende zweibändige Ausgabe (Bd. 1: rororo Nr. 409) enthält ungekürzt das gesamte von Hăsek hinterlassene Werk. Schwejk führt hier als Sancho Pansa des Ersten Weltkriegs mit pfiffiger Hilflosigkeit, schlauer Dümmlichkeit seinen Privatkrieg gegen die Militärmaschinerie und wird mit der Anwendung von Idiotie als Raffinesse zum entwaffnenden Strategen. In einer bunten Folge zwerchfellerschütternder Begebnisse erfüllt Schwejk im Umgang mit seinen wechselnden, aber immer gleich beschränkten Vorgesetzten sein Gehorsams-Soll in einem Ausmaß, das jeden Befehl ad absurdum führt und die total anerkannte Autorität in ihrer Lächerlichkeit enthüllt. So wurde der Schwejk schließlich zum übernationalen Schutzheiligen eines entschiedenen Pazifismus und Antimilitarismus und zum großen Lehrmeister im Kampf des verwalteten und vergewaltigten Individuums gegen jede diktatorische Bevormundung.

Der Schöpfer dieses verschmitzten Widerstandsbuches gegen jede kriegslüsterne Obrigkeit, das zu den großen Werken der Weltliteratur vom Range der «Don Quijote» und «Ulenspiegel» gerechnet werden muß, hat selbst als Offiziersbursche der k. u. k. Armee die «Freuden des Soldatenlebens» kennengelernt. Jaroslav Hašek, als Sohn eines Mathematiklehrers am 24. April 1883 in Prag geboren, starb vierzigjährig am 3. Januar 1923 in Lipnice/Tschechoslowakei. Er debütierte 1903 mit einem Gedichtband, mußte aber seinen Lebensunterhalt als Bankangestellter verdienen, ehe er als Verfasser zahlreicher, schließlich in 16 Bänden gesammelter, derb-heiterer Erzählungen bekannt wurde. In diesen satirischen Schwänken läßt er bereits häufig seinen späteren Titelhelden, den braven Schwejk, einen burlesk-komischen Hundehändler, Vertreter der niedersten Prager Volksschichten, auftreten, um ihn endlich zur zentralen Figur einer in den Jahren 1920 bis 1923 erscheinenden, überaus populären Geschichtenfolge zu machen, die mit seinem Tode abbrach. Sie fand so begeisterte Leser, daß der tschechische Schriftsteller und Journalist Karel Vaněk ihrem Drängen nachgebend die Fortsetzungsfolge weiterführte, indem er die Abenteuer Schwejks in russischer Gefangenschaft schilderte. Er erreichte jedoch nicht die Ursprünglichkeit und den Rang des Originalwerks, das von der offiziellen tschechischen Literaturkritik lange verkannt, unterdrückt oder gar gebrandmarkt wurde. Erst der überwältigende Erfolg der 1926 erscheinenden Buchausgabe, die sogleich in 18 Sprachen übersetzt, mehrmals dramatisiert und verfilmt wurde, errang dem Schwejk schließlich auch in seiner Heimat Anerkennung als Meisterwerk volkssprachlicher Erzählkunst. In Deutschland wurde der dramatisierte Schwejk unter Piscators Regie mit dem unvergeßlichen Max Pallenberg zu einem der größten Bühnenerfolge der Vor-Hitler-Zeit; hieran anknüpfend übernahm Bertolt Brecht die Gestalt des Schwejk und ließ ihn als Anti-Hitler-Helden im Zweiten Weltkrieg auftreten. Axel von Ambesser drehte um den Schwejk mit Heinz Rühmann in der Hauptrolle eine großartige Filmkomödie.

JAROSLAV HAŠEK

DIE ABENTEUER DES BRAVEN SOLDATEN SCHWEJK

ILLUSTRIERT VON

JOSEF LADA

BAND 2

rororo

ROWOHLT

Titel der Originalausgabe «Osudy dobrého Vojáka Švejka»
Erschienen bei Státní Nakladeteství Krásné Literatury,
Hudby a Umění, Prag
Aus dem Tschechischen übertragen von Grete Reiner
Umschlagentwurf Werner Rebhuhn
unter Verwendung zweier Zeichnungen von Josef Lada

225.–229. Tausend Dezember 1988

Veröffentlicht im Rowohlt Taschenbuch Verlag GmbH,
Reinbek bei Hamburg, Dezember 1960,
mit freundlicher Genehmigung
der Agentur Dilia, Prag
Gesamtherstellung Clausen & Bosse, Leck
Printed in Germany
980-ISBN 3 499 10411 3

DRITTER TEIL

Der glorreiche Zusammenbruch

1

Aus Bruck an der Leitha nach Sokal

Oberleutnant Lukasch ging aufgeregt in der Kanzlei der 11. Marschkompanie auf und ab. Es war ein dunkles Loch in der Kompaniebaracke, vom Gang durch einen Bretterverschlag getrennt. Ein Tisch, zwei Stühle, eine Kanne mit Petroleum und eine Pritsche.
Vor ihm stand Rechnungsfeldwebel Waněk, der die Listen zur Löhnungsauszahlung zusammenstellte, die Rechnungen der Mannschaftsküche führte, kurz, der Finanzminister der ganzen Kompanie war. Er verbrachte den ganzen Tag in der Kanzlei und schlief auch in ihr.
Bei der Tür stand ein dicker Infanterist mit einem Bart wie Rübezahl. Es war Baloun, der neue Diener des Oberleutnants, in Zivil Müller irgendwo in der Nähe von Krummau.
»Sie haben mir wirklich einen ausgezeichneten Putzfleck ausgesucht«, sagte Oberleutnant Lukasch zum Rechnungsfeldwebel, »ich danke Ihnen herzlich für die angenehme Überraschung. Den ersten Tag

schick ich ihn ums Mittagmahl in die Offiziersmenage, und er frißt mir die Hälfte auf.«

»Ich habs ausgegossen, bitte«, sagte der dicke Riese.

»Gut, du hasts ausgegossen. Du hast aber nur Suppe oder Soße ausgießen können und nicht Frankfurter Braten. Du hast mir doch nur so ein Stückchen gebracht, was hintern Nagel geht. Und wohin hast du den Strudl gegeben?«

»Ich hab . . .«

»Aber leugne nicht, du hast ihn aufgefressen.«

Oberleutnant Lukasch brachte die letzten Worte mit einem solchen Ernst und so strenger Stimme vor, daß Baloun unwillkürlich um zwei Schritte zurückwich.

»Ich hab mich in der Küche informiert, was wir heute gehabt haben. Es gab Suppe mit Leberknöderln. Wohin hast du die Knöderln gegeben? Du hast sie am Weg herausgefischt, das ist die pure Wahrheit. Dann gabs Rindfleisch mit Gurken. Was hast du damit gemacht? Auch aufgefressen. Zwei Scheiben Frankfurter Braten. Und du hast nur eine halbe Scheibe gebracht, he? Zwei Stück Strudl! Wohin hast du ihn gegeben? Du hast dich damit angestopft, Schwein, elendes, abscheuliches. Sprich, wohin hast du den Strudl gegeben? Daß er dir in den Kot gefallen ist? Daß gleich ein Hund gelaufen gekommen ist wie gerufen, ihn gepackt und weggetragen hat? Jesusmaria, ich werde dir paar solche ums Maul schmieren, daß du einen Kopf haben wirst wie ein Eimer! Er leugnet noch, das Schwein. Weißt du, wer es gesehn hat? Hier, der Rechnungsfeldwebel Waněk. Der ist zu mir gekommen und sagt: ›Melde gehorsamst, Herr Oberleutnant, daß dieses Schwein, Ihr Baloun, Ihr Mittagmahl frißt. Ich schau aus dem Fenster, und er stopft sich, wie wenn er die ganze Woche nicht gegessen hätt.‹ Hören Sie, Rechnungsfeldwebel, haben Sie wirklich kein anderes Rindvieh für mich aussuchen können als diesen Kerl?«

»Melde gehorsamst, Herr Oberlajtnant, daß Baloun von unserer ganzen Marschkompanie der anständigste Mann zu sein schien. Er ist so ein Tölpel, daß er sich nicht einen Gewehrgriff merkt, und wenn man ihm eine Flinte in die Hand geben tät, möcht er noch ein Unglück anstelln. Bei der letzten Übung mit blinden Patronen hätt er fast seinem Nachbar ein Aug herausgeschossen. Ich hab gedacht, daß er wenigstens so einen Dienst versehen kann.«

»Und seinem Herrn immer das ganze Mittagmahl auffressen wird«, sagte Lukasch, »als ob ihm nicht eine Portion genügen würde. Hast du vielleicht Hunger?«

»Melde gehorsamst, Herr Oberlajtnant, ich hab fort Hunger. Wenn jemandem Brot übrigbleibt, so kauf ichs ihm für Zigaretten ab, und das is alles noch zu wenig. Ich bin schon so von Natur aus.

Immer denk ich, daß ich schon satt bin, aber keine Spur. In einer Weile fängts mir wieder wie vorm Essen im Magen zu knurren an, und richtig, das Luder meldet sich schon wieder. Manchmal denk ich, daß ich wirklich schon genug hab, daß nichts mehr in mich hineingehn kann, aber woher. Ich seh jemanden, daß er ißt, oder spür nur den Geruch, und gleich is mir im Magen wie nachn Auskehren. Gleich fängt der Magen an, sich wieder um sein Recht zu melden, und ich möcht am liebsten Nägel schlucken. Melde gehorsamst, Herr Oberlajtnant, daß ich schon gebeten hab, daß ich eine doppelte Portion kriegen soll; ich war deshalb in Budweis beim Regimentsarzt, und der hat mich derweil auf drei Tage ins Marodenzimmer gegeben und hat mir täglich nur ein Tipferl lautere Suppe verschrieben. Ich wer dich, sagt er, du Kanaille, lernen, Hunger haben. Komm noch einmal her, so wirst du sehn, daß du von hier weggehn wirst wie eine Hopfenstange! Ich brauch nicht erst gute Sachen zu sehen, Herr Oberlajtnant, auch gewöhnliche fangen an, mich zu reizen, und gleich läuft mir Speichel zusammen. Melde gehorsamst, Herr Oberlajtnant, daß ich untertänigst bitte, daß mir eine doppelte Portion bewilligt wird. Wenn schon kein Fleisch sein wird, so wenigstens die Zuspeis, Erdäpfel, Knödl, bißl Soße, das bleibt immer . . .«
»Gut, ich hab deine Frechheiten angehört, Baloun«, antwortete Oberleutnant Lukasch. »Sie, Rechnungsfeldwebel, haben Sie jemals gehört, daß ein Soldat früher noch zu allem so frech gewesen wäre wie dieser Kerl? Frißt mir das Mittagmahl auf und will noch, daß man ihm eine doppelte Portion bewilligt: Aber ich werde dir zeigen, Baloun, daß du verdaun wirst.
Sie, Rechnungsfeldwebel«, wandte er sich an Waněk, »führen Sie ihn zu Korporal Wiederhofer, er soll ihn hübsch auf dem Hof bei der Küche auf zwei Stunden anbinden, bis man heute abend Gulasch verteilen wird. Er soll ihn hübsch hoch anbinden, damit er nur soso auf den Spitzen steht und sieht, wie im Kessel das Gulasch kocht. Und richten Sie es so ein, daß das Luder noch angebunden ist, bis man in der Küche das Gulasch verteilen wird, damit ihm der Speichel aus dem Maul fließt wie einer hungrigen Hündin, wenn sie vor einem Selcherladen schnuppert. Sagen Sie dem Koch, er soll seine Portion verteilen!«
»Zu Befehl, Herr Oberlajtnant. Kommen Sie, Baloun.«
Als sie sich anschickten zu gehen, hielt sie der Oberleutnant in der Tür an, und während er in das entsetzte Gesicht Balouns blickte, rief er siegesbewußt: »Da hast du dir geholfen, Baloun. Guten Appetit wünsch ich! Und wenn du mir das noch einmal anstellst, schick ich dich ohne Erbarmen vors Feldgericht!«
Als Waněk zurückkehrte und meldete, daß Baloun schon angebun-

den sei, sagte Oberleutnant Lukasch: »Sie kennen mich, Waněk, daß ich solche Sachen nicht gern mache, aber ich kann mir nicht helfen. Erstens werden Sie einsehn, daß der Hund knurrt, wenn man ihm den Knochen wegnimmt. Ich will keinen niederträchtigen Kerl um mich haben, und zweitens hat schon der Umstand, daß Baloun angebunden wird, eine große moralische und psychologische Bedeutung für die ganze Mannschaft. Die Kerle machen in der letzten Zeit, seit sie bei der Marschkompanie sind und wissen, daß sie morgen oder übermorgen ins Feld gehen, was sie wollen.«
Oberleutnant Lukasch sah recht abgehärmt aus und fuhr mit leiser Stimme fort: »Vorgestern bei der Nachtübung haben wir, wie Sie wissen, gegen die Einjährigfreiwilligenschule hinter der Zuckerfabrik manövrieren sollen. Der erste Schwarm, die Vorhut, der ist noch ruhig über die Straße gegangen, weil ich ihn selbst geführt hab, aber der zweite, der nach links gehen und Vorpatrouillen zu der Zuckerfabrik vorschicken sollte, der hat sich betragen, wie wenn er von einem Ausflug heimkehren würde. Sie haben gesungen und gestampft, daß mans bis im Lager hören mußte. Dann ist am rechten Flügel der dritte Schwarm das Terrain unterhalb des Waldes rekognoszieren gegangen, gute zehn Minuten von uns entfernt, und noch auf diese Entfernung war zu sehn, wie die Kerle rauchten, lauter feurige Punkte in der Finsternis. Und der vierte Schwarm, der die Nachhut bilden sollte, der Teufel weiß, wie es geschehen ist, ist plötzlich vor unserer Vorhut aufgetaucht, so daß er für den Feind gehalten wurde und ich vor der eigenen Nachhut zurückweichen mußte, die gegen mich vorrückte. Das ist die 11. Marschkompanie, die ich übernommen habe. Was kann ich aus ihnen machen? Wie werden sie sich im wirklichen Gefecht benehmen?«
Oberleutnant Lukasch hatte dabei die Hände gefaltet, sah aus wie ein Märtyrer, und seine Nasenspitze wurde immer länger.
»Daraus machen Sie sich nichts, Herr Oberlajtnant«, bemühte sich Rechnungsfeldwebel Waněk ihn zu beruhigen, »zerbrechen Sie sich nicht damit den Kopf. Ich war schon bei drei Marschkompanien, jede ham sie uns samtn ganzen Bataillon zerdroschen, und wir sind uns neu formieren gegangen. Und alle Marschkompanien waren eine wie die andere, keine war um ein Haar besser als die Ihre, Herr Oberlajtnant. Am ärgsten war die neunte. Die hat alle Chargen samt dem Kompaniekommandanten in die Gefangenschaft geschleppt. Mich hat nur das gerettet, daß ich zum Regimentstrain für die Kompanie Rum und Wein fassen gegangen bin, und sie es ohne mich abgemacht ham.
Und das wissen Sie nicht, Herr Oberlajtnant, daß bei der letzten Nachtübung, von der Sie erzählt ham, die Einjährigfreiwilligenschule,

die unsere Kompanie einkreisen sollte, bis zum Neusiedler See gekommen is? Sie is fortweg marschiert, bis früh, und die Vorposten sind bis in den Sumpf geraten. Und Hauptmann Sagner hat sie selbst geführt. Sie wären vielleicht bis nach Sopron gekommen, wenns nicht getagt hätt«, fuhr der Rechnungsfeldwebel, dem solche Vorkommnisse viel Vergnügen bereiteten und der alle ähnlichen Begebenheiten in Evidenz hielt, mit geheimnisvoller Stimme fort.
»Und wissen Sie, Herr Oberlajtnant«, sagte er, vertraulich blinzelnd, »daß der Hauptmann Sagner Bataillonskommandant unseres Marschbataillons werden soll? Zuerst hat man, wie der Stabsfeldwebel Hegner gesagt hat, gedacht, daß Sie, weil Sie der älteste Offizier bei uns sind, Bataillonskommandant sein wern, und dann is es herich von der Division zur Brigade gekommen, daß Herr Hauptmann Sagner ernannt ist.«
Oberleutnant Lukasch bohrte die Augen in den Sand und zündete sich eine Zigarette an. Er wußte davon und war überzeugt, daß ihm ein Unrecht geschah. Hauptmann Sagner hatte ihn bereits zweimal im Avancement übersprungen; aber er sagte nichts anderes als: »Was den Hauptmann Sagner . . .«
»Ich hab davon keine große Freude«, meinte der Rechnungsfeldwebel vertraulich. »Stabsfeldwebel Hegner hat erzählt, daß sich Herr Hauptmann Sagner in Serbien bei Kriegsbeginn irgendwo bei Montenegro in den Bergen auszeichnen wollt und eine Kompanie seines Bataillons nach der andern in die Maschinengewehre der serbischen Stellungen gejagt hat, obzwar das eine ganz unnütze Sache war und die Infanterie dort einen alten Dreck wert war, nur die Artillerie hätt die Serben von dort aus diesen Felsen wegbekommen können. Vom ganzen Regiment sind nur achtzig Mann übriggeblieben, Herr Hauptmann Sagner selbst hat einen Handschuß bekommen und dann im Spital noch Ruhr und is wieder in Budweis beim Regiment aufgetaucht, und gestern abend hat er herich im Kasino erzählt, wie er sich auf die Front freut, daß er das ganze Marschbataillon dort lassen, aber etwas leisten wird und das Signum laudis kriegen wird, daß er für Serbien eine Nase bekommen hat, aber jetzt, daß er herich entweder mit dem ganzen Bataillon fallen oder zum Oberstleutnant befördert werden wird und daß das Marschbataillon dran glauben muß. Ich denk, Herr Oberlajtnant, daß dieses Risiko auch uns angeht. Stabsfeldwebel Hegner hat neulich erzählt, daß Sie mit Herrn Hauptmann Sagner nicht sehr gut stehn und daß er grad unsre 11. Kompanie zuerst an den ärgsten Stellen ins Gefecht schicken wird.«
Der Rechnungsfeldwebel seufzte: »Ich wär der Ansicht, daß man in so einem Krieg, wie dieser is, wos so viel Militär gibt und so eine lange Front, eher was mit ordentlichem Manövrieren erreichen möcht

wie mit irgendwelchen verzweifelten Attacken. Ich habs unterm Duklapaß bei der 10. Marschkompanie gesehn. Damals is das alles ganz glatt abgelaufen, ein Befehl is gekommen, ›nicht schießen‹, und so hat man nicht geschossen und gewartet, bis die Russen bis zu uns gekommen sind. Wir hätten sie ohne Schuß gefangengenommen, nur daß wir damals neben uns am linken Flügel die ›eisernen Fliegen‹ gehabt ham, und die idiotische Landwehr is so erschrocken, daß die Russen heranrücken, daß sie angefangen ham, sich am Schnee den Hang herunterzulassen wie auf einer Rutschbahn, und wir ham den Befehl gekriegt, daß die Russen den linken Flügel durchbrochen ham, wir solln trachten, zur Brigade zu kommen. Ich war damals grad bei der Brigade, damit ich mir das Kompanieverpflegungsbuch bestätigen laß, weil ich unsern Regimentstrain nicht finden konnt, und in dem Moment fangen die ersten aus der 10. Marschkompanie an, zur Brigade zu kommen. Bis zum Abend sind 120 gekommen, die andern sind herich übern Schnee, wie sie sich beim Rückzug verirrt ham, irgendwo in die russischen Stellungen heruntergerutscht, wie wenns ein Toboggan[1] wär. Dort wars fürchterlich, Herr Oberlajtnant, die Russen ham in den Karpaten oben und unten Stellungen gehabt. Und dann, Herr Oberlajtnant, Herr Hauptmann Sagner . . .«

»Geben Sie mir schon Ruh mit Herrn Hauptmann Sagner«, sagte Oberleutnant Lukasch, »ich kenn das alles, und glauben Sie nicht, daß Sie, wenn irgendein Sturm oder Gefecht sein wird, wieder zufällig irgendwo beim Regimentstrain Rum oder Wein fassen werden. Man hat mich darauf aufmerksam gemacht, daß Sie schrecklich saufen, und wer sich Ihre rote Nase anschaut, der sieht gleich, wen er vor sich hat.«

»Das is von den Karpaten, Herr Oberlajtnant, dort hamr das machen müssen, die Menage is kalt zu uns hinaufgekommen, die Schützengräben hamr im Schnee gehabt, Feuer hat man keins machen dürfen, so hat uns nur der Rum gehalten. Und wenn ich nicht gewesen wär, wärs so ausgefalln wie bei den andern Kompanien, daß es nicht mal Rum gegeben hat und die Leute gefroren ham. Dafür hamr bei uns alle rote Nasen vom Rum gehabt, aber das hat wieder den Nachteil gehabt, daß vom Bataillon der Befehl gekommen is, daß nur die Mannschaft auf Patrouille gehn soll, was eine rote Nase hat.«

»Jetzt haben wir den Winter schon hinter uns«, warf der Oberleutnant bedeutungsvoll dazwischen.

»Rum is, Herr Oberlajtnant, im Feld in jeder Jahreszeit immer eine unvermeidliche Sache genauso wie Wein. Er bewirkt, damit ichs so sag, eine gute Laune. Für eine halbe Eßschale Wein und einen Viertelliter Rum wern sich Ihnen die Leute mit jedem raufen. — Wel-

1 Kufenloser, auf der ganzen Unterfläche gleitender Rodelschlitten.

ches Rindvieh klopft da schon wieder an die Tür, kann es denn nicht an der Tür lesen: ›Nicht klopfen‹?! Herein!«
Oberleutnant Lukasch drehte sich auf dem Stuhl zur Tür und sah, wie sich die Tür langsam und leise öffnete; und ebenso leise trat in die Kanzlei der 11. Marschkompanie der brave Soldat Schwejk, der bereits zwischen der Tür salutierte, was er augenscheinlich schon getan hatte, als er geklopft und die Aufschrift »Nicht klopfen« betrachtet hatte.
Dieses Salutieren war die vollklingende Begleitung zu seinem unendlich zufriedenen, sorglosen Gesicht. Er sah aus wie der griechische Gott des Diebstahls in der nüchternen Uniform eines österreichischen Infanteristen.
Oberleutnant Lukasch schloß für einen Augenblick die Augen vor dem Anblick des braven Soldaten Schwejk, der ihn mit seinem Blick umarmte und küßte.
Ungefähr mit demselben Wohlgefallen hatte der verschwenderische verlorene und wiedergefundene Sohn seinen Vater betrachtet, als dieser ihm zu Ehren ein Lamm am Spieße drehte.
»Melde gehorsamst, Herr Oberlajtnant, daß ich wieder hier bin«, meldete sich Schwejk von der Tür her mit einer so aufrichtigen Ungezwungenheit, daß der Oberleutnant mit einem Schlag zu sich kam. Seit dem Augenblick, da Oberst Schröder ihm mitgeteilt hatte, daß er ihm Schwejk wieder auf den Hals schicken werde, hatte Oberleutnant Lukasch im Geiste täglich dieses Zusammentreffen hinausgeschoben. Jeden Morgen sagte er sich: »Er kommt heut noch nicht, er hat dort vielleicht etwas angestellt, und sie lassen ihn noch dort.«
Und all diese Kombinationen führte Schwejk mit seinem so lieb und einfach durchgeführten Eintreten auf das richtige Maß zurück.
Schwejk schaute jetzt den Rechnungsfeldwebel Waněk an, wandte sich an ihn und reichte ihm mit einem freundlichen Lächeln die Papiere, die er aus der Manteltasche zog: »Melde gehorsamst, Herr Rechnungsfeldwebel, daß ich diese Papiere übergeben soll, die man mir in der Regimentskanzlei ausgestellt hat. Es is wegen der Löhnung und meiner Verpflegungsvorschüsse.«
Schwejk bewegte sich so frei und gesellschaftlich in der Kanzlei der 11. Marschkompanie, als wäre er Waněks bester Kamerad, worauf der Rechnungsfeldwebel einfach mit den Worten reagierte: »Legen Sies aufn Tisch.«
»Sie werden sehr gut daran tun, Rechnungsfeldwebel, wenn Sie mich mit Schwejk allein lassen werden«, sagte Oberleutnant Lukasch mit einem Seufzer.
Waněk ging und blieb hinter der Tür stehen, um zuzuhören, was die beiden einander sagen würden.

Anfangs vernahm er nichts, denn Schwejk und Oberleutnant Lukasch schwiegen. Beide blickten einander lange an und beobachteten einander; Lukasch blickte auf Schwejk, als wollte er ihn hypnotisieren; wie ein Hahn, der einem Hühnchen gegenübersteht und sich anschickt, sich darauf zu stürzen.
Schwejk blickte wie immer mit seinem feuchten, sanften Blick auf Oberleutnant Lukasch, als wollte er ihm sagen: »Wieder vereint, mein süßes Seelchen, jetzt wird uns nichts mehr trennen, mein Täubchen.«
Und als der Oberleutnant lange nicht sprach, redete der Ausdruck in Schwejks Augen in wehmütiger Zärtlichkeit: »Also sag etwas, mein Goldener, äußer dich!«
Oberleutnant Lukasch unterbrach dieses peinliche Schweigen mit folgenden Worten, in die er eine tüchtige Portion Ironie zu legen suchte: »Schön willkommen, Schwejk. Ich danke Ihnen für den Besuch. Sind das aber Gäste.«
Er konnte sich jedoch nicht zurückhalten, und die Wut der letzten Tage machte sich Luft in einem furchtbaren Faustschlag auf den Tisch, so daß das Tintenfaß in die Höhe sprang und Tinte auf die »Löhnungsliste« spritzte.
Gleichzeitig sprang Oberleutnant Lukasch empor, stellte sich direkt vor Schwejk und brüllte ihn an: »Sie Rindvieh!« Dann fing er an, in dem schmalen Raum der Kanzlei auf und ab zu gehen, wobei er immer vor Schwejk ausspuckte.
»Melde gehorsamst, Herr Oberlajtnant«, sagte Schwejk, als Oberleutnant Lukasch nicht aufhörte, herumzugehen und zerknüllte Papierklumpen, die er jedesmal vom Tisch nahm, zornig in eine Ecke zu werfen, »daß ich den Brief ordentlich abgegeben hab. Ich hab Frau Kakonyi glücklich gefunden und kann sagen, daß sie ein sehr hübsches Frauenzimmer is, ich hab sie zwar gesehn, wie sie geweint hat . . .«
Oberleutnant Lukasch setzte sich auf das Kavallett des Rechnungsfeldwebels und rief mit heiserer Stimme: »Wann wird das ein Ende nehmen, Schwejk?«
Schwejk erwiderte, als hätte er es überhört: »Dann hab ich dort eine kleine Unannehmlichkeit gehabt, aber ich hab alles auf mich genommen. Man hat mir zwar nicht geglaubt, daß ich mit der Frau korrespondier, so hab ich den Brief lieber beim Verhör verschluckt, damit ich jede Spur verwisch. Dann hab ich mich durch einen puren Zufall, anders kann ich mirs nicht erklären, in ein kleines und ganz unbedeutendes Prügeleichen verwickelt. Auch draus bin ich herausgekommen, und man hat meine Unschuld eingesehn und mich zum Regimentsrapport geschickt und beim Divisionsgericht die ganze Unter-

suchung eingestellt. In der Regimentskanzlei war ich paar Minuten, bis der Herr Oberst gekommen is, und der hat mich bißl ausgeschimpft und hat gesagt, daß ich mich sofort bei Ihnen, Herr Oberlajtnant, als Ordonnanz melden soll, und hat mir befohlen, ich soll Ihnen melden, daß er Sie auffordert, daß Sie sogleich wegen der Marschkompanie zu ihm kommen solln. Es is schon mehr wie eine halbe Stunde, nämlich der Herr Oberst hat nicht gewußt, daß man mich noch in die Regimentskanzlei schleppen wird und daß ich dort noch über eine Viertelstunde sitzen wer, weil man in der ganzen Zeit meine Löhnung zurückgehalten hat und sie mir hat vom Regiment und nicht von der Kompanie ausgezahlt wern solln, weil ich als Regimentsarrestant geführt worn bin. Überhaupt is dort alles so konfus und durcheinand, daß man davon verrückt wern könnt.«

Als Oberleutnant Lukasch hörte, daß er bereits vor einer halben Stunde hätte bei Oberst Schröder sein sollen, sagte er, während er sich schnell ankleidete: »Sie haben mir wieder auf die Beine geholfen, Schwejk.« Er sagte dies mit einer so verzweifelten Stimme voll Hoffnungslosigkeit, daß Schwejk versuchte, ihn mit freundschaftlichen Worten zu beschwichtigen; so rief er also, als Oberleutnant Lukasch aus der Tür stürzte: »Aber er wird ja schon warten, der Herr Oberst, er hat eh nichts zu tun.«

Kurz nachdem der Oberleutnant gegangen war, trat Rechnungsfeldwebel Waněk in die Kanzlei.
Schwejk saß auf einem Stuhl und fachte das Feuer in dem kleinen eisernen Ofen an, indem er Kohlenstückchen durch das offene Türchen hineinwarf. Der Ofen rauchte und verbreitete einen üblen Geruch, und Schwejk fuhr in seiner Unterhaltung fort, ohne Waněk zu beachten, der Schwejk eine Zeitlang beobachtete, dann aber mit dem Fuß in das Türchen stieß und ihn aufforderte, sich von hier wegzuscheren.
»Herr Rechnungsfeldwebel«, sagte Schwejk würdig, »ich erlaube mir, Ihnen bekanntzugeben, daß ich Ihrem Befehl, mich meinetwegen ausm ganzen Lager zu stehlen, beim besten Willen nicht Folge leisten kann, denn ich untersteh höheren Anordnungen.
Nämlich ich bin hier Ordonnanz«, fügte er stolz hinzu, »Herr Oberst Schröder hat mich her zur 11. Marschkompanie zu Oberlajtnant Lukasch zugeteilt, bei dem ich Putzfleck war, aber durch meine angeborene Intelligenz bin ich zur Ordonnanz avanciert. Ich und der Herr Oberlajtnant sind schon alte Bekannte. Was sind Sie denn in Zivil, Herr Rechnungsfeldwebel?«
Der Rechnungsfeldwebel war so überrascht von diesem familiär-kameradschaftlichen Ton des braven Soldaten Schwejk, daß er seine Würde – die er sehr gern vor den Soldaten der Kompanie zur Schau trug – außer acht ließ und antwortete, als wäre er Schwejks Untergebener:
»Ich bin sozusagen der Drogist Waněk aus Kralup.«
»Ich war auch bei einem Materialisten in der Lehre«, sagte Schwejk, »bei einem gewissen Herrn Kokoschka am Bergstein in Prag. Das war ein großer Sonderling, und wie ich ihm mal aus Versehn im Keller ein Faß Benzin angezündet hab und er abgebrannt is, so hat er mich herausgeworfen, und das Gremium hat mich schon nirgends angenommen, so daß ich wegen einem dummen Faß Benzin nicht auslernen hab können. Erzeugen Sie auch Gewürz für Kühe?«
Waněk schüttelte den Kopf.
»Bei uns hat man Gewürz für Kühe mit geweihten Bildern erzeugt. Nämlich unser Herr Chef Kokoschka war ein sehr frommer Mensch und hat einmal wo gelesen, daß der heilige Pelegrinus bei Wassersucht beim Vieh geholfen hat. So hat er sich irgendwo in Smichov Bilder vom heiligen Pelegrinus drucken lassen und hat sie in Emaus für 200 Gulden weihn lassen. Und dann hamr sie in die Packerln von unserm Gewürz für Kühe beigelegt. Der Kuh hat man dieses Gewürz in warmes Wasser gemischt, hat ihrs ausn Schaff zu trinken gegeben, und dabei hat man dem Vieh ein kleines Gebet zum heiligen Pelegrinus vorgelesen, das Herr Tauchen, unser Kommis, verfaßt hat.

Nämlich wie die Bilder vom heiligen Pelegrinus gedruckt waren, so hat man noch auf der andern Seite ein kleines Gebet abdrucken müssen. So hat sich unser alter Kokoschka abends Herrn Tauchen gerufen und hat ihm gesagt, er soll bis früh irgendein kleines Gebet auf das Bild und auf das Gewürz zusammenstelln, bis er um zehn Uhr in den Laden kommt, daß es schon fertig sein muß, damits in die Druckerei geht, daß die Küh schon auf das Gebet warten. Entweder — oder. Verfaßt ers hübsch, so hat er einen Gulden am Brett, oder er kann in vierzehn Tagen gehn. Herr Tauchen hat die ganze Nacht geschwitzt und is früh ganz unausgeschlafen in den Laden aufmachen gekommen und hat nichts geschrieben gehabt. Er hat sogar vergessen gehabt, wie der Heilige in diesem Gewürz für Kühe heißt. Da hat ihn unser Diener Ferdinand aus der Not herausgerissen. Der hat alles getroffen. Wenn wir am Boden Kamillentee getrocknet ham, is er immer hinaufgekrochen, hat sich die Stiefel ausgezogen und hat uns gelernt, wie die Füße aufhören zu schwitzen. Er hat am Boden Tauben gefangen, hat das Pult mit Geld aufmachen getroffen und hat uns noch andre Schwindeleien mitn Waren gelernt. Ich hab als Junge zu Haus so eine Apotheke gehabt, was ich mir ausn Laden nach Haus gebracht hab, daß sie nicht mal ›Bei den Barmherzigen‹[1] so eine gehabt ham. Und der hat Herrn Tauchen geholfen; er hat nur gesagt: ›Also geben Sies her, Herr Tauchen, daß ich mirs anschau‹, und schon hat mich der Herr Tauchen um Bier geschickt. Und bevor ichs Bier gebracht hab, da war unser Diener Ferdinand schon halb fertig damit und hats schon vorgelesen.

Von Himmelshöhen komm ich her,
verkünde allen frohe Mär.
Kuh und Kalb und Ochs und Schwein
brauchen nicht mehr krank zu sein.
Denn Kokoschkas Kräuterlein
heilen alle, groß und klein.

Dann, wie er das Bier ausgetrunken und ordentlich an der Tinktura Amara geleckt gehabt hat, is es ihm rasch gegangen, und er hats in einem Moment sehr hübsch fertiggebracht:

Pelegrinus Sanctus hats ersonnen,
für zwei Gulden nur ist es gewonnen.
Pelegrine Sancte, schütze unsere Herden,
die dafür stets deinen Balsam trinken werden.
Dein Lob singt der Landmann spät und frühe,
Pelegrine Sancte, schütze unsere Kühe!

1 Ein von »Barmherzigen Brüdern« geleitetes Krankenhaus in Prag.

Dann, wie Herr Kokoschka gekommen is, is Herr Tauchen mit ihm ins Kontor gegangen, und wie er herausgegangen is, hat er uns zwei Gulden gezeigt, nicht einen, wie er versprochen gehabt hat, und hat mitn Herrn Ferdinand zur Hälfte teiln wolln. Aber den Diener Ferdinand hat auf einmal, wie er die zwei Gulden gesehn hat, der Mammon gepackt. Herich das nein, entweder alles oder nix. So hat ihm Herr Tauchen also nix gegeben und hat sich die zwei Gulden für sich gelassen, hat mich daneben ins Magazin genommen, hat mir eine Watsche gegeben und hat gesagt, daß ich hundert solche Watschen kriegen wer, wenn ich mich wo zu sagen unterstehn wer, daß er das nicht zusammengestellt und verfaßt hat, und daß ich, auch wenn sich der Ferdinand zu unserm Alten beschweren gehn möcht, sagen muß, daß der Diener Ferdinand ein Lügner is. Das hab ich ihm vor einem Ballon mit Estragonessig beschwören müssen, und unser Diener hat angefangen, sich an diesem Gewürz für Kühe zu rächen. Nämlich wir hams in großen Kisten aufn Boden gemischt, und er, wo er einen Mausedreck hat zammkehren können, hat er ihn gebracht und hat ihn ins Gewürz gemischt. Dann hat er auf der Straße Roßäpfel zusammengeklaubt, hat sie zu Haus getrocknet, im Mörser zu Gewürz zerstoßen und hat das auch in das Gewürz für Kühe mit dem Bild vom heiligen Pelegrinus geworfen. Und dran hat er noch nicht genug gehabt. Er hat in diese Kisten gepischt, hat sich in sie ausgemacht und hats zusammengemischt, daß es wie Kasch aus Kleie war . . .«

Das Telephon klingelte. Der Rechnungsfeldwebel sprang zur Hörmuschel und schleuderte sie mißmutig beiseite: »Ich muß in die Regimentskanzlei gehn. So plötzlich, das gefällt mir nicht!«

Schwejk war wieder allein.

Kurz danach klingelte abermals das Telephon.

Schwejk fing an, sich zu verständigen: »Waněk? Der is in die Regimentskanzlei gegangen. Wer beim Telephon is? Die Ordonnanz von der 11. Marschkompanie. Wer is dort? Die Ordonnanz von der 12. Marschka? Servus, Kollege. Wie ich heiß? Schwejk. Und du? Braun. Bist du nicht verwandt mit einem gewissen Braun, Hutmacher aus der Ufergasse in Karolinental? Nein, du kennst ihn nicht? — Ich kenn ihn auch nicht, ich bin nur mal mit der Elektrischen vorbeigefahren, da is mir die Firma ins Aug gefallen. Was Neues is? — Ich weiß nix. — Wann wir fahren? Ich hab noch mit niemandem von der Abfahrt gesprochen. Wohin solln wir fahren?«

»Du Schafskopf, mit der Marschka an die Front.«

»Davon hab ich noch nichts gehört.«

»Da bist du eine feine Ordonnanz. Weißt du nicht, ob dein Lajtnant . . .«

»Der meinige is Oberlajtnant . . .«
»Das is alles eins, also ob dein Oberlajtnant zur Besprechung zum Oberst gegangen is?«
»Er hat sich ihn hin eingeladen.«
»Also siehst du, der unsrige is auch hingegangen und der von der 13. Marschka auch; grad hab ich mit der Ordonnanz von ihr telephonisch gesprochen. Mir gefällt diese Eile nicht. Und weißt du nichts, ob man bei der Musik packt?«
»Ich weiß von nichts.«
»Mach keinen Ochsen aus dir. Nicht wahr, euer Rechnungsfeldwebel hat schon das Aviso gekriegt? Wieviel Mannschaft habt ihr?«
»Ich weiß nicht.«
»Du Trottl, wer ich dich denn auffressen? (Man hört, wie der Mann beim Telephon daneben spricht: ›Nimm dir den zweiten Hörer, Franz, damit du weißt, was für eine blöde Ordonnanz sie dort bei der 11. Marschka ham.‹) – Hallo, schläfst du dort, oder was? Also antwort, wann dich ein Kollege fragt. Du weißt also noch nichts? Lüg nicht. Hat euer Rechnungsfeldwebel nichts gesagt, daß ihr Konserven fassen werdet? Daß du mit ihm von solchen Sachen nicht gesprochen hast? Du Trottl, du. Daß dich das nichts angeht? (Man hört lachen.) Du bist, mir scheint, am Kopf gefalln. Bis du also was wissen wirst, so telephoniers uns zur 12. Marschkompanie, mein goldenes Söhnchen, mein blödes. Woher bist du?«
»Aus Prag.«
»Da solltest du gescheiter sein. – Und noch was! Wann is euer Rechnungsfeldwebel in die Kanzlei gegangen?«
»Vor einer Weile hat man ihn gerufen.«
»Da schau her, das hast du nicht früher sagen können? Der unsrige is auch vor einem Weilchen gegangen, da geht was vor. Hast du nicht mitn Train gesprochen?«
»Nein.«
»Jesus Maria Josef, und du sagst, daß du aus Prag bist? Du kümmerst dich um nichts. Wo lungerst du denn den ganzen Tag herum?«
»Ich bin erst vor einer Stunde vom Divisionsgericht gekommen.«
»Das is ein anderer Kren[1], Kamerad, da komm ich dich noch heut besuchen. Läut zweimal ab.«
Schwejk wollte sich die Pfeife anzünden, als das Telephon abermals klingelte: Steigt mir am Buckel mit eurem Telephon, dachte Schwejk, ich wer mich mit euch unterhalten!
Das Telephon ratterte aber unerbittlich weiter, so daß Schwejk schließlich die Geduld verlor; er ergriff ein Hörrohr und brüllte ins Telephon:

1 Südostdeutsch für Meerrettich.

»Hallo, wer dort? Hier Ordonnanz Schwejk von der 11. Marschkompanie.« An der Antwort erkannte Schwejk die Stimme Oberleutnant Lukaschs:
»Was treibt ihr dort alle? Wo ist Waněk, rufen Sie sofort den Waněk zum Telephon!«
»Melde gehorsamst, Herr Oberlajtnant, vorhin hat das Telephon geklingelt.«
»Hören Sie, Schwejk, ich hab keine Zeit, mich mit Ihnen zu unterhalten. Telephonistische Gespräche beim Militär, das ist keine Plauderei per Telephon, wie wenn man jemanden einlädt, er soll zum Mittagessen kommen. Telephongespräche müssen klar und kurz sein. Bei Telephongesprächen fällt auch das ›melde gehorsamst, Herr Oberlajtnant‹ weg. Ich frage Sie also, Schwejk, haben Sie den Waněk bei der Hand? Er soll gleich zum Telephon kommen!«
»Ich hab ihn nicht bei der Hand, melde gehorsamst, Herr Oberlajtnant, er is vor einer Weile von hier aus der Kanzlei, es kann noch nicht mal eine Viertelstunde sein, in die Regimentskanzlei abberufen worn.«
»Bis ich komm, wer ich mit Ihnen Ordnung machen, Schwejk. Können Sie sich nicht knapp ausdrücken? Passen Sie jetzt gut drauf auf, was ich Ihnen sagen werde. Verstehn Sie deutlich, damit Sie sich dann nicht ausreden, daß es im Telephon heiser geklungen hat? Augenblicklich, sofort wie Sie den Hörer aufhängen . . .«
Pause. Neuerliches Läuten. Schwejk ergriff den Hörer und wurde von einer Fülle von Schimpfworten überschüttet. »Sie Rindvieh, Sie Gassenbub, Sie Halunke, Sie. Was machen Sie da, warum unterbrechen Sie das Gespräch?«
»Sie ham mir, bitte, gesagt, ich soll den Hörer aufhängen.«
»Ich bin in einer Stunde zu Haus, Schwejk, und dann freun Sie sich — Sie packen sich also gleich zusammen, gehn in die Baracke und treiben irgendeinen Zugführer auf, meinetwegen den Fuchs, und sagen ihm, daß er gleich zehn Mann nehmen soll und mit ihnen ins Magazin Konserven fassen gehn soll. Wiederholn Sie das, was soll er machen?«
»Mit zehn Mann ins Magazin Konserven für die Kompanie fassen gehn.«
»Endlich blödeln Sie einmal nicht. Ich werde inzwischen dem Waněk in die Regimentskaserne telephonieren, er soll auch ins Magazin gehn und die Konserven übernehmen. Wenn er inzwischen in die Baracke kommt, soll er alles liegenlassen und Laufschritt ins Magazin nehmen. Und jetzt hängen Sie den Hörer auf.«
Schwejk suchte nicht nur Zugführer Fuchs, sondern auch die übrigen Chargen hübsch lange vergeblich. Sie waren in der Küche, nagten das

Fleisch von den Knochen ab und erfreuten sich am Anblick des angebundenen Baloun, der zwar mit den Füßen fest auf dem Boden stand, weil sie sich seiner erbarmt hatten, trotzdem aber einen interessanten Anblick bot. Einer von den Köchen brachte ihm ein Stück Rippenfleisch und steckte es ihm in den Mund, und der angebundene Riese Baloun, der nicht die Möglichkeit hatte, mit den Händen zu manipulieren, schob den Knochen behutsam im Mund herum und ließ ihn mit Hilfe der Zähne und des Zahnfleisches balancieren, wobei er das Fleisch mit dem Ausdruck eines Waldschrecks abnagte.
»Wer is denn hier von euch der Zugführer Fuchs?« fragte Schwejk, als er sie schließlich fand.
Zugführer Fuchs hielt es nicht einmal der Mühe wert, sich zu melden, als er sah, daß ein gemeiner Soldat nach ihm fragte.
»Holla«, sagte Schwejk, »wie lang wer ich noch fragen? Wo is denn der Zugführer Fuchs?«
Fuchs trat vor und fing voll Würde an, auf alle möglichen Arten zu schimpfen, er sei kein Zugführer, man solle nicht sagen: »Wo ist der Zugführer?«, sondern »Melde gehorsamst, wo ist der Herr Zugführer?« Wenn jemand bei seinem Zug nicht sage: »Ich melde gehorsamst«, so bekomme er gleich eins übers Maul.
»Nur nicht so hastig«, sagte Schwejk bedächtig, »packen Sie sich

gleich zusamm, gehn Sie in die Baracke, nehmen Sie dort zehn Mann und im Laufschritt mit ihnen zum Magazin, Sie wern Konserven fassen.«

Zugführer Fuchs war so überrascht, daß er nur aus sich hervorstieß: »Was?«

»Gar kein ›was‹«, antwortete Schwejk, »ich bin Ordonnanz bei der 11. Marschkompanie, und grad vor einer Weile hab ich telephonisch mit Herrn Oberlajtnant Lukasch gesprochen. Und der hat gesagt: ›Laufschritt mit zehn Mann zum Magazin.‹ Wenn Sie nicht gehn wern, Herr Zugführer Fuchs, so geh ich sofort zurück zum Telephon. Der Herr Oberlajtnant wünscht sich ausdrücklich, daß Sie gehn. Es is überhaupt unnütz, darüber zu reden.

›Ein telephonisches Gespräch‹, hat Herr Oberlajtnant Lukasch gesagt, ›muß kurz und klar sein. Wenn man sagt: Zugführer Fuchs geht, so geht er. So ein Befehl, das is keine Plauderei per Telephon, wie wenn man jemanden zum Mittagessen einladen möcht. Beim Militär, besonders im Krieg, is jede Verspätung ein Verbrechen. Wenn der Zugführer Fuchs nicht gleich gehn wird, bis Sies ihm melden, so telephonieren Sies mir gleich, und ich wers mir mit ihm schon ausmachen. Vom Zugführer Fuchs wird nicht mal ein Andenken übrigbleiben.‹ Ja, mein Lieber, Sie kennen den Herrn Oberlajtnant nicht.«

Schwejk schaute siegesbewußt auf die Chargen, die sein Auftreten in der Tat überraschte und deprimierte.

Zugführer Fuchs brummte etwas Unverständliches und entfernte sich schnellen Schritts, während Schwejk ihm nachrief: »Kann ich also dem Herrn Oberlajtnant telephonieren, daß alles in Ordnung is?«

»Gleich wer ich mit zehn Mann im Magazin sein«, rief von der Baracke her Zugführer Fuchs, und Schwejk, der kein Wort mehr sagte, entfernte sich aus der Gruppe der Chargen, die ebenso überrascht waren wie Zugführer Fuchs.

»Es fängt schon an«, sagte der kleine Korporal Blažek, »wir wern packen.«

Als Schwejk in die Kanzlei der 11. Marschkompanie zurückkehrte, fand er wiederum keine Zeit, seine Pfeife anzuzünden, denn das Telephon klingelte abermals. Es war wiederum Oberleutnant Lukasch, der mit Schwejk sprach: »Wo laufen Sie herum, Schwejk? Ich klingle schon zum drittenmal, und niemand meldet sich.«

»Ich hab alles zammgetrommelt, Herr Oberlajtnant.«

»Sind sie also schon gegangen?«

»Versteht sich, daß sie gegangen sind, aber ich weiß noch nicht, ob sie schon dort sein wern. Soll ich vielleicht noch mal hinlaufen?«

»Haben Sie also Zugführer Fuchs gefunden?«

»Jawohl, Herr Oberlajtnant. Erst hat er mich angefahren: ›Was?‹, und erst wie ich ihm erklärt hab, daß Telephongespräche kurz und klar sein müssen . . .«
»Unterhalten Sie sich nicht, Schwejk — Waněk ist noch nicht zurückgekommen?«
»Nein, Herr Oberlajtnant.«
»Brüllen Sie nicht so ins Telephon. Wissen Sie nicht, wo dieser verfluchte Waněk sein könnt?«
»Ich weiß nicht, Herr Oberlajtnant, wo dieser verfluchte Waněk sein könnt.«
»In der Kanzlei beim Regiment war er und ist irgendwohin gegangen. Ich denke, er wird wahrscheinlich in der Kantine sein. Gehn Sie ihm also nach, Schwejk, und sagen Sie ihm, er soll gleich ins Magazin gehn. Dann noch etwas. Treiben Sie Korporal Blažek auf und sagen Sie ihm, er soll diesen Baloun sofort abbinden, und den Baloun schicken Sie zu mir. Hängen Sie den Hörer auf!«
Schwejk fing tatsächlich an, sich um das alles zu kümmern. Als er den Korporal Blažek gefunden und ihm den Befehl des Oberleutnants bezüglich des Losbindens Balouns übermittelt hatte, brummte Korporal Blažek: »Sie kriegen Angst, wenns ihnen in die Stiefel fließt.«
Schwejk schaute sich das Losbinden an und ging ein Stück mit Baloun, weil dessen Weg an der Kantine vorüberführte, wo Schwejk Rechnungsfeldwebel Waněk finden sollte.
Baloun blickte Schwejk an wie seinen Erlöser und versprach ihm, jede Sendung, die er von zu Hause bekommen werde, mit ihm zu teilen.
»Bei uns wird man jetzt schlachten«, sagte Baloun melancholisch, »hast du gern Speckwurst aus Blut oder ohne Blut? Ich sag dir, ich schreib heut abend nach Haus. Mein Schwein wird so beiläufig 150 Kilo haben. Es hat einen Kopf wie eine Bulldogge, und so ein Schwein is am besten. Unter solchen Schweinen gibts keine Drückeberger. Das is eine sehr gute Rasse, die schon was aushält. Es wird gegen acht Finger Fett haben. Wie ich zu Haus war, hab ich mir die Leberwürste selbst gemacht, und immer hab ich mich so vollgestopft, daß ich zerspringen konnt. Das vorjährige Schwein hat 160 Kilo gehabt.
Aber das war ein Schwein«, sagte er begeistert, Schwejk beim Abschied fest die Hand drückend, »ich habs nur mit lauter Erdäpfeln großgezogen und hab mich selbst gewundert, wies hübsch zunimmt. Die Schinken hab ich in Salzwasser gegeben, und so ein hübsches gebratenes Stück aus Salzwasser mit Erdäpfelknödeln, mit Grieben bestreut und mit Kraut, das is was Delikates. Dann schmeckt das

Bier! Man is so zufrieden. Um das alles hat uns der Krieg gebracht!«

Der bärtige Baloun seufzte schwer und wandte sich zur Regimentskanzlei, während Schwejk durch die Allee alter hoher Linden auf die Kantine zuschritt.

Rechnungsfeldwebel Waněk saß inzwischen zufrieden in der Kantine und erzählte einem bekannten Stabsfeldwebel, wieviel man vor dem Krieg an Emailfarben und Zementanstrich hatte verdienen können.

Der Stabsfeldwebel war schon unzurechnungsfähig. Am Vormittag war ein Gutsbesitzer aus Pardubitz angekommen, dessen Sohn im Lager war, und hatte ihm eine anständige Bestechung gegeben und ihn den ganzen Vormittag unten in der Stadt bewirtet.

Jetzt saß er verzweifelt da, weil ihm nichts mehr schmeckte, er wußte nicht einmal, wovon er sprach, und auf das Gespräch über die Emailfarben reagierte er gar nicht.

Er beschäftigte sich mit seinen eigenen Vorstellungen und lallte irgend etwas davon, daß eine Lokalbahn von Wittingau nach Pilgram und wieder zurück führen sollte.

Als Schwejk eintrat, bemühte sich Waněk nochmals, dem Stabsfeldwebel in Ziffern klarzumachen, was man an einem Kilo Zementanstrich bei einem Bau verdient hatte, worauf der Stabsfeldwebel, an etwas ganz andres denkend, erwiderte:

»Auf dem Rückweg is er gestorben, er hat nur Briefe hinterlassen.«

Als er Schwejk erblickte, verwechselte er ihn offenbar mit einem ihm unsympathischen Menschen und fing an, ihn Bauchredner zu schimpfen.

Schwejk näherte sich Waněk, der ebenfalls in Stimmung, dabei aber sehr freundlich und lieb war.

»Herr Rechnungsfeldwebel«, meldete ihm Schwejk, »Sie solln gleich zum Magazin gehn, dort wartet schon Zugführer Fuchs mit zehn Gmanen, man wird Konserven fassen. Sie solln Laufschritt nehmen. Der Herr Oberlajtnant hat schon zweimal telephoniert.«

Waněk brach in ein Gelächter aus: »Da wär ich ein Narr, Schatzerl. Da müßt ich mich selbst ausschimpfen, mein Engerl. Alles hat Zeit genug, es brennt nicht, Kind, goldenes. Bis der Herr Oberlajtnant Lukasch so oft Marschkompanien ausgerüstet haben wird wie ich, dann kann er erst von was reden, und unnütz wird er niemanden nicht belästigen mit seinem Laufschritt. Ich hab schon in der Regimentskanzlei so einen Befehl bekommen, daß wir morgen fahren, daß man packen und gleich auf die Fahrt fassen gehn soll. Und was hab ich gemacht: Ich bin hübsch her auf ein Viertel Wein gegangen, hier sitzt sichs mir hübsch, und ich laß alles laufen. Konserven blei-

ben Konserven, Fassung bleibt Fassung. Ich kenn das Magazin besser als der Herr Oberlajtnant und weiß, was man bei so einer Besprechung der Herren Offiziere beim Herrn Obrscht redet. Das stellt sich der Herr Obrscht nur in seiner Phantasie vor, daß im Magazin Konserven sind. Das Magazin von unserm Regiment hat nie nicht keine Konserven in Vorrat gehabt und hat sie von Fall zu Fall von der Brigade bekommen oder sich sie von andern Regimentern ausgeborgt, mit denen es in Verkehr getreten is. Dem Beneschauer Regiment allein sind wir über dreihundert Konserven schuldig. Cheche! Sie solln nur bei der Besprechung sagen, was sie wolln, nur keine Eile nicht! No, der Magazineur wird ihnen schon selbst sagen, bis die unsrigen hinkommen, daß sie verruckt geworn sind. Nicht eine Marschka hat Konserven aufn Weg bekommen.
Gelt, du alter Erdäpfel«, wandte er sich an den Stabsfeldwebel. Der aber war entweder im Einschlafen begriffen oder bekam einen kleinen Anfall von Delirium, denn er erwiderte:
»Wie sie schritt, hielt sie einen offenen Regenschirm über sich.«
»Am besten machen Sie«, fuhr Rechnungsfeldwebel Waněk fort, »wenn Sie alles schwimmen lassen. Wenn man heut in der Regimentskanzlei gesagt hat, daß man morgen fährt, so darfs nicht mal ein kleines Kind glauben. Können wir ohne Waggons fahren? Während ich noch dort war, hat man aufn Bahnhof telephoniert. Sie ham dort nicht einen leeren Waggon. Mit der vorigen Marschka wars dasselbe. Wir sind damals zwei Tage am Bahnhof gestanden und ham gewartet, bis sich unser jemand erbarmt und einen Zug um uns schickt. Und nachher hamr nicht gewußt, wohin wir fahren. Nicht mal der Obrscht hats gewußt, wir sind dann schon durch ganz Ungarn gefahren, und fort hat niemand nix gewußt, ob wir nach Serbien oder nach Rußland fahren. Auf jeder Station hat man direkt mitn Divisionsstab gesprochen. Und wir waren nur so ein Flicklappen. Schließlich hat man uns bei Dukla angenäht, dort hat man uns zerdroschen, und wir sind uns neu formieren gefahren. Nur keine Hast nicht. Alles wird sich mit der Zeit aufklären, und auf nichts muß man eilen. Jawohl, noch amol.
Wein hams hier heut einen ungewöhnlich guten«, fuhr Waněk fort, ohne auch nur darauf zu hören, wie der Stabsfeldwebel vor sich hin plapperte:
»Glauben Sie mir, ich hab bisher wenig von meinem Leben gehabt. Ich wundere mich über diese Frage.«
»Wozu sollt ich mir unnütze Sorgen mit der Abfahrt vom Marschbataillon machen. Nämlich bei der ersten Marschka, mit der ich gefahren bin, war alles in zwei Stunden in bester Ordnung. Bei den andern Marschkompanien von unserm damaligen Marschbataillon

ham sie sich drauf schon ganze zwei Tage vorbereitet. Aber bei uns war Lajtnant Přenosil Kompaniekommandant, ein sehr fescher Kerl, und der hat uns gesagt: ›Habts keine Eile nicht, Jungens‹, und es is gegangen wie geschmiert. Zwei Stunden vor der Abfahrt vom Zug hamr erst angefangen zu packen. Sie wern gut machen, wenn Sie sich auch erst setzen wern ...«

»Ich kann nicht«, sagte mit fürchterlicher Selbstverleugnung der brave Soldat Schwejk, »ich muß in die Kanzlei, was, wenn jemand telephonieren möcht.«

»Gehn Sie also, mein Gold, aber merken Sie sich Ihr ganzes Leben lang, daß das nicht hübsch von Ihnen is und daß eine richtige Ordonnanz nie dort sein darf, wo man sie braucht. Sie dürfen sich nicht gar so eifrig in den Dienst stürzen. Es gibt wirklich nichts Scheußlicheres als eine meschuggene Ordonnanz, was das Militär fressen möcht, Seelchen, liebes.«

Aber Schwejk war bereits aus der Tür und eilte in die Kanzlei seiner Marschkompanie.

Waněk blieb verlassen zurück, denn man kann unmöglich behaupten, daß ihm der Stabsfeldwebel Gesellschaft geleistet hätte.

Der machte sich vollständig selbständig und lallte, die Weinflasche streichelnd, auf deutsch und tschechisch höchst sonderbare Dinge ohne jeden Zusammenhang:

»Oft bin ich durch dieses Dorf gegangen und hatte nicht einmal eine Ahnung davon, daß es auf der Welt ist. In einem halben Jahr habe ich meine Staatsprüfung hinter mir und meinen Doktor gemacht. Aus mir ist ein alter Krüppel geworden, ich danke Ihnen, Luzi. Erscheinen Sie in schön ausgestatteten Bänden — vielleicht ist hier jemand unter Ihnen, der sich nicht daran erinnert.«

Der Rechnungsfeldwebel trommelte aus Langeweile irgendeinen Marsch; aber er mußte sich nicht lange langweilen, denn die Tür öffnete sich, und herein trat Jurajda, der Koch aus der Offiziersmenage, und sank auf einen Stuhl.

»Wir ham heut«, plapperte er, »Befehl bekommen, aufn Weg Kognak fassen zu gehn. Weil wir keine Korbflasche vom Rum leer gehabt ham, ham wir sie ausleeren müssen. Das hat uns gegeben! Die Mannschaft bei der Küche hats ganz umgeworfen. Ich hab mich um paar Portionen verrechnet. Der Herr Oberst ist spät gekommen, und auf ihn ist nichts gekommen. So machen sie ihm dort jetzt eine Omelette. Das ist euch eine Hetz.«

»Das is ein nettes Abenteuer«, bemerkte Waněk, dem beim Wein hübsche Worte immer sehr gut gefielen.

Koch Jurajda fing an zu philosophieren, was tatsächlich seiner früheren Beschäftigung entsprach. Er hatte nämlich vor dem Krieg eine

okkultistische Zeitschrift und die Bibliothek »Rätsel des Lebens und des Todes« herausgegeben.
Im Krieg hatte er sich in die Offiziersküche des Regiments gedrückt und ließ sehr häufig einen Braten anbrennen, wenn er sich in die Lektüre von Übersetzungen der altindischen »Sûter Pragûa-Paramita« (Offenbarte Weisheit) vertiefte.
Oberst Schröder schätzte ihn als ein Original des Regiments, denn welche Offiziersküche konnte sich eines Okkultisten als Koch rühmen, der, in die Rätsel des Lebens und des Todes blickend, mit einem so guten Lungenbraten oder so einem Ragout überraschte, daß der bei Komorn tödlich verwundete Leutnant Dufek ununterbrochen nach Jurajda verlangt hatte.
»Ja«, sagte von nichts und wieder nichts Jurajda, der sich kaum auf dem Stuhl hielt und nach zehn Runden Rum roch, »wie heut nichts aufn Herrn Oberst gekommen ist und wie er nur geröstete Erdäpfel gesehn hat, ist er in den Stand der Gaki verfallen. Wißt ihr, was das ist, Gaki? Das ist der Stand hungriger Geister. Ich hab gesagt: ›Haben Sie, Herr Oberst, Kraft genug, die Bestimmung des Schicksals zu überwinden, daß kein Nierenbraten auf Sie gekommen ist? Im Karma ist bestimmt, daß Sie, Herr Oberst, heut zum Nachtmahl eine fabelhafte Omelette mit gekochter und gedünsteter Kalbsleber bekommen.‹
Lieber Freund«, sagte er nach einer Weile leise zum Rechnungsfeldwebel, wobei er unwillkürlich eine Handbewegung machte, mit der er alle Gläser umwarf, die vor ihm auf dem Tisch standen.
»Alle Erscheinungen, Gestalten und Dinge sind wesenlos«, meinte nach dieser Tat melancholisch der Koch-Okkultist. »Die Gestalt ist Wesenlosigkeit, und Wesenlosigkeit ist Gestalt. Die Wesenlosigkeit ist nicht verschieden von der Gestalt, die Gestalt ist nicht verschieden von der Wesenlosigkeit. Was Wesenlosigkeit ist, ist Gestalt, was Gestalt ist, ist Wesenlosigkeit.«
Der Koch-Okkultist hüllte sich in Schweigen, stützte den Kopf auf die Hand und schaute auf den nassen, begossenen Tisch.
Der Stabsfeldwebel fuhr fort etwas zu plappern, was weder Hand noch Fuß hatte.
»Das Getreide is vom Feld verschwunden, verschwunden — in dieser Stimmung erhielt er eine Einladung und ging zu ihr — die Pfingstfeiertage sind im Frühling.«
Rechnungsfeldwebel Waněk trommelte ununterbrochen auf den Tisch, trank und erinnerte sich ab und zu, daß zehn Mann mit dem Zugführer beim Magazin auf ihn warteten.
Bei diesem Gedanken lachte er jedesmal vor sich hin und winkte mit der Hand.

Als er spät in die Kanzlei der 11. Marschkompanie zurückkehrte, fand er Schwejk am Telephon.
»Die Gestalt is Wesenlosigkeit, und die Wesenlosigkeit is Gestalt«, stieß er aus sich heraus, kroch angezogen aufs Kavallett und schlief sofort ein.
Und Schwejk saß fortwährend am Telephon, denn vor zwei Stunden hatte Oberleutnant Lukasch mit ihm gesprochen und hatte ihm gesagt, daß er noch immer bei einer Besprechung beim Herrn Oberst sei, hatte aber vergessen hinzuzufügen, daß Schwejk vom Telephon weggehen könne.
Dann rief ihn Zugführer Fuchs an, der die ganze Zeit hindurch mit zehn Mann nicht nur vergeblich auf den Rechnungsfeldwebel wartete, sondern sogar sah, daß das Magazin versperrt war.
Schließlich ging er fort, und die zehn Mann kehrten einer nach dem andern in ihre Baracken zurück.
Zeitweilig unterhielt sich Schwejk damit, den Hörer zu ergreifen und zu lauschen. Es war ein Telephon nach irgendeinem neuen System, das gerade bei der Armee eingeführt wurde und den Vorteil hatte, daß man ziemlich klar und deutlich fremde Telephongespräche auf der ganzen Linie vernehmen konnte.
Der Train und die Artilleriekasernen beschimpften einander, die Sappeure drohten der Kriegspost, die Artillerieschießstätte brummte die Maschinengewehrabteilung an.
Und Schwejk saß fortwährend am Telephon.
Die Beratung beim Oberst zog sich in die Länge.
Oberst Schröder entwickelte die neueste Theorie des Felddienstes und legte hauptsächlich Gewicht auf die Minenwerfer.
Er redete alles mögliche Zeug durcheinander, sprach von der Front, wie sie noch vor zwei Monaten im Süden und im Osten verlaufen sei, von der Wichtigkeit einer genauen Verbindung zwischen den einzelnen Truppenteilen, von Giftgasen, von der Beschießung feindlicher Aeroplane, von der Versorgung der Mannschaft im Felde mit Nahrungsmitteln, worauf er auf die inneren Verhältnisse in der Armee überging.
Er fing an, von dem Verhältnis der Offiziere zur Mannschaft und dem Verhältnis der Mannschaft zu den Chargen zu sprechen, vom Überlaufen an den Fronten zum Feind, von politischen Ereignissen und davon, daß fünfzig Prozent der tschechischen Soldaten »politisch verdächtig« seien.
»Jawohl, meine Herren, der Kramař, Scheiner und Klófač.« Die Mehrzahl der Offiziere dachte dabei, wann das alte Ekel wohl endlich aufhören werde zu quasseln, aber Oberst Schröder quatschte weiter von den neuen Aufgaben der neuen Marschbataillone, von den

gefallenen Offizieren des Regiments, von Zeppelinen, Spanischen Reitern, vom Eid.
Bei dem letzteren erinnerte sich Oberleutnant Lukasch daran, daß der brave Soldat Schwejk, als das ganze Marschbataillon den Eid ablegte, nicht daran teilgenommen hatte, weil er zu dieser Zeit gerade im Divisionsgericht saß.
Und plötzlich mußte er darüber lachen. Es war gleichsam ein hysterisches Lachen, das die Offiziere ansteckte, zwischen denen er saß, wodurch er die Aufmerksamkeit des Obersten erregte, der gerade zu den beim Rückzug der deutschen Truppen in den Ardennen erworbenen Erfahrungen gelangt war. Er warf alles durcheinander und schloß: »Meine Herren, das ist nicht zum Lachen.«
Dann begaben sich alle ins Offizierskasino, weil Oberst Schröder vom Brigadestab ans Telephon gerufen wurde.
Schwejk setzte seinen Schlaf beim Telephon fort, als ihn ein Läuten weckte.
»Hallo«, hörte er, »hier Regimentskanzlei.«
»Hallo«, antwortete er, »hier Kanzlei der 11. Marschkompanie.«
»Halt nicht auf«, hörte er eine Stimme, »nimm einen Bleistift und schreib. Nimm ein Telephonogramm auf.«
»11. Marschkompanie . . .«
Jetzt folgten nacheinander irgendwelche Sätze in einem merkwürdigen Chaos, weil die 12. und 13. Marschkompanie gleichzeitig dazwischensprachen und das Telephonogramm in dieser Panik von Tönen vollständig verlorenging. Schwejk verstand kein Wort. Zu guter Letzt beruhigte sich der Lärm, und Schwejk verstand:
»Hallo, hallo, also jetzt lies es vor und halt nicht auf.«
»Was soll ich vorlesen?«
»Was du vorlesen sollst, du Ochs? Das Telephonogramm.«
»Was für ein Telephonogramm?«
»Krutzihimmel, bist du denn taub? Das Telephonogramm, das ich dir diktiert hab, Blödian.«
»Ich hab nichts gehört; jemand hat hier hineingesprochen.«
»Du Aff du, denkst du denn, daß ich mich mit dir nur unterhalten werde? Also nimmst du das Telephonogramm auf oder nicht? Hast du Bleistift und Papier? Daß du keins hast, du Rindvieh, daß ich warten soll, bis dus findest? Das sind Soldaten. Also was, wirds? Daß du schon vorbereitet bist? Na, daß du dich endlich aufgerafft hast! Am Ende hast du dich nicht dazu umgekleidet, Menschenskind, also hör zu: 11. Marschkompanie. Wiederhols!«
»11. Marschkompanie . . .«
»Kompaniekommandant, hast du das? Wiederhols.«
»Kompaniekommandant . . .«

»Zur Besprechung morgen . . .«
»Zur Besprechung morgen . . .«
»Um neun Uhr . . . Unterschrift. Weißt du, was das ist Unterschrift, du Aff? Das ist der Name. Wiederhols!«
»Um neun Uhr . . . Unterschrift. Weißt du — was — das ist Unterschrift, du Aff? — Das ist — der Name.«
»Du Idiot, du. Also die Unterschrift: Oberst Schröder. Rindvieh. Hast du das?«
»Oberst Schröder, Rindvieh.«
»Gut, du Ochs. Wer hat das Telephonogramm aufgenommen?«
»Ich.«
»Himmelherrgott, wer ist das, dieser Ich?«
»Schwejk. Noch was?«
»Gott sei Dank, schon nichts. Aber du solltest Kuh heißen. — Was gibts bei euch Neues?«
»Nichts, alles beim alten.«
»Da bist du froh, was? Bei euch hat man heut herich jemanden angebunden?«
»Nur den Putzfleck vom Herrn Oberlajtnant, er hat ihm die Menage aufgefressen. Weißt du nicht, wann man geht?«
»Menschenskind, das is eine Frage, das weiß nicht mal der Alte. Gute Nacht. Habt ihr dort Flöh?«
Schwejk legte den Hörer hin und fing an, den Rechnungsfeldwebel zu wecken, der sich zornig wehrte; und als Schwejk ihn zu rütteln begann, versetzte ihm Waněk eins in die Nase. Dann legte er sich auf den Bauch und schlug mit den Füßen auf dem Kavallett rings um sich. Schwejk gelang es aber trotzdem, Waněk so weit zu erwecken, daß dieser sich, während er sich die Augen rieb, auf den Rücken legte und erschrocken fragte, was geschehen sei.
»Soweit nichts«, antwortete Schwejk, »ich möchte mich nur gern mit Ihnen beraten. Jetzt grad hamr ein Telephonogramm gekriegt, daß Herr Oberlajtnant Lukasch morgen um neun Uhr zum Herrn Oberst zur Besprechung kommen soll. Ich weiß jetzt nicht, woran ich bin. Soll ich ihms gleich ausrichten gehn oder erst früh? Ich hab lang geschwankt, ob ich Sie wecken soll, wenn Sie so schön geschnarcht ham, aber dann bab ich mir gedacht, was liegt dran, lieber berätst du dich.« —
»Um Gottes willn, bitte Sie, lassen Sie mich schlafen«, stöhnte Waněk, übers ganze Gesicht gähnend, »gehn Sie erst früh hin und wecken Sie mich nicht!« Er wälzte sich auf die Seite und schlief augenblicklich wieder ein.
Schwejk ging abermals zum Telephon, setzte sich und fing an, über dem Tisch einzunicken. Ein Läuten weckte ihn.

»Hallo, 11. Marschkompanie.«
»Ja. 11. Marschkompanie. Wer dort?«
»13. Marschka. Hallo. Wieviel Uhr hast du? Ich kann die Zentrale nicht errufen. Mich kommen sie etwas lang nicht ablösen.«
»Bei uns steht die Uhr.«
»Da seid ihr so dran wie wir. Weißt du nicht, wann man fährt? Hast du nicht mit der Regimentskanzlei gesprochen?«
»Dort wissen sie einen Dreck, wie wir.«
»Sein Sie nicht so ordinär, Fräulein. Habt ihr schon Konserven gefaßt? Von uns sind sie hingegangen und ham nichts gebracht. Das Magazin war zugesperrt.«
»Die Unsrigen sind auch leer zurückgekommen.«
»Es ist überhaupt eine unnütze Panik. Wohin glaubst du, fahren wir?«
»Nach Rußland.«
»Ich denk, daß eher nach Serbien. Das wern wir sehn, bis wir in Pest sind. Wenn man uns nach rechts fahren wird, so schaut draus Serbien heraus, und nach links Rußland. Habt ihr schon Brotsäcke? Herich wird jetzt die Löhnung erhöht wern? Spielst du Frische Viere? Spielst du? Also komm morgen. Wir spielns jeden Abend. Wieviel seid ihr dort beim Telephon? Allein? Also scheiß drauf und leg dich. Da habt ihr bei euch eine komische Ordnung. Daß du dazu gekommen bist wie ein Blinder zu einer Geige? Na, endlich sind sie mich ablösen gekommen. Schnarch süß.«
Und Schwejk schlief tatsächlich beim Telephon süß ein, nachdem er vergessen hatte, den Hörer aufzuhängen, so daß ihn niemand in seinem Schlummer auf dem Tisch störte, und der Telephonist in der Regimentskanzlei schimpfte, weil er die 11. Marschkompanie mit einem neuen Telephonogramm nicht erreichen konnte, dessen Inhalt lautete: Alle diejenigen, die nicht gegen Typhus geimpft worden sind, mögen sich morgen bis zwölf Uhr in der Regimentskanzlei einfinden.
Oberleutnant Lukasch saß einstweilen noch im Offizierskasino mit Militärarzt Schanzler, der, rücklings auf einem Stuhl sitzend, in regelmäßigen Intervallen mit einem Queue auf den Boden schlug und dabei nacheinander folgende Sätze hervorstieß:
»Der sarazenische Sultan Salah-Edin hat zum erstenmal die Neutralität des Sanitätskorps anerkannt.«
»Man soll die Verwundeten bei beiden Parteien pflegen.«
»Man soll ihnen die Medikamente und die Pflege gegen Ersatz der Kosten durch die andere Partei bezahlen.«
»Es soll erlaubt sein, ihnen Ärzte und deren Gehilfen mit Pässen von Generalen zu schicken.«

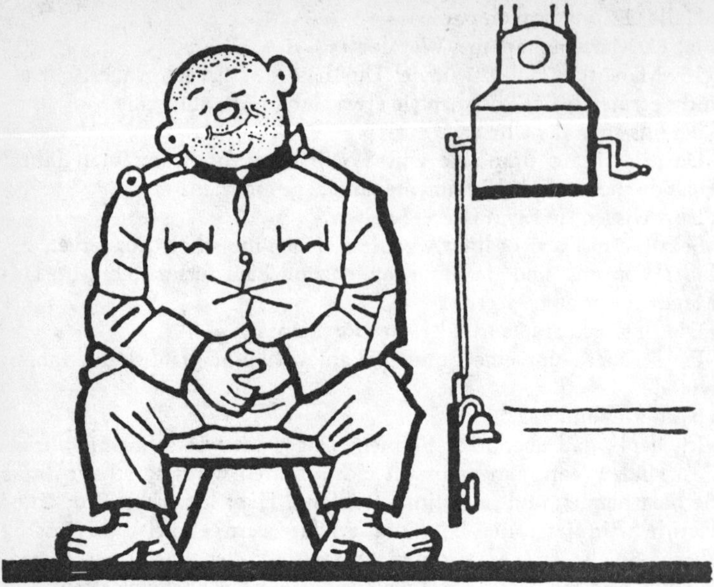

»Gefangene Verwundete sollen auch unter dem Schutz und der Garantie von Generalen zurückgeschickt oder ausgetauscht werden. Aber sie können dann weiterdienen.«

»Die Kranken auf beiden Seiten sollen nicht gefangengenommen und erschlagen, sondern ohne Gefahr in die Spitäler geschafft werden, und es soll ihnen eine Wache belassen werden, die ebenso wie die Kranken mit den Pässen der Generale zurückkehren soll. Das gilt auch für Feldgeistliche, Ärzte, Chirurgen, Apotheker und Krankenpfleger, Gehilfen und andere Personen, die für die Bedienung der Kranken bestimmt sind. Sie dürfen nicht gefangengenommen werden, sondern müssen auf die gleiche Art zurückgeschickt werden.«

Doktor Schanzler hatte dabei bereits zwei Queues zerbrochen und war noch immer nicht fertig mit seinen sonderbaren Erörterungen der Verwundetenfürsorge im Kriege, in die er unablässig etwas von irgendwelchen Generalpässen einflocht.

Oberleutnant Lukasch trank den schwarzen Kaffee aus und ging nach Hause, wo er den bärtigen Riesen Baloun antraf, der damit beschäftigt war, in einem Töpfchen auf dem Spirituskocher Oberleutnant Lukaschs Salami zu braten.

»Ich erlaube mir«, stotterte Baloun, »erlaube mir, melde gehorsamst . . .«

Lukasch blickte ihn an. In diesem Moment erschien ihm Baloun wie ein großes Kind, ein naives Geschöpf, und Oberleutnant Lukasch tat es plötzlich leid, daß er ihn seines großen Hungers halber hatte anbinden lassen.
»Koch dir nur, Baloun«, sagte er, den Säbel abknöpfend, »morgen laß ich dir noch eine Portion Brot zuschreiben.«
Oberleutnant Lukasch setzte sich an den Tisch und war so melancholisch gestimmt, daß er anfing, seiner Tante einen sentimentalen Brief zu schreiben:
»Liebe Tante!
Soeben habe ich den Befehl erhalten, mich mit meiner Marschkompanie zur Abfahrt an die Front bereit zu halten. Es kann sein, daß dieses Schreiben das letzte ist, das Du von mir erhältst, denn es wird überall hart gekämpft, und unsere Verluste sind groß. Deshalb fällt es mir schwer, diesen Brief mit den Worten zu schließen: ›Auf Wiedersehen!‹ Es wäre passender, Dir ein letztes Lebewohl zu schicken.«
Das Weitere werde ich erst früh zu Ende schreiben, dachte Oberleutnant Lukasch und ging zu Bett.
Als Baloun sah, daß der Oberleutnant fest eingeschlafen war, fing er abermals an, in der Wohnung zu wirtschaften und zu schnüffeln wie Schaben in der Nacht. Er öffnete den Koffer des Oberleutnants und biß eine Tafel Schokolade an, erschrak aber, als der Oberleutnant im Schlaf zusammenzuckte. Er legte schnell die angebissene Schokolade in den Koffer und verhielt sich still.
Dann schaute er leise nach, was der Oberleutnant geschrieben hatte.
Er las und war gerührt, insbesondere durch das »Letzte Lebewohl!«
Er legte sich auf seinen Strohsack bei der Tür und dachte an daheim und an die Schlachtmesser.
Er konnte sich nicht von der Vorstellung befreien, daß er eine Preßwurst durchsteche, damit er die Luft aus ihr herausbekomme, weil sie sonst beim Kochen platzen könne.
Und bei der Erinnerung daran, wie beim Nachbarn einmal eine ganze Speckwurst geplatzt und zerkocht war, schlief er zufrieden ein. Ihm träumte, daß er irgendeinen Schlemihl von einem Metzger eingeladen hatte und daß diesem beim Füllen der Leberwürste die Leberwurstdärme platzten. Dann wieder, daß der Metzger vergessen hatte, Blutwürste zu machen, daß das Wellfleisch verlorengegangen war und nicht genug Speile für die Leberwürste vorhanden waren. Dann träumte ihm etwas vom Feldgericht, denn man hatte ihn erwischt, als er aus der Feldküche ein Stück Fleisch gezogen hatte. Zum Schluß sah er sich selbst, wie er an einer Linde in der Allee des Militärlagers in Bruck an der Leitha hing.

Als Schwejk mit dem anbrechenden Morgen, der mit dem Geruch gekochter Kaffeekonserven aus allen Kompanieküchen in das Zimmer drang, erwachte, hängte er mechanisch, als hätte er gerade ein Telephongespräch beendet, den Hörer auf und unternahm in der Kanzlei einen kleinen Morgenspaziergang, wobei er sang.
Er fing sofort mitten im Text des Liedes an: ein Soldat verkleidet sich als Mädel und geht seiner Liebsten in die Mühle nach, wo ihn der Müller zu der Tochter legt, nachdem er vorher der Müllerin zugerufen hat:

Gebt, Gevatterin, zu essen,
das Mädchen hat noch nicht gegessen.

Die Müllerin füttert den nichtswürdigen Kerl. Und dann folgt die Familientragödie:

Müllers wachten auf um sieben,
auf der Türe stand geschrieben:
Eure Tochter, liebe Leute,
ist nicht Jungfrau mehr ab heute.

Schwejk legte in den Schluß des Liedes so viel Stimme, daß die Kanzlei sich neu belebte, denn Rechnungsfeldwebel Waněk erwachte und fragte, wie spät es sei.
»Grad vor einer Weile hat man geblasen.«
»Da steh ich erst nachm Kaffee auf«, entschloß sich Waněk, der immer zu allem genug Zeit hatte, »ohnedies wern sie uns heut wieder mit Eile sekkieren und unnütz herumhetzen, wie gestern mit den Konserven . . .« Waněk gähnte und fragte, ob er, wie er nach Hause gekommen war, noch lange geredet habe.
»Nur so bißl unverständliches Zeug«, sagte Schwejk, »immerfort ham Sie was aus sich herausgestoßen von Gestalten, daß eine Gestalt keine Gestalt is, und was keine Gestalt is, daß eine Gestalt is, und diese Gestalt, daß wieder keine Gestalt is. Aber es hat Sie bald übermannt, und Sie ham bald angefangen zu schnarchen, wie wenn eine Säge sägt.«
Schwejk verstummte, ging bis zur Tür und wieder zurück zum Kavallett des Rechnungsfeldwebels, vor dem er stehenblieb, und bemerkte:
»Was meine Person anlangt, Herr Rechnungsfeldwebel, wie ich das gehört hab, was Sie von diesen Gestalten gesagt ham, so hab ich mich an einen gewissen Zatka, einen Gasarbeiter, erinnert, was auf der Gasstation am Belvedere gearbeitet und Lampen angezündet hat und wieder ausgelöscht hat. Er war ein aufgeklärter Mann und is in allen möglichen Butiken am Belvedere herumgegangen, weil man zwischen dem Anzünden und Auslöschen der Lampen Langweil hat,

und dann gegen früh hat er auf der Gasstation grad solche Gespräche geführt wie Sie, nur daß der wieder gesagt hat, der Würfel is eine Kante, deshalb is ein Würfel kantig. Ich habs auf eigene Augen gehört, wie mich ein besoffener Polizist wegen Verunreinigung der Straße irrtümlich statt auf der Polizeiwache auf der Gasstation vorgeführt hat.

Und dann«, sagte Schwejk leise, »hat das mit dem Zatka nach einiger Zeit sehr schlecht geendet. Er is in die Marienkongregation eingetreten, is mit den himmlischen Jungfrauen zu den Predigten vom Pater Jemelka zum heiligen Ignaz am Karlsplatz gegangen und hat mal, wie die Missionäre am Karlsplatz beim heiligen Ignaz waren, vergessen, die Gaslaternen in seinem Rayon auszulöschen, so daß dort auf den Straßen drei Tage und Nächte ununterbrochen Gas gebrannt hat.

Das is sehr schlecht«, fuhr Schwejk fort, »wenn jemand auf einmal anfängt, sich ins Philosophieren einzulassen, draus stinkt immer ein Delirium tremens. Vor Jahren ham sie zu uns von den Fünfundsiebzigern einen gewissen Major Blüher versetzt. Der hat sich uns immer einmal im Monat ins Karree stelln lassen und hat mit uns nachgedacht, was das is: militärische Obrigkeit. Der hat nichts anderes getrunken wie Sliwowitz.

›Jeder Offizier, Soldaten‹, hat er uns aufn Kasernenhof erklärt, ›is von sich selbst das vollkommenste Geschöpf, was hundertmal soviel Verstand hat wie ihr alle zusamm, ihr könnt euch überhaupt nichts Vollkommeneres vorstelln, Soldaten, wie einen Offizier, nicht mal, wenn ihr euer ganzes Leben dran denken möchtet. Jeder Offizier is ein notwendiges Geschöpf, derweil ihr Soldaten nur bloß zufällige Geschöpfe seid. Ihr könnt existieren, aber ihr müßt nicht. Wenns zu einem Krieg kommen möcht, Soldaten, und ihr für Seine Majestät den Kaiser falln möchtet, gut, damit möcht sich nichts ändern, aber wenn zuerst euer Offizier falln möcht, dann erst möchtet ihr sehn, wie ihr von ihm abhängig wart und was für ein Verlust das is. Der Offizier muß existieren, und ihr habt eure Existenz eigentlich nur von den Herren Offizieren geliehen: ihr hängt von ihnen ab, ihr könnt nicht ohne Offiziere bestehn, ihr könnt ohne eure militärische Obrigkeit nicht mal furzen. Für euch, Soldaten, is der Offizier ein moralisches Gesetz, ob ihrs versteht oder nicht, und weil jedes Gesetz seinen Gesetzgeber haben muß, Soldaten, so is es nur der Offizier, dem ihr euch in allem verpflichtet fühlt und verpflichtet fühln müßt und dessen jede Anordnung ihr erfüllen müßt, wenns euch auch nicht gefalln sollt.‹

Dann einmal, wie er fertig war, is er ums Karree herumgegangen und hat einen nach dem andern gefragt:

›Was fühlst du, wenn du zu spät nach Haus kommst?‹
Sie ham so verwirrte Antworten gegeben, daß sie noch nie zu spät gekommen sind oder daß ihnen nach jedem Zuspätkommen schlecht vom Magen is, einem war, wie wenn er Kasernarrest hätt, usw. Die alle hat Major Blüher gleich zur Seite führen lassen, daß sie dann Nachmittag aufn Hof Gelenksübungen machen wern zur Strafe, weil sie sich nicht ausdrücken können, was sie fühln. Bevor die Reihe an mich gekommen is, hab ich mich erinnert, worüber er zuletzt mit uns nachgedacht hat, und wie er zu mir gekommen is, hab ich ihm ganz ruhig gesagt:
›Melde gehorsamst, Herr Major, daß wenn ich zu spät komm, fühl ich immer irgendeine Unruhe, Angst und Gewissensbisse. Wenn ich aber, wenn ich Überzeit krieg, ordentlich zur Zeit in die Kaserne zurückkomm, dann befällt mich irgendeine glückselige Ruhe, kriecht eine innere Zufriedenheit in mich.‹
Alles herum hat gelacht, und Major Blüher hat mich angeschrien: ›Auf dich kriechen höchstens Wanzen, du Lümmel, wenn du am Kavallett schnarchst. Er macht sich noch eine Hetz, der Kerl, der elende.‹
Und ich hab dafür Spangen bekommen, daß es eine Freude war.«
»Beim Militär gehts nicht anders«, sagte der Rechnungsfeldwebel, während er sich faul auf seinem Bett rekelte, »das is schon so eingebürgert, du kannst antworten, was du willst, kannst machen, was du willst, immer müssen Wolken über dir hängen, und die Donner fangen an zu rollen. Ohne das is keine Disziplin möglich.«
»Ganz gut gesagt«, meinte Schwejk. »Dran wer ich nie vergessen, wie sie den Rekruten Pech eingesperrt ham. Lajtnant bei der Kompanie war ein gewisser Moc, und der hat sich die Rekruten zusammgerufen und hat jeden gefragt, woher er is.
›Ihr grünen Rekruten, ihr verfluchten‹, sagt er zu ihnen, ›ihr müßt lernen, klar zu antworten, präzis und wie wenn man mit der Peitsche knallt. Also fangen wir an. Woher sind Sie, Pech?‹ Pech war ein intelligenter Mensch und hat geantwortet: ›Unterbautzen, 267 Häuser, 1936 tschechische Einwohner, Hauptmannschaft Jitschin, Bezirk Sobotka, ehemalige Herrschaft Kost, Pfarrkirche der heiligen Katharina aus dem 14. Jahrhundert, renoviert durch Graf Wenzel Wratislav Netolitzky, Schule, Post, Telegraph, Station der böhmischen Handelsbahn, Zuckerfabrik, Mühle mit Säge, Einzelhof Walch, sechs Jahrmärkte.‹ Und da is Lajtnant Moc schon auf ihn zugesprungen und hat angefangen, ihm eine nach der andern übers Maul zu haun, und hat geschrien: ›Da hast du einen Jahrmarkt, da hast du den zweiten, den dritten, den vierten, den fünften, den sechsten.‹
Und Pech, obzwar er Rekrut war, hat sich zum Bataillonsrapport

gemeldet. In den Kanzleien war damals so eine lustige Packasch, so hat sie aufgeschrieben, daß er wegen den Jahrmärkten in Unterbautzen zum Bataillonsrapport geht. Bataillonskommandant war Major Rohell. ›Also was gibts?‹ hat er Pech gefragt, und der hat losgelegt: ›Melde gehorsamst, Herr Major, daß in Unterbautzen sechs Jahrmärkte sind.‹ Da hat ihn Major Rohell angebrüllt, mit den Füßen gestampft und ihn gleich in die Meschuggenenabteilung vom Militärspital abführen lassen; seit der Zeit is aus Pech der ärgste Soldat worden, lauter Strafe.«

»Soldaten sind schwer zu erziehen«, sagte Rechnungsfeldwebel Waněk gähnend. »Ein Soldat, der beim Militär nicht bestraft worden is, is kein Soldat. Das hat vielleicht im Frieden gegolten, daß ein Soldat, was sich seinen Dienst ohne Strafe abgetan hat, dann im Zivildienst den Vorrang gehabt hat. Heutzutag sind grad die ärgsten Soldaten, was sonst im Frieden nicht ausn Arrest gekrochen sind, im Krieg die besten Soldaten. Ich erinner mich bei der 8. Marschka an den Infanteristen Sylvanusa. Der hat früher eine Strafe nach der andern gekriegt, und was für Strafen. Er hat sich nicht geniert, einem Kameraden den letzten Kreuzer zu stehln, und wie er ins Gefecht gekommen is, hat er als erster die Drahthindernisse durchschnitten, drei Kerle gefangengenommen und einen gleich am Weg erschossen, weil er ihm herich nicht getraut hat. Er hat die große silberne Medaille bekommen, man hat ihm zwei Sterndln angenäht, und wenn man ihn später nicht bei Dukla gehängt hätt, wär er schon längst Zugführer. Aber hängen ham sie ihn müssen, weil er sich nach einem Gefecht zur Rekognoszierung gemeldet hat und irgendeine andere Patrouille von einem andern Regiment ihn gefunden hat, wie er Leichen ausgeraubt hat. Man hat bei ihm etwa acht Uhren und viele Ringe gefunden. So ham sie ihn beim Brigadestab gehängt.«

»Draus sieht man«, bemerkte Schwejk weise, »daß jeder Soldat sich seine Stellung selbst erobern muß.«

Das Telephon klingelte. Der Rechnungsfeldwebel ging zum Telephon, und man konnte die Stimme Oberleutnant Lukaschs unterscheiden, der fragte, wies mit den Konserven stehe. Dann vernahm man irgendwelche Vorwürfe.

»Wirklich, es sind keine, Herr Oberlajtnant!« schrie Waněk ins Telephon, »wo wären sie denn, das is nur eine Phantasie von oben, von der Intendantur. Das war ganz unnütz, die Leute hinzuschicken. Ich hab Ihnen telephonieren wolln . . . Daß ich in der Kantine war? Wer, daß das gesagt hat? Dieser Okkultistenkoch aus der Offiziersmenage? Ich hab mir erlaubt, dort einzukehren. Wissen Sie, Herr Oberlajtnant, wie dieser Okkultist diese Panik mit diesen Konserven genannt hat? ›Schrecken des Ungeborenen.‹ Keineswegs, Herr Ober-

lajtnant, ich bin ganz nüchtern. Was der Schwejk macht? Er is hier. Soll ich ihn rufen?
Schwejk, zum Telephon«, sagte der Rechnungsfeldwebel und fügte leise hinzu, »und wenn er Sie fragen möcht, wie ich gekommen bin, so sagen Sie in Ordnung.«
Schwejk beim Telephon: »Schwejk, melde gehorsamst, Herr Oberlajtnant.«
»Hören Sie, Schwejk, wie ist das mit diesen Konserven? Stimmt das?«
»Es gibt keine, Herr Oberlajtnant, es gibt gar keine Spur von ihnen.«
»Ich möchte mir wünschen, Schwejk, daß Sie sich immer früh bei mir melden, solange ich im Lager bin. Bis wir fahren werden, werden Sie fortwährend bei mir sein. Was haben Sie in der Nacht gemacht?«
»Ich war die ganze Nacht beim Telephon.«
»Gabs was Neues?«
»Jawohl, Herr Oberlajtnant.«
»Schwejk, fangen Sie nicht wieder an zu blödeln. Hat jemand von irgendwo etwas Wichtiges gemeldet?«
»Jawohl, Herr Oberlajtnant, aber erst auf neun Uhr. Ich hab Sie nicht beunruhigen wolln, Herr Oberlajtnant, ich war weit davon entfernt.«
»Also, sakra, sagen Sie mir schon, was es für neun Uhr so Wichtiges gibt!«
»Ein Telephonogramm, Herr Oberlajtnant.«
»Ich versteh Sie nicht, Schwejk.«
»Ich habs aufgeschrieben, Herr Oberlajtnant: ›Nehmen Sie ein Telephonogramm auf. Wer ist beim Telephon? Hast du das? Lies, oder so was Ähnliches.‹«
»Kruzifix, Schwejk, mit Ihnen ist ein Kreuz. Sagen Sie mir den Inhalt, oder ich spring auf Sie los und hau Ihnen eins herunter. Also, was gibts?«
»Wieder irgendeine Besprechung, Herr Oberlajtnant, heut früh um neun Uhr beim Herrn Oberst. Ich hab Sie in der Nacht wecken wolln, aber dann hab ich mirs überlegt.«
»Das hätten Sie sich so unterstehn solln, mich wegen jeder Dummheit herauszutrommeln, wenn dazu bis früh Zeit ist. Wieder eine Besprechung, der Teufel soll das alles buserieren! Hängen Sie den Hörer auf, rufen Sie mir den Waněk zum Telephon.«
Rechnungsfeldwebel Waněk beim Telephon: »Rechnungsfeldwebel Waněk, Herr Oberlajtnant.«
»Waněk, finden Sie mir augenblicklich einen andern Putzfleck. Dieser Halunke Baloun hat mir bis früh alle Schokolade aufgefressen.

Ihn anbinden? Nein, wir geben ihn zur Sanität. Der Kerl ist wie ein Berg, soll er also die Verwundeten aus dem Gefecht tragen. Ich schick ihn gleich zu Ihnen. Richten Sies in der Regimentskanzlei aus und kommen Sie gleich zur Kompanie zurück. Glauben Sie, daß wir bald fahren werden?«

»Es is keine Eile nicht, Herr Oberlajtnant. Wie wir mit der 9. Marschkompanie ham fahren solln, hat man uns volle vier Tage an der Nase herumgezogen. Mit der 8. wars genauso. Nur mit der 10. wars besser. Da waren wir Felddienstfleck. Mittag hamr den Befehl gekriegt, und abends sind wir gefahren, aber dafür ham sie uns in ganz Ungarn herumgehetzt und ham nicht gewußt, welches Loch auf welchem Schlachtfeld sie mit uns zustopfen solln.«

Seit Oberleutnant Lukasch Kommandant der 11. Marschkompanie geworden war, befand er sich in dem Zustand eines sogenannten Synkretismus, das heißt philosophisch gesprochen: Er war bemüht, begriffliche Konflikte mit Hilfe von Kompromissen bis zur Begriffsvermischung auszugleichen.

Deshalb antwortete er auch: »Ja kann sein, das ist schon so. Sie glauben also nicht, daß man heut fahren wird? Um neun Uhr haben wir eine Besprechung mit dem Herrn Oberst. – Apropos, wissen Sie davon, daß Sie Dienstführender sind? Ich sags Ihnen nur so. Stelln Sie mir fest – warten Sie, was könnten Sie mir feststelln –? Ein Verzeichnis der Chargen mit der Angabe, seit wann sie dienen. Dann die Vorräte der Kompanie. Nationalität? Ja, ja, das auch – aber Hauptsache ist, daß Sie mir diesen neuen Putzfleck schicken. – Was Fähnrich Pleschner heute mit der Mannschaft machen soll? Vorbereitung zum Abmarsch. Rechnungen? Ich komm die Menage unterschreiben. Lassen Sie niemanden in die Stadt. In die Kantine im Lager? Nach der Menage auf eine Stunde. – Rufen Sie den Schwejk! – – –

Schwejk, Sie bleiben indessen beim Telephon.«

»Melde gehorsamst, Herr Oberlajtnant, ich hab noch nicht Kaffee getrunken.«

»Also holen Sie sich Kaffee und bleiben Sie dort in der Kanzlei beim Telephon, solang ich Sie nicht rufe. Wissen Sie, was eine Ordonnanz ist?«

»Es lauft herum, Herr Oberlajtnant.«

»Daß Sie also zur Stelle sind, wenn ich Sie rufe. Sagen Sie dem Waněk noch einmal, er soll für mich einen Putzfleck aussuchen, Schwejk, hallo, wo sind Sie?«

»Hier, Herr Oberlajtnant, grad ham sie den Kaffee gebracht.«

»Schwejk, hallo!«

»Ich hör, Herr Oberlajtnant, der Kaffee is ganz kalt.«

»Sie wissen schon gut, wie ein Putzfleck sein soll, Schwejk. Schaun Sie sich den Mann an, und teiln Sie mir dann mit, was er für ein Mensch ist. Hängen Sie den Hörer auf.«
Waněk, der den schwarzen Kaffee schlürfte, in den er (der Vorsicht halber) Rum aus einer Flasche mit der Aufschrift »Tinte« zugoß, blickte Schwejk an und sagte: »Unser Oberlajtnant schreit aber ins Telephon; ich hab jedes Wort verstanden. Sie müssen sehr gut bekannt sein mitn Herrn Oberlajtnant, Schwejk.«
»Wir sind eine Hand«, antwortete Schwejk. »Eine Hand wäscht die andere. Wir ham schon viel zusamm mitgemacht. Paarmal hat man uns schon auseinanderreißen wolln, aber wir ham uns wieder gefunden. Er hat sich immer mit allem auf mich verlassen, daß ich mich manchmal selbst wunder. Sie ham jetzt sicher auch gehört, daß ich Sie noch mal erinnern soll, daß Sie ihm einen neuen Putzfleck finden solln und daß ich ihn besichtigen muß und ein Gutachten von ihm abgeben soll. Nämlich der Herr Oberlajtnant is nicht mit jedem Putzfleck zufrieden.«
Als Oberst Schröder alle Offiziere des Marschbataillons zu einer Konferenz berief, tat er dies abermals sehr gern, um sich aussprechen zu können. Außerdem war es nötig, eine Entscheidung in der Affäre des Einjährigfreiwilligen Marek zu treffen, der nicht die Aborte reinigen wollte und wegen Meuterei von Oberst Schröder zum Divisionsgericht geschickt worden war.
Vom Divisionsgericht war er gerade gestern in der Nacht auf die »Hauptwache« gebracht worden, wo er festgehalten wurde. Gleichzeitig mit ihm war in die Regimentskanzlei eine maßlos verworrene Zuschrift des Divisionsgerichtes eingeliefert worden, in der man darauf hinwies, daß es sich in diesem Falle nicht um Meuterei handle, weil Einjährigfreiwillige nicht Aborte reinigen sollen, daß es sich aber nichtsdestoweniger um eine »Subordinationsverletzung« handle, welches Delikt auf Grund eines tapferen Verhaltens im Felde nachgesehen werden könne. Aus diesen Gründen werde der angeklagte Einjährigfreiwillige Marek zu seinem Regiment zurückgeschickt. Die Untersuchung wegen Verletzung der militärischen Zucht sollte bis zum Abschluß des Krieges eingestellt oder bei der nächsten Übertretung, der sich der Einjährigfreiwillige Marek schuldig machen werde, neu aufgenommen werden.
Es handelte sich auch noch um einen zweiten Fall. Gleichzeitig mit dem Einjährigfreiwilligen Marek war der Hauptwache vom Divisionsgericht der falsche Zugführer Teweles eingeliefert worden, der vor kurzem beim Regiment aufgetaucht war, wohin man ihn aus dem Krankenhaus in Agram geschickt hatte. Er hatte die große silberne Medaille, die Abzeichen eines Einjährigfreiwilligen und drei

Sternchen. Er erzählte von Heldentaten der 6. Marschkompanie in Serbien, von der er angeblich ganz allein übriggeblieben sei. Durch die Untersuchung wurde festgestellt, daß in der Tat zu Beginn des Krieges mit der 6. Marschkompanie irgendein Teweles abgegangen war, der jedoch nicht das Einjährigfreiwilligenrecht besessen hatte. Man forderte einen Bericht von der Brigade, zu der die 6. Marschkompanie kommandiert worden war, als man am 2. Dezember 1914 aus Belgrad flüchtete, und stellte fest, daß sich im Verzeichnis der für die silberne Medaille Vorgeschlagenen oder Ausgezeichneten kein Teweles befand. Ob aber der Infanterist Teweles in der Belgrader Kriegskompanie zum Zugführer befördert worden war, ließ sich auf keine Weise sicherstellen, weil die ganze 6. Marschkompanie bei der Kirche des heiligen Sava in Belgrad samt ihren Offizieren in Verlust geraten war. Beim Divisionsgericht verteidigte sich Teweles, indem er behauptete, daß ihm die große silberne Medaille tatsächlich versprochen worden war und er sich sie deshalb im Spital von einem Bosniaken gekauft habe. Was die Einjährigfreiwilligenstreifen betreffe, so habe er sich sie in der Trunkenheit angenäht und fahre deshalb fort, sie zu tragen, weil er fortwährend betrunken sei, da er einen durch Dysenterie geschwächten Organismus habe.
Als die Besprechung begann, teilte Oberst Schröder vor Erörterung dieser beiden Fälle mit, daß es nötig sei, vor der Abfahrt, die nicht lange auf sich warten lassen werde, häufiger zusammenzukommen. Von der Brigade sei ihm mitgeteilt worden, daß man Befehle von der Division erwarte. Die Mannschaft möge bereit sein, und die Kompaniekommandanten sollten wachsam dafür Sorge tragen, daß niemand fehle. Er wiederholte dann nochmals alles, was er gestern vorgebracht hatte. Gab abermals eine Übersicht der Kriegsbegebenheiten und fügte hinzu, daß nichts den kampflustigen Charakter und den kriegerischen Unternehmungsgeist in der Armee hemmen dürfe.
Auf dem Tisch vor ihm befand sich eine Karte des Kriegsschauplatzes mit Fähnchen auf Stecknadeln, allein die Fähnchen waren überworfen und die Fronten verschoben. Herausgezogene Stecknadeln mit Fähnchen wälzten sich unter dem Tisch.
Der ganze Kriegsschauplatz war in der Nacht fürchterlich zugerichtet worden; ein Kater, den sich die Schreiber in der Regimentskanzlei hielten, hatte, als er sich in der Nacht auf dem österreichisch-ungarischen Kampfplatz ausmachte und den Dreck vergraben wollte, die Fähnchen herausgezogen, den Dreck auf allen Positionen verschmiert, auf die Fronten und Brückenköpfe gespritzt und alle Armeekorps verunreinigt.
Oberst Schröder war sehr kurzsichtig.

Die Offiziere des Marschbataillons schauten mit Interesse zu, wie der Finger Oberst Schröders sich diesem Häufchen näherte.

»Von hier, meine Herren, nach Sokal am Bug«, sagte Oberst Schröder prophetisch und schob den Zeigefinger nach dem Gedächtnis auf die Karpaten zu, wobei er ihn in eines von den Häufchen bohrte, die der Kater in seinem Vorsatz, die Karte des Kriegsschauplatzes plastisch zu gestalten, hinterlassen hatte.

»Das scheint Katzendreck zu sein, Herr Oberst«, sagte für alle sehr höflich Hauptmann Sagner.

Oberst Schröder stürzte in die anstoßende Kanzlei, woher man fürchterliche Flüche und Verwünschungen nebst der entsetzlichen Drohung vernehmen konnte, daß er ihnen den ganzen Katzendreck auszulecken geben werde.

Das Verhör war kurz. Es wurde sichergestellt, daß der jüngste Schreiber Zwieblfisch den Kater vor vierzehn Tagen in die Kanzlei gebracht hatte. Nach dieser Feststellung packte Zwieblfisch seine sieben Zwetschgen, und ein älterer Schreiber führte ihn auf die Hauptwache, wo er bis auf einen weiteren Befehl des Herrn Oberst sitzen sollte.

Damit war eigentlich die ganze Konferenz beendet. Als Oberst Schröder mit purpurrotem Gesicht zu dem Offizierskorps zurückkehrte,

vergaß er, daß er noch über das Schicksal des Einjährigfreiwilligen Marek und des Lügen-Zugführers Teweles hatte sprechen wollen.
Er sagte ganz kurz: »Ich bitte die Herren Offiziere bereit zu sein und die weiteren Befehle und Instruktionen abzuwarten.«
Und so blieben der Einjährigfreiwillige und Teweles weiterhin auf der Hauptwache, und als später Zwieblfisch hinzukam, konnten sie Mariage spielen und nach Beendigung der Partei ihren Wärter mit dem Verlangen belästigen, die Flöhe auf dem Strohsack zu fangen.
Dann steckte man noch den Gefreiten Peroutka von der 13. Marschkompanie zu ihnen, der, als sich am Tage vorher im Lager das Gerücht verbreitet hatte, daß man an die Front fahre, verschwunden und am Morgen von der Patrouille bei der »Weißen Rose« in Bruck gefunden worden war. Er redete sich aus, er habe vor der Abfahrt das bekannte Glashaus des Grafen Harrach bei Bruck besichtigen wollen und sei auf dem Rückweg fehlgegangen und erst am Morgen todmüde bei der »Weißen Rose« angelangt. (Inzwischen hatte er mit dem Dornröschen aus der »Weißen Rose« geschlafen.)

Die Situation blieb fortwährend ungeklärt. Wird gefahren werden oder nicht? Schwejk hörte beim Telephon in der Kanzlei der 11. Marschkompanie die verschiedensten pessimistischen und optimistischen Ansichten darüber. Die 12. Marschkompanie telephonierte, jemand in der Kanzlei habe gehört, daß man auf Schießübungen mit beweglichen Figuren warten und erst nach den feldmäßigen Schießübungen fahren werde. Dieser optimistischen Meinung war nicht die 13. Marschkompanie, die telephonierte, daß soeben Korporal Hawlík aus der Stadt zurückgekehrt sei und von einem Eisenbahnbediensteten gehört habe, daß die Waggons bereits auf der Station bereitstehen.
Waněk riß Schwejk den Hörer aus der Hand und schrie aufgeregt, daß die Eisenbahner einen alten Dreck wissen, gerade jetzt sei er in der Regimentskanzlei gewesen.
Schwejk harrte mit wahrer Liebe beim Telephon aus und erwiderte auf alle Fragen, was es Neues gebe, daß man noch nichts Bestimmtes wisse.
Auf solche Weise beantwortete er auch die Frage Oberleutnant Lukaschs:
»Was gibts bei uns Neues?«
»Man weiß noch nichts Bestimmtes, Herr Oberlajtnant«, entgegnete Schwejk stereotyp.
»Sie Ochs, hängen Sie den Hörer auf.«
Dann kam eine Reihe Telephonogramme, die Schwejk nach längerem Mißverständnis entgegennahm. Vor allem dasjenige, das ihm in

der Nacht nicht diktiert werden konnte, weil er den Hörer nicht aufgehängt hatte und schlief, und das die Geimpften und Nichtgeimpften betraf.
Dann wieder ein verspätetes Telephonogramm betreffs der Konserven, das bereits gestern aufgeklärt worden war.
Und dann kam ein Telephonogramm an alle Bataillone, Kompanien und Regimentsteile.
»Kopie des Telephonogrammes Brigade Nr. 75 692, Brigadebefehl Nr. 172. – Bei Ausweisen über den Verbrauch bei den Feldküchen ist nachfolgende Ordnung bei der Aufzählung von verbrauchten Produkten einzuhalten: 1. Fleisch, 2. Konserven, 3. frisches Gemüse, 4. getrocknetes Gemüse, 5. Reis, 6. Makkaroni, 7. Graupen und Grieß, 8. Kartoffeln, statt des früheren: 4. getrocknetes Gemüse, 5. frisches Gemüse.«
Als Schwejk dies dem Rechnungsfeldwebel vorgelesen hatte, verkündete Waněk feierlich, daß man solche Telephonogramme in die Latrine werfe.
»Das hat sich irgendein Idiot beim Armeestab ausgedacht, und schon schickt mans an alle Divisionen und Brigaden und Regimenter.«
Dann nahm Schwejk noch ein Telephonogramm in Empfang, das so rasch diktiert wurde, daß Schwejk davon auf dem Block nur etwas einfangen konnte, das wie eine Chiffre aussah:
»In der Folge genauer erlaubt gewesen oder das selbst einem hingegen immerhin eingeholt werden.«
»Das sind lauter überflüssige Sachen«, sagte Waněk, als sich Schwejk ungeheuer über das, was er aufgeschrieben hatte, wunderte und es dreimal hintereinander laut las, »lauter Dummheiten, obzwar der Teufel weiß, es kann auch chiffriert sein, aber drauf sind wir bei uns bei der Kompanie nicht eingerichtet. Man kanns auch wegwerfen.«
»Ich denk auch«, sagte Schwejk, »wenn ich dem Herrn Oberlajtnant melden möcht, daß es in der Folge genauer erlaubt gewesen oder das selbst einem hingegen immerhin eingeholt werden, möcht er sich noch beleidigen.
Mancher is Ihnen heiklig, daß es geradezu schrecklich is«, fuhr Schwejk, abermals in Erinnerungen versunken, fort. »Einmal bin ich von Wysotschan mit der Elektrischen nach Prag gefahren, und in Lieben hat sich ein gewisser Herr Novotný zu uns gesetzt. Gleich wie ich ihn erkannt hab, bin ich zu ihm auf die Plattform gegangen und hab mit ihm zu sprechen angefangen, daß wir beide aus Drosau sind. Er hat mich aber angeschrien, ich soll ihn nicht belästigen, daß er mich herich nicht kennt. Ich hab angefangen, es ihm zu erklären, er soll sich nur erinnern, daß ich als kleiner Junge mit der Mutter, was Antonie geheißen hat, oft zu ihm gegangen bin, daß der Vater

Prokop geheißen hat und Meier war. Nicht mal dann hat er was davon wissen wolln, daß wir uns kennen. So hab ich ihm noch nähere Einzelheiten gesagt, daß in Drosau zwei Novotnýs waren, der Tonda und der Josef. Er, daß der Josef is, daß sie mir von ihm aus Drosau geschrieben ham, daß er seine Frau erschossen hat, weil sie ihn wegen dem Saufen gezankt hat. Und da hat er Ihnen einen Anlauf genommen, ich bin beiseite gesprungen, und er hat die Tafel auf der vordern Plattform zerhaut, die große vorm Lenker. So hat man uns herausgesetzt, abgeführt, und am Kommissariat hat sichs gezeigt, daß er drum so heiklig war, weil er überhaupt nicht Josef Novotný geheißen hat, sondern Eduard Doubrava und aus Montgomery aus Amerika war und hier auf Besuch bei Verwandten war, von denen seine Familie abgestammt is.«
Das Telephon unterbrach seine Erzählung, und eine heisere Stimme aus der Maschinengewehrabteilung fragte abermals, ob man fahren werde. Es finde angeblich am Morgen eine Besprechung beim Herrn Oberst statt.
In der Tür zeigte sich der sehr blasse Kadett Biegler, der größte Trottel bei der Kompanie, denn er hatte sich in der Einjährigfreiwilligenschule bemüht, durch seine Kenntnisse hervorzuragen. Er winkte Waněk, er möge ihm auf den Gang folgen, wo er eine lange Auseinandersetzung mit ihm hatte.
Als Waněk zurückkehrte, lächelte er verächtlich:
»Is das ein Ochs«, sagte er zu Schwejk, »hier bei unserer Marschka hamr aber Exemplare. Er war auch bei der Besprechung, und wie sie auseinandergegangen sind, so hat der Herr Oberlajtnant angeordnet, daß alle Zugkommandanten eine Gewehrvisitation machen und dabei streng sein solln. Und jetzt kommt er mich fragen, ob er den Zlabek anbinden lassen soll, weil er sich das Gewehr mit Petroleum ausgeputzt hat.«
Waněk regte sich auf.
»So eine Blödheit fragt er mich, wo er weiß, daß man ins Feld geht. Na, der Herr Oberlajtnant hat sichs gestern ganz gut überlegt mit dem Anbinden von seinem Putzfleck. Ich hab diesem Grünschnabel aber auch gesagt, er soll sichs gut überlegen, aus der Mannschaft Tiere zu machen.«
»Wenn Sie schon von dem Putzfleck reden«, sagte Schwejk, »wissen Sie vielleicht nicht, ob man schon irgendeinen für den Herrn Oberlajtnant aufgetrieben hat?«
»Ham Sie doch bißl Grütze«, antwortete Waněk, »auf alles is genug Zeit, übrigens denk ich, daß sich der Herr Oberlajtnant an Baloun gewöhnen wird, hie und da wird er ihm noch was auffressen, und dann wird er sichs auch abgewöhnen, bis wir im Feld sein wern.

Dort wern sie oft beide nichts zu fressen haben. Wenn ich sag, daß Baloun bleibt, so läßt sich nichts machen. Das is meine Sorge, und der Herr Oberlajtnant hat nichts dreinzureden. Nur keine Eile nicht.«
Waněk legte sich wieder auf sein Bett und sagte: »Schwejk, erzähln Sie mir eine Anekdote ausn Soldatenleben.«
»Das möchte gehen«, antwortete Schwejk, »aber ich hab Angst, daß wieder jemand auf uns läuten wird.«
»Also schalten Sie aus, Schwejk, schrauben Sie die Leitung ab, oder nehmen Sie den Hörer herunter.«
»Gut«, sagte Schwejk, den Hörer abnehmend, »ich wer Ihnen was erzähln, was in diese Situation paßt, nur daß damals statt dem wirklichen Krieg nur Manöver waren und auch so eine Panik war wie heut, weil man nicht gewußt hat, wann wir aus der Kaserne ausrücken. Mit mir hat ein gewisser Schic vom Porschitsch gedient, ein braver Mann, aber fromm und furchtsam. Der hat sich vorgestellt, daß die Manöver was Schreckliches sind, daß die Menschen auf ihnen vor Durst umfalln und daß die Sanitäter das aufklauben wie Fallobst. Drum hat er in Vorrat getrunken, und wie wir zu den Manövern aus den Kasernen ausgerückt sind und nach Mnischka gekommen sind, so hat er gesagt: ›Ich halts nicht aus, Jungens, mich kann nur Gott allein retten.‹ Dann sind wir zu Horschowitz gekommen und dort hamr zwei Tage Rast gehabt, weils irgendein Irrtum war und wir so schnell vorgerückt sind, daß wir mit den übrigen Regimentern, was mit uns an den Flügeln gegangen sind, den ganzen feindlichen Stab gefangengenommen hätten, was ein Schkandal gewesen wär, weils unser Armeekorps hat bescheißen und der Feind gewinnen solln, weil bei den Feinden so ein abgelebtes Erzherzogerl war. Da hat der Schic folgendes angestellt. Wie wir gelagert sind, hat er sich zammgepackt und is sich was in irgendein Dorf hinter Horschowitz kaufen gegangen und is Mittag ins Lager zurückgekommen. Heiß wars, beschwipst war er auch grad akkurat, da hat er aufn Weg eine Säule gesehn, und auf der Säule war ein Kästchen und drin eine ganz kleine Statue vom heiligen Johann von Nepomuk. Er hat vorn heiligen Johann gebetet und sagt zu ihm: ›Heiß is dir, was, wenn du wenigstens bißl was zu trinken hättest. Bist hier auf der Sonne, sicher schwitzt du fort.‹ So hat er die Feldflasche geschüttelt, hat getrunken und sagt: ›Ich hab dir auch einen Schluck gelassen, heiliger Johann von Nepomuck.‹ Aber er hat sich erschreckt, hat alles ausgesoffen und aufn Heiligen is nix geblieben. ›Jesusmariandjosef‹, sagt er, ›heiliger Johann von Nepomucky, das mußt du mir verzeihn, ich wer dirs einbringen, ich nimm dich mit ins Lager und geb dir so viel zu trinken, daß du nicht aufn Füßn stehn wirst.‹ Und der liebe Schic hat aus Mitleid mitn heiligen Johann von Nepomuk das Glas

zerdroschen, die Statue des Heiligen herausgezogen und hat sich sie unter die Bluse gesteckt und ins Lager getragen. Dann hat der heilige Nepomucky mit ihm am Stroh geschlafen, er hat ihn auf den Märschen im Tornister mitgetragen und hat großes Glück in den Karten gehabt. Wo wir gelagert ham, dort hat er gewonnen, bis wir in die Gegend von Prachatitz gekommen sind; da sind wir in Drahenitz gelegen, und er hat alles sackumpack verspielt. Wie wir früh ausgerückt sind, so is aufn Birnbaum beim Weg der heilige Johann Nepomucky aufgehängt gehangen. So, das ist die Anekdote, und jetzt häng ich wieder den Hörer auf.«
Und das Telephon vermittelte wiederum die Erschütterungen eines neuen nervösen Lebens, denn die alte Harmonie im Lager war gestört.
Zu dieser Zeit studierte Oberleutnant Lukasch in seiner Kemenate die soeben vom Regimentsstab an ihn gelangten Chiffren samt der Belehrung, wie sie zu lösen seien, und gleichzeitig den chiffrierten Geheimbefehl über die Richtung, in der das Marschbataillon sich an die galizische Grenze (erste Etappe) begeben sollte:

7217 – 1238 – 475 – 2121 – 35 = Wieselburg
8922 – 375 – 7282 = Raab
4432 – 1238 – 7217 – 35 – 8922 – 35 = Komorn
7282 – 9299 – 310 – 375 – 7881 – 298 – 475 – 7979
= Budapest.

Während er diese Chiffren löste, seufzte Oberleutnant Lukasch: »Der Teufel soll das buserieren.«

2

Quer durch Ungarn

Endlich war jener Augenblick da, wo man alle im Verhältnis von 42 Mann zu 8 Pferden in die Waggons pferchte. Die Pferde fuhren freilich bequemer als die Mannschaft, denn sie konnten im Stehen schlafen, aber das tat nichts. Der Militärzug brachte abermals eine neue, zur Schlachtbank getriebene Menschenschar nach Galizien.

Im ganzen brachte er diesen Geschöpfen doch nur eine gewisse Erleichterung; es war doch nun etwas Bestimmtes, als der Zug sich in Bewegung setzte; vorher jedoch gabs nur eine quälende Ungewißheit, eine panische Unsicherheit, ob man schon heute oder morgen oder erst übermorgen fahren werde. Einigen war zumute wie zum Tode Verurteilten, die angstvoll darauf warten, wann der Scharfrichter sie abholen wird. Und dann tritt eine Beruhigung ein, weil es gleich vorbei sein wird.

Deshalb brüllte ein Soldat aus dem Waggon wie toll: »Wir fahren, wir fahren!«

Rechnungsfeldwebel Waněk hatte vollkommen recht, wenn er zu Schwejk gesagt hatte, daß keine Eile sei.
Bevor der Augenblick herankam, in dem man in die Waggons kletterte, waren mehrere Tage verflossen. Während dieser Tage wurde unablässig von Konserven gesprochen, und der erfahrene Waněk erklärte, daß das nur Phantasien seien. Was für Konserven! Eine Feldmesse, das schon eher, weil es auch bei der vorigen Marschkompanie eine gegeben hätte. Wenn es Konserven gibt, entfällt die Feldmesse. Im umgekehrten Fall ist die Feldmesse ein Ersatz für die Konserven.
Und so tauchte also statt der Gulaschkonserven Oberfeldkurat Ibl auf, der drei Fliegen auf einen Schlag erschlug. Er zelebrierte die Feldmesse auf einmal für drei Marschbataillone, zwei davon segnete er für Serbien ein und eins für Rußland.
Er hielt dabei eine begeisterte Ansprache, und man merkte, daß er das Material dazu den Militärkalendern entnommen hatte. Es war eine so ergreifende Rede, daß sich Schwejk, der sich zusammen mit Waněk in der improvisierten Kanzlei im Waggon befand, als sie nach Wieselburg fuhren, an diese Ansprache erinnerte und zum Rechnungsfeldwebel sagte: »Das wird sehr fein sein, wies der Herr Feldkurat gesagt hat, bis der Tag zur Neige geht und die Sonne mit ihren goldenen Strahlen hinter den Bergen untergehn wird und auf dem Schlachtfeld, wie er gesagt hat, der letzte Atemzug der Sterbenden zu hören sein wird, das Röcheln der sterbenden Pferde und das Stöhnen der Verwundeten und das Jammern der Bevölkerung, wenn ihnen die Hütten überm Kopf brennen wern. Ich hab das sehr gern, wenn Leute so blödeln wie verrückt.«
Waněk nickte zustimmend mit dem Kopf:
»Es war eine verdammt rührende Geschichte.«
»Es war sehr hübsch und lehrreich«, sagte Schwejk, »ich hab mirs sehr gut gemerkt, und bis ich ausn Krieg zurückkomm, wer ichs beim ›Kelch‹ erzähln. Der Herr Kurat hat sich, wie er uns das auseinandergesetzt hat, so hübsch in Positur gestellt, daß ich Angst gehabt hab, daß ihm eine Haxen ausrutscht und er aufn Feldaltar fällt und sich seine Kokosnuß an der Monstranz zerbricht. Er hat uns so hübsche Beispiele aus der Geschichte unserer Armee erzählt, wie noch Radetzky gedient hat und wie sich mit der Abendröte das Feuer vermischt hat, wie die Scheunen aufn Schlachtfeld gebrannt ham, als ob ers gesehn hätt.«
Und am nämlichen Tag war Kurat Ibl bereits in Wien und trug dort wiederum einem andern Marschbataillon die rührende Geschichte vor, von der Schwejk gesprochen und die ihm so gut gefallen hatte.
»Liebe Soldaten«, sprach Feldkurat Ibl, »stellt euch also vor, ver-

setzt euch also ins Jahr achtundvierzig und denkt euch, daß die Schlacht bei Custozza siegreich geendet hat, wo nach zehnjährigem harten Kampf der italienische König Albert das blutige Schlachtfeld unserem Soldatenvater Marschall Radetzky überlassen mußte, der in seinem vierundachtzigsten Lebensjahre einen so glänzenden Sieg errang.
Und siehe da, liebe Soldaten! Auf einer Anhöhe vor dem eroberten Custozza blieb der greise Marschall stehen. Rings um ihn die treuen Heerführer. Der Ernst des Augenblicks lagerte über dem ganzen Kreise, denn, liebe Soldaten, nicht weit entfernt von dem Feldmarschall konnte man einen Krieger sehen, der mit dem Tode rang. Mit zerschmetterten Gliedern auf dem Felde der Ehre fühlte der verwundete Fähnrich, wie Marschall Radetzky auf ihn blickte. Der brave verwundete Fähnrich drückte noch in der erstarrenden Rechten die goldene Medaille mit krampfhafter Begeisterung. Beim Anblick des edlen Feldmarschalls lebte der Pulsschlag seines Herzens nochmals auf; durch den erstarrenden Leib zuckte der letzte Rest an Kraft, und der Sterbende versuchte mit übermenschlicher Anstrengung zu seinem Feldmarschall zu kriechen.
›Gönn dir Ruhe, mein braver Krieger‹, rief ihm der Marschall zu, stieg vom Pferd und wollte ihm die Hand reichen.
›Es geht nicht, Herr Feldmarschall‹, sagte der sterbende Krieger, ›ich habe beide Hände abgeschossen, nur um eins bitte ich. Sagen Sie mir die volle Wahrheit. Ist die Schlacht vollständig gewonnen?‹
›Vollständig, lieber Bruder‹, sagte der Feldmarschall freundlich, ›schade, daß deine Freude durch deine Verwundung getrübt ist.‹
›Freilich, edler Herr, mit mir gehts zu Ende‹, sagte der Krieger mit dumpfer Stimme, freundlich lächelnd. ›Hast du Durst?‹ fragte Radetzky. ›Der Tag war heiß, Herr Feldmarschall, wir hatten 30 Grad Hitze.‹ Da ergriff Radetzky die Flasche seines Adjutanten und reichte sie dem Sterbenden. Dieser trank mit einem mächtigen Schluck. ›Vergelts Gott tausendmal‹, rief er, indem er sich bemühte, seinem Befehlshaber die Hand zu küssen. ›Wie lange dienst du?‹ fragte ihn dieser. ›Über vierzig Jahre, Herr Feldmarschall! Bei Aspern habe ich die goldene Medaille erworben. Auch bei Leipzig war ich, das Kriegskreuz besitze ich ebenfalls, fünfmal war ich tödlich verletzt, aber jetzt ist es endgültig aus mit mir. Aber welche Wonne und Seligkeit, daß ich den heutigen Tag erlebt habe. Was liegt mir am Tod, da wir einen glorreichen Sieg errungen haben und der Kaiser sein Land zurückerhält.‹
In diesem Augenblick, liebe Soldaten, ertönten aus dem Lager die erhabenen Klänge unserer Volkshymne: ›Gott erhalte, Gott beschütze‹; mächtig und erhaben schwebten sie über das Schlachtfeld.

Der gefallene Krieger, der vom Leben Abschied nahm, versuchte nochmals sich aufzurichten.
›Hoch Österreich‹, rief er begeistert, ›Hoch Österreich! Fahrt fort in dem herrlichen Lied! Hoch unsere Heerführer. Es lebe die Armee!‹
Der Sterbende beugte sich nochmals über die Rechte des Feldmarschalls und küßte sie; dann sank er nieder, und ein leiser letzter Seufzer entrang sich seiner edlen Seele. Der Heerführer stand mit entblößtem Haupt vor der Leiche eines der tapfersten Krieger. ›Dieses schöne Ende ist in der Tat beneidenswert‹, sagte der Feldmarschall bewegt, das Antlitz auf die gefalteten Hände gesenkt.
Liebe Krieger, auch ich wünsche euch, daß ihr alle ein so schönes Ende erleben möget.«
Als Schwejk an diese Rede des Oberfeldkuraten Ibl dachte, konnte er ihn tatsächlich, ohne ihm das geringste Unrecht zuzufügen, einen Blödian ohnegleichen nennen.
Dann begann Schwejk von den bekannten Befehlen zu sprechen, die ihnen vor dem Einwaggonieren verlesen worden waren. Der eine war der von Franz Joseph unterschriebene Armeebefehl, der zweite der Befehl des Erzherzogs Joseph Ferdinand, beide die Begebenheiten am Duklapaß am 3. April 1915 betreffend, an welchem Tage zwei Bataillone des 28. Regiments samt den Offizieren unter den Klängen der Regimentskapelle zu den Russen übergegangen waren.
Beide Befehle wurden mit zitternder Stimme verlesen und lauteten:

»Armeebefehl vom 17. April 1915

Schmerzerfüllt verordne ich, daß das k. u. k. Infanterie-Regiment Nr. 28 wegen Feigheit und Hochverrat vor dem Feinde ausgestoßen werde aus meinem Heere. Die Fahne ist dem Regimente abzunehmen und dem Heeresmuseum einzuverleiben. Die Geschichte des Regimentes, das vergiftet in seiner Moral von Hause aus ins Feld gezogen ist, hat mit heutigem Tage aufgehört.

Franz Joseph m.p.«

»Armeebefehl
des Erzherzogs Joseph Ferdinand

Am 3. April haben sich in den schweren Kämpfen am Duklapaß zwei Bataillone des 28. Infanterie-Regimentes samt den Offizieren, ohne von der Feuerwaffe Gebrauch gemacht zu haben, einem einzigen russischen Bataillone ergeben und dadurch die größte Schmach und Schande auf sich geladen.
Dem 73. Infanterie-Regiment im Verein mit reichsdeutschen Truppen ist es gelungen, mit schweren Opfern an Toten und Verwundeten die Stellung bis zum Eintreffen neuer Truppenkörper zu behaupten.

Das 28. Infanterie-Regiment wird auf ewige Zeiten aus der Liste österreichischer Regimenter gestrichen, und die zurückgebliebene Mannschaft sowie die Offiziere haben, im Heer und der Marine aufgeteilt, diese schwere Schuld mit ihrem eigenen Blute zu sühnen.
Tschechische Truppen haben im Laufe des Feldzuges, besonders in den letzten Kämpfen, wiederholt versagt, speziell in der Verteidigung wohlvorbereiteter und bereits durch längere Zeit besetzter Stellungen. Im stehenden Schützengrabenkriege gelingt es dem Feinde meist nach kurzer Zeit, mit nichtswürdigen Elementen Verbindungen anzuknüpfen, und richtet der Feind, durch diese Verräter unterstützt, seine Angriffe gegen die von solchen Truppen besetzten Frontteile. Häufig gelingt es dann dem Gegner, überraschend und fast ohne Widerstand an diesen Stellen einzudringen und zahlreiche Gefangene zu machen. Schimpf und Schande, Verachtung und Schmach jenen gewissen- und ehrlosen Gesellen, die Kaiser und Reich verraten, die Fahnen unserer ruhmreichen Armee und zugleich die Ehre ihrer Nation beschmutzen. Früher oder später ereilt sie die Kugel oder wartet ihrer des Henkers Strick. Pflicht jedes einzelnen Tschechen, der Ehre im Leibe hat, ist es, jene schurkischen Hetzer und Verräter, die in ihrer Mitte sind, dem vorgesetzten Kommando zu melden. Wer dies nicht tut, ist ein ebensolcher Schurke und Verräter.
Dieser Befehl ist der ganzen Mannschaft, der tschechischen Mannschaft an wiederholten Tagen, erneut zu verlautbaren.

Erzherzog Joseph Ferdinand.«

»Das ham sie uns ein bißl spät vorgelesen«, sagte Schwejk zu Waněk, »ich wunder mich sehr, daß sies uns erst jetzt verlesen ham, wo doch Seine Majestät der Kaiser den Befehl am 17. April herausgegeben hat. Das könnt so aussehn, wie wenn sies uns aus irgendwelchen Gründen nicht gleich zu lesen gegeben hätten. Ich, wenn ich Kaiser wär, möcht ich mir so eine Zurücksetzung nicht gefalln lassen. Wenn ich am 17. April einen Befehl ausgeben tät, dann muß man ihn auch am 17. April bei allen Regimentern verlesen, und wenns Schusterbuben hageln würde.«
Auf der andern Seite des Waggons, Waněk gegenüber, saß der okkultistische Koch aus der Offiziersmenage und schrieb etwas. Hinter ihm saß der Putzfleck des Oberleutnants Lukasch, der bärtige Riese Baloun, und der der 11. Marschkompanie zugeteilte Telephonist Chodounsky. Baloun wiederkäute ein Stück Kommißbrot und setzte dem Telephonisten Chodounsky entsetzt auseinander, er könne nicht dafür, daß er in dem Gedränge beim Einsteigen nicht in den Stabswaggon zu seinem Oberleutnant hatte gelangen können.

Chodounsky machte ihm angst, daß der Spaß jetzt aufhöre, darauf stehe Pulver und Blei.
»Wenn diese Quälerei schon mal ein Ende hätte«, jammerte Baloun, »einmal war ich schon nah dran, auf den Manövern bei Wotiz. Dort hamr hungrig und durstig marschieren müssen, und wie der Bataillonsadjutant zu uns gekommen is, so hab ich aufgeschrien: ›Gebt uns Wasser und Brot!‹ Er hats Pferd auf mich umgedreht und hat gesagt, wenns im Krieg wär, so müßt ich aus der Reihe treten, und er möcht mich totschießen lassen und jetzt, daß er mich einsperrn läßt ins Garnisonsarrest, aber ich hab großes Glück gehabt, weil, wie er zum Stab geritten is, es melden, is er heruntergefalln und hat sich gottlob das Genick gebrochen.«
Baloun seufzte tief auf, und ein Bissen Brot blieb ihm in der Kehle stecken; und als er zu sich kam, schaute er verlangend auf die beiden Rucksäcke Oberleutnant Lukaschs, die er behütete.
»Sie ham gefaßt, die Herren Offiziere«, sagte er schwermütig, »Leberkonserven und ungarische Salami. So ein Stückl kosten!«
Er blickte dabei so sehnsüchtig auf die beiden Rucksäcke seines Oberleutnants, wie ein von allen verlassenes Hündchen, das hungrig ist wie ein Wolf, vor der Tür eines Selcherladens sitzt und den Geruch kochenden Selchfleischs spürt.
»Es möcht nicht schaden«, sagte Chodounsky, »wenn man uns irgendwo mit einem guten Mittagmahl erwarten tät. Wie wir zu Kriegsbeginn nach Serbien gefahren sind, so hamr uns euch auf jeder Station überfressen, so hat man uns überall bewirtet. Aus Gansbiegeln hat man Würfel vom besten Fleisch herausgeschnitten und mit ihnen auf Schokoladetafeln Wolf und Schaf gespielt. In Esseg in Kroatien ham uns zwei Herrn von die Veteranen einen großen Kessel mit gebratenen Hasen in den Waggon gebracht, und da hamrs schon nicht ausgehalten und ihnen das alles aufn Kopf gegossen. Auf allen Strecken hamr nichts anderes gemacht als ausn Waggon gekotzt. Korporal Matějka in unserm Waggon hat sich so überstopft, daß wir ihm ham ein Brett aufn Bauch geben müssen und drauf herumspringen, wie wenn man Kraut stampft, und das hat ihn erst erleichtert, und es is oben und unten aus ihm heraus. Wie wir durch Ungarn gefahren sind, so hat man uns auf jeder Station gebratene Hennen in den Waggon geworfen. Von denen hamr nichts anderes gegessen wie das Hirn. In Kapošfalva ham uns die Magyaren ganze Stücke von gebratenen Schweinen in den Waggon geworfen, und ein Kamerad hat einen ganzen gebratenen Schweinskopf so aufn Kopf bekommen, daß er den Spender dann mitn Überschwung über drei Gleise gejagt hat. Dafür hamr in Bosnien nicht mal mehr Wasser gekriegt. Aber in Bosnien, obzwars verboten war, hamr alle mög-

lichen Schnäpse gehabt, was du ausgehalten hast, und Wein in Strömen. Ich erinner mich, daß uns auf einer Station so Frauen und Fräuleins mit Bier traktiert ham, und wir ham uns vor ihnen in eine Kanne mit Bier ausgepischt. Die sind aber vom Waggon geflogen!
Wir waren alle den ganzen Weg benebelt, ich hab nicht mal aufs Eichelas gesehn, und bevor wir nicht gemerkt ham, auf einmal ein Befehl, wir ham nicht mal zu End gespielt und alles ausn Waggon. Irgendein Korporal, ich weiß nicht mehr wie er geheißen hat, hat auf seine Leut geschrien, daß sie singen sollen: ›Und die Serben müssen sehn, daß wir Österreicher Sieger, Sieger sind.‹ Aber jemand hat ihm von hinten einen Fußtritt gegeben, und er is aufs Gleis gefalln. Dann hat er geschrien, man soll die Gewehre in Pyramiden aufstellen, und der Zug hat gleich umgedreht und is leer zurückgefahren, nur, das versteht sich, wies in so einer Panik zu sein pflegt, daß er uns die Verpflegung auf zwei Tage mitgenommen hat. Und so weit wie von hier bis dort zu den Bäumen ham euch dorten schon die Schrapnells angefangen zu explodieren. Vom andern Ende is der Bataillonskommandant geritten gekommen und hat alle zur Beratung zusammengerufen, und dann is unser Oberlajtnant Macek gekommen, ein Tschech wie ein Klotz, aber er hat nur deutsch gesprochen und sagt, bleich wie Kreide, daß man nicht weiterfahren kann, daß

die Strecke in der Nacht in die Luft gesprengt worden is, daß die Serben übern Fluß gekommen sind und jetzt am linken Flügel sind. Aber das is noch weit von uns. Wir wern herich Verstärkungen bekommen, und dann wern wir sie verdreschen. Daß sich niemand ergeben soll, wenns zu was kommen sollt, die Serben schneiden herich den Gefangenen Ohren und Nasen ab und stechen ihnen die Augen aus. Daß unweit von uns Schrapnells explodieren, draus solln wir uns nichts machen. Da schießt sich herich unsere Artillerie ein. Auf einmal hat sich irgendwo hinter den Bergen ein Tatatatata gemeldet. Da schießen sich herich unsere Maschinengewehre ein. Dann hat man von links eine Kanonade gehört, wir hams zuerst gehört und sind aufn Bauch gelegen, über uns sind paar Granaten geflogen und ham den Bahnhof angezündet, und von der rechten Seite über uns ham die Kugeln zu pfeifen angefangen, und in der Ferne hat man Salven gehört und das Rattern von Gewehren. Oberlajtnant Macek hat befohlen, die Pyramiden auseinanderzunehmen und die Gewehre zu laden. Der Dienstführende is zu ihm gegangen und hat gesagt, daß das überhaupt nicht möglich is, weil wir keine Munition mit haben, daß er doch gut weiß, daß wir erst auf der weitern Etappe vor der Front ham Munition fassen solln. Daß der Zug mit Munition vor uns gefahren is und daß er wahrscheinlich schon den Serben in die Hände gefallen is. Oberlajtnant Macek is eine Weile wie versteinert dagestanden und dann hat er den Befehl gegeben ›Bajonett auf‹, ohne daß er gewußt hätt warum, nur so aus Verzweiflung, damit man was macht, dann sind wir wieder eine hübsche Weile in Bereitschaft gestanden, dann sind wir wieder auf den Bahnschwellen gekrochen, weil sich ein Aeroplan gezeigt hat und die Chargen gebrüllt ham: ›Alles decken, decken!‹ dann hat sichs gezeigt, daß er einer von unsern is, und er is auch von unserer Artillerie überschossen worn. So sind wir wieder aufgestanden und kein Befehl ›Ruht!‹ Von der einen Seite is ein Kavallerist auf uns zugaloppiert. Schon von weitem hat er geschrien: ›Wo is das Bataillonskommando?‹ Der Bataillonskommandant is ihm entgegengeritten, der hat ihm irgendein Schriftstück gereicht und is nach rechts weitergeritten. Der Bataillonskommandant hats am Weg gelesen und dann wars auf einmal, wie wenn er verrückt geworn wär. Er hat den Säbel gezückt und is zu uns zurückgeflogen. ›Alles zurück, alles zurück!‹ hat er die Offiziere angebrüllt, ›Direktion Mulde, einzeln abfallen!‹ Und da hats angefangen. Von allen Seiten, wie wenn sie drauf gewartet hättn, ham sie auf uns zu feuern angefangen. Auf der linken Seite war ein Kukuruzfeld, und das war wie ein Teufel. Wir sind auf allen vieren ins Tal gekrochen, die Rucksäcke hamr auf den verfluchten Bahnschwellen gelassen. Den Oberlajtnant Macek hats von der

Seite in den Kopf erwischt, er hat nicht mal mau gesagt. Bevor wir ins Tal gelaufen sind, hats Tote und Verwundete die Menge gegeben. Die hamr dort gelassen und sind bis abend gelaufen, und die Gegend vor uns war schon von den unsrigen wie ausgekehrt. Wir ham nur den ausgeraubten Train zu Gesicht bekommen. Bis wir schließlich auf die Station gekommen sind, wo man schon neue Befehle bekommen hat: in den Zug setzen und zurück zum Stab fahren, was wir nicht ham ausführen können, weil der ganze Stab am Tag vorher in Gefangenschaft geraten war, was wir erst früh erfahren ham. Dann waren wir wie die Waisen, niemand hat was von uns wissen wolln, und man hat uns dem 73. Regiment zugeteilt, damit wir mit ihm zurückgehn, was wir mit der größten Freude gemacht ham, aber zuerst hamr ungefähr einen Tag nach vorn marschieren müssen, bevor wir zum 73. Regiment gekommen sind. Dann hamr . . .«
Niemand hörte mehr zu, denn Schwejk und Waněk spielten Mariage zu zweit; der okkultistische Koch aus der Offiziersmenage fuhr fort, einen ausführlichen Brief an seine Frau zu schreiben, die während seiner Abwesenheit begonnen hatte, eine neue theosophische Zeitschrift herauszugeben; Baloun schlummerte auf der Bank, und so blieb dem Telephonisten Chodounsky nichts übrig als zu wiederholen: »Ja, dran wer ich nie vergessen . . .«
Er stand auf und fing an, beim Mariagen zu kiebitzen:
»Wenn du mir wenigstens die Pfeife anzünden möchtest«, sagte Schwejk freundschaftlich zu Chodounsky, »wenn du schon kiebitzen kommst. Mariage zu zweit is eine ernstere Sache wie der ganze Krieg und wie euer verfluchtes Abenteuer an der serbischen Grenze. — So eine Blödheit zu machen, ich sollt mich ohrfeigen! Daß ich nicht noch eine Weile gewartet hab mitn König, jetzt grad is mir der Ober gekommen. Ich Rindvieh.«
Der okkultistische Koch beendete inzwischen seinen Brief und überflog ihn noch einmal, sichtlich zufrieden, daß er ihn der Militärzensur zulieb so gut verfaßt hatte.

»Teures Weib!
Bis Du diese Zeilen erhalten wirst, werde ich mich bereits einige Tage im Zug befinden, denn wir fahren an die Front. Das freut mich nicht allzusehr, weil ich im Zug müßig gehen muß und nicht nützlich sein kann, denn in unserer Offiziersküche wird nicht gekocht, und Essen bekommt man auf den Stationsetappen. Ich hätte unseren Herren Offizieren gern während der Fahrt durch Ungarn Szegedingulasch gekocht, aber es ist nichts draus geworden. Vielleicht werde ich, bis wir nach Galizien kommen, Gelegenheit haben, ein echt galizisches Scholet, gedünstete Gans in Graupen oder Reis zu kochen.

Glaub mir, teures Helenchen, daß ich mich wirklich bestrebe, unseren Herren Offizieren ihre Sorgen und Bemühungen sosehr wie möglich zu erleichtern. Ich wurde vom Regiment zum Marschbataillon versetzt, was mein heißester Wunsch war, um, wenn auch mit den bescheidensten Mitteln, die Offiziersfeldküche an der Front aufs beste bedienen zu können. Du wirst Dich erinnern, teures Helenchen, daß Du mir beim Einrücken zum Regiment gewünscht hast, ich möge brave Vorgesetzte bekommen. Dein Wunsch hat sich erfüllt, und nicht nur, daß ich mich nicht im mindesten beklagen kann, im Gegenteil, alle Herren Offiziere sind unsere wahren Freunde, und insbesondere mir gegenüber benehmen sie sich wie ein Vater. Sobald wie möglich werde ich Dir die Nummer unserer Feldpost bekanntgeben ...«

Dieser Brief war ein Ergebnis der Umstände; der okkultistische Koch hatte sich nämlich die Gunst Oberst Schröders, der ihm bisher die Stange gehalten hatte und für den durch einen unglücklichen Zufall beim Abschiedsmahl der Offiziere des Marschbataillons keine Portion Rollbraten übriggeblieben war, total verscherzt. Oberst Schröder schickte ihn mit der Marschkompanie ins Feld, nachdem er die Offiziersküche des Regiments irgendeinem unglücklichen Lehrer aus der Blindenanstalt auf dem Klarow in Prag anvertraut hatte.
Der Koch-Okkultist überflog noch einmal, was er geschrieben und was ihm als diplomatisch dazu angetan schien, doch nur etwas entfernt vom Schlachtfeld zu bleiben, denn, mag jeder sagen, was er will, auch an der Front gibt es eine Tachiniererei[1].
Er hatte zwar, als er in Zivil Redakteur und Eigentümer einer okkultistischen Zeitschrift für die Wissenschaften des Jenseits war, eine lange Betrachtung über die Grundlosigkeit der Furcht vor dem Tode und eine Betrachtung über die Seelenwanderung geschrieben. Aber das tat jetzt nichts zur Sache.
Jetzt trat er näher, um Schwejk und Waněk zu kiebitzen. Zwischen den beiden Spielern bestand in diesem Augenblick kein Rangunterschied. Sie spielten nicht mehr zu zweit, sondern Mariage zu dritt mit Chodounsky.
Ordonnanz Schwejk beschimpfte Rechnungsführer Waněk in gemeiner Weise: »Ich wunder mich über Sie, wie Sie so blöd spieln können. Sie sehn doch, daß er Bettl spielt. Ich hab kein Schell, und Sie spieln den Achter nicht und spieln wie das blödeste Rindvieh den Eichelunter aus, und der Dummkopf gewinnts.«
»So ein Geschrei wegen einem verlorenen Bettl«, lautete die höfliche Antwort des Rechnungsfeldwebels, »Sie spielen selbst wie ein Idiot.

1 Österreichisch für Drückebergerei, Faulenzerei.

Ich soll mir den Schellachter ausn kleinen Finger zuzeln. Wenn ich überhaupt kein Schell hab, ich hab nur hohes Grün und Eichel gehabt, Sie Idiot.«

»So ham Sie Durchmarsch spieln solln, Sie Gescheiter«, sagte Schwejk mit einem Lächeln, »das is grad so wie einmal bei Walsch, unten in der Restauration, da hat auch so ein Nebbich Durch gehabt und hat ihn nicht gespielt und hat immer die kleinsten Karten in den Talon gelegt und hat jeden Bettl spieln lassen. Aber was für Karten der gehabt hat! Von allen Karten die höchsten. So wie ich jetzt nichts davon hätt, wenn Sie Durch spieln möchten, so hätt ich auch damals nichts davon gehabt, und niemand von uns nicht, wies mal herumgegangen is, hätten wir ihm fort zahlen müssen. Endlich sag ich: ›Herr Herold, sind Sie so freundlich, spieln Sie Durch und blödln Sie nicht.‹ Aber er fährt mich an, daß er die Universität besucht hat. Aber das is ihm teuer zu stehn gekommen. Der Wirt war ein Bekannter, die Kellnerin war mit uns auch intim, so hamr der Polizeipatrouille erklärt, daß alles in Ordnung is. Erstens, daß es von ihm gemein is, daß er die Patrouille ruft und dadurch die Nachtruh stört, weil er irgendwo vorm Wirtshaus auf dem Glatteis ausrutscht und mit der Nase drüberfährt, daß er sich sie zerschlägt. Daß wir ihn nicht mal angerührt ham, wie er falschen Mariage gespielt hat, und daß er, wie mans aufgedeckt hat, so rasch herausgelaufen is, daß er hingeflogen is. Der Wirt und die Kellnerin hams uns bestätigt, daß wir uns zu ihm wirklich zu gentlemänisch benommen ham. Er hat auch nichts Besseres verdient. Er is von sieben Uhr abends bis Mitternacht bei einem Bier und Sodawasser gesessen und hat sich weiß Gott auf was für einen Herrn aufgespielt, weil er Universitätsprofessor war und vom Mariage soviel verstanden hat wie eine Ziege von Petersilie. Also, wer soll jetzt teilen?«

»Spieln wir Kaufzwick«, schlug der Koch-Okkultist vor, »Kaufzwick zu einem Sechserl.«

»Erzähln Sie uns lieber«, sagte der Rechnungsfeldwebel, »von der Seelenwanderung, was Sie dem Fräulein in der Kantine erzählt ham, wie Sie sich die Nase zerschlagen ham.«

»Von Seelenwanderung hab ich auch schon gehört«, ließ sich Schwejk vernehmen, »ich hab mir auch mal vor Jahren vorgenommen, daß ich mich, wie man mit Vergeben sagt, selbst bilden wer, damit ich nicht zurückbleib, und bin ins Lesezimmer der Gewerbevereinigung in Prag gegangen, aber weil ich abgefetzt war und mir am Hintern Löcher geglänzt ham, hab ich mich nicht bilden können, weil sie mich nicht hineingelassen, sondern herausgeführt ham, denn sie ham geglaubt, daß ich Winterröcke stehln gekommen bin. So hab ich mir meinen Feiertagsanzug genommen und bin mal in die Museums-

bibliothek gegangen und hab mir mit meinem Kameraden so ein Buch über Seelenwanderung ausgeborgt, und dort hab ich gelesen, daß ein indischer Kaiser sich nachn Tod in ein Schwein verwandelt hat und daß er sich, wie man das Schwein abgestochen hat, in einen Affen verwandelt hat, daß er ausn Affen ein Dachshund geworn is und ausn Dachshund ein Minister. Beim Militär hab ich mich dann überzeugt, daß etwas Wahres dran sein muß, denn jeder, wers auch gewesen is, der ein Sterndl gehabt hat, hat die Soldaten entweder Meerschwein oder überhaupt mit einem Tiernamen geschimpft, und demnach sollte man meinen, daß die gemeinen Soldaten vor tausend Jahren irgendwelche berühmten Heerführer waren. Aber wenn Krieg is, is so eine Seelenwanderung eine sehr dumme Sache. Der Teufel weiß, wieviel Verwandlungen der Mensch durchmacht, bevor er, sagen wir, Telephonist, Koch oder Infanterist wird, und auf einmal zerreißt ihn eine Granate, und seine Seele fährt in ein Pferd bei der Artillerie, und in die ganze Batterie platzt, wie sie auf irgendeine Kote fährt, eine neue Granate und erschlägt wieder das Pferd, in dem sich der Verstorbene wieder verkörpert hat, und gleich übersiedelt die Seele in irgendeine Kuh beim Train, aus der man Gulasch für die Mannschaft macht, und aus der Kuh übersiedelt sie meinetwegen gleich in einen Telephonisten, ausn Telephonisten ...«

»Ich bin überrascht«, sagte der Telephonist sichtlich beleidigt, »daß gerade ich die Zielscheibe dummer Witze sein soll.«

»Is nicht der Chodounsky in Prag, was das private Detektivinstitut mit dem Aug wie die Dreifaltigkeit Gottes hat, Ihr Verwandter?« fragte Schwejk unschuldig, »ich hab Privatdetektivs sehr gern. Ich hab auch mal vor Jahren beim Militär mit einem Privatdetektiv gedient, mit einem gewissen Stendler. Der hat einen so spitzen Kopf gehabt, daß ihm unser Feldwebel immer gesagt hat, daß er schon viel spitzige militärische Köpfe gesehn hat, aber daß er sich so einen Zapfen nicht mal im Traum vorgestellt hat. ›Hören Sie mal, Stendler‹, hat er ihm immer gesagt, ›wenn heuer nicht Manöver wären, möcht Ihr spitzer Kopf gar nicht zum Militär passen, aber so wird sich wenigstens die Artillerie nach Ihrem Kopf einschießen, wenn wir in eine Gegend kommen wern, wo kein besserer Orientierungspunkt sein wird.‹ Der hat was von ihm ausgestanden! Manchmal, beim Marsch, hat er ihn fünfhundert Schritte vorausgeschickt und hat dann befohlen: ›Direktion Spitzkopf.‹ Nämlich dieser Herr Stendler hat überhaupt, auch als Privatdetektiv, sehr großes Pech gehabt. Wie oft hat er uns in der Kantine erzählt, was für Leiden er sich oft ausgestanden hat. Er hat solche Aufgaben bekommen, wie zum Beispiel herauszubekommen, ob die Gattin von irgendeinem Klienten, was ganz außer sich zu ihnen gekommen is, sich nicht mit einem andern herumzieht, und wenn sie sich schon herumzieht, mit wem sie sich herumzieht, wo und wie sie sich herumzieht. Oder wieder im Gegenteil. So eine eifersüchtige Frau wollt herausbekommen, mit wem sich der Mann herumtreibt, damit sie ihm zu Haus noch einen größeren Krawall machen kann. Er war ein gebildeter Mensch, hat nur in ausgewählten Worten von Verletzung der ehelichen Treue gesprochen und hat immer fast geweint, wenn er uns erzählt hat, daß alle gewollt ham, daß er sie oder ihn in flagranti erwischt. Ein andrer hätt sich vielleicht darüber gefreut, wenn er so ein Pärchen in flagranti gefunden hätt und hätt sich die Augen herausschaun können, aber der Herr Stendler war davon ganz weg, wie er uns erzählt hat. Er hat sehr intelligent gesagt, daß er diese unzüchtigen Ausschweifungen nicht mal mehr anschaun hat können. Uns is oft der Speichel ausn Mund gelaufen, wie wenn ein Hund geifert, wenn man gekochten Schinken an ihm vorbeiträgt, wenn er uns von allen diesen verschiedenen Positionen erzählt hat, wie er die Pärchen angetroffen hat. Wenn wir Kasernenarrest gehabt ham, hat ers uns immer gezeichnet. ›So hab ich‹, sagt er, ›Frau Soundso mit dem und dem Herrn gesehn.‹ Auch die Adressen hat er uns gesagt. Und er war so traurig. ›Diese Watschen‹, hat er immer gesagt, ›was ich von beiden Seiten gekriegt hab! Und das hat mich nicht so verdrossen wie das, daß ich Bestechungsgelder genommen hab. Auf eine solche Bestechung wer ich mein Leben lang nicht vergessen. Er nackt, sie nackt. Im Hotel, und ham sich nicht zugeriegelt, die Idioten! Aufn Diwan ham sie nicht Platz gehabt, weil sie beide dick waren, so ham sie am Teppich geschäkert wie junge Katzen. Und der Teppich war ganz durchgetreten, verstaubt, und Zigarettenstummel ham sich drauf herumgewälzt. Und wie ich hineingekommen bin, sind beide aufgesprungen, er is mir gegenüber gestanden und hat die Hand gehalten wie ein Feigenblatt. Und sie hat sich mitn Rücken zu mir gedreht, und auf der Haut hat man gesehn, daß sie das ganze Muster vom Gitter am Teppich abgedruckt hat, und am Rückgrat hat sie eine angeklebte Zigarettenhülse gehabt. ‚Verzeihn Sie, Herr Zemek', sag ich, ‚ich bin der Privatdetektiv Stendler vom Chodounsky und hab die amtliche Pflicht, Sie in flagranti zu erwischen, auf Grund der Anzeige Ihrer Frau Gemahlin. Diese Dame, mit der Sie hier ein unerlaubtes Verhältnis unterhalten, is Frau Grot.' Nie im Leben hab ich so einen ruhigen Bürger gesehn. ‚Erlauben Sie', hat er gesagt, wie wenn sichs von selbst verstehn möcht, ‚ich zieh mich an. Schuld is nur meine Frau, die mich durch grundlose Eifersucht zu einem unerlaubten Verhältnis verführt und, von einem bloßen Verdacht getrieben, den Gatten mit Vorwürfen und schändlichem Mißtrauen beleidigt.' — ‚Es besteht aber kein Zweifel mehr, daß sich die Schande nicht mehr verheimlichen läßt . . .' — ‚Wo hab ich die Unterhosen?' fragte er dabei ruhig. ‚Aufn Bett.' Derweil er sich die Unterhosen angezogen hat, is er in seinen Erklärungen fortgefahren: ‚Wenn sich die Schande nicht verheimlichen läßt, so heißt es: Scheidung.' — ‚Aber dadurch wird der Schandfleck nicht verheimlicht.' — ‚Eine Scheidung ist überhaupt eine heikliche Sache', hat er weitergeredet, derweil er sich angezogen hat, ‚am besten is, wenn sich die Gattin mit Geduld wappnet und keinen Anlaß zu öffentlicher Entrüstung gibt. Übrigens tun Sie, was Sie wolln, ich laß Sie hier mit der gnädigen Frau allein.' Frau Grot war derweil ins Bett gekrochen, Herr Zemek hat mir die Hand gereicht und is weggegangen.‹ Ich erinner mich nicht mehr gut, was Herr Stendler uns noch erzählt hat und was er dann alles gesprochen hat, weil er sich mit der Frau im Bett sehr intelligent unterhalten hat. Zum Beispiel, daß die Ehe nicht dazu bestimmt is, daß sie jeden einfach geradewegs zum Glück führt und daß es eines jeden Pflicht is, in der Ehe die Begierde zu unterdrücken und seinen körperlichen Teil zu läutern und zu vergeistigen. ›Und dabei hab ich‹, hat Herr Stendler erzählt, ›langsam angefangen mich auszuziehn, und wie ich schon ausgezogen und ganz verblendet und wild war wie ein Hirsch in der Brunstzeit, is mein guter Bekannter Stach ins Zimmer gekommen, auch ein Privatdetektiv aus unserm Konkurrenz-

institut vom Herrn Stern, wohin sich Herr Grot um Hilfe gewendet gehabt hat, was seine Frau betrifft, die herich eine Bekanntschaft hat, und mehr hat er nicht gesagt wie: ‚Aha, Herr Stendler in flagranti mit Frau Grot, ich gratuliere!' Er hat wieder leise die Tür zugemacht und is weggegangen. ‚Jetzt is schon alles egal', hat Frau Grot gesagt, ‚Sie müssen sich nicht so schnell anziehn, Sie ham neben mir genug Platz.' — ‚Mir handelt sichs akkurat um Platz, gnädige Frau', hab ich gesagt und hab schon nicht mal mehr gewußt, was ich sprech, ich erinner mich nur, daß ich was davon gesprochen hab, daß, wenn zwischen Ehegatten Zwistigkeiten herrschen, daß auch die Erziehung der Kinder darunter leidet.‹
Dann hat er uns noch erzählt, wie er sich rasch angezogen hat und wie er Reißaus genommen und sich vorgenommen hat, daß ers gleich seinem Chef, dem Herrn Chodounsky, sagen wird, aber daß er sich dazu stärken gegangen is, und bevor er gekommen is, daß schon Schluß mit Jubel war. Daß derweil schon dieser Stach im Auftrag von seinem Chef, dem Herrn Stern, dort gewesen war, damit er dem Herrn Chodounsky einen Stich gibt, was er für Angestellte in seinem Privatdetektivinstitut hat, und der hat wieder nichts Besseres gewußt, wie rasch um die Gattin vom Herrn Stendler zu schikken, damit sie sichs selbst mit ihm ausmacht, wenn er in amtlicher Obliegenheit irgendwohin geschickt wird und man ihn ausn Konkurrenzinstitut in flagranti erwischt. ›Seit dieser Zeit‹, hat Herr Stendler immer gesagt, wenn die Rede drauf gekommen is, ›hab ich noch einen spitzern Kopf.‹«
»Spieln wir also zu fünfe — oder zu zehn?« Sie spielten.
Der Zug hielt in der Station Wieselburg. Es war bereits Abend, und man ließ niemanden aus den Waggons.
Als sich der Zug in Bewegung setzte, ließ sich aus einem Waggon eine starke Stimme vernehmen, als wollte sie sein Rattern übertönen. Irgendein Soldat aus Bergreichenstein besang in andächtiger Abendstimmung mit fürchterlichem Gebrüll die stille Nacht, die sich den ungarischen Ebenen näherte:

»Gute Nacht! Gute Nacht!
Allen Müden seis gebracht.
Neigt der Tag sich still zu Ende,
Ruhen alle fleißgen Hände,
Bis der Morgen ist erwacht.
Gute Nacht! Gute Nacht!«

»Halts Maul, du Elender«, unterbrach jemand den sentimentalen Sänger, der verstummte.
Man zog ihn vom Fenster fort.

Aber die fleißigen Hände ruhten nicht bis zum Morgen. Ebenso wie überall im Zug im Lichte der Kerzen, fuhr man auch hier fort, im Schein einer kleinen, an der Wand hängenden Petroleumlampe Kaufzwick zu spielen, und so oft jemand beim Angehn hineinfiel, erklärte Schwejk, daß dies das gerechteste Spiel sei, weil sich jeder so viele Karten austauschen könne, wie er wolle.
»Beim Kaufzwick«, behauptete Schwejk, »braucht man nur das As und den Siebner nehmen, aber dann kann mans niederlegen. Die übrigen Karten muß man nicht nehmen. Das macht man schon auf eigenes Risiko.«
»Trinken wir eins«, schlug Waněk unter allgemeinem Beifall vor.
»Rotsiebner«, meldete Schwejk, die Karten abhebend. »Jeder zahlt ein Fünferl, und gegeben wird zu vier. Macht schnell, damit der Konsum steigt.«
Und auf den Gesichtern aller spiegelte sich eine solche Zufriedenheit, als gäbe es keinen Krieg und als befänden sie sich nicht im Zug, der sie an die Front, in die großen blutigen Schlachten und Massaker führte, sondern in einem Prager Kaffeehaus an Spieltischen.
»Das hab ich mir nicht gedacht«, sagte Schwejk nach einer Partie, »daß ich, wo ich auf nichts eingegangen bin und alle vier Karten wechsel, ein As krieg. Was habt ihr gegen mich mit dem König aufstecken wolln? Ich schlag den König, bevor du muh sagst.«
Und während man hier den König mit dem As schlug, schlugen einander fern an der Front die Könige mit ihren Untertanen.

Im Stabswaggon, wo die Offiziere des Marschbataillons saßen, herrschte zu Beginn der Fahrt eine sonderbare Stille. Die Mehrzahl der Offiziere war in ein kleines, in Leinen gebundenes Buch mit der Aufschrift: »Die Sünden der Väter«, Novelle von Ludwig Ganghofer, vertieft, und alle waren gleichzeitig mit der Lektüre der Seite 161 beschäftigt. Bataillonskommandant Hauptmann Sagner stand am Fenster und hielt in der Hand dasselbe Buch, ebenfalls auf Seite 161 aufgeschlagen. Er betrachtete die Landschaft und überlegte, wie er es wohl am verständlichsten klarmachen könnte, was die Offiziere mit dem Buch beginnen sollten. Es war eigentlich streng vertraulich.
Die Offiziere dachten inzwischen darüber nach, ob Oberst Schröder vollständig verrückt geworden sei. Er war zwar längst übergeschnappt, aber es hatte sich doch nicht voraussehen lassen, daß es ihn so plötzlich packen werde. Vor Abfahrt des Zuges hatte er sie zu einer letzten Besprechung rufen lassen, bei der er ihnen mitteilte, daß für jeden ein Exemplar der »Sünden der Väter« von Ludwig Ganghofer bestimmt sei und daß er die Bücher in die Bataillonskanzlei habe tragen lassen.

»Meine Herren«, sagte er mit schrecklich geheimnisvollem Ausdruck, »vergessen Sie nie auf Seite 161!« In diese Seite vertieft, vermochten sie aus dem Ganzen nicht klug zu werden. Irgendeine Martha trat auf dieser Seite zum Schreibtisch, zog von dort irgendeine Rolle heraus und erwog laut, daß das Publikum mit dem Helden dieser Rolle Mitleid empfinden müsse. Dann tauchte auf dieser Seite noch irgendein Albert auf, der sich ununterbrochen bemühte, scherzhaft zu sprechen, was, aus der unbekannten vorangehenden Handlung herausgerissen, so blöd schien, daß Oberleutnant Lukasch vor Wut die Zigarettenspitze zerbiß.
Der Alte ist verrückt geworden, dachten alle, mit ihm ist schon Schluß. Jetzt wird man ihn ins Kriegsministerium versetzen.
Hauptmann Sagner trat vom Fenster zurück, nachdem er alles im Kopf gut zusammengestellt hatte. Er hatte keine allzu große pädagogische Begabung, deshalb dauerte es so lange, bevor er den ganzen Plan eines Vortrags über die Bedeutung der hunderteinundsechzigsten Seite zusammenstellte.
Bevor er zu erklären begann, redete er die Offiziere »Meine Herren« an, wie es der alte Oberst tat, obwohl er, Hauptmann Sagner, sie früher, noch bevor sie in den Zug stiegen, »Kameraden« tituliert hatte.
»Also, meine Herren!« – Und er fing an vorzutragen, daß er gestern abend vom Oberst eine die Seite 161 der »Sünden der Väter« von Ludwig Ganghofer betreffende Instruktion erhalten habe.
»Also, meine Herren«, fuhr er feierlich fort, »eine ganz vertrauliche Information betreffs des neuen Systems des Chiffrierens von Depeschen im Feld.« Kadett Biegler zog Notizbuch und Bleistift heraus und sagte in ungewöhnlich diensteifrigem Ton: »Ich bin fertig, Herr Hauptmann.«
Alle schauten den Dummkopf an, dessen Strebsamkeit in der Einjährigfreiwilligenschule an Blödheit grenzte. Er war freiwillig zum Militär gegangen und erklärte sofort bei der ersten Gelegenheit dem Kommandanten der Einjährigfreiwilligenschule, als sich dieser mit den Familienverhältnissen der Schüler bekannt machte, daß seine Ahnen sich ursprünglich Bügler von Leuthold geschrieben und im Wappen einen Storchenflügel mit einem Fischschwanz gehabt hätten. Seit dieser Zeit nannte man ihn nach seinem Wappen nur den »Storchenflügel mit dem Fischschwanz«; er wurde grausam verfolgt und war mit einemmal unsympathisch geworden; denn das alles paßte in keiner Weise zu dem ehrbaren Hasen- und Kaninchenfellgeschäft seines Vaters, obwohl der romantische, begeisterte Sohn sich ehrlich bemühte, die ganze Kriegswissenschaft zu fressen, und durch Fleiß und die Kenntnis nicht nur all dessen, was man ihm zum

Lernen vorlegte, hervorragte, sondern sich selbst immer mehr und mehr in das Studium von Schriften über die Kriegskunst und die Geschichte der Kriegführung vertiefte, von der er stets zu sprechen begann, bis man ihn abtrumpfte und kaltstellte. Er glaubte, daß er in Offizierskreisen den hohen Chargen ebenbürtig sei.

»Sie, Kadett«, sagte Hauptmann Sagner, »solange ich Ihnen nicht zu sprechen erlaube, so schweigen Sie, weil Sie niemand nach was gefragt hat. Übrigens sind Sie ein verflucht gescheiter Soldat. Jetzt lege ich Ihnen ganz vertrauliche Informationen vor, und Sie schreiben sie sich in Ihr Notizbuch ein. Bei Verlust des Notizbuches erwartet Sie das Feldgericht.«

Kadett Biegler hatte noch obendrein die üble Gewohnheit, sich immer zu bemühen, jeden mittels irgendeiner Ausrede zu überzeugen, daß er es gut meine.

»Melde gehorsamst, Herr Hauptmann«, antwortete er, »daß selbst bei einem eventuellen Verlust des Notizbuchs niemand entziffern kann, was ich geschrieben habe, weil ich es stenographiere und niemand meine Kürzungen nach mir lesen kann. Ich benütze das englische Stenographiesystem.«

Alle schauten ihn verächtlich an, Hauptmann Sagner winkte mit der Hand und fuhr in seinem Vortrag fort.

»Ich habe bereits über die neue Art des Chiffrierens von Depeschen im Felde gesprochen. Es wird Ihnen vielleicht unverständlich, warum Ihnen in der Novelle Ludwig Ganghofers, ›Die Sünden der Väter‹, gerade Seite 161 empfohlen wurde; es ist dies, meine Herren, der Schlüssel zu der neuen Chiffriermethode, die auf Grund einer neuen Verordnung des Generalstabs des Armeekorps, dem wir zugeteilt sind, in Gültigkeit getreten ist. Wie Ihnen bekannt ist, gibt es viele Methoden der Chiffrierung wichtiger Mitteilungen im Felde. Die neueste, die wir benützen, ist die ergänzende Ziffernmethode. Damit entfallen auch die Ihnen in der vorigen Woche vom Regimentsstab eingehändigten Chiffren und die Anleitung zu ihrer Entzifferung.«

»Erzherzog-Albrecht-System«, murmelte der strebsame Kadett Biegler vor sich hin, »8922–R, übernommen aus Methode Gronfeld.«

»Das neue System ist sehr einfach«, tönte die Stimme des Hauptmanns durch den Waggon. »Ich habe persönlich vom Herrn Oberst das zweite Buch samt der Information bekommen.«

»Wenn wir zum Beispiel den Befehl erhalten sollten: ›Auf Kote 228 Maschinengewehrfeuer links richten‹, erhalten wir, meine Herren, diese Depesche: ›Sache — mit — uns — das — wir — auf — sehen — in — die — versprachen — die — Martha — wir — den — wir — Dank — wohl — Regiekollegium — Ende — wir — versprachen — wir — gebesser — versprachen — wirklich — denke — Idee — ganz — herrscht —

Stimme — letzten.‹ Also sehr einfach, ohne jede überflüssige Kombination. Vom Stab per Telephon zum Bataillon, vom Bataillon per Telephon zur Kompanie. Sobald der Kommandant diese chiffrierte Depesche erhalten hat, entziffert er sie auf folgende Weise. Er nimmt ›Die Sünden der Väter‹, schlägt Seite 161 auf und fängt an, oben auf der gegenüberliegenden Seite das Wort ›Sache‹ zu suchen. Bitte, meine Herren. Vor allem ist ›Sache‹ auf Seite 160 in der Reihenfolge der Sätze das zweiundfünfzigste Wort, er sucht also auf der gegenüberliegenden Seite 161 den zweiundfünfzigsten Buchstaben von oben. Beachten Sie, daß es ›A‹ ist. Das nächste Wort in der Depesche ist ›mit‹. Es ist auf Seite 160 in der Aufeinanderfolge der Sätze das siebente Wort, das dem siebenten Buchstaben auf Seite 161, dem Buchstaben ›u‹ entspricht. Dann kommt ›uns‹, das ist, folgen Sie mir, bitte, aufmerksam, das achtundachtzigste Wort, das dem achtundachtzigsten Buchstaben auf der gegenüberliegenden Seite 161 entspricht, der ein ›f‹ ist, und wir haben ›Auf‹ entziffert. Und so fahren wir fort, bis wir den Befehl feststellen: ›Auf Kote 228 Maschinengewehrfeuer links richten.‹ Sehr scharfsinnig, meine Herren, und einfach unmöglich, ohne den Schlüssel, Seite 161, Ludwig Ganghofer, ›Die Sünden der Väter‹, zu entziffern.«
Alle betrachteten schweigend die unglückseligen Seiten und wurden bedenklich nachdenklich. Eine Weile herrschte Stille, bis Kadett Biegler plötzlich sorgenvoll ausrief: »Herr Hauptmann, melde gehorsamst, Jesusmaria! Es stimmt nicht!«
Und es war wirklich sehr rätselhaft.
Man mochte sich anstrengen, wie man wollte, niemand außer Hauptmann Sagner fand auf Seite 160 jene Worte, denen auf Seite 161 die Buchstaben entsprachen, die den Schlüssel bildeten.
»Meine Herren«, stotterte Hauptmann Sagner, als er sich überzeugt hatte, daß der verzweifelte Aufschrei des Kadetten Biegler der Wahrheit entsprach, »was ist da geschehen? In meinen ›Die Sünden der Väter‹ von Ganghofer ist es und in Ihren ist es nicht?«
»Erlauben Sie, Herr Hauptmann«, meldete sich abermals Kadett Biegler. »Ich erlaube mir darauf aufmerksam zu machen, daß der Roman von Ludwig Ganghofer zwei Teile hat. Wollen Sie sich gefälligst auf der Titelseite überzeugen: ›Roman in 2 Bänden‹. Wir haben den I. Teil und Sie haben den II. Teil«, fuhr der gründliche Kadett Biegler fort, »es ist deshalb klar wie der Tag, daß unsere 160. und 161. Seite Ihrer nicht entspricht. Wir haben dort etwas ganz anderes. Das erste Wort der entzifferten Depesche soll bei Ihnen ›Auf‹ sein, und bei uns ist ›Heu‹ herausgekommen!«
Allen ward nun vollständig klar, daß Biegler vielleicht doch nicht so ein Dummkopf sei.

»Ich habe den II. Teil vom Brigadestab«, sagte Hauptmann Sagner, »und es handelt sich hier offenbar um einen Irrtum. Der Herr Oberst hat für Sie den I. Teil bestellt. Allem Anschein nach«, fuhr er fort, als wäre alles klar und deutlich und als hätte er es schon längst gewußt, bevor er seinen Vortrag über die überaus einfache Art des Chiffrierens begonnen hatte, »hat man es beim Brigadestab verwechselt. Man hat dem Regiment nicht angegeben, daß es sich um den II. Teil handelt, und so ist das Ganze geschehen.«
Kadett Biegler blickte inzwischen alle siegesbewußt an, und Leutnant Dub flüsterte Oberleutnant Lukasch zu, daß der »Storchenflügel mit dem Fischschwanz« Sagner ganz gehörig kleingekriegt habe.
»Ein merkwürdiger Fall, meine Herren«, ließ sich Hauptmann Sagner abermals vernehmen, als wollte er ein Gespräch anknüpfen, denn die Stille war überaus peinlich. »In der Brigadekanzlei gibt es Hohlköpfe.«
»Ich erlaube mir zu bemerken«, meldete sich abermals der unermüdliche Kadett Biegler, der wiederum mit seinem Wissen prahlen wollte, »daß ähnliche Dinge vertraulicher, streng vertraulicher Natur von der Division nicht durch die Brigadekanzlei gehen sollten. Eine die vertraulichsten Angelegenheiten des Armeekorps betreffende Angelegenheit könnte mittels eines streng vertraulichen Zirkulars nur den Kommandanten der Divisions- und Brigadetruppenteile der Regimenter bekanntgegeben werden. Ich kenne ein Chiffresystem, das in den Kriegen um Sardinien und Savoyen, im anglofranzösischen Feldzug bei Sebastopol, beim Boxeraufstand in China und während des letzten russisch-japanischen Krieges benützt wurde. Dieses System wurde weitergeleitet . . .«
»Daran liegt uns ein Dreck, Kadett Biegler«, sagte Hauptmann Sagner mit einem Ausdruck der Verachtung und des Mißfallens; »es ist sicher, daß das System, von dem die Rede war und das ich Ihnen erklärt habe, nicht nur eines der besten ist, sondern wir können sagen, das unerreichbarste. Da können alle feindlichen Gegenspionagemaßnahmen nicht dran. Wenn sie sich zerschneiden, können sie unsere Chiffren nicht lesen. Es ist etwas ganz Neues. Diese Chiffren haben keine Vorläufer.«
Der strebsame Kadett Biegler hustete bedeutungsvoll.
»Ich erlaube mir«, sagte er, »auf das Buch Kerickhoffs über das militärische Chiffrierungswesen aufmerksam zu machen, Herr Hauptmann. Dieses Buch kann sich ein jeder im Verlag des ›Militärischen Sachlexikons‹ bestellen. Dort ist die Methode beschrieben, von der ich Ihnen erzählt habe, genau beschrieben, Herr Hauptmann. Ihr Erfinder ist Oberst Kircher, der unter Napoleon I. in der sächsischen Armee gedient hat. ›Kirchers chiffrierte Worte‹, Herr Hauptmann.

Jedes Wort der Depesche wird auf der gegenüberliegenden Seite mittels Schlüssels erklärt. Diese Methode wurde von Oberleutnant Fleißner in dem Buche: ›Handbuch der militärischen Kryptographie‹ vervollständigt, das sich jeder im Verlag der ›Militär-Akademie in Wiener-Neustadt‹ kaufen kann. Bitte, Herr Hauptmann.« Kadett Biegler griff in seinen Handkoffer, zog das Buch heraus, von dem er gesprochen hatte, und fuhr fort: »Fleißner führt dasselbe Beispiel an, überzeugen Sie sich gefälligst alle. Dasselbe Beispiel, das wir gehört haben.

Depesche: Auf Kote 228 Maschinengewehrfeuer links.

Schlüssel: Ludwig Ganghofer, ›Die Sünden der Väter‹, Zweiter Band.

Und sehen Sie, bitte, weiter: ›Chiffre: Sache — mit — uns — das — wir — auf — sehen — in — die — versprachen — die — Martha —‹ usw. Genau dasselbe, was wir vor einer Weile gehört haben.«

Dagegen ließ sich nichts einwenden. Dieser Rotzbub von einem »Storchenflügel mit Fischschwanz« hatte recht.

Beim Armeestab hatte sich jemand von den Herren die Arbeit erleichtert. Er hatte Fleißners Buch über die militärische Chiffrierung entdeckt, und fertig wars.

Während dieser ganzen Zeit konnte man bemerken, daß Oberleutnant Lukasch eine seltsame seelische Aufregung bezwang. Er biß sich in die Lippe, wollte etwas sagen, aber zum Schluß fing er von etwas anderem zu sprechen an, als er anfangs beabsichtigt hatte.

»Man darf das nicht so tragisch nehmen«, sagte er in sonderbarer Verlegenheit, »während unseres Aufenthaltes im Lager in Bruck an der Leitha hat man schon einige Systeme der Depeschenchiffrierung verwendet. Bevor wir an die Front kommen, wird es wieder neue Systeme geben, aber ich denke, daß man im Feld keine Zeit hat, solche Kryptogramme zu entziffern. Bevor jemand von uns ein ähnlich chiffriertes Beispiel entziffern würde, wärs schon längst um die Kompanie, ums Bataillon und die Brigade geschehn. Eine praktische Bedeutung hat es nicht.«

Hauptmann Sagner nickte sehr ungern zustimmend mit dem Kopf. »In der Praxis«, sagte er, »wenigstens sofern meine Erfahrungen vom serbischen Kriegsschauplatz in Betracht kommen, hat niemand Zeit gehabt, Chiffren zu dechiffrieren. Ich sage nicht, daß die Chiffren bei einem längeren Aufenthalt in den Schützengräben keine Bedeutung haben, wenn wir uns eingegraben haben und abwarten. Daß die Chiffren sich ändern, ist auch wahr.«

Hauptmann Sagner wich auf der ganzen Linie zurück: »Ein großer Teil der Schuld, daß heute die Stäbe an der Front immer weniger Chiffren benützen, liegt daran, daß unsere Telephone nicht deutlich

sind und insbesondere im Kanonenfeuer die einzelnen Silben nicht klar reproduzieren. Man hört einfach nichts, und so entsteht ein unnützes Chaos.«
Er verstummte.
»Verwirrung ist das ärgste, was im Feld eintreten kann, meine Herren«, fügte er prophetisch hinzu und schwieg.
»In einer Weile«, sagte er, aus dem Fenster blickend, »sind wir in Raab, meine Herren! Die Mannschaft erhält dort je 15 Deka ungarische Salami. Eine halbe Stunde Rast.«
Er schaute auf die Marschroute: »Um 4 Uhr 12 wird abgefahren. Um 3 Uhr 58 alles in die Waggons. Es wird kompanieweise ausgestiegen. Die 11. usw. zugsweise Direktion Verpflegungsmagazin Nr. 6. Kontrolle bei der Ausgabe: Kadett Biegler.«
Alle schauten den Kadetten Biegler mit einem Blick an, der besagte: »Du wirst kein Honiglecken haben, du Milchbart.«
Aber der strebsame Kadett Biegler zog schon aus dem Koffer einen Bogen Papier und ein Lineal, liniierte den Bogen, teilte ihn in Marschkompanien ein und fragte die Kommandanten der einzelnen Züge nach dem Mannschaftsstand; keiner von ihnen wußte ihn auswendig, und sie konnten Biegler die verlangten Ziffern nur nach den undeutlichen Anmerkungen in ihren Notizbüchern angeben.
Hauptmann Sagner begann inzwischen aus Verzweiflung »Die Sünden der Väter« zu lesen, und als der Zug auf dem Bahnhof in Raab hielt, klappte er die gelesenen Seiten zu und bemerkte: »Dieser Ludwig Ganghofer schreibt nicht schlecht.«
Oberleutnant Lukasch stürzte als erster aus dem Stabswaggon und schritt auf jenen zu, in dem sich Schwejk befand.

Schwejk und die anderen hatten bereits längst aufgehört, Karten zu spielen, und Baloun, der Putzfleck Oberleutnant Lukaschs, hatte schon so einen Hunger, daß er anfing, sich gegen die militärische Obrigkeit aufzulehnen und auseinanderzusetzen, daß er sehr gut wisse, wie die Offiziere sich die Mäuler stopften. Das sei ärger als zur Zeit der Leibeigenschaft. Früher habe es so etwas beim Militär nicht gegeben. Wie sein Großvater zu Hause im Ausgedinge zu sagen pflege, hätten die Offiziere noch im Sechsundsechzigerkrieg mit den Soldaten Hennen und Brot geteilt. Sein Gejammre nahm kein Ende, bis Schwejk es schließlich für gut befand, den Militärstand im gegenwärtigen Kriege zu loben.
»Du hast aber einen jungen Großvater«, sagte er freundlich, als sie sich Raab näherten, »daß er sich nur an den Krieg vom Jahre 66 erinnern kann. Da kenn ich einen gewissen Ronowsky, und der hat einen Großvater gehabt, der war in Italien gewesen, noch zur Zeit

vom Robot, und hat dort seine zwölf Jahre gedient und is nach Haus als Korporal gekommen. Und er hat keine Arbeit gehabt, so hat den Großvater sein Vater zu sich in Dienst genommen. Und damals sind sie mal auf Robot gefahren, Baumstämme abführen, und ein solcher Baumstamm war, wie uns der Großvater erzählt hat, was bei seinem Vater gedient hat, wie ein Trumm, und so ham sie mit ihm nicht mal rühren können. Und da hat er also gesagt: ›Laß ihn nur hier, das Luder, wer wird sich mit ihm schinden.‹ Und der Heger, was das gehört hat, hat angefangen zu schrein und hat den Stock gehoben, daß er den Baumstamm aufladen muß. Und der Großvater von unserm Ronowsky hat nichts anderes gesagt als: ›Du junger Hund du, ich bin ein alter ausgedienter Soldat.‹ Aber in einer Woche hat er eine Zuschrift gekriegt und hat wieder nach Italien einrücken müssen, und dort war er wieder ganze zehn Jahre und hat nach Haus geschrieben, daß er diesem Heger, bis er zurückkommt, mit der Axt eins übern Kopf haun wird. Der Heger hat von Glück sagen können, daß er inzwischen gestorben is.«

In diesem Augenblick tauchte Oberleutnant Lukasch in der Waggontür auf.

»Schwejk, kommen Sie her«, sagte er, »unterlassen Sie Ihre dummen Auseinandersetzungen und kommen Sie mir lieber was erklären.«

»Ohne weiteres, melde gehorsamst, Herr Oberlajtnant.«

Oberleutnant Lukasch führte Schwejk fort, und der Blick, mit dem er ihn betrachtete, war sehr verdächtig.

Oberleutnant Lukasch hatte sich während des ganzen Vortrags von Hauptmann Sagner, der mit einem solchen Fiasko endete, zu gewissen Detektiv-Erkenntnissen durchgearbeitet, wozu es nicht vieler besonderer Kombinationen bedurfte, denn vor der Abfahrt hatte Schwejk Oberleutnant Lukasch gemeldet: »Herr Oberlajtnant, aufn Bataillon sind irgendwelche Bücheln für die Herren Lajtnants. Ich hab sie aus der Regimentskanzlei weggetragen.«

Deshalb fragte Oberleutnant Lukasch ohne Umschweife, als sie das zweite Gleis überschritten hatten und hinter eine ungeheizte Lokomotive traten, die bereits seit einer Woche auf irgendeinen Zug mit Munition wartete: »Schwejk, wie war das damals mit den Büchern?«

»Melde gehorsamst, Herr Oberlajtnant, das is eine sehr lange Geschichte, und Sie regen sich immer so auf, wenn ich Ihnen alles ausführlich erzähl. So wie damals, wie Sie mir die Ohrfeige ham geben wolln, wie Sie die Zuschrift von der Kriegsanleihe zerrissen ham und ich Ihnen erzählt hab, daß ich mal in einem Buch gelesen hab, daß die Leute früher, wenn Krieg war, für die Fenster zahlen mußten, für jedes Fenster einen Zwanziger, für die Gänse auch soviel.«

»So möchten wir nicht fertig werden, Schwejk«, sagte Oberleutnant

Lukasch, im Verhör fortfahrend, wobei er sich vornahm, daß das strengst Vertraulichste natürlich vollkommen geheimgehalten bleiben müsse, damit dieser Kerl, der Schwejk, nicht wieder Gebrauch davon mache. »Kennen Sie Ganghofer?«

»Was is er?« fragte Schwejk mit Interesse.

»Ein deutscher Schriftsteller, Sie blöder Kerl, Sie«, antwortete Oberleutnant Lukasch.

»Meiner Seel, Herr Oberlajtnant«, sagte Schwejk mit dem Ausdruck eines Märtyrers, »ich kenn keinen deutschen Schriftsteller persönlich. Ich habe nur einen tschechischen Schriftsteller persönlich gekannt, einen gewissen Ladislaus Hajek aus Taus. Er war Redakteur von der ›Welt der Tiere‹, und ich hab ihm mal so einen Köter für einen reinrassigen Spitz verkauft. Das war ein sehr lustiger und braver Herr. Er is ins Wirtshaus gegangen und hat dort immer seine Geschichten gelesen, solch traurige, daß alle gelacht ham, und er hat dabei geweint und hat für alle im Wirtshaus gezahlt, und wir ham ihm singen müssen: ›Tauser Tor und Türen, der euch konnt verzieren, der hat malen müssen und die Mädel küssen. – Aus dem kann nichts mehr werden, liegt schon in der Erden . . .‹«

»Sie sind doch nicht im Theater. Was brüllen Sie wie ein Opernsänger, Schwejk?« meinte Oberleutnant Lukasch erschrocken, als Schwejk

den letzten Satz: »Aus dem kann nichts mehr werden, liegt schon in der Erden« gesungen hatte. »Danach habe ich Sie nicht gefragt. Ich wollte nur wissen, ob Sie bemerkt haben, daß die Bücher, von denen Sie selbst zu mir gesprochen haben, von Ganghofer waren. Was war also mit diesen Büchern los?« platzte er zornig heraus.
»Mit den, was ich aus der Regimentskanzlei aufs Bataillon getragen hab?« fragte Schwejk. »Die waren wirklich von dem geschrieben, nach dem Sie mich gefragt ham, ob ich ihn nicht kenn, Herr Oberlajtnant. Ich hab ein Telephonogramm direkt von der Regimentskanzlei bekommen. Man hat diese Bücher nämlich in die Bataillonskanzlei schicken wolln, aber dort waren alle fort mitsamtn Dienstführenden, weil sie in der Kantine ham sein müssen, wenn man an die Front gefahren is, und weil niemand weiß, ob er noch mal in der Kantine sitzen wird. Sie waren also dort, Herr Oberlajtnant, waren dort und ham getrunken, nirgends, nicht mal bei allen andern Marschkompanien hat man per Telephon niemanden nicht auftreiben können, aber weil Sie mir angeordnet ham, daß ich derweil als Ordonnanz beim Telephon sein soll, bevor man uns den Telephonisten Chodounsky zuteilt, so bin ich gesessen und hab gewartet, bis auch auf mich die Reihe kommt. Aus der Regimentskanzlei ham sie geschimpft, daß sie nirgends niemanden errufen können, daß ein Telephonogramm da ist, daß sich die Marschbataillonskanzlei in der Regimentskanzlei irgendwelche Bücher für die Herren Offiziere vom ganzen Marschbatjak beheben soll. Weil ich weiß, Herr Oberlajtnant, daß man im Krieg schnell handeln muß, so hab ich an die Regimentskanzlei telephoniert, daß ich die Bücher selbst beheben wer und in die Bataillonskanzlei tragen wer. Dort hab ich so einen Ranzen bekommen, daß ichs mit Müh zu uns in die Kompaniekanzlei geschleppt hab, und da hab ich mir diese Bücher durchgeschaut. Aber da hab ich mir meinen Teil gedacht. Der Regimentsfeldwebel in der Regimentskanzlei hat mir zwar gesagt, daß man nachn Telephonogramm vom Regiment schon beim Bataillon wissen wird, was man sich von den Büchern aussuchen soll, nämlich welchen Teil. Nämlich diese Bücher ham zwei Teile gehabt. Der I. Teil extra, der II. Teil extra. Nie im Leben hab ich so gelacht, weil ich schon viel Bücher im Leben gelesen hab, aber nie hab ich mitn II. Teil angefangen. Und er sagt mir dort noch einmal: ›Da ham Sie den I. Teil und da ham Sie den II. Teil. Welchen Teil die Herren Offiziere lesen solln, das wissen sie schon.‹ So hab ich mir gedacht, daß alle besoffen sind, weil, wenn man ein Buch von Anfang lesen soll, so einen Roman, was ich gebracht hab, von den ›Sünden der Väter‹, denn ich kann auch Deutsch, so muß man mitn I. Teil anfangen, weil wir keine Juden sind und nicht von rückwärts lesen. Drum hab ich Sie auch

per Telephon gefragt, Herr Oberlajtnant, wie Sie ausn Kasino zurückgekommen sind, und hab Ihnen das von den Büchern gemeldet, obs vielleicht jetzt beim Militär umgekehrt is und ob man nicht die Bücher in verkehrter Reihenfolge liest, zuerst den Zweiten und dann den Ersten Teil. Und Sie ham mir gesagt, daß ich ein besoffenes Rindvieh bin, wenn ich nicht mal weiß, daß im Vaterunser zuerst steht: ›Vater unser‹ und dann erst ›Amen‹.
Is Ihnen schlecht, Herr Oberlajtnant?« fragte Schwejk mit Interesse, als sich der bleiche Oberleutnant Lukasch am Trittbrett der Lokomotive festhielt.
In seinem bleichen Gesicht zeigte sich ein Zeichen von Wut. Es war etwas verzweifelt Hoffnungsloses.
»Weiter, weiter, Schwejk, es ist schon egal, es ist schon gut . . .«
»Wie ich sag«, erklang auf dem verlassenen Gleis die weiche Stimme Schwejks, »ich war auch dieser Meinung. Einmal hab ich mir so einen blutigen Roman von dem Rosza Sandor ausn Bakonyer Wald gekauft, und es hat dort der I. Teil gefehlt, so hab ichn Anfang erraten müssen, und nicht mal in so einer Räubergeschichte kommt man ohne den I. Teil aus. So wars mir vollständig klar, daß es eigentlich überflüssig ist, wenn die Herren Offiziere anfangen täten, zuerst den zweiten Teil zu lesen und dann den ersten, und wie dumm es ausschaun möcht, wenn ich beim Bataillon ausgerichtet hätt, was man mir in der Regimentskanzlei gesagt hat, daß die Herren Offiziere schon wissen, welchen Teil sie lesen solln. Mir is das mit diesen Büchern, Herr Oberlajtnant, überhaupt schrecklich komisch und rätselhaft vorgekommen. Ich hab gewußt, daß die Herren Offiziere überhaupt wenig lesen, und im Kampfgewühl . . .«
»Lassen Sie sich schon Ihre Blödheiten, Schwejk«, stöhnte Oberleutnant Lukasch.
»Ich hab Sie ja auch gleich per Telephon gefragt, Herr Oberlajtnant, ob Sie gleich beide Teile auf einmal wolln, und Sie ham mir gesagt, grad so wie jetzt, daß ich mir diese Blödheiten lassen soll, wer wird herich noch Bücher mitschleppen. Und da hab ich mir gedacht, daß, wenn das Ihre Meinung is, daß es auch die andern Herren so betrachten müssen. Ich hab unsern Waněk danach gefragt, der hat ja schon Erfahrungen von der Front. Er hat gesagt, daß zuerst jeder von den Herren Offizieren gedacht hat, daß der ganze Krieg nur ein kleiner Jux is und sich ins Feld eine ganze Bibliothek mitgeführt hat wie auf die Sommerfrische. Sie ham sogar ganze gesammelte Werke von verschiedenen Dichtern als Geschenk ins Feld bekommen, so daß sich die Putzflecke drunter gewunden und den Tag ihrer Geburt verflucht ham. Der Waněk hat gesagt, daß die Bücher überhaupt nicht zu brauchen waren, was das Rauchen anbetrifft, denn sie waren auf sehr

feinem, dickem Papier, und daß man sich auf der Latrine mit solchen Gedichten, mit Verlaub, Herr Oberlajtnant, den ganzen Hintern abgeschunden hat. Zum Lesen war keine Zeit, weil man fort hat fliehn müssen, so hat mans weggeworfen, und dann wars schon so eine Gewohnheit, daß der Putzfleck, gleich wie die erste Kanonade zu hören war, alle Unterhaltungsbücher weggeworfen hat. Nach dem, was ich gehört hab, hab ich noch mal Ihre Meinung hören wolln, Herr Oberlajtnant, und wie ich Sie am Telephon gefragt hab, was mit diesen Büchern geschehn soll, so ham Sie gesagt, daß, wenn mir was in meinen blöden Schädel kriecht, ich so lang nicht ablaß, bis ich nicht eins übers Maul kriege. So hab ich also, Herr Oberlajtnant, nur die Ersten Teile in die Bataillonskanzlei getragen, und den II. Teil hab ich derweil in unserm Regimentsmagazin gelassen. Ich hab die gute Absicht gehabt, bis die Herren Offiziere den I. Teil gelesen ham wern, daß man ihnen dann den II. Teil ausfolgt wie aus der Bibliothek, aber auf einmal is der Befehl gekommen, daß man fährt, und ein Telephonogramm ans ganze Bataillon, daß man alles Überflüssige in die Regimentskanzlei geben soll. So hab ich noch den Herrn Waněk gefragt, ob er den II. Teil von diesem Roman für was Überflüssiges hält, und er hat mir gesagt, daß man seit den traurigen Erfahrungen in Serbien, in Galizien und Ungarn keine Unterhaltungsbücher an die Front führt und daß die Kasteln in den Städten, wo man abgelegte Zeitungen für die Soldaten sammelt, das einzige Gute sind, weil sich in Zeitungen gut Tabak wickeln läßt, oder Heu, was die Soldaten in den Deckungen rauchen. Aufn Bataillon hat man schon die I. Teile von diesem Roman verteilt, und die II. Teile hamr ins Magazin getragen.«

Schwejk verstummte und fügte sofort hinzu: »Dort gibt es Ihnen verschiedene Sachen, in dem Magazin, Herr Oberlajtnant, sogar der Zylinder vom Budweiser Regenschori, wie er in ihm beim Regiment eingerückt is . . .«

»Ich werde Ihnen was sagen, Schwejk«, erklärte Oberleutnant Lukasch mit einem tiefen Seufzer. »Sie sind sich der Tragweite Ihrer Handlung überhaupt nicht bewußt. Mir ist es selbst schon zuwider, Sie einen Blödian zu schimpfen. Für Ihre Blödheit gibt es überhaupt keine Worte. Wenn ich Sie ›Blödian‹ nenne, so gebe ich Ihnen noch einen Kosenamen. Sie haben etwas so Fürchterliches angestellt, daß Ihre schrecklichsten Verbrechen, deren Sie sich während der Zeit, in der ich Sie kenne, schuldig gemacht haben, dagegen eine wahre Engelsmusik sind. Wenn Sie wüßten, Schwejk, was Sie gemacht haben. – Aber Sie werden es nie erfahrn. – Wenn vielleicht einmal von diesen Büchern die Rede wäre, so unterstehn Sie sich nicht auszuquatschen, daß ich Ihnen telephonisch was gesagt hab, daß der

II. Teil ... Wenn einmal davon die Rede wäre, wie das mit dem I. und dem II. Teil war, so beachten Sie es nicht. Sie wissen von nichts, kennen nichts, erinnern sich an nichts. Nicht, daß Sie mich in etwas verwickeln, Sie ...«

Oberleutnant Lukasch sprach mit einer Stimme, als ob ihn Fieber schüttelte. Den Augenblick, in dem er verstummte, benutzte Schwejk zu der unschuldigen Frage: »Melde gehorsamst, Herr Oberlajtnant, verzeihn Sie gütigst, warum wer ich nie erfahren, was ich Fürchterliches angestellt hab? Ich hab mich, Herr Oberlajtnant, nur deshalb unterstanden, danach zu fragen, damit ich nächstens so einer Sache ausweichen kann, denn man sagt allgemein, daß der Mensch aus Fehlern lernt, wie der Gießer Adamec aus der Danekschen Fabrik, wie er aus Versehn Salzsäure getrunken hat ...«

Er sprach nicht zu Ende, denn Oberleutnant Lukasch unterbrach sein Beispiel aus dem Leben mit den Worten: »Sie Idiot, Sie! Erklären werde ich Ihnen nichts. Kriechen Sie wieder in den Waggon und sagen Sie dem Baloun, bis wir in Budapest sein werden, soll er mir in den Stabswaggon eine Semmel und dann die Leberpastete bringen, die unten im Koffer in Stanniolpapier gewickelt ist. Dann sagen Sie dem Waněk, daß er ein Esel ist. Dreimal hab ich von ihm verlangt, er soll mir den genauen Mannschaftsstand angeben. Und wie ichs heute gebraucht habe, hab ich nur den alten Stand von der vorigen Woche gehabt.«

»Zu Befehl, Herr Oberlajtnant«, bellte Schwejk und schritt langsam auf seinen Waggon zu.

Oberleutnant Lukasch ging auf dem Gleis auf und ab und dachte: Ich hätt ihm doch ein paar Ohrfeigen geben solln, und statt dessen unterhalt ich mich mit ihm wie mit einem Kameraden.

Schwejk kletterte ernst in seinen Waggon. Er empfand Achtung vor sich selbst. Nicht jeden Tag stellt man etwas so Fürchterliches an, daß man niemals erfahren darf, was es war.

»Herr Rechnungsfeldwebel«, sagte Schwejk, als er auf seinem Platz saß, »Herr Oberlajtnant Lukasch scheint heut sehr guter Laune zu sein. Er läßt Ihnen durch mich sagen, daß Sie ein Esel sind, weil er Sie schon dreimal aufgefordert hat, daß Sie ihm den genauen Mannschaftsstand angeben solln.«

»Herrgott«, geriet Waněk in Wut, »das wer ich den Zugführern einsalzen. Kann denn ich dafür, daß jeder Vagabund von einem Zugführer macht, was er will und mir nicht den Stand vom Zug schickt? Soll ich mirn Stand ausn kleinen Finger zuzeln? Das sind Verhältnisse bei unserer Marschkompanie! Das kann nur bei der 11. Marschkompanie geschehn. Aber ich habs geahnt, ich habs gewußt. Ich hab

keine Minute dran gezweifelt, daß bei uns Unordnung sein wird. Einen Tag fehln in der Küche vier Portionen, am zweiten Tag bleiben wieder drei übrig. Wenn mir diese Fallotten wenigstens melden möchten, ob jemand im Spital is. Noch vorigen Monat hab ich einen gewissen Nikodem geführt, und erst bei der Löhnung hab ich erfahren, daß der Nikodem in Budweis im Krankenhaus an galoppierender Schwindsucht gestorben is. Und fort hat man für ihn gefaßt. Eine Montur hamr für ihn gefaßt, aber Gott weiß, wohin das gekommen is. Dann sagt mir noch der Herr Oberlajtnant, daß ich ein Esel bin, wenn er selbst nicht auf Ordnung bei seiner Kompanie hält.«
Rechnungsfeldwebel Waněk schritt aufgeregt im Waggon auf und ab: »Ich sollt Kompaniekommandant sein! Da müßt alles klappen. Über jeden Gemeinen hätt ich eine Übersicht. Die Chargen müßten mir zweimal täglich den Stand melden. Aber wenn die Chargen zu nichts taugen! Und am ärgsten is bei uns der Zugführer Zyka. Lauter Witze, lauter Anekdoten, aber wenn ich ihm sag, daß der Kolarschik von seinem Zug zum Train abkommandiert is, meldet er mir am nächsten Tag wieder denselben Stand, wie wenn sich der Kolarschik noch immer bei der Kompanie und bei seinem Zug herumwälzen möcht. Und wenn sich das jeden Tag wiederholt und man dann noch von mir sagt, daß ich ein Esel bin — so macht sich der Herr Oberlajtnant keine Freunde. Der Rechnungsfeldwebel bei der Kompanie is kein Gefreiter, mit dem sich jeder was auswischen kann.«
Baloun, der mit offenem Mund zuhörte, sprach jetzt statt Waněk, vielleicht um sich auch ins Gespräch zu mischen, das schöne Wort aus, das dieser nicht gesagt hatte.
»Sie dort wern kuschen«, sagte der Rechnungsfeldwebel aufgeregt.
»Hör mal, Baloun«, ließ sich Schwejk vernehmen, »dir soll ich ausrichten, du sollst dem Herrn Oberlajtnant, bis wir nach Pest kommen, eine Semmel und die Leberpastete, was der Oberlajtnant unten im Kofferl in Stanniol hat, in den Waggon bringen.«
Der Riese Baloun ließ verzweifelt seine langen Schimpansenarme herabhängen, verkrümmte den Rücken und verharrte ziemlich lange in dieser Stellung.
»Ich habs nicht«, sagte er mit leiser, verzweifelter Stimme, auf den schmutzigen Boden des Waggons blickend.
»Ich habs nicht«, wiederholte er abgerissen, »ich hab gedacht ... Ich hab sie vor der Abfahrt aufgewickelt ... Ich hab zu ihr gerochen — ob sie nicht verdorben is ...
Ich hab sie gekostet«, rief er in einer so aufrichtigen Verzweiflung, daß allen alles völlig klar ward.
»Sie ham sie mitsamtn Stanniol aufgefressen«, sagte Rechnungsfeldwebel Waněk und blieb vor Baloun stehen; Waněk war froh,

weil er nicht länger seine Ansicht vertreten mußte, daß nicht er allein ein Esel sei, wie ihm der Oberleutnant hatte sagen lassen, sondern daß die Ursache des unbekannten schwankenden Standes tiefere Gründe in anderen Bereichen habe und weil das Gespräch jetzt auf den angefressenen Baloun übergegangen war und sich nun um ihn und diese neue tragische Begebenheit drehte. Waněk bekam große Lust, Baloun etwas unangenehm Moralisches zu sagen, als ihm der Koch-Okkultist Jurajda zuvorkam; er legte sein geliebtes Buch, die Übersetzung der altindischen »Sûter Pragûa-Paramita«, beiseite und wandte sich an den verdutzten Baloun, der sich unter der Last des Schicksals noch mehr duckte: »Sie sollten selbst über sich wachen, Baloun, damit Sie nicht das Vertrauen zu sich selbst und das Vertrauen zum Schicksal verlieren. Sie sollten nicht auf Ihre Rechnung schreiben, was das Verdienst anderer ist. Wann immer Sie einem ähnlichen Problem gegenüberstehen, daß Sie aufgefressen haben, fragen Sie sich stets selbst: ›In welchem Verhältnis steht die Leberpastete zu mir?‹«

Schwejk hielt es für angezeigt, diese Erwägung durch ein praktisches Beispiel zu ergänzen: »Du hast mir selbst neulich erzählt, Baloun, daß man bei euch schlachten und räuchern wird und daß man dir gleich, wie du, bis wir nur an Ort und Stelle sein wern, die Feldpostnummer wissen wirst, einen Schinken schicken wird. Jetzt stell dir vor, daß sie diesen Schinken zur Kompanie schicken möchten und wir uns mitn Herrn Rechnungsfeldwebel jeder ein Stückerl abschneiden würden und es uns schmecken möcht, also noch ein Stückerl, bis es mit dem Schinken ausfalln tät wie mit einem bekannten Briefträger von mir, einem gewissen Kozl. Der hat Beinfraß gehabt, so hat man ihm zuerst das Bein bis zum Knöchl abgeschnitten, dann bis unters Knie, dann den Schenkel, und wenn er nicht rechtzeitig gestorben wär, hätten sie fort an ihm herumgeschnitten wie an einem abgebrochenen Bleistift. Stell dir also vor, Baloun, daß wir dir den Schinken so aufgefressen hätten, wie du dem Herrn Oberlajtnant die Leberpastete aufgefressen hast.«

Der Riese Baloun blickte alle traurig an.

»Nur durch meine Fürsprache und mein Verdienst«, sagte der Rechnungsfeldwebel zu Baloun, »sind Sie Bursch beim Herrn Oberlajtnant geblieben. Sie hätten zur Sanität versetzt werden und die Verwundeten ausn Gefecht tragen solln. Bei Dukla sind die Sanitäter von uns dreimal hintereinander um einen verwundeten Fähnrich hinausgegangen, der vor den Drahthindernissen einen Bauchschuß bekommen hat, und alle sind dortgeblieben, lauter Kopfschüsse. Erst das vierte Paar hat ihn gebracht, aber bevor sie ihn auf den Hilfsplatz getragen ham, war der Fähnrich tot.«

Baloun hielt sich nicht mehr zurück und schluchzte laut.
»Daß du dich nicht schämst«, sagte Schwejk verächtlich, »du willst ein Soldat sein . . .!«
»Wenn ich nicht fürn Krieg geschaffen bin«, jammerte Baloun, »es ist wahr, ich bin nicht angefressen, nicht satt gefressen, weil man mich aus meinem ordentlichen Leben herausgerissen hat. Nämlich das is bei uns in der Familie. Mein seliger Vater, der hat in Protiwin im Wirtshaus gewettet, daß er auf einen Sitz 30 Würste auffrißt und zwei Laib Brot, und hats gewonnen. Ich hab mal wegen einer Wette vier Gänse und zwei Schüsseln voll Knödeln mit Kraut aufgegessen. Zu Haus erinner ich mich nachn Mittagmahl, daß ich noch was zum Nachtisch essen möcht. Ich geh in die Kammer, schneid mir ein Stückl Fleisch ab, schick mir um einen Krug Bier und putz zwei Kilo Gselchtes herunter. Ich hab zu Haus einen alten Knecht gehabt, den Womela, und der hat mich immer ermahnt, ich soll nur nicht so groß tun, mich nicht so stopfen, daß er sich erinnert, wie ihm sein Großvater früher von so einem Nimmersatt erzählt hat. Und dann, wie Krieg war, daß ganze acht Jahre nichts geborn worn is und daß man Brot aus Stroh gebacken hat und aus dem, was vom Flachssamen übriggeblieben is; und das war ein Feiertag, wenn man in die Milch hat ein bißl Quark brocken können, weils kein Brot gegeben hat. Und dieser Bauer is, gleich wie diese Not angefangen hat, in einer Woche gestorben, weil sein Magen nicht an so eine Bauernnot gewöhnt war . . .«
Baloun hob sein bekümmertes Gesicht empor: »Aber ich denk mir, daß Gott der Herr die Menschen straft und doch nicht verläßt.«
»Gott der Herr hat die Nimmersatten in die Welt gesetzt, und Gott der Herr wird für sie sorgen«, bemerkte Schwejk, »einmal warst du schon angebunden, und jetzt möchtest du verdienen, daß man dich in die vorderste Linie schicken möcht; wie ich beim Herrn Oberlajtnant Bursch war, hat er sich auf mich in allem verlassen können, und es is ihm nie auch nur eingefalln, daß ich ihm was aufgefressen hab. Wenn man was Besonderes gefaßt hat, hat er mir immer gesagt: ›Lassen Sie sichs, Schwejk‹, oder: ›Ach was, ich steh nicht so drum, geben Sie ein Stückerl her und mitn andern machen Sie, was Sie wolln.‹ Und wie wir in Prag waren und er mich manchmal ums Mittagmahl in die Restauration geschickt hat, so hab ich, damit er sich nicht vielleicht denkt, daß ich ihm eine kleine Portion bring, weil ich die Hälfte am Weg aufgefressen hab, wenn mir die Portion klein vorgekommen is, selbst mit meinem letzten Geld noch eine zugekauft, damit sich der Herr Oberlajtnant anißt und sich nichts Schlechtes von mir denkt. Bis er mal so draufgekommen is. Ich hab ihm immer aus der Restauration die Speiskarte bringen müssen, und

er hat sich ausgesucht. Er hat sich also an dem Tag gefüllte Taube ausgesucht. Ich hab mir gedacht, wie sie mir eine halbe gegeben ham, daß sich der Herr Oberlajtnant vielleicht denken könnt, daß ich ihm die andre Hälfte aufgefressen hab, so hab ich noch eine Portion von meinem Geld gekauft und hab so eine prachtvolle Portion gebracht, daß der Herr Oberlajtnant Scheba, was an dem Tag ein billiges Mittagmahl auftreiben gewollt hat und grad vor Mittag zu meinem Oberlajtnant auf Besuch gekommen is, sich auch angegessen hat. Aber wie er sich angegessen hat, sagt er: ›Das sag mir nicht, daß das eine Portion is. Auf der ganzen Welt kriegst du nicht aufs Menü eine ganze gefüllte Taube. Wenn ich heut Geld auftreib, so schick ich mir in deine Restauration um ein Mittagmahl. Sag aufrichtig, daß das eine doppelte Portion is.‹ Der Herr Oberlajtnant hat mich vor ihm gefragt, damit ich bezeug, daß er mir nur auf eine einfache Portion Geld gegeben hat, weil er nicht gewußt hat, daß er kommt. Ich hab geantwortet, daß er mir Geld auf ein einfaches Mittagmahl gegeben hat. ›Also siehst du‹, hat mein Oberlajtnant gesagt, ›das is noch nichts. Neulich hat mir der Schwejk zwei Gansbiegel zum Mittagmahl gebracht. Also stell dir vor: Nudelsuppe, Rindfleisch mit Sardellensoße, zwei Gansbiegel, Knödl und Kraut bis zum Plafond und Palatschinken!«
»S-s,ta-ta, sakra!« schnalzte Baloun.
Schwejk fuhr fort: »Das war der Stein des Anstoßes. Herr Oberlajtnant Scheba hat wirklich am nächsten Tag seinen Putzfleck ums Mittagmahl in unsere Restauration geschickt, und er hat ihm als Mehlspeis so ein kleines Häufel Pilaf aus Huhn gebracht, wie wenn sich ein Sechswochenkind ins Bettl auskackt, so ungefähr auf zwei Löffel. Und der Herr Oberlajtnant Scheba auf ihn los, daß er die Hälfte aufgefressen hat. Und er, daß er unschuldig is. Und der Herr Oberlajtnant Scheba hat ihm eine übers Maul gegeben und hat ihm mich zum Beispiel gegeben. Das sind herich Portionen, was ich dem Herrn Oberlajtnant Lukasch bring. Und so hat sich der unschuldige, abgeohrfeigte Soldat am nächsten Tag in der Restauration, wie er ums Mittagmahl gegangen is, über alles erkundigt und hats seinem Herrn gesagt und der wieder meinem Oberlajtnant. Ich sitz abend hinter der Zeitung und les mir die Berichte der feindlichen Generalstäbe vom Kriegsschauplatz, wie mein Herr Oberlajtnant hereinkommt; ganz blaß war er und is gleich auf mich los, ich soll ihm sagen, wieviel von diesen doppelten Portionen ich in der Restauration bezahlt hab, daß er schon längst weiß, daß ich ein Blödian bin, aber daß ich irrsinnig bin, das wär ihm nicht eingefalln. Ich hab ihm herich so einen Schkandal gemacht, daß er die größte Lust hat, erst mich und dann sich zu erschießen. ›Herr Oberlajtnant‹, hab ich ihm

gesagt, ›wie Sie mich aufgenommen ham, ham Sie am ersten Tag davon gesprochen, daß jeder Putzfleck ein Dieb und ein niederträchtiger Kerl is. Und wenn man in der Restauration wirklich so kleine Portionen Mehlspeis bekommen hat, so hätten Sie sich denken können, daß ich wirklich auch einer von diesen niederträchtigen Kerlen bin, daß ichs Ihnen aufgefressen hab . . .‹«

»Mein Gott im Himmel«, flüsterte Baloun, bückte sich nach Oberleutnant Lukaschs Koffer und ging mit ihm nach rückwärts.

»Dann hat Oberlaitnant Lukasch angefangen, sich die Taschen zu durchsuchen, und weils umsonst war, hat er sich in die Weste gegriffen und hat mir seine silberne Uhr gegeben. Er war so gerührt. ›Bis ich die Gage bekomm, Schwejk‹, hat er gesagt, ›so schreiben Sie mir zusamm, wieviel ich Ihnen schuldig bin. – Diese Uhr lassen Sie sich extra. Und nächstens seien Sie nicht verrückt.‹ Dann sind wir mal in so eine Not geraten, daß ich die Uhr hab ins Versatzamt tragen müssen . . .«

»Was machen Sie denn dort hinten, Baloun?« fragte in diesem Augenblick Rechnungsfeldwebel Waněk.

Statt einer Antwort fing der unglückliche Baloun an zu husten. Er hatte nämlich den Koffer Oberleutnant Lukaschs geöffnet und stopfte sich mit dessen letzter Semmel . . .

Den Bahnhof passierte ohne Aufenhalt ein anderer Militärzug, der von oben bis unten voll mit Deutschmeistern war, die man an die serbische Front schickte. Sie standen noch im Bann ihres begeisterten Abschiedes von Wien und brüllten ohne Pause von Wien bis hierher:

»Prinz Eugenius, der edle Ritter,
Wollt dem Kaiser wiedrum kriegen
Stadt und Festung Belgerad.
Er ließ schlagen eine Brucken,
Daß man kunnt hinüberrucken
Mit der Armee wohl vor die Stadt.«

Irgendein Korporal mit herausfordernd aufgezwirbeltem Schnurrbart stützte sich mit den Ellbogen auf die Mannschaft, die die Füße aus dem Waggon baumeln ließ, neigte sich hinaus und gab Takt, wobei er aus vollem Halse schmetterte:

»Als die Brucken war geschlagen,
Daß man kunnt mit Stück und Wagen
Frei passiern den Donaufluß,
Bei Semlin schlug man das Lager
Alle Serben zu verjagen . . .«

In diesem Augenblick aber verlor er das Gleichgewicht, flog zum Waggon hinaus und schlug mit aller Kraft im Flug mit dem Bauch auf den Weichenhebel, auf dem er aufgespießt hängenblieb, während der Zug weiterfuhr und man in den rückwärtigen Waggons ein anderes Lied anstimmte:

»Graf Radetzky, edler Degen,
Schwur des Kaisers Feind zu fegen,
Aus der falschen Lombardei,
In Verona langes Hoffen,
Als mehr Truppen eingetroffen,
Fühlt und rührt der Held sich frei . . .«

Auf die dumme Weiche aufgespießt, war der kampflustige Korporal bereits tot: es währte nicht lange, und schon hielt irgendein junger Soldat von der Mannschaft des Bahnhofskommandos, der seine Aufgabe sehr ernst nahm, mit aufgepflanztem Bajonett bei ihm Wache. Er stand aufrecht bei der Weiche und gebärdete sich so siegesbewußt, als wäre das Aufspießen des Korporals auf die Weiche sein Werk.
Weil er ein Magyar war, brüllte er übers ganze Gleis, als sichs die Leute des Marschbataillons vom 91. Regiment anschaun kamen: »Nem szabat! Nem szabat! Kommission Militär nem szabat!«
»Der hats schon hinter sich«, sagte der brave Soldat Schwejk, der

ebenfalls unter den Neugierigen war, »und das hat einen Vorteil; wenn er schon ein Stück Eisen im Bauch hat, so wissen wenigstens alle, wo er begraben worn is. Es is grad am Bahnhof, und man muß sein Grab nicht auf allen Kriegsschauplätzen suchen.
Er hat sich akkurat aufgespießt«, sagte Schwejk noch mit Kennermiene, den Korporal von der andern Seite betrachtend, »er hat die Därme in den Hosen.«
»Nem szabat, nem szabat!« schrie der junge magyarische Soldat, »Kommission Militär Bahnhof, nem szabat!«
Hinter Schwejk wurde eine strenge Stimme laut: »Was macht ihr hier?«
Schwejk salutierte. Vor ihm stand Kadett Biegler.
»Melde gehorsamst, wir schaun uns den Seligen an, Herr Kadett.«
»Und was treiben Sie hier für eine Agitation? Was haben Sie hier zu tun?«
»Melde gehorsamst, Herr Kadett«, antwortete Schwejk mit würdevoller Ruhe, »daß ich nirgends keine Agitation nicht getrieben hab.«
Hinter dem Kadetten fingen ein paar Soldaten zu lachen an, und Rechnungsfeldwebel Waněk trat nach vorn und stellte sich vor den Kadetten. »Herr Kadett«, sagte er, »der Oberlajtnant hat Ordonnanz Schwejk hergeschickt, damit er ihm sagt, was geschehn ist. Ich war jetzt beim Stabswaggon, und Bataillonsordonnanz Matuschitz sucht Sie auf Befehl des Bataillonskommandanten, Sie solln gleich zum Herrn Hauptmann kommen.«
Als bald darauf das Signal zum Einsteigen in die Waggons ertönte, begaben sich alle in ihre Waggons zurück.
Waněk, der neben Schwejk ging, sagte: »Wenn wo mehr Menschen beisamm sind, so lassen Sie sich Ihren Verstand, Schwejk. Es könnt Sie sonst verdrießen. Weil der Korporal von den Deutschmeistern war, könnt mans so auslegen, wie wenn Sie eine Freude davon hätten. Der Biegler ist ein schrecklicher Tschechenfresser.«
»Ich hab ja nichts gesagt«, antwortete Schwejk in einem Ton, der jeden Zweifel ausschloß, »als daß sich der Korporal akkurat aufgespießt hat, er hat die Därme in den Hosen gehabt ... Er hätt können ...«
»Also hören Sie schon auf, davon zu reden, Schwejk.« Und Rechnungsfeldwebel Waněk spuckte aus.
»Es ist alles eins«, bemerkte Schwejk noch, »solln ihm die Gedärme für Seine Majestät den Kaiser hier ausn Bauch kriechen oder dort. Er hat sowieso seine Pflicht getan ... Er hätt können ...«
»Schaun Sie, Schwejk«, unterbrach ihn Waněk, »wie Bataillonsordonnanz Matuschitz wieder zum Stabswaggon stolziert. Es wundert mich, daß er noch nicht über die Schienen gestolpert is.«

Kurz vorher hatte zwischen Hauptmann Sagner und dem strebsamen Kadetten Biegler eine sehr scharfe Unterredung stattgefunden. »Ich wundere mich über Sie, Kadett Biegler«, sagte Hauptmann Sagner, »daß Sie mir nicht gleich melden gekommen sind, daß diese 15 Deka ungarische Salami nicht gefaßt werden. Ich muß erst selbst hinausgehen und mich selbst überzeugen, warum die Mannschaft vom Magazin zurückkommt. Und die Herren Offiziere auch, wie wenn ein Befehl nicht ein Befehl wär. Ich hab doch gesagt: ›Ins Magazin zugweise, eine Kompanie nach der andern.‹ Das hat geheißen, daß man, auch nachdem wir im Magazin nichts bekommen haben, zugweise, eine Kompanie nach der andern, auch in die Waggons zurückkehren soll. Ihnen hab ich angeordnet, Kadett Biegler, daß Sie die Ordnung aufrechterhalten sollen; aber Sie haben alles schwimmen lassen. Sie waren froh, daß Sie sich nicht um das Abzählen der Salamiportionen kümmern mußten, und sind sich, wie ich aus dem Fenster gesehn habe, ruhig den aufgespießten Korporal von den Deutschmeistern anschaun gegangen. Und als ich Sie dann herbeirufen ließ, haben Sie nichts anderes zu tun gehabt, als in Ihrer Kadettenphantasie davon zu faseln, daß Sie sich überzeugen gegangen sind, ob dort bei dem aufgespießten Korporal nicht agitiert wird ...«

»Melde gehorsamst, daß Ordonnanz Schwejk von der 11. Kompanie ...«

»Lassen Sie mich mit dem Schwejk in Ruh«, schrie Hauptmann Sagner, »glauben Sie nicht, Kadett Biegler, daß Sie gegen Oberleutnant Lukasch intrigieren werden. Wir haben den Schwejk hingeschickt. – Also schaun Sie mich nicht an, wie wenn Sie sich denken würden, daß ich Ihnen aufsässig bin. – Ja, ich bin Ihnen aufsässig, Kadett Biegler. – Wenn Sie nicht Ihren Vorgesetzten respektieren können, wenn Sie sich bemühen, ihn zu blamieren, so werde ich Ihnen so einen Kriegsdienst machen, daß Sie sich an die Station Raab erinnern werden, Kadett Biegler. – Mit Ihren theoretischen Kenntnissen großtun. – Warten Sie, bis wir an der Front sein werden. – Bis ich Ihnen befehlen werde, vor die Drahtverhaue auf Offizierspatrouille zu gehen. – Ihr Rapport? Nicht einmal den Rapport haben Sie mir gegeben, wie Sie gekommen sind. – Nicht einmal theoretisch, Kadett Biegler ...«

»Melde gehorsamst, Herr Hauptmann[1], daß die Mannschaft statt 15 Deka ungarischer Salami je zwei Ansichtskarten erhalten hat. Bitte, Herr Hauptmann ...«

Kadett Biegler überreichte dem Bataillonskommandanten zwei von

1 Alle Besprechungen der Offiziere untereinander erfolgten natürlich in deutscher Sprache. Anm. d. Verfassers.

jenen Ansichtskarten, die die Direktion des Kriegsarchivs in Wien herausgegeben hatte, wo Infanteriegeneral Wojnowich Kommandant war. Auf der einen Karte befand sich die Karikatur eines russischen Soldaten, eines russischen Muschiks mit bärtigem Kinn, den ein Skelett umarmte. Unter der Karikatur stand der Text:

»Der Tag, an dem das perfide Rußland krepieren wird, wird ein Tag der Erlösung für unsere ganze Monarchie sein.«

Die zweite Ansichtskarte stammte aus dem Deutschen Reich. Es war ein Geschenk der Deutschen an die österreichisch-ungarischen Krieger.

Oben stand »Viribus unitis« und darunter war Sir Edward Grey auf einem Galgen abgebildet, und unter ihm salutierten lustig ein österreichischer und ein deutscher Soldat.

Das Gedicht darunter war dem Buche »Die eiserne Faust« von Greinz entnommen. Auf unsere Feinde gemünzte Witze, von denen die reichsdeutschen Zeitungen schrieben, die Verse von Greinz seien Hiebe mit der Reitpeitsche, voll ungezügelten Humors und unübertrefflichen Witzes.

Der Text unter dem Galgen lautete:

Grey

An dieses Galgens luftiger Höh
Baumelt der Sir Edward Grey;
Doch ist es noch nicht Wirklichkeit,
Obwohl es längst wär an der Zeit.
Ich fürcht, es bleibt ein frommer Traum,
Dieweil auf Erden findet sich kein Baum
Der trüge solches Ärgernis,
Der also bar an Scham und Stolz,
Daß er für diesen Schurken ließ
Verwenden sich als Galgenholz.

Hauptmann Sagner hatte noch nicht einmal die Lektüre dieser Verse voll »ungezügelten Humors« und unübertrefflichen Witzes beendet, als Bataillonsordonnanz Matuschitz in den Waggon stürzte.

Er war von Hauptmann Sagner in die Telegraphenzentrale des Bahnhofskommandos geschickt worden, um sich zu erkundigen, ob dort nicht vielleicht andere Dispositionen eingetroffen waren, und brachte ein Telegramm von der Brigade. Es war jedoch nicht nötig, zu einem Chiffrenschlüssel zu greifen. Das Telegramm lautete, unchiffriert: »Rasch abkochen, dann Vormarsch nach Sokal.« Hauptmann Sagner schüttelte nachdenklich den Kopf.

»Melde gehorsamst«, sagte Matuschitz, »der Kommandant der

Station läßt Sie um eine Unterredung bitten. Es is noch ein Telegramm dort.«
Dann fand zwischen dem Bahnhofskommandanten und Hauptmann Sagner eine Unterredung streng vertraulicher Natur statt.
Das Telegramm mußte übergeben werden, wenn auch sein Inhalt ungemein überraschend war, da das Bataillon erst auf der Station in Raab stand. »Rasch abkochen, dann Vormarsch nach Sokal.« Adressiert war es unchiffriert an das Marschbataillon des 91. Regiments nebst einer Kopie an das Marschbataillon des 75. Regiments, das noch hinter ihnen war. Die Unterschrift war richtig: »Ritter von Herbert, Brigadekommandant.«
»Streng vertraulich, Herr Hauptmann«, sagte geheimnisvoll der Militärkommandant des Bahnhofs. »Ein Geheimtelegramm von Ihrer Division. Der Kommandant Ihrer Brigade ist verrückt geworden. Man hat ihn nach Wien geschickt, nachdem er von der Brigade einige Dutzend ähnlicher Telegramme nach allen Seiten abschickte. In Budapest werden Sie sicher ein neues Telegramm vorfinden. Alle seine Telegramme müssen natürlich annulliert werden, aber wir haben in dieser Richtung noch keinen Wink erhalten. Ich habe, wie ich sage, nur den Befehl von der Division, daß unchiffrierte Telegramme nicht in Erwägung gezogen werden sollen. Einhändigen muß ich sie, weil ich in dieser Hinsicht von *meinen* Instanzen keine Antwort erhalten habe. Durch *meine* Instanzen habe ich mich beim Armeekommando informiert, und es ist eine Untersuchung eingeleitet worden.
Ich bin ehemaliger aktiver Offizier, Pionier«, fügte er hinzu, »ich war beim Bau unserer strategischen Bahn in Galizien . . .
Herr Hauptmann«, sagte er nach einer Weile, »nur an die Front mit uns alten Knaben, die von der Pike auf gedient haben! Heute gibts Zivilingenieure bei der Bahn mit Einjährigenprüfung wie Hunde im Kriegsministerium. — Übrigens fahren Sie in einer Viertelstunde wieder weiter. — Ich erinner mich noch dran, daß ich Ihnen als einer von den älteren Jahrgängen einmal in der Kadettenschule in Prag aufs Reck geholfen hab. Damals durften wir beide nicht heraus. Sie haben sich damals auch mit den deutschen Mitschülern gerauft. Der Lukasch war auch dort mit Ihnen. Ihr wart die besten Freunde. Als wir das Telegramm mit dem Verzeichnis der Offiziere erhalten haben, die mit dem Marschbataillon die Station passieren, hab ich mich deutlich erinnert. — Es ist schon hübsch ein paar Jahre her. — Kadett Lukasch war mir damals sehr sympathisch.« —
Auf Hauptmann Sagner machte das ganze Gespräch einen recht peinlichen Eindruck. Er erkannte in dem Sprecher sehr gut denjenigen, der in der Kadettenschule die Opposition gegen das Österreichertum geführt hatte, von der das Streben nach Karriere sie später abbrachte.

Am unangenehmsten war ihm die Bemerkung über Oberleutnant Lukasch, der, einerlei aus welchem Grunde, *überall* zurückgesetzt wurde.
»Oberleutnant Lukasch«, sagte er nachdrücklich, »ist ein sehr guter Offizier. Wann fährt der Zug?«
Der Bahnhofskommandant schaute auf die Uhr. »In 6 Minuten.«
»Ich gehe«, sagte Sagner.
»Ich habe gedacht, daß Sie mir etwas sagen werden, Sagner.«
»Also: Naz dar!« antwortete Sagner und trat aus dem Gebäude des Bahnhofskommandanten.

Als Hauptmann Sagner vor Abfahrt des Zuges in den Stabswaggon zurückkehrte, fand er alle Offiziere auf ihrem Platz. Sie spielten in Gruppen »Frische Viere«, nur Kadett Biegler spielte nicht.
Er blätterte in einem Stoß begonnener Manuskripte, die Szenen aus dem Kriege behandelten, denn er wollte sich nicht nur auf dem Schlachtfeld auszeichnen, sondern sich durch Beschreibung von Begebenheiten aus dem Kriege auch als literarisches Phänomen hervortun. Der Mann mit dem »Fischschwanz« wollte ein bedeutender Kriegsschriftsteller werden. Seine literarischen Versuche begannen mit vielversprechenden Titeln, in denen sich zwar der Militarismus

jener Zeit spiegelte, die aber noch nicht verarbeitet waren, so daß auf den Papierbogen nur die Namen der Arbeiten standen, die entstehen sollten.
»Die Charaktere der Krieger des großen Krieges. – Wer begann den Krieg? – Die Politik Österreich-Ungarns und die Entstehung des Weltkrieges. – Kriegsbetrachtungen. – Österreich-Ungarn und der Weltkrieg. – Der Nutzen des Krieges. – Populärer Vortrag über den Kriegsausbruch. – Kriegspolitische Erwägungen. – Ein feierlicher Tag Österreich-Ungarns. – Der slawische Imperialismus und der Weltkrieg. – Dokumente aus dem Weltkrieg. – Dokumente zur Geschichte des Weltkriegs. – Tagebuch aus dem Weltkrieg. – Der erste Weltkrieg. – Unsere Dynastie im Weltkrieg. – Die Nationen der österreichisch-ungarischen Monarchie unter den Waffen. – Chronik meines Feldzugs. – Wie die Feinde Österreich-Ungarns kämpfen. – Wessen ist der Sieg? – Unsere Offiziere und Soldaten. – Denkwürdige Taten meiner Krieger. – Aus der Zeit des großen Krieges. – Im Kriegsgewühl. – Ein österreichisch-ungarisches Heldenbuch. – Die eiserne Brigade. – Meine gesammelten Frontbriefe. – Die Helden unseres Marschbataillons. – Handbuch für Soldaten im Feld. – Tage des Kampfes und Tage des Sieges. – Was ich im Feld gesehen und gelitten habe. – Im Schützengraben. – Ein Offizier erzählt. – Vorwärts mit den Söhnen Österreich-Ungarns! – Die feindlichen Aeroplane und unsere Infanterie. – Nach der Schlacht. – Unsere Artilleristen, treue Söhne des Vaterlandes. – Und wenn die Welt voll Teufel wär ... – Defensiv- und Offensivkriege. – Blut und Eisen. – Sieg oder Tod. – Unsere Helden in der Gefangenschaft.« –
Als Hauptmann Sagner zum Kadetten Biegler trat und sich das alles angesehen hatte, fragte er, wozu Biegler das geschrieben habe und was er damit meine. Kadett Biegler antwortete mit aufrichtiger Begeisterung, jede dieser Aufschriften bedeute ein Buch, das er schreiben werde. Soviel Aufschriften, soviel Bücher.
»Ich möchte, daß ein Andenken an mich zurückbleibt, wenn ich im Kampf fallen sollte, Herr Hauptmann. Mein Beispiel ist der deutsche Professor Udo Kraft. Er wurde im Jahre 1870 geboren, jetzt im Weltkrieg hat er sich freiwillig gemeldet und ist am 22. August in Anloy gefallen. Vor seinem Tod hat er ein Buch herausgegeben: ›Selbsterziehung zum Tod für den Kaiser‹.«
Hauptmann Sagner führte den Kadetten Biegler zum Fenster. »Zeigen Sie, was Sie noch haben, Kadett Biegler, mich interessiert Ihre Tätigkeit ungemein«, sagte Hauptmann Sagner ironisch, »was für ein Heftchen haben Sie sich da in die Bluse gesteckt?«
»Das ist nichts, Herr Hauptmann«, antwortete Kadett Biegler mit kindischem Erröten, »wollen Sie sich, bitte, überzeugen.«

Das Heftchen hatte die Aufschrift:

»Schema der hervorragendsten und berühmtesten Schlachten der Krieger der österreichisch-ungarischen Armee, nach historischen Studien zusammengestellt von k. u. k. Offizier Adolf Biegler. Mit Anmerkungen und Erläuterungen versehen von k. u. k. Offizier Adolf Biegler.«

Die Schemata waren furchtbar einfach.

Von der Schlacht bei Nördlingen am 6. September 1634 gings über die Schlacht bei Zenta am 11. September 1697, die Schlacht bei Caldiera am 31. Oktober 1805, die Schlacht bei Aspern am 22. Mai 1809 und die Völkerschlacht bei Leipzig im Jahre 1813, die Schlacht bei St. Lucia im Mai 1848 und die Schlacht bei Trautenau am 27. Juni 1866 bis zur Eroberung von Sarajewo am 19. August 1878. Die Schemata und Skizzen der Pläne dieser Schlachten waren alle gleich. Überall hatte Kadett Biegler Rechtecke gezeichnet, die auf einer Seite leer waren, während gestrichelte Rechtecke den Feind darstellten. Auf beiden Seiten gabs einen linken Flügel, ein Zentrum und einen rechten Flügel. Dahinter liefen dann die Reserven und Pfeile hin und her. Die Schlacht bei Nördlingen ebenso wie die Schlacht bei Sarajewo sah wie die Aufstellung der Spieler bei einem beliebigen Fußballmatch zu Beginn des Spieles aus, und die Pfeile schienen anzuzeigen, wohin die oder jene Partei den Ball schicken solle.

Das fiel Hauptmann Sagner auch sofort auf, und er fragte: »Kadett Biegler, Sie spielen Fußball?«

Biegler errötete noch mehr und blinzelte nervös, so daß er den Eindruck machte, als hielte er nur mühsam die Tränen zurück.

Hauptmann Sagner fuhr mit einem Lächeln fort, in dem Heftchen zu blättern, und hielt inne bei der Anmerkung zum Schema der Schlacht bei Trautenau während des preußisch-österreichischen Krieges.

Kadett Biegler hatte geschrieben: »Die Schlacht bei Trautenau hätte nicht geschlagen werden sollen, denn die bergige Gegend behinderte die Entfaltung der von starken preußischen Kolonnen bedrohten Divisionen des Generals Mazzucheli. Diese befanden sich auf den Anhöhen, welche den linken Flügel der österreichischen Divisionen umgaben.«

»Nach Ihnen«, sagte Hauptmann Sagner mit einem Lächeln, während er Kadett Biegler das Heftchen zurückgab, »hätte die Schlacht bei Trautenau nur in dem Fall geschlagen werden können, wenn Trautenau auf einer Ebene liegen würde, Sie Benedek von Budweis. Kadett Biegler, es ist sehr hübsch von Ihnen, daß Sie sich während der kurzen Zeit Ihres Verweilens in den Reihen des Militärs bemüht haben, in die Strategie einzudringen. Nur ist es bei Ihnen so ausge-

fallen, wie wenn Buben Soldaten spielen und sich den Titel General geben. Sie haben sich selbst so rasch avancieren lassen, daß es eine Freude ist, k. und k. Offizier Adolf Biegler! Bevor wir nach Pest kommen, werden Sie Feldmarschall sein. Vorgestern haben Sie noch irgendwo zu Hause beim Vater Kuhhäute gewogen, k. und k. Leutnant Adolf Biegler! – Menschenskind, Sie sind doch noch kein Offizier. Sie sind Kadett, Sie hängen in der Luft zwischen Fähnrich und Unteroffizier. Sie sind so weit davon entfernt, Offizier zu sein, wie wenn sich irgendwo im Gasthaus ein Gefreiter ›Herr Stabsfeldwebel‹ nennen läßt.
Hör mal, Lukasch«, wandte er sich an den Oberleutnant, »du hast den Kadetten Biegler bei deiner Kompanie, also dressier den Burschen. Er unterschreibt sich als Offizier, soll er sichs im Gefecht verdienen! Bis wir im Trommelfeuer einen Angriff machen werden, soll er mit seinem Zug Drahthindernisse zerschneiden, der gute Junge. Apropos, der Zykan läßt dich grüßen, er ist Bahnhofskommandant in Raab.«
Kadett Biegler sah, daß die Unterredung mit ihm beendet war, salutierte und schritt mit rotem Gesicht durch den Waggon in den Quergang am Ende desselben.
Wie ein Mondsüchtiger öffnete er die Klosettür, und während er die deutsch-magyarische Aufschrift las: »Die Benützung des Klosetts ist nur während der Fahrt gestattet«, fing er wimmernd und schluchzend leise zu weinen an. Dann ließ er die Hosen hinuntergleiten – und drückte, während er sich die Tränen abwischte. Hierauf benutzte er das Heftchen mit der Aufschrift »Schema der hervorragendsten und berühmtesten Schlachten der Krieger der österreichisch-ungarischen Armee, nach historischen Studien zusammengestellt von k. u. k. Offizier Adolf Biegler«, das entehrt in der Öffnung verschwand und, auf das Gleis fallend, unter dem enteilenden Militärzug umhergewirbelt wurde.
Kadett Biegler wusch sich im Klosett am Waschtisch die geröteten Augen und trat in den Gang mit dem Vorsatz, stark, verdammt stark zu sein. Der Kopf und der Bauch schmerzten ihn schon seit früh.
Er ging um das rückwärtige Kupee herum, wo Bataillonsordonnanz Matuschitz mit Batzer, dem Diener des Marschbataillonskommandanten, das Wiener Spiel »Schnapsen« (Sechsundsechzig) spielte.
In die offene Kupeetür blickend, hustete er. Sie drehten sich um und spielten weiter.
»Wißt ihr nicht, was sich gebührt?« fragte Kadett Biegler.
»I hab net kunnt«, antwortete Batzer, der Putzfleck Hauptmann Sagners, mit seinem entsetzlichen Deutsch aus Bergreichenstein, »mir is d' Trump ausganga.«

»I hab suln spieln Eichl, hohn Eichl und gleich draufn grienen Kenig bringen . . . Das hab ich suln spieln.«
Kadett Biegler sagte kein Wort mehr und verkroch sich in seinen Winkel. Als später Fähnrich Pleschner zu ihm kam, um ihm einen Schluck Kognak aus der Flasche anzubieten, die er im Kartenspiel gewonnen hatte, wunderte er sich, wie fleißig Kadett Biegler in dem Buche von Professor Udo Kraft: »Die Selbsterziehung zum Tode für den Kaiser« las.
Bevor sie in Pest anlangten, war Kadett Biegler so betrunken, daß er sich aus dem Waggonfenster neigte und ununterbrochen in die öde Gegend schrie: »Frisch drauflos! In Gottes Namen frisch drauflos!«
Dann zog ihn Bataillonsordonnanz Matuschitz auf Befehl Hauptmann Sagners ins Kupee, wo er ihn mit Batzers Hilfe auf die Bank legte, worauf Kadett Biegler folgenden Traum hatte.

Traum des Kadetten Biegler vor Budapest

Er hatte das Signum laudis, das Eiserne Kreuz, war Major und fuhr zur Inspizierung jener Brigadeteile, die ihm zugeteilt waren. Er konnte sich zwar nicht erklären, warum er fortwährend nur Major war, da er eine ganze Brigade zu befehligen hatte. Er hegte den Verdacht, daß er zum Generalmajor hätte ernannt werden sollen und daß das »General-« irgendwo in dem Rummel auf der Feldpost verlorengegangen war.
Er mußte im Geist darüber lachen, daß ihm Hauptmann Sagner im Zug, als sie an die Front gefahren waren, gedroht hatte, er werde die Drahtverhaue zerschneiden müssen. Übrigens war Hauptmann Sagner schon längst auf Grund seines Vorschlages bei der Division samt Oberleutnant Lukasch zu einem andern Regiment versetzt worden. Zu einer andern Division, zu einem andern Armeekorps.
Jemand hatte ihm auch erzählt, daß beide auf der Flucht irgendwo in einem Sumpf elend zugrunde gegangen waren.
Wie er da im Auto zur Inspizierung seiner Brigade an die Front fuhr, ward ihm alles klar. Er war eigentlich vom Generalstab der Armee ausgeschickt worden.
Vorüber zogen Soldaten und sangen ein Lied, das er in der Sammlung österreichischer Kriegslieder »Es gilt« gelesen hatte:

»Haltet euch brav, ihr tapferen Brüder,
werft den Feind nur herzhaft nieder,
laßt des Kaisers Fahne wehn . . .«

Die Gegend hatte denselben Charakter wie auf den Bildern der »Wiener Illustrierten Zeitung«.

Auf der rechten Seite sah man bei einer Scheune Artillerie, die die feindlichen Schützengräben neben der Straße, über die er im Auto fuhr, beschoß. Links stand ein Haus, aus dem geschossen wurde, während der Feind sich bemühte, mit den Gewehrkolben die Tür einzuschlagen. Neben der Straße brannte ein feindlicher Aeroplan. Am Horizont sah man Kavallerie und ein brennendes Dorf. Außerdem die Schützengräben eines Marschbataillons und eine kleine Anhöhe, von wo der Feind mit Maschinengewehren beschossen wurde. Etwas weiter erstreckten sich die Straße entlang feindliche Schützengräben. Und der Chauffeur fährt mit ihm über die Straße auf den Feind zu.

Er brüllt durch das Sprachrohr zum Chauffeur: »Weißt du nicht, wohin wir hier fahren? Dort ist der Feind.«

Aber der Chauffeur antwortet ruhig:

»Herr General, das ist der einzige anständige Weg. Die Straße ist in gutem Stand. Auf den Seitenwegen würdens die Pneumatiks nicht aushalten.«

Je mehr sie sich den Positionen des Feindes nähern, desto stärker wird das Feuer. Granaten explodieren rings um die Schützengräben auf beiden Seiten der Pflaumenallee.

Aber der Chauffeur antwortet ruhig durch das Sprachrohr:

»Das ist eine ausgezeichnete Straße, Herr General, auf der fährt sichs wie auf Butter. Wenn wir in die Felder abbiegen täten, könnten uns die Pneumatiks platzen.

Schaun Sie, Herr General«, schreit der Chauffeur ins Sprachrohr, »diese Straße ist so gut gebaut, daß nicht einmal ein Dreißigfünfzehntel-Mörser uns etwas tun könnt. Die Straße ist wie eine Tenne, aber auf den steinigen Wegen in den Feldern täten uns die Pneumatiks platzen. Umkehren können wir ohnehin nicht, Herr General.«

»Bzzz-dzum!« hört Biegler, und das Auto macht einen ungeheuren Sprung.

»Hab ich Ihnen nicht gesagt, Herr General«, brüllt der Chauffeur ins Sprachrohr, »daß das eine verflucht gut gebaute Straße ist? Jetzt ist gerade dicht vor uns ein Achtunddreißiger explodiert. Aber kein Loch, eine Straße wie eine Tenne. Aber in die Felder einbiegen, und die Pneumatiks sind hin. Jetzt beschießt man uns aus der Entfernung von vier Kilometern.«

»Wohin fahren wir denn?«

»Das wird sich zeigen«, antwortet der Chauffeur, »solange die Straße fortwährend so bleibt, garantiere ich für alles.«

Ein Flug, ein ungeheurer Flug, und das Automobil hält.

»Herr General«, schreit der Chauffeur, »haben Sie nicht die Generalstabskarte?«

General Biegler zündet die elektrische Lampe an. Er sieht, daß er die Karte auf den Knien hat. Aber es ist jene des Helgoländer Strandes vom Jahre 1864 im österreichisch-preußischen Krieg gegen Dänemark um Schleswig.
»Hier ist ein Kreuzweg«, sagt der Chauffeur, »beide Kreuzwege führen zu den feindlichen Positionen. Mir handelt sichs um eine ordentliche Straße, damit die Pneumatiks nicht leiden, Herr General. — Ich bin verantwortlich für das Stabsautomobil.«
Dann ein Knall, ein ohrenbetäubender Knall, und Sterne so groß wie Räder. Die Milchstraße ist dick wie Schmetten[1].
Er schwebt durch das Weltall auf dem Sitz neben dem Chauffeur. Das ganze Automobil ist dicht vor dem Sitz entzweigeschnitten wie mit einer Schere. Vom Automobil ist nur das kampflustige aggressive Vorderteil übriggeblieben.
»Noch ein Glück«, sagt der Chauffeur, »daß Sie mir von rückwärts die Karte gezeigt haben. Sie sind zu mir herumgeflogen, und der andere Teil ist explodiert. Es war ein Zweiundvierziger. — Ich habs gleich geahnt, wie man zu einem Kreuzweg kommt, ist die Straße einen alten Dreck wert. Nach dem Achtunddreißiger hats nur ein Zweiundvierziger sein können. Etwas Größeres wird bisher nicht hergestellt, Herr General.«
»Wohin lenken Sie nun?«
»Wir fliegen in den Himmel, Herr General, und müssen den Kometen ausweichen. Die sind ärger als ein Zweiundvierziger.
Jetzt ist der Mars unter uns«, sagt der Chauffeur nach einer Pause.
Biegler war wieder ruhig geworden.
»Kennen Sie die Geschichte der Völkerschlacht bei Leipzig?« fragt er, »wie der Feldmarschall Fürst Schwarzenberg am 14. Oktober des Jahres 1813 auf Liebertwolkwitz marschierte, und wie am 16. Oktober um Lindenau gekämpft wurde, kennen Sie die Schlachten des Generals Merweldt, und wie die österreichischen Truppen bereits in der Wachau waren, und wie am 19. Oktober Leipzig gefallen ist?«
»Herr General«, sagt in diesem Augenblick der Chauffeur ernst, »wir sind gerade vor dem Himmelstor, kriechen Sie heraus, Herr General! Wir können nicht durchs Himmelstor fahren, hier gibts ein großes Gedränge. Lauter Militär.«
»Überfahr nur jemanden«, schreit er dem Chauffeur zu, »sie werden schon ausweichen.« Und während er sich aus dem Automobil neigt, schreit er: »Achtung, ihr Schweinebande! Sind das Rindviecher, sie sehn den General und können nicht ›Rechts schaut‹ machen.«
Der Chauffeur beschwichtigte ihn hierauf ruhig: »Eine schwere Sache, Herr General, die Mehrzahl hat den Kopf abgeschlagen.«

1 Sahne.

General Biegler bemerkte erst jetzt, daß die, welche sich vor dem Himmelstor drängten, die verschiedenartigsten Invaliden waren; sie hatten im Krieg irgendeinen Körperteil verloren und trugen im »Rucksack« Köpfe, Arme, Beine. Ein ehrlicher Artillerist, der sich in einem zerfetzten Mantel beim Himmelstor drängte, hatte seinen ganzen Bauch samt den unteren Extremitäten im Tornister zusammengelegt. Aus einem andern Tornister eines gerechten Landwehrmannes blickte General Biegler ein halber Hinterer an, den der Mann bei Lemberg verloren hatte.
»Das ist von wegen der Ordnung«, ließ sich der Chauffeur abermals vernehmen, während er durch die dichte Menge fuhr, »das geschieht offenbar wegen der himmlischen Supravisite.«
Beim Himmelstor wurde man nur auf das Schlagwort »Für Gott und Kaiser« durchgelassen, das General Biegler sofort einfiel.
Das Auto fuhr ins Paradies.
»Herr General«, sagte ein Offiziers-Engel mit Flügeln, als sie an der Kaserne mit Rekruten-Engeln vorüberfuhren, »Sie müssen sich auf dem Hauptkommando melden.«
Sie fuhren weiter an einem Exerzierplatz vorbei, wo es von Rekruten-Engeln nur so wimmelte, die »Halleluja« rufen lernten.
Sie fuhren an einer Gruppe vorbei, wo gerade ein rothaariger Korpo-

ral-Engel einen ungeschickten Rekruten-Engel in der Parade hatte, ihn mit den Fäusten in den Bauch schlug und ihn anbrüllte:
»Sperr deine Kuschen besser auf, Sau, bethlehemitische. So ruft man ›Halleluja‹?! Hast du denn einen Knödel im Maul? – Ich möcht gern wissen, welcher Ochs dich ins Paradies hereingelassen hat, du Rindvieh. Probiers noch einmal – Hlahlehluhja? Was, du Bestie, noch hier im Paradies wirst du uns schnaufeln. – Probiers noch einmal, du Zeder vom Libanon.«
Sie fuhren weiter, und hinter ihnen konnte man noch lange den schnaufelnden Engel-Rekruten ängstlich »Hla-hle-hlu-hja« brüllen und den Engel-Korporal schreien hören: »A-le-lu-ja, a-le-lu-ja, du Jordan-Kuh, du!«
Hierauf ein ungeheurer Lichtreflex über einem Gebäude, das so groß war wie die Marienkaserne in Budweis, und darüber zwei Aeroplane, einer auf der linken, der zweite auf der rechten Seite, und in der Mitte zwischen ihnen eine riesengroße Leinwand gespannt mit der ungeheuren Aufschrift:

»k. u. k. Gottes Hauptquartier«.

Zwei Engel in der Uniform von Feldgendarmen rissen General Biegler aus dem Automobil, packten ihn beim Kragen und führten ihn in das Gebäude hinauf in den ersten Stock.
»Benehmen Sie sich anständig vor dem lieben Gott«, sagten sie ihm noch oben vor der Tür und schoben ihn hinein.
In der Mitte des Zimmers, in dem an den Wänden Photographien Franz Josephs und Wilhelms, Karls, des Thronfolgers Franz Ferdinand, General Viktor Dankls, Erzherzog Friedrichs und Conrad von Hötzendorffs, des Generalstabschefs, hingen, stand der liebe Gott.
»Kadett Biegler«, sagte Gott nachdrücklich, »Sie erkennen mich nicht? Ich bin Ihr gewesener Hauptmann Sagner von der 11. Marschkompanie.«
Biegler erstarrte.
»Kadett Biegler«, ließ sich der liebe Gott abermals vernehmen, »mit welchem Recht haben Sie sich den Titel Generalmajor angeeignet? Mit welchem Recht sind Sie, Kadett Biegler, im Stabsautomobil zwischen feindlichen Positionen über die Straße gefahren?«
»Melde gehorsamst . . .«
»Halten Sies Maul, Kadett Biegler, wenn der liebe Gott mit Ihnen spricht.«
»Melde gehorsamst«, klapperte Biegler noch einmal.
»So, Sie werden also nicht das Maul halten?« schrie der liebe Gott ihn an, öffnete die Tür und rief:
»Zwei Engel her!«

Zwei Engel mit über den linken Flügel gehängten Gewehren traten ein. Biegler erkannte in ihnen Matuschitz und Batzer.
Und aus dem Munde Gottes tönte eine Stimme: »Werft ihn in die Latrine!«
Kadett Biegler fiel irgendwohin in einen schrecklichen Gestank ——————.

Dem schlafenden Kadetten Biegler gegenüber saßen Matuschitz und Hauptmann Sagners Putzfleck Batzer und spielten ununterbrochen »66«.
»Stinkt awer da Kerl wie a Stockfisch«, bemerkte Batzer, der mit Interesse beobachtete, wie sich der schlafende Kadett Biegler krümmte, »muß d' Hosen voll ham.«
»Das kann jedem passieren«, sagte Matuschitz philosophisch, »laß ihn in Ruh, überziehn wirst du ihn eh nicht. Teil lieber die Karten.«
Über Budapest sah man bereits einen Lichtschein, und über der Donau sprang ein Reflektor hin und her.
Kadett Biegler träumte schon wieder etwas anderes, denn er sprach aus dem Schlaf: »Sagen Sie meiner tapferen Armee, daß sie sich in meinem Herzen ein unvergängliches Denkmal der Liebe und Dankbarkeit errichtet hat.«
Weil er sich bei diesen Worten abermals umzudrehen begann, duftete es Batzer intensiv unter der Nase, so daß er ausspuckend bemerkte: »Stinkt wie a Haislputza, wie a beschissener Haislputza.«
Und Kadett Biegler krümmte sich immer unruhiger und unruhiger, und sein neuer Traum war sehr phantastisch. Er verteidigte Linz im österreichischen Erbfolgekrieg.
Er sah Redouten, Retranchements und Palisaden rings um die Stadt. Sein Hauptquartier verwandelte sich in ein ungeheures Krankenhaus. Überall wälzten sich Kranke herum und hielten sich den Bauch. Unter den Palisaden der Stadt Linz ritten die französischen Dragoner Napoleons I.
Und er, der Stadtkommandant, stand über dieser Menschenmenge und hielt sich ebenfalls den Bauch und schrie irgendeinem französischen Parlamentär zu: »Richten Sie Ihrem Kaiser aus, daß ich mich nicht ergebe . . .«
Dann war es, als fielen diese Bauchschmerzen plötzlich von ihm ab; er stürzte mit dem Bataillon über die Palisaden hervor aus der Stadt, einem Weg des Ruhmes und des Sieges zu und sah, wie Oberleutnant Lukasch mit seiner Brust den Hieb des Schwertes eines französischen Dragoners auffing, der ihm, Biegler, dem Verteidiger des belagerten Linz galt.
Oberleutnant Lukasch stirbt zu seinen Füßen mit dem Aufschrei:

»Ein Mann wie Sie, Herr Oberst, ist wichtiger als ein nichtsnutziger Oberleutnant.«
Der Verteidiger von Linz wandte sich gerührt von dem Oberleutnant ab, als eine Kartätsche geflogen kam und Biegler in die Sitzmuskeln traf.
Biegler greift mechanisch nach hinten auf die Hosen und fühlt etwas Feuchtes; etwas Klebriges schmiert sich auf seine Hand. Er schreit: »Sanität! Sanität!« und fällt vom Pferd.
Kadett Biegler wurde von Batzer und Matuschitz vom Boden gehoben, wohin er von der Bank gekollert war, und wieder auf seinen Platz gelegt.
Dann ging Matuschitz zu Hauptmann Sagner und meldete ihm, daß sich mit Kadett Biegler merkwürdige Dinge ereigneten.
»Das is sicher nicht nachn Kognak«, sagte er, »es könnt eher Cholera sein. Kadett Biegler hat überall auf den Stationen Wasser getrunken. In Wieselburg hab ich gesehn, wie er . . .«
»Das geht nicht so rasch mit der Cholera, Matuschitz, sagen Sie nebenan im Kupee dem Herrn Doktor, er soll sich ihn anschaun.«
Dem Bataillon war ein »Kriegsdoktor« zugeteilt, der alte Medikus und Burschenschafter Welfer. Er verstand sich aufs Trinken und aufs Raufen und hatte dabei die Medizin im kleinen Finger. Er hatte an der medizinischen Fakultät verschiedener Universitätsstädte Österreich-Ungarns studiert und in den mannigfachsten Krankenhäusern praktiziert; aber das Doktorat machte er dennoch nicht, einfach aus dem Grunde, weil das Testament, das sein Onkel hinterlassen hatte, eine Bestimmung enthielt, derzufolge die Erben dem stud. med. Friedrich Welfer bis zu dem Zeitpunkt, da dieser das Ärztediplom erhalten werde, alljährlich ein Stipendium auszahlen mußten.
Dieses Stipendium war beiläufig viermal so groß wie das Gehalt eines Assistenten im Spital, und M.U.C. Friedrich Welfer, Mitglied von etwa zwölf Burschenschaften, veröffentlichte einige Sammlungen recht guter Gedichte in Wien, Leipzig und Berlin. Er war Mitarbeiter des »Simplicissimus« und studierte weiter, wie wenn nichts geschehen wäre.
Dann brach der Krieg aus, der M.U.C. Friedrich Welfer schändlich in den Rücken fiel.
Der Dichter der Bücher: »Lachende Lieder«, »Krug und Wissenschaft«, »Märchen und Parabeln« wurde ganz ordinär einberufen, und ein Erbe im Kriegsministerium sorgte dafür, daß der biedere Friedrich Welfer das »Kriegsdoktorat« machte. Er machte es schriftlich. Mußte eine Reihe von Fragen ausfüllen, die er alle stereotyp folgendermaßen beantwortete: »Lecken Sie mich am Arsch!« Nach drei Tagen teilte der Oberst Welfer mit, daß er das Doktordiplom

der gesamten Heilkunde erworben habe, daß er bereits längst reif sei für das Doktorat, daß der Oberstabsarzt ihn dem Ergänzungsspital zugeteilt habe und daß sein weiteres rasches Avancement von seinem Verhalten abhängen werde; er habe zwar in verschiedenen Universitätsstädten Duelle mit Offizieren gehabt, man wisse das alles, aber heute, im Krieg, werde das vergessen.

Der Autor des Geschichtsbuches »Krug und Wissenschaft« biß sich in die Lippen und trat den Militärdienst an.

Nach der Diagnostizierung einiger Fälle, in denen er sich zu den Soldaten-Patienten ungewöhnlich nachsichtig gezeigt und ihren Aufenthalt im Krankenhaus so lange wie möglich verlängert hatte, während das Losungswort lautete: »Solln sie sich in den Spitälern herumwälzen oder im Schützengraben krepieren — solln sie in den Spitälern krepieren oder in der Schwarmlinie«, schickte man Doktor Welfer mit dem 11. Infanteriemarschbataillon an die Front.

Die aktiven Offiziere beim Bataillon hielten ihn für etwas Minderwertiges. Die Reseveoffiziere kümmerten sich gleichfalls nicht um ihn und knüpften keinerlei Freundschaft mit ihm an, damit die Kluft zwischen ihnen und den aktiven Offizieren nicht noch größer werde.

Hauptmann Sagner fühlte sich natürlich ungeheuer erhaben über diesen gewesenen M.U.C., der während der Zeit seiner langjährigen Studien einige Offiziere versäbelt hatte. Als Doktor Welfer, der »Kriegsdoktor«, an ihm vorüberging, schaute er ihn nicht einmal an und fuhr fort, mit Oberleutnant Lukasch über etwas ganz Belangloses zu sprechen. Er erklärte, daß man in Budapest Kürbisse züchte, worauf Oberleutnant Lukasch erwiderte, als er im dritten Jahrgang der Kadettenschule gewesen sei, wäre er mit einigen Kameraden »in Zivil« in der Slowakei gewesen, wo sie zu einem evangelischen Pfarrer, einem Slowaken, gekommen seien. Der habe ihnen zum Schweinsbraten Kürbiskraut vorgesetzt, habe dann Wein eingeschenkt und gesagt:

»Kürbis, Schwein,
wollen Wein«,

was ihn, Oberleutnant Lukasch, fürchterlich beleidigt habe[1].

»Von Budapest werden wir nicht viel sehen«, sagte Hauptmann Sagner, »wir fahren nur durch. Nach der Marschroute solln wir hier zwei Stunden stehn.«

»Ich glaube, man wird die Waggons verschieben«, antwortete Oberleutnant Lukasch, »wir werden auf den Rangierbahnhof gebracht werden. Er ist jetzt der Militärtransport-Bahnhof.«

»Kriegsdoktor« Welfer ging vorüber. »Es ist nichts«, sagte er mit

1 Diese Unterhaltung Hauptmann Sagners mit Oberleutnant Lukasch wurde in tschechischer Sprache geführt. Anm. d. Verfassers.

einem Lächeln, »die Herren, die darauf aspirieren, mit der Zeit Armeeoffiziere zu werden und noch in Bruck im Kasino mit ihren strategisch-historischen Kenntnissen geprahlt haben, sollte man darauf aufmerksam machen, daß es gefährlich ist, ein ganzes Paket Süßigkeiten, das ihnen die Mama ins Feld schickt, auf einmal aufzuessen. Kadett Biegler, der, wie er mir gestanden hat, seit wir aus Bruck weggefahren sind, 30 Cremerollen gegessen und überall auf den Bahnhöfen nur gekochtes Wasser getrunken hat, erinnert mich an einen Vers von Schiller, Herr Hauptmann: ›Wer sagt von . . .‹«
»Hören Sie, Doktor«, unterbrach ihn Hauptmann Sagner, »es handelt sich nicht um Schiller. Was ist eigentlich mit dem Kadetten Biegler los?«
»Kriegsdoktor« Welfer lachte. »Der Aspirant auf die Offizierswürde, *Ihr* Kadett Biegler, hat sich beschissen. — — Es ist keine Cholera, es ist keine Dysenterie, sondern einfach und kurz gesagt, er hat sich beschissen. Er hat ein bißchen zuviel Kognak getrunken, *Ihr* Herr Aspirant auf die Offizierswürde hat sich bemacht. — — Er hätte sich offenbar auch ohne Ihren Kognak bemacht. Er hat alle Cremerollen aufgefressen, die man ihm von zu Hause geschickt hat. — Er ist ein Kind. — — Im Kasino hat er, wie ich weiß, immer ein Viertel Wein getrunken. Abstinenzler.«
Doktor Welfer spuckte aus. »Er hat sich Linzerschnitten gekauft.«
»Also nichts Ernstes?« ließ sich Hauptmann Sagner vernehmen, »aber so eine Sache — — wenn es sich verbreiten würde.«
Oberleutnant Lukasch stand auf und sagte zu Sagner: »Danke für so einen Zugkommandanten . . .«
»Ein bißchen habe ich ihm auf die Füße geholfen«, sagte Welfer, der nicht aufhörte zu lächeln, »der Herr Bataillonskommandant wird das Weitere verfügen. — Ich werde den Kadetten Biegler hier ins Spital einliefern. — Ich stell ihm ein Zeugnis aus, daß es Dysenterie ist. Ein schwerer Fall von Dysenterie. Isolierung. — — Kadett Biegler kommt in die Desinfektionsbaracke.
Es ist entschieden besser«, fuhr Welfer mit demselben widerwärtigen Lächeln fort, »ein an Dysenterie erkrankter Kadett als ein beschissener Kadett zu sein . . .«
Hauptmann Sagner wandte sich an Lukasch in rein amtlichem Ton: »Herr Oberleutnant, Kadett Biegler von Ihrer Kompanie ist an Dysenterie erkrankt und bleibt in Budapest in Pflege.«
Hauptmann Sagner schien es, als lache Welfer furchtbar herausfordernd, aber als er den »Kriegsdoktor« anblickte, sah er, daß dieser sehr gleichgültig dreinschaute.
»Es ist also alles in Ordnung, Herr Hauptmann«, antwortete Welfer ruhig, »die Aspiranten auf die Offizierswürde . . .«

Er winkte mit der Hand. »Bei Dysenterie macht jeder in die Hosen.«
So kam es, daß der tapfere Kadett Biegler in das Militärisolierspital in Altofen transportiert wurde.
Seine bemachten Hosen verloren sich im Wirbel des Weltkrieges.
Die Träume von den großen Siegen des Kadetten Biegler waren in ein Krankenzimmer der Isolierbaracke eingeschlossen.
Als er erfuhr, daß er Dysenterie hatte, war Kadett Biegler davon aufrichtig begeistert.
Es war ja gleichgültig, ob er in Ausübung seiner Pflicht für Seine Majestät den Kaiser verwundet oder krank wurde.
Dann widerfuhr ihm ein kleines Mißgeschick. Da alle Plätze für Dysenteriekranke überfüllt waren, schaffte man ihn in die Cholerabaracke.
Irgendein magyarischer Stabsarzt schüttelte den Kopf, als man Kadett Biegler gebadet hatte und ihm das Thermometer unter die Achsel schob: »37 Grad!« Bei Cholera ist das bedenkliche Sinken der Temperatur das ärgste Symptom. Der Kranke wird apathisch.
Kadett Biegler zeigte in der Tat keine Aufregung. Er war ungewöhnlich ruhig, während er sich im Geiste wiederholte, daß er doch für Seine Majestät den Kaiser leide.
Der Stabsarzt ließ dem Kadetten Biegler das Thermometer in den Mastdarm stecken.
Letztes Cholerastadium, dachte der Stabsarzt, Symptome der Agonie, äußere Schwäche, der Kranke verliert den Sinn für die Umgebung, und sein Bewußtsein verschleiert sich. Er lächelt in Todeskrämpfen.
Kadett Biegler lächelte während dieser Manipulation tatsächlich wie ein Märtyrer und spielte sich als Helden auf, als man ihm das Thermometer in den Mastdarm steckte. Aber er rührte sich nicht.
Symptome, dachte der Stabsarzt, die bei Cholera allmählich zum Tode führen, passive Lage ...
Er fragte den Sanitätsunteroffizier noch auf magyarisch, ob Kadett Biegler in der Wanne erbrochen und Diarrhöe gehabt habe.
Als er eine verneinende Antwort erhielt, schaute er Biegler unverwandt an. Wenn bei Cholera Diarrhöe und Erbrechen schwinden, ist dies abermals, gleichsam als verschwundenes Symptom, ein Bild dessen, was bei Cholera in den letzten Todesstunden zu geschehen pflegt.
Kadett Biegler, der vollkommen nackt aus der warmen Wanne ins Bett getragen worden war, fror und klapperte mit den Zähnen. Sein ganzer Körper war mit Gänsehaut bedeckt.
»Sehn Sie«, sagte der Stabsarzt auf magyarisch, »großer Schüttelfrost, die Extremitäten sind kalt. Das ist das Ende.«

Zu Kadett Biegler geneigt, fragte er ihn auf deutsch: »Also wie gehts?«
»S–s–se–hr–hr gu–gu–gu–tt«, klapperte Kadett Biegler mit den Zähnen, »ei–ne De–dek–ke–.«
»Bewußtsein teilweise gestört, teilweise erhalten«, sagte der magyarische Stabsarzt, »Körper sehr mager, Lippen und Nägel sollten schwarz sein. – Das ist der dritte Fall, daß mir jemand ohne schwarze Nägel und Lippen an Cholera stirbt . . .«
»Ei–ei–ne–ne De–de–de–deck–ke–ke«, klapperte Kadett Biegler.
»Das, was er spricht, sind seine letzten Worte«, sagte der Stabsarzt auf magyarisch zum Sanitätsunteroffizier, »morgen werden wir ihn mit Major Koch begraben. Jetzt wird er das Bewußtsein verlieren. Seine Dokumente sind in der Kanzlei?«
»Sie wern dort sein«, antwortete der Sanitätsunteroffizier ruhig.
»Ei–ei–ne–ne De–de–de–deck–ke–ke«, klapperte Kadett Biegler hinter den sich Entfernenden her.
Im ganzen Zimmer lagen in sechzehn Betten fünf Menschen. Einer von ihnen war tot. Er war vor zwei Stunden gestorben, war mit einem Leintuch zugedeckt und hieß wie der Entdecker des Cholerabazillus. Es war Major Koch, von dem der Stabsarzt erwähnt hatte, daß er morgen zusammen mit dem Kadetten Biegler begraben werden sollte.
Kadett Biegler richtete sich im Bett auf und sah zum ersten Male, wie man für Seine Majestät den Kaiser an Cholera stirbt, denn von den vier Übriggebliebenen lagen zwei im Sterben. Sie würgten und wurden blau, wobei sie etwas aus sich herausstießen, ohne daß man erkennen konnte, was und welche Sprache sie redeten: es war eher das Röcheln unterdrückter Stimmen.
Die beiden andern mit ihrer auffallend stürmischen Reaktion auf die Genesung erinnerten an von typhösem Delirium befallene Menschen. Sie schrien unverständlich und schleuderten die mageren Beine unter der Decke hervor. Über ihnen stand ein bärtiger Sanitätssoldat, der ›was Kadett Biegler erkannte‹ einen steirischen Dialekt redete und sie beruhigte:
»I hab a scho Cholera ghobt, meine goldne Herrschaft, aber i hab net in die Decke gstoßen. Jetzt is es scho fei gut mit euch. Ihr kriagts Urlaub, bis . . .
Wirf di net so rum«, brüllte er den einen an, der so heftig in die Decke stieß, daß sie ihm über den Kopf rutschte, »das tuat ma bei uns net. Sei froh, daß d' Fieber hast, wenigstens wird ma die net mit Musik von hier wegführen. Ihr seid scho beide draus raus.«
Er schaute umher:
»Dort san scho wieda zwa gstorben. Das hamr erwartet«, sagte er

gutmütig »seids froh, daß ihr schon draus raus seid. I muß um Leintücher gehn.«
In einer Weile kehrte er zurück. Er breitete Leintücher über die Verstorbenen, die vollständig schwarze Lippen hatten, zog ihre Hände mit den schwarzen Nägeln hervor, die sie in der letzten Agonie des Erstickens auf den emporragenden Geschlechtsteil gelegt hatten, und bemühte sich, ihnen die Zunge in den Mund zu schieben. Dann kniete er bei den Betten nieder und legte los: »Heilige Maria, Mutter Gottes ...« Und der alte Sanitätssoldat aus der Steiermark schaute dabei auf seine genesenden Patienten, deren Delirium die Reaktion auf ein neues Leben bedeutete.
»Heilige Maria, Mutter Gottes«, wiederholte er, als ihm irgendein nackter Mann auf die Schulter klopfte.
Es war Kadett Biegler.
»Hören Sie«, sagte er, »ich hab – gebadet ... Das heißt, man hat mich gebadet ... Ich b—brauch eine Decke ... Mir ist kalt.«
»Das ist ein besonderer Fall«, sagte eine halbe Stunde später derselbe Stabsarzt zum Kadetten Biegler, der unter der Decke ausruhte: »Sie sind Rekonvaleszent, Herr Kadett; morgen schicken wir Sie ins Reservespital in Tarnow. Sie sind ein Träger von Cholerabazillen ... Wir sind so weit fortgeschritten, daß wir das alles kennen. Sie sind vom 91. Regiment ...«
»13. Marschbataillon«, antwortete der Sanitätsunteroffizier für Kadett Biegler, »11. Kompanie.«
»Schreiben Sie«, sagte der Stabsarzt: »Kadett Biegler, 13. Marschbataillon, 11. Infanteriekompanie, 91. Regiment, zur Beobachtung in die Choleribaracke in Tarnow. Träger von Cholerabazillen ...«
Und so wurde aus dem Kadetten Biegler, dem begeisterten Kämpfer, ein Träger von Cholerabazillen.

3

In Budapest

Auf dem Militärbahnhof in Budapest brachte Matuschitz Herrn Hauptmann Sagner ein Telegramm vom Kommando, das der unglückliche Brigadekommandant geschickt hatte, der ins Sanatorium geschafft worden war. Es hatte denselben, aber nicht chiffrierten Inhalt wie jenes, das auf der vorigen Station eingetroffen war: »Rasch abkochen, dann Vormarsch auf Sokal.« Hinzugefügt war: »Train bei der Ortsgruppe einreihen. Aufklärungsdienst wird aufgehoben. Das 13. Marschbataillon baut eine Brücke über den Bug. Näheres in den Zeitungen.«

Hauptmann Sagner begab sich sofort zum Bahnhofskommando. Ein kleiner dicker Offizier begrüßte ihn mit freundschaftlichem Lächeln.

»Der hat was aufgeführt, euer Brigadekommandant«, sagte er, übers ganze Gesicht lächelnd, »aber einhändigen hab ich euch den Blödsinn müssen, weil von der Division noch keine Verordnung gekommen ist, daß man seine Telegramme den Adressaten nicht zustelln soll. Gestern ist das 14. Marschbataillon des 75. Regiments durchgefahren, und für den Bataillonskommandanten lag ein Telegramm vor, daß man der Mannschaft als besondere Belohnung für Przemysl je sechs Kronen auszahlen soll und gleichzeitig der Befehl, daß jeder Mann von diesen sechs Kronen hier in der Kanzlei zwei Kronen für die Kriegsanleihe erlegen muß. — Verläßlichen Berichten zufolge hat euer Brigadegeneral Paralyse.«

»Herr Major«, fragte Hauptmann Sagner den Bahnhofskommandanten, »dem Regimentsbefehl zufolge fahren wir laut Marschroute nach Gödöllö. Die Mannschaft soll hier 15 Deka Emmentaler Käse bekommen. Auf der letzten Station hat die Mannschaft 15 Deka ungarische Salami bekommen sollen. Aber sie hat nichts bekommen.«

»Offenbar wird auch hier nichts draus werden«, antwortete der Major, indem er unaufhörlich liebenswürdig lächelte, »ich weiß von keinem ähnlichen Befehl für *Regimenter aus Böhmen*. Übrigens ist das nicht meine Sache, wenden Sie sich an das Verpflegungskommando.«

»Wann fahren wir ab, Herr Major?«

»Vor Ihnen steht ein Zug mit schwerer Artillerie nach Galizien. Wir lassen ihn in einer Stunde abgehen, Herr Hauptmann. Auf dem dritten Gleis steht ein Sanitätszug. Er fährt 25 Minuten nach der Artillerie ab. Auf dem zwölften Gleis haben wir einen Munitionszug. Er fährt 10 Minuten nach dem Sanitätszug ab und 20 Minuten nach ihm geht Ihr Zug.

Das heißt, wenn daran nichts geändert wird«, fügte er abermals lächelnd hinzu, so daß er Hauptmann Sagner vollends unsympathisch wurde.

»Erlauben Sie, Herr Major«, fragte Sagner, »können Sie mir eine Aufklärung darüber geben, wieso Sie von keinem Befehl wissen, der die Ausfolgung von 15 Deka Emmentaler Käse *an Regimenter aus Böhmen* betrifft?«

»Das ist ein Reservat«, antwortete unaufhörlich lächelnd der Kommandant des Militärbahnhofs in Budapest.

Da bin ich schön reingefallen, dachte Hauptmann Sagner, aus dem Kommandogebäude tretend, warum, zum Teufel, hab ich dem Lukasch gesagt, er soll alle Kommandanten zusammennehmen und mit ihnen und der Mannschaft in die Verpflegungsabteilung 15 Deka Emmentaler Käse pro Kopf fassen gehn.

Bevor der Kommandant der 11. Kompanie, Oberleutnant Lukasch, dem Befehl des Hauptmanns Sagner gemäß die Befehle für den Marsch der Mannschaft zum Magazin erteilte, wo man 15 Deka

Emmentaler Käse pro Mann fassen sollte, tauchte Schwejk mit dem unglücklichen Baloun vor ihm auf.

Baloun zitterte am ganzen Körper.

»Melde gehorsamst, Herr Oberlajtnant«, sagte mit seiner gewohnten Gewandtheit Schwejk, »die Sache, um die sichs handelt, is unendlich wichtig. Ich möcht bitten, Herr Oberlajtnant, daß wir die ganze Angelegenheit *irgendwo nebenan erledigen* möchten, wie mein Kamerad Schpatina aus Zhorscha gesagt hat, wie er einmal Heiratszeuge war und in der Kirche auf einmal hat müssen . . .«

»Also was gibts, Schwejk?« unterbrach ihn Oberleutnant Lukasch, dem bereits ebenso bange nach Schwejk gewesen war, wie Schwejk nach ihm, »gehn wir also ein Stückchen weiter.«

Baloun ging hinter ihnen her, ohne daß er zu zittern aufhörte. Dieser Riese hatte das seelische Gleichgewicht vollständig verloren und schleuderte in entsetzlicher hoffnungsloser Verzweiflung die Arme hin und her.

»Also was gibts, Schwejk?« fragte Oberleutnant Lukasch, als sie ein Stückchen weitergegangen waren.

»Melde gehorsamst, Herr Oberlajtnant«, sagte Schwejk, »es is immer besser, sich früher zu was zu bekennen, bevor alles explodiert. Sie ham einen bestimmten Befehl gegeben, Herr Oberlajtnant, daß Ihnen Baloun, bis wir nach Budapest kommen, Ihre Leberpastete und eine Semmel bringen soll.

Hast du den Befehl bekommen oder nicht?« wandte sich Schwejk an Baloun.

Baloun begann noch mehr mit den Armen zu schlenkern, als wehre er sich gegen einen vordringenden Feind.

»Dieser Befehl«, sagte Schwejk, »hat leider Gottes nicht ausgeführt wern können, Herr Oberlajtnant. Ich hab Ihre Leberpastete aufgefressen . . .

Ich hab sie aufgefressen«, sagte Schwejk, den entsetzten Baloun puffend, »weil ich mir gedacht hab, daß Leberpastete verderben kann. Ich hab ein paarmal in der Zeitung gelesen, daß sich eine ganze Familie mit Leberpastete vergiftet hat. Einmal is so was in Pisek geschehn, einmal in Beraun, einmal in Tabor, einmal in Jungbunzlau, einmal in Příbram. Alle sind dieser Vergiftung erlegen. Leberpastete is der ärgste Mist . . .«

Baloun, der am ganzen Leibe zitterte, trat beiseite, steckte sich den Finger in den Mund und erbrach in kurzen Intervallen.

»Was ist Ihnen, Baloun?«

»I–ch k–k–kotz, ee–ee Herr Obr–ee–ee Obr–lajtnant ee–ee«, rief der unglückliche Baloun, die Pausen benutzend, »i–i–ch hab sie–ie–ie auf–ge–ge–fr–essn, ee–ee, ich – ee, a–llein ee–ee, ii–ee . . .«

Aus dem Mund des unglücklichen Baloun kamen sogar Stückchen von der Stanniolhülle der Pastete hervor.
»Wie Sie sehn, Herr Oberlajtnant«, sagte Schwejk, nichts von seinem seelischen Gleichgewicht einbüßend, »geht jede solche aufgefressene Pastete heraus wie Öl ausn Wasser. Ich habs selbst auf mich nehmen wolln, und der Dummkopf verrät sich so. Er is ein ganz braver Mensch, aber er frißt alles auf, was man ihm anvertraut. Ich hab auch so einen Menschen gekannt. Er war Diener in einer Bank. Dem hat man Tausende anvertraun können; einmal hat er wieder in einer andern Bank Geld abgehoben, und man hat ihm um tausend Kronen mehr gegeben, und er hats gleich auf der Stelle zurückgetragen; aber wenn man sich hat um 15 Kreuzer Rauchfleisch holen lassen, so hat er die Hälfte am Wege aufgefressen. Er war schrecklich happig aufs Fressen, und wenn ihn die Beamten um Leberwürste geschickt ham, so hat er die Würste am Weg mitn Taschenmesser zerschnitten und die Löcher mit Englischpflaster zugeklebt, was ihn bei fünf Leberwürsten mehr gekostet haben muß wie eine ganze Leberwurst.«
Oberleutnant Lukasch atmete auf und ging davon.
»Geruhen Sie irgendwelche Befehle zu haben, Herr Oberlajtnant?« rief Schwejk ihm nach, während sich der unglückliche Baloun unaufhörlich den Finger in den Mund steckte.
Oberleutnant Lukasch winkte mit der Hand und wandte sich dem Verpflegungsmagazin zu, wobei der sonderbare Gedanke in ihm auftauchte, daß Österreich den Krieg nicht gewinnen könne, weil die Soldaten ihren Offizieren die Leberpasteten auffressen.
Inzwischen führte Schwejk Baloun auf die andere Seite des Militärbahnhofs. Dabei tröstete er ihn, daß sie gemeinsam in die Stadt gehn und dem Herrn Oberleutnant Debrecziner Würstchen bringen würden, der Begriff einer Wurstspezialität, die bei Schwejk naturgemäß mit dem Begriff der Hauptstadt des Königreichs Ungarn verschmolz.
»Der Zug könnt uns davonfahren«, jammerte Baloun, dessen Geiz ebenso groß war wie seine Gefräßigkeit.
»Wenn man an die Front fährt«, erklärte Schwejk, »versäumt man nie was, weil sichs jeder Zug, was an die Front fährt, sehr gut überlegt, auf die Endstation nur einen halben Marschbatjak zu bringen. Übrigens versteh ich dich sehr gut, Baloun. Hast eine zugenähte Tasche.«
Sie gingen aber nirgends hin, denn das Signal zum Einsteigen ertönte. Die Mannschaft der einzelnen Züge kehrte mit leeren Händen vom Verpflegungsmagazin wieder zu ihren Waggons zurück. Statt der 15 Deka Emmentaler Käse, die hier ausgegeben werden sollten,

hatte jeder je eine Schachtel Streichhölzer und eine Ansichtskarte erhalten, die von dem Komitee für Kriegsgräber (Wien IX, Canisiusgasse 4) herausgegeben wurde. Statt 15 Deka Emmentaler hielt jeder den westgalizischen Soldatenfriedhof in Dedlisk mit einem Denkmal der unglücklichen Landwehrmänner in der Hand, das der Tachinierer-Bildhauer, Einjährigfreiwilliger-Feldwebel Scholz, angefertigt hatte.
Beim Stabswaggon herrschte ebenfalls eine ungewöhnliche Erregung. Die Offiziere des Marschbataillons versammelten sich um Hauptmann Sagner, der ihnen aufgeregt etwas auseinandersetzte. Er war gerade vom Bahnhofskommando zurückgekommen und hielt in der Hand ein streng vertrauliches echtes Telegramm des Brigadestabs mit ellenlangen Instruktionen und Winken, wie man sich in der neuen Situation, in der sich Österreich mit dem 23. Mai 1915 befand, zu verhalten habe.
Die Brigade telegraphierte, daß Italien Österreich-Ungarn den Krieg erklärt habe.
Noch in Bruck an der Leitha hatte man im Offizierskasino häufig beim Mittagstisch und Nachtmahl mit vollem Mund von dem sonderbaren Vorgehen und Verhalten Italiens gesprochen, aber alles in allem hatte niemand erwartet, daß sich die prophetischen Worte des Idioten – Kadetten Biegler erfüllen würden, der einmal beim Nachtmahl die Makkaroni beiseite geschoben und erklärt hatte: »An denen werde ich mich erst vor den Toren Veronas satt essen.«
Nachdem Hauptmann Sagner die soeben von der Brigade eingetroffenen Instruktionen studiert hatte, ließ er Alarm blasen.
Als die ganze Mannschaft des Marschbataillons versammelt war, wurde sie im Karree aufgestellt, und Hauptmann Sagner verlas mit ungewöhnlich erhobener Stimme den ihm telegraphisch zugestellten Brigadebefehl:
»Von beispiellosem Verrat und maßloser Habgier verführt, hat der italienische König die brüderlichen Bande vergessen, die ihn zu einem Verbündeten unserer Monarchie machten. Seit Ausbruch des Krieges, in dem er sich unseren tapferen Truppen hätte zur Seite stellen sollen, spielte der verräterische italienische König die Rolle eines maskierten Meuchlers; während seines zweideutigen Verhaltens pflegte er geheime Unterhandlungen mit unseren Feinden, ein Verrat, der in der Nacht vom 22. auf den 23. Mai in der Kriegserklärung an unsere Monarchie gipfelte. Unser allerhöchster Kriegsherr ist überzeugt, daß unsere stets tapferen und glorreichen Truppen auf den nichtswürdigen Verrat des treulosen Feindes mit einem Schlag antworten werden, der den Verräter zu der Erkenntnis bringen wird, daß er sich durch das schändliche und verräterische Eingreifen in diesen Krieg selbst vernichtet hat. Wir hegen die feste Zuversicht, daß mit Gottes

Hilfe bald der Tag anbrechen wird, an dem die italienischen Ebenen wieder die Sieger von Santa Lucia, Vicenza, Novarra, Custozza sehen werden. Wir wollen siegen, müssen siegen und werden bestimmt siegen!«
Dann folgte das übliche dreimalige »Hoch!« und die Soldaten setzten sich wieder, einigermaßen bestürzt, in den Zug. Statt 15 Deka Emmentaler hatten sie den Krieg mit Italien in der Tasche.

In dem Waggon, wo Schwejk, Feldwebel Waněk, Telephonist Chodounsky, Baloun und Koch Jurajda saßen, entspann sich ein interessantes Gespräch über das Eingreifen Italiens in den Krieg.
»In der Taborgasse in Prag war auch so ein Fall«, begann Schwejk, »dort war ein gewisser Kaufmann Horschejschi. Ein Stückl weiter von ihm, grad gegenüber, hat der Kaufmann Poschmourny seinen Laden gehabt, und zwischen ihnen beiden war der Höker Hawlasa. Also der Kaufmann Horschejschi hat mal den Einfall gehabt, daß er sich sozusagen mitn Höker Hawlasa gegen den Kaufmann Poschmourny verbinden könnt, und hat angefangen mit ihm zu verhandeln, daß sie die beiden Läden unter einer Firma ›Horschejschi und Hawlasa‹ vereinigen könnten. Aber der Höker Hawlasa is gleich zum Kaufmann Poschmourny gegangen und sagt ihm, daß ihm der Horschejschi zwölfhundert für seinen Hökerladen gibt und will, daß er mit ihm in Kompanie geht. Wenn er, der Poschmourny, ihm aber achtzehnhundert gibt, so wird er lieber mit ihm gegen den Horschejschi in Kompanie gehn. So sind sie einig geworden, und der Hawlasa is eine Zeitlang immer um diesen Horschejschi, was er betrogen hat, herumgesprungen und hat gemacht, wie wenn er sein bester Freund wär, und wie die Rede drauf gekommen is, wann sies also abschließn wern, hat er gesagt: ›Ja, das wird schon bald sein. Ich wart nur, bis die Parteien von der Sommerwohnung zurückkommen.‹ Und wie die Parteien gekommen sind, so wars wirklich schon perfekt, wie ers dem Horschejschi immerfort versprochen hat, daß sies perfekt machen wern. Nämlich wie der Horschejschi mal früh den Laden aufmachen gegangen is, hat er eine große Aufschrift über den Laden von seinem Konkurrent gesehn, eine riesengroße Firmentafel: ›Poschmourny und Hawlasa‹.«
»Bei uns«, bemerkte der dumme Baloun, »war auch mal so ein Fall: ich wollt nebenan im Dorf ein Mutterkalb kaufen, ich habs zugesagt ghabt, und der Wotitzer Fleischer hat mirs vor der Nase weggeschnappt.«
»Wo wir also schon wieder einen neuen Krieg ham«, fuhr Schwejk fort, »wo wir um einen Feind mehr ham, und wo wir wieder eine neue Front ham, wird man mit der Munition sparen müssen. ›Je mehr

Kinder in der Familie sind, desto mehr Rohrstaberln verbraucht man‹, pflegte der alte Chowanek in Motol zu sagen, was den Eltern in der Nachbarschaft für ein Pauschal die Kinder durchgewichst hat.«
»Ich hab nur Angst«, sagte Baloun, am ganzen Körper zitternd, »daß wegen dem Italien kleinere Portionen sein wern.«
Rechnungsfeldwebel Waněk wurde nachdenklich und sagte ernst: »Das alles kann sein, denn jetzt wird sich unser Sieg ein bißchen hinziehn.«
»Jetzt möchten wir einen neuen Radetzky brauchen«, meinte Schwejk, »der hat sich schon in der dortigen Gegend ausgekannt, der hat schon gewußt, wo die schwache Seite der Italiener is und was man stürmen soll und von welcher Seite. Nämlich es is nicht so leicht, irgendwohin zu kriechen. Das trifft jeder, aber von dort wegzukommen, das is die wahre militärische Kunst. Wenn man schon irgendwohin kriecht, so muß man von allem wissen, was um einen herum vorgeht, damit man sich nicht plötzlich in einer Schlamastik befindet, was man Katastophe nennt. Da hat man euch mal bei uns im Haus, noch in der alten Wohnung, aufn Boden einen Dieb erwischt, und der Kerl hat sich achtgegeben, wie er hineingekrochen is, daß grad Maurer den Lichthof ausbessern, so hat er sich ihnen also losgerissen, hat die Hausmeisterin umgeworfen und hat sich aufn Gerüst heruntergelassen in den Lichthof, und von dort hat er überhaupt nicht herauskönnen. Aber unser Väterchen Radetzky hat von jedem Weg gewußt, man hat ihn nie erwischen können. In einem Buch über den General war das alles beschrieben: wie er von Santa Lucia weggelaufen is und wie die Italiener auch weggelaufen sind und wie er erst am nächsten Tag draufgekommen is, daß ers eigentlich gewonnen hat. Weil er die Italiener dort nicht gefunden hat und nicht mit dem Fernrohr gesehn hat, so is er also zurück und hat das verlassene Santa Lucia besetzt. Das hat ihm den Feldmarschall eingetragen.«
»Was denn, Italien, das ist ein feines Land«, warf Koch Jurajda dazwischen, »ich war einmal in Venedig und weiß, daß der Italiener einen jeden Schwein nennt. Wenn er sich aufregt, ist man bei ihm gleich ein porco maledetto. Sogar der Papst ist bei ihm ein porco, sogar ›madonna mia e porco, papa e porco‹.«
Feldwebel Waněk äußerte sich demgegenüber sehr wohlwollend über Italien. Er habe in Kralup in seiner Drogerie eine Erzeugung von Zitronensaft, den er aus verfaulten Zitronen anfertigte, und die billigsten und verfaultesten Zitronen habe er stets aus Italien bezogen. Jetzt werde Schluß sein mit dem Versand von Zitronen aus Italien nach Kralup. Es bestehe kein Zweifel, daß der Krieg mit Italien verschiedene Überraschungen mit sich bringen werde, denn Österreich werde sich rächen wollen.

»Das sagt sich so«, lachte Schwejk, »sich rächen! — Jemand denkt sich, daß er sich rächt, und zum Schluß trägts der davon, den sich so ein Mensch sozusagen zum Instrument seiner Rache ausgesucht hat. Wie ich vor Jahren auf der Weinberge gewohnt hab, so hat dort im Parterre ein Hausmeister gewohnt, und bei dem war so ein kleiner Bankbeamter auf Quartier, und der is in einen Ausschank in die Krameriusgasse gegangen und hat sich dort mal mit einem Herrn gestritten, was irgendwo auf der Weinberge ein Institut für Harnanalysen gehabt hat. Dieser Herr hat überhaupt an nichts anderes gedacht und von nichts anderem gesprochen und hat lauter Flascherln mit Urin bei sich getragen, jedem hat ers unter die Nase gesteckt, er soll auch urinieren und sich den Urin untersuchen lassen, weil von so einer Untersuchung das Glück des Menschen und der Familie abhängt und weils auch billig ist, weils nur sechs Kronen kostet. Alle, was in den Ausschank gegangen sind, auch der Wirt und die Wirtin, ham sich den Urin analysieren lassen, nur der Beamte hat sich noch gehalten, obzwar der Herr ihm fort aufs Pissoir nachgekrochen is, wenn er herausgegangen ist, und ihm immer besorgt gesagt hat: ›Ich weiß nicht, Herr Shorkowsky, mir will Ihr Urin nicht gefallen, urinieren Sie in ein Flascherl, bevors zu spät ist!‹ Endlich hat er ihn überredet. Es hat den Beamten sechs Kronen gekostet, und der Herr hat ihm die Analyse gehörig versüßt, wie ers schon allen ausn Ausschank gemacht hat, nicht mal den Wirt ausgenommen, dem er das Gewerbe verdorben hat, weil er so eine Analyse immer mit solchen Reden begleitet hat, daß es ein sehr ernster Fall is, daß niemand nichts trinken darf, nur Wasser, daß er nicht rauchen darf, daß er nicht heiraten darf und daß er nur lauter Gemüse essen soll. Also dieser Beamte hat auf ihn eine schreckliche Wut gehabt wie alle und hat sich den Hausmeister zum Instrument seiner Rache ausgesucht, weil er den Hausmeister als einen rohen Menschen gekannt hat. Also einmal sagt er diesem Herrn, was diese Harnanalysen gemacht hat, daß sein Hausmeister sich schon einige Zeit nicht wohl fühlt und daß er ihn bittet, er soll sich morgen früh gegen sieben Uhr zu ihm um Urin kommen, daß er sich ihn nachsehn lassen will. Und er is hingegangen. Der Hausmeister hat noch geschlafen, wie ihn der Herr geweckt hat und freundschaftlich zu ihm gesagt hat: ›Habe die Ehre, Herr Malek, guten Morgen wünsch ich. Hier is, bitte, ein Flascherl, urinieren Sie gefälligst, und ich krieg sechs Kronen.‹ Aber dann hats was gesetzt! Der Hausmeister is in Unterhosen ausn Bett gesprungen, hat den Herrn beim Hals gepackt und hat ihn an den Kasten geworfen, daß er drin hängengeblieben is! Wie er ihn ausn Kasten gezogen hat, hat er einen Ochsenziemer gepackt und hat ihn in Unterhosen die Tschelakowskygasse heruntergejagt, und der Herr

hat gekreischt, wie wenn man einem Hund aufn Schwanz tritt, und in der Hawlitschekgasse is er in die Elektrische gesprungen, und den Hausmeister hat ein Polizist hoppgenommen und sich mit ihm gerauft, und weil der Hausmeister in Unterhosen war und ihm alles aus ihnen herausgekrochen is, so hat man ihn wegen so einem Ärgernis in die Gemeindetruhe geworfen und ihn auf die Polizei gebracht, und er hat noch aus der Gemeindetruhe gebrüllt wie ein Stier: ›Ihr Halunken, ich wer euch zeigen, mir den Urin analysieren.‹ Er is sechs Monate gesessen wegen öffentlicher Gewalttätigkeit und Wachebeleidigung und hat sich dann nach Verkündung des Urteils einer Beleidigung des Herrscherhauses schuldig gemacht, so sitzt er vielleicht noch heut, und darum sag ich, wenn man sich an jemanden rächen will, so trägts immer ein unschuldiger Mensch davon.«
Baloun dachte inzwischen über etwas nach, bis er schließlich angsterfüllt fragte: »Bitte, Herr Rechnungsfeldwebel, Sie glauben also, daß wir wegen dem Krieg mit Italien kleinere Portionen fassen wern?«
»Das is klar wie Schuhwichs«, antwortete Waněk.
»Jesusmaria«, schrie Baloun, legte den Kopf in die Hände und saß still in seinem Winkel.
Damit endete in diesem Waggon endgültig die Debatte über Italien.

Im Stabswaggon wäre, da der berühmte Kriegstheoretiker Biegler nicht mehr zugegen war, das Gespräch über die durch das Eingreifen Italiens in den Krieg neu entstandene Kriegslage sicherlich recht langweilig gewesen, wenn Leutnant Dub von der dritten Kompanie Biegler nicht gewissermaßen ersetzt hätte.

Leutnant Dub war in Zivil Tschechisch-Professor und hatte bereits damals eine ungewöhnliche Neigung bekundet, überall, wo dies nur möglich war, seine Loyalität an den Tag zu legen. Als schriftliche Arbeiten legte er seinen Schülern Themen aus der Geschichte des Hauses Habsburg vor. In den niedrigeren Klassen schreckte die Schüler Kaiser Maximilian, der auf einen Felsen kroch und nicht hinunterklettern konnte, Joseph II. als Pflüger und Ferdinand der Gute. In den höheren Klassen waren die Themen allerdings komplizierter, wie zum Beispiel das Thema für die Septima: »Kaiser Franz Joseph I. als Förderer der Wissenschaften und der Kunst«, eine Arbeit, die den Ausschluß eines Septimaners aus sämtlichen Mittelschulen der österreichisch-ungarischen Monarchie zur Folge hatte; er hatte nämlich geschrieben, daß die schönste Tat dieses Monarchen die Gründung der Kaiser-Franz-Josephs-Brücke in Prag gewesen sei.

Dub achtete stets sehr darauf, daß alle seine Schüler am Geburtstag des Kaisers und an ähnlichen Kaiserfeiern mit Begeisterung die Volkshymne sangen. In Gesellschaft war er unbeliebt, weil feststand, daß er ein Denunziant seiner Kollegen war. In der Stadt, wo er unterrichtete, war er Mitglied eines Kleeblatts der größten Dummköpfe und Esel, das aus ihm, dem Bezirkshauptmann und dem Direktor des Gymnasiums bestand. In diesem engen Kreis lernte er im Rahmen der österreichisch-ungarischen Monarchie politisieren. Auch jetzt begann er mit der Stimme und dem Ton eines verknöcherten Professors seine Anschauungen darzulegen.

»Alles in allem hat mich das Verhalten Italiens nicht im geringsten überrascht. Ich habe es schon vor drei Monaten erwartet. Es steht fest, daß Italien in der letzten Zeit infolge des siegreichen Krieges mit der Türkei um Tripolis bedeutend stolzer geworden ist. Außerdem verläßt es sich zu sehr auf seine Flotte und auf die Stimmung der Bevölkerung in unseren Küstenländern und in Südtirol. Noch vor dem Krieg habe ich mit unserem Bezirkshauptmann darüber gesprochen, daß unsere Regierung die irredentistische Bewegung im Süden nicht unterschätzen sollte. Er hat mir auch vollkommen recht gegeben, weil jeder scharfsinnige Mensch, dem an der Erhaltung unseres Reiches gelegen ist, schon längst erkennen mußte, wohin wir es mit der allzu großen Nachsicht gegen solche Elemente bringen würden. Ich erinnere mich deutlich, etwa vor zwei Jahren in einem Gespräch mit dem Bezirkshauptmann erklärt zu haben, daß Italien

– es war in der Zeit des Balkankrieges während der Affäre unseres Konsuls Prochazka – auf die nächste Gelegenheit wartet, um uns meuchlings anzufallen.
Und da haben wirs!« schrie er mit einer Stimme, als ob alle mit ihm stritten, obwohl sich sämtliche anwesenden aktiven Offiziere bei seiner Rede dachten, daß ihnen dieser quasselnde Zivilist auf den Buckel steigen möge.
»Wahr ist«, fuhr er in gemäßigterem Ton fort, »daß man in der Mehrzahl der Fälle sogar in den Schulaufgaben an unser früheres Verhältnis zu Italien vergaß, an jene großen Tage der glorreichen siegreichen Armeen sowohl des Jahres 1848 als auch des Jahres 1866, von denen in den heutigen Brigadebefehlen die Rede ist. Ich habe immer meine Pflicht erfüllt und noch vor Schluß des Schuljahrs, knapp vor Kriegsbeginn, meinen Schülern die Stilaufgabe gegeben: ›Unsere Helden in Italien von Vicenza bis Custozza oder ...‹«
Und der blöde Leutnant Dub fügte feierlich hinzu: »... ›Blut und Leben für Habsburg! Für ein Österreich, ganz, einig und groß!‹«
Er schwieg und wartete offenbar, daß die übrigen Insassen des Stabswaggons ebenfalls von der neuen Situation sprechen würden, worauf er ihnen nochmals bewiesen hätte, daß er bereits vor fünf Jahren Italiens Verhalten dessen Verbündeten gegenüber vorausgeahnt habe. Er täuschte sich jedoch ganz und gar, denn Hauptmann Sagner, dem Ordonnanz Matuschitz vom Bahnhof die Abendausgabe des »Pester Lloyd« brachte, sagte, in die Zeitung blickend: »Da schau her, diese Weiner, die wir in Bruck als Gast gesehn haben, hat hier gestern auf der Bühne des Kleinen Theaters gespielt.«
Damit war im Stabswaggon die Debatte über Italien beendet.
Bataillonsordonnanz Matuschitz und Batzer, der Diener Hauptmann Sagners, die rückwärts saßen, betrachteten den Krieg mit Italien von einem rein praktischen Standpunkt, denn vor vielen Jahren, noch während ihrer aktiven Dienstzeit, hatten beide an irgendwelchen Manövern in Südtirol teilgenommen.
»Das wird ne hübsche Schinderei sein, auf diese Berg zu klettern«, sagte Batzer, »Hauptmann Sagner hat einen ganzen Berg Koffer. Ich bin zwar ausm Gebirg, abers is ganz was andres, wenn man die Flint untern Rock nimmt und sichn Hasen in der Schwarzenbergschen Herrschaft aussuchen geht.«
»Das heißt, wenn wir nach Italien hinunterdirigiert wern. Mir wärs auch nicht recht, auf den Bergen und Gletschern mit Befehlen herumzusausen. Dann das Fressen dort unten, lauter Polenta und Öl«, sagte Matuschitz traurig.
»Und warum solltens grad uns ins Gebirg schicken«, geriet Batzer in Erregung, »unser Regiment war schon in Serbien, in den Kar-

paten, i hab mi scho mitn Koffern vom Herrn Hauptmann in die Berg rumgeschleppt, zwoamol hab ichs scho verloren; amol in Serbien, das zweitemol in den Karpaten, in so ner Schlamastik, unds kann san, daß dasselbe zum drittenmol a auf der italienischen Grenze auf mi wartet—und was den Fraß dort unten anbelangt«—er spuckte aus und rückte zutraulich zu Matuschitz: »Weißt, bei uns in Bergreichenstein mach mr so kleine Teigknödel aus rohen Erdäpfeln, die kocht man, dann wickelt mans in Ei, bestreuts hübsch mit Semmeln und bäckts auf Speck aus.« Das Wort Speck sagte er mit geheimnisvoll feierlicher Stimme.

»Und am besten sans mit Sauerkraut«, fügte er melancholisch hinzu, »da müssen sich die Makkaroni verstecken.«

Damit endete auch hier das Gespräch über Italien. —

Da der Zug bereits zwei Stunden auf dem Bahnhof stand, herrschte in den übrigen Waggons eine Stimme: der Zug werde wahrscheinlich umdirigiert und nach Italien geschickt werden.

Dafür sprach auch der Umstand, daß inzwischen mit dem Transport sonderbare Dinge geschahen. Man jagte wieder alle Mann aus den Waggons. Die Sanitätsinspektion kam mit der Desinfektionsabteilung und besprengte alle Waggons hübsch mit Lysol, was, hauptsächlich in den Waggons, wo man Kommißbrotvorräte mitführte, sehr mißfällig aufgenommen wurde.

Aber Befehl ist Befehl, die Sanitätskommission hatte den Befehl erteilt, alle Waggons des Transportes Nr. 72 zu desinfizieren, deshalb bespritzte man die Kommißbrothaufen und Reissäcke ganz ruhig mit Lysol. Daran konnte man wohl merken, daß etwas Besonderes vor sich ging.

Dann jagte man wieder alles in die Waggons, und nach einer halben Stunde jagte man wieder alle heraus, weil ein General, der so alt war, daß es Schwejk sofort ganz selbstverständlich schien, ihn alter Herr zu nennen, den Transport besichtigte. Hinter der Front stehend, bemerkte Schwejk zu Feldwebel Waněk: »Das ist aber ein Krepierl!«

Und der alte General ging von Hauptmann Sagner begleitet vor der Front auf und ab, blieb vor einem jungen Soldaten stehen und fragte ihn, gewissermaßen um die ganze Mannschaft zu begeistern, woher er sei, wie alt er sei und ob er eine Uhr habe. Der Soldat besaß zwar eine Uhr, aber weil er dachte, daß er von dem alten Herrn noch eine bekommen werde, sagte er, daß er keine habe, worauf der alte General mit einem so idiotischen Lächeln, wie es Kaiser Franz Joseph zu haben pflegte, wenn er irgendwo in einer Stadt den Bürgermeister ansprach, meinte: »Das ist gut, das ist gut.« Dann wandte er sich an den danebenstehenden Korporal und beehrte ihn mit der Frage, ob seine Gattin gesund sei.

»Melde gehorsamst«, brüllte der Korporal, »daß ich nicht verheiratet bin«, worauf der General mit seinem herablassenden Lächeln wiederum sein »Das ist gut, das ist gut« sagte.
Dann forderte der General in greisenhafter Kindlichkeit Hauptmann Sagner auf, ihm vorzuführen, wie sich die Mannschaft selbst in Doppelreihen abzählt, und einen Augenblick später ertönte es schon: »Erster–zweiter, erster–zweiter, erster–zweiter!«
Das hatte der alte General sehr gern. Er hatte sogar zu Hause zwei Burschen, die er vor sich aufzustellen pflegte und zählen ließ: »Erster –zweiter, erster–zweiter.«
Solcher Generale gabs in Österreich eine Menge.
Als die Inspektion glücklich vorüber war, wobei es der General Hauptmann Sagner gegenüber nicht an Lob fehlen ließ, erlaubte man der Mannschaft, sich im Bereich des Bahnhofs frei zu bewegen, denn es war die Meldung eingetroffen, daß erst in drei Stunden abgefahren werde. Die Leute gingen also auf und ab und schauten lauernd umher, denn auf den Bahnhöfen herrschte ein reger Verkehr, und ab und zu erbettelte sich doch einer der Soldaten eine Zigarette.
Man konnte sehen, daß die erste Begeisterung, die sich in der feierlichen Begrüßung der Transporte auf den Bahnhöfen geäußert hatte, beträchtlich nachgelassen hatte und bis zur Bettelei herabgesunken war.
Bei Hauptmann Sagner stellte sich eine Deputation des »Vereines zur Begrüßung der Helden« ein; sie bestand aus zwei fürchterlich strapazierten Damen, die ein für das Marschbataillon bestimmtes Geschenk überreichten, nämlich zwanzig Schachteln wohlriechender Mundpastillen, Reklameartikel einer Pester Zuckerfirma. Die Blechschächtelchen, in denen sich diese wohlriechenden Mundpastillen befanden, waren recht hübsch. Auf die Deckel war ein ungarischer Honvéd gemalt, der einem österreichischen Landsturmmann die Hand drückte, und darüber strahlte die heilige Stephanskrone. Ringsherum befand sich die deutsche und magyarische Aufschrift: »Für Kaiser, Gott und Vaterland.«
Die Zuckerwarenfabrik war so loyal, daß sie dem Kaiser vor Gott den Vorrang gab.
Jedes Schächtelchen enthielt 80 Pastillen, so daß im ganzen etwa fünf Pastillen auf drei Mann kamen. Außerdem brachten die abgehärmten, strapazierten Damen ein großes Paket mit verschiedenen gedruckten Gebeten, die den Budapester Erzbischof Gézsa von Szatmar-Budafal zum Verfasser hatten. Sie waren deutsch-magyarisch und enthielten die fürchterlichsten Verfluchungen aller Feinde. Geschrieben waren diese Gebete so leidenschaftlich, daß ihnen nur zum

Schluß das schneidende magyarische »Baszom a Kristusmarjat!«[1] fehlte.

Dem ehrenwerten Erzbischof zufolge sollte der liebe Gott die Russen, Engländer, Serben, Franzosen, Italiener zu Nudeln und Paprikagulasch zerhacken. Der gütige Gott sollte in dem Blute der Feinde baden und alles ermorden, wie es der Rohling Herodes mit den Kindern getan hatte.

Der ehrwürdige Erzbischof von Budapest verwendete in seinen Gebeten beispielsweise folgende hübschen Sätze: »Gott segne eure Bajonette, damit sie tief in die Bäuche eurer Feinde dringen. Möge der überaus gerechte Gott das Feuer der Kanonen auf die Köpfe der feindlichen Stäbe richten. Der barmherzige Gott gebe, daß alle Feinde in dem Blute ihrer eigenen Wunden ersticken, die ihr ihnen zufügen werdet!«

Deshalb muß man abermals wiederholen, daß diesen Gebeten nichts anderes fehlte, als zum Schluß das »Baszom a Kristusmarjat!«

Als die beiden Damen das alles abgegeben hatten, äußerten sie Hauptmann Sagner gegenüber den verzweifelten Wunsch, bei der Verteilung der Geschenke anwesend sein zu dürfen. Die eine hatte sogar so viel Mut, zu erwähnen, daß sie bei dieser Gelegenheit gerne

1 Unübersetzbarer ungarischer Fluch.

eine Ansprache an die Soldaten halten würde, die sie nicht anders nannte als »unsere braven Feldgrauen«.
Beide taten sehr beleidigt, als Hauptmann Sagner ihr Verlangen zurückwies. Einstweilen wanderten diese Liebesgaben in die Waggons, in denen sich das Magazin befand. Die ehrenwerten Damen schritten durch die Reihen der Soldaten, und die eine von ihnen verabsäumte nicht, bei dieser Gelegenheit einen bärtigen Soldaten im Gesicht zu tätscheln. Es war ein gewisser Schimek aus Budweis, der von der erhabenen Stellung der Damen nichts wußte und, als sie gegangen waren, zu seinen Freunden sagte: »Sind aber die Huren hier frech! Wenn so ein Aff wenigstens nach was aussehn möcht, sein tuts wie ein Storch, man sieht nix anderes als die Haxn und ausschaun tuts wie das Martyrium Gottes; und so ne olle Raschpl will sich noch was mit Soldaten anfangen.«
Auf dem Bahnhof ging es sehr lebhaft zu. Das Ereignis in Italien verursachte hier eine gewisse Panik, weil zwei Artillerietransporte angehalten und in die Steiermark geschickt worden waren. Auch ein Transport Bosniaken war da, der schon seit zwei Tagen aus irgendwelchen unbekannten Gründen hier wartete und vollkommen vergessen und verschollen war. Die Bosniaken hatten schon zwei Tage keine Menage gefaßt und bettelten in Neu-Pest um Brot. Man hörte nichts anderes als das aufgeregte Gespräch der lebhaft gestikulierenden vergessenen Bosniaken, die unaufhörlich aus sich herausstießen: »Jeben ti boga, jeben ti duschu, jeben ti majku.«
Dann wurde das Marschbataillon der Einundneunziger wieder zusammengetrieben und nahm die Plätze in den Waggons ein. Bald darauf kehrte aber Bataillonsordonnanz Matuschitz vom Bahnhofskommando mit der Nachricht zurück, daß man erst in drei Stunden fahren werde. Deshalb wurde die abermals zusammenberufene Mannschaft wieder aus den Waggons entlassen. Knapp vor Abfahrt des Zuges stieg Leutnant Dub sehr aufgeregt in den Stabswaggon und verlangte von Hauptmann Sagner, er möge Schwejk einsperren lassen. Leutnant Dub, ein alter bekannter Denunziant in seinem Wirkungskreis als Gymnasialprofessor, knüpfte gern Gespräche mit Soldaten an, um ihre Überzeugung zu erforschen und sie gleichzeitig zu belehren und aufzuklären, warum sie kämpften, wofür sie kämpften.
Bei seinem Rundgang hatte er hinter dem Bahnhofsgebäude bei einer Laterne Schwejk stehen gesehen, wie er mit Interesse das Plakat irgendeiner Kriegslotterie betrachtete. Dieses Plakat stellte einen österreichischen Soldaten dar, wie er einen entsetzten bärtigen Kosaken an eine Mauer bohrte. Leutnant Dub klopfte Schwejk auf die Schulter und fragte ihn, wie ihm das gefalle.

»Melde gehorsamst, Herr Lajtnant«, antwortete Schwejk, »daß das ein Blödsinn is. Ich hab schon viel blöde Plakate gesehn, aber so was Blödes hab ich noch nie gesehn.«
»Was gefällt Ihnen denn dran nicht?« fragte Leutnant Dub.
»Was mir an dem Plakat nicht gefällt, Herr Lajtnant, is, wie der Soldat mit den ihm anvertrauten Waffen umgeht, er kann doch das Bajonett an der Mauer zerbrechen, und dann is das Ganze doch überhaupt überflüssig, er möcht dafür gestraft wern, weil der Russe die Hände oben hat und sich ergibt. Er is ein Gefangener und mit Gefangenen muß man anständig umgehn, denn das nützt nichts, es sind doch auch Menschen.«
Leutnant Dub fuhr also fort, Schwejks Gesinnung zu erforschen, und fragte ihn: »Ihnen tut also dieser Russe leid, nicht wahr?«
»Mir tun beide leid, Herr Lajtnant, der Russe, weil er durchgebohrt ist, und auch der Soldat, weil er dafür eingesperrt wern wird. Er hat doch das Bajonett dabei zerbrechen müssen, Herr Lajtnant, das nützt nichts, es sieht ja aus wie eine steinerne Wand, wo er das hineinbohrt, und Stahl is zerbrechlich. Da hamr Ihnen mal, Herr Lajtnant, noch vorn Krieg, in der aktiven Dienstzeit, einen Herrn Lajtnant bei der Kompanie gehabt. Nicht mal ein alter Kommißknopf hat sich so ausdrücken können wie der Herr Lajtnant. Aufn Exerzierplatz hat er uns gesagt: ›Wenn Habtacht is, so mußt du die Augen herauswälzen, wie wenn ein Kater ins Futter scheißt.‹ Aber sonst war er ein sehr braver Mensch. Einmal Weihnachten is er verrückt worn, hat für die Kompanie einen ganzen Wagen Kokosnüsse gekauft, und seit der Zeit weiß ich, wie zerbrechlich Bajonette sind. Die halbe Kompanie hat sich an diesen Kokosnüssen die Bajonette zerbrochen, und unser Oberlajtnant hat die ganze Kompanie einsperren lassen, drei Monate hamr nicht aus der Kaserne dürfen, der Herr Lajtnant hat Hausarrest gehabt . . .«
Leutnant Dub schaute ärgerlich in das arglose Gesicht des braven Soldaten Schwejk und fragte ihn zornig: »Kennen Sie mich?«
»Ich kenn Sie, Herr Lajtnant.«
Leutnant Dub rollte die Augen und stampfte mit den Füßen: »Ich sag Ihnen, daß Sie mich noch nicht kennen.«
Schwejk antwortete wiederum mit ahnungsloser Ruhe, als melde er einen Rapport: »Ich kenn Sie doch, Herr Lajtnant, Sie sind, melde gehorsamst, von unserm Marschbataillon.«
»Sie kennen mich noch nicht!« schrie Leutnant Dub abermals, »Sie kennen mich vielleicht von der guten Seite, aber bis Sie mich von der schlechten kennenlernen werden: ich bin bös, Sie werden sich wundern, ich bringe jeden zum Weinen. Also kennen Sie mich, oder kennen Sie mich nicht?«

»Ich kenn Sie, Herr Lajtnant.«
»Ich sag Ihnen zum letztenmal, daß Sie mich nicht kennen, Sie Esel. Haben Sie Brüder?«
»Melde gehorsamst, Herr Lajtnant, ich hab einen.«
Leutnant Dub geriet beim Anblick des arglosen Gesichts Schwejks in schreckliche Wut und rief, ohne sich länger beherrschen zu können: »Da wird Ihr Bruder auch so ein Rindvieh sein wie Sie. Was war er denn?«
»Professor, Herr Lajtnant. Er war auch beim Militär und hat die Offiziersprüfung abgelegt.«
Leutnant Dub schaute Schwejk an, als wollte er ihn durchbohren. Schwejk ertrug mit würdevoller Gemessenheit den bösen Blick Leutnant Dubs, worauf das ganze Gespräch zwischen ihm und dem Leutnant vorläufig mit dem Wort »Abtreten!« endete.
Jeder ging also seines Weges, und jeder dachte sich das seine.
Leutnant Dub dachte, daß er den Herrn Hauptmann veranlassen werde, Schwejk einsperren zu lassen, und Schwejk wiederum dachte, daß er schon viele dumme Offiziere gesehen habe, aber daß so einer wie Leutnant Dub doch nur eine Seltenheit beim Regiment war.
Leutnant Dub, der sich gerade heute vorgenommen hatte, die Soldaten zu erziehen, fand hinter dem Bahnhof ein neues Opfer. Es waren zwei Soldaten vom Regiment, aber von einem andern Zug; sie verhandelten im Dunkeln in gebrochenem Deutsch mit zwei Straßenmädchen, die sich zu Dutzenden um den Bahnhof herumtrieben.
Der sich entfernende Schwejk vernahm noch ganz deutlich die scharfe Stimme Leutnant Dubs: »Kennen Sie mich!?« –
»Aber ich sage euch, daß ihr mich nicht kennt!« –
»Aber bis ihr mich kennenlernen werdet!« –
»Ihr kennt mich vielleicht von der guten Seite!« –
»Ich sage euch, bis ihr mich von der schlechten Seite kennenlernen werdet!« – –
»Ich werde euch zum Weinen bringen, ihr Esel!«
»Habt ihr Brüder?« –
»Das werden auch Rindviecher sein wie ihr! – Was waren sie? – Beim Train? – Also gut. – Denkt daran, daß ihr Soldaten seid. – Seid ihr Tschechen? – Wißt ihr, daß Palacky gesagt hat, wenn es kein Österreich geben würde, müßten wir eins schaffen? – Abtreten!« –
Der Rundgang Leutnant Dubs hatte jedoch alles in allem kein positives Ergebnis. Er hielt noch etwa drei Soldatengruppen an, aber seine erzieherischen Bestrebungen, »zum Weinen zu bringen«, scheiterten vollständig. Das Material, das ins Feld geschleppt wurde, war so beschaffen, daß Leutnant Dub aus den Augen jedes einzelnen heraus-

fühlte, daß ein jeder etwas sehr Unangenehmes über ihn dachte. Er war in seinem Stolz verletzt, und das Resultat war, daß er vor Abfahrt des Zuges im Stabswaggon von Hauptmann Sagner verlangte, er möge Schwejk einsperren lassen. Er begründete die Notwendigkeit einer Isolierung des braven Soldaten Schwejk mit dessen maßlos frechem Auftreten, wobei er die aufrichtigen Antworten Schwejks auf seine letzte Frage »boshafte Bemerkungen« nannte. Sollte es so weitergehn, würde das Offizierskorps in den Augen der Mannschaft alle Würde verlieren, woran gewiß niemand von den Herren Offizieren zweifle. Er selbst habe noch vor dem Krieg mit dem Herrn Bezirkshauptmann davon gesprochen, daß jeder Vorgesetzte trachten müsse, seinen Untergebenen gegenüber eine gewisse Autorität zu bewahren. Der Herr Bezirkshauptmann wäre gleichfalls dieser Meinung gewesen. Insbesondere jetzt im Krieg, je näher man dem Feind komme, sei es notwendig, die Soldaten in einem gewissen Schrecken zu erhalten. Deshalb verlange er also, daß Schwejk disziplinarisch bestraft werde.

Hauptmann Sagner, der als aktiver Offizier alle diese Reserveoffiziere aus den verschiedenen Zivilbranchen haßte, machte Leutnant Dub darauf aufmerksam, daß ähnliche Anzeigen nur in Form eines Rapports zu erstatten seien und nicht auf Hökerart, wie wenn man um den Preis von Kartoffeln feilsche. Soweit es sich um Schwejk selbst handle, sei die erste Instanz, deren Rechtskraft Schwejk unterstehe, Herr Oberleutnant Lukasch. So eine Sache erledige man nur beim Rapport. Von der Kompanie gehe so eine Sache zum Bataillon, das sei dem Herrn Leutnant vielleicht bekannt. Wenn Schwejk etwas angestellt habe, so werde er vor den Kompanierapport kommen und, falls er Berufung einbringen sollte, zum Bataillonsrapport. Wenn Herr Oberleutnant Lukasch dies wünsche und die Erzählung des Herrn Leutnant Dub für eine offizielle Anzeige halte, habe er nichts dagegen, daß Schwejk vorgeführt und verhört werde.

Oberleutnant Lukasch wandte nichts dagegen ein; er bemerkte nur, daß er selbst wisse, daß Schwejks Bruder tatsächlich Professor und Reserveoffizier sei.

Leutnant Dub schwankte und sagte, er habe nur eine Bestrafung in weiterem Sinne verlangt, es könne sein, daß sich der bewußte Schwejk nicht recht auszudrücken verstehe und seine Antworten deshalb den Eindruck von Frechheit, Boshaftigkeit und Mißachtung des Vorgesetzten erwecken. Abgesehen davon sei aus dem ganzen Gehaben des bewußten Schwejk ersichtlich, daß er von schwachem Verstande sei.

Damit verzog sich das ganze Gewitter über Schwejks Haupt, ohne daß der Blitz eingeschlagen hatte.

In dem Waggon, wo sich die Kanzlei und das Magazin des Bataillons befanden, schenkte Bautanzel, Rechnungsfeldwebel des Marschbataillons, zwei Bataillonsschreibern mit großer Herablassung je eine Handvoll Pastillen aus den Schachteln, die für das ganze Bataillon bestimmt waren. Es war eine alltägliche Erscheinung, daß alles, was für die Mannschaft bestimmt war, die nämliche Manipulation in der Bataillonskanzlei durchmachen mußte wie die unglückseligen Pastillen.

Das war überall im Krieg etwas ganz Selbstverständliches, und selbst dann, wenn sich irgendwo bei der Inspektion zeigte, daß nicht *gestohlen* worden war, stand doch nur jeder Rechnungsfeldwebel in den verschiedenen Kanzleien im Verdacht, das Budget zu überschreiten und sich gewisser Unterschleife schuldig zu machen, um alles wieder in Ordnung zu bringen.

Deshalb sprach Bautanzel, während sich alle mit den Pastillen stopften, um wenigstens diese Schweinerei zu genießen, wenn schon nichts anders da war, um das man die Mannschaft hätte bestehlen können, von den traurigen Verhältnissen auf dieser Fahrt: »Ich hab schon zwei Marschbataillone durchgemacht, aber so eine elende Fahrt wie jetzt hamr noch nicht gehabt. Ja, Freunderln, bevor wir damals nach Eperjes gekommen sind, hamr Berge von allem bekommen, woran man sich erinnert hat. Ich hab zehntausend Memphis versteckt gehabt, zwei Räder Emmentaler, dreihundert Konserven und dann, wies schon nach Bartfeld in die Schützengräben gegangen is, ham die Russen von Eperjes her unsere Verbindung mit Musin abgeschnitten, und da hat man Geschäfte gemacht. Ich hab von allem so zum Schein den zehnten Teil fürs Marschbataillon hergegeben, wie wenn ichs erspart hätt, und das andre hab ich alles beim Train verkauft. Wir ham bei uns einen gewissen Major Sojka gehabt, das war eine hübsche Sau. Er war zwar kein Held und hat sich am liebsten bei uns beim Train herumgeschlagen, weil dort oben die Kugerln gepfiffen ham und die Schrapnells. Und da is er immer zu uns gekommen, unter dem Vorwand, daß er sich überzeugen muß, ob man für die Mannschaft beim Bataillon gut kocht. Gewöhnlich is er zu uns heruntergekommen, wenn die Nachricht eingetroffen is, daß die Russen wieder was vorbereiten; er hat am ganzen Körper gezittert, hat in der Küche Rum trinken müssen, und dann hat er eine Inspektion bei allen Feldküchen gemacht, die um den Train herumgestanden sind, weil man in die Schützengräben nicht hat hinauf können und die Menage in der Nacht hinaufgetragen werden mußte. Wir waren damals in so einer Schlamastik, daß von irgendeiner Offiziersmenage nicht mal die Rede sein konnt. Einen Weg, was noch nachn Hinterland frei war, ham die Deutschen ausn Reich besetzt gehabt, die ham alles zurückbehalten, was Besseres war, uns hat mans ausn Hinterland geschickt, und sie hams selbst aufgefressen, so daß auf uns nichts mehr geblieben is; wir sind alle beim Train ohne Offiziersmenage geblieben. In der ganzen Zeit is es mir nicht gelungen, in der Kanzlei mehr für uns zu ersparen wie ein Schweindl, was wir uns ham räuchern lassen, und damit der Major Sojka nicht drauf kommt, hamrs eine Stunde weit weg bei der Artillerie aufgehoben gehabt, wo ich einen bekannten Feuerwerker gehabt hab. Also dieser Major, wenn er zu uns gekommen is, hat immer angefangen in der Küche die Suppe zu kosten. Wahr is, Fleisch hat man nicht viel kochen können, nur was man an Schweinen oder mageren Kühen in der Umgebung aufgetrieben hat. Da ham uns noch die Preußen große Konkurrenz gemacht und ham bei der Requisition zweimal soviel fürs Vieh gegeben. In der ganzen Zeit, was wir bei Bartfeld gestanden sind, hamr uns beim Einkauf von Vieh nichts erspart wie ein bißl was über zwölfhundert Kronen, und da hamr noch meistens anstatt Geld Anweisungen mitn Bataillonsstempel gegeben, besonders in der letzten Zeit, wie wir gewußt ham, daß die Russen im Osten von uns in Radwany und im Westen in Podolin sind. Am ärgsten arbeitet sichs mit so einem Volk, wies dort is, was nicht lesen und schreiben kann und sich nur mit drei Kreuzeln unterschreibt, was unsere Intendanz sehr gut gewußt hat, so daß ich, wenn wir um Geld auf die Intendanz geschickt ham, nicht die gefälschte Quittung hab beilegen können, daß ich ihnen Geld ausgezahlt hab; daß kann man nur dort machen, wo das Volk gebildeter is und sich unterschreiben kann. Und dann, wie ich schon gesagt hab, die Preußen ham uns überzahlt und ham bar gezahlt, und wenn wir wohin gekommen sind, so hat man uns angeschaut wie Räuber, und die Intendanz hat noch dazu einen Befehl herausgegeben, daß die Quittungen, was mit Kreuzeln unterschrieben sind, der Feldrechnungskontrolle übergeben werden müssen. Und von diesen Kerlen hats nur so gewimmelt. So ein Kerl is gekommen, hat sich bei uns angefressen und angetrunken und am nächsten Tag is er uns anzeigen gegangen. Der Major Sojka hat fort in den Küchen herumgeschnüffelt, meiner Seel, glaubts mir, einmal hat er ausn Kessel das Fleisch für die ganze vierte Kompanie herausgezogen. Mitn Schweinskopf hats angefangen, von dem hat er gesagt, daß er nicht genug gekocht is, so hat er sich ihn noch ein Weilchen kochen lassen; es is wahr, man hat damals nicht viel Fleisch gekocht, auf die ganze Kompanie sind ungefähr zwölf alte ehrliche Portionen Fleisch gekommen, aber er hat alles aufgegessen, dann hat er die Suppe gekostet und Krawall geschlagen, daß sie wie Wasser is, was das für eine Ordnung is, Fleischsuppe ohne Fleisch, er hat Einbrenn hineingeben lassen und hat meine letzten Makkaroni hineingeworfen, was ich in der ganzen Zeit erspart hab. Aber das hat mich nicht so verdrossen wie das, daß auf diese Einbrenn zwei Kilo Teebutter draufgegangen sind, was ich noch in der Zeit abgespart hab, wos eine Offiziersmenage gegeben hat. Ich hab sie auf einem Regal überm Kavallett gehabt, er hat mich angebrüllt, wem das herich gehört. Ich hab ihm also gesagt, daß nachn Budget für die Verpflegung der Soldaten auf einen einzelnen Soldaten zum Zubessern fünfzehn Gramm Butter kommen oder einundzwanzig Gramm Fett und daß die Buttervorräte, weils nicht langt, so lang stehnbleiben, solang man der Mannschaft nicht die volle Waage Butter zubessern kann. Major Sojka hat sich sehr aufgeregt, hat zu schreien angefangen, daß ich wahrscheinlich wart, bis die Russen kommen und uns die letzten zwei Kilo Butter wegnehmen, daß es gleich in die Suppe kommen muß, wenn die Suppe ohne Butter is. So bin ich um den ganzen Vorrat gekommen, und ihr könnts mir glauben, dieser Major hat mir, wie er sich nur gezeigt hat, lauter Pech gebracht. Er hat nach und nach so einen entwickelten Geruch gehabt, daß er gleich von allen meinen Vorräten gewußt hat. Einmal, wie ich an der Mannschaft Rindsleber abgespart hab und sie mir dünsten wollt, is er direkt unters Kavallett gekrochen und hat sie herausgezogen. Ich hab ihm auf sein Gebrüll gesagt, daß die Leber zum Eingraben bestimmt is, daß das vormittags von einem Hufschmied von der Artillerie festgestellt worden is, was einen Veterinärkurs hat. Der Major hat einen Gemeinen vom Train zusammengepackt und dann ham sie sich mit dem Gemeinen oben unter den Felsen in einem Kessel die Leber gebraten, und das war auch sein Unglück. Denn die Russen ham das Feuer gesehn und auf den Major und auf den Kessel mit einem Achtzehner gefeuert. Dann sind wir hin schaun gegangen, und man hat nicht auseinander gekannt, ob sich auf den Felsen die Rindsleber wälzt oder die Leber vom Herrn Major . . .«

Dann kam die Nachricht, daß man erst in vier Stunden abfahren werde. Die nach Hatwan führende Strecke sei mit Verwundetenzügen verstellt. Auf den Bahnhöfen verbreitete sich überdies das Gerücht, daß bei Jagr ein Sanitätszug mit Kranken und Verwundeten mit einem Munitionszug zusammengestoßen sei.

Aus Pest seien angeblich Hilfszüge abgefahren.

Bald darauf arbeitete bereits die Phantasie des ganzen Bataillons. Man sprach von 200 Toten und Verwundeten, und es hieß, daß der Zusammenstoß absichtlich herbeigeführt worden sei, damit die Betrügereien bezüglich der Verpflegung der Kranken nicht an den Tag kämen.

Das gab Anlaß zu einer scharfen Kritik an der unzureichenden Ver-

pflegung des Bataillons und den Dieben in den Kanzleien und Magazinen.
Die Mehrzahl war der Meinung, daß Bataillonsrechnungsfeldwebel Bautanzel alles zur Hälfte mit den Offizieren teile.
Im Stabswaggon verkündete Hauptmann Sagner, daß man der Marschroute nach eigentlich schon an der galizischen Grenze sein sollte. In Jagr hätte man bereits für drei Tage Brot und Konserven für die Mannschaft fassen sollen. Bis Jagr seien noch zehn Stunden Fahrt. In Jagr stünden tatsächlich so viele Züge mit Verwundeten von der Offensive bei Lemberg, daß dem Telegramm zufolge in Jagr weder ein Kommißbrot noch eine einzige Konserve vorhanden sei. Er habe Befehl erhalten, statt Brot und Konserven 6 K 72 h pro Mann auszuzahlen, die bei der Verteilung der Löhnung für neun Tage ausgezahlt werden sollten, daß heißt, falls er bis dahin Geld von der Brigade erhalten werde. In der Kassa habe er nur etwas über 12 000 Kronen.
»Das ist aber eine Schweinerei vom Regiment«, sagte Oberleutnant Lukasch, »uns so miserabel in die Welt zu schicken.«
Ein gegenseitiges Geflüster zwischen Fähnrich Wolf und Oberleutnant Kolarsch ergab, daß Oberst Schröder während der letzten drei Wochen an sein Konto in einer Wiener Bank 16 000 Kronen geschickt habe.
Hierauf erzählte Oberleutnant Kolarsch, auf welche Weise gespart werde. Man stiehlt dem Regiment 6000 Kronen, steckt sie in die eigene Tasche und erteilt mit konsequenter Logik an alle Küchen den Befehl, täglich jedem Mann 3 Gramm Erbsen abzuzwicken.
In einem Monat macht das 90 Gramm pro Mann, und bei jeder Kompanieküche muß wenigstens ein Vorrat von 16 Kilogramm Erbsen erspart werden, mit dem der Koch sich ausweisen muß.
Oberleutnant Kolarsch und Wolf erzählten einander nur so allgemein von bestimmten Fällen, die sie beobachtet hatten.
Es stand jedoch fest, daß es in der ganzen Militärverwaltung eine Fülle von solchen Fällen gab. Mit dem Rechnungsfeldwebel bei irgendeiner Kompanie fing es an, und mit dem Hamster in Generalsuniform, der Vorräte für den Nachkriegswinter anhäufte, endete es.
Der Krieg erforderte Tapferkeit auch beim Stehlen.
Die Intendanten schauten einander liebevoll an, als wollten sie sagen: »Wir sind ein Leib und eine Seele, wir stehlen, Kamerad, wir betrügen, Brüderlein, aber du kannst dir nicht helfen, gegen den Strom kann man schwer schwimmen. Wenn dus nicht nimmst, nimmts ein anderer und sagt noch von dir, daß du deshalb nicht stiehlst, weil du schon genug zusammengerafft hast.«

Den Waggon betrat ein Herr mit roten Lampassen. Es war wieder einer von den Generalen, die alle Strecken inspizierten.
»Setzen Sie sich, meine Herren«, nickte er leutselig, erfreut, wieder einen Transport überrascht zu haben, von dem er nicht gewußt hatte, daß er ihn hier vorfinden werde.
Als Hauptmann Sagner ihm Rapport erstatten wollte, winkte er nur mit der Hand: »Ihr Transport ist nicht in Ordnung. Ihr Transport schläft nicht. Ihr Transport sollte schon schlafen. Bei Transporten soll, wenn sie auf dem Bahnhof stehen, wie in den Kasernen um neun Uhr geschlafen werden.«
Er sagte abgehackt: »Vor neun Uhr führt man die Mannschaft zu den Latrinen hinter dem Bahnhof hinaus – und dann geht man schlafen. Sonst verunreinigt die Mannschaft in der Nacht die Strecke. Verstehn Sie, Herr Hauptmann? Wiederholen Sie mir das. Oder wiederholen Sie mirs nicht und machen Sies so, wie ich mirs wünsche. Alarm blasen. Alles zu den Latrinen jagen. Retraite blasen und schlafen. Kontrollieren, wer nicht schläft. Strafen! Ja! Ist das alles? Abendessen um sechs Uhr verteiln.«
Er sprach jetzt von etwas in der Vergangenheit, von etwas, was nicht geschehen war und sich gewissermaßen hinter einer zweiten Ecke befand. Er stand da wie ein Phantom aus der Region der vierten Dimension.
»Abendessen um sechs Uhr verteiln«, fuhr er fort und schaute auf die Uhr, die zehn Minuten nach elf Uhr nachts zeigte. »Um halb neun Alarm, Latrinenscheißen, dann schlafen gehn. Zum Abendessen um sechs Uhr Gulasch mit Kartoffeln statt 15 Deka Emmentaler.«
Dann folgte der Befehl: Bereitschaft. Hauptmann Sagner ließ also abermals Alarm blasen, und der Inspektionsgeneral, der der Aufstellung des Marschbataillons zusah, ging mit den Offizieren auf und ab und redete ununterbrochen auf sie ein, als wären sie Idioten und könnten nicht gleich begreifen; dabei zeigte er auf die Zeiger der Uhr: »Also sehn Sie. Um halb neun scheißen und nach einer halben Stunde schlafen. Das genügt vollkommen. In dieser Übergangszeit hat die Mannschaft ohnedies weichen Stuhl. Hauptsächlich lege ich Gewicht auf den Schlaf. Das ist die Stärkung zu weiteren Märschen. Solange die Mannschaft im Zug ist, muß sie sich ausruhn. Wenn nicht genug Platz in den Waggons ist, schläft die Mannschaft *partieweise*. Ein Drittel der Mannschaft legt sich im Waggon bequem hin und schläft von neun bis Mitternacht, und die übrigen stehn und schaun zu. Dann machen die ersten Ausgeschlafenen dem zweiten Drittel Platz, das von Mitternacht bis drei Uhr früh schläft. Die dritte Partie schläft von drei bis sechs, dann ist Reveille, und die

Mannschaft wäscht sich. Während der Fahrt nicht aus dem Wagen ab-sprin-gen! Vor den Transport eine Patrouille stellen, damit die Mannschaft während der Fahrt nicht *ab-springt!* Wenn der Feind einem Soldaten ein Bein bricht . . .«

Der General klopfte sich dabei aufs Bein: ». . . so ist das etwas Lobenswertes, aber sich durch überflüssiges Abspringen aus dem Waggon in voller Fahrt verkrüppeln, ist sträflich.

Das ist also Ihr Bataillon?« fragte er Hauptmann Sagner, die schläfrigen Gestalten der Mannschaft beobachtend, von denen sich viele nicht zurückhalten konnten und, aus dem Schlaf getrommelt, in der frischen Nachtluft gähnten; »das ist ein gähnendes Bataillon, Herr Hauptmann. Die Mannschaft muß um neun Uhr schlafen gehn.«

Der General stellte sich vor die 11. Kompanie, an deren linkem Flügel Schwejk stand, der über das ganze Gesicht gähnte und sich dabei manierlich die Hand vor den Mund hielt; aber unter der Hand ertönte so ein Brummen, daß Oberleutnant Lukasch zitterte, der General könnte dem eine genauere Aufmerksamkeit schenken. Ihm schien, daß Schwejk absichtlich gähnte.

Und der General drehte sich um, als kenne er Schwejk, und trat auf ihn zu: »Böhm oder Deutscher?«

»Böhm, melde gehorsamst, Herr Generalmajor.«

»Gut«, sagte der General, der ein Pole war und ein wenig tschechisch verstand, »du brüllst wie eine Kuh. Stul pysk, drsch gubu, nebutsch! Warst du schon auf der Latrine?«

»Nein, melde gehorsamst, Herr Generalmajor.«

»Warum bist du nicht mit den übrigen scheißen gegangen?«

»Melde gehorsamst, Herr Generalmajor, auf den Manövern in Pisek hat uns der Herr Oberst Wachtl gesagt, wie die Mannschaft während der Rast ins Korn gekrochen is, daß ein Soldat nicht immerfort ans Scheißen denken darf, ein Soldat soll ans Kämpfen denken. Übrigens, melde gehorsamst, was möchten wir dort auf der Latrine machen? Man hat nicht was herauszudrücken. Nach der Marschroute hätten wir schon auf einigen Stationen Nachtmahl kriegen solln, und gekriegt hamr nichts. Mit leerem Magen kriech ich nicht auf die Latrine!«

Nachdem Schwejk dem Herrn General die allgemeine Situation mit so einfachen Worten klargelegt hatte, schaute er ihn so zutraulich an, daß der General die Bitte herausfühlte, ihnen allen zu helfen. Wenn schon Befehl erteilt wird, in Marschformation zur Latrine zu gehen, so muß dieser Befehl auch innerlich durch etwas gestützt sein.

»Schicken Sie alles wieder in die Wagen«, sagte der General zu Hauptmann Sagner, »wie kommt es, daß die Mannschaft kein Abendessen bekommen hat? Alle Transporte, die diese Station passieren,

müssen ein Abendessen bekommen. Hier ist die Verpflegungsstation. Das geht nicht anders. Es besteht ein bestimmter Plan.«
Der General sagte dies mit einer Bestimmtheit, die bedeutete, daß es jetzt bereits nach elf Uhr nachts sei, daß das Nachtmahl, wie er bereits vorher bemerkt hatte, um sechs Uhr hatte verabreicht werden sollen und daß daher nichts anderes übrigbleibe, als den Zug noch eine Nacht und einen Tag über bis sechs Uhr abend hier zurückzuhalten, damit die Mannschaft Gulasch mit Kartoffeln bekomme.
»Es gibt nichts Ärgeres«, sagte er mit ungeheurem Ernst, »als im Krieg während des Transportes von Soldaten an ihre Verpflegung zu vergessen. Meine Pflicht ist festzustellen, wie es eigentlich in der Kanzlei des Bahnhofskommandos ausschaut. Denn, meine Herren, manchmal sind die Transportkommandanten selbst schuld. Bei der Revision der Station Sabatka auf der bosnischen Südbahn habe ich festgestellt, daß sechs Transporte kein Nachtmahl bekommen haben. Sechsmal hat man auf der Station Gulasch mit Kartoffeln gekocht, und niemand hat es verlangt. Man hat es haufenweise weggegossen. Es war eine Senkgrube für Kartoffeln mit Gulasch, meine Herren, und drei Stationen weiter haben die Soldaten der Transporte, die in Sabatka an Haufen und Bergen von Gulasch vorbeigefahren sind, auf dem Bahnhof um ein Stück Brot gebettelt. Hier, wie Sie sehen, trug nicht die Militärverwaltung die Schuld.«
Er winkte heftig mit der Hand: »Die Transportkommandanten haben ihre Pflicht nicht erfüllt. Gehn wir in die Kanzlei.«
Sie folgten ihm, während sie darüber nachdachten, warum alle Generale verrückt geworden seien.
Auf dem Kommando stellte sich heraus, daß man von dem Gulasch wirklich nichts wußte. Er hätte heute — das stimmte — für alle Transporte gekocht werden sollen, die durchfuhren, aber dann war der Befehl gekommen, bei der Verrechnung der Verpflegung der Soldaten je 72 Heller pro Mann abzurechnen, so daß jeder durchfahrende Truppenteil ein Guthaben von 72 Heller pro Mann hatte, das ihm von seiner Intendanz bei der nächsten Löhnungsfassung auszuzahlen war. Was Brot betrifft, werde die Mannschaft in Watian auf der Station je einen halben Wecken erhalten.
Der Kommandant der Verpflegungsstation fürchtete sich nicht. Er sagte dem General geradewegs ins Gesicht, daß die Befehle jede Stunde geändert wurden. Bisweilen habe er Menage für die Transporte vorbereitet. Aber es kommt ein Sanitätszug, weist sich mit einem höheren Befehl aus und, nichts ist zu machen, der Transport steht vor dem Problem leerer Kessel.
Der General nickte zustimmend mit dem Kopf und bemerkte, daß sich die Verhältnisse entschieden besserten, zu Beginn des Krieges

sei es viel ärger gewesen. Es gehe nicht alles auf einmal, es erforderte entschieden Erfahrungen, Praxis. Theorie hemme eigentlich die Praxis. Je länger der Krieg dauerte, desto mehr komme alles in Ordnung.

»Ich kann Ihnen ein praktisches Beispiel geben«, sagte er, entzückt davon, daß ihm etwas Ausgezeichnetes eingefallen war: »Vor zwei Tagen haben die Transporte, die durch die Station Hatwan fuhren, kein Brot bekommen, und Sie werden es dort morgen fassen. Gehn wir jetzt in die Bahnhofsrestauration.«

Im Bahnhofsrestaurant lenkte der Herr General das Gespräch abermals auf die Latrinen und fügte hinzu, wie häßlich es aussehe, wenn überall auf den Schienen Kakteen seien. Er aß dabei Beefsteak, und allen schien es, als wälze sich ein Kaktus in seinem Mund herum.

Auf die Latrinen legte er so ein Gewicht, als hänge von ihnen der Sieg der Monarchie ab.

In Anbetracht der neuen Lage in bezug auf Italien erklärte er, daß gerade in den Latrinen unserer Armee der unleugbare Vorteil der italienischen Kampagne beruhe.

Der Sieg Österreichs kroch aus der Latrine.

Für den Herrn General war alles so einfach. Der Weg zum Kriegsruhm war laut Rezept: »Um sechs Uhr bekommen die Soldaten Gulasch mit Kartoffeln, um halb neun scheißt sich das Militär in der Latrine aus, und um neun Uhr wird schlafen gegangen. Vor so einem Heer flieht jeder Feind entsetzt.«

Der Generalmajor wurde nachdenklich, zündete sich eine Operas an und schaute lange, lange auf den Plafond. Er dachte nach, was er noch sagen könnte, da er nun einmal hier war, und womit er die Offiziere des Marschbataillons belehren sollte.

»Der Kern Ihres Bataillons ist gesund«, sagte er plötzlich, als alle erwarteten, daß er fortfahren werde, auf den Plafond zu schauen und zu schweigen, »Ihr Stand ist vollkommen in Ordnung. Der Mann, mit dem ich gesprochen habe, erweckt mit seiner Aufrichtigkeit und seiner militärischen Haltung die beste Hoffnung in bezug auf das Ganze. Er wird gewiß bis zum letzten Blutstropfen kämpfen.«

Er verstummte und schaute, auf die Lehne des Sessels gestützt, wieder auf den Plafond, dann sprach er in der gleichen Haltung weiter, wobei nur Leutnant Dub, dem Trieb seiner sklavischen Seele folgend, mit dem General auf den Plafond blickte: »Ihr Bataillon braucht aber, daß seine Taten nicht in Vergessenheit geraten. Die Bataillone Ihrer Brigade haben schon ihre Geschichte, die Ihr Bataillon fortsetzen muß. Und Ihnen fehlt gerade der Mann, der genaue Notizen macht und die Geschichte des Bataillons schreibt. Bei ihm müssen alle Fäden zusammenlaufen. Er muß wissen, was jede Kompanie des

Bataillons vollbringt. Es muß ein intelligenter Mensch sein, kein Rindvieh, keine Kuh, Herr Hauptmann, Sie müssen im Bataillon einen Bataillonsgeschichtsschreiber ernennen.«

Dann schaute er auf die Wanduhr, deren Zeiger die ganze schläfrige Gesellschaft daran erinnerte, daß es bereits Zeit sei, auseinanderzugehen.

Der General hatte seinen Inspektionszug vor der Station und forderte die Herren auf, ihn in seinen Schlafwaggon zu begleiten.

Der Bahnhofskommandant seufzte. Der General dachte nicht daran, sein Beefsteak und seine Flasche Wein zu begleichen. Der Kommandant mußte das wieder selbst bezahlen. Solche Besuche gab es täglich einige. Ihretwegen waren schon zwei Fuhren Heu draufgegangen, die er auf ein blindes Gleis hatte ziehen lassen und der Firma Löwenstein, Heereslieferant, verkauft hatte. Das Ärar hatte diese zwei Waggons der Firma wieder abgekauft, aber er hatte sie sicherheitshalber stehnlassen. Vielleicht würde er sie der Firma Löwenstein wieder einmal weiterverkaufen müssen.

Dafür sagten sämtliche Inspizierenden, die diese Hauptstation in Pest passierten, daß man dort beim Bahnhofskommandanten gut esse.

Am Morgen stand der Transport noch auf dem Bahnhof, es wurde Reveille geblasen, die Soldaten wuschen sich bei den Pumpen in der Eßschale, der General mit seinem Zug war noch nicht weggefahren und revidierte persönlich die Latrinen, wohin man sich dem Tagesbefehl des Bataillons gemäß unter Kommando der Schwarmkommandanten in Schwärmen begab, damit der Herr Generalmajor eine Freude habe.

Damit auch Leutnant Dub eine Freude habe, teilte ihm Hauptmann Sagner mit, daß er — Leutnant Dub — heute Inspektion habe.

Leutnant Dub beaufsichtigte also die Latrinen.

Die langgestreckte zweireihige Latrine nahm je zwei Schwärme einer Kompanie auf.

Und jetzt hockten die Soldaten hübsch einer neben dem andern über den aufgeworfenen Gräben wie Schwalben auf Telegraphendrähten, wenn sie sich im Herbst zum Flug nach Afrika rüsten.

Jedem schauten die Knie aus den herabgelassenen Hosen, jeder hatte einen Riemen um den Hals, als wollte er sich jeden Augenblick aufhängen und warte auf irgendeinen Befehl. Daran konnte man freilich die militärische eiserne Disziplin, die Organisation erkennen.

Auf dem linken Flügel saß Schwejk, der zufällig hierhergeraten war, und las mit Interesse ein aus weiß Gott welchem Roman von Ružena Jesenska herausgerissenes Blatt:

. . . sigen Pensionat leider Damen
es unbestimmt, tatsächlich vielleicht mehr
de größtenteils in sich abgeschlossene Ver
men in ihre Kemenaten, oder sie
eigentümliche Unterhaltung. Und wenn er auch
ging ein Mensch und seufzte ti
ch besserte, denn sie wollte nicht so sehn
zen, wie sie selbst es gewünscht hätte. Er
war nichts für den jungen Keitschka

Als er die Augen von dem Papier losriß, blickte er unwillkürlich zum Ausgang der Latrine und erstaunte. Dort stand in voller Parade der Herr Generalmajor von gestern nacht mit seinem Adjutanten und neben ihm Leutnant Dub, der ihm eifrig etwas erklärte. Schwejk schaute rund umher. Alles blieb ruhig auf der Latrine sitzen, nur die Chargen waren gewissermaßen regungslos erstarrt.
Schwejk empfand den Ernst der Situation. Er sprang so wie er war, mit herabgelassenen Hosen, den Riemen um den Hals, noch im letzten Augenblick das Stück Papier benutzend, in die Höh und brüllte: »Einstellen! Auf! Habt acht! Rechts schaut!« und salutierte. Zwei Schwärme mit herabgelassenen Hosen und Riemen um den Hals erhoben sich von der Latrine.
Der Generalmajor lächelte freundlich und sagte: »Ruht! Weitermachen!« Feldwebel Marek ging seinem Schwarm mit gutem Beispiel voran und kehrte in die ursprüngliche Position zurück. Nur Schwejk stand und fuhr fort zu salutieren, denn von der einen Seite näherte sich ihm drohend Leutnant Dub und von der andern der lächelnde Generalmajor.
»Sie hab ich in der Nacht gesehen«, sagte der Generalmajor, als er die komische Positur Schwejks sah, worauf sich der aufgeregte Leutnant Dub an den Generalmajor wandte: »Melde gehorsamst, Herr Generalmajor, der Mann ist blödsinnig und als Idiot bekannt, ein notorischer Dummkopf.«
»Was sagen Sie, Herr Leutnant?« brüllte der Generalmajor Leutnant Dub plötzlich an und erklärte schreiend, daß gerade das Gegenteil der Fall sei. Ein Mann, der weiß, was sich gehört, wenn er einen Vorgesetzten sieht, und eine Charge, die ihn nicht sieht und ignoriert! Genau wie im Felde. Ein gemeiner Soldat übernimmt zur Zeit der Gefahr das Kommando. Und gerade Herr Leutnant Dub hätte selbst das Kommando geben sollen, das dieser Soldat gegeben hat: »Einstellen! – Auf! – Habt acht! Rechts schaut!«
»Hast du dir den Arsch abgewischt?« fragte der Generalmajor Schwejk.

»Melde gehorsamst, Herr Generalmajor, daß alles in Ordnung is.«
»Wjencej schratsch nebendzesch?«
»Melde gehorsamst, Herr Generalmajor, daß ich fertig bin.«
»Zieh dir also die Hosen hinauf und stell dich dann wieder Habt acht!« Da der Generalmajor dieses Habt acht ein wenig lauter sagte, fingen die Zunächstsitzenden an, von der Latrine aufzustehen.
Der Generalmajor winkte jedoch freundschaftlich mit der Hand und sagte in sanftem, väterlichem Ton: »Aber nein, ruht, ruht, nur weitermachen.«
Schwejk stand bereits in voller Parade vor dem Generalmajor, und der Generalmajor richtete eine kurze deutsche Ansprache an ihn: »Achtung vor den Vorgesetzten, Kenntnis des Dienstreglements und Geistesgegenwart bedeutet beim Militär alles. Und wenn sich dazu noch Tapferkeit gesellt, gibt es keinen Feind, den wir fürchten müßten.«
Zu Leutnant Dub gewendet sagte er, Schwejk mit dem Finger in den Bauch stoßend: »Notieren Sie sich: Diesen Mann bei Eintreffen an der Front unverzüglich befördern und bei nächster Gelegenheit für die Bronzene Medaille vorschlagen, für genaue Ausübung des Dienstes und Kenntnis . . . Sie wissen doch, was ich meine . . . Abtreten!«
Der Generalmajor entfernte sich von der Latrine, während Leutnant

Dub, damit der Generalmajor es hörte, laut die Befehle erteilte: »Erster Schwarm auf! Doppelreihen. — — Zweiter Schwarm ...«
Schwejk ging inzwischen hinaus, und als er an Leutnant Dub vorüberging, leistete er diesem zwar wie sichs gebührt die Ehrenbezeigung, aber Leutnant Dub sagte dennoch: »Herstellt«, und Schwejk mußte von neuem salutieren, wobei er abermals zu hören bekam: »Kennst du mich? Du kennst mich nicht! Du kennst mich nur von der guten Seite, bis du mich von der schlechten Seite kennenlernen wirst, werde ich dich zum Weinen bringen.«
Schwejk ging schließlich zu seinem Waggon und dachte dabei: Einmal, wie ich noch in Karolinental in der Kaserne war, war dort ein gewisser Lajtnant Chudawy, und der hats anders gesagt, wenn er sich aufgeregt hat: ›Jungens, merkts euch, wenn ihr mich seht, daß ich wie eine Sau auf euch bin und daß ich diese Sau bleib, solang ihr bei der Kompanie sein werdet.‹
Als Schwejk am Stabswaggon vorüberging, rief ihm Oberleutnant Lukasch zu, er möge Baloun bestellen, er solle sich mit dem Kaffee beeilen und die Milchkonserve wieder hübsch zumachen, damit sie nicht verderbe. Baloun kochte nämlich auf einem kleinen Spirituskocher im Waggon bei Rechnungsfeldwebel Waněk für Oberleutnant Lukasch Kaffee. Als Schwejk es bestellte, merkte er, daß der ganze Waggon während seiner Abwesenheit angefangen hatte, Kaffee zu trinken.
Die Kaffee- und Milchkonserve Oberleutnant Lukaschs war bereits halb leer, und Baloun, der aus seiner Schale Kaffee schlürfte, stocherte mit dem Löffel in der Milchkonserve herum, um sich den Kaffee noch zu verbessern.
Der okkultistische Koch Jurajda und Rechnungsfeldwebel Waněk versicherten einander gegenseitig, man werde Herrn Oberleutnant Lukasch die Milch beim Eintreffen von Kaffee- und Milchkonserven ersetzen.
Schwejk wurde ebenfalls Kaffee angeboten, aber er lehnte ab und sagte zu Baloun: »Grad is ein Befehl vom Armeestab gekommen, daß jeder Putzfleck, was seinem Offizier eine Milch- oder Kaffeekonserve veruntreut, unverzüglich binnen 24 Stunden erhängt wern soll. Das soll ich dir vom Herrn Oberlajtnant ausrichten, und du sollst augenblicklich mitn Kaffee zu ihm kommen.«
Der erschrockene Baloun riß dem Telegraphisten Chodounsky die Portion aus der Hand, die er ihm gerade vor einer Weile eingeschenkt hatte, wärmte sie noch ein wenig, goß konservierte Milch zu und sauste damit in den Stabswaggon.
Mit herausgewälzten Augen reichte er Oberleutnant Lukasch den Kaffee, wobei ihm der Gedanke durch den Kopf fuhr, Oberleutnant

Lukasch müsse ihm an den Augen ansehen, wie er mit den Konserven gewirtschaftet hatte.
»Ich hab mich aufgehalten«, stotterte er, »weil ich sie nicht hab aufmachen können.«
»Da hast du gewiß die Milchkonserve ausgegossen, was?« fragte Oberleutnant Lukasch, ein wenig Kaffee trinkend, »oder hast sie mit Löffeln gefressen wie Suppe. Weißt du, was auf dich wartet?!«
Baloun seufzte und jammerte: »Ich hab drei Kinder, melde gehorsamst, Herr Oberlajtnant.«
»Gib acht, Baloun, ich warne dich noch einmal vor deiner Gefräßigkeit. Hat dir Schwejk nichts gesagt?«
»Binnen 24 Stunden könnt ich aufgehängt werden«, antwortete Baloun, dessen ganzer Körper schlotterte, traurig.
»Schlotter mir hier nicht herum, du Dummkopf«, sagte Oberleutnant Lukasch mit einem Lächeln, »und bessere dich. Schlag dir schon diese Gefräßigkeit aus dem Kopf und sag dem Schwejk, er soll sich irgendwo auf dem Bahnhof oder in der Umgebung nach etwas Gutem zum Essen umsehn. Gib ihm hier diesen Zehner. Dich schick ich nicht. Du wirst erst gehn, bis du schon zum Platzen angefressen sein wirst. Hast du mir nicht die Büchse Sardinen aufgefressen? Du sagst, daß nicht. Bring sie her und zeig mir sie!«
Baloun bestellte Schwejk, daß ihm der Herr Oberleutnant einen Zehner schickte, damit Schwejk irgendwo auf dem Bahnhof etwas Gutes zum Essen auftreibe; dann zog er mit einem Seufzer aus dem Koffer des Oberleutnants eine Büchse Sardinen und trug sie beklommen zum Oberleutnant zur Revision.
Der Arme hatte sich so gefreut, daß Oberleutnant Lukasch vielleicht schon an die Sardinen vergessen hatte, und jetzt war alles aus. Der Oberleutnant wird sich sie wohl im Waggon lassen und Baloun um sie bringen. Er fühlte sich bestohlen.
»Hier sind, melde gehorsamst, Herr Oberlajtnant, Ihre Sardinen«, sagte er bitter, die Büchse dem Eigentümer übergebend. »Soll ich sie aufmachen?«
»Schon gut, Baloun, laß es gehn und trag die Büchse wieder an ihren Ort. Ich wollte mich nur überzeugen, ob du nicht hineingeguckt hast. Mir kam vor, als du den Kaffee brachtest, daß du den Mund fett hast wie von Öl. Ist Schwejk schon gegangen?«
»Melde gehorsamst, Herr Oberlajtnant, daß er schon gegangen is«, meldete Baloun aufgeheitert. »Er hat gesagt, der Herr Oberlajtnant wird zufrieden sein, und daß den Herrn Oberlajtnant alle beneiden wern. Er is irgendwohin ausn Bahnhof gegangen und hat gesagt, daß er hier alles bis nach Rakos-Palota kennt. Wenn der Zug vielleicht ohne ihn wegfahren sollt, daß er zur Automobilkolonne gehen

wird und uns auf der nächsten Station mitn Automobil einholn wird. Wir solln keine Sorge um ihn ham, er weiß, was seine Pflicht is, und wenn er sich auf seine Kosten einen Fiaker nehmen sollt, mit ihm dem Transport bis nach Galizien nachfahren müßt. Später kann mans ihm von der Löhnung abziehn. Auf keinen Fall solln Sie herich um ihn Angst ham, Herr Oberlajtnant.«

»Schieb ab«, sagte Oberleutnant Lukasch traurig.

Aus der Kommandokanzlei brachte man die Nachricht, daß erst Nachmittag um zwei Uhr nach Gödöllö-Asod gefahren werde und daß man auf den Bahnhöfen für die Offiziere je zwei Liter roten Wein und eine Flasche Kognak fassen werde. Es hieß, daß es sich um irgendeine in Verlust geratene Sendung fürs Rote Kreuz handle. Wie immer sich dies auch verhalten mochte, die Spirituosen waren geradewegs vom Himmel gefallen, und im Stabswaggon gings lustig zu. Der Kognak hatte drei Sternchen, und der Wein war von der Marke Gumpoldskirchen.

Nur Oberleutnant Lukasch war unablässig irgendwie beklommen. Es war bereits eine Stunde verflossen, und Schwejk kam noch immer nicht zurück. Nach einer weiteren halben Stunde näherte sich dem Stabswaggon ein sonderbarer Zug, der aus der Kanzlei des Bahnhofskommandos herausgetreten war.

Voran ging Schwejk, ernst und würdevoll wie die ersten christlichen Märtyrer, als man sie in die Arena schleppte.
Zu beiden Seiten je ein magyarischer Honvéd mit aufgepflanztem Bajonett. Auf dem linken Flügel ein Zugführer vom Bahnhofskommando, hinter ihm eine Frau in einem roten, gefältelten Rock und ein Mann in ungarischen Stiefeln, mit rundem Hütchen und verbeultem Auge, eine lebende, geängstigt schreiende Henne tragend.
Das alles kletterte in den Stabswaggon, aber der Zugführer brüllte den Mann mit der Henne auf magyarisch an, er möge unten bleiben.
Als Schwejk Oberleutnant Lukasch erblickte, blinzelte er ihm bedeutungsvoll zu.
Der Zugführer wollte mit dem Kommandanten der 11. Marschkompanie sprechen. Oberleutnant Lukasch nahm von ihm ein Aktenstück des Stationskommandos in Empfang, in dem er erbleichend las:

An das Kompaniekommando der 11. Marschkompanie des 91. k. u. k. Infanterieregiments zur weiteren Amtshandlung. Vorgeführt wird Infanterist Schwejk, Josef, nach seiner Angabe Ordonnanz derselben Marschkompanie des k. u. k. 91. Infanterieregiments, wegen Verbrechens der Plünderung, begangen an den Ehegatten Istwan in Isatarcsa im Rayon des Bahnhofskommandos.
Gründe: Infanterist Schwejk, Josef, der sich einer hinter dem Hause der Istwangatten (ein im Original fabelhaft neugebildetes deutsches Wort) in Isatarcsa im Rayon des Bahnhofskommandos herumlaufenden, den Istwangatten gehörenden Henne bemächtigt hat und dem Eigentümer, der ihn anhielt, um ihm die Henne abzunehmen, um dies zu verhindern, in das linke Auge schlug, wurde von der herbeigerufenen Patrouille angehalten und zu seinem Truppenteil eingeliefert, worauf die Henne dem Eigentümer zurückgegeben wurde.
Unterschrift des diensthabenden Offiziers.

Als Oberleutnant Lukasch die Bestätigung über den Empfang Schwejks unterschrieb, zitterten seine Knie unter ihm.
Schwejk stand so nahe bei Oberleutnant Lukasch, daß er sah, wie dieser das Datum hinzuzufügen vergaß.
»Melde gehorsamst, Herr Oberlajtnant«, ließ er sich vernehmen, »daß heut der vierundzwanzigste is. Gestern war der 23. Mai, wo uns Italien den Krieg erklärt hat. Wie ich jetzt draußen war, so spricht man Ihnen von nichts anderem.« Die Honvéds mit dem Zugführer entfernten sich, und zurück blieben nur die Istwangatten, die fortwährend in den Waggon klettern wollten.
»Wenn Sie noch einen Fünfer bei sich hätten, Herr Oberlajtnant, so könnten wir die Henne kaufen. Nämlich der Lump will für sie fünfzehn Gulden, aber da rechnet er sich schon einen Zehner für sein

blaues Aug zu«, sagte Schwejk im Erzählerton, »aber ich denk, Herr Oberlajtnant, daß zehn Gulden für so ein blödes Aug zuviel is. Da hat man bei der ›Alten Frau‹ dem Drechsler Matej die ganze Kinnlade mit einem Ziegel samt sechs Zähnen für zwanzig Gulden herausgeschlagen, und damals hat das Geld noch einen größeren Wert gehabt wie jetzt. Sogar der Wohlschläger[1] hängt für vier Gulden.
Komm her«, winkt Schwejk dem Mann mit dem verbeulten Auge und der Henne auf dem Arm, »und du, Alte, bleib dort.«
Der Mann trat in den Waggon. »Er kann bißl deutsch«, bemerkte Schwejk, »und versteht alle Schimpfworte und kann auch selbst ziemlich gut deutsch schimpfen.
Also zehn Gulden«, wandte er sich an den Mann, »fünf Gulden Henne, fünf Auge. Öt forint siehst du kikiriki, öt forint kukuk, igen? Hier Stabswaggon, du Dieb. Gib Henne her!«
Er steckte dem überraschten Mann zehn Gulden in die Hand, nahm ihm die Henne ab, drehte ihr den Hals um und schob ihn dann aus dem Waggon hinaus, wobei er freundschaftlich seine Hand ergriff und herzlich schüttelte: »Jo napot, baratom, adieu, kriech zu deiner Alten. Oder ich schmeiß dich heraus.
Also sehn Sie, Herr Oberlajtnant, daß sich alles in Ordnung bringen läßt«, sagte Schwejk zu Oberleutnant Lukasch, »am besten is, wenn man alles ohne Schkandal, ohne große Faxen erledigt. Jetzt kochen wir Ihnen mit Baloun so eine Hühnersuppe, daß man sie bis in Siebenbürgen riechen wird.«
Oberleutnant Lukasch hielt es nicht mehr aus; er schlug Schwejk die unglückselige Henne aus der Hand und schrie dann auf: »Wissen Sie, Schwejk, was ein Soldat verdient, der in Kriegszeiten die friedliche Bevölkerung plündert?«
»Den Ehrentod durch Pulver und Blei«, antwortete Schwejk feierlich.
»Sie verdienen allerdings den Strick, Schwejk, denn Sie haben als erster angefangen zu plündern. Sie Lump, Sie, ich weiß wirklich nicht, wie ich Sie nennen soll, Sie haben an Ihren Eid vergessen. Mir kann der Kopf zerspringen.«
Schwejk schaute Oberleutnant Lukasch mit einem fragenden Blick an und sagte schnell: »Melde gehorsamst, daß ich an meinen Eid nicht vergessen hab, den unser Kriegsvolk ablegen muß. Melde gehorsamst, Herr Oberlajtnant, daß ich meinem erlauchtesten Fürsten und Herrn Franz Joseph I. feierlich geschworen hab, auch den Generalen Seiner Majestät treu und gehorsam zu sein und überhaupt allen meinen Vorgesetzten und Oberen zu gehorchen, sie zu achten und zu beschützen, ihre Anordnungen und Befehle in allen Dienstleistungen zu erfüllen, gegen jeden Feind, wer immer es auch sei und wo immer

1 Prager Scharfrichter.

es der Wille Seiner kaiserlichen und königlichen Majestät erfordert, zu Wasser, unter Wasser, auf der Erde, in der Luft, bei Tag und Nacht, in Schlachten, Angriffen, Kämpfen, und auch allen anderen Unternehmungen, überhaupt an jedem Ort ...«

Schwejk hob die Henne vom Boden auf und fuhr fort, während er Habtacht stand und Oberleutnant Lukasch in die Augen blickte, »zu jeder Zeit und bei jeder Gelegenheit tapfer und mutig zu kämpfen, meine Armee, Fahnen und Feldzeichen nie zu verlassen, mit dem Feind niemals das geringste Einverständnis zu pflegen, mich immer zu benehmen, wie es die Kriegsgesetze erfordern und wie es braven Soldaten ziemt, und auf diese Weise in Ehren zu leben und zu sterben, wozu mir Gott helfe. Amen. Und diese Henne hab ich, melde gehorsamst, nicht gestohlen, ich hab nicht geplündert und hab mich eingedenk meines Schwures anständig benommen.«

»Wirst du die Henne loslassen, du Vieh«, brüllte ihn Oberleutnant Lukasch an, indem er Schwejk mit dem Schriftstück über die Hand schlug, in der dieser die tote Henne hielt, »schau dir diese Akten an. Siehst du, hier hast dus schwarz auf weiß: Vorgeführt wird Infanterist Schwejk, Josef, nach seiner Angabe Ordonnanz, wegen Verbrechens des Plünderns ... Und jetzt sag mir, du Marodeur, du Hyäne — nein, ich werde dich noch einmal erschlagen, erschlagen, verstehst du — sag mir, du diebischer Dummkopf, wie hast du dich so vergessen können.«

»Melde gehorsamst«, sagte Schwejk freundlich, »daß es sich entschieden um nichts anderes handeln kann wie um einen Irrtum. Wie ich Ihren Befehl bekommen hab, Ihnen irgendwo etwas Gutes zum Essen zu verschaffen und zu kaufen, so hab ich angefangen zu überlegen, was wohl am besten wär. Hinterm Bahnhof war überhaupt nichts, nur Pferdewurst und gedörrtes Eselfleisch. Ich hab mir, melde gehorsamst, Herr Oberlajtnant, alles gut überlegt. Im Feld braucht man was sehr Nahrhaftes, damit man die Kriegsstrapazen besser aushalten kann. Und da hab ich Ihnen eine horizontale Freude machen wolln. Ich hab Ihnen, Herr Oberlajtnant, eine Hühnersuppe kochen wolln.«

»Hühnersuppe«, sprach ihm der Oberleutnant nach und packte sich am Kopf.

»Ja, melde gehorsamst, Herr Oberlajtnant, Hühnersuppe, ich hab Zwiebeln gekauft und fünf Deka Nudeln. Hier is alles, bitte. Hier in dieser Tasche Zwiebeln und in dieser sind die Nudeln. Salz hamr in der Kanzlei und Pfeffer auch. Es hat nichts mehr gefehlt, nur noch die Henne. Ich bin also hintern Bahnhof nach Isatarcsa gegangen. Es is eigentlich ein Dorf, wie wenns keine Stadt wär, obzwar dort in der ersten Gasse Isa-Tarcsa Varos aufgeschrieben is. Ich geh durch eine Gasse mit Gärtchen, durch die zweite, dritte, vierte, fünfte, sechste, siebte, achte, neunte, zehnte, elfte, und erst in der dreizehnten Gasse ganz am Ende, wo hinter einem Haus schon die Wiesen angefangen ham, is eine Schar Hennen gewesen und is herumspaziert. Ich bin zu ihnen gegangen und hab mir die größte, schwerste ausgesucht, schaun Sie sich sie gefälligst an, Herr Oberlajtnant, sie is lauter Fett, man muß sie gar nicht angreifen und erkennts gleich am ersten Blick, daß man ihr hat viel Körner streun müssn. Ich hab sie also genommen, ganz öffentlich in Gegenwart der Bevölkerung, was etwas magyarisch auf mich geschrien hat, ich halt sie bei den Füßen und frag paar Leute, tschechisch und deutsch, wem diese Henne gehört, damit ich sie von jemandem kaufen kann; da kommt grad aus dem Häuschen ganz am Ende ein Mann mit einer Frau gelaufen und fängt an, mich zuerst magyarisch aufzuheißen und dann deutsch, daß ich ihm bei hellichtem Tag eine Henne gestohlen hab. Ich hab ihm gesagt, er soll nicht auf mich schrein, daß ich geschickt worn bin, damit ich sie für Sie kauf, und hab ihm erzählt, wie sich die Sache verhält. Und die Henne, wie ich sie bei den Füßen gehalten hab, hat plötzlich angefangen mit den Flügeln zu schlagen und hat in die Höh fliegen wolln, und wie ich sie nur so leicht in der Hand gehalten hab, hat sie mir die Hand in die Höh gezogen und hat sich ihrem Herrn auf die Nase setzen wolln. Und er hat gleich angefangen zu schrein, daß ich ihn herich mit der Henne über die Nase gehaut hab. Und das Weib hat was gekreischt und hat fort auf die Henne geschrien: Puta, puta, puta, puta. Da ham aber schon irgendwelche Blödiane, was das nicht verstanden ham, eine Honvédpatrouille auf mich gehetzt, und ich hab sie selbst aufgefordert, sie solln mit mir aufs Bahnhofskommando gehn, damit meine Unschuld herauskommt wie Öl ausn Wasser. Aber mit dem Herrn Lajtnant, was dort Dienst gehabt hat, war keine Rede nicht, nicht mal wie ich ihn gebeten hab, er soll Sie fragen, obs wahr is, daß Sie mich geschickt ham, daß ich Ihnen was Gutes kaufen soll. Er hat mich noch angeschrien, ich solls Maul halten, daß mir herich sowieso ein starker Ast mit einem guten Strick aus den Augen schaut. Er war, mir scheint, in sehr schlechter Laune, denn er hat mir gesagt, daß nur ein Soldat, was plündert und stiehlt, so ausgefressen sein kann. Es sind herich schon auf der Station mehr Beschwerden, vorgestern is herich irgendwo nebenan jemandem ein Truthahn verlorengegangen, und wie ich ihm gesagt hab, daß wir in der Zeit noch in Raab waren, so hat er gesagt, daß so eine Ausrede für ihn nicht gilt. So hat man mich zu Ihnen geschickt, und dann hat mich dort noch ein Gefreiter angeschrien, weil ich ihn nicht gesehn hab, ob ich herich nicht weiß, wen ich vor mir hab. Ich hab ihm gesagt, daß er ein Gefreiter is, wenn er bei den Jägern wär, daß er Patrouillenführer wär und bei der Artillerie Oberkanonier.«

»Schwejk«, sagte nach einer Weile Oberleutnant Lukasch, »Sie haben schon so viele ungewöhnliche Zufälle und Unfälle gehabt, so viele ›Irrtümer‹ und ›Mißverständnisse‹, wie Sie zu sagen pflegen, daß Ihnen vielleicht doch nur ein dicker Strick um den Hals mit allen militärischen Ehren im Karree von Ihren Malheuren helfen wird. Verstehn Sie?«

»Ja, melde gehorsamst, Herr Oberlajtnant, ein Karree oder ein sogenanntes geschlossenes Bataillon besteht aus vier, ausnahmsweise auch aus drei oder fünf Kompanien. Befehlen Sie, Herr Oberlajtnant, in die Suppe aus dieser Henne mehr Nudeln, damit sie dicker is?«

»Schwejk, ich befehle Ihnen, daß Sie schon mitsamt der Henne verschwinden, sonst schlag ich Ihnen sie um den Kopf, Sie Idiot, Sie ...«

»Zu Befehl, Herr Oberlajtnant, aber Sellerie hab ich, melde gehorsamst, nicht bekommen können. Möhren auch nicht! Ich gib Kar ...«

Schwejk sprach -toffeln nicht zu Ende und flog samt der Henne vor den Stabswaggon. Oberleutnant Lukasch trank in einem Zug ein Wasserglas Kognak aus.

Schwejk salutierte vor den Fenstern des Waggons und verschwand.

Baloun schickte sich just nach glücklich beendetem seelischen Kampf an, die Büchse Sardinen seines Oberleutnants zu öffnen, als Schwejk mit der Henne auftauchte, was selbstverständlich alle Insassen des Waggons in Aufregung versetzte; alle schauten ihn an, als wollten sie gradhinaus sagen: Wo hast du das gestohlen?

»Gekauft hab ich sie fürn Herrn Oberlajtnant«, antwortete Schwejk, Zwiebeln und Nudeln aus der Tasche ziehend. »Ich wollt ihm Suppe aus ihr kochen, aber er will sie nicht mehr, so hat er mir sie geschenkt.«

»War sie nicht krepiert?« fragte Rechnungsfeldwebel Waněk argwöhnisch.

»Ich hab ihr selbst den Hals umgedreht«, antwortete Schwejk, ein Messer aus der Tasche ziehend.

Baloun schaute Schwejk dankbar und gleichzeitig mit einem Ausdruck der Ehrfurcht an und bereitete schweigend den Spiritusbrenner des Oberleutnants vor. Dann nahm er ein paar Eßschalen und lief mit ihnen um Wasser.

Zu Schwejk trat Telephonist Chodounsky und machte sich erbötig, die Henne rupfen zu helfen, wobei er Schwejk die intime Frage ins Ohr flüsterte: »Is es weit von hier? Muß man in den Hof klettern oder is es im Freien?«

»Ich hab sie gekauft.«
»Aber schweig, bist ein schöner Kamerad, wir ham gesehn, wie sie dich geführt ham!«
Er beteiligte sich jedoch eifrig am Rupfen der Henne. An den großen feierlichen Vorbereitungen beteiligte sich auch Koch-Okkultist Jurajda, der Kartoffeln und Zwiebeln für die Suppe kleinschnitt.
Die Federn, die aus dem Waggon geworfen wurden, erweckten die Aufmerksamkeit Leutnant Dubs, der die Waggons entlangschritt.
Er rief hinein, derjenige, der die Henne rupfe, möge sich zeigen, worauf in der Tür das zufriedene Gesicht Schwejks erschien.
»Was ist das?« schrie Leutnant Dub ihn an, den abgeschnittenen Kopf der Henne vom Boden hebend.
»Das is, melde gehorsamst«, antwortete Schwejk, »der Kopf einer Henne aus der Gattung der welschen Hennen. Das sind sehr gute Eierleger, Herr Lajtnant. Sie legen bis 260 Eier im Jahr. Schaun Sie sich gefälligst an, was für einen reichen Eierstock sie gehabt hat.«
Schwejk hielt Leutnant Dub die Eingeweide der Henne unter die Nase. Dub spuckte aus, ging fort und kam nach einer Weile zurück:
»Für wen wird diese Henne zubereitet?«
»Für uns, melde gehorsamst, Herr Lajtnant. Schaun Sie, wieviel Fett sie hat.«

Leutnant Dub entfernte sich und brummte dabei: »Bei Philippi sehen wir uns wieder.«
»Was hat er dir gesagt?« wandte sich Jurajda an Schwejk.
»Aber wir ham uns irgendwo bei Philippi Rendezvous gegeben. Nämlich diese vornehmen Herrn sind gewöhnlich Buseranten.«
Der Koch-Okkultist erklärte, daß nur Ästheten homosexuell seien, was schon aus dem Wesen der Ästhetik selbst hervorgehe.
Rechnungsfeldwebel Waněk erzählte hierauf vom Mißbrauch von Kindern durch Pädagogen in den spanischen Klöstern.
Und während das Wasser in dem Kessel über dem Spiritus zu kochen begann, meinte Schwejk so nebenhin, daß man einem Erzieher eine Kolonie verlassener Wiener Kinder anvertraut habe und daß dieser Lehrer die ganze Kolonie mißbrauchte.
»Es ist halt eine Leidenschaft, aber am ärgsten is es, wenns über Weiber kommt. In Prag II gabs vor Jahren zwei verlassene Frauen, sie waren geschieden, weil sie Schlampen waren, eine gewisse Mourek und Schousek, und die ham einmal in den Alleen von Rostok, wie dort die Kirschen geblüht ham, einen alten impotenten hundertjährigen Leierkastenmann abgefangen und ham sich ihn ins Rostoker Wäldchen geschleppt, und dort ham sie ihn vergewaltigt. Was die mit ihm gemacht ham! Da is in Žižkow ein Herr Professor Axamit, und der hat dort gegraben, er hat Gräber von Zwergen gesucht und hat paar ausgenommen, und sie ham sich ihn, diesen Leierkastenmann, in so ein ausgegrabenes Grab geschleppt, und dort ham sie ihn gehalten und mißbraucht. Und der Professor Axamit is am nächsten Tag hingekommen und sieht, daß etwas im Grab liegt. Er war froh, aber es war der abgemarterte, abgequälte Leierkastenmann, was diese geschiedenen Frauen so zugerichtet ham. Um ihn herum waren lauter Hölzer. Dann is der Leierkastenmann am fünften Tag gestorben, und diese Ludern waren noch so frech, daß sie ihm aufs Begräbnis gegangen sind. Das is schon Perversität.
Hast dus gesalzen?« wandte sich Schwejk an Baloun, der das allgemeine Interesse an der Erzählung Schwejks benutzt und etwas in seinem Rucksack versteckt hatte, »zeig, was du dort machst!
Baloun«, sagte Schwejk ernst, »was willst du mit diesem Hühnerschenkel? Also schaut euch das an. Er hat uns einen Hühnerschenkel gestohlen, damit er sich ihn dann heimlich kochen kann. Weißt du, Baloun, was du da angestellt hat? Du weißt, wie das im Krieg bestraft wird, wenn jemand seinen Kameraden im Feld bestiehlt. Man bindet ihn an ein Geschützrohr und schießt ihn mit einer Kartätsche in die Luft. Bis wir irgendwo an der Front Artillerie begegnen wern, so meldest du dich beim nächsten Feuerwerker. Derweil wirst du aber zur Strafe exerzieren. Kriech ausn Waggon.«

Der unglückliche Baloun kroch hinunter, und Schwejk kommandierte, in der Tür des Waggons sitzend: »Habt acht! Ruht! Habt acht! Rechts schaut! Habt acht! Gradaus schaut! Ruht!
Jetzt wirst du Gelenksübungen auf der Stelle machen. Rechts um! Menschenskind! Sie sind eine Kuh. Ihre Hörner solln sich dort befinden, wo Sie früher die rechte Schulter gehabt ham. Herstellt! Rechts um! Links um! Halbrechts! Nicht so, Ochs! Herstellt! Halbrechts! No, siehst du, Esel, daß es geht! Halblinks! Links um! Links Front! Front! Blödian! Weißt du nicht, was Front is? Gradaus! Kehrt euch! Kniet! Nieder! Setzen! Auf! Setzen! Nieder! Auf! Nieder! Auf! Setzen! Auf! Ruht!
Also siehst du, Baloun, das is gesund, so verdaust du wenigstens gut!«
Ringsumher sammelten sich Gruppen und brachen in Jubel aus.
»Macht gefälligst Platz«, schrie Schwejk, »er wird marschieren. Also, Baloun, gib dir acht, daß ich nicht herstellen muß. Ich quäl die Mannschaft nicht gern überflüssig. Also: Direktion Bahnhof! Schaun, wohin ich zeig. Marschieren marsch! Glied – halt! Steh, zum Teufel, oder ich sperr dich ein! Glied – halt! Daß du endlich stehngeblieben bist, Dummkopf. Kurzer Schritt! Weißt du nicht, was kurzer Schritt is? Ich wer dirs zeigen, bis du blau sein wirst! Voller Schritt! Wechselschritt! Ohne Schritt! Hornochs einer! Wenn ich sag ohne Schritt, so bewegst du nur die Haxen auf der Stelle.«
Ringsumher standen bereits mindestens zwei Kompanien.
Baloun schwitzte und wußte nicht, wie ihm geschah, und Schwejk kommandierte weiter:
»Gleicher Schritt! Glied rückwärts marsch!«
»Glied halt!«
»Laufschritt!«
»Glied marsch!«
»Schritt!«
»Glied halt!«
»Ruht!«
»Habt acht! Direktion Bahnhof! Laufschritt marsch! Halt! Kehrt euch! Direktion Waggon! Laufschritt marsch! Kurzer Schritt! Glied halt! Rechts! Jetzt wirst du dich ein Weilchen ausruhn, und dann fangen wir von neuem an. Mit gutem Willen bringt man alles zustand.«
»Was geht da hier vor?« ertönte die Stimme Leutnant Dubs, der beunruhigt herbeigelaufen kam.
»Melde gehorsamst, Herr Lajtnant«, sagte Schwejk, »daß wir uns so bißl üben, damit wir nicht ans Exerzieren vergessen und die kostbare Zeit nicht vertrödeln.«

»Klettern Sie aus dem Waggon«, befahl Leutnant Dub, »ich habs wirklich schon satt. Ich werde Sie dem Herrn Bataillonskommandanten vorführen.«

Als sich Schwejk im Stabswaggon befand, verließ Oberleutnant Lukasch durch den zweiten Ausgang den Waggon und trat auf den Perron.

Als Leutnant Dub Hauptmann Sagner von der, wie er sich ausdrückte, merkwürdigen Allotria des braven Soldaten Schwejk berichtete, war Sagner gerade sehr gut gelaunt, denn der Gumpoldskirchner war tatsächlich ausgezeichnet.

»Sie wollen also nicht die kostbare Zeit überflüssig vertrödeln«, lachte er bedeutungsvoll. »Matuschitz, kommen Sie her!«

Die Bataillonsordonnanz erhielt Befehl, Feldwebel Nasakla von der 12. Kompanie zu holen, der als größter Tyrann bekannt war, und Schwejk sofort mit einem Gewehr zu versehen.

»Hier, dieser Mann«, sagte Hauptmann Sagner zu Feldwebel Nasakla, »will die kostbare Zeit nicht überflüssig vertrödeln. Nehmen Sie ihn hinter den Waggon und üben Sie eine Stunde mit ihm Gewehrgriffe. Aber ohne jede Barmherzigkeit, ohne Atemholen. Hauptsächlich hübsch nacheinander: Setzt ab, an, setzt ab!

Sie werden sehn, Schwejk, daß Sie sich nicht langweilen werden«, sagte er zu Schwejk, als dieser ging. Und bald darauf ließ sich bereits hinter dem Waggon ein scharfes Kommando vernehmen, das feierlich zwischen den Gleisen erscholl. Feldwebel Nasakla, der gerade einundzwanzig gespielt und die Bank gehalten hatte, brüllte in Gottes weiten Raum: »Beim Fuß! Schulter! Beim Fuß –! Schulter!«

Dann verstummte er für eine Weile, und man konnte Schwejk zufrieden und bedächtig sagen hören: »Das hab ich alles vor Jahren in der aktiven Dienstzeit gelernt. Wenn ›Beim Fuß‹ is, so steht das Gewehr auf die rechte Hüfte gestützt. Die Spitze des Kolbens is in einer graden Linie mit der Fußspitze. Die rechte Hand is natürlich straff ausgestreckt und hält das Gewehr so, daß der Daumen den Lauf umspannt, die übrigen Finger müssen den Kolben am Vorderteil umklammern, und wenn ›Schulter!‹ is, so hängt das Gewehr leicht am Riemen auf der rechten Schulter und mit der Laufmündung hinauf und mitn Lauf nach rückwärts ...«

»Also schon genug mit dem Gequatsch!« Das Kommando Feldwebel Nasaklas ertönte abermals: »Habt acht! Rechts schaut! Herrgott, wie machen Sie das ...«

»Ich bin ›schultert‹, und bei ›rechts schaut‹ glitscht meine Hand am Riemen herunter, ich umarm den Hals vom Kolben und werf den Kopf nach rechts, aufs ›Habt acht!‹ nehm ich wieder mit der rechten Hand den Riemen, und mein Kopf schaut gradaus auf Sie.«

Und wieder erscholl des Feldwebels: »In die Balance! Beim Fuß! In die Balance! Schul–tert! Bajonett auf! Bajonett ab! Fällt das Gewehr! Zum Gebet! Vom Gebet! Kniet nieder zum Gebet! Laden! Schießen! Schießen halbrechts! Ziel Stabswaggon! Distanz 200 Schritt – Fertig! An! Feuer! Setzt ab! An! Feuer! An! Feuer! Setzt ab! Aufsatz normal! Patronen versorgen! Ruht!« Der Feldwebel drehte sich eine Zigarette.
Schwejk musterte inzwischen die Nummer auf dem Gewehr und sagte: »4268! So eine Nummer hat eine Lokomotive in Petschka auf der Bahn am 16. Gleis gehabt. Man hat sie wegziehn solln nach Lissa an der Elbe ins Depot, zur Reparatur, aber es is nicht so leicht gegangen, Herr Feldwebel, weil der Lokomotivführer, was sie hat dort hinbringen solln, hat ein sehr schlechtes Gedächtnis auf Nummern gehabt. Da hat ihn der Streckenmeister in seine Kanzlei gerufen und sagt ihm: ›Aufn 16. Gleis is die Lokomotive 4268. Ich weiß, daß Sie ein schlechtes Gedächtnis auf Nummern ham, und wenn man Ihnen eine Nummer auf ein Papier aufschreibt, daß Sie dieses Papier verlieren. Geben Sie sich aber gut acht, wenn Sie so schwach auf Nummern sind, und ich wer Ihnen zeigen, daß es sehr leicht is, sich jede Nummer immer zu merken. Schaun Sie. Die Lokomotiv, was Sie ins Depot nach Lissa an der Elbe ziehn solln, hat die Nummer 4268. Geben Sie also acht. Die erste Ziffer is ein Vierer, die zweite ein Zweier. Merken Sie sich also schon 42, das is zweimal 2, das is der Reihe nach von vorn 4, dividiert durch 2 . . . und wieder ham sie nebeneinander 4 und 2. Jetzt erschrecken Sie nicht. Wieviel ist zweimal 4, acht, nicht wahr! Also graben Sie sich ins Gedächtnis ein, daß der Achter, was in Nummer 4268 is, der letzte in der Reihe is, so brauchen Sie sich also nur noch zu merken, daß die erste Zahl eine 4 is, die zweite eine 2, die vierte eine 8, und jetzt merken Sie sich noch irgendwie gescheit die 6, was vor der 8 kommt. Das ist schrecklich einfach. Die erste Ziffer ist eine 4, die zweite eine 2, vier und zwei is sechs. Also da sind Sie schon sicher, die zweite vom Ende ist eine 6, und schon schwindet uns die Reihenfolge der Ziffern nie mehr ausn Gedächtnis. Sie ham die Nummer 4268 fest im Kopf. Oder können Sie zum selben Resultat noch einfacher kommen . . .!«
Der Feldwebel hörte auf zu rauchen, wälzte die Augen heraus und stotterte nur: »Kappe ab!«
Schwejk fuhr ernsthaft fort: »Er hat ihm also angefangen die einfachere Art zu erklären, wie er sich die Nummer der Lokomotiv 4268 merken könnt. 8 weniger 2 is 6. Also weiß er schon 6, 6 weniger 2 is 4, so weiß er also schon 4 – 68. Dann noch die 2 dazwischen, und er hat 4 – 2 – 6 – 8. Es is auch nicht zu anstrengend, wenn mans noch anders macht, mit Hilfe vom Multiplizieren und Dividieren. Da

kommt man zu so einem Resultat. ›Merken Sie sich‹, hat der Streckenmeister gesagt, ›daß zwei mal 42 84 is. Das Jahr hat 12 Monate. Man zieht also 12 von 84 ab, und es bleibt uns 72, davon noch 12 Monate, das is 60, wir ham also schon eine sichere 6, und die Null streichen wir. Wir wissen also 42 — 6 — 84. Wenn wir die Null gestrichen ham, streichen wir auch hinten die 4 und ham ganz ruhig 4268, die Nummer der Lokomotiv, was ins Depot nach Lissa an der Elbe gehört. Wie ich sag, auch mitn Dividieren is es leicht. Wir rechnen uns den Koeffizienten nachn Zolltarif aus.‹ Am End is Ihnen nicht schlecht, Herr Feldwebel. Wenn Sie wolln, fang ich meinetwegen mit Generaldecharge an! Fertig! Hoch an! Feuer! Donnerwetter! Der Herr Hauptmann hat uns nicht auf die Sonne schicken solln! Ich muß eine Bahre holn!«
Als der Arzt kam, stellte er fest, daß die Ohnmacht des Feldwebels entweder ein Sonnenstich sei oder eine akute Gehirnhautentzündung.
Als der Feldwebel zu sich kam, stand Schwejk neben ihm und sagte: »Damit ichs Ihnen also zu Ende erzähl. Glauben Sie, Herr Feldwebel, daß sichs der Lokomotivführer gemerkt hat? Er hat sich geirrt und hat alles mit drei multipliziert, weil er sich an die Dreifaltigkeit Gottes erinnert hat, und hat die Lokomotive nicht gefunden, sie steht noch heute dort auf Strecke Nummer 16.«
Der Feldwebel schloß abermals die Augen.
Und als Schwejk in seinen Waggon zurückkehrte, antwortete er auf die Frage, wo er so lange gewesen sei: »Wer einem andern Laufschritt lernt, macht hundertmal schul—tert!« Hinten im Waggon zitterte Baloun. Während der Abwesenheit Schwejks, als ein Teil der Henne bereits gekocht war, hatte er die halbe Portion Schwejks aufgefressen.
Vor Abfahrt des Zuges wurde der Transport von einem gemischten Militärzug mit verschiedenen Truppenteilen eingeholt. Es waren Nachzügler, Soldaten aus Spitälern, die ihren Truppenteilen nachfuhren, sowie verschiedene andere verdächtige Individuen, die von Kommandierungen oder aus dem Arrest ins Feld zurückkehrten.
Diesem Zug entstieg auch der Einjährigfreiwillige Marek, der seinerzeit wegen Meuterei angeklagt war, weil er nicht Aborte reinigen wollte, den das Divisionsgericht aber freigesprochen hatte; die Untersuchung wurde eingestellt, und deshalb tauchte Einjährigfreiwilliger Marek jetzt im Stabswaggon auf, um sich beim Bataillonskommandanten zu melden. Der Einjährigfreiwillige gehörte nämlich bisher nirgends hin, weil man ihn aus einem Arrest in den anderen geschleppt hatte.
Als Hauptmann Sagner den Einjährigfreiwilligen erblickte und die

Schriftstücke von ihm entgegennahm, die seine Ankunft mit der sekreten Bemerkung begleiteten: »Politisch verdächtig! Vorsichtig!«, war er nicht allzusehr erfreut; glücklicherweise erinnerte er sich an den Latrinengeneral, der so nachdrücklich empfohlen hatte, das Bataillon durch einen »Bataillonsgeschichtsschreiber« zu ergänzen.
»Sie sind sehr nachlässig, Sie Einjährigfreiwilliger, Sie«, hatte er ihm in der Einjährigfreiwilligenschule gesagt. — »Sie waren eine wahre Geißel. Anstatt zu trachten, sich hervorzutun und den Rang zu erlangen, der Ihnen nach Ihrer Intelligenz gebührt, sind Sie aus einem Arrest in den andern gewandert. Das Regiment muß sich für Sie schämen, Sie Einjährigfreiwilliger, Sie. Aber Sie können Ihren Fehler gutmachen, wenn Sie sich durch die ordentliche Erfüllung Ihrer Pflichten wieder in die Reihen der braven Soldaten begeben werden. Widmen Sie Ihre Kräfte dem Bataillon mit Liebe. Ich werde es mit Ihnen versuchen. Sie sind ein intelligenter junger Mann und haben gewiß auch die Fähigkeit zu schreiben, zu stilisieren. Ich werde Ihnen etwas sagen. Jedes Bataillon im Feld braucht einen Mann, der eine chronologische Übersicht über alle Kriegsbegebenheiten führt, die das direkte Auftreten des Bataillons auf dem Schlachtfeld betreffen. Es ist notwendig, alle siegreichen Feldzüge, alle bedeutungsvollen glorreichen Momente, an denen das Bataillon sich beteiligt, in denen es eine führende und hervorragende Rolle spielt, zu beschreiben, langsam einen Beitrag zu der Geschichte der Armee zusammenzustellen. Verstehn Sie mich?«
»Melde gehorsamst, ja, Herr Hauptmann, es handelt sich um Episoden aus dem Leben aller Truppenteile. Das Bataillon hat seine Geschichte. Das Regiment stellt auf Grundlage der Geschichte seiner Bataillone die Geschichte des Regiments zusammen. Die Regimenter bilden die Geschichte der Brigaden, die Geschichte der Brigaden die Geschichte der Divisionen usw. Ich werde mich mit allen Kräften bemühen, Herr Hauptmann.«
Der Einjährigfreiwillige Marek legte die Hand aufs Herz.
»Ich werde mit wirklicher Liebe die glorreichen Tage unseres Bataillons verzeichnen, insbesondere heute, wo die Offensive in vollem Zuge is, wo es ernst wird und unser Bataillon das Schlachtfeld mit seinen Heldensöhnen bedecken wird. Ich werde gewissenhaft alle Begebenheiten verzeichnen, die sich ereignen müssen, damit die Seiten der Geschichte unseres Bataillons von Lorbeeren umkränzt sind.«
»Sie werden sich beim Bataillonsstab aufhalten, Einjährigfreiwilliger, werden aufpassen, wer zur Auszeichnung vorgeschlagen wurde, werden — allerdings nach unseren Aufzeichnungen — die Märsche verzeichnen, die besonders auf eine außergewöhnliche Kampflust und stählerne Disziplin des Bataillons schließen lassen. Das ist nicht so

leicht, Einjährigfreiwilliger, aber ich hoffe, daß Sie soviel Beobachtungstalent haben, um unser Bataillon, wenn Sie von mir bestimmte Direktiven erhalten, über die andern Regimentsteile zu erheben. Ich werde ein Telegramm ans Regiment abschicken, daß ich Sie zum Bataillonsgeschichtsschreiber ernannt habe. Melden Sie sich bei Feldwebel Waněk von der 11. Kompanie, damit er Sie dort im Waggon unterbringt. Dort ist noch so am meisten Platz, und sagen Sie ihm, er soll zu mir herkommen. Geführt werden Sie allerdings beim Bataillonsstab werden. Das wird mittels Bataillonsbefehl durchgeführt.«

Der Koch-Okkultist schlief. Baloun zitterte fortwährend, weil er auch schon die Sardinenbüchse des Oberleutnants geöffnet hatte; Rechnungsfeldwebel Waněk war zu Hauptmann Sagner gegangen, und Telephonist Chodounsky, der irgendwo auf dem Bahnhof ein Fläschchen Wacholderschnaps aufgetrieben und ausgetrunken hatte, war jetzt sentimentaler Stimmung und sang:

»Als ich noch in süßen Tagen irrte,
Schien der Himmel voller Treue,
Da kannte meine Brust noch Frieden,
Schien der Himmel voller Bläue.

Doch als ich, wer kanns ertragen,
Mußte sehen, wie Verrat
Liebe tötet, Glauben raubte,
Mußt ich weinen, Kamerad.«

Dann stand er auf, trat zu dem Tisch des Rechnungsfeldwebels Waněk und schrieb auf ein Stück Papier mit großen Buchstaben:

»Ich verlange hiermit höflich, daß ich zum Bataillonshornisten ernannt und befördert werde. Chodounsky, Telephonist.«

Hauptmann Sagner hatte eine nicht allzulange Unterredung mit Rechnungsfeldwebel Waněk. Er machte ihn nur darauf aufmerksam, daß der Bataillonsgeschichtsschreiber Einjährigfreiwilliger Marek sich mit Schwejk in einem Waggon aufhalten werde.

»Ich kann Ihnen nur soviel sagen, daß dieser Marek, damit ichs so sag, verdächtig ist. Politisch verdächtig. Mein Gott! Das ist heutzutage weiter nichts Merkwürdiges. Von wem sagt man das nicht. Es gibt so verschiedene Vermutungen. Sie verstehen mich doch. Ich mach Sie also nur drauf aufmerksam, daß Sie ihn, wenn er vielleicht was sprechen sollte, no, Sie verstehn schon, gleich zum Schweigen bringen, damit ich nicht vielleicht noch irgendwelche Unannehmlichkeiten habe. Sagen Sie ihm einfach, er soll alle solche Reden sein

lassen, und damit wirds schon erledigt sein. Ich meine aber nicht, daß Sie am Ende gleich zu mir rennen solln. Erledigen Sies mit ihm freundschaftlich, so eine Rücksprache ist immer besser als eine dumme Angeberei. Kurz, ich wünsche nichts zu hören, weil – Sie verstehen. So eine Sache fällt hier immer aufs ganze Bataillon zurück.«
Als Waněk also zurückkehrte, nahm er Einjährigfreiwilligen Marek beiseite und sagte ihm: »Menschenskind, Sie sind verdächtig, aber das macht nichts. Nur reden Sie hier nicht viel überflüssig vor dem Telephonisten Chodounsky.«
Kaum hatte er zu Ende gesprochen, als Chodounsky getaumelt kam, dem Rechnungsfeldwebel in die Arme fiel und mit trunkener Stimme etwas schluchzte, was vielleicht Gesang sein sollte.

»Als mich alles einst verlassen,
Lenkte ich auf dich die Blicke,
Und an deinem treuen Herzen
Weint ich über diesem Glücke.
Durch dein Antlitz ging ein Leuchten,
Wie ein Schimmer, kaum zu fassen,
Und dein rotes Mündchen seufzte:
Nimmer werd ich dich verlassen.

Wir wern uns nie verlassen«, brüllte Chodounsky, »was ich beim Telephon hör, sag ich euch gleich. Ich scheiß auf den Eid.«
In der Ecke bekreuzigte sich Baloun mit Entsetzen und fing an laut zu beten: »Mutter Gottes, weise mein flehentliches Gebet nicht zurück, sondern erhöre mich gnädig, tröste mich gütig, hilf mir Ärmstem, der ich dich in diesem Tränental mit Glauben, fester Hoffnung und inbrünstiger Liebe anrufe. Oh, himmlische Königin, mach durch deine Fürbitte, daß ich bis zum Ende meiner Tage unter deinem Schutz und auch in der Gnade Gottes bleibe ...«
Die gnadenreiche Jungfrau Maria setzte sich wirklich für ihn ein, denn der Einjährigfreiwillige zog nach einem Weilchen aus seinem mageren Rucksack ein paar Büchsen Sardinen hervor und gab jedem eine.
Baloun öffnete unerschrocken den Koffer des Oberleutnants Lukasch und legte die vom Himmel gefallenen Sardinen hinein.
Als dann alle die Büchsen öffneten und sich die Sardinen schmecken ließen, geriet Baloun in Versuchung, öffnete den Koffer und die Sardinen und verschlang sie gierig.
Und da kehrte sich die gnadenreiche und süßeste Jungfrau Maria von ihm ab, denn gerade, wie er das letzte Öl aus der Büchse trank, erschien vor dem Waggon Bataillonsordonnanz Matuschitz und rief hinauf: »Baloun, du sollst deinem Oberleutnant die Sardinen bringen.«

»Das wird Ohrfeigen setzen«, sagte Rechnungsfeldwebel Waněk.
»Mit leeren Händen geh lieber nicht«, riet Schwejk, »nimm dir wenigstens fünf leere Blechbüchsen mit.«
»Was haben Sie denn angestellt, daß Sie Gott so straft«, bemerkte der Einjährigfreiwillige, »in Ihrer Vergangenheit muß es irgendeine große Sünde geben. Haben Sie nicht vielleicht einen Kirchenraub begangen oder Ihrem Pfarrer einen Schinken im Schornstein aufgegessen? Haben Sie ihm nicht im Keller den Meßwein ausgetrunken? Sind Sie als Junge in den Pfarrgarten um Birnen geklettert?«
Baloun wandte sich mit verzweifeltem Gesicht ab, von Hoffnungslosigkeit erfüllt. Sein gehetzter Ausdruck sprach herzzerreißend: Wann werden diese Leiden aufhören?
»Das kommt davon«, sagte der Einjährigfreiwillige, der die Worte des unglücklichen Baloun vernommen hatte, »weil Sie den Zusammenhang mit Gott verloren haben. Sie beten nicht intensiv genug, daß Sie Gott sobald wie möglich aus der Welt nimmt.«
Schwejk fügte hinzu: »Der Baloun kann sich fort nicht dazu entschließen, daß er sein militärisches Leben, seine militärische Gesinnung, seine Worte, Taten und seinen militärischen Tod der Güte des mütterlichen Herzens des allerhöchsten Gottes empfiehlt, wies mein Feldkurat zu sagen pflegte, wenn er schon anfing besoffen zu sein und aus Versehn auf der Gasse einen Soldaten anrempelte.«
Baloun stöhnte, er habe schon das Vertrauen zu Gott verloren, weil er bereits mehrmals gebetet habe, Gott möge ihm Kraft geben und seinen Magen irgendwie zusammenschrumpfen lassen.
»Das datiert nicht von diesem Krieg her«, jammerte er, »das is schon eine alte Krankheit, diese Gefräßigkeit. Wegen ihr is meine Frau mit den Kindern nach Klokota zur Kirchweih gegangen.«
»Den Ort kenn ich«, bemerkte Schwejk, »das is bei Tabor, und sie ham dort eine reiche Jungfrau Maria mit falschen Brillanten, und ein Kirchendiener irgendwo aus der Slowakei hat sie bestehln wolln. Ein sehr frommer Mensch. Er is also hingekommen und hat gedacht, daß es ihm vielleicht besser gelingen wird, wenn er zuerst von allen Sünden gereinigt sein wird, und hat auch das gebeichtet, daß er morgen die Jungfrau Maria bestehln will. Er hat nicht mal muh gesagt, und bevor er die dreihundert Vaterunser gebetet hat, was ihm der Herr Pater gegeben hat, damit er ihm derweil nicht weglauft, ham ihn die Kirchendiener schon direkt auf die Gendarmeriestation geführt.«
Der Koch-Okkultist fing an, mit Telephonisten Chodounsky zu streiten, ob dies ein zum Himmel schreiender Verrat des Beichtgeheimnisses und ob das Ganze überhaupt der Rede wert sei, da es sich doch um falsche Brillanten handelte. Zum Schluß bewies jedoch Chodoun-

sky, daß dies alles Karma, also ein vorbestimmtes Schicksal aus einer fernen, unbekannten Vergangenheit sei, in der dieser unglückliche Kirchendiener aus der Slowakei vielleicht ein Antipode auf einem fremden Planeten war; so hatte das Schicksal vielleicht schon vor ebensolanger Zeit, als dieser Pater aus Klokota vielleicht noch eine aufgequollene Stachelmaus oder irgendein heute schon ausgestorbenes Säugetier war, vorbestimmt, daß er das Beichtgeheimnis verletzen müsse, obwohl man vom juridischen Standpunkt aus nach dem kanonischen Recht auch dann Absolution erteilt, wenn es sich um ein Klostervermögen handelt.

Daran knöpfte Schwejk folgende einfache Bemerkung: »O ja, kein Mensch weiß, was er in paar Millionen Jahren aufführen wird, und darf sich nichts versagen. Oberlajtnant Kwasnitschka hat immer gesagt, wie ich noch in Karolinental beim Ergänzungskommando gedient hab, wenn er Schule gehalten hat: ›Denkt euch nicht, ihr Dreckfresser, ihr faulen Kühe und Hornochsen, daß für euch dieser Krieg schon auf dieser Welt endet. Wir wern uns noch nachn Tod wiedersehn, und ich wer euch so ein Fegefeuer hermachen, daß ihr davon ganz plemplem sein werdet, ihr Saubande, ihr!‹«

Hierauf fuhr Baloun, der vollständig verzweifelt war und unablässig dachte, daß man nur von ihm spreche und daß sich alles auf ihn beziehe, in seiner öffentlichen Beichte fort: »Nicht mal Klokota hat gegen meine Gefräßigkeit genützt. Die Frau mitn Kindern kommt von der Kirchweih und fängt schon an, die Hennen zu zähln. Eine oder zwei fehln. Aber ich hab mir nicht helfen können, ich hab gewußt, daß sie in der Wirtschaft wegen den Eiern nötig sind, aber ich geh heraus, verschau mich in sie, auf einmal spürt ich euch im Magen einen Abgrund, und in einer Stunde is mir schon gut, is die Henne schon gerupft. Einmal, wie sie in Klokota waren, damit sie für mich beten, damit der Vater derweil zu Haus nichts auffrißt und nicht wieder einen neuen Schaden macht, geh ich am Hof herum, und auf einmal fällt mir euch ein Truthahn in die Augen. Damals hab ichs mitn Leben bezahlen können. Der Schenkelknochen von ihm is mir im Hals steckengeblieben, und wenn nicht mein Müllerbursch gewesen wär, so ein junger Bub, was mir den Knochen herausgezogen hat, so möcht ich heut nicht mehr mit euch hier sitzen und hätt nicht mal diesen Weltkrieg erlebt. Ja, ja. Dieser Müllerbursch, das war ein flinker Bursch. So ein kleiner, dicker, untersetzter, fetter . . .«

Schwejk trat zu Baloun: »Zeig die Zunge!«

Baloun steckte die Zunge heraus, worauf Schwejk sich an alle im Waggon Befindlichen wandte: »Ich habs gewußt, er hat sogar seinen Müllerburschen aufgefressen. — — Gesteh, wann du ihn aufgefressen hast! Wie deine Leut wieder in Klokota waren, gelt?«

Baloun faltete verzweifelt die Hände und rief: »Laßt mich, Kameraden! Zu allem noch das von den eigenen Kameraden.«
»Wir verurteilen Sie deshalb nicht«, sagte der Einjährigfreiwillige, »im Gegenteil, man sieht, daß Sie ein guter Soldat sein werden. Als die Franzosen während der napoleonischen Kriege Madrid belagerten, da fraß der spanische Kommandant der Festung Madrid, um die Festung nicht vor Hunger übergeben zu müssen, seinen Adjutanten ohne Salz auf.«
»Das is schon wirklich ein Opfer, weil ein gesalzener Adjutant entschieden genießbarer gewesen wär. – Wie heißt denn unser Bataillonsadjutant, Herr Rechnungsfeldwebel? – Ziegler? Das is einer von diesen Tachinierern, aus dem könnt man nicht mal Portionen für eine Marschkompanie machen.«
»Da schau her«, sagte Rechnungsfeldwebel Waněk, »Baloun hat einen Rosenkranz in der Hand.«
Und wirklich, Baloun in seinem größten Schmerz suchte Erlösung bei den kleinen Kügelchen des Rosenkranzes von der Firma Moritz Löwenstein in Wien.
»Der is auch aus Klokota«, sagte Baloun traurig. »Bevor man ihn gebracht hat, ham zwei junge Gänse dran glauben müssen, aber das is kein Fleisch, das is Kasch.«
Eine Weile später traf der Befehl ein, daß man in einer Viertelstunde abfahren werde. Weil es niemand glauben wollte, geschah es, daß einige trotz aller Vorsicht irgendwohin verschwanden. Als sich der Zug in Bewegung setzte, fehlten achtzehn Infanteristen; unter ihnen befand sich Zugführer Nasakla von der 12. Marschkompanie, der, als der Zug bereits längst hinter Isatarcsa verschwunden war, noch immer in dem kleinen Akazienwald hinter dem Bahnhof in einem Hohlweg mit irgendeiner Straßendirne feilschte, die fünf Kronen verlangte, während der Zugführer für den bereits geleisteten Dienst eine Entlohnung von einer Krone oder ein paar Ohrfeigen vorschlug, zu welch letztem Ausgleich es zum Schluß mit so einer Vehemenz kam, daß auf ihr Geschrei hin vom Bahnhof Leute herbeizulaufen begannen.

4

Aus Hatwan an die galizische Grenze

Während der ganzen Dauer des Eisenbahntransportes des Bataillons, das in einem Fußmarsch von Laborče in Ostgalizien an die Front marschieren sollte, um dort Kriegsruhm einzuheimsen, wurden in dem Waggon, wo sich der Einjährigfreiwillige und Schwejk befanden, wiederum seltsame Gespräche mehr oder weniger hochverräterischen Inhalts in kleinerem Maßstabe geführt; im allgemeinen aber können wir sagen, daß dies auch in anderen Waggons der Fall war; ja sogar im Stabswaggon herrschte Unzufriedenheit, weil in Füzes-Abony vom Regiment her ein Armeebefehl eingetroffen war, in dem die Portion Wein für die Offiziere um ein achtel Liter herabgesetzt wurde. Allerdings wurde dabei auch die Mannschaft nicht vergessen, der die Sago-Ration um ein Dekagramm pro Mann gekürzt wurde, was um so rätselhafter war, als niemand je im Kriege Sago gesehen hatte.

Nichtsdestoweniger mußte dies Rechnungsfeldwebel Bautanzel gemeldet werden, der sich dadurch fürchterlich beleidigt und bestohlen fühlte, was er mit den Worten ausdrückte, Sago sei heutzutage eine Seltenheit, und er hätte fürs Kilo mindestens acht Kronen bekommen.
In Füzes-Abony kam man darauf, daß einer Kompanie die Feldküche abhanden gekommen war, denn in dieser Station sollte endlich das Gulasch mit Kartoffeln gekocht werden, auf das der »Latrinengeneral« so großes Gewicht gelegt hatte. Nachforschungen ergaben, daß die unglückselige Feldküche überhaupt nicht aus Bruck mitgekommen war und wahrscheinlich noch immer verlassen und ausgekühlt irgendwo hinter Baracke 186 stand.
Das Küchenpersonal, das zu dieser Feldküche gehörte, war nämlich vor der Abfahrt wegen übermütigen Benehmens in der Stadt auf der Hauptwache eingesperrt worden und hatte es so einzurichten verstanden, daß es noch immer im Arrest saß, als seine Marschkompanie bereits durch Ungarn fuhr.
Die Kompanie ohne Küche wurde also einer anderen Feldküche zugeteilt, was allerdings nicht ohne Streit vor sich ging, weil es zwischen der von beiden Kompanien zum Kartoffelschälen zugeteilten Mannschaft zu einer großen Auseinandersetzung kam, da die einen den anderen gegenüber behaupteten, sie seien nicht solche Rindviecher, um sich für einen anderen zu schinden. Zum Schluß zeigte es sich, daß das Kochen des Gulaschs mit Kartoffeln eigentlich nur ein Manöver war. Die Soldaten sollten sich daran gewöhnen, bis man im Feld vor dem Feinde Gulasch kochen und plötzlich der Befehl kommen werde »alles zurück«, das Gulasch auszuschütten, ohne auch nur daran zu lecken.
Das war also gewissermaßen eine nicht gerade konsequent tragische, jedoch lehrreiche Vorbereitung. Als das Gulasch schon verteilt werden sollte, kam der Befehl in die Waggons, und schon fuhr man nach Miskolc. Auch dort wurde das Gulasch nicht verteilt, denn auf der Strecke stand ein Zug mit russischen Waggons; die Mannschaft wurde deshalb nicht aus den Waggons herausgelassen, und man ließ ihrer Phantasie freien Spielraum. Die Leute glaubten, daß man das Gulasch an der Grenze Galiziens beim Verlassen des Zuges verteilen, für sauer und ungenießbar erklären und ausgießen werde.
Dann transportierte man das Gulasch weiter nach Tisa-Lac, Zambor, und als schon niemand mehr erwartete, daß man das Gulasch verteilen werde, hielt der Zug in Neustadt bei Satoraljaujhely, wo neuerdings unter dem Kessel Feuer gemacht, das Gulasch gewärmt und endlich verteilt wurde.
Die Station war überfüllt, zuerst sollten zwei Munitionszüge abgehen und dann zwei Artillerietransporte und ein Zug mit einer

Pontonabteilung. Überhaupt kann man sagen, daß hier Militärzüge aller möglichen Truppenkörper der Armee zusammentrafen.
Hinter dem Bahnhof hatten Honvéd-Husaren zwei polnische Juden in der Parade, denen sie einen Rückenkorb mit Schnaps ausgeplündert hatten und die sie jetzt, statt zu bezahlen, gutgelaunt über den Mund schlugen; das war offenbar gestattet, denn in ihrer nächsten Nähe stand ihr Rittmeister und lächelte der ganzen Szene freundlich zu, während hinter dem Magazin einige andere Honvéd-Husaren den schwarzäugigen Töchterchen der geprügelten Juden unter die Röcke griffen.
Auch ein Zug mit einer Flugzeugabteilung stand hier. Auf einem anderen Gleis standen ebenfalls Aeroplane und Kanonen auf Waggons, allein in zerbrochenem Zustand. Es waren abgeschossene Flugmaschinen und hauptsächlich zerstörte Haubitzen. Während so alles Frische und Neue hinauffuhr, fuhren diese Überbleibsel des Ruhmes ins Hinterland zur Reparatur und Rekonstruktion.
Leutnant Dub erklärte allerdings den Soldaten, die sich rings um die zerbrochenen Kanonen und Aeroplane versammelt hatten, daß dies Kriegsbeute sei; dabei bemerkte er, daß ein Stückchen weiter Schwejk in einer Gruppe stand und ebenfalls etwas erläuterte. Dub näherte sich daher diesem Orte und vernahm die ehrliche Stimme Schwejks: »Man kanns nehmen, wie man will, es is doch nur Kriegsbeute. Man wird zwar aufn ersten Blick stutzig, wenn man hier auf der Lafette k. u. k. Artilleriedivision liest. Aber es wird wahrscheinlich so sein, daß die Kanone den Russen in die Hände gefalln is und wir uns sie ham zurückerobern müssen, und so eine Beute is viel wertvoller, weil ...
Weil«, sagte er feierlich, als er Leutnant Dub bemerkte, »weil man den Feinden nichts in den Händen lassen darf. Das habt ihr wie in Przemysl oder mit dem Soldaten, dem der Feind beim Gefecht die Feldflasche aus der Hand gerissen hat. Das war noch in den napoleonischen Kriegen, und der Soldat is in der Nacht ins feindliche Lager gegangen und hat sich wieder die Feldflasche zurückgeholt und hat noch dabei verdient, weil der Feind auf die Nacht Schnaps gefaßt hat.« Leutnant Dub sagte nur: »Schaun Sie, daß Sie verschwinden, Schwejk. Daß ich Sie hier ein zweites Mal nicht mehr sehe!«
»Zu Befehl, Herr Lajtnant.« Schwejk schritt auf eine andere Waggonreihe zu; wenn Leutnant Dub gehört hätte, was er noch hinzufügte, wäre er sicher aus der Uniform gefahren, obwohl es ein ganz unschuldiges Bibelwort war: »Über ein kurzes, und ihr werdet mich sehen, und über ein kurzes, und ihr werdet mich nicht mehr sehen.«
Nachdem Schwejk gegangen war, war Leutnant Dub so dumm, die Soldaten auf einen herabgeschossenen österreichischen Aeroplan auf-

merksam zu machen, auf dessen Kupferreifen deutlich »Wiener-Neustadt« zu lesen stand.
»Den haben wir den Russen bei Lemberg heruntergeschossen«, sagte Leutnant Dub. Diese Worte hörte Oberleutnant Lukasch; er kam näher und fügte laut hinzu: »Wobei beide russischen Flieger verbrannt sind.«
Dann ging er wortlos weiter, wobei er dachte, daß Leutnant Dub ein Rindvieh ist.
Hinter dem zweiten Waggon begegnete er Schwejk und trachtete, ihm auszuweichen, denn an Schwejks Gesicht konnte man merken, daß der Mann viel auf dem Herzen hatte und es seinem Oberleutnant gern sagen wollte.
Schwejk schritt geradewegs auf Oberleutnant Lukasch zu: »Melde gehorsamst, Kompanieordonnanz Schwejk bittet um weitere Befehle. Melde gehorsamst, Herr Oberlajtnant, daß ich Sie schon im Stabswaggon gesucht hab.«
»Hören Sie, Schwejk«, sagte Oberleutnant Lukasch in durchaus abweisendem und feindlichem Ton, »wissen Sie, wie Sie heißen? Haben Sie schon vergessen, wie ich Sie genannt habe?«
»Melde gehorsamst, Herr Oberlajtnant, daß ich an so eine Sache nicht vergessen hab, weil ich nicht ein gewisser Einjährigfreiwilliger Eisner bin. Nämlich da waren wir damals, noch lang vorm Krieg, in der Karolinentaler Kaserne, und dort gabs einen gewissen Oberst Fiedler von Bumerang oder so was.«
Oberleutnant Lukasch lachte unwillkürlich über dieses »so was« auf, und Schwejk fuhr fort: »Melde gehorsamst, Herr Oberlajtnant, daß unser Herr Oberst die Hälfte von Ihrer Größe hatte, er hat Vollbart getragen wie der Fürst Lobkowitz, so daß er ausgesehn hat wie ein Affe, und wenn er sich aufgeregt hat, is er zweimal so hoch gesprungen wie er hoch war, so daß wir ihn Kautschukgreis genannt ham. Damals war grad erster Mai, und wir ham Bereitschaft gehabt, und er hat am Abend vorher am Hof an uns eine große Ansprache gehalten, daß wir darum morgen alle in der Kaserne bleiben und uns nicht herausrühren dürfen, damit wir auf höchsten Befehl, wenns nötig wär, die ganze Sozialistenbande niederschießen können. Deshalb, welcher Soldat heut Überzeit hat und nicht in die Kaserne zurückkommt und bis zum nächsten Tag bummelt, der hat herich Landesverrat verübt, weil so ein besoffener Kerl nicht mal jemanden trifft, wenns zu Salven kommt, und in die Luft schießen wird. Also der Einjährigfreiwillige Eisner is aufs Zimmer zurückgekommen und sagt, daß der Kautschukgreis doch nur einen guten Einfall gehabt hat. Es is ja im ganzen großen wahr, morgen wird man niemanden in die Kaserne lassen, so is es herich am besten, überhaupt nicht zu

kommen, und das hat er auch, melde gehorsamst, Herr Oberlajtnant, wirklich gemacht wie ein Ehrenmann. Aber dieser Oberst Fiedler, das war Ihnen, Gott hab ihn selig, so ein niederträchtiges Luder, daß er am nächsten Tag in Prag herumgegangen is und die Leute gesucht hat, was sich unterstanden ham, von unserm Regiment aus der Kaserne auszugehn, und irgendwo beim Pulverturm hat er auch glücklich den Eisner getroffen und is gleich auf ihn losgezogen: ›Ich wer dir geben, ich wer dich lehren, ich wer dir schon deinen Dienst versüßen!‹ Er hat ihm noch mehr gesagt und ihn zusammgepackt und in die Kaserne mitgeschleppt, und am ganzen Weg hat er ihm verschiedene häßliche Drohungen gesagt und ihn immerfort gefragt, wie er heißt. ›Eisner, Eisner, das wirst du abscheißen, ich bin froh, daß ich dich erwischt hab, ich wer dir den ersten Mai zeigen. Eisner, Eisner, jetzt bist du mein, ich laß dich einsperren, fein einsperren!‹ Dem Eisner war schon alles egal. Wie sie also übern Porschitsch gegangen sind, am Rozwařl[1] vorbei, is der Eisner in einen Hausflur gesprungen und is ihm durchs Durchhaus verschwunden und hat dem Kautschukgreis die große Freude verdorben, daß er ihn ins Arrest sperren wird. Den Oberst hats so aufgeregt, daß er ihm weggelaufen is, daß er vor Wut vergessen hat, wie sein Delinquent heißt, er hat sichs verwechselt, und wie er in die Kaserne gekommen is, hat er angefangen, zum Plafond zu springen, der Plafond war niedrig, und der, was Batailloninspektion gehabt hat, hat sich gewundert, warum der Alte auf einmal gebrochen tschechisch spricht und schreit: ›Den Kupfermann einsperren, den Kupfermann net einsperren, den Bleier einsperren, den Nickelmann einsperren!‹ Und so hat der Alte Tag für Tag sekkiert und hat fort gefragt, ob sie schon den Kupfermann, den Bleier und den Nickelmann erwischt ham und hat auch das ganze Regiment ausrücken lassen, aber sie ham schon den Eisner, von dem sies alle gewußt ham, aufs Marodenzimmer gegeben, weil er Zahntechniker war. Bis es dann einmal einem von unserm Regiment gelungen is, einen Dragoner im Gasthaus bei Bruck zu erstechen, was seinem Mädl nachgelaufen is, und da hat man uns ins Karree gestellt, alle ham heraus müssen, auch das Marodenzimmer, wer sehr marod war, den ham zwei gehalten. So hat auch das nichts genützt, der Eisner hat aufn Hof ausrücken müssen, und dort hat man uns den Regimentsbefehl vorgelesen, ungefähr so, daß Dragoner auch Soldaten sind und daß es verboten is, sie zu erstechen, weils unsere Kriegskameraden sind. Ein Einjähriger hats übersetzt, und unser Oberst hat dreingeschaut wie ein Tiger. Zuerst is er an der Front vorbeigegangen, dann is er wieder nach hinten gegangen, is ums Karree herumgegangen, und auf einmal hat er den Eisner entdeckt,

1 Prager Gasthaus.

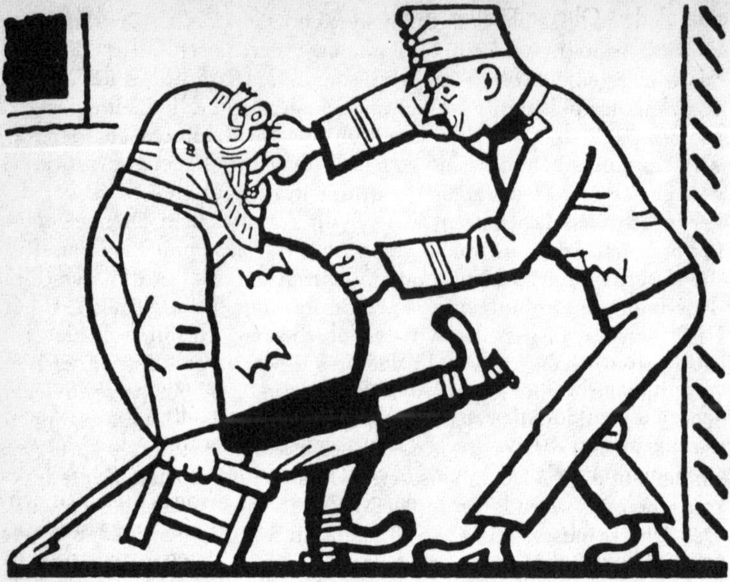

was wie ein Berg war, so daß es schrecklich komisch war, Herr Oberlajtnant, wie er ihn ins Karree hineingezogen hat. Der Einjährige hat aufgehört zu übersetzen, und unser Oberst hat angefangen, vorm Eisner in die Höh zu springen, wie wenn ein Hund auf ein Pferd losgeht, und dabei hat er gebrüllt: ›Also du bist mir nicht entgangen, du bist mir nirgendshin weggelaufen, jetzt wirst du wieder sagen, daß du der Eisner bist, und ich hab fort gesagt Kupfermann, Bleier, Nickelmann, es is der Eisner, es is der Bankert Eisner, ich wer dich lehren, Bleier, Nickelmann, Kupfermann, du Mistvieh, du Schwein, du Eisner!‹ Dann hat er ihm dafür einen Monat aufgebrummt, aber dann ham ihn in vierzehn Tage so die Zähne zu schmerzen angefangen, und er hat sich erinnert, daß der Eisner Zahntechniker is, so hat er ihn ausn Arrest ins Marodenzimmer führen lassen und hat sich von ihm einen Zahn ziehn lassen wolln, und der Eisner hat ihn ihm vielleicht eine halbe Stunde gezogen, so daß man den Alten vielleicht dreimal hat abwaschen müssen, aber der Alte is irgendwie zahm geworn und hat dem Eisner die andern vierzehn Tage verziehn. Das is halt so, Herr Oberlajtnant, wenn der Vorgesetzte den Namen seines Untergebenen vergißt, aber der Untergebene darf nie an den Namen seines Vorgesetzten vergessen, wie uns der Herr Oberst gesagt hat, daß wir nicht mal nach Jahren vergessen wern, daß wir

einmal den Oberst Fiedler gehabt ham. – War das nicht vielleicht zu lang, Herr Oberlajtnant?«
»Wissen Sie, Schwejk«, antwortete Oberleutnant Lukasch, »je mehr ich Ihnen zuhöre, desto mehr komme ich zu der Überzeugung, daß Sie Ihre Vorgesetzten überhaupt nicht schätzen. Ein Soldat soll von seinen Vorgesetzten noch nach Jahren nur Gutes sprechen.«
Oberleutnant Lukasch begann sich offensichtlich zu amüsieren.
»Melde gehorsamst, Herr Oberlajtnant«, fiel ihm Schwejk in entschuldigendem Ton ins Wort, »der Herr Oberst Fiedler is ja schon längst tot, aber wenn Sie wünschen, Herr Oberlajtnant, wer ich nur lauter Gutes von ihm sprechen. Er war Ihnen, Herr Oberlajtnant, ein fertiger Engel auf die Soldaten. Er war Ihnen so brav wie der heilige Martin, was Martinsgänse an die Armen und Hungrigen verteilt hat. Er hat sein Mittagmahl aus der Offiziersmenage mit dem nächsten Soldaten geteilt, was er am Hof getroffen hat, und wie wir uns alle an Knödln überfressen ham, so hat er uns in der Menage Grenadiermarsch mit Schweinefleisch machen lassen, und bei Manövern, da hat er sich erst recht ausgezeichnet mit seiner Güte. Wie wir nach Unterkralowitz gekommen sind, so hat er Befehl gegeben, das ganze Unterkralowitzer Bräuhaus auf seine Kosten auszutrinken, und wenn er Namenstag oder Geburtstag gehabt hat, so hat er fürs ganze Regiment Hasen auf Schmetten mit Semmelknödln kochen lassen. Er war so brav auf die Mannschaft, daß er Ihnen einmal . . .«
Oberleutnant Lukasch schlug Schwejk sanft übers Ohr und sagte in freundschaftlichem Ton: »Also geh schon, Bestie, laß das schon.«
»Zu Befehl, Herr Oberlajtnant!« Schwejk ging zu seinem Waggon, während sich vor dem Bataillonstrain, dort wo in einem Waggon die Telephongeräte und Drähte eingesperrt waren, folgende Szene abspielte. Es stand dort ein Posten, denn auf Befehl Hauptmann Sagners mußte alles feldmäßig gehen. Die Posten wurden also nach beiden Seiten hin aufgestellt und erhielten »Feldruf« und »Losung« aus der Bataillonskanzlei.
An jenem Tage lautete der Feldruf »Kappe« und die Losung »Hatwan«. Der Posten, der bei den Telephonapparaten stand, war ein Pole aus Kolomea, der durch irgendeinen merkwürdigen Zufall zum 91. Regiment gekommen war.
Er hatte keinen Dunst, was eine »Kappe« ist, aber weil er irgendeine Ahnung von Mnemotechnik hatte, merkte er sich dennoch, daß das Wort mit »K« begann; deshalb antwortete er stolz, als Leutnant Dub, der Bataillonsinspektion hatte, ihn beim Herankommen nach dem Feldruf des Tages fragte: »Kaffee«. Das war freilich sehr natürlich, denn der Pole aus Kolomea dachte noch immer an den Morgen- und Abendkaffee im Lager von Bruck.

Und als der Pole nochmals »Kaffee« brüllte und Leutnant Dub immer näher an ihn herankam, rief der Pole, eingedenk seines Eides und dessen, daß er Wache stand, drohend aus: »Halt!« Als Leutnant Dub dann noch zwei Schritte näher kam und unablässig den Feldruf von ihm wissen wollte, zielte er mit dem Gewehr auf ihn, wobei er sich, der deutschen Sprache nicht vollkommen mächtig, eines sonderbaren Durcheinanders von Polnisch und Deutsch bediente. Er schrie: »Benže schaisn, benže schaisn.«

Leutnant Dub begriff und wich langsam zurück, wobei er rief: »Wachkommandant, Wachkommandant!«

Zugführer Jelinek erschien, führte den Polen auf die Wache und fragte ihn selbst nach dem Feldruf; dann fragte ihn Leutnant Dub, auf dessen Fragen der verzweifelte Pole aus Kolomea mit dem Geschrei »Kaffee, Kaffee« antwortete, daß der ganze Bahnhof erdröhnte. Aus allen Waggons, die dort standen, begannen Soldaten mit ihren Eßschalen herauszuspringen; es entstand eine fürchterliche Panik, die damit endete, daß man den entwaffneten, ehrenwerten Soldaten in den Arrestantenwaggon abführte.

Aber Leutnant Dub hegte einen bestimmten Verdacht gegen Schwejk, den er als ersten mit der Eßschale aus dem Waggon klettern gesehen hatte: er hätte den Hals darauf gesetzt, daß er Schwejk rufen gehört hatte: »Mit den Eßschalen heraus, mit den Eßschalen heraus.«

Nach Mitternacht fuhr der Zug nach Ladovec und Trebisov ab, wo er am Morgen auf der Station von einem Veteranenverein willkommen geheißen wurde. Der Verein verwechselte dieses Marschbataillon nämlich mit dem Marschbataillon des 14. ungarischen Honvédregiments, das schon in der Nacht die Station passiert hatte. Sicher war, daß die Veteranen besoffen waren und mit ihrem Gebrüll: »Isten almeg a kiraly« den ganzen Transport weckten. Einige Selbstbewußtere neigten sich aus dem Waggon und antworteten ihnen: »Leckts uns im Arsch, éljen!«

Worauf die Veteranen so laut »Éljen! Éljen a tizennegyedig regiment!« (vierzehntes Regiment) brüllten, daß die Fenster des Bahnhofsgebäudes erzitterten.

Fünf Minuten später ging der Zug weiter nach Humena. Hier waren bereits deutlich Spuren des Kampfes bemerkbar, der stattgefunden hatte, als die Russen ins Tal der Theiß vorgerückt waren. Auf den Hängen sah man primitive Schützengräben, hier und da ein abgebranntes Gehöft, vor dem ein eilig errichtetes Haus bekundete, daß die Besitzer wieder zurückgekehrt waren.

Dann, als man gegen Mittag in der Station eintraf, wurden Vorbereitungen zum Mittagessen getroffen, und die Mannschaft des Transports konnte inzwischen in das öffentliche Geheimnis Einblick

nehmen, wie die Behörden nach Abzug der Russen mit der Ortsbevölkerung verfahren, die der Sprache und Religion nach mit den russischen Soldaten verwandt war.
Auf dem Perron, von ungarischen Gendarmen umgeben, stand eine Gruppe verhafteter ungarischer Russen. Es waren einige Popen, Lehrer und Bauern aus der ganzen Umgebung. Alle hatten die Hände mit Stricken auf dem Rücken gefesselt und waren paarweise zusammengebunden. Größtenteils hatten sie zerschlagene Nasen und Beulen auf dem Kopf, denn sie waren gleich nach der Verhaftung von den Gendarmen verprügelt worden.
Ein Stückchen weiter trieb ein magyarischer Gendarm mit einem Popen ein liebliches Spiel. Er band ihm einen Strick, den er in der Hand hielt, um den linken Fuß und zwang ihn mit dem Kolben, Csárdás zu tanzen, wobei er an dem Strick zerrte, so daß der Pope auf die Nase fiel und, da er die Hände nach rückwärts gebunden hatte, nicht aufstehen konnte; er machte verzweifelte Versuche, sich auf den Rücken umzudrehen, um sich so vom Boden erheben zu können. Der Gendarm lachte darüber so aufrichtig, daß ihm Tränen aus den Augen flossen, und als der Pope sich erhob, riß er am Strick, und der Pope lag wieder auf der Nase.
Endlich machte der Gendarmerieoffizier der Szene ein Ende; er ließ die Verhafteten vor Eintreffen des Zuges in den leeren Schuppen hinter dem Bahnhof führen und sie dort prügeln und schlagen, damit es niemand sehe.
Von dieser Episode redete man im Stabswaggon, und alles in allem kann gesagt werden, daß die Mehrzahl sie verurteilte.
Fähnrich Kraus meinte, wenn es schon Hochverräter gäbe, so solle man sie auf der Stelle und ohne jede Quälerei hängen; hingegen stimmte Leutnant Dub mit dem ganzen Auftritt vollständig überein; er führte den Vorfall sofort auf das Attentat in Sarajewo zurück und erklärte ihn in der Weise, als ob die magyarischen Gendarmen in der Station Humena den Tod des Erzherzogs Franz Ferdinand und seiner Gemahlin rächen wollten. Um seinen Worten Gewicht zu verleihen, sagte er, daß in einer Zeitschrift (»Schimatscheks Vierblatt«), deren Abonnent er war, schon vor dem Kriege in der Julinummer von dem Attentat geschrieben worden sei, daß dieses beispiellose Verbrechen in den Herzen der Menschen lange Zeit hindurch eine unheilbare Wunde hinterlassen werde, die um so schmerzlicher sei, weil durch das Verbrechen nicht nur das Leben des Repräsentanten der Exekutivgewalt des Staates, sondern auch das Leben seiner geliebten Lebensgefährtin vernichtet worden sei, und daß die Vernichtung dieser zweier Leben ein glückliches, mustergültiges Familienleben zerstört und die von allen geliebten Kinder zu Waisen gemacht habe.

Oberleutnant Lukasch brummte nur vor sich hin, daß die Gendarmen hier in Humena wahrscheinlich Abonnenten von »Schimatscheks Vierblatt« mit seinem ergreifenden Artikel seien. Ihm war überhaupt auf einmal alles zuwider, und er fühlte nur das Bedürfnis, sich zu betrinken, um seinen Weltschmerz zu vertreiben. Er verließ also den Waggon und suchte Schwejk.

»Hören Sie, Schwejk«, sagte er ihm, »wissen Sie nicht von einer Flasche Kognak? Mit ist nicht ganz gut.«

»Das macht alles die Luftveränderung, melde gehorsamst, Herr Oberlajtnant. Kann sein, daß Ihnen, bis wir am Kriegsschauplatz sein wern, noch schlechter sein wird. Je mehr man sich von seiner ursprünglichen militärischen Basis entfernt, desto übler is einem. Ein gewisser Josef Kalenda, Gärtner in Straschnitz, hat sich auch mal von zu Haus entfernt, er is aus Straschnitz in die Weinberge[1] gegangen und hat sich im Gasthaus ›Zur Haltestelle‹ aufgehalten, aber da war ihm noch nichts, aber wie er in die Weinberge in die Kronengasse zum Wasserturm gekommen is, is er in der Kronengasse hinter der heiligen Ludmillakirche von einem Wirtshaus ins andere gegangen, und da war er schon wie erschlagen. Er hat sich aber nicht davon abschrecken lassen, weil er am Abend vorher in Straschnitz im Wirtshaus ›Zur Remise‹ mit einem Kondukteur von der Elektrischen gewettet hat, daß er zu Fuß in drei Wochen eine Reise um die Welt machen wird. Er hat also angefangen, sich noch weiter und weiter von seiner Heimat zu entfernen, bis er ins ›Schwarze Bräuhaus‹ am Karlsplatz gekommen is, und von dort is er auf die Kleinseite zum heiligen Thomas ins Bräuhaus gegangen und von dort über die Restauration ›Zum Montag‹ und noch weiter übers Wirtshaus ›Zum König von Brabant‹ in die ›Schöne Aussicht‹ und von dort ins Strahower Kloster ins Bräuhaus. Aber dort is ihm die Luftveränderung schon nicht mehr bekommen. Er is bis aufn Lorettoplatz gekommen, und dort hat er auf einmal so eine Sehnsucht nach der Heimat bekommen, daß er sich auf die Erde hingehaut hat und angefangen hat, sich am Trottoir zu wälzen und geschrien hat: ›Leutl, ich geh nimmer weiter. Ich pfeif euch‹ — mit Vergeben, Herr Oberlajtnant — ›auf die Reise um die Welt.‹ Wenn Sie aber wünschen, Herr Oberlajtnant, wer ich Ihnen den Kognak auftreiben, ich fürcht nur, daß mir der Zug früher wegfährt.«

Oberleutnant Lukasch versicherte ihm, daß man nicht früher abfahren werde als in zwei Stunden, gleich hinter dem Bahnhof verkaufe man im geheimen ganze Flaschen Kognak, Hauptmann Sagner habe bereits Matuschitz hingeschickt und der habe ihm für 15 Kronen eine Flasche ganz guten Kognak gebracht. Hier habe er 15 Kronen,

1 Unmittelbar benachbarte Stadtteile Prags.

und jetzt solle er schon gehn und nur niemandem sagen, daß der Kognak für Oberleutnant Lukasch bestimmt sei oder daß der Oberleutnant ihn schicke, denn es sei eigentlich verboten.
»Seien Sie versichert, Herr Oberlajtnant«, sagte Schwejk, »daß alles in Ordnung gehn wird, weil ich hab sehr gern verbotene Sachen, ich hab mich immer in was Verbotenem befunden, ohne daß ich was davon gewußt hab. Einmal in der Karolinentaler Kaserne hat man uns verboten . . .«
»Kehrt euch — marschieren — marsch!« unterbrach ihn Oberleutnant Lukasch.
Schwejk ging also hinter den Bahnhof, wobei er sich unterwegs sämtliche Bedingungen seiner Expedition wiederholte: daß es ein guter Kognak sein sollte, weshalb er ihn zuerst kosten müsse, daß es verboten sei, weshalb er vorsichtig sein müsse.
Gerade als er hinter dem Perron einbog, stieß er wieder mit Leutnant Dub zusammen: »Was treibst du dich hier herum?« fragte er Schwejk. »Kennst du mich?«
»Melde gehorsamst«, antwortete Schwejk salutierend, »daß ich Sie nicht von Ihrer schlechten Seite kennenzulernen wünsche.«
Leutnant Dub erstarrte vor Schrecken, aber Schwejk stand ruhig vor ihm, die Hand fortwährend am Mützenschild, und fuhr fort: »Melde gehorsamst, Herr Lajtnant, daß ich Sie nur von der guten Seite kennenlernen will, damit Sie mich nicht zum Weinen bringen, wie Sie mir letztes Mal gesagt haben.«
Leutnant Dubs Kopf drehte sich ob dieser Frechheit, und er raffte sich nur zu dem entrüsteten Ausruf auf: »Schieb ab, du Schuft, wir sprechen noch miteinander.«
Schwejk ging hinter den Perron, und Leutnant Dub, der sich gefaßt hatte, folgte ihm. Hinterm Bahnhof, gleich an der Straße, stand eine Reihe mit dem Boden nach oben gekehrter Rückenkörbe, auf denen sich Strohschüsseln befanden; auf diesen Strohschüsseln wieder befanden sich verschiedene Näschereien, die so unschuldig aussahen, als wären diese guten Dinge für die Schuljugend irgendwo auf einem Ausflug bestimmt. Da gab es Zuckerstangen, Bonbons, Röllchen aus Oblaten, einen Haufen saurer Bonbons, hier und da auch auf einer Strohschüssel ein paar Scheiben schwarzen Brots mit Wurst, die ganz bestimmt von Pferden stammte. Im Innern aber enthielten die Rükkenkörbe verschiedene Sorten von Alkohol: Flaschen mit Kognak, Rum, Wacholderbranntwein und andere Liköre und Schnäpse.
Gleich hinter dem Straßengraben stand eine Bude, in der eigentlich alle diese Geschäfte mit verbotenen Getränken abgewickelt wurden. Zuerst verhandelten die Soldaten bei den Rückenkörben, dann zog ein Jude mit Schläfenlöckchen unter dem Rückenkorb eine unschuldig

aussehende Flasche hervor und brachte sie unter dem Kaftan in die hölzerne Bude, wo sie der Soldat irgendwie unauffällig in den Hosen oder unter der Bluse versteckte.

Hierher steuerte also Schwejk, während Leutnant Dub mit seinem Detektivtalent ihn vom Bahnhof aus beobachtete.

Schwejk suchte Bonbons aus, die er bezahlte und in die Tasche steckte, wobei der Herr mit den Schläfenlöckchen ihm zuflüsterte: »Schnaps hab ich auch, gnädiger Herr Soldat.«

Die Unterhandlung war rasch abgeschlossen. Schwejk ging in die Bude und zahlte erst, als der Herr mit den Schläfenlöckchen die Flasche geöffnet und Schwejk den Schnaps gekostet hatte. Er war mit dem Kognak zufrieden, und nachdem er die Flasche unter die Bluse gesteckt hatte, kehrte er auf den Bahnhof zurück.

»Wo warst du denn, du Schuft«, vertrat ihm Leutnant Dub den Weg zum Perron.

»Melde gehorsamst, Herr Lajtnant, daß ich mir Bonbons kaufen gegangen bin.« Schwejk griff in die Tasche und zog eine Handvoll schmutziger, verstaubter Bonbons heraus. »Wenn sich Herr Lajtnant nicht ekeln möcht. – Ich hab sie schon gekostet, sie sind nicht schlecht. Sie ham so einen angenehmen, merkwürdigen Geschmack wie von Powidel, Herr Lajtnant.«

Unter der Bluse zeichneten sich rundlich die Umrisse der Flasche ab.

Leutnant Dub klopfte Schwejk auf die Bluse: »Was trägst du hier, du Schuft. Zieh das heraus!«

Schwejk zog die Flasche mit dem gelblichen Inhalt und der vollkommen deutlichen Etikette »Kognak« heraus.

»Melde gehorsamst, Herr Lajtnant«, antwortete Schwejk unerschrokken, »daß ich mir in eine leere Kognakflasche ein bißl Wasser zum Trinken pumpen war. Ich hab noch von dem Gulasch, was wir gestern gehabt ham, einen schrecklichen Durst. Nur daß das Wasser dort bei der Pumpe, wie Sie sehn, Herr Lajtnant bißl gelb is, es wird wahrscheinlich eisenhältiges Wasser sein. So ein Wasser is sehr gesund und zuträglich.«

»Wenn du so einen Durst hast, Schwejk«, sagte Leutnant Dub mit einem teuflischen Lächeln und in der Absicht, die Szene, in der Schwejk vollkommen unterliegen mußte, so lang wie möglich auszudehnen, »so trink, aber tüchtig. Trink das Ganze auf einmal aus!«

Leutnant Dub kombinierte schon im voraus, wie Schwejk ein paar Schluck machen und nicht mehr weiterkönnen werde, und wie er, Leutnant Dub, ihn glorreich besiegen und sagen werde: »Reich mir auch die Flasche, damit ich ein bißchen trink, ich hab auch Durst.« Wie sich dieser Lump, der Schwejk, in diesem für ihn so fürchterlichen Augenblick benehmen und ein Rapport folgen werde usw. usw.

Schwejk entkorkte die Flasche, führte sie an den Mund, und Schluck auf Schluck verschwand in seiner Kehle. Leutnant Dub versteinerte. Schwejk trank vor seinen Augen die ganze Flasche leer, ohne mit der Wimper zu zucken, warf die leere Flasche über die Straße in den Teich, spuckte aus und sagte, als hätte er ein Gläschen Mineralwasser ausgetrunken: »Melde gehorsamst, Herr Lajtnant, daß das Wasser wirklich einen Eisengeschmack gehabt hat. In Kamyk an der Moldau hat ein Wirt für seine Sommergäste eisenhältiges Wasser auf die Weise gemacht, daß er in den Brunnen alte Hufeisen geworfen hat.«

»Ich werde dir geben, alte Hufeisen! Komm und zeig mir den Brunnen, aus dem du das Wasser geholt hast!«

»Es ist nur ein Stückel von hier, Herr Lajtnant, gleich hier hinter der Holzbude.«

»Geh voran, du Fallott, damit ich seh, ob du Schritt hältst!«

Das ist wirklich merkwürdig, dachte Leutnant Dub, dem elenden Kerl merkt man gar nichts an.

Schwejk ging also, ergeben in den Willen Gottes, voran; aber etwas sagte ihm ununterbrochen, daß ein Brunnen da sein müsse, und es überraschte ihn auch nicht im mindesten, daß einer da war. Es war sogar eine Pumpe da, und als sie bei ihr anlangten und Schwejk

pumpte, floß ein gelblich gefärbtes Wasser hervor, so daß Schwejk feierlich erklären konnte: »Hier is das eisenhältige Wasser, Herr Lajtnant.«
Der erschrockene Mann mit den Schläfenlöckchen näherte sich ihnen, und Schwejk sagte ihm auf deutsch, er möge ein Gläschen bringen, der Herr Lajtnant wolle trinken.
Leutnant Dub war von dem Ganzen so blöd, daß er ein ganzes Glas Wasser austrank, worauf sich in seinem Mund der Geschmack von Pferdeurin und Mistjauche verbreitete; total verblödet von seinem Erlebnis gab er dem Juden mit den Schläfenlöckchen für das Glas Wasser ein Fünfkronenstück und sagte, indem er sich zu Schwejk umdrehte: »Was gaffst du hier herum, scher dich nach Haus.«
Fünf Minuten später tauchte Schwejk im Stabswaggon bei Oberleutnant Lukasch auf, lockte ihn mit einer geheimnisvollen Grimasse aus dem Waggon und teilte ihm draußen mit: »Melde gehorsamst, Herr Oberlajtnant, daß ich in fünf, höchstens in zehn Minuten ganz besoffen sein wer, aber ich wer in meinem Waggon liegen und möcht Sie bitten, daß Sie mich wenigstens auf drei Stunden nicht rufen, Herr Oberlajtnant, und mir keine Befehle geben, solang ich mich draus nicht ausschlaf. Alles is in Ordnung, aber Herr Lajtnant Dub hat mich abgefangen, ich hab ihm gesagt, daß das Wasser is, so hab ich müssen vor ihm die ganze Flasche Kognak austrinken, damit ich ihm beweis, daß es Wasser is. Alles is in Ordnung, nichts hab ich verraten, wie Sies gewünscht ham, und vorsichtig war ich auch, aber jetzt meld ich schon gehorsamst, Herr Oberlajtnant, daß ichs schon spür, mir schlafen schon die Füße ein. Melde gehorsamst, Herr Oberlajtnant, daß ich allerdings gewöhnt bin zu saufen, weil mitn Herrn Feldkurat Katz . . .«
»Geh, Bestie!« rief der Oberleutnant, doch ohne jeden Groll. Dafür aber war ihm Leutnant Dub um fünfzig Prozent unsympathischer geworden als bisher.
Schwejk kletterte vorsichtig in seinen Waggon, und als er sich auf seinen Mantel und Rucksack legte, sagte er zum Rechnungsfeldwebel und den anderen: »Einmal hat sich euch ein Mensch besoffen und hat gebeten, daß man ihn nicht wecken soll . . .«
Nach diesen Worten wälzte er sich auf die Seite und fing an zu schnarchen.
Die Gase, die er beim Rülpsen von sich gab, erfüllten bald den ganzen Raum, so daß Koch-Okkultist Jurajda, der die Atmosphäre mit den Nüstern einzog, erklärte: »Sakra, hier riecht Kognak.«
Vor dem zusammenlegbaren Tischchen saß der Einjährigfreiwillige Marek, der es schließlich nach all den Leiden zum Bataillonsgeschichtsschreiber gebracht hatte.

Jetzt stellte er Vorrat an Heldentaten des Bataillons zusammen, und man konnte sehen, daß ihm dieser Blick in die Zukunft große Freude machte.
Rechnungsfeldwebel Waněk beobachtete mit Interesse, wie der Einjährigfreiwillige fleißig schrieb und dabei übers ganze Gesicht lachte. Deshalb stand Waněk auf und neigte sich über den Einjährigfreiwilligen, der ihm das Ganze zu erklären begann: »Sie, es ist eine schreckliche Hetz, die Geschichte des Bataillons auf Vorrat zu schreiben. Hauptsache ist, daß man systematisch vorgeht. In allem muß System herrschen.«
»Ein systematisches System?« bemerkte Rechnungsfeldwebel Waněk mit einem mehr oder minder verächtlichen Lächeln.
»Ja«, sagte der Einjährigfreiwillige nachlässig, »ein systematisiertes, systematisches System bei der Aufzeichnung der Bataillllonsgeschichte. Gleich zu Beginn können wir nicht mit einem großen Sieg herausrücken. Das muß alles langsam gehn, nach einem bestimmten Plan. Unser Bataillon kann den Weltkrieg nicht auf einmal gewinnen. Nihil nisi bene. Die Hauptsache für einen gründlichen Historiker, wie ich es bin, ist, zuerst einen Plan für unsere Siege zusammenzustellen. Zum Beispiel schildere ich hier, wie unser Bataillon – das wird beiläufig in zwei Monaten geschehen – fast die russische Grenze überschreitet, die sehr stark, sagen wir mit Donkosaken, besetzt ist, während einige feindliche Divisionen in den Rücken unserer Stellungen gelangen. Auf den ersten Blick scheint es, daß unser Bataillon verloren ist und daß wir zu Nudeln zerhackt werden müssen; da gibt Hauptmann Sagner folgenden Bataillonsbefehl aus: ›Gott will nicht, daß wir hier zugrunde gehn, fliehen wir!‹ Unser Bataillon ergreift also die Flucht, aber die feindliche Division, die bereits in unserem Rücken ist, sieht, daß wir ihr eigentlich nachlaufen, beginnt zu fliehen und fällt ohne Schuß unserer Armeereserve in die Hände. Damit fängt also eigentlich die Geschichte unseres Bataillons an. Aus einer unbedeutenden Begebenheit, um prophetisch zu sprechen, Herr Waněk, entwickeln sich weittragende Dinge. Unser Bataillon schreitet von Sieg zu Sieg. Interessant wird es sein, wie unser Bataillon den schlafenden Feind überfalln wird, wozu man freilich den Stil des ›Illustrierten Kriegsberichterstatters‹ braucht, der während des russisch-japanischen Kriegs bei Vilimek[1] erschienen ist. Unser Bataillon überfällt das Lager des schlafenden Feindes. Jeder von unsern Soldaten sucht sich einen Feind aus und stößt ihm mit aller Kraft das Bajonett in die Brust. Das ausgezeichnet geschliffene Bajonett fährt in den Mann hinein wie in Butter, und nur hier und da kracht eine Rippe; die schlafenden Feinde zucken mit

1 Prager tschechischer Verlag.

dem ganzen Körper, wälzen für einen Augenblick die nichtssehenden Augen heraus, röcheln und strecken alle viere von sich. Auf den Lippen der schlafenden Feinde zeigt sich blutiger Speichel, damit ist die Sache erledigt, und der Sieg ist auf seiten unseres Bataillons. Oder noch besser wirds etwa so ungefähr in drei Monaten sein, da wird unser Bataillon den russischen Zaren gefangennehmen. Davon sprechen wir aber erst später, Herr Waněk, inzwischen muß ich mir kleine Episoden auf Vorrat zurechtlegen. Ich werde mir ganz neue Kriegsausdrücke ausdenken müssen. Einen hab ich mir schon ausgedacht, ich werde von der opferfreudigen Entschlossenheit unserer mit Granatsplittern gespickten Mannschaft schreiben. Infolge der Explosion einer feindlichen Mine kommt einer von unseren Zugführern, sagen wir von der zwölften oder dreizehnten Kompanie, um den Kopf.

Apropos«, sagte der Einjährigfreiwillige und schlug sich an den Kopf, »fast hätte ich vergessen, Herr Rechnungsfeldwebel, oder bürgerlich gesagt, Herr Waněk, Sie müssen mir ein Verzeichnis aller Chargen verschaffen. Nennen Sie mir einen Feldwebel von der zwölften Kompanie – Houska? Gut, also Houska kommt durch diese Mine um den Kopf, der Kopf fliegt ihm weg, der Körper macht aber noch paar Schritte, zielt und schießt noch einen feindlichen Aeroplan herab. Das versteht sich ganz von selbst, daß der Widerhall dieser Siege in der Zukunft in Schönbrunn im Familienkreis gefeiert werden muß. Österreich hat sehr viele Bataillone, aber das einzige Regiment, das sich auszeichnet, ist unseres, so daß ihm zulieb eine kleine intime Familienfeier im kaiserlichen Hause stattfindet. Wie aus meinen Notizen hervorgeht, stell ichs mir so vor, daß die Familie der Erzherzogin Marie Valerie deshalb aus Wallsee nach Schönbrunn übersiedelt. Die Feier ist ganz intim und findet im Saal neben dem Schlafgemach des Monarchen statt, das mit weißen Kerzen erleuchtet ist, denn bekanntlich liebt man bei Hof elektrische Glühbirnen wegen Kurzschluß nicht, gegen den der greise Monarch voreingenommen ist. Um sechs Uhr abend beginnt die Feier zum Lob und Preis unseres Bataillons. In diesem Augenblick werden die Enkel Seiner Majestät in den Saal geführt, der eigentlich zu den Gemächern der verewigten Kaiserin gehört. Jetzt ist die Frage, wer außer der kaiserlichen Familie zugegen sein wird. Der Generaladjutant des Monarchen, Graf Paar, muß und wird zugegen sein. Weil bei solchen familiären und intimen Festen zuweilen jemandem übel zu werden pflegt, womit ich allerdings nicht sagen will, daß Graf Paar kotzen wird, ist die Anwesenheit des Leibarztes, des Hofrats Doktor Kerzl, erforderlich. Von wegen der Ordnung, damit sich die Hoflakaien nicht gewisse Vertraulichkeiten gegen die beim Festmahl anwesenden Da-

men erlauben, erscheint der Oberhofmeister Baron Lederer, Kammergraf Bellegarde und die erste Hofdame, Gräfin Bombelles, die unter den Hofdamen dieselbe Rolle spielt wie die Madame im Prager Bordell Schuha. Nachdem sich die vornehme Gesellschaft versammelt hat, wird der Kaiser davon verständigt; er erscheint hierauf im Gefolge seiner Enkel, setzt sich an den Tisch und spricht einen Toast zu Ehren unseres Marschbataillons. Nach ihm ergreift Erzherzogin Marie Valerie das Wort und gedenkt besonders rühmend Ihrer, Herr Feldwebel. Allerdings erduldet unser Bataillon nach meinen Notizen schwere und fühlbare Verluste, denn ein Bataillon ohne Tote ist kein Bataillon. Man wird einen Artikel über unsere Toten schreiben müssen. Die Geschichte des Bataillons darf sich nicht nur aus trockenen Tatsachen zusammensetzen, von denen ich schon im vorhinein etwa zweiundvierzig vermerkt habe. Sie zum Beispiel, Herr Waněk, fallen an einem kleinen Flüßchen, und hier der Baloun, der uns so komisch anschaut, der stirbt eines ganz andern Todes als durch eine Kugel, ein Schrapnell oder eine Granate. Er wird mit einem Lasso erdrosselt, das gerade in dem Augenblick, wie er das Mittagmahl seines Oberleutnants Lukasch verzehrt, aus einem feindlichen Aeroplan geschleudert wird.«
Baloun trat zurück, winkte verzweifelt mit den Händen und bemerkte niedergeschlagen: »Wenn ich für meine Veranlagung nicht kann! Wie ich noch aktiv gedient hab, hab ich mich vielleicht dreimal in der Küche um Minasch gezeigt, solang man mich nicht eingesperrt hat. Einmal hab ich dreimal Rippenfleisch zum Mittagmahl gehabt, wofür ich einen Monat gesessen bin. Der Wille des Herrn geschehe!«
»Fürchten Sie sich nicht, Baloun«, tröstete ihn der Einjährigfreiwillige, »in der Geschichte des Bataillons wird nicht von Ihnen gesagt werden, daß Sie am Weg von der Offiziersmenage in den Schützengraben beim Fressen umgekommen sind. Sie werden gemeinsam mit allen Männern unseres Bataillons genannt werden, die für den Ruhm unseres Reiches gefallen sind, zum Beispiel zusammen mit Rechnungsfeldwebel Waněk.«
»Welchen Tod bestimmen Sie mir, Marek?«
»Nur nicht so eilig, Herr Rechnungsfeldwebel, so schnell geht das nicht.«
Der Einjährigfreiwillige wurde nachdenklich: »Sie sind aus Kralup, nicht wahr, schreiben Sie also nach Haus, nach Kralup, daß Sie spurlos verschwinden werden, aber schreiben Sies vorsichtig. Oder wünschen Sie schwer verwundet zu werden und hinter den Drahthindernissen liegen zu bleiben? Sie liegen da hübsch den ganzen Tag mit zerschmettertem Bein. In der Nacht beleuchtet der Feind

unsere Stellung mit einem Reflektor und bemerkt Sie; er denkt, daß Sie als Kundschafter ausgesandt sind, und beginnt, Sie mit Granaten und Schrapnells zu bombadieren. Sie haben der Armee einen ungeheuren Dienst geleistet, denn die feindliche Armee hat für Sie solche Unmengen von Munition verbraucht wie für ein ganzes Bataillon, und Ihre Gliedmaßen schwimmen nach all diesen Explosionen über Ihnen frei in der Luft, durchdringen diese mit ihrer Rotation, singen ein Lied des großen Sieges. Kurz und gut, jeder kommt dran, und jeder von unserem Bataillon zeichnet sich aus, so daß die glorreichen Seiten unserer Geschichte mit Siegen überfüllt sein werden – obwohl ich sie sehr ungern überfüllen möchte, aber ich kann mir nicht helfen, alles muß gründlich durchgeführt werden, damit eine Erinnerung an uns zurückbleibt, bevor von unserem Bataillon, sagen wir, im Monat September, rein senkrecht nichts übrigbleibt als diese glorreichen Seiten der Geschichte, die den Herzen aller Österreicher sagen werden, daß sich alle, die ihre Heimat nicht mehr wiedersehen werden, ebenso tapfer wie unerschrocken geschlagen haben. Den Schluß, wissen Sie, Herr Waněk, den Nekrolog habe ich schon verfaßt. Ehre dem Andenken der Gefallenen! Ihre Liebe zur Monarchie ist die heiligste Liebe, denn sie gipfelt im Tod. Mögen ihre Namen mit Ehrfurcht ausgesprochen werden, wie zum Beispiel der Name Waněk. Diejenigen, die der Verlust des Ernährers am fühlbarsten betroffen hat, mögen stolz ihre Tränen trocknen, denn die Gefallenen waren – Helden unseres Bataillons.«

Telephonist Chodounsky und Koch Jurajda lauschten mit großem Interesse dieser Schilderung der vorbereiteten Geschichte des Bataillons.

»Kommen Sie näher, meine Herren«, sagte der Einjährigfreiwillige, in seinen Notizen blätternd, »Seite 15: Telephonist Chodounsky fiel am 3. September gleichzeitig mit Bataillonskoch Jurajda. Hören Sie weiter: Beispielloses Heldentum. Der erstere, der bereits seit drei Tagen beim Telephon nicht abgelöst wurde, rettet mit Einsetzung seines Lebens den Telephondraht in seiner Deckung. Der zweite, der die drohende Gefahr seiner Umgebung sieht, wirft sich mit einem Kessel kochender Suppe auf den Feind und verbreitet unter den Feinden Entsetzen und Brandwunden. – Schöner Tod der beiden. Der erste von einer Mine zerrissen, der zweite von Giftgasen erstickt, die man ihm unter die Nase hielt, als er nichts mehr hatte, um sich damit zu wehren. – Beide sterben mit dem Ausruf: Es lebe unser Bataillonskommandant! Das Oberkommando kann nichts tun, als uns täglich Danksagungen in der Form von Befehlen zu senden, damit auch andere Truppenkörper unserer Armee die Tapferkeit unseres Bataillons kennenlernen und sich ein Beispiel daran nehmen. Ich

kann euch einen Auszug aus einem Armeebefehl vorlegen, der in allen Armeeteilen verlesen werden wird; er ähnelt sehr dem Befehl des Erzherzogs Karl, den dieser im Jahre 1805 erteilte, als er mit seinem Heer vor Padua stand und einen Tag nach dem Befehl tüchtige Wichse bekam. Hört also, was man von unserm Bataillon als vorbildlich heldenhaftem Truppenkörper der ganzen Armee verlesen wird: ›... Ich hoffe, daß die ganze Armee sich an dem oben angeführten Bataillon ein Beispiel nehmen wird, insbesondere, daß sie sich jenen Geist des Selbstvertrauens, der Unerschütterlichkeit und der dauernden Unbesiegbarkeit in der Gefahr aneignen wird, jenen beispiellosen Heldenmut, die Liebe und das Vertrauen zu den Vorgesetzten, jene Tugenden, die das Bataillon auszeichnen und die es zu bewunderungswürdigen Taten, zum Glück und Sieg unseres Reiches führen. Alle seinem Beispiel ...‹«
Von dem Platz her, wo Schwejk lag, ertönte ein Gähnen, und man konnte hören, wie Schwejk aus dem Schlaf sprach: »Da ham Sie recht, Frau Müller, daß sich Leute ähnlich sind. In Kralup hat ein gewisser Herr Jarosch Pumpen gebaut, und der hat dem Uhrmacher Lejhanz aus Pardubitz ähnlich geschaut, wie wenn er ihm ausn Gesicht geschnitten wär, und der hat wieder dem Jitschiner Piskor so ähnlich geschaut, und alle drei zusamm einem unbekannten Selbstmörder, was man aufgehängt und vollkommen verwest in einem Teich bei Neuhaus gefunden hat, grad unter der Bahn, wo er sich wahrscheinlich untern Zug geworfen hat.« – Ein neuerliches Gähnen wurde laut und dann noch die Ergänzung: »Dann hat man alle übrigen zu einer großen Geldstrafe verurteilt, und morgen machen Sie mir geseihte Nudeln, Frau Müller.« – Schwejk wälzte sich auf die andere Seite und schnarchte weiter, während sich zwischen dem Koch-Okkultisten Jurajda und dem Einjährigfreiwilligen eine Debatte über die Dinge der Zukunft entspann.
Okkultist Jurajda meinte, daß es vielleicht auf den ersten Blick ein Unsinn zu sein scheine, wenn ein Mensch hetzhalber über etwas schreibe, was in der Zukunft geschehen werde: dennoch sei es sicher, daß so eine Hetz sehr oft prophetische Tatsachen enthalte, wenn der seelische Blick des Menschen unter dem Einfluß geheimnisvoller Mächte den Schleier der unbekannten Zukunft durchdringt. Von diesem Augenblick an war Jurajda in seiner Rede lauter Geheimnis. In jedem zweiten Satz offenbarte sich irgendein Schleier der Zukunft, bis er schließlich zur Regeneration überging, das heißt auf die Erneuerung des menschlichen Körpers, worauf er von der Fähigkeit der Infusorien, Körperteile zu erneuern, sprach und mit der Erklärung schloß, daß jeder Mensch einer Eidechse den Schwanz abreißen könne und daß ihr dieser wieder wachse.

Telephonist Chodounsky bemerkte dazu, daß die Menschen sich alle Finger ablecken könnten, wenn sie dasselbe zuwege brächten wie die Eidechse mit ihrem Schwanz. Zum Beispiel im Krieg, wenn jemandem der Kopf oder andere Körperteile abgerissen werden, wäre so was der Militärverwaltung sehr erwünscht, weils keine Invaliden geben würde. So ein österreichischer Soldat, dem fortwährend Beine, Arme, Köpfe nachwachsen würden, wäre bestimmt wertvoller als eine ganze Brigade.
Der Einjährigfreiwillige erklärte, daß es heute, dank der entwickelten Kriegstechnik, möglich sei, den Feind eventuell auf drei diagonale Teile zu halbieren. Es existiere ein Gesetz über die Erneuerung der Körper der Geißeltierchen aus dem Geschlecht der Infusorien; jeder halbierte Teil erneuert sich, bekommt neue Organe und wächst selbständig wie ein ganzes Geißeltierchen. Im analogen Fall würde sich das österreichische Heer nach jeder Schlacht, an der es teilgenommen hat, verdreifachen, verzehnfachen, aus jedem Fuß würde sich ein neuer, frischer Infanterist entwickeln.
»Der Schwejk sollte Sie hören«, bemerkte Rechnungsfeldwebel Waněk, »der möcht uns gewiß ein Beispiel anführen.«
Schwejk reagierte auf seinen Namen, murmelte »Hier« und schnarchte weiter, nachdem er diesen Ausdruck militärischer Disziplin von sich gegeben hatte.
In der halbgeöffneten Waggontür zeigte sich der Kopf Leutnant Dubs.
»Wo ist der Schwejk?« fragte er.
»Er schläft, melde gehorsamst, Herr Leutnant«, antwortete der Einjährigfreiwillige.
»Wenn ich nach ihm frage, Sie Einjährigfreiwilliger, haben Sie sofort aufzuspringen und ihn zu rufen.«
»Das geht nicht, Herr Leutnant, er schläft.«
»Also wecken Sie ihn! Ich wunder mich sehr, daß Ihnen das nicht gleich einfällt, Sie Einjährigfreiwilliger! Sie sollten Ihren Vorgesetzten mehr Entgegenkommen zeigen! Sie kennen mich noch nicht ... Aber bis Sie mich kennenlernen werden ...«
Der Einjährigfreiwillige begann Schwejk zu wecken.
»Schwejk, es brennt, stehn Sie auf!«
»Wie damals die Odkolek-Mühlen gebrannt ham«, brummte Schwejk, während er sich wieder auf die andere Seite wälzte, »is die Feuerwehr bis aus Wysotschan gekommen ...«
»Bitte, Sie sehn«, sagte der Einjährigfreiwillige zu Leutnant Dub, »daß ich ihn wecke, aber daß es nicht geht.«
Leutnant Dub ward ärgerlich. »Wie heißen Sie, Einjährigfreiwilliger? — Marek? — Aha, Sie sind der Einjährigfreiwillige Marek, der fortwährend im Arrest gesessen ist, nicht wahr?«

»Jawohl, Herr Leutnant. Ich habe den Einjährigenkurs sozusagen im Kriminal durchgemacht und bin degradiert worden, das heißt, nach meiner Entlassung vom Divisionsgericht, wo meine Unschuld an den Tag kam, zum Bataillonsgeschichtsschreiber mit Belassung des Ranges eines Einjährigfreiwilligen ernannt worden.«
»Sie werdens nicht lange sein«, brüllte Leutnant Dub und wurde puterrot im Gesicht – was den Eindruck erweckte, als seien seine Wangen nach ein paar Ohrfeigen angeschwollen –, »dafür werde ich sorgen!«
»Ich bitte, Herr Leutnant, zum Rapport vorgeführt zu werden«, sagte der Einjährigfreiwillige ernst.
»Sie, spielen Sie sich nicht mit mir«, sagte Leutnant Dub. »Ich werde Ihnen geben, Rapport. Wir werden noch miteinander zu tun haben, aber dann wird es Sie verflucht verdrießen; denn dann werden Sie mich kennenlernen, wenn Sie mich jetzt noch nicht kennen.«
Leutnant Dub entfernte sich grollend und vergaß in der Aufregung, daß er vor einer Weile die beste Absicht gehabt hatte, Schwejk zu rufen und ihm zu sagen: »Hauch mich an!«, gleichsam als letztes Mittel, Schwejks ungesetzlichen Alkoholismus festzustellen. Jetzt war es freilich schon zu spät, denn als er nach einer halben Stunde in den Waggon zurückkehrte, hatte man inzwischen an die Mannschaft schwarzen Kaffee mit Rum verteilt; Schwejk war bereits wach und sprang auf den Ruf Leutnant Dubs wie ein Reh aus dem Waggon.
»Hauch mich an!« brüllte ihn Leutnant Dub an.
Schwejk atmete den ganzen Vorrat seiner Lungen auf ihn aus, wie wenn ein heißer Wind den Geruch einer Spiritusfabrik in die Felder trägt.
»Was spürt man da aus dir, Kerl?«
»Melde gehorsamst, Herr Lajtnant, aus mir spürt man Rum.«
»Also siehst du, Bürscherl«, rief Leutnant Dub siegesbewußt. »Endlich hab ich dich gefangen.«
»Jawohl, Herr Lajtnant«, sagte Schwejk ohne jedes Zeichen einer Beunruhigung. »Grad hamr Rum in Kaffee gefaßt, und ich hab den Rum zuerst ausgetrunken. Wenn aber irgendeine neue Verordnung besteht, Herr Lajtnant, daß man zuerst Kaffee trinken soll und dann erst Rum, bitt ich um Verzeihung, nächstens wirds nicht mehr geschehn.«
»Und warum hast du geschnarcht, wie ich vor einer halben Stunde im Waggon war? Man hat dich doch nicht erwecken können.«
»Ich hab, melde gehorsamst, Herr Lajtnant, die ganze Nacht nicht geschlafen, weil ich an die Zeiten gedacht hab, wie wir noch in Veszprim Manöver gehabt ham. Damals is das supponierte erste und

zweite Armeekorps über Steiermark vorgegangen und hat unser viertes Korps umzingelt, was in Wien und Umgebung auf Lager war, wo wir überall Festungen gehabt ham, aber sie sind an uns vorbeigekommen und sind bis auf die Brücke gekommen, was die Pioniere vom rechten Donauufer geschlagen ham. Wir ham eine Offensive machen solln, und Truppen ausn Norden und dann auch ausn Süden, aus Wosek, ham uns zu Hilfe kommen solln. Da hat man uns einen Befehl verlesen, daß uns das dritte Armeekorps zu Hilfe kommt, damit man uns nicht zwischen dem Plattensee und Preßburg zermalmt, bis wir gegen das zweite Armeekorps vorrücken wern. Aber es hat nichts genützt, wie wir ham gewinnen solln, hat man abgeblasen, und die mit den weißen Binden hams gewonnen.«

Leutnant Dub sagte nicht ein Wort und ging, den Kopf schüttelnd, verlegen fort, aber gleich darauf kehrte er vom Stabswaggon zurück und sagte zu Schwejk: »Merkt euch alle, daß eine Zeit kommen wird, wo ihr vor mir heulen werdet!« Zu mehr konnte er sich nicht aufraffen, deshalb ging er wieder zum Stabswaggon, wo Hauptmann Sagner gerade einen Unglücklichen von der 12. Kompanie verhörte, den Feldwebel Strnad vorgeführt hatte, weil der Soldat schon jetzt für seine Sicherheit im Schützengraben vorzusorgen begonnen hatte und von der Station die mit Blech beschlagene Tür eines Schweine-

stalls weggeschleppt hatte. Jetzt stand er erschrocken, mit herausgewälzten Augen da und entschuldigte sich, er habe die Tür gegen die Schrapnells mit in die Deckung nehmen, sich »sichern« wollen.
Das benutzte Leutnant Dub zu einer großen Predigt darüber, wie sich ein Soldat zu benehmen habe, was seine Pflichten gegenüber dem Vaterland und dem Monarchen seien, der der oberste Kommandant und höchste Kriegsherr ist. Wenn sich aber im Bataillon solche Elemente befänden, dann sei es nötig, sie auszurotten, zu bestrafen und einzusperren. Dieses Gequassel war so abgeschmackt, daß Hauptmann Sagner dem Schuldigen auf die Schulter klopfte und ihm sagte: »Wenn Sies nur gut gemeint haben, nächstens machen Sies nicht, es ist eine Dummheit von Ihnen, die Tür geben Sie wieder zurück, wo Sie sie genommen haben, und scheren Sie sich zum Teufel!«
Leutnant Dub biß sich in die Lippen und war überzeugt, daß eigentlich die Rettung der sich zersetzenden Disziplin im Bataillon einzig und allein von ihm abhänge. Deshalb umschritt er noch einmal den ganzen Bahnhofsvorplatz. In der Nähe eines Magazins, an dem sich eine große Tafel mit der magyarisch-deutschen Aufschrift befand, daß man hier nicht rauchen dürfe, erblickte er einen Soldaten, der dort saß und eine Zeitung las, die ihn so verdeckte, daß man seine Aufschläge nicht sah. Er schrie ihm »Habt acht!« zu; es war ein Soldat des magyarischen Regiments, das in Humena in Reserve stand.
Leutnant Dub rüttelte ihn, der magyarische Soldat stand auf, hielt es nicht einmal für nötig, zu salutieren, steckte nur die Zeitung in die Tasche und entfernte sich in der Richtung zur Straße. Leutnant Dub ging ihm wie benebelt nach, aber der magyarische Soldat beschleunigte seine Schritte; dann drehte er sich um und hob höhnisch die Hände in die Höh, damit Leutnant Dub keinen Augenblick daran zweifle, daß der Soldat Dubs Angehörigkeit zu einem tschechischen Regiment sofort erkannt hatte. Dann verschwand der Magyar im Galopp zwischen den nahen Hütten der Straße.
Um irgendwie zu bekunden, daß er mit dieser Szene nichts gemein habe, betrat Leutnant Dub majestätisch einen kleinen Laden an der Straße, zeigte verwirrt auf eine Spule schwarzen Zwirns, steckte sie in die Tasche, bezahlte und kehrte in den Stabswaggon zurück; dann ließ er von der Bataillonsordonnanz seinen Diener Kunert holen und sagte ihm, indem er ihm den Zwirn übergab: »Ich muß mich um alles kümmern, Sie haben gewiß vergessen, Zwirn mitzunehmen.«
»Melde gehorsamst, Herr Lajtnant, daß ich ein ganzes Dutzend hab.«
»Also zeigen Sie mir ihn sofort, und daß Sie gleich damit wieder da sind, oder meinen Sie, daß ich Ihnen glaube?«

Als Kunert mit einer ganzen Schachtel weißer und schwarzer Spulen zurückkehrte, sagte Leutnant Dub: »Siehst du, Kerl, schau dir den Zwirn an, den du gekauft hast, und schau dir meine große Spule an! Schau, wie dünn dein Zwirn ist und wie leicht er zerreißt, und schau dir meinen an, was das für Arbeit gibt, bevor du ihn abreißt. Im Feld können wir keine Fetzen brauchen, im Feld muß alles gediegen sein. Also nimm wieder alle Spulen mit und wart meine Befehle ab und merk dir, nächstens mach nichts selbständig nach deinem Kopf und komm mich fragen, wenn du etwas kaufst! Wünsch dir nicht, mich kennenzulernen, du kennst mich noch nicht von der schlechten Seite.«

Nachdem Kunert gegangen war, wandte sich Leutnant Dub an Oberleutnant Lukasch: »Mein Bursch ist ein sehr intelligenter Mensch. Hier und da macht er einen Fehler, aber sonst kapiert er sehr gut. Das Beste an ihm ist seine vollständige Ehrlichkeit. Ich hab nach Bruck ein Paket von meinem Schwager vom Land bekommen, ein paar gebratene junge Gänse, und werden Sie glauben, daß er sie nicht einmal berührt hat? Und weil ich sie nicht rasch genug aufessen konnte, hat er sie lieber verstinken lassen. Das macht freilich die Disziplin: Ein Offizier muß sich die Soldaten erziehen.«

Um merken zu lassen, daß er dem Gequatsch dieses Idioten nicht zuhöre, kehrte sich der Oberleutnant dem Fenster zu und sagte: »Ja, heute ist Mittwoch.«

In dem Bedürfnis, etwas zu sprechen, wandte sich Leutnant Dub also an Hauptmann Sagner und sagte in einem ganz vertraulichen, kameradschaftlichen Ton: »Hören Sie, Hauptmann Sagner, was halten Sie . . .«

»Pardon, einen Moment«, sagte Hauptmann Sagner und verließ den Waggon.

Inzwischen unterhielten sich Schwejk und Kunert über ihre Herren.

»Wo warst du die ganze Zeit, daß du gar nicht zu sehn warst?« fragte Schwejk.

»Aber das weißt du doch«, sagte Kunert, »mit meinem blöden Alten is fort Arbeit. Der ruft dich jede Weile zu sich und fragt dich nach Sachen, die dich nichts angehn. Er hat mich auch gefragt, ob ich dein Kamerad bin, und ich hab gesagt, daß wir uns sehr wenig sehn.«

»Das is sehr hübsch von ihm, daß er nach mir fragt. Ich hab ihn sehr gern, deinen Herrn Lajtnant. Er is so brav und gutherzig und auf die Soldaten wie ein Vater«, sagte Schwejk ernst.

»Ja, da irrst du dich«, widersprach Kunert, »das is ein hübsches Schwein, und blöd is er wie Dreck. Ich hab ihn schon bis zum Hals satt, fort sekkiert er mich nur.«

»Aber geh weg«, wunderte sich Schwejk, »ich hab doch gedacht, daß er so ein wirklich braver Mensch is. Du sprichst aber sehr komisch von deinem Lajtnant, aber das is schon bei jedem Putzfleck angeboren. Da hast du diesen Burschen vom Major Wenzl, der sagt nicht anders von seinem Herrn als: is das ein Stück von einem verfluchten, idiotischen Blödian, und der Putzfleck vom Oberst Schröder, der, wenn er von seinem Herrn gesprochen hat, hat er ihn nicht anders genannt als bepischtes Luder und Gestank stinkender. Das hast du davon, weil das jeder Bursch von seinem Herrn lernt. Wenn der Herr nicht uns selbst beschimpfen möcht, so möchts der Putzfleck nicht nach ihm wiederholn. In Budweis war zu meiner Dienstzeit ein Lajtnant Prochazka, der hat nicht viel aufgeheißen, der hat seinem Putzfleck nur gesagt: ›Du edle Kuh.‹ Einen andern Schimpfnamen hat der Putzfleck, ein gewisser Hibmann, nicht von ihm gehört. Er hat sichs so angewöhnt, der Hibmann, daß, wie er in Zivil gekommen is, hat er dem Vater, der Mutter und den Schwestern gesagt: ›Du edle Kuh‹, und hats auch seiner Braut gesagt, die is mit ihm bös geworn und hat ihn auf Ehrenbeleidigung geklagt, weil ers ihr, ihrem Vater und ihrer Mutter gesagt hat, auf einer Tanzunterhaltung, ganz öffentlich. Und hats ihm nicht verziehn, und vor Gericht hat sie auch angegeben, daß, wenn er sie Kuh irgendwo abseits geschimpft hätt, daß sie sich vielleicht versöhnt hätt, aber so, daß es ein europäischer Schkandal is. Unter uns gesagt, Kunert, das hätte ich mir von deinem Lajtnant nie gedacht. Auf mich hat er schon damals, wie ich zum erstenmal mit ihm gesprochen hab, so einen sympathischen Eindruck gemacht wie eine Wurst, was frisch aus der Selchkammer gezogen is, und wie ich zum zweitenmal mit ihm gesprochen hab, is er mir sehr belesen und irgendwie so beseelt vorgekommen. — Woher bist du eigentlich? Direkt aus Budweis? Das laß ich mir gefallen, wenn jemand direkt von irgendwo is. — Und wo wohnst du dort? — Unter den Lauben? Das is gut, dort is wenigstens im Sommer Schatten. Hast du Familie? — Eine Frau und drei Kinder? — Da bist du glücklich, Kamerad, wenigstens wird dich jemand zu beweinen haben, wies mein Feldkurat Katz immer in der Predigt gesagt hat, und es is auch wahr, weil ich mal so eine Rede von einem Oberst an die Reservisten in Bruck gehört hab, was von dort nach Serbien gefahren sind, daß jeder Soldat, was zu Haus eine Familie hinterläßt und am Schlachtfeld fällt, daß er zwar alle Familienbande zerreißt — das heißt, er hats so gesagt: ›Wenn er eine Leiche is, eine Leiche der Familie is, sind die Familienbande zerrissen, aber er is ein Held, weil er sein Leben für eine größere Familie, fürs Vaterland geopfert hat.‹ Wohnst du im vierten Stock? — Im Mezzanin? — Da hast du recht, ich hab mich jetzt erinnert, daß dort, am Budweiser Ring, kein vierstöckiges Haus steht. Du gehst also schon? — Aha, dein Herr Offizier steht vorn Stabswaggon und schaut her. Wenn er dich also vielleicht fragt, ob ich vielleicht nicht auch von ihm gesprochen hab, und vergiß nicht, ihm zu sagen, wie hübsch ich von ihm gesprochen hab, ich hab selten so einen Offizier getroffen, was sich so freundschaftlich und väterlich benehmen möcht wie er. Vergiß ihm nicht zu sagen, daß er mir sehr belesen vorkommt, und sag ihm auch, daß er sehr intelligent is. Sag ihm auch, daß ich dich ermahnt hab, daß du brav bist und ihm alles machst, was du ihm an den Augen absiehst. Merkst du dir das?«

Schwejk kletterte in den Waggon, und Kunert mit dem Zwirn begab sich wieder in seine Höhle.

Nach einer Viertelstunde fuhr man weiter nach Nagy-Czaba, an den abgebrannten Dörfern Brestow und Groß-Radwany vorbei. Man sah, daß es hier bereits ernst wurde.

Die Berglehnen und Hänge waren von Schützengräben zerfurcht, die längs der Bahnstrecke mit neuen Schwellen von Tal zu Tal führten. Zu beiden Seiten befanden sich große, von Granaten gebildete Löcher. Irgendwo über dem nach Laborce fließenden Bach, dessen oberem Lauf die Bahn folgte, waren Brücken und die abgebrannten Balken alter Flußübergänge sichtbar.

Das ganze Tal am Mecze Laborce war zerfurcht und aufgeworfen, als hätten hier Armeen riesenhafter Maulwürfe gearbeitet. Die Straße hinter dem Flüßchen war zerfurcht, zerschmettert, und daneben sah man zerstampfte Flächen, auf denen die Soldaten gelagert hatten.

Stürme und Regengüsse hatten am Rand der durch Granaten entstandenen Löcher zerrissene Fetzen österreichischer Uniformen aufgedeckt.

Hinter Nagy-Czaba, auf einer alten, abgebrannten Kiefer, im Gewirr der Zweige, hing der Stiefel irgendeines österreichischen Infanteristen mit einem Stück Schienbein drin. Man sah Wälder ohne Laub, ohne Nadeln — so hatte das Kanonenfeuer hier gewüstet —, Bäume ohne Kronen und zerschossene Gehöfte.

Der Zug fuhr langsam über die frisch aufgeschütteten Erdwälle; so konnte das ganze Bataillon alle Kriegsfreuden gründlich in sich aufnehmen und vorausahnen und sich beim Anblick der Militärfriedhöfe mit weißen Kreuzen, die auf der Ebene und auf den verwüsteten Hängen schimmerten, langsam, aber sicher auf das Feld der Ehre vorbereiten, deren Abschluß eine von Straßenkot beschmutzte Mütze bildete, die auf einem weißen Kreuz schwankte.

Die Deutschen aus Bergreichenstein, die in den rückwärtigen Waggons saßen und noch in der Station Milowitz bei der Einfahrt »Wann ich kumm, wann ich wieda kumm ...« gebrüllt hatten, waren ab

Humena bedenklich verstummt; sie sahen ein, daß viele von denen, deren Mützen sich auf den Gräbern befanden, genau dasselbe gesungen hatten: wie hübsch es sein werde, bis sie wieder zurückkehren und mit ihrem Liebchen zu Hause bleiben würden.
Mecze Laborce war eine Station hinter einem zertrümmerten, abgebrannten Bahnhof, aus dessen verrauchten Mauern verbogene Traversen hervorsahen.
Eine neue langgestreckte Baracke aus Holz, die man rasch an Stelle des abgebrannten Bahnhofs erbaut hatte, war mit Plakaten in allen Sprachen bedeckt: »Zeichnet die österreichische Kriegsanleihe!«
In einer andern langgestreckten Baracke befand sich sogar eine Station des Roten Kreuzes, aus der zwei Schwestern mit einem dicken Militärarzt traten; sie lachten aus vollem Hals über den dicken Militärarzt, der zu ihrer Belustigung verschiedene Tierstimmen nachahmte und erfolglos zu grunzen versuchte.
Unterhalb des Eisenbahndammes, im Tal des Baches, lag eine zerdroschene Feldküche. Schwejk zeigte auf sie und sagte zu Baloun: »Schau, Baloun, was uns in der nächsten Zukunft erwartet. Grad hat die Menage verteilt wern solln, in dem Moment is eine Granate geflogen gekommen und hat sie so zugerichtet.«
»Das is schrecklich«, seufzte Baloun, »ich hab mir nie gedacht, daß was Ähnliches auf mich wartet, aber dran war mein Hochmut schuld, ich Biest, ich hab mir ja in Budweis vorigen Winter Lederhandschuh gekauft. Es war mir schon zu schlecht, auf meinen Bauernpratzen die gestrickten alten Handschuh zu tragen, was mein seliger Vater getragen hat, und ich war nur fort wie besessen auf die ledernen, städtischen. – Der Vater hat Erbsen gefressen, und ich kann Erbsen nicht mal sehn, nur lauter Geflügel. Gewöhnliches Schweinefleisch is mir auch nicht unter die Nas gegangen; meine Alte hat mirs, Gott straf mich nicht, auf Bier machen müssen.«
Baloun begann in völliger Verzweiflung eine Generalbeichte abzulegen: »Ich hab euch alle Heiligen Gottes gelästert, in Maltsch, im Wirtshaus, und in Unterzahaj hab ich den Kaplan verprügelt. An Gott hab ich noch geglaubt, das leugne ich nicht, aber am heiligen Josef hab ich gezweifelt. Alle Heiligen hab ich im Haus geduldet, nur das Bild vom heiligen Josef hat fort müssen, und so hat mich jetzt Gott für alle meine Sünden und für meine Sittenlosigkeit gestraft. Wieviel solche Sittenlosigkeiten hab ich in der Mühle angestellt, wie oft hab ich meinen Vater beschimpft und ihm das Ausgedinge verbittert und meine Frau sekkiert.«
Schwejk ward nachdenklich. »Du bist Müller, nicht wahr? – So hast du also wissen solln, daß Gottes Mühlen zwar langsam, aber sicher mahlen, wenn wegen dir der Weltkrieg ausgebrochen is.«

Der Einjährigfreiwillige mengte sich ins Gespräch:
»Mit dem Lästern, Baloun, und dem Nichtanerkennen aller Heiligen haben Sie sich entschieden nicht genützt, denn Sie müssen wissen, daß unsere österreichische Armee schon seit Jahren eine rein katholische Armee ist, deren glänzendstes Vorbild unser allerhöchster Kriegsherr ist. Wie können Sie sich überhaupt unterstehn, mit dem Gift des Hasses gegen einige Heilige in den Kampf zu gehn, wenn das Kriegsministerium durch die Garnisonskommandanten Jesuitenexerzitien für die Offiziere eingeführt hat und wir die Feier der militärischen Auferstehung miterlebt haben? Verstehn Sie mich wohl, Baloun? Begreifen Sie, daß Sie eigentlich etwas gegen den heiligen Geist unserer glorreichen Armee unternehmen? Und dann der heilige Josef, von dem Sie gesagt haben, daß sein Bild nicht bei Ihnen in der Stube hängen durfte. Er is ja eigentlich der Patron aller, die sich vom Militär drücken wollen. Er war Zimmermann, und Sie kennen doch den Wahlspruch: ›Schaun wir, wo der Zimmermann das Loch gelassen hat.‹ Wieviel Menschen sind schon mit diesem Wahlspruch in die Gefangenschaft gegangen — wenn sie sich nicht vielleicht aus Egoismus zu retten versuchten, sondern als Mitglied der Armee, damit sie dann, wenn sie aus der Gefangenschaft heimkehren, Seiner Majestät dem Kaiser sagen können: Wir sind hier und erwarten weitere Befehle! Verstehen Sie das, Baloun?«
»Ich verstehs nicht«, seufzte Baloun, »ich hab überhaupt einen dummen Schädel. Mir sollt man alles zehnmal wiederholen.«
»Kannst du nichts nachlassen?« fragte Schwejk, »also ich wer dirs noch mal erklären. Soeben hast du gehört, daß du dich dran halten mußt, was für ein Geist in der Armee herrscht, daß du an den heiligen Josef glauben mußt und, wenn du von Feinden umringt sein wirst, daß du schaun mußt, wo der Zimmermann das Loch gelassen hat, damit du dich für den Kaiser rettest und für neue Kriege. Jetzt verstehst dus vielleicht und wirst gut dran tun, wenn du uns ein bißl ausführlicher beichten wirst, was für Unsittlichkeiten du in deiner Mühle angestellt hast, nicht aber, daß du dann so was erzählst, wie in der Anekdote von dem Mädl, was zum Herrn Pfarrer beichten gangen is und sich dann, wie sie schon verschiedene Sünden gebeichtet gehabt hat, angefangen hat zu schämen und gesagt hat, daß sie jede Nacht Unsittlichkeiten getrieben hat. Das versteht sich, wie das der Herr Pfarrer gehört hat, is ihm gleich der Speichel aus der Goschen geflossen, und er hat gesagt: ›No, schäm dich nicht, liebe Tochter, ich bin doch an Gottes Statt, und erzähl mir hübsch genau von deinen Unsittlichkeiten.‹ Und sie hat euch dort zu weinen angefangen, daß sie sich schämt, daß es so eine schreckliche Unsittlichkeit is, und er hat ihr wieder erklärt, daß er ihr geistlicher Vater is. End-

lich, nach langem Sträuben, hat sie damit angefangen, daß sie sich immer ausgezogen hat und ins Bett gekrochen is. Und wieder hat er kein Wort aus ihr herausbringen können, und sie hat nur noch mehr zu heuln angefangen. Er also wieder, sie soll sich nicht schämen, daß der Mensch von Natur aus ein sündhaftes Gefäß is, aber daß die Gnade Gottes unermeßlich is. Sie hat sich also entschlossen und hat weinend gesagt: ›Wie ich mich also ausgezogen ins Bett gelegt hab, hab ich angefangen, mir den Schmutz zwischen den Zehn herauszukratzen und hab dazugerochen.‹ Das war also die ganze Unsittlichkeit. Ich hoff aber, Baloun, daß du das in der Mühle nicht gemacht hast und daß du uns etwas Interessanteres sagen wirst, irgendeine wirkliche Unsittlichkeit.«
Es zeigte sich, daß Baloun nach seiner Aussage in der Mühle mit den Bäuerinnen Unsittlichkeiten getrieben hatte, Unsittlichkeiten, die darin bestanden, daß er ihnen das Mehl mischte, was er in seiner geistigen Einfalt Unsittlichkeit nannte. Am meisten enttäuscht war Telephonist Chodounsky; er fragte den Müller, ob er in der Mühle mit den Bäuerinnen auf den Mehlsäcken wirklich nichts gehabt habe, worauf Baloun die Hände ringend erwiderte: »Dazu war ich zu dumm.«
Der Mannschaft wurde angekündigt, daß sie hinter Palota im Lubkapaß ein Mittagessen erhalten werde, und der Bataillonsrechnungsfeldwebel, die Kompanieköche und Leutnant Cajthaml, der die Bataillonsverpflegung zu überwachen hatte, begaben sich auch in die Gemeinde Mecze Laborce. Vier Mann wurden ihnen als Patrouille zugeteilt.
Sie kehrten in einer knappen halben Stunde mit drei an den Hinterfüßen zusammengebundenen Schweinen, der brüllenden Familie eines ungarischen Russen, dem die Schweine requiriert worden waren, und dem dicken Militärarzt aus der Roten-Kreuz-Baracke zurück, der dem achselzuckenden Leutnant Cajthaml eifrig etwas erklärte.
Vor dem Stabswaggon erreichte der ganze Zwist seinen Höhepunkt, als der Militärarzt anfing, Hauptmann Sagner ins Gesicht zu sagen, daß diese Schweine für das Spital des Roten Kreuzes bestimmt seien, wovon wiederum der Bauer nichts wissen wollte; hingegen verlangte er, die Schweine mögen ihm zurückerstattet werden, sie seien sein letzter Besitz, und er könnte sie auf keinen Fall, entschieden aber nicht für den ihm ausbezahlten Preis hergeben.
Dabei streckte er das Geld, das er für die Schweine erhalten hatte, in der Faust Hauptmann Sagner zu, während die Bäuerin dessen andere Hand festhielt und mit jener Unterwürfigkeit küßte, die dieser Gegend immer eigentümlich war.

Hauptmann Sagner war darob ganz verwirrt, und es dauerte geraume Zeit, bevor es ihm gelang, die alte Bäuerin fortzuschieben. Das nützte jedoch nichts; statt ihrer kamen junge Kräfte, die sich wieder daranmachten, seine Hände abzuknutschen.
Leutnant Cajthaml meldete jedoch in rein dienstlichem Ton: »Dieser Kerl hat noch zwölf Schweine und wurde entsprechend dem letzten Divisionskommandobefehl Nummer 12420, Verpflegungsreferat, ganz rechtmäßig bezahlt. Nach diesem Befehl, § 16, werden Schweine in vom Kriege nicht betroffenen Orten nicht teurer als zu 2 Kronen 16 Heller für ein Kilogramm Lebendgewicht gekauft; in vom Krieg betroffenen Orten sind auf ein Kilogramm Lebendgewicht 36 Heller zuzugeben, also für ein Kilogramm 2 Kronen 52 Heller zu entrichten. Dazu die Bemerkung: Falls Fälle festgestellt wurden, wo im Kriegsgebiet die Schweinewirtschaft mit verschnittenen Schweinen, die zu Verpflegungszwecken der durchfahrenden Transporte verwendet werden können, intakt blieb, wird für das Schweinefleisch wie in den vom Krieg nicht betroffenen Gegenden eine besondere Zulage von 12 Hellern auf ein Kilogramm Lebendgewicht bezahlt. Ist diese Lage nicht vollkommen klar, möge sofort an Ort und Stelle eine Kommission zusammengestellt werden, bestehend aus dem Interessenten, dem Kommandanten des durchfahrenden Militärtransportes und jenem Offizier oder Rechnungsfeldwebel (wenn es sich um eine kleinere Formation handelt), dem die Verpflegung anvertraut ist.«
All das las Leutnant Cajthaml aus einer Kopie des Divisionskommandobefehls vor, den er ununterbrochen bei sich trug, wodurch er bereits beinahe auswendig wußte, daß die Bezahlung für ein Kilogramm Möhren im Kriegsgebiet auf 15 bis 30 Heller und für Karfiol[1], der für die Offiziersmenageküchenabteilung im Kriegsgebiet bestimmt ist, auf 1 Krone 75 Heller pro Kilogramm erhöht wird.
Diejenigen, die das in Wien ausgearbeitet hatten, stellten sich das Kriegsgebiet als eine Gegend vor, in der es von Möhren und Karfiol wimmelte.
Leutnant Cajthaml las das dem aufgeregten Bauer allerdings in deutscher Sprache vor und fragte ihn dann, ob er es verstehe; als der Bauer den Kopf schüttelte, brüllte er ihn an: »Willst du also die Kommission?«
Der Bauer verstand das Wort Kommission, deshalb nickte er mit dem Kopf. Während seine Schweine bereits geraume Zeit vorher zur Hinrichtung zu den Feldküchen geschleppt worden waren, umstanden ihn die der Requisitionsabteilung zugeteilten Soldaten mit aufgepflanzten Bajonetten; dann brach die Kommission auf, um in

1 Südostdeutsch für Blumenkohl.

seinem Gehöft festzustellen, ob er 2 Kronen 52 Heller oder 2 Kronen 28 Heller pro Kilogramm bekommen solle.

Sie hatten noch nicht einmal den zur Gemeinde führenden Weg betreten, als von den Feldküchen her das dreifache Todesquietschen der Schweine ertönte.

Der Bauer begriff, daß alles zu Ende sei, und rief verzweifelt: »Gebt mir für jede Sau zwei rheinische Gulden!«

Die vier Soldaten umringten ihn enger, und die ganze Familie versperrte Hauptmann Sagner und Leutnant Cajthaml den Weg, indem sie in den Straßenstaub kniete.

Die Mutter und zwei Töchter umschlangen die Knie der beiden und nannten sie Wohltäter; dann brachte der Bauer die Weiber zum Schweigen und befahl ihnen im ukrainischen Dialekt der ungarischen Russen aufzustehen; die Soldaten mögen nur die Schweine auffressen und an ihnen krepieren.

So wurde also von der Kommission Abstand genommen, und weil der Bauer sich plötzlich auflehnte und mit den Fäusten drohte, versetzte ihm ein Soldat eins mit dem Kolben, der dröhnend an des Bauern Pelz abprallte, worauf sich die ganze Familie bekreuzigte und mit dem Vater die Flucht ergriff.

Zehn Minuten später tat sich der Bataillonsfeldwebel in seinem Waggon mit Bataillonsordonnanz Matuschitz bereits an dem Schweinehirn gütlich, und während sie sich wacker stopften, sagte der Feldwebel giftig zu den Schreibern: »Das möchtet ihr fressen, was? Ja, Jungens, das is nur für die Chargen. Den Köchen die Nieren und die Leber, Hirn und Wellfleisch den Herren Rechnungsfeldwebeln, und den Schreibern nur doppelte Portionen vom Fleisch für die Mannschaft.«

Hauptmann Sagner hatte ebenfalls bereits einen Befehl betreffs der Offiziersküche erteilt: »Schweinefleisch auf Kümmel, das beste Fleisch aussuchen, nicht zu fett!«

Und so geschah es, daß jeder Mann, als im Lubkapaß die Menage an die Mannschaft verteilt wurde, in seiner Menageschale in der Portion Suppe zwei kleine Stückchen Fleisch fand, und der, welcher auf einem noch ärgern Planeten geboren worden war, nur ein Stückchen Haut.

In der Küche herrschte der gewohnte militärische Nepotismus, der allen gab, die der herrschenden Clique nahestanden. Die Putzflecke erschienen im Lubkapaß mit fetten Mäulern. Jede Ordonnanz hatte einen Bauch wie einen Stein. Es ereigneten sich himmelschreiende Dinge.

Einjährigfreiwilliger Marek verursachte bei der Küche einen Skandal, denn er wollte gerecht sein; als ihm der Koch mit der Bemerkung:

»Das ist für unseren Geschichtsschreiber« eine tüchtige Scheibe gekochten Schlegel in die Suppe warf, erklärte er, daß es im Krieg keine Unterschiede gäbe, was allgemeinen Beifall erweckte und Ursache zur Beschimpfung der Köche gab.
Der Einjährige warf ein Stück Fleisch zurück, wodurch er bekräftigte, daß er keine Protektion wünsche. In der Küche begriff man das jedoch nicht und meinte, der Bataillonsgeschichtsschreiber sei nicht zufrieden, und der Koch sagte ihm leise, er solle später kommen, bis die Menage verteilt sein werde, er werde ihm ein Stück Bein geben.
Den Schreibern glänzten gleichfalls die Mäuler, die Sanitäter schnaubten vor Wohlbehagen, und rings um diesen Segen Gottes waren noch überall die nicht vertilgten Spuren der letzten Kämpfe sichtbar. Überall wälzten sich Patronenhülsen, blecherne, leere Konservenbüchsen, Fetzen russischer, österreichischer und deutscher Uniformen, Teile zerbrochener Wagen, blutige lange Streifen von Gazeverbänden und Watte.
In eine alte Kiefer beim ehemaligen Bahnhof, von dem nur ein Haufen übriggeblieben war, war eine Granate geklemmt, die nicht explodiert war. Überall sah man Granatsplitter, und irgendwo in unmittelbarer Nähe hatte man offenbar Soldatenleichen begraben, denn es roch hier fürchterlich nach Verwesung.
Und wie die Truppen hier vorbeigekommen waren und ringsumher gelagert hatten, waren überall Häuflein von Menschenkot internationalen Ursprungs aller Völker Österreichs, Deutschlands und Rußlands sichtbar. Der Kot der Soldaten aller Nationen und aller religiösen Bekenntnisse lag hier nebeneinander oder türmte sich in Haufen aufeinander, ohne daß sich diese Haufen untereinander gestritten hätten.
Eine halbzerdroschene Zisterne, die hölzerne Bude eines Eisenbahnwärters und überhaupt alles, was irgendeine Wand hatte, war von Gewehrprojektilen durchlöchert wie ein Sieb.
Um den Eindruck der Kriegsfreuden zu vervollständigen, stieg hinter dem unfernen Berg Rauch empor, als brenne dort ein ganzes Dorf, das den Mittelpunkt großer militärischer Operationen bildete. Man verbrannte dort die Cholera- und Dysenteriebaracken, zur großen Freude jener Herren, die mit der Einrichtung jenes Spitals unter dem Protektorat der Erzherzogin Marie zu tun hatten und dabei gestohlen und sich durch Vorlegung von Rechnungen für nichtexistierende Cholera- und Dysenteriebaracken die Taschen gefüllt hatten.
Jetzt trugs eine Barackengruppe für alle übrigen davon, und im Gestank der brennenden Strohsäcke hob sich die ganze Dieberei des erzherzoglichen Protektorats gen Himmel.
Hinter dem Bahnhof auf einem Felsen hatten sich bereits die Reichs-

deutschen beeilt, den gefallenen Brandenburgern ein Denkmal zu errichten, das die Aufschrift »Den Helden vom Lubkapaß« und ein großer, aus Bronze gegossener Reichsadler schmückte, wobei man auf dem Postament ausdrücklich vermerkt hatte, daß dieses Abzeichen aus russischen Kanonen angefertigt sei, die bei der Befreiung der Karpaten durch reichsdeutsche Regimenter erobert worden waren.
In dieser merkwürdigen und bisher ungewohnten Atmosphäre rastete das Bataillon nach dem Mittagessen in den Waggons, während sich Hauptmann Sagner mit dem Bataillonsadjutanten noch immer nicht über das Chiffre-Telegramm des Brigadekommandos bezüglich der weiteren Vorrückung des Bataillons einigen konnte. Die Angaben waren so unklar, daß es den Anschein hatte, als hätten sie gar nicht in den Lubkapaß kommen und von Neustadt in ganz anderer Richtung fahren sollen, denn in den Telegrammen war irgendwie die Rede von den Orten »Cap—Ungvar, Kis—Berezna—Uczok.«
Binnen zehn Minuten zeigt es sich, daß der im Brigadestab sitzende Stabsoffizier ein Tolpatsch war, denn ein Chiffre-Telegramm langt an, in dem gefragt wird, ob es sich um das 8. Marschbataillon des 75. Regiments (Militärchiffre G, 3.) handelt. Der Tolpatsch beim Brigadestab ist erstaunt über die Antwort, daß es sich um das 7. Marschbataillon des 91. Regiments handelt, und fragt an, wer den Befehl erteilt hat, auf der Militärstrecke nach Munkacz zu fahren, während die Marschroute doch über den Lubkapaß nach Sanok in Galizien laute. Der Tolpatsch wundert sich ungemein, daß man vom Lubkapaß aus telegraphiert, und schickt die Chiffre: »Marschroute unverändert Lubkapaß—Sanok, wo weitere Befehle abzuwarten sind.«
Nach der Rückkehr Hauptmann Sagners entwickelte sich im Stabswaggon eine Debatte über eine gewisse Kopflosigkeit, und man äußerte in bestimmten Anspielungen, daß die östliche Heeresgruppe vollständig ohne Kopf wäre, wenn es nicht die Reichsdeutschen gäbe. Leutnant Dub versuchte die Kopflosigkeit des österreichischen Stabs zu verteidigen und quatschte etwas davon, daß die Gegend von den kürzlich stattgefundenen Kämpfen ziemlich verwüstet worden sei und die Strecke noch nicht gebührend in Ordnung gebracht werden konnte.
Alle Offiziere blickten ihn teilnahmsvoll an, als wollten sie sagen: Der Herr kann nicht für seine Blödheit. Da er keine Unterstützung fand, fuhr Leutnant Dub fort, über den wunderbaren Eindruck zu faseln, den diese zerfleischte Gegend auf ihn mache, da sie davon zeuge, wie eisern die Faust unserer Armee zu sein vermag. Wiederum antwortete ihm niemand, worauf er wiederholte: »Ja, gewiß, freilich, die Russen sind hier in vollständiger Panik zurückgewichen.«

Hauptmann Sagner nimmt sich vor, Leutnant Dub bei der nächsten Gelegenheit, bis die Lage in den Schützengräben im höchsten Maße gefährlich sein werde, als Offizierspatrouille auf Rekognoszierung zu den feindlichen Positionen hinter die Drahtverhaue hinauszuschicken, und flüstert Oberleutnant Lukasch aus dem Waggonfenster zu: »Diese Zivilisten war uns der Teufel schuldig. Je intelligenter so einer ist, ein um so größeres Rindvieh ist er.«
Es scheint, daß Leutnant Dub überhaupt nicht aufhören wird zu sprechen. Er fährt fort, allen Offizieren zu erzählen, was er in der Zeitung über die Kämpfe in den Karpaten und über das Ringen um die Karpatenpässe während der österreichisch-deutschen Offensive am San gelesen hatte.
Er erzählt davon so, als hätte er nicht nur an diesen Kämpfen teilgenommen, sondern sogar alle Operationen selbst geleitet.
Besonders widerwärtig wirken Sätze wie: »Dann sind wir auf Bukowsko marschiert, um die Linie Bukowsko-Dynow gesichert zu haben, immer in Fühlung mit der Gruppe von Bardijow bei Groß-Pollanka, wo wir die Samara-Division des Feindes zersprengten.«
Oberleutnant Lukasch hielt es nicht mehr aus und bemerkte zu Leutnant Dub: »Wovon du wahrscheinlich schon vor dem Krieg mit deinem Bezirkshauptmann gesprochen hast.«
Leutnant Dub schaute Oberleutnant Lukasch feindselig an und verließ den Waggon.
Der Militärzug stand auf dem Damm, und unten, einige Meter unterhalb des Hangs, lagen verschiedene Gegenstände, die die fliehenden russischen Soldaten zurückgelassen hatten, als sie, wahrscheinlich durch den Graben des Bahndamms, zurückgewichen waren. Man sah hier verrostete Teekannen, Töpfe, Patronentaschen usw. Außerdem wälzten sich hier neben den verschiedensten Gegenständen Rollen von Stacheldraht und abermals jene blutigen Gazestreifen von Verbänden und Watte. Über dem Graben stand an einer Stelle eine Gruppe von Soldaten, und Leutnant Dub stellte sofort fest, daß sich Schwejk unter ihnen befand und ihnen etwas erzählte.
Leutnant Dub ging also hin.
»Was ist hier los?« ließ sich seine strenge Stimme vernehmen, während er sich direkt vor Schwejk stellte.
»Melde gehorsamst, Herr Lajtnant«, antwortete Schwejk für alle, »daß wir schaun.«
»Und worauf schaun Sie?« schrie Leutnant Dub ihn an.
»Melde gehorsamst, Herr Lajtnant, daß wir herunter in den Graben schaun.«
»Und wer hat Ihnen dazu die Erlaubnis gegeben?«
»Melde gehorsamst, Herr Lajtnant, daß es der Wunsch unseres Herrn

Oberst Schlager aus Bruck is. Wie er sich von uns verabschiedet hat, wie wir damals aufn Kriegsschauplatz abgefahren sind, so hat er in seiner Rede gesagt, daß wir uns, wenn wir durch einen verlassenen Kriegsschauplatz ziehn wern, alle alles gut anschaun solln, wie man gekämpft hat und was uns von Nutzen sein könnt. Und wir sehn hier jetzt, Herr Lajtnant, in dieser Mulde, was ein Soldat bei seiner Flucht alles wegwerfen muß. Wir sehn hier, melde gehorsamst, Herr Lajtnant, wie es dumm is, wenn ein Soldat verschiedene überflüssige Sachen mitschleppt. Er is damit überflüssig belastet. Er macht sich damit unnütz müde, und wenn er so eine Last mitschleppt, kann er nicht leicht kämpfen.«

Leutnant Dub durchzuckte plötzlich die Hoffnung, daß er Schwejk endlich wegen hochverräterischer Propaganda vors Feldkriegsgericht bekommen werde, deshalb fragte er rasch: »Sie denken also, daß ein Soldat die Patronen wegwerfen soll, so wie sie sich hier in der Mulde wälzen, oder die Bajonette, wie Sie sie dort sehn?«

»Oh, keineswegs nicht, melde gehorsamst, Herr Lajtnant«, antwortete Schwejk, freundlich lächelnd, »belieben Sie, hier auf den weggeworfenen Blechnachttopf herunterzuschaun.«

Und in der Tat, unter dem Wall wälzte sich herausfordernd ein von Rost zerfressener Nachttopf mit abgeschlagenem Email zwischen Splittern von Töpfen; diese für den Haushalt nicht mehr geeigneten Gegenstände wurden hier offenbar vom Stationsvorstand abgelagert, wohl als Material für Diskussionen der Archäologen eines künftigen Jahrhunderts, die nach Auffindung dieser Siedlung ganz verblüfft sein werden, worauf man den Kindern in den Schulen von einem Zeitalter der Emailnachttöpfe erzählen wird.

Leutnant Dub schaute unverwandt auf diesen Gegenstand, konnte aber nichts tun, als einfach feststellen, daß dies wirklich einer von jenen Invaliden sei, die ihre frische Jugend unterm Bett verbracht hatten.

Das machte auf alle einen ungeheuren Eindruck, und als Leutnant Dub schwieg, sagte Schwejk: »Melde gehorsamst, Herr Lajtnant, mit so einem Nachttopf is einmal im Bad Poděbrad eine hübsche Hetz gewesen. Man hats bei uns auf den Weinbergen im Gasthaus erzählt. Damals hat man nämlich angefangen, in Poděbrad die Zeitschrift ›Unabhängigkeit‹ herauszugeben, und der Poděbrader Apotheker war die Hauptperson dabei; und zum Redakteur ham sie dort einen gewissen Ladislaus Hájek Domažlicky gemacht. Und dieser Herr Apotheker, das war Ihnen so ein Sonderling, daß er alte Töpfe gesammelt hat und andere solche Kleinigkeiten, bis es ein ganzes Museum war. Und da hat sich mal dieser Hájek Domažlicky einen Kameraden, was auch in Zeitungen geschrieben hat, nach Poděbrad

auf Besuch eingeladen, und sie ham sich dort zusamm betrunken, weil sie sich schon über eine Woche nicht gesehn gehabt ham, und der hat ihm versprochen, daß er ihm für die Bewirtung ein Fejiton in die ›Unabhängigkeit‹ schreiben wird, in diese unabhängige Zeitschrift, von der er abhängig war. Und er hat ihm, der Kamerad, so ein Fejiton geschrieben, von so einem Sammler, wie er im Sand am Strand von der Elbe einen alten blechernen Nachttopf gefunden hat und gedacht hat, daß es der Helm vom heiligen Wenzel is, und damit so ein Aufsehn gemacht hat, daß der Bischof aus Königgrätz sich ihn anschaun gefahren is mit Prozessionen und Fahnen. Der Poděbrader Apotheker hat gedacht, daß es auf ihn gemünzt is, und da ham beide, er und der Hájek, eine Zwistigkeit gehabt.«
Leutnant Dub hätte Schwejk am liebsten den Hang hinuntergestoßen, beherrschte sich aber und schrie alle an: »Ich sag euch, daß ihr hier nicht unnütz herumgaffen sollt! Ihr kennt mich alle noch nicht, aber bis ihr mich kennenlernen werdet . . .!
Sie bleiben hier, Schwejk«, sagte er mit drohender Stimme, als Schwejk mit den übrigen in den Waggon gehen wollte.
Sie blieben einander allein gegenüber, und Leutnant Dub überlegte, was er Fürchterliches sagen sollte.
Schwejk kam ihm jedoch zuvor: »Melde gehorsamst, Herr Lajtnant, wenn uns wenigstens das Wetter aushalten wollt. Bei Tag is nicht zu heiß, und die Nächte sind auch ganz angenehm, so daß jetzt die passendste Zeit zum Kriegführen is.«
Leutnant Dub zog den Revolver heraus und fragte: »Kennst du das?«
»Melde gehorsamst, Herr Lajtnant, jawohl; Herr Oberlajtnant Lukasch hat nämlich so einen.«
»Also merk dir, du Kerl!« sagte Leutnant Dub ernst und würdevoll, den Revolver wieder einsteckend, »damit dus weißt, daß dir etwas sehr Unangenehmes geschehn könnt, wenn du in deiner Propaganda fortfahren solltest.«
Leutnant Dub entfernte sich, indem er sich wiederholte: »Jetzt hab ichs ihm am besten gesagt: In deiner Propaganda, ja, in deiner Propaganda!« — —
Bevor Schwejk wieder seinen Waggon betrat, ging er noch ein Weilchen auf und ab und brummte: »Wohin soll ich ihn nur einreihn?« Und je länger er dies tat, desto deutlicher erstand vor Schwejk die Benennung dieser Menschensorte: »Halbfurzer«.
Im Militärwörterbuch wurde das Wort Furzer seit jeher mit großer Liebe benutzt, hauptsächlich bezog sich diese ehrenhafte Benennung auf Oberste, ältere Hauptleute oder Majore; es bedeutete eine gewisse Steigerung der häufig gebrauchten Worte »vertrottelter Greis«.

Ohne diesen Beinamen war das Wort Greis die freundliche Bewertung eines alten Obersten oder Majors, der viel herumschrie, seine Soldaten dabei aber liebhatte und gegen andere Regimenter schützte, besonders wenn es sich um fremde Patrouillen handelte, von denen seine Soldaten, wenn sie nicht Überzeit hatten, in Butiken ausgehoben wurden. Ein Greis sorgte für seine Soldaten, die Menage mußte in Ordnung sein, aber er hatte immer irgendein Steckenpferdchen; auf etwas verlegte er sich, und deshalb war er ein »Greis«.
Wenn der Greis aber dabei die Mannschaft und die Chargen überflüssigerweise sekkierte, Nachtübungen und ähnliche Dinge ersann, war er ein »vertrottelter Greis«.
Aus dem »vertrottelten Greis« wurde als höherer Grad in der Entwicklung der Niedertracht, Sekkatur und Blödheit ein »Furzer«. Dieses Wort bedeutete alles, und der Unterschied zwischen einem Furzer in Zivil und einem Furzer beim Militär ist groß.
Der erstere, der Zivilfurzer, ist gleichfalls ein Vorgesetzter, und die Diener und Subalternbeamten in den Ämtern nennen ihn allgemein so. — Er ist der Philister-Bürokrat, der zum Beispiel bemängelt, daß ein Konzept nicht gut mit dem Löschblatt abgetrocknet ist und dergleichen. Er ist überhaupt eine blöde, tierische Erscheinung in der menschlichen Gesellschaft, denn so ein Esel spielt sich dabei auf einen

ehrlichen Menschen auf, will alles verstehen, weiß alles zu erklären und ist über alles beleidigt.
Wer beim Militär war, begreift allerdings den Unterschied zwischen dieser Erscheinung und dem Furzer in Uniform. Hier bedeutet das Wort einen Greis, der ein »Schubiak« ist, ein wirklicher Schubiak, der gegen alles scharf loszieht, aber dennoch vor jedem Hindernis haltmacht; die Soldaten liebt er nicht und kämpft vergeblich gegen sie; er versteht es nicht, sich die Autorität zu erwerben, deren sich der »Greis« und der »vertrottelte Greis« erfreuen.
In manchen Garnisonen, wie zum Beispiel in Trient, nannte man ihn »unser altes Häusl«. In allen Fällen handelt es sich um eine ältere Person, und wenn Schwejk Leutnant Dub im Geiste Halbfurzer nannte, erfaßte er durchaus logisch, daß Leutnant Dub ebenso wie zum Alter, zur Würde, ja überhaupt zu allem, so auch zum Furzer noch fünfzig Prozent fehlten.
In solche Gedanken versunken zu seinem Waggon zurückkehrend, begegnete er Dubs Putzfleck. Er hatte ein geschwollenes Gesicht und murmelte unverständlich, er sei gerade mit seinem Herrn Leutnant Dub zusammengestoßen, der ihn auf Grund der Feststellung, daß Kunert mit Schwejk verkehre, abgeohrfeigt habe.
»In diesem Fall«, sagte Schwejk ruhig, »wern wir zum Rapport gehn. Ein österreichischer Soldat muß sich nur in gewissen Fällen ohrfeigen lassen. Aber dein Herr hat alle Grenzen überschritten, wies der alte Eugenius von Savoyen gesagt hat: ›Von daher bis daher!‹ Jetzt mußt du selbst zum Rapport gehn, und wenn du nicht gehst, wer ich dich selbst abohrfeigen, damit du siehst, was das is: Disziplin in der Armee. In der Karolinentaler Kaserne war ein gewisser Lajtnant Hausner, und der hat auch einen Burschen gehabt und hat ihn auch geohrfeigt und mitn Füßen gestoßen. Einmal war der Bursch so abgeohrfeigt, daß er davon blöd geworden is und sich zum Rapport gemeldet hat, und beim Rapport hat er gemeldet, daß er geohrfeigt worn is, weil er sich das alles verwechselt hat, und sein Herr hat auch wirklich nachgewiesen, daß er lügt, daß er ihn an dem Tag nicht abgeohrfeigt, sondern nur mitn Füßen gestoßn hat, so hat man den lieben Jungen wegen falscher Beschuldigung auf drei Wochen eingesperrt.
Aber das ändert nichts an der ganzen Sache«, fuhr Schwejk fort, »das is grad dasselbe, wovon immer der Mediziner Houbitschka erzählt hat, daß es egal is, im pathologischen Institut einen Menschen zu zerschneiden, was sich aufgehängt hat oder vergiftet. Und ich geh mit dir. Ein paar Ohrfeigen machen beim Militär viel.«
Kunert war ganz benommen und ließ sich von Schwejk zum Stabswaggon führen.

Leutnant Dub brüllte, während er sich aus dem Fenster beugte: »Was wollt ihr hier, Bagage?«
»Benimm dich würdevoll«, ermahnte Schwejk und schob Kunert voraus in den Waggon.
Im Gang zeigte sich Oberleutnant Lukasch und hinter ihm Hauptmann Sagner.
Oberleutnant Lukasch, der mit Schwejk bereits so viel erlebt hatte, war ungeheuer überrascht, denn Schwejk betrug sich nicht mehr so gutmütig und ernst wie sonst; auch sein Gesicht hatte nicht mehr den bekannten gutmütigen Ausdruck, sondern kündigte eher neue unangenehme Ereignisse an.
»Melde gehorsamst, Herr Oberlajtnant«, sagte Schwejk, »die Sache geht zum Rapport.«
»Blödl nur nicht wieder, Schwejk, ich habe gerade genug davon.«
»Erlauben Sie gefälligst«, sagte Schwejk, »ich bin Ordonnanz bei Ihrer Kompanie, Sie sind Kompaniekommandant der 11. Kompanie. Ich weiß, daß es schrecklich komisch aussieht, aber ich weiß auch, daß Herr Lajtnant Dub Ihr Untergebener is.«
»Sie sind ganz verrückt geworden, Schwejk«, fiel ihm Oberleutnant Lukasch ins Wort, »Sie sind besoffen, und Sie tun besser, wenn Sie weggehn! Verstehst du, du Blödian, du Rindvieh!«
»Melde gehorsamst, Herr Oberlajtnant«, sagte Schwejk, Kunert vor sich schiebend, »es sieht grad so aus, wie einmal, wie man in Prag einen Versuch mit einem Schutzrahmen gegens Überfahrenwerden von der Elektrischen gemacht hat. Der Herr Erfinder hat sich selbst fürn Versuch geopfert, und dann hat die Stadt seiner Witwe Schadenersatz zahln müssen.«
Hauptmann Sagner, der nicht wußte, was er sagen sollte, nickte zustimmend mit dem Kopf, während Oberleutnant Lukasch verzweifelt schien.
»Alles muß nachn Rapport gehn, melde gehorsamst, Herr Oberlajtnant«, fuhr Schwejk unerbittlich fort, »noch in Bruck ham Sie mir gesagt, Herr Oberlajtnant, daß, wenn ich Kompanieordonnanz bin, daß ich noch andere Pflichten hab als bloß die Befehle. Daß ich von allem, was in der Kompanie vorgeht, informiert sein soll. Auf Grund dieses Befehls erlaube ich mir, Ihnen zu melden, Herr Oberlajtnant, daß Herr Lajtnant Dub mir nix dir nix seinen Burschen abgeohrfeigt hat. Ich möchts, melde gehorsamst, Herr Oberlajtnant, von mir aus nicht sagen. Wenn ich aber seh, daß Herr Lajtnant Dub Ihrem Kommando zugeteilt is, so hab ich mir vorgenommen, daß es vorn Rapport kommen muß.«
»Das is eine merkwürdige Angelegenheit«, sagte Hauptmann Sagner, »warum schleppen Sie diesen Kunert her, Schwejk?«

»Melde gehorsamst, Herr Bataillonskommandant, daß alles nach Rapport gehn muß. Er is dumm, er is vom Herrn Lajtnant Dub abgeohrfeigt worn, und er kann sichs nicht leisten, daß er allein zum Rapport geht. Melde gehorsamst, Herr Hauptmann, wenn Sie sich ihn anschaun möchten, wie ihm die Knie zittern, er is ganz tot, daß er zum Rapport gehn muß. Und wenn ich nicht wär, möcht er vielleicht überhaupt nicht zum Rapport gehn, wie der Kudela aus Bytouchow, was im aktiven Dienst solang zum Rapport gegangen is, bis er zur Marine versetzt worn is, wo er Kornett geworn is und dann auf einer Insel im Stillen Ozean als Deserteur berühmt geworn is. Er hat dann dort geheiratet und hat auch mitn Weltreisenden Hawlasa gesprochen, und der hat überhaupt nicht erkannt, daß es kein Eingeborener is. – Es is überhaupt sehr traurig, wenn jemand wegen solchen paar blöden Ohrfeigen zum Rapport gehn soll. Aber er wollt überhaupt nicht hergehn, weil er gesagt hat, daß er nicht hergehn wird. Er is überhaupt so ein abgeohrfeigter Bursch, daß er nicht mal weiß, um welche Ohrfeige sichs hier handelt. Er wär überhaupt nicht hergegangen, er hat überhaupt nicht zum Rapport gehn wolln, er läßt sich manchmal noch mehr verprügeln. Melde gehorsamst, Herr Hauptmann, schaun Sie sich ihn an, er is davon schon ganz beschissen. Und auf der andern Seite wieder hat er sich gleich beschweren solln, daß er diese paar Ohrfeigen gekriegt hat, aber er hat sich nicht getraut, weil er gewußt hat, daß es besser is, wie dieser Dichter geschrieben hat, ein bescheidenes Veilchen zu sein. Er dient nämlich bei Herrn Lajtnant Dub.«

Kunert vor sich her schiebend, sagte Schwejk: »Zitter nicht fort wie eine Eiche im Sturm!«

Hauptmann Sagner fragte Kunert, was eigentlich geschehen sei.

Kunert sagte aber, am ganzen Körper zitternd, der Herr Hauptmann möge den Herrn Leutnant fragen, dieser habe ihn überhaupt nicht geohrfeigt.

Unablässig am ganzen Körper zitternd, erklärte Judas-Kunert sogar, Schwejk habe sich das Ganze überhaupt ausgedacht.

Dieser peinlichen Begebenheit bereitete Leutnant Dub ein Ende, der plötzlich auftauchte und Kunert anbrüllte: »Willst du noch ein paar Ohrfeigen bekommen?«

Die Sache war also ganz klar, und Hauptmann Sagner sagte einfach zu Leutnant Dub: »Kunert is von heute an der Bataillonsküche zugeteilt, und bezüglich eines neuen Burschen wende dich an Rechnungsfeldwebel Waněk.«

Leutnant Dub salutierte, und während er sich entfernte, sagte er nur zu Schwejk: »Ich wette, daß Sie einmal hängen werden.«

Als er verschwunden war, wandte sich Schwejk an Oberleutnant

Lukasch und sagte in sanftem, freundschaftlichem Ton: »In Münchengrätz war auch so ein Herr und hat so mit einem andern geredet, und der hat ihm geantwortet: ›Aufn Richtplatz sehn wir uns wieder.‹«
»Schwejk«, sagte Oberleutnant Lukasch, »Sie sind aber blöd; unterstehn Sie sich nicht, mir zu sagen, wie Sies in der Gewohnheit haben: ›Melde gehorsamst, daß ich blöd bin.‹«
»Frappant«, ließ sich Hauptmann Sagner vernehmen, der sich aus dem Fenster beugte; er wäre gern zurückgetreten, hatte aber keine Zeit mehr dazu, denn es geschah ein Unglück: Leutnant Dub tauchte unter dem Fenster auf.
Leutnant Dub sagte, er bedauere sehr, daß Hauptmann Sagner fortgegangen sei, ohne seine Begründung der Offensive an der Ostfront anzuhören.
»Wenn wir die ungeheure Offensive verstehen sollen«, rief Leutnant Dub zum Fenster hinauf, »müssen wir uns vergegenwärtigen, wie sich die Offensive Ende April entwickelt hat. Wir mußten die russische Front durchbrechen und haben erkannt, daß der günstigste Ort für diesen Durchbruch die Front zwischen den Karparten und der Weichsel ist.«
»Ich streit mich darüber nicht mit dir«, entgegnete Hauptmann Sagner trocken und trat vom Fenster zurück.
Als man eine halbe Stunde später die Fahrt nach Sanok fortsetzte, streckte sich Hauptmann Sagner auf der Bank aus; er tat, als ob er schliefe, damit Leutnant Dub inzwischen an seine abgedroschenen Ausführungen der Offensive vergesse.
In dem Waggon, wo Schwejk war, fehlte Baloun. Er hatte nämlich die Erlaubnis erwirkt, den Gulaschkessel mit Brot auswischen zu dürfen. Jetzt befand er sich auf dem Wagen mit den Feldküchen in einer unangenehmen Situation, denn als der Zug den Kessel in Bewegung gesetzt hatte, war Baloun kopfüber in den Kessel geflogen, und nur seine Füße schauten daraus hervor. Er gewöhnte sich jedoch an diese Situation; aus dem Kessel tönte ein Schmatzen, wie wenn ein Igel Schaben jagt, und später erscholl dann Balouns bittende Stimme: »Ich bitt euch, Kameraden, um Gottes willen, werft mir ein Stückl Brot herein, es is noch viel Soße hier.« Diese Idylle dauerte bis zur nächsten Station, wo die 11. Kompanie mit einem so gut gesäuberten Kessel anlangte, daß die Verzinnung nur so glänzte.
»Vergelts euch der liebe Herrgott, Kameraden«, dankte Baloun herzlich. »Zum erstenmal, seit ich beim Militär bin, hat mich das Glück angelächelt.«
Und dem war in der Tat so. Im Lubkapaß hatte Baloun zwei Por-

tionen Gulasch erhalten; Oberleutnant Lukasch hatte seine Zufriedenheit darüber geäußert, daß ihm Baloun aus der Offiziersküche die unberührte Menage gebracht hatte, und ließ ihm eine gute Hälfte übrig. Baloun war vollkommen glücklich, baumelte mit den Beinen, die aus dem Wagen heraushingen, und mit einem Male schien ihm dieser Krieg etwas Trauliches, Familiäres zu sein.
Der Kompaniekoch fing an, ihn zum besten zu halten: Man werde, bis man in Sanok eintreffen werde, Nachtmahl und noch ein Mittagessen kochen, denn dieses Nachtmahl und Mittagessen gebühre ihnen für die ganze Reise, während der sie es nicht erhalten hatten. Baloun nickte nur beifällig mit dem Kopf und flüsterte: »Ihr werdet sehn, Kameraden, Gott wird uns nicht verlassen.«
Darüber lachten alle aufrichtig, und der Koch sang auf der Feldküche sitzend:

»Jupheidija, juphijda,
Gott, der Gnädge, ist stets nah.
Wirft er uns auch in den Dreck,
Zieht er uns draus wieder weg,
Setzt er uns auf trocken Brot,
Hilft er wieder aus der Not.
Jupheidija, juphijda,
Gott, der Gnädge, ist stets da.«

Hinter der Station Sczawna tauchten wiederum in den Tälern neue Soldatenfriedhöfe auf. Unterhalb Sczawna konnte man vom Zuge aus ein steinernes Kreuz mit einem Christus ohne Kopf sehen. Er hatte bei der Beschießung der Strecke den Kopf verloren.
Der Zug beschleunigte seine Geschwindigkeit, während er hinunter ins Tal und auf Sanok zueilte, die Horizonte weiteten sich, und gleichzeitig wurden ganze Gruppen zerschossener Dörfer auf beiden Seiten der Landschaft sichtbar.
Bei Kulaschno sah man unten in einem Flüßchen einen vom Eisenbahndamm gestürzten, zertrümmerten Roten-Kreuz-Zug.
Baloun wälzte die Augen heraus und wunderte sich hauptsächlich über die im Tale zerstreuten Teile einer Lokomotive. Der Schornstein war in den Eisenbahndamm gekeilt und schaute aus ihm hervor wie ein Achtundzwanziger.
Diese Erscheinung erweckte auch die Aufmerksamkeit der Mitreisenden Schwejks. Am meisten regte sich Koch Jurajda auf: »Darf man denn auf Waggons vom Roten Kreuz schießen?«
»Man darf nicht, aber man kann«, sagte Schwejk. »Es war jedenfalls ein guter Schuß, und jeder redet sich dann aus, daß es in der Nacht war und daß das rote Kreuz nicht zu sehn gewesen is. Es gibt überhaupt viel Sachen auf der Welt, was man nicht machen darf, aber machen kann. Hauptsache is, daß jeder probiert, obs ihm gelingt, und wenn ers nicht darf, ob ers kann. Bei den Kaisermanövern in Pisek is so ein Befehl gekommen, daß man die Soldaten am Marsch nicht krummschließen darf. Aber unser Hauptmann is drauf gekommen, daß mans darf, weil so ein Befehl schrecklich is, denn jeder hat leicht begreifen können, daß ein krummgeschlossener Soldat nicht marschieren kann. Er hat also den Befehl eigentlich nicht umgangen, hat einfach und vernünftig die krummgeschlossenen Soldaten in die Trainwagen werfen lassen, und man is mit ihnen weitermarschiert. Oder so ein Fall is in unserer Gasse vor fünf, sechs Jahren passiert. Dort hat ein gewisser Herr Karlik im ersten Stock gewohnt. Um einen Stock höher hat ein sehr braver Mensch gewohnt, ein Konservatorist, ein gewisser Mikesch. Der hat sehr gern Weiber gehabt, und unter andern hat er auch angefangen, der Tochter von diesem Herrn Karlik nachzusteigen, was ein Spediteurgeschäft gehabt hat und eine Zuckerbäckerei und auch irgendwo in Mähren unter irgendeiner ganz fremden Firma eine Buchbinderei. Wie dieser Herr Karlik erfahren hat, daß dieser Konservatorist seiner Tochter nachlauft, so hat er ihn in der Wohnung besucht und hat ihm gesagt: ›Sie dürfen sich meine Tochter nicht nehmen, Sie Haderlump, Sie. Ich gib sie Ihnen nicht!‹ — ›Gut‹, hat ihm der Herr Mikesch geantwortet, ›was soll ich machen, wenn ich mir sie nicht nehmen darf, soll ich mich

zerreißen?‹ In zwei Monaten is der Herr Karlik wiedergekommen und hat sich seine Frau mitgebracht, und beide ham ihm einstimmig gesagt: ›Sie Klachl, Sie ham unsre Tochter um die Ehre gebracht.‹ — ›Gewiß‹, hat er ihnen drauf geantwortet, ›ich hab mir erlaubt, sie zu einer Hure zu machen, gnä Frau.‹ Der Herr Karlik hat angefangen, überflüssig auf ihn zu brülln, daß er ihm doch gesagt hat, daß er sich sie nicht nehmen darf, daß er ihm sie nicht gibt, aber er hat ihm ganz richtig geantwortet, daß er sich sie auch nicht nehmen wird und daß damals keine Rede davon war, was er mit ihr machen kann. Daß sichs nicht drum gehandelt hat, und er, daß er Wort hält, sie solln ohne Sorgen sein, daß er sie nicht will, daß er ein Charakter is, daß er nicht is wie ein Strohhalm im Wind und daß er Wort hält, daß, wenn er etwas sagt, so is es heilig. Und wenn er deswegen verfolgt wern wird, daß er sich nichts draus macht, weil er ein reines Gewissen hat und seine selige Mutter ihn noch am Totenbett beschworen hat, daß er nie im Leben lügen soll und daß er ihr die Hand drauf gegeben hat und daß so ein Schwur gilt. Daß in seiner Familie überhaupt niemand gelogen hat und daß er immer in der Schule aus sittlichem Betragen die beste Note gehabt hat. Also da sehn Sie, daß man Verschiedenes nicht darf, aber kann und daß die Wege verschieden sein können, nur Willen müssen wir den gleichen ham.«

»Liebe Freunde«, sagte der Einjährigfreiwillige, der eifrig Notizen machte, »alles Schlechte hat auch seine gute Seite. Dieser in die Luft gesprengte, halbverbrannte und vom Damm geschleuderte Krankenzug bereichert die glorreiche Geschichte unseres Bataillons um eine neue künftige Heldentat. Ich stelle mir vor, daß sich so etwa am 16. September, wie ich mir bereits notiert habe, von jeder Kompanie unseres Bataillons ein paar Gemeine unter Führung eines Korporals freiwillig melden und einen Panzerzug des Feindes, der auf uns feuert und uns daran hindert, über den Fluß zu setzen, in die Luft sprengen. Als Bauern verkleidet haben sie ihre Aufgabe ehrenhaft erfüllt . . .

Was seh ich da«, rief der Einjährigfreiwillige, in seine Notizen blikkend. »Wie is mir da unser Herr Waněk hergekommen?

Hören Sie zu, Herr Rechnungsfeldwebel«, wandte er sich an Waněk, »was für ein hübscher Artikel über Sie in der Bataillonsgeschichte stehen wird. Ich glaube, daß Sie schon einmal drinstehen, aber das hier wird entschieden besser und ausgiebiger sein.« Der Einjährigfreiwillige las mit erhobener Stimme: »*Heldentod des Rechnungsfeldwebels Waněk.* Zu dem kühnen Beginnen, den feindlichen Panzerzug in die Luft zu sprengen, meldete sich auch Rechnungsfeldwebel Waněk, wie die übrigen als Bauer verkleidet. Durch die herbeige-

führte Explosion wurde er betäubt, und als er aus seiner Besinnungslosigkeit erwachte, sah er sich vom Feind umringt, der ihn augenblicklich zum Stabe der feindlichen Division schaffte, wo er Aug in Aug mit dem Tode jede Aufklärung bezüglich der Stellung und Stärke unserer Armee verweigerte. Da er verkleidet war, wurde er als Spion zum Tode durch den Strang verurteilt, welche Strafe in Anbetracht seines hohen Ranges in den Tod durch Erschießen umgewandelt wurde. Die Exekution wurde sofort an der Friedhofsmauer vollzogen, und der tapfere Rechnungsfeldwebel Waněk verlangte, man möge ihm nicht die Augen verbinden. Auf die Frage, ob er irgendeinen Wunsch habe, erwiderte er: ›Bestellt durch Vermittlung eines Parlamentärs meinem Bataillon meinen letzten Gruß und richtet ihm aus, daß ich mit der Überzeugung sterbe, daß unser Bataillon seinen siegreichen Weg fortsetzen wird. Ferner bestellt Hauptmann Sagner, daß die Fleischration nach dem letzten Brigadekommandobefehl täglich auf zweieinhalb Konserven pro Mann erhöht wird.‹ So starb unser Rechnungsfeldwebel Waněk; mit seinem letzten Satz verursachte er beim Feinde eine panische Angst; dieser hatte nämlich angenommen, daß er uns, indem er unsern Übergang über den Fluß verhinderte, von den Verproviantierungspunkten abschneide und unsere baldige Aushungerung und damit auch eine Demoralisierung in unseren Reihen herbeiführen werde. Von der Ruhe Waněks, mit der dieser dem Tod entgegensah, zeugt der Umstand, daß er mit den feindlichen Stabsoffizieren vor seiner Hinrichtung Kaufzwick spielte. ›Den von mir gewonnenen Betrag übergebt dem russischen Roten Kreuz‹, sagte er, als er schon vor den Mündungen der Gewehre stand. Diese edelsinnige Großmut rührte die anwesenden Militärpersonen bis zu Tränen.
Verzeihen Sie, Herr Waněk«, fuhr der Einjährigfreiwillige fort, »daß ich mir erlaubt habe, über Ihr gewonnenes Geld zu disponieren. Ich habe darüber nachgedacht, ob mans vielleicht dem österreichischen Roten Kreuz abführen sollte, aber schließlich setze ich voraus, daß es vom Standpunkt der Menschlichkeit egal ist, wenn mans nur einer humanitären Institution übergibt.«
»Unser seliger Feldwebel«, sagte Schwejk, »hätts der Suppenanstalt der Stadt Prag vermachen können, aber so ist es halt doch besser, der Herr Bürgermeister möcht sich am End für den Betrag eine Leberwurst zum Gabelfrühstück kaufen.«
»Nun ja, überall wird gestohlen«, sagte Telephonist Chodounsky.
»Besonders viel wird gestohlen beim Roten Kreuz«, erklärte Koch Jurajda ungemein erzürnt. »Ich hab in Bruck einen bekannten Koch gehabt, der für die Schwestern in der Baracke gekocht hat, und der hat mir gesagt, wie die Vorsteherin dieser Schwestern und die Ober-

pflegerinnen ganze Kisten Malaga und Schokolade nach Hause geschickt haben. Das bringt die Gelegenheit mit sich, das ist die Selbstbestimmung des Menschen. Jeder Mensch macht in seinem unendlichen Leben unzählige Verwandlungen durch, und einmal muß er auf dieser Welt in einer bestimmten Periode seiner Tätigkeit als Dieb auftreten. Ich selbst habe diese Periode schon durchgemacht.«

Koch-Okkultist Jurajda zog aus seinem Rucksack eine Flasche Kognak.

»Hier seht ihr«, sagte er, die Flasche öffnend, »einen untrüglichen Beweis meiner Behauptung. Ich habe sie vor der Abfahrt aus der Offiziersmenage genommen. Ein Kognak der besten Marke; man hat ihn zu Zuckerübergüssen auf Linzertorten verwenden sollen. Er war aber dazu vorbestimmt, von mir gestohlen zu werden, ebenso wie ich dazu vorbestimmt war, ein Dieb zu werden.«

»Und es wär auch nicht schlecht«, ließ sich Schwejk vernehmen, »wenn wir dazu vorbestimmt wären, Ihre Mitschuldigen zu wern, ich wenigstens hab so eine Vorahnung.«

Diese Vorbestimmung erfüllte sich tatsächlich. Die Flasche machte die Runde trotz des Protestes seitens Feldwebel Waněks, der behauptete, daß man den Kognak aus der Eßschale trinken und gerecht verteilen solle, da sie alle zusammen fünf auf eine Flasche seien, so daß es in Anbetracht der ungeraden Zahl leicht geschehen könne, daß jemand um einen Schluck mehr trinke als die andern; dazu bemerkte Schwejk:

»Das is wahr, wenn der Herr Waněk eine gerade Zahl haben will, so soll er ausn Verein austreten, damits keine Unannehmlichkeiten und Streitereien gibt.«

Waněk widerrief also seinen Vorschlag und machte den neuen, großmütigen, der Spender Jurajda möge in der Reihenfolge einen Platz einnehmen, der es ihm ermögliche, zweimal zu trinken, was einen Sturm des Widerspruchs erweckte, denn Waněk hatte bereits einmal getrunken, als er den Kognak beim Öffnen der Flasche verkostete.

Schließlich wurde der Vorschlag des Einjährigfreiwilligen angenommen, nach dem Abc zu trinken; er begründete ihn damit, daß es ebenfalls eine gewisse Vorbedeutung habe, wie jemand heiße.

Chodounsky, der erste im Abc, machte den Anfang, wobei er mit einem drohenden Blick auf Waněk schaute, der ausrechnete, daß er als letzter um einen Schluck mehr haben werde; das war ein grober mathematischer Fehler, denn es waren einundzwanzig Schluck vorhanden.

Hierauf spielten sie gewöhnlich Zwick mit drei Karten; es zeigte sich, daß der Einjährigfreiwillige dabei bei jedem »Rauben« fromme Sprüche aus der Heiligen Schrift anwendete. Den Unter raubend, rief er: »Mein Herr und Gott, laß mir diesen Knappen auch dieses

Jahr, auf daß ich mit ihm ackere und dünge, auf daß er mir Früchte bringe.«

Als man ihm vorwarf, daß er es sogar gewagt hatte, den Achter zu rauben, rief er mit erhobener Stimme: »Oder gibt es ein Weib, das zehn Groschen hat und davon einen verliert, daß sie nicht ein Licht anzündet, das Haus auskehrt und mit Fleiß suchet, bis sie ihn findet? Und wenn sie ihn gefunden hat, rufet sie ihre Freundinnen und Nachbarinnen und spricht: ›Freut euch mit mir, denn ich habe den Achter und den Trumpfkönig samt dem As gekauft.‹ Also gebt die Karten her, ihr seid alle hineingefallen.«

Einjährigfreiwilliger Marek hatte in der Tat großes Glück im Kartenspiel. Während die andern einander gegenseitig übertrumpften, stach er ihre übertrumpften Karten immer mit dem höchsten Blatt, so daß einer nach dem andern hineinfiel; er nahm einen Einsatz nach dem andern und rief den Geschlagenen zu:

»Und es wird ein großes Beben sein an den Orten und die Greuel des Hungers und der Pest und große Zeichen am Himmel.« Schließlich hatten sie genug davon und hörten auf zu spielen, nachdem Telephonist Chodounsky seine Löhnung für ein halbes Jahr im voraus verspielt hatte. Er war darüber sehr bestürzt, und der Einjährigfreiwillige verlangte von ihm eine Schuldverschreibung dahin lautend, daß Rechnungsfeldwebel Waněk bei Auszahlung der Löhnung diejenige Chodounskys ihm auszuzahlen habe.

»Fürcht dich nicht, Chodounsky«, tröstete ihn Schwejk. »Wenn du Glück hast, fällst du im ersten Gefecht, und Marek wird sich an deinen Löhnungen das Maul abwischen; unterschreibs ihm nur.«

Die Bemerkung, er könne fallen, berührte Chodounsky sehr unangenehm; deshalb sagte er mit Bestimmtheit: »Ich kann nicht fallen, weil ich Telephonist bin, und Telephonisten sind immer in der Dekkung. Das Drähtespannen und Aufsuchen von Störungen erfolgt immer erst nach dem Gefecht.«

Der Einjährigfreiwillige bemerkte, die Telephonisten seien im Gegenteil großen Gefahren ausgesetzt, und die feindliche Artillerie habe es immer hauptsächlich auf die Telephonisten abgesehen. Kein Telephonist sei in seiner Deckung sicher. Wenn er auch zehn Meter unter der Erde wäre, die feindliche Artillerie findet ihn dennoch. Die Telephonisten schwänden hin wie Hagelkörner im Sommerregen. Beweis dessen habe man in Bruck, gerade als er abgefahren sei, den 28. Telephonistenkurs eröffnet.

Chodounsky schaute abgehärmt vor sich hin, was Schwejk zu einem freundschaftlich gütigen Wort bewegte: »Kurz und gut, es is halt ein hübscher Schwindel.« Chodounsky entgegnete freundlich: »Kusch, Tantchen!«

»Ich werde mir in meinen Notizen zur Bataillonsgeschichte den Buchstaben ›Ch‹ anschaun — — Chodounsky — Chodounsky hm, aha, hier haben wirs: Telephonist Chodounsky, von einer Mine verschüttet. Telephoniert aus seiner Gruft an den Stab: ›Ich sterbe und gratuliere meinem Bataillon zum Sieg!‹«

»Das muß dir genügen«, sagte Schwejk, »oder willst du noch was hinzufügen? Erinnerst du dich an den Telephonisten von der ›Titanic‹, der was, wie das Schiff schon gesunken is, fort herunter in die überschwemmte Küche telephoniert hat, wann schon das Mittagmahl sein wird?«

»Mir solls nicht drauf ankommen«, sagte der Einjährigfreiwillige, »der Ausspruch Chodounskys vor dem Tode kann eventuell dadurch ergänzt werden, daß er zum Schluß ins Telephon ruft: ›Grüßt mir unsere Eiserne Brigade.‹«

5

Marschieren, marsch!

Als man in Sanok anlangte, zeigte es sich, daß man eigentlich in dem Waggon mit der Feldküche der 11. Kompanie, wo der satte Baloun vor Wonne furzte, im großen und ganzen recht gehabt hatte; es sollte tatsächlich ein Nachtmahl und außer dem Nachtmahl sogar irgendein Kommißbrot ausgegeben werden, als Ersatz für all die Tage, an denen das Bataillon nichts erhalten hatte. Als man aus den Waggons kletterte, zeigte es sich, daß sich in Sanok auch der Stab der »Eisernen Brigade« befand, zu der das Bataillon des 91. Regiments seinem Taufschein nach gehörte. Obwohl die Eisenbahnverbindung von Sanok bis Lemberg und auch nördlich davon bis an die Grenze unversehrt geblieben war, blieb es eigentlich ein Rätsel, warum der Stab des östlichen Frontabschnittes die Disposition getroffen hatte, die »Eiserne Brigade« solle mit ihrem Stab die Marschbataillone hundertfünfzig Kilometer hinter der Front konzentrieren,

während zur nämlichen Zeit die Front von Brod am Bug und längs des Flusses bis nördlich nach Sokal reichte.
Diese ungemein interessante strategische Frage wurde auf äußerst einfache Art gelöst, als Hauptmann Sagner in Sanok beim Brigadestab die Befehle bezüglich der Unterbringung des Marschbataillons einholte.
Ordonnanzoffizier war Brigadeadjutant Hauptmann Tayrle.
»Ich bin sehr überrascht«, sagte Hauptmann Tayrle, »daß ihr keine bestimmten Meldungen erhalten habt. Die Marschroute steht fest. Eine Vormarschlinie hättet ihr uns natürlich im voraus melden sollen. Nach den Dispositionen des Oberkommandos seid *ihr um zwei Tage zu früh eingetroffen.*«
Hauptmann Sagner errötete ein wenig, doch fiel es ihm nicht ein, alle Chiffre-Telegramme zu wiederholen, die er während des ganzen Transportes erhalten hatte.
»Ich wunder mich über Sie«, sagte Adjutant Tayrle.
»Ich glaube«, entgegnete Hauptmann Sagner, »daß wir Offiziere uns alle duzen.«
»Meinetwegen«, sagte Hauptmann Tayrle, »sag mir, bist du Aktiver oder Zivilist? Aktiv? – Das ist ganz was anderes. – Man kennt sich drin nicht aus. Hier sind dir schon solche Trottel von Reserveleutnants durchgekommen! – Wie wir uns von Limanova und von Krasnik zurückgezogen haben, haben alle diese ›Auchleutnants‹ den Kopf verloren, sobald sie nur eine Kosakenpatrouille gesehen haben. Wir vom Stab haben solche Schmarotzer nicht gern. So ein blöder Kerl mit dem Intelligenzknopf läßt sich zum Schluß noch aktivieren oder macht in Zivil die Offiziersprüfung und bleibt weiter ein blöder Zivilist, und wenns Krieg gibt, wird ein Leutnant aus ihm, aber ein Scheißkerl!«
Hauptmann Tayrle spuckte aus und klopfte Hauptmann Sagner vertraulich auf die Schulter: »Ihr werdet ungefähr zwei Tage hierbleiben. Ich werde euch alle ausführen, wir werden ein bißl tanzen. Wir haben hier Huren wie Engerln. Dann ist eine Generalstochter da, die früher der lesbischen Liebe gehuldigt hat. Da ziehn wir uns alle zur Hetz Frauenkleider an, und du wirst sehn, was die trifft! Das ist dir so eine magere Sau, nicht vorzustellen! Aber sie kennt sich aus, Kamerad. Das ist dir ein Luder – übrigens du wirst ja sehn.
Pardon«, fuhr er zusammen, »ich muß wieder kotzen gehn, heut schon zum drittenmal.«
Als er zurückkam, erklärte er Hauptmann Sagner, um ihm zu beweisen, wie lustig es hier zugehe, daß dies die Folgen des gestrigen Abends seien, an dem auch die Pionierabteilung teilgenommen habe. Den Kommandanten dieser Abteilung, der gleichfalls den Rang eines

Hauptmanns bekleidete, lernte Hauptmann Sagner recht bald kennen. In die Kanzlei stürzte nämlich ein uniformierter langer Mensch mit drei goldenen Sternen und redete Tayrle gewissermaßen wie im Halbtraum an, ohne die Anwesenheit Hauptmann Sagners zu bemerken: »Was machst du, du Sau? Du hast uns gestern unsere Gräfin gut zugerichtet.« Er setzte sich auf einen Stuhl und lachte, während er sich mit einem dünnen Rohrstab über die Waden schlug, übers ganze Gesicht: »Wenn ich mich erinner, wie du dich ihr in den Schoß ausgekotzt hast . . .«

»Ja«, sagte Tayrle, »gestern wars sehr lustig.« Dann erst machte er Hauptmann Sagner mit dem Offizier mit dem Rohrstab bekannt, worauf sich alle aus der Kanzlei ins Kaffeehaus begaben, das über Nacht aus einem ehemaligen Bierausschank entstanden war.

Als sie durch die Kanzlei schritten, nahm Hauptmann Tayrle dem Kommandanten der Pionierabteilung den Rohrstab weg und schlug mit ihm auf den langen Tisch, um den sich auf dieses Kommando zwölf Militärschreiber in Reih und Glied aufstellten. Es waren Anhänger der ruhigen, gefahrlosen Arbeit im Rücken der Armee in Extrauniformen, mit großen, zufriedenen Bäuchen.

Und diesen zwölf dicken Aposteln des Tachinierens sagte Hauptmann Tayrle, bestrebt, sich vor Sagner und dem andern Hauptmann hervorzutun: »Glaubt nicht, daß ich euch hier halt wie in einem Maststall, Saukerle! Weniger fressen und saufen, aber mehr herumlaufen.

Jetzt zeig ich euch noch eine andere Dressur«, teilte Tayrle seinen Kameraden mit.

Er schlug abermals mit dem Rohrstab auf den Tisch und fragte die zwölf: »Wann werdet ihr platzen, Ferkel?«

Alle zwölf antworteten unisono: »Auf Ihren Befehl, Herr Hauptmann.«

Über seine eigene Blödheit und Dummheit lachend, trat Hauptmann Tayrle aus der Kanzlei.

Als sie alle drei im Kaffeehaus saßen, bestellte Tayrle eine Flasche Wacholderschnaps und gab Befehl, ein paar Fräuleins herbeizurufen, die frei waren. Es stellte sich heraus, daß das Kaffeehaus eigentlich nichts anderes war als ein verrufenes Haus; und da keines von den Fräuleins frei war, regte sich Hauptmann Tayrle im höchsten Maße auf, beschimpfte die Madame im Vorzimmer in ordinärer Weise und schrie, wer bei Fräulein Ella sei. Als er aber hörte, es sei irgendein Leutnant, wetterte er noch mehr.

Bei Fräulein Ella befand sich Leutnant Dub, der, als das Marschbataillon in seinen Ubikationen im Gymnasium untergebracht war, seine ganze Truppenabteilung zusammenrief und sie in einer langen

Rede darauf aufmerksam machte, daß die Russen bei ihrem Rückzug überall Bordelle mit geschlechtlich angestecktem Personal errichtet hatten, um der österreichischen Armee durch diesen Trick große Verluste zuzufügen. Er warnte daher hiermit die Soldaten vor dem Besuch ähnlicher Lokale. Er selbst werde sich persönlich in diesen Häusern überzeugen, ob sein Befehl befolgt werde, denn man befinde sich bereits in jener Zone; jeder, der erwischt werden sollte, werde vor das Feldgericht gestellt.
Leutnant Dub wollte sich persönlich überzeugen, ob sein Befehl nicht hintergangen werde; deshalb wählte er offenbar zum Ausgangspunkt seiner Untersuchung das Kanapee in Ellas Zimmerchen im ersten Stock des sogenannten »Stadtcafés«, ein Kanapee, auf dem er sich ausgezeichnet amüsierte.
Inzwischen hatte sich Hauptmann Sagner bereits zu seinem Bataillon begeben. Tayrles Gesellschaft hatte sich also aufgelöst. Er selbst wurde von der Brigade aus gesucht, wo der Brigadekommandant bereits mehr als eine Stunde nach seinem Adjutanten rief.
Es waren neue Befehle von der Division eingetroffen. Man mußte eine definitive Marschroute für das neu angekommene 91. Regiment festsetzen, da in der ursprünglichen Richtung nach den neuen Dispositionen das Marschbataillon des 102. Regiments vorrücken sollte.
Das alles war sehr verwickelt, die Russen wichen im nordöstlichen Zipfel Galiziens ungemein rasch zurück, so daß sich dort einige österreichische Truppenkörper untereinander vermengten; stellenweise drangen Teile der deutschen Armee wie Keile in sie ein; es entstand ein Chaos, das durch das Eintreffen neuer Marschbataillone und anderer Truppenkörper noch erhöht wurde. Dasselbe war auch an anderen Frontabschnitten der Fall, die noch weiter hinten lagen, wie zum Beispiel hier in Sanok, wo plötzlich die Reserven einer deutschen Hannoveranischen Division unter Führung eines Obersten eintrafen; dieser Oberst hatte einen so häßlichen Blick, daß der Brigadekommandant in restlose Verwirrung geriet. Der Kommandant der Reserven der Hannoveranischen Division wies nämlich die Disposition seines Stabes vor, derzufolge seine Mannschaft im Gymnasium einquartiert werden sollte, wo gerade die Einundneunziger einquartiert worden waren. Behufs Unterbringung seines Stabs verlangte er die Räumung des Gebäudes der Krakauer Bank, in dem sich gerade der Brigadestab befand.
Der Brigadekommandant ließ sich direkt mit der Division verbinden, der er die genaue Situation darlegte; hierauf folgte eine Unterredung der Division mit dem Hannoveraner mit dem bösen Blick; auf Grund dieses Gesprächs langte bei der Brigade der Befehl ein: »Die Brigade verläßt die Stadt um sechs Uhr abends und bezieht die Linie Tu-

rowa - Wolska - Liskowiec - Starasol - Sambor. Gleichzeitig mit ihr rückt das Marschbataillon des 91. Infanterieregiments vor, das die Deckung bildet; die Vorpatrouille rückt um halb sechs auf Turowa vor, zwischen dem Flankenschutz im Norden und Süden 3½ Kilometer Distanz. Die Nachhut tritt um viertel sieben den Marsch an.«

So entstand also im Gymnasium ein großes Hin und Her, und bei der Beratung der Bataillonsoffiziere fehlte niemand anders als Leutnant Dub; Schwejk erhielt den Befehl, ihn zu suchen.

»Ich hoffe«, sagte Oberleutnant Lukasch, »daß Sie ihn ohne alle Schwierigkeiten finden werden, ihr habt ja ohnehin fortwährend etwas miteinander.«

»Melde gehorsamst, Herr Oberlajtnant, daß ich um einen schriftlichen Befehl von der Kompanie bitte. Grad deswegen, weil eben immer zwischen uns was is.«

Während Oberleutnant Lukasch in seinen Kopierblock den Befehl schrieb, Leutnant Dub möge sich sofort im Gymnasium zu einer Beratung einfinden, fuhr Schwejk in seiner Meldung fort: »Ja, Herr Oberlajtnant, Sie können unbesorgt sein wie immer. Ich wer ihn finden, weils den Soldaten verboten is, in Bordells zu gehn, und er sicher in einem sitzen wird, damit er sich überzeugt, ob von seinem Zug keiner vors Feldgericht kommen will, mit was er immer droht. Er selbst hat vor der Mannschaft von seinem Zug erklärt, daß er in alle Bordelle gehn wird, und dann, daß wehe ihnen, daß sie ihn von der schlechten Seite kennenlernen wern. Übrigens weiß ich, wo er is. Er is grad da gegenüber in dem Kaffeehaus, weil die ganze Mannschaft ihm nachgeschaut hat, wohin er zuerst geht.«

Die vereinigten städtischen Vergnügungsetablissements und das »Stadtcafé«, von dem Schwejk gesprochen hatte, bestanden aus zwei Abteilungen. Wer nicht durch das Kaffeehaus gehen wollte, ging rückwärts herum, wo sich eine alte Frau an der Sonne wärmte, die etwa in nachstehendem Sinn auf deutsch, polnisch und magyarisch sagte: »Komm, Kleiner, hier gibts hübsche Fräuleins.«

War der Soldat eingetreten, führte sie ihn durch einen Gang in ein Vorzimmer, das gewissermaßen einen Empfangsraum bildete; dann rief sie eines der Mädchen herbei, das sofort im Hemd gelaufen kam; zuerst verlangte das Fräulein Geld, das Madame auf der Stelle einkassierte, indes der Soldat das Bajonett abknöpfte.

Die Offiziere gingen durch das Kaffeehaus. Der Weg der Herren Offiziere war düsterer, denn er führte im Hintergrunde an den Chambres vorbei, wo sich eine Auswahl aus der zweiten Garnitur befand, die für die Offizierschargen bestimmt war, und wo es Spitzenhemdchen gab und Wein und Likör getrunken wurde. Madame duldete hier nichts, alles spielte sich oben in den Zimmern ab, wo sich in einem solchen Paradies voller Wanzen Leutnant Dub in Unterhosen auf dem Diwan wälzte, während ihm Fräulein Ella – wie dies in solchen Fällen immer üblich ist – die ausgedachte Tragödie ihres Lebens erzählte: ihr Vater sei Fabrikant und sie Professorin am Lyzeum in Pest gewesen, und das hier habe sie aus unglücklicher Liebe getan.

Rückwärts, eine Handbreit hinter Leutnant Dub, standen auf einem kleinen Tischchen eine Flasche Wacholderschnaps und Gläser. Daß die Flasche halb leer war und Ella und Leutnant Dub bereits unverständliche Dinge sprachen, war eine Belastungsprobe dafür, daß Leutnant Dub nichts vertrug. Aus seinen Reden ging hervor, daß er bereits alles verwechselte und Ella für seinen Diener Kunert hielt; er nannte sie auch so und drohte dem vermeintlichen Kunert nach seiner Gewohnheit: »Kunert, Kunert, du Bestie, bis du mich von meiner schlechten Seite kennenlernen wirst ...«

Schwejk sollte derselben Prozedur unterworfen werden wie alle übrigen Soldaten, die rückwärts herumgingen; er riß sich aber sanft von irgendeinem Mädel im Hemd los, auf deren Geschrei die polnische Madame gelaufen kam und Schwejk frech ins Gesicht leugnete, daß ein Herr Leutnant hier zu Gast sei.

»Schrein Sie nicht viel mit mir herum, gnä Frau«, sagte Schwejk freundlich, indem er dabei süß lächelte, »oder ich gib Ihnen eins übers Maul. Bei uns in der Plattnergasse hat man mal eine Madame so verdroschen, daß sie nix von sich gewußt hat. Nämlich ein Sohn hat dort seinen Vater gesucht, einen gewissen Wondratschek, was ein Geschäft in Pneumatiks gehabt hat. Die Madame hat Chrowanowa geheißen, und wie man sie zu sich gebracht hat und auf der Rettungsstation gefragt hat, wie sie heißt, hat sie gesagt, daß so was mit ›Ch‹. Und wie is Ihr werter Name?«

Die ehrenwerte Matrone begann fürchterlich zu brüllen, als Schwejk sie nach diesen Worten beiseite schob und ernsthaft über die Holzstiege zum ersten Stockwerk emporschritt.

Unten erschien der Besitzer des Freudenhauses, ein verarmter polnischer Adeliger, der Schwejk die Stiege hinauf nachlief und ihn an der Bluse zu zerren begann, wobei er ihm auf deutsch zuschrie, daß dort hinauf Soldaten nicht dürften, oben sei es nur für die Herren Offiziere, für die Mannschaft sei es unten.

Schwejk machte ihn darauf aufmerksam, daß er im Interesse der ganzen Armee hergekommen sei und einen Herrn Leutnant suche, ohne den die Armee nicht ins Feld rücken könne; und als der andere immer lustiger wurde, stieß ihn Schwejk die Treppe hinunter und setzte die Untersuchung der Räumlichkeiten fort. Er überzeugte sich, daß alle Zimmer leer waren, erst am Ende des Ganges ließ sich,

nachdem er geklopft, nach der Klinke gegriffen und die Tür ein wenig geöffnet hatte, die quietschende Stimme Ellas vernehmen: »Besetzt.« Und gleich darauf die tiefe Stimme Leutnant Dubs, der wohl glaubte, daß er sich noch in seinem Zimmer im Lager befinde: »Herein!«
Schwejk trat ein, näherte sich dem Diwan, und während er Leutnant Dub die Kopie auf dem abgerissenen Blatt des Notizblockes überreichte, meldete er, verstohlen auf die in der Ecke des Bettes verstreuten Teile der Uniform blickend: »Melde gehorsamst, Herr Lajtnant, Sie solln sich anziehn und sich gleich nach diesem Befehl, was ich Ihnen überbring, in unserer Kaserne im Gymnasium einfinden, wir ham dort nämlich eine große militärische Beratung!«
Leutnant Dub wälzte die Augen mit den kleinen Pupillen auf ihn heraus, dann besann er sich, daß er doch nicht so besoffen war, um Schwejk nicht zu erkennen. Es fiel ihm sofort ein, daß man ihm Schwejk wohl zum Rapport schicke, und deshalb sagte er: »Gleich werde ich mit dir abrechnen, Schwejk. Du wirst — sehn — wies — mit — dir ausfallen — wird . . .
Kunert«, rief er Ella zu, »gieß — mir — noch — eins — ein!«
Er trank, und während er den schriftlichen Befehl zerriß, lachte er: »Das ist — eine Entschuldigung? Bei — uns — gelten — keine Entschuldigungen. Wir sind — im Krieg — und nicht — in der — Schule. Hat man — dich — also — im Bordell — erwischt? Komm — näher — zu — mir — Schwejk — ich — geb — dir ein paar — Ohrfeigen. — In — welchem Jahr — Philipp — von — Mazedonien — die Römer — geschlagen — hat, das — weißt — du — nicht — du Ochs.«
»Melde gehorsamst, Herr Lajtnant«, fuhr Schwejk unerbittlich fort, »allerhöchster Brigadekommandobefehl, die Herren Offiziere solln sich anziehen und zur Bataillonsbesprechung kommen; wir brechen nämlich auf, und erst jetzt wird sichs entscheiden, welche Kompanie Vorhut, Seitenhut oder Nachhut sein wird. Grad jetzt wird man darüber entscheiden, und ich denk, Herr Lajtnant, daß Sie auch was hineinzureden ham.«
Diese diplomatische Rede brachte Leutnant Dub ein wenig zur Besinnung; er begann allmählich zu erkennen, daß er sich doch nicht in der Kaserne befinde, aber aus Vorsicht fragte er noch: »Wo sind wir?«
»Herr Lajtnant belieben im Bordell zu sein. Gottes Wege sind verschieden.«
Leutnant Dub seufzte tief auf, kletterte vom Diwan herunter und fing an, seine Uniform zu suchen, wobei ihm Schwejk behilflich war; als er endlich angekleidet war, gingen beide hinaus, aber gleich darauf kehrte Schwejk zurück, und ohne Ella zu beachten, die, seiner Rückkehr eine ganz andere Bedeutung beimessend, aus unglücklicher

Liebe gleich wieder ins Bett kroch, trank er schnell aus der Flasche den Rest des Wacholderschnapses aus und ging wieder dem Leutnant nach.

Auf der Straße stieg Leutnant Dub wieder alles zu Kopf, denn es war sehr schwül. Er erzählte Schwejk allerhand zusammenhanglosen Unsinn. Er sprach davon, daß er zu Hause einen Briefkasten aus Helgoland habe und daß sie gleich nach der Matura Billard spielen gegangen seien und den Klassenvorstand nicht gegrüßt hätten. Zu jedem Satz fügte er hinzu: »Ich denke, daß Sie mich gut verstehn.«

»Natürlich verstehe ich Sie gut«, antwortete Schwejk. »Sie reden so ähnlich wie der Klempner Pokorny in Budweis. Der, wenn ihn die Leute gefragt ham: ›Ham Sie schon heuer in der Maltsch gebadet?‹ hat er geantwortet: ›Nein, aber dafür wirds heuer viel Zwetschgen geben.‹ Oder man hat ihn gefragt: ›Ham Sie heuer schon Schwammerln gegessen?‹ und er hat drauf geantwortet: ›Nein, aber dieser neue marokkanische Sultan soll herich ein sehr braver Mensch sein.‹«

Leutnant Dub blieb stehn und stieß heraus: »Marokkanischer Sultan? Das ist eine abgetane Größe.« Er wischte sich den Schweiß von der Stirn und murmelte, mit verschleierten Augen auf Schwejk blikkend: »So hab ich nicht mal im Winter geschwitzt. Sind Sie damit einverstanden? Verstehn Sie mich?«

»Ich versteh, Herr Lajtnant. Zu uns ins Wirtshaus zum ›Kelch‹ is immer ein alter Herr gegangen, ein Herr Rat vom Landesausschuß in Pension, und der hat dasselbe behauptet. Er hat immer gesagt, daß er sich wundert, was für ein Unterschied zwischen der Temperatur im Sommer und im Winter is. Daß es ihm sehr komisch vorkommt, warum die Menschen noch nicht drauf gekommen sind.«

Im Tor des Gymnasiums verließ Schwejk Leutnant Dub, der über die Stiege hinauf in den Konferenzsaal taumelte, wo die militärische Beratung stattfand, und Hauptmann Sagner sofort meldete, daß er, Dub, vollkommen betrunken sei. Während der ganzen Beratung saß er mit gesenktem Kopfe da, und bei der Debatte erhob er sich ab und zu, um zu rufen: »Ihre Ansicht ist richtig, meine Herren, aber ich bin ganz betrunken.«

Als alle Dispositionen ausgearbeitet waren und die Kompanie des Oberleutnants Lukasch zur Vorpatrouille bestimmt wurde, zuckte Leutnant Dub plötzlich zusammen, erhob sich und sagte: »Ich erinnere mich an unseren Klassenvorstand in der Prima, meine Herren. Er lebe hoch, er lebe hoch, er lebe hoch!«

Oberleutnant Lukasch dachte, es werde am besten sein, wenn er Leutnant Dub einstweilen von dessen Burschen Kunert im anstoßenden physikalischen Kabinett zur Ruhe bringen lassen werde, wo eine

Wache vor der Tür stand, damit nicht am Ende jemand die Reste der bereits zur Hälfte ausgeraubten Mineraliensammlung des Kabinetts stehle. Darauf wurden auch die durchmarschierenden Truppenkörper unaufhörlich von der Brigade aufmerksam gemacht.
Die Vorsichtsmaßregel datierte von dem Zeitpunkt, da ein Honvédbataillon, das im Gymnasium einquartiert war, angefangen hatte, das Kabinett zu plündern. Besonders gut hatte den Honvéds die Mineraliensammlung gefallen – bunte Kristalle und Kieselsteine –, die sie in ihre Rucksäcke gesteckt hatten.
Auf dem kleinen Soldatenfriedhof befindet sich auch auf einem weißen Kreuz die Inschrift »Laszlo Gargany«. Dort schläft den ewigen Traum ein Honvéd, der bei jener Plünderung der Sammlungen des Gymnasiums allen denaturierten Spiritus aus einem Gefäß ausgetrunken hatte, in dem verschiedene Reptilien aufbewahrt waren.
Der Weltkrieg rottete das Menschengeschlecht sogar mit Branntwein aus Reptiliensammlungen aus. Als bereits alle gegangen waren, ließ Oberleutnant Lukasch Leutnant Dubs Putzfleck Kunert rufen, der seinen Leutnant fortführte und auf den Diwan bettete. Leutnant Dub ward plötzlich wie ein kleines Kind; er ergriff Kunerts Hand, fing an, seine Handfläche zu untersuchen, und sagte, daß er aus der Hand den Namen von Kunerts zukünftiger Gattin erraten werde.
»Wie heißen Sie? Ziehn Sie mir aus der Brusttasche der Bluse Notizbuch und Bleistift heraus. Sie heißen also Kunert: also kommen Sie in einer Viertelstunde, und ich laß Ihnen einen Zettel mit dem Namen Ihrer zukünftigen Frau Gemahlin hier.«
Kaum hatte er dies gesagt, begann er schon zu schnarchen; aber er erwachte wieder und fing an, etwas in sein Notizbuch zu schmieren; was er geschrieben hatte, riß er wieder heraus, warf es auf die Erde und sagte, den Finger geheimnisvoll an den Mund legend: »Jetzt noch nicht, bis in einer Viertelstunde. Am besten wirds sein, wenn Sie den Zettel mit verbundenen Augen suchen werden.«
Kunert war so ein guter Kerl, daß er tatsächlich nach einer Viertelstunde kam; als er den Zettel entfaltete, las er aus den Hieroglyphen Leutnant Dubs: »Der Name Ihrer zukünftigen Gemahlin wird lauten: Frau Kunert.«
Als er den Zettel nach einer Weile Schwejk zeigte, meinte dieser, Kunert möge ihn nur recht gut aufbewahren, solche Dokumente militärischer Persönlichkeiten müsse ein jeder in Ehren halten. Früher, im aktiven Dienst, habe es so was nicht gegeben, daß ein Offizier mit seinem Burschen korrespondiert oder ihn gar Herr tituliert hätte.

Als die Vorbereitungen zum Aufbruch gemäß den ausgegebenen Dispositionen beendet waren, ließ der Brigadekommandant, den der

hannoveranische Oberst so gut hinausgehetzt hatte, das ganze Bataillon in dem üblichen Karree zusammentreten und hielt eine Ansprache. Der Mann redete nämlich überaus gern; er warf Kraut und Rüben durcheinander, und als er nichts mehr zu sagen hatte, erinnerte er sich noch an die Feldpost.

»Soldaten!« donnerte es aus seinem Mund in das Karree, »jetzt nähern wir uns der Front des Feindes, von dem uns einige Tagesmärsche trennen. Soldaten! Bisher habt ihr auf eurem Marsch keine Gelegenheit gehabt, euren Lieben, die ihr verlassen habt, eure Adressen anzugeben, damit eure Lieben wissen, wohin sie euch schreiben sollen, damit ihr euch an den Briefen eurer lieben Hinterbliebenen erfreut.«

Er konnte sich irgendwie nicht draus hinauswinden und wiederholte unzähligemal hintereinander: »Eure Lieben — eure Verwandten, eure lieben Hinterbliebenen« usw., bis er schließlich diesen Kreis mit dem mächtigen Ruf sprengte: »Dazu haben wir die Feldpost an der Front!«

Seine weitere Rede erweckte den Anschein, als sollten sich all diese Menschen in grauer Uniform einzig und allein deshalb mit der größten Freude erschlagen lassen, weil es an der Front die Einrichtung der Feldpost gab, und als sei es für einen, dem eine Granate

beide Beine abreiße, eine Lust zu sterben, wenn er daran denke, daß seine Feldpost die Nummer 72 habe, bei der vielleicht ein Brief seiner lieben Daheimgebliebenen samt einer Sendung, bestehend aus einem Stück Selchfleisch, Speck und hausgemachtem Zwieback, liege.
Dann, nach dieser Rede, als die Brigadekapelle die Volkshymne gespielt hatte und Hochrufe auf den Kaiser ausgebracht worden waren, traten die einzelnen Gruppen dieses menschlichen, für die Schlachtbänke irgendwo hinter dem Bug bestimmten Viehs, eine nach der andern, den erteilten Dispositionen gemäß, den Marsch an.
Die 11. Kompanie marschierte um halb sechs Uhr auf Turowa-Wolska. Schwejk watschelte ganz hinten mit dem Kompaniestab und der Sanität, und Oberleutnant Lukasch ritt ständig die ganze Kolonne ab, wobei er jeden Augenblick nach rückwärts kam, teils um sich vom Zustand Leutnant Dubs zu überzeugen, der in einem Wägelchen unter Segeltuch neuen Heldentaten in einer unbekannten Zukunft entgegenfuhr, teils um sich den Weg durch Gespräche mit Schwejk zu verkürzen, der geduldig seinen Rucksack und sein Gewehr schleppte und mit Feldwebel Waněk davon sprach, wie man vor Jahren auf den Manövern bei Groß-Meseritsch so angenehm marschiert sei.
»Das war akkurat so eine Gegend wie hier, nur daß wir nicht so feldmäßig gegangen sind, weil wir damals noch nicht mal gewußt ham, was Reservekonserven sind; wenn wir eine Konserve gefaßt ham, hamr sie bei unserm Zug gleich beim nächsten Nachtlager aufgefressen und ham uns dafür einen Ziegel in den Rucksack gesteckt. In einem Dorf is Inspizierung gekommen, man hat uns alle Ziegel ausn Rucksack geworfen, und es waren ihrer so viel, daß sich dann dort draus jemand ein Familienhaus gebaut hat.«
Eine Weile später marschierte Schwejk stramm neben dem Pferd Oberleutnant Lukaschs und redete über die Feldpost: »Sehr hübsch war die Rede, und es is sicher jedem angenehm, wenn er ins Feld einen hübschen Brief von zu Haus kriegt. Aber ich, wie ich vor Jahren in Budweis gedient hab, hab ich beim Militär nur einen Brief in die Kaserne bekommen, und den hab ich noch aufgehoben.«
Schwejk zog aus einer schmutzigen Ledertasche einen Brief voller Fettflecke hervor, und während er mit dem Pferd Oberleutnant Lukaschs Schritt hielt, der einen mäßigen Trab angeschlagen hatte, las er laut: »›Du niederträchtiger Halunke, Du Mörder und Schuft! Korporal Křisch is nach Prag auf Urlaub gekommen, und ich hab mit ihm bei ‚Kocan' getanzt, und er hat mir erzählt, daß Du herich in Budweis beim ‚Grünen Frosch' mit irgendeinem blöden Flitscherl tanzt und daß Du mich schon ganz verlassen hast. Daß Dus weißt, ich schreib diesen Brief im Häusl aufn Brett neben dem Loch, zwi-

schen uns is aus. Deine gewesene Božena. Damit ich nicht vergeß, der Korporal kanns und wird Dich noch sekkieren, ich hab ihn drum gebeten. Und noch damit ich nicht vergeß, Du wirst mich nicht mehr unter den Lebenden finden, bis Du auf Urlaub kommst.‹

Versteht sich«, fuhr Schwejk während seines mäßigen Trabs fort, »daß sie, wie ich auf Urlaub gekommen bin, unter den Lebenden war, und noch dazu unter was für Lebenden. Ich hab sie auch bei ›Kocan‹ gefunden, zwei Soldaten ham sie grad angezogen, und einer von ihnen war so lebhaft, daß er ihr ganz öffentlich unter die Bluse gegriffen hat, als ob er, melde gehorsamst, Herr Oberlajtnant, von dort den Schmelz ihrer Unschuld hätte herausziehn wolln, wie die Wenceslava Lužicka sagt, oder wies einmal so ähnlich ein junges Mädl von ungefähr sechzehn Jahren in der Tanzstunde einem Gymnasiasten unter lautem Weinen gesagt hat, wie er sie in den Arm gezwickt hat: ›Mein Herr, Sie ham den Schmelz meiner Jungfräulichkeit vernichtet.‹ Natürlich ham alle gelacht, und ihre Mutter, was dort auf sie achtgegeben hat, hat sie bei der ›Besceda‹[1] aufn Gang geführt und dort ihre dumme Urschel ordentlich verwichst. Ich bin, Herr Oberlajtnant, zu der Ansicht gekommen, daß die draußigen Mädln doch nur aufrichtiger sind wie diese abgequetschten Stadtfräuleins, was in Tanzstunden gehn. Wie wir vor Jahren in Mnischek auf Übung waren, bin ich nach Alt-Kmin tanzen gegangen und hab mir dort eine Bekanntschaft mit einer gewissen Karla Veklow gemacht, aber sehr hab ich ihr nicht gefallen. Einmal Sonntagabend hab ich sie zum Teich begleitet, dort hamr uns aufn Damm gesetzt, und ich hab sie gefragt, wie die Sonne untergegangen is, ob sie mich auch gern hat. Melde gehorsamst, Herr Oberlajtnant, daß die Luft so lau war, alle Vögel ham gesungen, und sie hat mir mit einem entsetzlichen Lachen geantwortet: ›Ich hab dich so gern wie einen Strohhalm im Arsch, du bist ja blöd.‹ Und ich war auch wirklich blöd, so fürchterlich blöd, daß ich Ihnen, melde gehorsamst, Herr Oberlajtnant, vordem mit ihr zwischen Feldern, zwischen hohem Getreide, in menschenleerem Raum herumgegangen bin, nicht mal einmal hamr uns gesetzt, und ich hab ihr nur diesen Segen Gottes gezeigt, und ich Idiot, ich erklär diesem Bauernmädel, daß das da Korn is, das da Gerste und das da wieder Hafer.«

Und gleichsam zur Bestätigung dieser Worte ertönten von vorn die Stimmen der Soldaten der Kompanie; sie sangen die Fortsetzung des Liedes, mit dem die tschechischen Regimenter bereits vor Solferino für Österreich bluten gegangen waren:

1 Tschechischer Nationaltanz.

»Mit dem Mitternachtsglockenschlag,
Springt der Hafer aus dem Sack.
Juphejdija, juphejda!
Jedes Weib gibt da.«

Worauf wiederum die andern einfielen:

»Gibt da, gibt da, gibt da,
Wozu wäre sie denn da,
Gibt zwei Küsse dir statt einen,
Ja, auf jede Wange einen.
Juphejdija, juphejda!
Jedes Weib gibt da,
Gibt da, gibt da, gibt da,
Wozu wäre sie denn da.«

Dann begannen die Deutschen dasselbe Lied in deutscher Sprache zu singen.

Es ist ein altes Soldatenlied, das vielleicht schon die Soldateska während der napoleonischen Schlachten in allen Sprachen gesungen hatte. Jetzt erscholl es jauchzend auf der verstaubten Straße vor Turowa-Wolska in der galizischen Ebene, wo auf beiden Seiten bis weit zu den grünen Hügeln im Süden hin die Felder unter den Hufen der Pferde zerstampft und unter Tausenden von schweren Soldatenstiefeln vernichtet worden waren.

»So ähnlich hamr mal die Gegend auf den Manövern bei Pisek zugerichtet«, ließ sich Schwejk vernehmen, indem er umherblickte. »Ein Herr Erzherzog war dort mit uns, das war so ein gerechter Herr, daß, wenn er mit seinem Stab aus strategischen Gründen durchs Getreide geritten is, so hat gleich hinter ihm der Adjutant den ganzen Schaden abgeschätzt. Ein gewisser Bauer Picha hat keine Freude an dem Besuch gehabt und hat vom Ärar die achtzehn Kronen Entschädigung für zerstampfte fünf Joch Feld nicht angenommen, er wollt sich prozessieren und hat dafür achtzehn Monate gekriegt.

Ich denk, Herr Oberlajtnant, daß er eigentlich hat froh sein können, daß ihm jemand ausn kaiserlichen Haus auf seinem Grundstück besucht hat. Ein anderer Bauer, was gebildeter wär, möcht alle seine Mädln in weiße Kleider anziehn wie Kranzeljungfern, möcht ihnen Blumensträuße in die Hand geben und möcht sie auf seinem Grundstück aufstellen, und jede von ihnen müßt den hohen Herrn begrüßen, wie ichs von Indien gelesen hab, wo sich die Untertanen von irgendeinem Herrscher von dem Elefant ham zertreten lassen.«

»Was reden Sie da, Schwejk?« rief ihm Oberleutnant Lukasch vom Pferde herab zu.

»Melde gehorsamst, Herr Oberlajtnant, daß ich den Elefanten mein, was auf seinem Rücken den Herrscher getragen hat, von dem ich gelesen hab.«
»Das muß man Ihnen lassen, Schwejk, daß Sie alles richtig erklären können«, sagte Oberleutnant Lukasch und ritt nach vorn. Dort riß die Marschkolonne bereits entzwei, der ungewohnte Marsch nach der Rast im Eisenbahnzug und die volle, komplette Ausrüstung bewirkten, daß allen die Arme zu schmerzen begannen und jeder sichs so bequem machte, wie er konnte. Man hängte das Gewehr von einer Seite auf die andere, die Mehrzahl trug es nicht mehr geschultert, sondern über den Rücken geworfen wie einen Rechen oder eine Heugabel. Manche dachten, daß es bequemer sei, durch den Graben oder über den Rain zu gehen, wo der Boden unter den Füßen denn doch weicher schien als auf der verstaubten Landstraße.
Die Mehrzahl schritt mit zu Boden gesenktem Kopf, und alle litten großen Durst, denn, obwohl die Sonne bereits unterging, herrschte dennoch eine solche Schwüle und Hitze wie am Mittag, und keiner hatte auch nur noch einen Tropfen Wasser in der Feldflasche. Es war der erste Marschtag, und diese ungewohnte Situation, gleichsam eine Stufe zu größeren und größeren Leiden, machte alle immer schwächer und matter. Sie hörten auf zu singen und schätzten gegenseitig untereinander ab, wie weit es wohl nach Turowa-Wolska sein mochte, wo ihrer Meinung nach übernachtet werden sollte. Manche setzten sich für ein Weilchen in den Graben, und damit man ihnen die Müdigkeit nicht anmerkte, schnürten sie sich die Schuhe auf und erweckten auf den ersten Blick den Eindruck von Leuten, deren Fußlappen schlecht zusammengelegt sind und die sich bemühen, sie so zu richten, daß sie auf dem weiten Marsch nicht drücken. Andere wiederum verlängerten oder verkürzten den Gewehrriemen oder öffneten den Rucksack und schichteten die darin untergebrachten Gegenstände um, wobei sie sichs selbst einredeten, daß sie dies aus Rücksicht auf eine richtige Verteilung der Belastung tun, damit die Rucksackriemen nicht die eine oder die andere Schulter herabzögen. Als sich ihnen Oberleutnant Lukasch der Reihe nach näherte, standen sie auf und meldeten, daß sie etwas drückte oder sonst etwas behindere, sofern sie nicht von den Kadetten oder Zugführern schon vorher, sobald diese aus der Ferne das Pferd des Oberleutnants Lukasch bemerkten, vorwärtsgetrieben wurden.
Wenn Oberleutnant Lukasch vorüberritt, forderte er sie ganz freundlich auf, sich zu erheben, nach Turowa-Wolska wären es nur noch drei Kilometer, und dort werde man rasten.
Inzwischen kam Leutnant Dub durch das unaufhörliche Rütteln auf dem zweirädrigen Sanitätswagen zur Besinnung. Er kam zwar nicht

vollständig zu sich, aber er konnte sich bereits erheben und aus dem Wagen beugen und die Leute vom Kompaniestab rufen, die sich unbeschwert ringsumher bewegten, denn alle, angefangen von Baloun und endend mit Chodounsky, hatten ihre Rucksäcke in dem Wagen untergebracht. Nur Schwejk schritt mutig vorwärts, den Rucksack auf dem Rücken, das Gewehr nach Dragonerart auf dem Riemen über der Brust; er rauchte seine Pfeife und sang beim Marsche:

»Als wir nach Jaroměrsch zogen,
glaubt man auch, es sei erlogen,
kamen wir so ungefähr grad zum Nachtmahl hin.«

Mehr als fünfhundert Schritte vor Leutnant Dub erhoben sich auf der Straße Staubwirbel, aus denen die Gestalten von Soldaten auftauchten. Leutnant Dub, dessen Begeisterung wieder zurückgekehrt war, neigte den Kopf aus dem Wagen und fing an, in den Straßenstaub zu brüllen: »Soldaten! Eure erhabene Aufgabe ist schwer, beschwerliche Märsche, vielfacher Mangel an allem und Strapazen aller Art heben für euch an. Aber ich vertraue vollkommen auf eure Ausdauer und euren festen Willen.«
»Und Ochsen brüllen«, dichtete Schwejk hinzu.
Leutnant Dub fuhr fort: »Für euch, Soldaten, ist kein Hindernis zu groß, daß ihr es nicht überwinden könntet. Noch einmal, Soldaten, wiederhole ich euch: Ich führe euch zu keinem leichten Sieg. Es wird eine harte Nuß für euch sein, aber ihr werdets leisten! Euch wird die Geschichte seligsprechen.«
»Und wer dir zuhört, kann brechen«, dichtete Schwejk abermals hinzu.
Und als hätte Leutnant Dub dies gehört, begann er plötzlich mit gesenktem Kopf in den Straßenstaub zu kotzen; als er genug gekotzt hatte, rief er noch: »Vorwärts, Soldaten!«, fiel abermals auf den Rucksack des Telephonisten Chodounsky und schlief bis Turowa-Wolska, wo man ihn endlich auf Befehl Oberleutnant Lukaschs auf die Beine stellte und vom Wagen hob; es dauerte lange, bevor sich Leutnant Dub nach der langen und schwierigen Unterredung mit Oberleutnant Lukasch soweit erholte, um schließlich erklären zu können: »Logisch beurteilt, habe ich eine Dummheit begangen, die ich vor dem Feinde gutmachen werde.«
Er war allerdings noch nicht ganz bei Besinnung, denn bevor er zu seinem Zuge ging, sagte er zu Oberleutnant Lukasch: »Sie kennen mich noch nicht, aber bis Sie mich kennenlernen werden ...!«
»Sie können sich darüber, was Sie aufgeführt haben, beim Schwejk informieren.«
Leutnant Dub ging also, bevor er sich zu seinem Zug begab, zu

Schwejk, den er in der Gesellschaft Balouns und des Rechnungsfeldwebels Waněk antraf.
Baloun erzählte gerade, daß er zu Hause in der Mühle immer eine Flasche Bier im Brunnen gehabt habe. Das Bier sei so kalt gewesen, daß die Zähne daran stumpf wurden. In andern Mühlen habe man solches Bier zu Quark und Butter getrunken, er aber, in seiner Gefräßigkeit, für die Gott ihn jetzt strafe, habe danach immer noch ein tüchtiges Stück Fleisch verschlungen. Jetzt habe ihn Gottes Gerechtigkeit mit warmem, stinkendem Wasser aus dem Brunnen in Turowa-Wolska bestraft, in das alle wegen der Choleragefahr Zitronensäure gießen mußten, die man gerade vor einem Weilchen ausgegeben hatte, als man schwarmweise Brunnenwasser holen gegangen war. Baloun bekundete die Ansicht, daß man diese Zitronensäure offenbar dazu austeilte, um die Mannschaft auszuhungern. Es sei zwar wahr, daß er sich in Sanok ein wenig angegessen und Oberleutnant Lukasch ihm wieder eine halbe Portion Kalbfleisch überlassen habe, das diesem von der Brigade geschickt worden sei, allein es sei schrecklich; er habe doch gedacht, daß man, bis sie hier eintreffen würden, rasten und übernachten und wieder etwas kochen werde. Er war davon schon ganz überzeugt gewesen, als die Feldköche Wasser in die Kessel gossen. Er war sofort zu der Küche gegangen, um nach dem Was und Wie zu fragen, und man habe ihm geantwortet, es sei nur der Befehl gekommen, inzwischen Wasser zu holen, in einer Weile könne wieder der Befehl kommen, das Wasser auszugießen.
In diesem Augenblick näherte sich ihnen Leutnant Dub, und weil er sich selbst gegenüber recht unsicher war, fragte er: »Unterhaltet ihr euch?«
»Wir unterhalten uns«, antwortete für alle Schwejk, »bei uns is die Unterhaltung in vollem Gang. Es is überhaupt am besten, sich immer gut zu unterhalten. Jetzt unterhalten wir uns grad über Zitronensäure. Ohne Unterhaltung kann ein Soldat nicht sein, so vergißt er wenigstens besser all die Strapazen.«
Leutnant Dub sagte, Schwejk möge ein Stückchen mit ihm gehen, er wolle ihn etwas fragen. Als sie sich ein wenig entfernt hatten, sagte Leutnant Dub mit schrecklich unsicherer Stimme: »Habt ihr euch nicht über mich unterhalten?«
»Keinesfalls, niemals nicht, Herr Lajtnant, nur von der Zitronensäure und Geselchtem.«
»Oberleutnant Lukasch hat mir gesagt, daß ich angeblich etwas aufgeführt haben soll und daß Sie sehr gut darüber informiert sind, Schwejk.«
Schwejk sagte ungemein ernst und nachdrücklich: »Nichts ham Sie aufgeführt, Herr Lajtnant, Sie waren nur zu Besuch in einem öffent-

lichen Haus. Aber das war wahrscheinlich ein Irrtum. Den Klempner Pimpra von Ziegelplatz hat man auch immer gesucht, wenn er in die Stadt Blech kaufen gegangen is, und hat ihn auch immer in so einem Lokal gefunden, entweder bei ›Schuha‹ oder bei ›Dwořak‹, so wie ich Sie gefunden hab. Unten war ein Kaffeehaus, und oben waren in unserm Fall Weiber. Sie waren wahrscheinlich im Irrtum, Herr Lajtnant, wo Sie sich da eigentlich befinden, denn es war heiß, und wenn der Mensch nicht gewöhnt is zu trinken, so betrinkt er sich in so einer Hitze sogar mit gewöhnlichem Rum, was erst Sie mit Wacholderschnaps, Herr Lajtnant. Ich hab also Befehl gekriegt, bevor wir aufgebrochen sind, Ihnen eine Einladung zu der Besprechung zu überbringen und hab Sie auch bei dem Mädl dort oben gefunden; vor Hitze und dem Wacholderschnaps ham Sie mich gar nicht erkannt und sind dort ausgezogen auf dem Kanapee gelegen. Sie ham dort gar nichts aufgeführt und ham nicht mal gesagt: ›Sie kennen mich noch nicht‹, aber so was kann jedem passieren, wenns heiß is. Mancher leidet schrecklich dran, ein andrer kommt wieder dazu wie ein blindes Huhn zu einem Korn. Wenn Sie den alten Wejwoda, Polierer in Wrschowitz, gekannt hätten, der hat sich Ihnen, Herr Lajtnant, vorgenommen, daß er nichts trinken wird, womit er sich betrinken könnt. So hat er Ihnen also noch ein Stamperl getrunken und is von zu Haus weggegangen, solche alkoholfreie Getränke suchen. Zuerst hat er sich Ihnen also im Wirtshaus ›Zur Station‹ aufgehalten, hat sich dort ein Viertel Wermut geben lassen und hat angefangen, den Wirt unauffällig auszufragen, was diese Abstinenzler eigentlich trinken. Er hat ganz richtig geurteilt, daß reines Wasser halt auch für Abstinenzler ein hartes Getränk is. Der Wirt hat ihm also erzählt, daß die Abstinenzler Sodawasser, Limonade, Milch und dann Wein ohne Alkohol trinken, kalte Wassersuppe und andere alkoholfreie Getränke. Davon hat dem alten Wejwoda doch nur der alkoholfreie Wein am besten gefalln. Er hat noch gefragt, ob es auch alkoholfreien Schnaps gibt, hat noch ein Viertel getrunken, hat mitn Wirt davon gesprochen, daß es wirklich eine Sünde is, sich oft zu besaufen, worauf ihm der Wirt gesagt hat, daß er alles auf der Welt verträgt, nur nicht einen Besoffenen, was sich anderwärts besauft und dann zu ihm kommt, damit er bei einer Flasche Sodawasser nüchtern wird und noch Krawall schlägt. ›Besauf dich bei mir‹, sagt der Wirt, ›dann bist du ein Mann, aber sonst kenn ich dich nicht.‹ Der alte Wejwoda hat also ausgetrunken und is weitergegangen, bis er Ihnen, Herr Lajtnant, am Karlsplatz in eine Weinhandlung gekommen is, wo er auch manchmal eingekehrt is, und dort gefragt hat, ob sie nicht alkoholfreien Wein ham. ›Alkoholfreien Wein hamr nicht, Herr Wejwoda‹, hat man ihm gesagt, ›aber Wermut oder Sherry.‹ Dem alten Wejwoda wars irgendwie eine Schande, so hat er dort ein Viertel Wermut und ein Viertel Sherry getrunken, und wie er so sitzt, wird er Ihnen, Herr Lajtnant, auch mit so einem Abstinenzler bekannt. Ein Wort gibt das andere, sie trinken jeder noch ein Viertel Sherry, und schließlich kommts heraus, daß dieser Herr einen Ort kennt, wo man alkoholfreien Wein verzapft. ›Es is in der Bolzanogasse, man geht über Stufen hinunter, und ein Grammophon is auch dort.‹ Für diese Nachricht hat der alte Wejwoda eine ganze Flasche Wermut aufn Tisch kommen lassen, und dann sind beide in die Bolzanogasse gegangen, wo man über Stufen hinuntergeht und wos ein Grammophon gibt, und wirklich, dort hat man lauter Obstwein verzapft, nicht nur spiritusfreien, sondern sogar ohne Alkohol. Zuerst hat sich jeder einen halben Liter Stachelbeerwein geben lassen, dann einen halben Liter Ribiswein, und wie sie noch einen halben Liter alkoholfreien Stachelbeerwein ausgetrunken ham, sind ihnen nach allen den früheren Wermuts und Sherrys die Füße eingeschlafen, sie ham angefangen zu schrein, man soll ihnen die amtliche Bestätigung bringen, daß das, was sie hier trinken, alkoholfreier Wein is. Daß sie herich Abstinenzler sind, und wenn mans ihnen herich nicht gleich bringt, wern sie hier herich alles mitsamtn Grammophon zerdreschen. Dann ham die Polizisten beide über die Stufen in der Bolzanogasse hinaufziehen müssen und ham sie in die Gemeindetruhe legen und in die Separation werfen müssen. Und zum Schluß hat man dann beide als Abstinenzler wegen Trunkenheit verurteiln müssen.«

»Warum erzähln Sie mir das?« rief Leutnant Dub, der durch diese Rede ganz nüchtern geworden war.

»Melde gehorsamst, Herr Lajtnant, daß es eigentlich nicht zusammgehört, aber wenn wir uns schon so erzählen . . .«

Leutnant Dub fiel in diesem Augenblick ein, daß ihn Schwejk abermals beleidigt habe, und da er bereits bei ganz klarem Bewußtsein war, schrie er Schwejk an: »Du wirst mich einmal kennenlernen! Wie stehst du eigentlich?«

»Melde gehorsamst, daß ich schlecht steh, ich hab, melde gehorsamst, vergessen, die Fersen zusammzuschlagen. Gleich wer ichs machen.« Schwejk stand schon wieder in der besten Habtachtstellung.

Leutnant Dub dachte nach, was er noch sagen solle, aber zum Schluß sagte er nur: »Gib dir acht, damit ich dirs nicht zum letztenmal sagen muß.« Worauf er als Ergänzung seinen alten Spruch abänderte: »Du kennst mich noch nicht, aber ich kenne dich.«

Als Leutnant Dub Schwejk verließ, dachte er in seinem Katzenjammer:

Kann sein, daß es besser auf ihn wirken würde, wenn ich ihm

gesagt hätte: ›Ich kenn dich schon längst von deiner schlechten Seite, Halunke!‹

Dann ließ Leutnant Dub seinen Putzfleck Kunert rufen und befahl ihm, einen Krug Wasser aufzutreiben.

Zur Ehre Kunerts sei gesagt, daß er in Turowa-Wolska lange einen Krug und Wasser suchte.

Schließlich gelang es ihm, dem Herrn Pfarrer einen Krug zu stehlen, und in diesen Krug schöpfte er aus einem mit Brettern vernagelten Brunnen Wasser. Zu diesem Zweck mußte er allerdings einige Bretter abreißen, denn der Brunnen war sehr gut verwahrt, da das Wasser darin typhusverdächtig war.

Leutnant Dub trank jedoch ohne alle weiteren Folgen den ganzen Krug leer, womit er das Sprichwort bestätigte: »Ein gutes Schwein verträgt alles.«

Alle irrten sich sehr, wenn sie annahmen, daß man etwa in Turowa-Wolska übernachten werde.

Oberleutnant Lukasch versammelte den Telephonisten Chodounsky, Rechnungsfeldwebel Waněk, die Kompanieordonnanz Schwejk und Baloun um sich. Die Befehle waren einfach: Die gesamte Mannschaft läßt die Ausrüstung bei der Sanität, marschiert sofort auf einem

Feldweg nach Polanec und von dort längs des Baches in südöstlicher Richtung gegen Liskowiec.
Schwejk, Waněk und Chodounsky sind Quartiermacher. Alle müssen Nachtlager für die Kompanie vorbereiten, die ihnen in einer, höchstens anderthalb Stunden folgen wird. Baloun muß inzwischen dort, wo er, Oberleutnant Lukasch, übernachten wird, eine Gans braten lassen, und alle drei müssen auf Baloun achtgeben, damit er nicht die Hälfte auffrißt. Außerdem müssen Waněk und Schwejk ein Schwein für die Kompanie kaufen, je nachdem, wieviel Fleisch auf die ganze Mannschaft entfällt. In der Nacht wird Gulasch gekocht werden. Die Nachtquartiere für die Leute müssen ordentlich sein; verlausten Hütten ausweichen, damit sich die Mannschaft gründlich ausruht, weil die Kompanie von Liskowiec bereits um halb sieben Uhr früh über Kroscienka gegen Starasol weitermarschiert.
Das Bataillon war nämlich nicht mehr arm. Die Brigadeintendanz in Sanok hatte dem Bataillon einen Vorschuß auf die künftige Schlachtbank ausgezahlt. In der Kompaniekassa befanden sich über hunderttausend Kronen, und Rechnungsfeldwebel Waněk hatte bereits Befehl erhalten, irgendwo an Ort und Stelle – das heißt in den Schützengräben – vor dem Tod der Kompanie abzurechnen und der Mannschaft die ihr unbedingt gebührenden Beträge für nicht verabreichtes Kommißbrot und die entfallene Menage auszuzahlen.
Während sich alle vier wegbereit machten, erschien bei der Kompanie der Pfarrer des Ortes und verteilte an die Soldaten nach ihrer Nationalität Zettelchen mit einem »Lourder Lied« in allen Sprachen. Er hatte ein ganzes Paket dieser Lieder, die irgendein hoher Kirchenwürdenträger, der im Auto mit ein paar Dirnen durch das verwüstete Galizien gefahren war, zur Verteilung an die durchmarschierenden Truppen bei ihm zurückgelassen hatte:

»Wo zum Tale der Strom unaufhaltsam fließt,
Dort alle Andächtigen der Glockenton grüßt:
Ave, ave, ave Maria – Ave, ave, ave Maria.

Bernarde, du Mädchen, ein himmlischer Geist
Zur grünenden Flur am Ufer dich weist. Ave!

Da sieht sie am Felsen ein himmlisches Licht,
Darinnen ein herrliches Himmelsgesicht. Ave!

Schön steht ihr ein blütenweißes Gewand,
Von einem himmelblauen Gürtel umspannt. Ave!

Die gefalteten Hände halten den Kranz,
So steht dort Maria in himmlischem Glanz. Ave!

Bernarde verwandelt blickt in das Licht,
Ein unirdisch Leuchten verklärt ihr Gesicht. Ave!

Schon kniet sie und betet. Maria blickt hin
Und spricht mit der knienden Beterin. Ave!

Kind, ich hab empfangen unbefleckt,
Nun sei dir ein großes Geheimnis entdeckt. Ave!

Hierher wird in Scharen der Gläubige ziehn,
Wird mich anbeten und vor mir knien. Ave!

Hier werde zur Merke ein Marmordom,
Zum Dank, weil hier quillt der Gnade Strom. Ave!

Der Quell jedoch, der sich hier offenbart,
Sei ewig das Ziel frommer Pilgerfahrt. Ave!

O Heil dir, gnadenverklärtes Tal,
Wo Maria erschien in Glanz und Strahl. Ave!

Wo du uns die göttliche Grotte gezeigt,
Dort wollen wir beten, zu Boden gebeugt. Ave!

Du wolltest die Scharen der Gläubigen sehn,
Sieh nun auch uns hier vor dir flehn. Ave!

O stella maris! Zeuch vor uns hin,
und führ uns zu Gott, Himmelskönigin. Ave!

O Heilige Jungfrau! Behalt uns in Huld
Und vergib uns allen Sünde und Schuld. Ave!«

In Turowa-Wolska gab es viele Latrinen, und in allen wälzten sich Papiere mit dem »Lourder Lied«.

Korporal Nachtigall aus der Gegend von Bergreichenstein, der irgendwo bei einem verängstigten Juden eine Flasche Kognak aufgetrieben hatte, versammelte ein paar Kameraden um sich, und nun begannen alle den deutschen Text des »Lourder Liedes« ohne den Refrain »Ave« nach der Melodie des Liedes »Prinz Eugen« zu singen.

Es war ein verdammt häßlicher Marsch, als die vier, die für das Nachtquartier der 11. Kompanie zu sorgen hatten, bei Anbruch der Finsternis auf den Waldweg jenseits des Bächleins gerieten, der nach Liskowiec führen sollte.

Baloun, der sich zum erstenmal in einer Situation befand, die irgendwohin ins Unbekannte führte, und dem alles – die Finsternis und das »Quartiermachen« – ungewöhnlich geheimnisvoll erschien, faßte plötzlich den entsetzlichen Verdacht, daß alles nicht so harmlos sei.

»Kameraden«, sagte er leise, während er über den Weg oberhalb des Baches stolperte, »man hat uns geopfert.«
»Wieso?« brüllte Schwejk ihn leise an.
»Kameraden, nicht so brülln«, bat Baloun leise, »ich spürs schon im Kreuz, sie wern uns hören und gleich anfangen, auf uns zu schießen. Ich weiß es. Man hat uns vorausgeschickt, damit wir auskundschaften, ob dort kein Feind is, und wenn man schießen hören wird, so wird man gleich wissen, daß man nicht weiter darf. Wir sind Vorpatrouille, Kamerad, wie mirs Korporal Terna gelernt hat.«
»Also geh voraus«, sagte Schwejk. »Wir wern hübsch hinter dir gehn, damit wir rechtzeitig ›Nieder‹ machen können. Bist du aber ein Soldat! Er fürchtet sich, daß man auf ihn schießen wird. Grad das soll jeder Soldat sehr gern haben, wenn man auf ihn schießt, je öfter der Feind auf ihn schießt, desto mehr verringern sich die Munitionsvorräte vom Feind, das soll jeder Soldat wissen. Mit jedem Schuß, was ein feindlicher Soldat auf dich abfeuert, vermindert sich seine Kampfkraft. Er is dabei froh, daß er auf dich schießen kann, weil er sich wenigstens nicht mit den Patronen schleppen muß und sichs ihm so leichter läuft.«
Baloun seufzte tief: »Wenn ich aber zu Haus eine Wirtschaft hab!«
»Pfeif auf die Wirtschaft«, riet ihm Schwejk, »fall lieber für Seine Majestät den Kaiser. Hat man dir das denn nicht beim Militär gelernt?«
»Man hats nur erwähnt«, sagte der dumme Baloun. »Man hat uns nur aufn Exerzierplatz geführt, und dann hab ich schon nie mehr von was Ähnlichem gehört, weil ich Bursch geworn bin. – Wenn uns der Kaiser wenigstens besser füttern tät . . .«
»Du bist aber eine verflucht unersättliche Sau. Einen Soldaten vorm Gefecht soll man überhaupt nicht füttern, das hat uns schon vor Jahren in der Schule der Hauptmann Untergriez erklärt. Der hat uns immer gesagt: ›Verdammte Kerle, wenns mal zu einem Krieg kommen sollt, wenn ihr ins Gefecht kommen sollt, nicht daß ihr euch vor der Schlacht überfreßt! Wer überfressen is und einen Schuß in den Bauch kriegt, der is fertig, weil alle Suppe und das ganze Kommißbrot nach so einem Schuß ausn Därmen herauskriecht, und so ein Soldat hat gleich eine Entzündung und is fertig. Wenn er aber nichts im Magen hat, so is so ein Bauchschuß für ihn eine Hetz; wie wenn ihn eine Gelse sticht.‹«
»Ich verdau schnell«, sagte Baloun, »bei mir bleibt nie viel im Magen. Ich freß dir meintwegen eine ganze Schüssel Knödl mit Schweinernem und Kraut auf, Kamerad, und in einer halben Stunde scheiß ich dir von allem nicht mehr aus als so auf drei Suppenlöffel, das andere geht dir in mir verloren. Mancher Mensch zum Beispiel

sagt, daß, wenn er Pilze ißt, so gehn sie ihm so heraus, wie sie waren, nur sie auswaschen und wieder von neuem sauer kochen, und bei mir im Gegenteil. Ich freß mich dir mit Pilzen an, daß ein anderer zerspringen möcht, und wann ich dann aufn Abort geh, so furz ich dir nur ein bißl gelben Kasch heraus, wie von einem Kind, das andere geht euch in mir verloren.
In mir, Kamerad«, teilte Baloun Schwejk vertraulich mit, »lösen sich dir sogar Fischgräten und Zwetschgenkerne auf. Einmal hab ichs absichtlich gezählt. Ich hab siebzig Zwetschgenknödl aufgegessen, und wie meine Stunde gekommen is, bin ich hinter die Scheune gegangen, hab drin mit einem Hölzl herumgestochert, hab die Kerne beiseite geschoben und gezählt. Von siebzig Kernen ham sich in mir mehr wie die Hälfte aufgelöst.«
Balouns Mund entrang sich ein leiser, gedehnter Seufzer: »Meine Alte hat Zwetschgenknödl aus Erdäpfelteig gemacht und hat ein bißl Quark zugegeben, damit sie ausgiebiger sind. Sie hat sie immer lieber mit Mohn bestreut gehabt wie mit Quark, und ich wieder umgekehrt, so daß ich sie dafür einmal abgeohrfeigt hab. – Ich hab mir mein häusliches Glück nicht genug geschätzt.«
Baloun hielt inne, schmatzte, schleckte sich ab und sagte traurig und weich: »Weißt du, Kamerad, daß es mir jetzt, wo ichs nicht hab, vorkommt, daß die Frau doch nur recht gehabt hat, daß sie mit Mohn besser sind? Damals is mirs vorgekommen, daß mir der Mohn in die Zähne kommt, und jetzt denk ich mir, wenn er nur kommen möcht . . . Meine Frau hat mit mir häufig große Streitigkeiten gehabt. Wie oft hat sie geweint, wenn ich gewollt hab, daß sie mehr Majoran in die Leberwürste gibt, und dabei hab ich ihr immer eine heruntergehaut. Einmal hab ich die Arme so verbleut, daß sie zwei Tage gelegen is, weil sie mir zum Nachtmahl keinen Truthahn schlachten wollt, daß mir herich ein Hendl genügt.
Ja, Kamerad«, fing Baloun zu weinen an, »wenn ich jetzt eine Leberwurst ohne Majoran hätt und Hendln . . . Ißt du gern Dillensoße? Siehst du, wegen der hats was Krawalle gesetzt, und heut möcht ich sie dir trinken wie Kaffee.«
Baloun vergaß langsam an die Vorstellung einer vermeintlichen Gefahr; in der Stille der Nacht, auch noch als sie hinunter nach Liskowiec stiegen, fuhr er unaufhörlich fort, Schwejk bewegt aufzuzählen, was er sich früher alles nicht geschätzt hatte und was er jetzt essen möchte, daß ihm die Augen überfließen würden.
Hinter ihnen schritt Telephonist Chodounsky mit Rechnungsfeldwebel Waněk.
Chodounsky setzte Waněk auseinander, daß der Weltkrieg seiner Ansicht nach ein Blödsinn sei. Das ärgste daran sei, daß man, wenn

irgendwo die Telephonleitung zerreißt, den Schaden in der Nacht in Ordnung bringen müsse; aber noch ärger sei, daß der Feind einen jetzt gerade bei der Reparatur dieser verdammten Drähte mit dem Reflektor sofort findet und die ganze Artillerie auf einen feuert, während es in früheren Kriegen keine Reflektoren gab.

Unten im Dorf, wo sie ein Nachtlager für die Kompanie ausfindig machen sollten, war es dunkel, und alle Hunde begannen zu bellen, was die Expedition nötigte, haltzumachen und nachzudenken, wie man mit diesen Ludern fertigwerden könnte.

»Was, wenn wir zurückgehn möchten?« flüsterte Baloun.

»Baloun, Baloun, wenn wir das machen möchten, möchtest du wegen Feigheit erschossen wern«, sagte darauf Schwejk.

Die Hunde bellten immer mehr und begannen schließlich sogar im Süden hinter dem Fluß in Krostience und einigen andern Dörfern anzuschlagen, denn Schwejk brüllte in die nächtliche Stille:

»Wirst du kuschen! — kusch — kusch«, wie er einst seine Hunde angebrüllt hatte, als er noch mit ihnen handelte.

Die Hunde bellten noch mehr, so daß Rechnungsfeldwebel Waněk zu Schwejk sagte:

»Brülln Sie nicht auf die Hunde, Schwejk, sonst bringen Sie noch ganz Galizien zum Belln.«

»Was Ähnliches«, antwortete Schwejk, »is uns auf den Manövern in der Taborer Gegend passiert. Wir sind euch dort in der Nacht in ein Dorf gekommen, und die Hunde ham angefangen, einen schrecklichen Radau zu machen. Die Gegend is dort überall hübsch bevölkert, so daß das Gekläff von einem Dorf zum andern gesprungen is, immer weiter und weiter, und die Hunde aus unserm Dorf, wo wir gelagert ham, ham wieder, wie sie verstummt sind, von weitem belln gehört, meintwegen von irgendwo bis aus Pilgram, so ham sie wieder angefangen zu belln, und in einer Weile hat euch ganz Tabor, Pilgram, Budweis, Humpoletz, Wittingau und Iglau gebellt. Unser Hauptmann, so ein nervöser alter Kerl, hat Hundegebell nicht ausstehn können, er hat die ganze Nacht nicht geschlafen, fortwährend is er gekommen und hat die Patrouille gefragt: ›Wer bellt, was bellt?‹ Die Soldaten ham gehorsamst gemeldet, daß Hunde belln, und das hat ihn so fuchtig gemacht, daß dafür die, was damals auf Patrouille waren, Kasernarrest gekriegt ham, wie wir von den Manövern zurückgekommen sind. Dann hat er immer ein ›Hundekommando‹ ausgesucht und hats vorausgeschickt. Das hat den Zweck gehabt, der Bevölkerung im Dorf, wo wir ham übernachten solln, bekanntzugeben, daß kein Hund in der Nacht belln darf oder daß er hingerichtet wird. Ich war auch bei so einem Kommando, und wie wir in ein Dorf bei Mühlhausen gekommen sind, so hab ich mirs verwechselt

und hab dem Bürgermeister der Gemeinde gemeldet, daß jeder Eigentümer von einem Hund, was in der Nacht belln wird, aus strategischen Gründen hingerichtet wern wird. Der Bürgermeister is erschrokken, hat gleich eingespannt und is aufn Hauptstab gefahren, fürs ganze Dorf um Gnade bitten. Dort ham sie ihn überhaupt nicht durchgelassen, die Posten hätten ihn beinah erschossen, so is er nach Haus zurückgekommen, und bevor wir ins Dorf einmarschiert sind, ham alle auf seinen Rat den Hunden Hadern ums Maul gebunden, bis drei von ihnen toll geworn sind.«

Sie stiegen ins Dorf hinab, nachdem Schwejk die Lehre erteilt hatte, daß sich Hunde in der Nacht vor dem Feuer einer angezündeten Zigarette fürchten. Zum Unglück rauchte niemand von ihnen Zigaretten, so daß Schwejks Rat kein positives Ergebnis hatte. Es zeigte sich jedoch, daß die Hunde vor Freude bellten, weil sie sich mit Liebe der durchmarschierenden Soldaten erinnerten, die ihnen stets etwas zum Fressen zurückgelassen hatten.

Sie spürten schon von weitem, daß sich Geschöpfe näherten, die Knochen und Pferdeleichen hinterlassen. Plötzlich, wie aus dem Boden gestampft, umringten Schwejk vier Köter und drangen mit emporgehobenen Schwänzen freundschaftlich auf ihn ein. Schwejk streichelte und tätschelte sie und redete sie in der Finsternis wie Kinder an:

»Also wir sind schon da, wir sind zu euch schlaferln und papperln gekommen, wir wern euch Knocherln geben und Krusterln, und früh wern wir dann wieder weiterziehn aufn Feind.«

In den Hütten des Dorfes tauchten Lichter auf, und als sie bei der ersten Hütte an die Tür klopften, um zu erfahren, wo der Bürgermeister wohne, ließ sich die kreischende und gellende Stimme einer Frau vernehmen, die nicht auf polnisch, aber auch nicht auf ukrainisch erklärte, ihr Mann sei im Krieg, ihre Kinder seien an Blattern erkrankt, die Moskowiter hätten alles requiriert, und ihr Mann habe ihr, bevor er in den Krieg gezogen sei, verboten, jemandem in der Nacht zu öffnen. Erst als die vier den Angriff auf die Tür mit der Versicherung bekräftigten, daß sie »Quartiermacher« seien, wurde die Tür von einer unbekannten Hand geöffnet; nachdem sie eingetreten waren, zeigte es sich, daß hier eigentlich der Dorfälteste wohnte, der sich vergeblich bemühte, Schwejk auszureden, daß er diese kreischende weibliche Stimme nachgeahmt habe. Er entschuldigte sich, er habe im Heu geschlafen, und seine Frau wisse nicht, was sie rede, wenn sie jemand plötzlich aus dem Schlaf wecke. Was das Nachtquartier für die ganze Kompanie betreffe, so sei das Dorf so klein, daß nicht einmal ein Soldat hineingehe. Es sei überhaupt kein Platz zum Schlafen da. Zu kaufen gäbe es hier auch nichts, die Moskowiter hätten alles requiriert.

Wenn die Herren Wohltäter damit einverstanden seien, würde er sie nach Krosienka führen; dort seien große Höfe, es sei nur drei Viertelstunden entfernt von hier, Platz sei dort genug, jeder Soldat werde sich mit einem Schafspelz zudecken können, es gäbe dort so viele Kühe, daß jeder Soldat eine Eßschale Milch erhalten werde, man habe dort gutes Wasser, die Herren Offiziere würden dort im Schlößchen schlafen können, aber hier in Liskowiec? Nichts als Not, Krätze und Läuse. Er selbst habe einmal fünf Kühe gehabt, aber die Moskowiter hätten ihm alle requiriert, so daß er selbst, wenn er Milch für seine kranken Kinder haben wolle, bis nach Krosienka gehen müsse.

Gleichsam zum Beweis muhten nebenan in seinem Stall die Kühe, und man vernahm eine weibliche Stimme, die die unglücklichen Tiere zur Ruhe wies und ihnen wünschte, die Cholera möge ihnen ins Gebein fahren.

Den Vorsteher jedoch brachte dies nicht aus der Fassung, und er fuhr fort, während er sich hohe Stiefel anzog:

»Die einzige Kuh hier hat Nachbar Vojcik, die haben Sie grad muhn gehört, meine gnädigen Herren. Es ist eine kranke, ängstliche Kuh. Die Moskowiter ham ihr das Kalb weggenommen. Seit damals gibt sie keine Milch mehr, aber dem Wirt tuts leid, sie zu schlachten, er denkt, daß die Mutter Gottes wieder alles zum besten wenden wird.«

Während er dies sagte, zog er sich den Schafspelz an:
»Nicht mal drei Viertelstunden haben wir nach Krosienka zu gehn, meine Herren Wohltäter, was sag ich sündiger Mensch, keine halbe Stunde dauerts. Ich kenn einen Weg übern Bach, dann durchs Birkenwäldchen an der Eiche vorbei ... Es ist ein großes Dorf, und einen Wodka gibts dort ...
Gehn wir, meine Herren Wohltäter! Wozu zögern? Die Herren Soldaten von Ihrem glorreichen Regiment hams verdient, daß sie sich ordentlich ausruhn können. Ein Herr kaiserlicher und königlicher Soldat, was sich mit den Moskowitern schlägt, braucht doch ein sauberes, bequemes Nachtlager ... Und bei uns? — Läuse, Krätze, Blattern und Cholera. Gestern sind bei uns in unserm verfluchten Dorf drei Burschen an Cholera schwarz geworn ... Der barmherzigste Gott hat Liskowiec verflucht ...«
In diesem Augenblick winkte Schwejk majestätisch mit der Hand.
»Meine Herren Wohltäter«, sagte er, die Stimme des Dorfältesten nachahmend, »ich hab mal in einem Buch gelesen, wie sich ein Bürgermeister in den schwedischen Kriegen ausgeredet hat, wie der Befehl gekommen is, daß man sich in dem und dem Dorf einquartieren soll; er hat ihnen nicht an die Hand gehn wolln, so daß man ihn aufn nächsten Baum aufgehängt hat. Dann hat mir heute in Sanok ein polnischer Korporal erzählt, daß der Bürgermeister, wenn Quartiermacher kommen, alle Gemeindeältesten zusammenrufen muß, und dann geht man mit ihnen in die Hütten und sagt einfach: ›Hier gehn drei herein, hier vier, auf der Pfarre wern die Herren Offiziere schlafen, und in einer halben Stunde muß alles vorbereitet sein.‹
Herr Wohltäter«, wandte sich Schwejk ernst an den Bürgermeister, »wo hast du hier den nächsten Baum?«
Der Bürgermeister verstand nicht, was das Wort Baum bedeute, deshalb erklärte ihm Schwejk, daß dies eine Birke, eine Eiche, ein Birnbaum, ein Apfelbaum, kurz alles sein könne, was starke Zweige habe.
Der Dorfälteste verstand wieder nicht, und als er von Obstbäumen hörte, erschrak er, weil die Kirschen bereits reif waren, und sagte, daß er von etwas Ähnlichem nichts wisse, er habe nur eine Eiche vor dem Haus.
»Gut«, sagte Schwejk, indem er mit der Hand das internationale Zeichen des Hängens machte, »wir wern dich hier vor deiner Hütte aufhängen, weil du dir darüber klar sein mußt, daß Krieg is und daß wir Befehl ham, hier zu schlafen und nicht in irgendeinem Krosienka. Du wirst uns nicht unsere strategischen Pläne ändern, oder du wirst hängen, wies im Buch von den schwedischen Kriegen

steht. — Da war auch, meine Herren, einmal so ein Fall auf den Manövern bei Groß . . .«
In diesem Augenblick wurde Schwejk von Rechnungsfeldwebel Waněk unterbrochen:
»Das wern Sie uns erst später erzähln, Schwejk.« Hierauf sagte Waněk, zum Dorfältesten gewendet: »Also jetzt Alarm und Quartiere!«
Der Dorfälteste fing an zu zittern, stotterte, daß ers mit den Herren Wohltätern nur gut gemeint habe, aber wenn es nicht anders gehe, werde sich vielleicht doch etwas im Dorfe finden, um alle Herren zufriedenzustellen, er werde sofort eine Laterne bringen.
Als er die Stube verlassen hatte, die ein Petroleumlämpchen unter dem Bilde irgendeines Heiligen, der sich auf dem Bilde wie der ärgste Krüppel krümmte, recht spärlich beleuchtete, rief Chodounsky plötzlich:
»Wohin is uns denn der Baloun verschwunden?«
Bevor sie sich jedoch richtig umschaun konnten, öffnete sich leise die Tür hinter dem Herd, die irgendwohin hinausführte, und Baloun zwängte sich in die Stube; er blickte ringsumher, ob der Dorfälteste nicht da sei, dann sagte er schnaufend, als hätte er den größten Schnupfen:
»Ich war in der Speis, ich hab in was hineingegriffen, hab mirs ins Maul gestopft, und jetzt klebt mir alles am Gaumen. Es ist nicht gesalzen und nicht süß, es ist Brotteig.«
Rechnungsfeldwebel Waněk beleuchtete ihn mit der elektrischen Taschenlampe, und alle stellten fest, daß sie ihr Leben lang noch keinen so verschmierten österreichischen Soldaten gesehen hatten. Dann erschraken sie, denn sie sahen, daß die Bluse Balouns so aufgebläht war, als befände er sich im letzten Stadium der Schwangerschaft.
»Was ist dir da geschehen, Baloun?« fragte Schwejk mitleidig, während er ihn in den aufgeblähten Bauch stupste.
»Das sind Gurken«, röchelte Baloun, an dem Teig würgend, der weder hinauf noch hinunter ging, vorsichtig, »das sind Salzgurken. Drei hab ich rasch aufgegessen, und die andern hab ich euch gebracht.«
Baloun fing an, eine Gurke nach der andern aus dem Busen hervorzuziehen und verteilte sie.
Auf der Schwelle stand bereits der Vorsteher mit einem Licht; als er diese Szene sah, bekreuzigte er sich und quietschte:
»Die Moskowiter ham requiriert, und jetzt requirieren auch unsere Leute.«
Alle begaben sich ins Dorf, begleitet von einer Hundemeute, die sich

am hartnäckigsten rings um Baloun sammelte und auf seine Taschen loszog, wo Baloun ein Stück Speck versteckt hatte, den er gleichfalls in der Speisekammer erobert, aber aus Gefräßigkeit verräterisch vor den Kameraden verheimlicht hatte.

»Was laufen dir die Hunde so nach?« fragte Schwejk. Baloun antwortete nach längerer Überlegung:

»Sie spüren in mir einen guten Menschen.« Er sagte jedoch nicht, daß er in der Hand in der Tasche ein Stück Speck hielt und daß der eine Hund fortwährend mit den Zähnen nach seiner Hand schnappte. –

Auf dem Rundgang für die Einquartierung wurde festgestellt, daß Liskowiec ein großes, durch die Kriegswirren allerdings bereits gehörig ausgepreßtes Dorf war. Es hatte zwar keine Brandschäden erlitten, beide kriegführenden Parteien hatten es wie durch ein Wunder nicht in die Sphäre der Kriegsoperationen einbezogen, dafür hatten sich hier die Bewohner der benachbarten vernichteten Dörfer Chyrow, Grabow und Holubla angesiedelt.

In mancher Hütte lebten oft acht Familien in der größten Not; es war ihre letzte Zuflucht nach all den Verlusten, die sie durch den Krieg erlitten hatten, von dem eine Epoche über sie hinweggetost war wie die wilden Ströme einer Überschwemmung.

Die Kompanie mußte in einer kleinen verwüsteten Spiritusbrennerei am andern Ende des Dorfes untergebracht werden, wo ein halber Zug in der Gärkammer Platz finden konnte. Die übrigen wurden zu je zehn Mann in einigen Höfen untergebracht, wo die reichen Bauern das arme Gesindel der an den Bettelstab gebrachten Obdachlosen nicht aufgenommen hatten.

Der Kompaniestab mit allen Offizieren samt Rechnungsfeldwebel Waněk, Offiziersburschen, Telephonisten, Sanität, Köchen und Schwejk quartierte sich in der Pfarre beim Herrn Pfarrer ein, der ebenfalls keine einzige zugrunde gerichtete Familie aus der Umgebung bei sich aufgenommen hatte, so daß Raum genug da war.

Es war ein hochgewachsener, magerer alter Herr in einer verblaßten und fettigen Soutane und aß vor lauter Geiz beinahe nicht. Sein Vater hatte ihn in großem Haß gegen die Russen erzogen, einem Haß, den er plötzlich verlor, als die Russen zurückwichen und das österreichische Militär kam, das ihm alle Gänse und Hennen auffraß, die die Russen unbehelligt gelassen hatten, solange einige struppige Baikalkosaken bei ihm wohnten. Dann, als die Ungarn ins Dorf kamen und ihm allen Honig aus den Bienenkörben nahmen, steigerte sich sein Groll gegen das österreichische Militär noch mehr. Jetzt betrachtete er haßerfüllt seine unverhofften nächtlichen Gäste, und es tat ihm sehr wohl, wenn er an einem vorübergehn, die Achseln zucken und wiederholen konnte:

»Ich hab nichts. Ich bin ein Bettler. Sie finden bei mir nicht einmal ein Stückchen Brot, meine Herren.«
Am traurigsten von allen war freilich Baloun zumute, der ob so einer Not beinahe in Tränen ausbrach. Im Kopf hatte er fortwährend die unklare Vorstellung von einem Spanferkel, dessen Haut wie Marzipan knusperte und duftete. Jetzt schlummerte er sitzend in der Küche des Herrn Pfarrers, wohin von Zeit zu Zeit ein aufgeschossener junger Bursch blickte, der dem Pfarrer gleichzeitig als Knecht und Köchin diente und den strengen Befehl hatte, überall aufzupassen, damit nicht gestohlen werde.
Baloun fand auch in der Küche nichts als auf dem Salzfaß ein wenig in Papier gewickelten Kümmel, den er sich in den Mund stopfte und dessen Aroma in ihm die Geschmackshalluzination eines Spanferkels erweckte.
Auf dem Hof der kleinen Spiritusbrennerei hinter der Pfarre flackerten Feuer unter den Kesseln der Feldküche, das Wasser kochte schon — und in dem Wasser kochte nichts.
Der Rechnungsfeldwebel und der Koch liefen im ganzen Dorf umher und wollten ein Schwein auftreiben, aber vergeblich. Überall erhielten sie dieselbe Antwort: die Moskowiter hätten alles aufgegessen und requiriert.
Sie weckten auch den Juden in der Schänke; der begann sich die Schläfenlöckchen zu raufen und schmerzlich zu jammern, weil er den Herren Soldaten nicht dienen könne. Zum Schluß zwang er sie, ihm eine alte, hundertjährige Kuh abzukaufen, ein mageres Krepierl, das nichts anderes war als Haut und Knochen. Er verlangte für sie eine horrende Summe, raufte sich den Bart und schwur, daß sie so eine Kuh in ganz Galizien, in ganz Österreich und Deutschland, in ganz Europa und in der ganzen Welt nicht finden würden; dabei winselte, weinte und beteuerte er, daß es die dickste Kuh sei, die jemals auf Befehl Jehovas auf die Welt gekommen war. Er schwur bei allen Patriarchen, daß sich diese Kuh Leute bis aus Woloczisk anschauen kämen, daß man von dieser Kuh im ganzen Umkreis wie von einem Wunder spreche, daß es nicht einmal eine Kuh sei, sondern der saftigste Büffel. Zum Schluß kniete er vor ihnen nieder und rief, während er der Reihe nach ihre Knie umschlang:
»Erschlagt lieber einen alten, armen Juden, aber geht nicht fort ohne Kuh.«
Er verwirrte alle dermaßen mit seinem Gekreisch, daß sie schließlich dieses Luder, vor dem sich jeder Schlächter geekelt hätte, zur Feldküche schleppten. Dann, als er das Geld bereits längst in der Tasche hatte, weinte und jammerte er ihnen vor, sie hätten ihn vollständig vernichtet, er habe sich selbst zum Bettler gemacht, weil er ihnen eine

so herrliche Kuh so billig verkauft habe. Er bat sie, ihn dafür aufzuhängen, daß er auf die alten Tage so eine Dummheit gemacht habe, derentwillen sich seine Väter im Grabe umdrehen müßten.
Nachdem er sich noch vor ihnen im Staub gewälzt hatte, schüttelte er plötzlich alles Leid von sich ab und ging nach Hause, wo er in der Kammer zu seiner Frau sagte:
»Elseleben, die Soldaten sind dumm, und dein Nathan ist sehr gescheit.«
Die Kuh gab viel Arbeit. Manchmal schien es, als würde man ihr die Haut überhaupt nicht abziehen können. Einigermaßen riß die Haut, und unter ihr kamen die Muskeln zum Vorschein, die gekrümmt waren wie ein ausgetrocknetes Schiffsseil.
Inzwischen schleppte man von irgendwoher einen Sack Kartoffeln herbei und fing hoffnungslos an, diese Sehnen und Knochen zu kochen, während der Koch daneben, bei der kleineren Küche, in wahrer Verzweiflung aus einem Stück dieses Skeletts die Offiziersmenage zubereitete.
Die unglückliche Kuh, wenn man diese Naturerscheinung überhaupt Kuh nennen konnte, blieb allen Teilnehmern lebhaft in Erinnerung, und man kann nahezu als sicher annehmen, daß die 11. Kompanie, wenn die Kommandanten vor der Schlacht bei Sokal die Mannschaft

an die Kuh von Liskowiec erinnert hätten, unter fürchterlichem Wutgebrüll mit dem Bajonett auf den Feind losgestürmt wäre.
Die Kuh war so unverschämt, daß man aus ihr überhaupt keine Rindssuppe machen konnte. Je länger das Fleisch kochte, desto fester blieb es an den Knochen haften; es verwuchs mit ihnen zu einem Ganzen und verknöcherte wie ein Bürokrat, der ein halbes Leben lang zwischen Amtsschimmeln weidet und nur Akten frißt.
Schwejk, der als Kurier eine dauernde Verbindung zwischen Stab und Küche unterhielt, um festzustellen, wann abgekocht sein werde, meldete schließlich Oberleutnant Lukasch:
»Herr Oberlajtnant, es is schon Porzellan draus. Die Kuh hat so hartes Fleisch, daß man damit Glas schneiden kann. Der Koch Pawlitschek hat sich, wie er mit Baloun das Fleisch gekostet hat, einen Vorderzahn herausgebrochen und Baloun einen Backenzahn.«
Baloun trat ernst vor Oberleutnant Lukasch und reichte ihm stotternd seinen in ein »Lourder Lied« gewickelten Backenzahn.
»Melde gehorsamst, Herr Oberlajtnant, daß ich gemacht hab, was ich konnt. Nämlich der Zahn is bei der Offiziersmenage herausgebrochen, wie wir probiert ham, ob man ausn Fleisch doch ein Bifsteck machen könnt.«
Bei diesen Worten erhob sich aus dem Lehnstuhl beim Fenster irgendeine traurige Gestalt. Es war Leutnant Dub, den man als völlig vernichteten Menschen in einem Sanitätskarren hergebracht hatte: »Bitte um Ruhe«, sagte er mit verzweifelter Stimme, »mir ist schlecht!«
Er setzte sich abermals in den alten Lehnstuhl, wo sich in jeder Ritze Tausende Wanzeneier befanden.
»Ich bin müde«, sagte er mit tragischer Stimme, »ich bin leidend und krank, ich bitte, daß man vor mir nicht von herausgebrochenen Zähnen spricht. Meine Adresse ist: Smichov, Königstraße 18. Wenn ich den Morgen nicht erleben sollte, bitte ich, daß man meine Familie von allem schonend benachrichtigt und nicht vergißt, auf meinem Grab zu vermerken, daß ich vor dem Kriege auch k. u. k. Gymnasialprofessor war.«
Er fing leise zu schnarchen an und hörte nicht mehr, wie Schwejk den Vers aus einem Totenliede sprach:

»*Marien hast du verziehen,*
Halfst dem Sünder aus den Mühen,
Laß auch mir die Hoffnung glühen.«

Hierauf wurde von Rechnungsfeldwebel Waněk festgestellt, daß die famose Kuh noch zwei Stunden in der Offiziersküche kochen müsse,

daß an ein Beefsteak nicht zu denken sei und daß man statt Beefsteak Gulasch machen werde.
Man kam überein, daß die Mannschaft schlafen könne, bevor zur Menage geblasen werden sollte, denn das Nachtmahl werde ohnehin erst gegen früh fertig sein.
Rechnungsfeldwebel Waněk schleppte von irgendwoher ein Bündel Heu herbei, bettete es im Speisezimmer der Pfarre unter sich, zwirbelte nervös den Schnurrbart und sagte leise zu Oberleutnant Lukasch, der über ihm auf einem alten Kanapee ausruhte:
»Glauben Sie mir, Herr Oberleutnant, daß ich so eine Kuh noch mein ganzes Leben nicht gefressen hab . . .«
In der Küche saß vor dem angezündeten Lichtstumpf einer Kirchenkerze Telephonist Chodounsky und schrieb Briefe in Vorrat nach Hause, um sich nicht anstrengen zu müssen, wenn sie endlich eine bestimmte Feldpostnummer haben würden. Er schrieb:

»Liebes und teures Weib, teuerste Božena! Es ist Nacht, und ich denke unaufhörlich an Dich, wie Du an mich denkst, wenn Du auf das leere Bett neben Dir blickst. Du mußt mir verzeihen, Daß mir dabei allerhand in den Sinn kommt. Du weißt gut, daß ich bereits seit Kriegsbeginn im Felde stehe und daß ich schon allerhand von meinen Kameraden gehört habe, die verwundet wurden, Urlaub erhielten und die, wenn sie nach Hause kamen, sich lieber unter der Erde gesehen hätten, als die Gewißheit zu haben, daß irgendein Lausbub ihrer Frau nachstellt. Es ist für mich schmerzlich, wenn ich Dir das schreiben muß, teure Božena. Ich würde es Dir gar nicht schreiben, aber Du weißt selbst gut, daß Du mir gestanden hast, daß ich nicht der erste bin, der eine ernste Bekanntschaft mit Dir gehabt hat, und daß Dich vor mir schon der Herr Kraus aus der Niklasstraße gehabt hat. Wenn ich mich jetzt in dieser Nacht daran erinnere, daß dieser Krüppel in meiner Abwesenheit noch irgendwelche Ansprüche auf Dich erheben könnte, so denke ich mir, teure Božena, daß ich ihn auf der Stelle erwürgen möchte. Lange habe ichs getragen, aber wenn ich bedenke, daß er Dir wieder nachlaufen könnte, so krampft sich mir das Herz zusammen, und ich mache Dich nur auf eines aufmerksam, daß ich neben mir kein Schwein dulde, das mit jedermann herumhuren möchte und meinem Namen Schande macht. Verzeih mir, teure Božena, meine schroffen Worte, aber gib Dir acht, damit ich nichts Schlechtes von Dir erfahre. Sonst wäre ich gezwungen, Euch beide zu erschlagen, denn ich bin schon zu allem entschlossen, auch wenn es mich das Leben kosten sollte. Tausendmal küßt Dich und grüßt Vater und Mutter

Dein Tonousch.

P. S. Vergiß nicht, daß ich Dir meinen Namen gegeben habe.«

Ein anderer Brief in Vorrat:

»Meine allerliebste Božena!

Wenn Du diese Zeilen erhalten wirst, so wisse, daß wir eine große Schlacht hinter uns haben, in der sich das Kriegsglück auf unsere Seite geneigt hat. Unter anderem haben wir 10 feindliche Aeroplane heruntergeschossen samt einem General mit einer großen Warze auf der Nase. Mitten im Toben der Schlacht, als über uns Schrapnells explodierten, habe ich an Dich gedacht, teure Božena, was Du wohl machst, wie es Dir geht und was es zu Hause Neues gibt. Immer denke ich dabei daran, wie wir zusammen im Bräuhaus beim ›Tomasch‹ waren und wie Du mich nach Hause geführt hast und wie Dir am nächsten Tag die Hand weh getan hat vor Anstrengung. Jetzt rücken wir wieder vor, so daß mir nicht mehr Zeit bleibt, den Brief fortzusetzen. Ich hoffe, daß Du mir treu geblieben bist, weil Du gut weißt, daß ich in dieser Hinsicht nicht mit mir spaßen lasse. Aber es ist bereits Zeit zum Aufbruch! Ich küsse Dich tausendmal, teure Božena, und hoffe, daß alles gut ausfallen wird.

Dein aufrichtiger Tonousch.«

Telephonist Chodounsky ließ den Kopf auf die Zeilen sinken und schlummerte über dem Tisch ein.
Der Pfarrer, der nicht schlief und unaufhörlich in der Pfarre umherging, öffnete die Küchentür und blies aus Sparsamkeit den niederbrennenden Lichtstumpf der Kirchenkerze neben Chodounsky aus.
Im Speisezimmer schlief niemand außer Leutnant Dub. Rechnungsfeldwebel Waněk studierte sorgfältig einen neuen Erlaß über die Verproviantierung der Truppen, den er in Sanok auf der Brigadekanzlei erhalten hatte, und stellte fest, daß man den Soldaten die Rationen eigentlich immer mehr kürze, je näher man zur Front kam. Zum Schluß mußte er über einen Paragraphen des Befehls lachen, in dem verboten wurde, bei der Zubereitung der Suppe für die Mannschaft Safran und Ingwer zu verwenden. In dem Befehl befand sich auch der Vermerk, bei den Feldküchen die Knochen zu sammeln und ins Hinterland in die Divisionsmagazine zu senden. Das war etwas unklar, denn man wußte nicht recht, um was für Knochen es sich handelte, ob um Menschenknochen oder um Knochen von anderem Schlachtvieh.
»Hören Sie, Schwejk«, sagte Oberleutnant Lukasch, vor Langeweile gähnend, »bevor wir etwas zu essen bekommen, könnten Sie mir etwas erzählen.«
»Oje«, antwortete Schwejk, »bevor wir was zu essen bekommen, da müßt ich Ihnen, Herr Oberlajtnant, die ganze Geschichte von

der tschechischen Nation erzählen. Ich weiß aber nur eine sehr kurze Geschichte von einer Frau Postmeisterin in Seltschan, was nach dem Tod von ihrem Mann diese Post bekommen hat. Mir is das von ihr gleich eingefalln, wie ich von der Feldpost erzählen gehört hab, obzwar es gar nichts mit der Feldpost zu tun hat.«

»Schwejk«, ließ sich vom Kanapee her Oberleutnant Lukasch vernehmen, »Sie fangen schon wieder mit Ihren Blödeleien an.«

»Gewiß, melde gehorsamst, Herr Oberlajtnant, es is wirklich eine schrecklich blöde Geschichte. Ich weiß selbst nicht, wie ich auf den blöden Einfall hab kommen können, von so was zu sprechen. Entweder is das angeborene Blödheit oder es sind Erinnerungen aus der Jugend. Es gibt auf unserer Erdkugel verschiedene Naturelle, Herr Oberlajtnant, und er hat doch nur recht gehabt, der Koch Jurajda, wie er damals in Bruck besoffen war und in den Abort gefalln is und nicht hat von dort herauskriechen können und geschrien hat: ›Der Mensch is dazu bestimmt und berufen, die Wahrheit zu erkennen, um durch seinen Geist in der Harmonie des ewigen Alls zu herrschen, sich fortwährend zu entwickeln und zu bilden und allmählich in die höheren Sphären einer intelligenteren und liebeerfüllteren Welt einzugehn.‹ Wie wir ihn dort ham herausziehn wolln, so hat er Ihnen gekratzt und gebissen. Er hat gedacht, daß er zu Haus is, und erst wie wir ihn wieder hineingeworfen ham, dann hat er erst angefangen zu betteln, wir solln ihn von dort herausziehn.«

»Was ist aber mit der Postmeisterin geschehen?« rief Oberleutnant Lukasch verzweifelt.

»Das war ein sehr braves Frauerl, aber sie war doch nur ein Luder, Herr Oberlajtnant. Sie hat alle ihre Pflichten auf der Post erfüllt, aber sie hat nur einen Fehler gehabt, daß sie gedacht hat, daß ihr alle nachlaufen, daß sies auf sie abgesehn ham, und deshalb hat sie nach der täglichen Arbeit Anzeigen auf sie an die Ämter gemacht, je nachdem, wie alle diese Umstände zusammengekommen sind. Einmal früh is sie in den Wald auf Schwämme gegangen und hat sehr gut bemerkt, wie sie an der Schule vorbeigegangen is, daß der Herr Lehrer schon auf war und daß er sie gegrüßt hat und sie gefragt hat, wohin sie so zeitig früh geht. Wie sie ihm gesagt hat, daß sie auf Schwämme geht, so hat er ihr gesagt, daß er ihr nachkommen wird. Draus hat sie geschlossen, daß er mit ihr, mit dieser alten Schachtel, gewisse unsaubere Absichten vorhat, und dann, wie sie gesehen hat, daß er wirklich ausn Gebüsch kommt, is sie erschrocken und is weggelaufen und hat gleich eine Anzeige an den Ortsschulrat geschrieben, daß er sie hat vergewaltigen wolln. Der Lehrer is in Disziplinaruntersuchung gekommen, und damit draus nicht vielleicht

ein öffentlicher Schkandal wird, is es der Schulinspektor selbst untersuchen gekommen; der hat sich an den Gendarmeriewachtmeister gewendet, damit der ein Urteil davon abgibt, ob der Lehrer vielleicht zu so einer Handlung fähig is. Der Gendarmeriewachtmeister hat in die Akten geschaut und hat gesagt, daß das nicht möglich is, weil der Lehrer schon einmal vom Pfarrer beschuldigt worn is, daß er seiner Nichte nachgelaufen is, mit der der Pfarrer immer selbst geschlafen hat, aber daß sich der Herr Lehrer vom Bezirksarzt ein Zeugnis geholt hat, daß er seit sechs Jahren impotent is, wie er mit gespreizter Beinen vom Boden auf die Deichsel von einem Leiterwagen gefalln is. Also hat das Luder eine Anzeige auf den Gendarmeriewachtmeister und auf den Schulinspektor gemacht, daß alle von dem Lehrer bestochen sind. Also ham sich Ihnen alle geklagt, und sie is verurteilt worn, und sie hat sich drauf berufen, daß sie unzurechnungsfähig is. Sie is auch von den Gerichtsärzten untersucht worn, und die ham ihr das Gutachten gegeben, daß sie zwar blöd is, aber daß sie jeden beliebigen Staatsdienst versehn kann.«
Oberleutnant Lukasch rief: »Jesusmaria«, wozu er noch hinzufügte: »Ich möcht Ihnen was sagen, Schwejk, aber ich will mir nicht das Nachtmahl verderben«, worauf Schwejk erwiderte:
»Ich hab Ihnen doch gesagt, Herr Oberlajtnant, das, was ich Ihnen erzähln wer, is schrecklich blöd.«
Oberleutnant Lukasch winkte nur mit der Hand und sagte: »Von Ihnen kann man auch schon was Gescheites hören!«
»Jeder kann nicht gescheit sein, Herr Oberlajtnant«, sagte Schwejk überzeugend, »die Dummen müssen eine Ausnahme machen, weil, wenn jeder gescheit wär, so wär auf der Welt so viel Verstand, daß jeder zweite Mensch davon ganz blöd wär. Wenn zum Beispiel, melde gehorsamst, Herr Oberlajtnant, jeder die Naturgesetze kennen möcht und sich die himmlischen Entfernungen ausrechnen könnt, so möcht er nur seine Umgebung belästigen, so wie ein gewisser Tschapek, was ins Wirtshaus zum ›Kelch‹ gegangen is, und in der Nacht immer ausn Ausschank auf die Gasse herausgegangen is und am bestirnten Himmel herumgeschaut hat, und wie er zurückgekommen is, von einem zum andern gegangen is und gesagt hat: ›Heute scheint der Jupiter herrlich, du weißt gar nicht, Kerl, was du überm Kopf hast. Das sind Entfernungen; wenn man dich aus einer Kanone schießen möcht, du Lump, möchtest du mit der Geschwindigkeit einer Kanonenkugel Millionen und Millionen Jahre hin brauchen.‹ Er war dabei so ordinär, daß er dann gewöhnlich selbst ausn Wirtshaus herausgeflogen is mit der gewöhnlichen Geschwindigkeit einer Elektrischen, ungefähr zehn Kilometer in der Stunde, Herr Oberlajtnant. — Oder hamr zum Beispiel, Herr Oberlajtnant, die Ameisen . . .«

Oberleutnant Lukasch richtete sich auf dem Kanapee auf und faltete die Hände:
»Ich muß mich über mich selbst wundern, daß ich mich immer mit Ihnen unterhalte, Schwejk, ich kenn Sie doch schon so lange ...«
Schwejk nickte dazu beifällig mit dem Kopf:
»Das is Gewohnheit, Herr Oberlajtnant, das kommt davon, daß wir uns zusamm schon lange kennen und daß wir schon hübsch viel zusamm erlebt ham. Wir ham schon was zusamm durchgemacht, und immer sind wir dazugekommen wie ein blindes Huhn zu einem Korn. Das is Schicksal, melde gehorsamst, Herr Oberlajtnant. Was Seine Majestät der Kaiser lenkt, lenkt er gut, er hat uns zusammengegeben, und ich wünsch mir auch nichts, als daß ich Ihnen einmal recht nützlich sein möcht. — Ham Sie nicht Hunger, Herr Oberlajtnant?«
Oberleutnant Lukasch, der sich inzwischen wieder auf das alte Kanapee gestreckt hatte, sagte, daß die letzte Frage Schwejks die beste Lösung der peinlichen Unterhaltung sei, er möge nachfragen gehen, was mit der Menage los sei. Es werde entschieden besser sein, wenn Schwejk ein wenig hinausgehen und ihn verlassen werde, denn die Blödsinne, die man von Schwejk zu hören bekomme, seien ermüdender als der ganze Marsch von Sanok. Er möchte gern ein wenig schlafen, könne aber nicht.
»Das machen die Wanzen, Herr Oberlajtnant. Es is schon ein alter Aberglaube, daß die Pfarrer Wanzen gebären. Nirgends finden Sie soviel Wanzen wie in Pfarren. In der Pfarre in Oberstadeln hat der Pfarrer Zamastil sogar ein ganzes Buch über Wanzen geschrieben, sie sind sogar bei der Predigt auf ihm herumgekrochen.«
»Also, was hab ich gesagt, Schwejk, werden Sie in die Küche gehn oder nicht?«
Schwejk ging, und wie ein Schatten trat Baloun hinter ihm auf den Fußspitzen aus dem Winkel. — —

Als sie früh aus Liskowiec nach Starasol und Sambor aufbrachen, führten sie in der Feldküche die unglückliche Kuh mit, die noch immer nicht gekocht war. Man war übereingekommen, daß man sie unterwegs kochen und aufessen werde, bis man auf halbem Wege zwischen Liskowiec und Starasol rasten werde.
Vor Aufbruch kochte man für die Mannschaft schwarzen Kaffee.
Leutnant Dub wurde wieder auf einem Sanitätskarren befördert, denn nach dem gestrigen Tag war ihm noch schlechter. Am meisten litt darunter sein Bursch, der unaufhörlich neben dem Karren laufen mußte und dem Leutnant Dub fortwährend zurief, daß er sich gestern überhaupt nicht um seinen Herrn gekümmert habe, an Ort und Stelle würde er schon mit ihm abrechnen. Jede Weile verlangte

er, man möge ihm Wasser reichen, und sobald er es ausgetrunken hatte, gab er es sofort wieder von sich.
»Über wen – über was lachen Sie?« schrie er aus dem Karren. »Ich werde euch lehren, spielt euch nicht mit mir, ihr werdet mich kennenlernen!«
Oberleutnant Lukasch saß zu Pferd, und Schwejk, der ihm Gesellschaft leistete, schritt so scharf aus, als könne er den Augenblick nicht erwarten, in dem er mit dem Feind zusammenstoßen werde. Dabei erzählte er:
»Ham Sie sich achtgegeben, Herr Oberlajtnant, daß manche von unsern Leuten wirklich sind wie die Fliegen? Sie ham nicht mal dreißig Kilo am Buckel, und schon können sies nicht aushalten. Man sollt ihnen Vorträge halten, wie sie uns der selige Herr Oberlajtnant Buchanek gehalten hat, was sich wegen der Kaution erschossen hat, was er sich zum Heiraten von seinem künftigen Schwiegervater hat auszahln lassen und mit fremden Huren verputzt hat. Dann hat er sich wieder die zweite Kaution von seinem zweiten zukünftigen Schwiegervater genommen, und mit der hat er schon besser gewirtschaftet, die hat er langsam verspielt, und die Mäderln hat er dabei links liegenlassen. Es hat ihm nicht lang gelangt, so daß er hat zum dritten zukünftigen Schwiegervater von wegen der Kaution greifen müssen. Von dieser dritten Kaution hat er sich Pferde gekauft, einen arabischen Hengst, einen nicht reinrassigen ...«
Oberleutnant Lukasch sprang vom Pferd.
»Schwejk«, sagte er mit drohender Stimme, »wenn Sie noch von der vierten Kaution sprechen werden, so werf ich Sie in den Graben.«
Er saß wieder auf, und Schwejk fuhr ernsthaft fort:
»Melde gehorsamst, Herr Oberlajtnant, daß von einer vierten Kaution nicht die Rede sein kann, weil er hat sich nach der dritten Kaution erschossen.«
»Endlich«, sagte Oberleutnant Lukasch.
»Damit wir also nicht vergessen, wovon wir geredet ham«, fuhr Schwejk fort, »solche Vorträge, was uns immer der Herr Oberlajtnant Buchanek gehalten hat, wenn die Soldaten schon am Marsch hingefalln sind, sollt man meiner bescheidenen Ansicht nach der ganzen Mannschaft halten, so wie ers gemacht hat. Er hat Rast gemacht, hat uns alle um sich gesammelt wie Hühner um die Henne und hat angefangen, uns zu erklären: ›Ihr Kerle, ihr könnts euch überhaupt nicht schätzen, daß ihr auf der Erdkugel marschiert, weil ihr so eine ungebildete Bande seid, daß es zum Kotzen is, wenn man euch anschaut, euch sollt man so auf der Sonne marschieren lassen, wo ein Mensch, was auf unserem elenden Planeten sechzig Kilo wiegt, über siebzehnhundert Kilogramm wiegt, da möchtet ihr krepieren.

Da möcht sichs euch marschieren, wenn ihr im Tornister über zweihundertachtzig Kilogramm hättet, ungefähr drei Meterzentner, und das Gewehr zweieinhalb Meterzentner schwer wär. Da möchtet ihr ächzen und die Zungen herausstecken wie abgehetzte Hunde.‹ Da war Ihnen dort unter uns ein unglücklicher Lehrer, der hat sich unterstanden, sich auch zum Wort zu melden: ›Mit Verlaub, Herr Oberlajtnant, aufn Mond wiegt ein Sechzigkilomensch nur dreizehn Kilogramm. Am Mond möcht sichs uns besser marschieren, weil unser Tornister dort nur vier Kilogramm wiegen möcht. Am Mond möchten wir schweben und nicht marschieren!‹ — ›Das is schrecklich‹, sagte drauf der selige Herr Oberlajtnant Buchanek, ›du hast, mir scheint, Lust auf eine Watschen, du miserabler Kerl du, sei froh, daß ich dir nur eine gewöhnliche irdische Watschen geb, wenn ich dir so eine vom Mond geben möcht, so möchtest du bei deiner Leichtigkeit bis irgendwohin in die Alpen fliegen und möchtest an ihnen klebenbleiben. Wenn ich dir die Schwere von der Sonne geben möcht, so tät sich die Montur an dir in Brei verwandeln, und der Kopf möcht dir bis irgendwohin nach Afrika wegfliegen.‹ Er hat ihm also eine gewöhnliche irdische Watschen gegeben, der vorlaute Kerl hat zu weinen angefangen, und wir sind weitermarschiert. Den ganzen Weg am Marsch hat er geflennt und hat Ihnen, Herr Oberlajtnant, von so was wie menschlicher Würde gesprochen, daß man mit ihm umgeht wie mit einem Tier. Dann hat ihn der Herr Oberlajtnant zum Rapport geschickt, man hat ihn auf vierzehn Tage eingesperrt, und er hat noch sechs Wochen zu Ende dienen solln, aber er hat nicht zu Ende gedient, weil er Bruch gehabt hat, und man hat ihn gezwungen, daß er in der Kaserne aufn Reck turnt; und er hats nicht ausgehalten und is als Simulant im Spital gestorben.«

»Es ist wirklich merkwürdig, Schwejk«, sagte Oberleutnant Lukasch, »daß Sie, wie ich Ihnen schon oft gesagt hab, die Gewohnheit haben, das Offizierskorps in sonderbarer Weise herabzusetzen.«

»Woher denn«, antwortete Schwejk aufrichtig. »Ich hab Ihnen nur erzähln wolln, Herr Oberlajtnant, wie sich die Leute früher beim Militär selbst ins Unglück gestürzt ham. Nämlich der Mensch hat sich gedacht, daß er gebildeter is wie der Herr Oberlajtnant, er hat ihn mitn Mond in den Augen der Mannschaft erniedrigen wolln, und wie er die irdische Watschen übers Maul gekriegt hat, so ham Ihnen alle so aufgeatmet, niemanden hats verdrossen, im Gegenteil, alle ham Freude gehabt, daß der Herr Oberlajtnant so einen guten Witz gemacht hat mit der irdischen Watschen; das nennt man eine Situation retten. Es muß einem gleich was einfalln, und schon is gut. Gegenüber den Karmelitern in Prag, Herr Oberlajtnant, hat ein gewisser Herr Jenom vor Jahren ein Geschäft mit Kaninchen und andern Vögeln gehabt. Der hat sich eine Bekanntschaft mit der Tochter vom Buchbinder Bilek gemacht. Der Herr Bilek hat diese Bekanntschaft nicht leiden wolln und hat auch öffentlich im Wirtshaus erklärt, daß, wenn Herr Jenom um die Hand seiner Tochter anhalten möcht, daß er ihn die Stiegen hinunterwirft, daß es die Welt nicht gesehn hat. Drauf hat der Herr Jenom ausgetrunken und is doch zum Herrn Bilek gegangen, was ihn im Vorzimmer mit einem großen Messer empfangen hat, womit sie den Buchrand beschnitten ham, was ausgesehn hat wie ein Mordwerkzeug. Er hat ihn angebrüllt, was er hier will, und in diesem Augenblick hat Ihnen der Herr Jenom so stark gefurzt, daß die Pendeluhr an der Wand stehengeblieben is. Der Herr Bilek hat zu lachen angefangen, hat ihm gleich die Hand gereicht und war nur lauter: ›Bitte, kommen Sie weiter, Herr Jenom — bitte, setzen Sie sich — am Ende ham Sie sich nicht bemacht — ich bin ja nicht so ein böser Mensch, es is wahr, daß ich Sie hab herauswerfen wolln, aber jetzt seh ich, daß Sie ein ganz angenehmer Herr sind, Sie sind ein Original. Ich bin Buchbinder und hab viele Romane und Geschichten gelesen, aber in keinem Buch hab ich gelesen, daß sich ein Bräutigam so vorstelln möcht.‹ Er hat dabei gelacht, daß er sichn Bauch gehalten hat und hat Ihnen voller Freude gesagt, daß es ihm vorkommt, wie wenn sie sich seit ihrer Geburt kennen möchten, wie wenn sie Brüder wären, er hat ihm gleich eine Zigarre gebracht, hat um Bier und Würstl geschickt, hat die Frau gerufen und hat ihr ihn mit allen Einzelheiten von diesem Furz vorgestellt. Die Frau hat ausgespuckt und is weggegangen. Dann hat er die Tochter gerufen und sagt ihr: ›Dieser Herr is unter den und den Umständen um deine Hand anhalten gekommen.‹ Die Tochter hat gleich zu weinen angefangen und hat erklärt, daß sie ihn nicht kennt, daß sie ihn nicht mal sehn will; so is nichts anderes übriggeblieben, wie daß beide das Bier ausgetrunken und die Würstl aufgegessen ham und auseinandergegangen sind. Dann hat der Herr Jenom noch im Wirtshaus Schkandal gehabt, wohin der Herr Bilek immer gegangen is, und zum Schluß hat man ihn überall im ganzen Viertel nicht anders genannt wie ›Der Scheißer Jenom‹ und hat sichs überall erzählt, wie er die Situation hat retten wolln. — Das menschliche Leben, melde gehorsamst, Herr Oberlajtnant, is so kompliziert, daß das bloße Leben von einem einzelnen Menschen dagegen ein Hader is. — Zu uns, ins Wirtshaus ›Zum Kelch‹ aufn Bojischti, is vorn Krieg ein Oberpolizist, ein gewisser Herr Hubitschka, gegangen und ein Herr Redakteur, was gebrochene Beine, überfahrene Menschen, Selbstmörder gesammelt und in die Zeitung gegeben hat. Das war Ihnen so ein lustiger Herr. Der hat mal diesem Herrn Oberpolizisten Hubitschka einen Rausch angehängt, und sie ham sich in der Küche die Kleider ausgewechselt, so daß der Oberpolizist in Zivil war und ausn Herrn Redakteur ein Oberpolizist geworn is, nur die Nummer vom Revolver hat er sich noch zugedeckt und is nach Prag auf Patrouille gegangen. In der Resselgasse, hinter der früheren Sankt-Wenzels-Sparkasse, hat er in der nächtlichen Stille einen alten Herrn im Zylinder getroffen, was mit einer älteren Dame in einem Pelzmantel eingehängt gegangen is. Beide ham nach Haus geeilt und ham kein Wort gesprochen. Er is auf sie losgestürzt und hatn Herrn ins Ohr gebrüllt: ›Brülln Sie nicht so, oder ich führ Sie ab!‹ Stelln Sie sich ihren Schreck vor, Herr Oberlajtnant. Umsonst ham sie ihm erklärt, daß das wahrscheinlich ein Irrtum is, weil beide von einer Gesellschaft beim Herrn Statthalter kommen. Die Equipage hat sie herich bis zum Nationaltheater gefahren und jetzt, daß sie auslüften wolln und in der Nähe ›Na Moráni‹ wohnen und er, daß er Oberstatthaltereirat is mit Gemahlin. ›Sie wern mich nicht zum besten haben‹, hat der verkleidete Redakteur ihn wieder angebrüllt, ›da können Sie sich schämen, wenn Sie, wie Sie sagen, ein Oberstatthaltereirat sind und sich dabei benehmen wie ein Junge. Ich beobacht Sie schon sehr lang, wie Sie mitn Stock in die Rouleaus von allen Läden haun, wo Sie vorbeigegangen sind, und dabei hat Ihnen Ihre, wie Sie sagen, Gemahlin geholfen.‹ — ›Ich hab ja keinen Stock, wie Sie sehn. Das war vielleicht jemand vor uns.‹ — ›Natürlich, haben wern Sie ihn‹, sagt drauf der verkleidete Redakteur, ›wenn Sie ihn dort hinter der Ecke an einem Weib, was mit gebratenen Erdäpfeln und Kastanien in Wirtshäuser geht, zerhaut ham, wie ich gesehn hab.‹ Die Frau hat schon nicht mal mehr weinen können, und der Herr Oberstatthaltereirat hat sich so aufgeregt, daß er angefangen hat, etwas von Gemeinheit zu reden, worauf er ihn verhaftet hat. Dann is er von der nächsten Patrouille im Rayon dem Kommissariat in der Salmgasse vorgeführt worn, der verkleidete Redakteur hat ihr gesagt, daß man das Paar aufs Kommissariat führen soll, daß er herich aus der Heinrichsgasse is und dienstlich auf der Weinberge war, daß er die beiden bei Störung der Nachtruhe, bei einer nächtlichen Rauferei abgefaßt hat und daß sie sich gleichzeitig noch eine Wachebeleidigung zuschulden ham kommen lassen. Daß er seine Angelegenheit am Kommissariat in der Heinrichsgasse in Ordnung bringen wird und in einer Stunde aufs Kommissariat in der Salmgasse kommt. So hat die Patrouille beide mitgeschleppt, wo sie bis früh gesessen sind und auf den Oberwachmann gewartet ham, was derweil auf Umwegen zum ›Kelch‹ zurückgekommen is; dort hat er den Oberpolizisten Hubitschka geweckt und hat ihm mit aller Schonung mitgeteilt, was geschehn is und was für eine Untersuchung draus wern wird, wenn er nicht das Maul halten wird — — —.«

Oberleutnant Lukasch schien bereits durch das Gespräch ermüdet, bevor er das Pferd jedoch zum Trab anspornte, um die Spitze zu überholen, sagte er zu Schwejk: »Wenn Sie bis abend sprechen, wird das Ganze fort blöder und blöder werden.«

»Herr Oberlajtnant«, rief Schwejk dem fortsprengenden Oberleutnant nach, »wünschen Sie nicht zu wissen, wie es geendet hat?«

Oberleutnant Lukasch begann zu galoppieren.

Der Zustand Leutnant Dubs hatte sich so weit gebessert, daß er aus dem Sanitätskarren kletterte, den ganzen Kompaniestab um sich versammelte und die Soldaten wie im Halbtraum zu belehren begann. Er hielt eine ungeheuer lange Ansprache an sie, die auf allen schwerer lastete als Munition und Gewehre.

Es war ein Mischmasch verschiedener Gleichnisse.

Er hub an: »Die Liebe der Soldaten zu den Offizieren ermöglicht unglaubliche Opfer, aber darauf kommts nicht an, im Gegenteil, wenn diese Liebe dem Soldaten nicht angeboren ist, muß man sie erzwingen. Im Zivilleben hält die gezwungene Liebe, sagen wir des Schuldieners zum Professorenkollegium, so lange stand wie die äußere Macht, die sie erzwingt; im Krieg jedoch sehen wir das gerade Gegenteil, weil ein Offizier dem Soldaten nicht einmal die kleinste Lockerung jener Liebe gestatten darf, die den Soldaten an seinen Vorgesetzten fesselt. Diese Liebe ist nicht nur eine gewöhnliche Liebe, sondern es ist eigentlich Achtung, Angst und Disziplin.«

Schwejk schritt die ganze Zeit über auf der linken Seite von Leutnant Dub, und wenn dieser sprach, machte Schwejk ununterbrochen, mit dem Gesicht zu Leutnant Dub gekehrt, »Rechts schaut«.

Leutnant Dub bemerkte es anfangs nicht und fuhr in seiner Rede fort:

»Diese Disziplin und Pflicht, zu gehorchen, ist kurz und bündig, weil das Verhältnis zwischen Soldat und Offizier ganz einfach ist; der eine gehorcht, der andere befiehlt. Wir haben schon längst in Büchern über die Kriegskunst gelesen, daß der militärische Lakonismus, die militärische Einfachheit gerade jene Tugend ist, die sich jeder Soldat aneignen soll, der, mag er wollen oder nicht, seinen Vorgesetzten liebt; dieser Vorgesetzte muß in seinen Augen für ihn der größte, vollendetste, herauskristallisierteste Gegenstand einer festen und vollendeten Willensanstrengung sein.«

Jetzt erst bemerkte Leutnant Dub Schwejks »Rechts schaut«, das ihn verfolgte; es war ihm furchtbar unangenehm, weil er gewissermaßen plötzlich selbst herausfühlte, daß er sich irgendwie in seine Rede verwickelt hatte und aus diesem Hohlweg der Liebe des Soldaten zu seinem Vorgesetzten nirgends herausgelangen konnte; deshalb schrie er Schwejk an:

»Was glotzt du mich an wie ein Kalb ein neues Tor?«
»Laut Befehl, melde gehorsamst, Herr Lajtnant, Sie ham mich selbst mal aufmerksam gemacht, daß ich, wenn Sie sprechen, mit meinem Blick Ihren Mund verfolgen soll. Weil jeder Soldat die Befehle seines Vorgesetzten befolgen und sich sie für alle Ewigkeit merken muß, konnte ich nicht anders.«
»Schau auf die andere Seite«, schrie Leutnant Dub, »nur auf mich schau nicht, du blöder Kerl, du weißt, daß ich das nicht gern hab, daß ich das nicht vertrag, wenn ich dich seh, ich werde dich mir so ausborgen . . .«
Schwejk machte mit dem Kopf eine Wendung nach links und schritt so unbeweglich neben Leutnant Dub weiter, daß Leutnant Dub schrie:
»Wohin schaust du denn, wenn ich mit dir spreche?«
»Melde gehorsamst, Herr Lajtnant, daß ich nach Ihrem Befehl ›Links schaut‹ gemacht hab.«
»Ach«, seufzte Leutnant Dub, »mit dir ists ein Kreuz. Schau gradaus vor dich und denk dir von dir: Ich bin so ein Dummkopf, daß nicht schad um mich sein wird. Wirst du dir das merken?«
Schwejk blickte vor sich und sagte:
»Melde gehorsamst, Herr Lajtnant, soll ich drauf antworten?«
»Was erlaubst du dir denn?« brüllte ihn Leutnant Dub an. »Wie sprichst du da mit mir, was meinst du damit?«
»Melde gehorsamst, Herr Lajtnant, daß ich damit nur an Ihren Befehl auf einer Station denk, wo Sie mich gerügt ham, daß ich überhaupt nicht antworten soll, wenn Sie die Rede beenden.«
»Du hast also Angst vor mir«, sagte Leutnant Dub erfreut, »aber du hast mich noch nicht kennengelernt. Vor mir haben schon andere Leute gezittert als du, merk dir das. Ich hab andere Burschen kleingekriegt, deshalb halts Maul und bleib hübsch hinten, damit ich dich nicht seh!«
Schwejk blieb also rückwärts bei der Sanität und fuhr bequem in dem zweirädrigen Karren bis an den zur Rast bestimmten Ort, wo endlich die Suppe und das Fleisch von der unglückseligen Kuh ausgeteilt wurde.
»Diese Kuh hätt man wenigstens auf vierzehn Tage in Essig einlegen solln, und wenn schon nicht die Kuh, so wenigstens den Menschen, was sie gekauft hat.«
Von der Brigade kam zu Pferd ein Kurier mit neuen Befehlen für die 11. Kompanie galoppiert; die Marschroute wurde auf Feldstein abgeändert, Woralycz und Sambor waren links liegenzulassen, denn es war nicht möglich, die Kompanie dort unterzubringen, weil bereits zwei Posener Regimenter dort standen.

Oberleutnant Lukasch traf augenblicklich Dispositionen: Rechnungsfeldwebel Waněk und Schwejk suchen für die Kompanie Nachtquartier in Feldstein.

»Nicht, daß Sie unterwegs etwas anstellen, Schwejk«, machte ihn Oberleutnant Lukasch aufmerksam, »Hauptsache ist, daß Sie sich zur Einwohnerschaft anständig betragen!«

»Melde gehorsamst, Herr Oberlajtnant, daß ich mich bemühen wer. Ich hab zwar einen häßlichen Traum gehabt, wie ich gegen früh ein bißl eingeschlafen bin. Mir hat von einem Waschtrog geträumt, was die ganze Nacht am Gang geronnen is, in dem Haus, wo ich gewohnt hab, bis er leer war und den Plafond beim Herrn Hausherrn durchnäßt hat, was mir gleich früh gekündigt hat. So ein Fall, Herr Oberlajtnant, is schon in Wirklichkeit vorgekommen, in Karolinental hinterm Viadukt . . .«

»Geben Sie uns Ruh mit Ihren dummen Reden, Schwejk, und schaun Sie sich lieber mit Waněk die Karte an, damit Sie wissen, welchen Weg Sie gehn solln. Also hier sehn Sie die Dörfer. Von diesem Dorf wenden Sie sich nach rechts zum Flüßchen, und längs des Flüßchens marschieren Sie wieder bis zum nächsten Dorf, und von dort, wo sich der erste Bach in den Fluß ergießt, den Sie zu Ihrer Rechten haben werden, gehn Sie den Feldweg hinauf, genau nach Norden, und so können Sie sich nirgendswohin verirren, als nach Feldstein! Werden Sie sich das merken?«

Schwejk machte sich also mit Feldwebel Waněk nach der Marschroute auf den Weg.

Es war Nachmittag; die Landschaft atmete schwer in der drückenden Hitze, und die schlecht zugeschütteten Gruben mit den begrabenen Soldaten strömten einen Fäulnisgestank aus. Sie kamen in eine Gegend, wo die Kämpfe beim Vormarsch auf Przemysl stattgefunden hatten und ganze Bataillone von Maschinengewehren hinweggemäht worden waren. In dem kleinen Wäldchen am Fluß hatte das Wüten der Artillerie deutliche Spuren hinterlassen. Auf großen Flächen und Abhängen ragten stellenweise statt der Bäume Baumstümpfe aus der Erde, und diese Wüste war von Schützengräben zerfurcht.

»Hier schauts anders aus wie bei Prag«, sagte Schwejk, um das Schweigen zu unterbrechen.

»Bei uns hamr schon nach der Ernte«, sagte Rechnungsfeldwebel Waněk.

»In Kralup fangen wir zuerst an.«

»Hier wird nachn Krieg eine sehr gute Ernte sein«, sagte nach einer Weile Schwejk. »Man wird sich hier nicht Knochenmehl kaufen müssen, es is sehr vorteilhaft für die Bauern, wenn ihnen aufn Feld ein ganzes Regiment verwest; kurz, es is guter Dünger. Nur eins macht mir Sorge, daß sich die Bauern von niemandem anschmieren lassen solln und diese Soldatenknochen nicht unnütz auf Spodium in die Zuckerfabriken verkaufen. Da war euch in der Karolinentaler Kaserne ein gewisser Oberleutnant Holub, der war so gelehrt, daß ihn alle bei der Kompanie für einen Idioten gehalten ham, weil er wegen seiner Gelehrtheit nicht gelernt hat, die Soldaten zu beschimpfen, und alles nur vom wissenschaftlichen Standpunkt betrachtet hat. Einmal ham ihm die Soldaten gemeldet, daß das gefaßte Kommißbrot nicht zum Fressen is. Ein andrer Offizier hätt sich aufgeregt über so eine Frechheit, aber er nicht, er is ruhig geblieben, hat niemandem nicht mal Schwein, nicht mal Sau gesagt, und hat nicht mal jemanden übers Maul gehaut. Er hat nur alle seine Gmanen zsammgerufen und sagt ihnen mit seiner angenehmen Stimme: ›Vor allem, Soldaten, müßt ihr euch bewußt sein, daß eine Kaserne keine Delikatessenhandlung is, daß ihr euch dort marinierten Aal, Ölsardinen und belegte Brötchen aussuchen könnt. Jeder Soldat soll so intelligent sein, daß er ohne Murren alles auffrißt, was er faßt, und er muß so viel Disziplin in sich haben, daß er sich nicht über die Qualität von dem aufhält, was er auffressen soll. Stellt euch vor, Soldaten, daß Krieg wär. Dem Feld, wo man euch nach der Schlacht begraben wird, is es vollständig egal, mit was für einem Kommißbrot ihr euch vor eurem Tod angestopft habt. Mütterchen Erde wird euch zerfasern und samtn Stiefeln auffressen. In der Welt kann sich nichts verlieren, aus euch Soldaten wird wieder neues Getreide auf Kommißbrot für neue Soldaten wachsen, die vielleicht wieder nicht zufrieden sein wern wie ihr, sich beschweren gehn wern und auf jemanden kommen wern, was sie bis Halleluja einsperrn lassen wird, weil er drauf ein Recht hat. Jetzt hab ichs euch, Soldaten, alles hübsch erklärt und muß euch vielleicht nie mehr dran erinnern, daß, wer sich künftighin beschweren wird, der wird sichs sehr schätzen, bis er wieder an Gottes Licht sein wird.‹ – ›Wenn er wenigstens aufheißen möcht‹, ham die Soldaten untereinander gesagt, und diese Feinheiten in den Vorträgen vom Herrn Oberlajtnant ham sie schrecklich verdrossen. So ham sie mich mal aus der Kompanie gewählt, daß ichs ihm herich sagen soll, daß ihn alle gern ham und daß das kein Militär is, wenn er nicht aufheißt. So bin ich also zu ihm in die Wohnung gegangen und hab ihn gebeten, daß er alle Schüchternheit sein lassen soll, daß das Militär sein muß wie ein Riemen, daß die Soldaten dran gewöhnt sind, daß man sie jeden Tag dran erinnert, daß sie Hunde und Schweine sind, daß sie sonst die Achtung vor ihrem Vorgesetzten verlieren. Er hat sich zuerst gewehrt und hat was von Intelligenz geredet und davon, daß man heut nicht mehr unterm Prügelstecken dienen darf, aber zum Schluß hat er sichs doch sagen lassen, hat mich

abgeohrfeigt und zur Tür hinausgeworfen, damit er wieder unsere Achtung gewinnt. Wie ich das Resultat meiner Verhandlungen gemeldet hab, ham alle große Freude darüber gehabt, aber er hats ihnen gleich am nächsten Tag verdorben. Er kommt zu mir und sagt vor allen: ›Schwejk, ich hab mich gestern übereilt, da ham Sie einen Gulden und trinken Sie auf meine Gesundheit. Mit Soldaten muß man umgehen können.‹«
Schwejk schaute in der Gegend umher.
»Ich denk«, sagte er, »daß wir schlecht gehn. Der Herr Oberlajtnant hats uns doch gut erklärt. Wir sollen rechts hinaufgehen und herunter, dann nach links und dann wieder nach rechts, dann nach links – und wir gehn fort gradaus. Oder hamr das alles schon so nebenbei beim Reden gemacht? Ich seh zwei Wege nach Feldstein vor mir. Ich möcht vorschlagen, daß wir uns jetzt nach links wenden.«
Rechnungsfeldwebel Waněk behauptete – wie dies so üblich ist auf einem Kreuzweg –, daß man nach rechts gehen müsse.
»Mein Weg«, sagte Schwejk, »is bequemer als Ihrer. Ich wer den Bach entlanggehn, wo Vergißmeinnicht wachsen, und Ihr werdet euch irgendwo in der Sonnenglut herumdrücken. Ich halt mich dran, was uns der Herr Oberlajtnant gesagt hat, daß wir uns überhaupt nicht verirren können, und wenn wir uns nicht verirren können,

wozu möcht ich also irgendwohin auf einen Berg klettern, ich wer hübsch über die Wiesen gehn, wer mir ein Blümchen hinter die Mütze stecken und wer einen ganzen Strauß fürn Herrn Oberlajtnant pflücken. Übrigens wern wir uns überzeugen, wer von uns recht hat, und ich hoff, daß wir hier wie gute Kameraden auseinandergehn. Hier is so eine Gegend, daß alle Wege in dieses Feldstein führen müssen.«

»Sein Sie nicht verrückt, Schwejk«, sagte Waněk, »grad hier müssen wir nach der Karte, wie ich sag, nach rechts gehn.«

»Die Karte kann sich auch irren«, antwortete Schwejk, in das von einem Bach durchströmte Tal hinabsteigend. »Einmal is der Selcher Krschenek aus der Weinberge nachn Plan von der Stadt Prag vom ›Montag‹ auf der Kleinseite in der Nacht nach Haus auf die Weinberge gegangen und is gegen früh nach Rozdělow bei Kladno gekommen, wo man ihn gegen früh ganz erstarrt im Korn gefunden hat, in das er vor Müdigkeit gefalln is. Wenn Sie sich also nichts sagen lassen, Herr Rechnungsfeldwebel, und Ihren Kopf ham, so müssen wir halt auseinandergehn und uns erst an Ort und Stelle in Feldstein treffen. Schaun Sie nur auf die Uhr, damit wir wissen, wer zuerst dort sein wird. Und wenn Ihnen vielleicht eine Gefahr drohn möcht, so schießen Sie nur in die Luft, damit ich weiß, wo Sie sind.«

Nachmittags erreichte Schwejk einen kleinen Teich, wo er einem geflüchteten russischen Gefangenen begegnete, der hier badete und beim Anblick Schwejks nackt, wie er war, die Flucht ergriff.

Schwejk war neugierig, wie ihn die russische Uniform, die hier unter den Trauerweiden lag, wohl kleiden würde; er zog daher seine Uniform aus und die russische des unglücklichen nackten Gefangenen an, der einem im Dorf hinter dem Wald einquartierten Transport entsprungen war. Schwejk wollte sein Spiegelbild im Wasser gründlich betrachten, deshalb schritt er so lange auf dem Damm des Teiches auf und ab, bis ihn dort eine Patrouille der Feldgendarmerie fand, die den russischen Flüchtling suchte. Es waren Magyaren, die Schwejk trotz seines Protestes nach Chyruwa brachten, wo sie ihn in einen Transport russischer Gefangener steckten, der bestimmt war, an der Ausbesserung der Eisenbahnstrecke nach Przemysl zu arbeiten.

All das ging so rasch vor sich, daß Schwejk sich erst am folgenden Tag der Situation bewußt ward, worauf er mit einem Kienspan auf die weiße Wand des Schulzimmers, in dem ein Teil der Gefangenen einquartiert war, die Worte schrieb: *»Hier hat Josef Schwejk aus Prag geschlafen, Kompanieordonnanz der 11. Marschkompanie des 91. Infanterieregimentes, der als Quartiermacher irrtümlich in österreichische Kriegsgefangenschaft gefallen ist.«*

VIERTER TEIL

Fortsetzung des glorreichen Debakels

1

Schwejk als russischer Kriegsgefangener

Als Schwejk, der infolge seiner russischen Uniform irrtümlicherweise für einen russischen Kriegsgefangenen gehalten wurde, der aus einem Dorfe bei Feldstein entsprungen war, mit einem Kienspan seine verzweifelten Aufschreie an die Wände malte, nahm davon niemand Notiz; und als er auf dem Transport in Chyruwa einem vorübergehenden Offizier alles erzählen wollte (man teilte gerade Stücke harten Kukuruzbrotes aus), da haute einer von den ungarischen Soldaten, die den Transport bewachten, ihm eins mit dem Kolben über die Schulter mit den Worten: »Baczom az élet, gehst du zurück in die Reihe, russisches Schwein!«
Das war so ganz in der Art und Weise, wie die Magyaren mit den russischen Kriegsgefangenen umgingen, deren Sprache sie nicht verstanden.

Schwejk kehrte also in den Zug zurück und wandte sich an den nächststehenden Gefangenen:

»Der da erfüllt zwar seine Pflicht, aber dabei bringt er sich selbst in Gefahr. Was, wenn er zufällig geladen hätt und der Verschluß wär offen? Da könnts leicht geschehen, daß ihm, wie er einem so in die Schulter drischt und der Lauf auf ihn schaut, das Gewehr losgeht und ihm die ganze Ladung ins Maul fliegt und er in Ausübung seiner Pflicht stirbt. Da ham dir mal im Böhmerwald in einem Steinbruch die Arbeiter Dynamitzünder gestohlen, damit sie Vorrat aufn Winter ham, wenn sie Bäume sprengen. Der Wächter in den Steinbrüchen hat Befehl bekommen, wenn die Arbeiter aus der Arbeit gehn, daß er jedem die Taschen durchsucht, und hats dir mit so viel Liebe gemacht, daß er gleich den ersten Arbeiter gepackt hat und angefangen hat, ihm so leidenschaftlich auf die Taschen zu klopfen, daß dem die Dynamitzünder in der Tasche explodiert sind und beide samtn Wächter in die Luft geflogen sind, so daß es ausgesehn hat, wie wenn sie sich noch im letzten Moment um den Hals nehmen möchten.«

Der russische Gefangene, dem Schwejk dies erzählte, blickte ihn mit vollem Verständnis an, denn er hatte kein Wort verstanden.

»Nicht ponymat, ich krimski Tatarin, Allah achper.«

Der Tatare setzte sich, die Beine kreuzend, auf die Erde, legte die Hände auf die Brust und begann zu beten: »Allah achper – Allah achper – bezemila – arachman – arachim, malinkin mustafir.«

»Also du bist ein Tatar«, sagte Schwejk teilnahmsvoll, »na, du bist aber gelungen. Dann sollst du mich verstehn und ich dich, wenn du ein Tatar bist. Hm – kennst du den Jaroslav von Sternberg? Den Namen kennst du nicht, Junge, tatarischer? Der hat euch doch bei Hostein den Hintern verdroschen. Damals seid ihr, Jungens, tatarische, im Laufschritt von uns aus Mähren gesaust. Wahrscheinlich lernt mans euch nicht so in euren Lesebüchern, wie mans uns gelernt hat. Kennst du die Hosteiner Jungfrau Maria? Versteht sich, daß du sie nicht kennst – die war auch dabei; na wart, Junge, sie wern euch schon in der Gefangenschaft taufen.«

Schwejk wandte sich einem zweiten Gefangenen zu: »Du bist auch ein Tatar?«

Der Angeredete verstand das Wort Tatar und schüttelte den Kopf: »Tatarin net, Tscherkes, rodneja Tscherkes, golovy reschu.«

Schwejk hatte überhaupt das Glück, sich in Gesellschaft von Angehörigen der verschiedenen Nationen des Ostens zu befinden. Es gab hier im Transport Tataren, Grusinier, Osseten, Tscherkessen, Mordwinen und Kalmücken.

Schwejk hatte also das Unglück, daß er sich mit niemandem verständigen konnte; man schleppte ihn mit den andern nach Dobro-

mil; von dort aus sollte die Bahnstrecke, die über Przemysl und Nirankovic führte, repariert werden.
In Dobromil schrieb man in der Etappenkanzlei einen nach dem andern ein, was große Schwierigkeiten bereitete, weil von sämtlichen 300 Gefangenen, die man nach Dobromil geschleppt hatte, kein einziger das Russisch des Feldwebels verstand, der dort hinter dem Tisch saß; er hatte sich seinerzeit als der russischen Sprache mächtig gemeldet und vertrat jetzt die Stelle eines Dolmetschs in Ostgalizien. Vor reichlich drei Wochen hatte er sich ein deutsch-russisches Lexikon und eine Grammatik bestellt, die jedoch bisher nicht eingetroffen waren; deshalb sprach er statt Russisch ein gebrochenes Slowenisch, das er sich recht und schlecht angeeignet hatte, als er als Vertreter einer Wiener Firma in der Slowakei das Bild des heiligen Stephan, Weihkessel und Rosenkränze verkauft hatte.
Ob dieser sonderbaren Gestalten, mit denen er überhaupt nicht sprechen konnte, war er ganz verstört. Nun trat er vor und brüllte in die Gruppe der Gefangenen: »Wer kann Deutsch sprechen?«
Aus der Gruppe trat Schwejk hervor und lief mit freudestrahlendem Gesicht auf den Feldwebel zu, der ihm bedeutete, er möge ihm sofort in die Kanzlei folgen.
Der Feldwebel setzte sich hinter seine Schriftstücke, einen Berg von Blanketten für den Vermerk von Namen, Herkunft, Zuständigkeit der Gefangenen, und nun entspann sich ein unterhaltsames deutsches Gespräch:
»Du bist ein Jud, gelt?« redete er Schwejk an.
Schwejk schüttelte den Kopf.
»Du mußt es nicht leugnen«, fuhr der Feldwebel-Dolmetsch mit Bestimmtheit fort, »jeder von euch Gefangenen, der Deutsch verstanden hat, war ein Jud, und basta. Wie heißt du? Schwejk? Also siehst du, was leugnest du, wenn du so einen jüdischen Namen hast. Bei uns mußt du dich nicht fürchten, dich dazu zu bekennen. Bei uns in Österreich macht man keine Pogroms gegen die Juden. Woher bist du? Aha, Praga, das kenn ich, das kenn ich, das ist bei Warschau. Vor einer Woche hab ich auch zwei Juden aus Praga bei Warschau hier gehabt; und dein Regiment, was hat es für eine Nummer? 91?«
Der Feldwebel nahm den Schematismus zur Hand und blätterte darin: »Das einundneunzigste Regiment ist aus Eriwan im Kaukasus, seinen Kader hat es in Tiflis, da schaust du, was, wie wir hier alles wissen?«
Schwejk schaute wirklich verwundert drein, und der Feldwebel fuhr ungemein ernst fort, indem er Schwejk seine halb ausgerauchte Zigarette reichte: »Das ist ein anderer Tabak als eure Machorka. — Ich bin hier der höchste Herr, du Jüdel. Wenn ich was sag, so muß

alles zittern und sich verkriechen. Bei uns in der Armee herrscht eine andere Disziplin als bei euch. Euer Zar ist ein Hundsfott, aber unser Zar ist ein offener Kopf. Jetzt werd ich dir was zeigen, damit du weißt, was für eine Disziplin bei uns herrscht.«

Er öffnete die Tür zum Nebenzimmer und rief:

»Hans Löfler!«

Jemand meldete sich: »Hier!« Und herein trat ein Soldat mit einem Kropf, ein Steirer Bua, mit dem Ausdruck eines verheulten Kretins. Er war in der Etappe Mädchen für alles.

»Hans Löfler«, befahl der Feldwebel, »nimm dir dort meine Pfeife, steck sie dir ins Maul, wie wenn ein Hund apportiert, und lauf so lang auf allen vieren um den Tisch herum, bis ich ›Halt‹ sag! Dabei mußt du bellen, aber so, daß dir die Pfeife nicht aus dem Maul fällt, sonst laß ich dich anbinden!«

Der Steirer mit dem Kropf fing an, auf allen vieren zu kriechen und zu bellen.

Der Feldwebel schaute Schwejk siegesbewußt an:

»No, hab ich dirs nicht gesagt, Jüdel, was für eine Disziplin bei uns herrscht?« Und der Feldwebel blickte erfreut auf das stumme Soldatengesicht aus irgendeiner Alpensenne: »Halt!« sagte er schließlich, »jetzt mach ein Manderl und apportier die Pfeife. – Gut, und jetzt jodel.«

Durch den Raum erscholl das Gebrüll: »Holarijo, holario . . .«

Als die Vorstellung vorüber war, zog der Feldwebel vier Zigaretten aus der Schublade und schenkte sie großmütig dem Steirer; da begann Schwejk dem Feldwebel in gebrochenem Deutsch zu erzählen, ein Offizier habe einen Diener gehabt, der so gehorsam war, daß er alles tat, was sein Herr wünschte, und als man ihn einmal fragte, ob er mit einem Löffel auffressen würde, was sein Herr ausscheißt, wenn es dieser befehlen sollte, da habe er gesagt: »Wenn mirs mein Herr Lajtnant befehln möcht, möcht ichs auf Befehl auffressen, aber ich dürft kein Haar drin finden, davor ekel ich mich schrecklich, da möcht mir gleich schlecht wern.«

Der Feldwebel lachte: »Ihr Juden habt gelungene Anekdoten, aber ich möcht wetten, daß die Disziplin in eurer Armee nicht so fest ist wie bei uns. Damit wir also zum Kern der Sache kommen, ich übergeb dir den Transport! Bis Abend wirst du mir die Namen aller andern Gefangenen zusammenschreiben! Du wirst für sie Menage fassen, wirst sie in Gruppen von zehn Mann einteilen und haftest dafür, daß niemand wegläuft! Wenn dir jemand wegläuft, Jüdel, so erschießen wir dich!«

»Ich möcht mit Ihnen sprechen, Herr Feldwebel«, sagte Schwejk.

»Handel nur nicht«, antwortete der Feldwebel. »Das hab ich nicht gern, sonst schick ich dich ins Lager. Du hast dich aber sehr rasch bei uns in Österreich akklimatisiert. – Will privat mit mir sprechen! – Je braver man zu euch Gefangenen ist, desto ärger ist es. – Pack dich gleich zusammen, hier hast du Papier und Bleistift und schreib ein Verzeichnis –! Was willst du noch?«

»Melde gehorsamst, Herr Feldwebel . . .«

»Schau, daß du verduftest! Du siehst, was ich zu tun hab!« Das Gesicht des Feldwebels nahm den Ausdruck eines völlig überarbeiteten Menschen an.

Schwejk salutierte und ging zu den Gefangenen, wobei er daran dachte, daß Geduld für Seine Majestät den Kaiser Früchte trage.

Ärger war es freilich mit der Zusammenstellung des Verzeichnisses, denn die Gefangenen begriffen nur schwer, daß sie ihre Namen nennen sollten. Schwejk hatte in seinem Leben viel erlebt, aber diese tatarischen, grusinischen und mordwinischen Namen gingen ihm doch nicht in den Kopf. Das wird mir niemand nicht glauben, dachte Schwejk, daß jemand jemals so heißen könnt wie diese Tataren hier: ›Muhlalej Abdrachmanov – Bejmurat Allahali – Dscheredsche Tscherdedsche – Darlatbalej Neugadalejev‹ usw. Da hamr bei uns doch bessere Namen, wie den Pfarrer in Židohouschti, was Wobejda geheißen hat.

Und weiter schritt er durch die ausgerichteten Reihen der Kriegsgefangenen, die einer nach dem anderen ihre Zu- und Vornamen riefen: »Dschindralej Hamenalej – Babamulej Mirzahali« usw.

»Daß du dir nur nicht die Zunge überbeißt«, sagte Schwejk jedem von ihnen mit gutmütigem Lächeln. »Ob es nicht besser is, wenn jemand bei uns Bohuslav Schtepanek, Jaroslav Matouschek oder Ružena Swobodowa heißt?«

Als Schwejk schließlich nach furchtbaren Schwierigkeiten alle diese Babula Hallejes und Chudschi Mudschis aufgeschrieben hatte, faßte er den Entschluß, noch einen Versuch zu wagen und dem Feldwebel zu erklären, daß er das Opfer eines Irrtums geworden sei; allein, wie bereits so oft auf dem Wege, der ihn unter die Gefangenen gebracht hatte, rief er auch jetzt vergeblich die Gerechtigkeit an.

Der Feldwebel-Dolmetsch, der bereits vorher nicht ganz nüchtern gewesen war, hatte inzwischen vollständig seine Urteilskraft verloren. Er hatte den Inseratenteil irgendeiner deutschen Zeitung vor sich ausgebreitet und sang die Inserate nach der Melodie des Radetzkymarsches: »Tausche ein Grammophon gegen einen Kinderwagen – Splitter von weißem und grünem Tafelglas zu kaufen gesucht! – Buchführung und Bilanzierung lernt jeder, der einen schriftlichen Handelskurs absolviert hat«, usw.

Zu manchem Inserat paßte der Marschtakt nicht, der Feldwebel aber

wollte diese Unzulänglichkeit mit aller Gewalt überwinden, deshalb gab er mit den Fäusten auf dem Tisch den Takt an und stampfte dazu mit den Füßen. Seine beiden mit Kontuschovka verklebten Schnurrbartspitzen ragten zu beiden Seiten des Gesichts empor, als hätte man ihm in jede Wange einen Pinsel mit eingetrocknetem Gummiarabikum gestoßen. Seine geschwollenen Augen nahmen Schwejk zwar wahr, aber dieser Entdeckung folgte keine Reaktion; der Feldwebel hörte nur auf, mit den Fäusten zu schlagen und mit den Füßen zu stampfen, und trommelte auf den Stuhl nach der Melodie: »Ich weiß nicht, was soll es bedeuten ...« ein neues Inserat: »Karolina Dreyer, Hebamme, empfiehlt sich den geehrten Damen in allen Fällen.«

Das sang er immer leiser und leiser, bis er schließlich verstummte, unbeweglich und unverwandt auf die ganze große Fläche der Inserate zu blicken begann und Schwejk die Gelegenheit gab, in gebrochenem Deutsch mit Müh und Not ein Gespräch über sein Unglück anzuknüpfen.

Schwejk begann damit, daß er doch nur recht gehabt hätte, daß man den Fluß entlang nach Feldstein hätte gehen sollen, daß er aber nicht dafür könne, wenn ein unbekannter russischer Soldat aus der Gefangenschaft entspringe und in einem Teich bade, an dem er, Schwejk, vorübergehen mußte, weil es seine Pflicht gewesen sei, als Quartiermeister den kürzesten Weg nach Feldstein zu gehen. Der Russe sei davongelaufen, sobald er ihn erblickte, und habe seine ganze Uniform im Gebüsch gelassen. Er, Schwejk, habe gehört, daß man an der Front zum Spionagedienst die Uniformen gefallener Feinde verwende, deshalb habe er versuchsweise die zurückgelassene Uniform angezogen, um sich zu überzeugen, wie er sich in so einem Fall in der fremden Uniform fühlen würde.

Nachdem er den Irrtum aufgeklärt hatte, sah Schwejk ein, daß er vollständig nutzlos gesprochen hatte, denn der Feldwebel schlief bereits längst, ehe Schwejk beim Teich angelangt war.

Schwejk trat vertraulich zu ihm und berührte seine Schulter, was vollkommen genügte, um den Feldwebel vom Stuhl auf die Erde purzeln zu lassen, wo er ruhig weiterschlief.

»Tschuldigen Sie, Herr Feldwebel«, sagte Schwejk, salutierte und verließ die Kanzlei.

Zeitlich früh änderte das militärische Baukommando seine Dispositionen und bestimmte, daß jene Gruppe, in der sich Schwejk befand, direkt nach Przemysl zur Erneuerung der Strecke Przemysl—Lubaczow dirigiert werden sollte.

So blieb also alles beim alten, und Schwejk setzte seine Odyssee unter den russischen Kriegsgefangenen fort. Die magyarischen Wachtposten trieben alles in scharfem Tempo vorwärts.

In einem Dorf, wo gerastet wurde, stießen sie auf dem Marktplatz mit einer Trainabteilung zusammen. Vor einer Wagengruppe stand ein Offizier und schaute auf die Gefangenen. Schwejk sprang aus der Reihe, stellte sich vor den Offizier und rief: »Herr Lajtnant, melde gehorsamst.« Mehr sagte er aber nicht, denn gleich waren zwei magyarische Soldaten da, die ihn mit Fausthieben in den Rücken zwischen die Gefangenen stießen.

Der Offizier warf ihm einen Zigarettenstummel nach, den ein anderer Gefangener schnell aufhob und weiterrauchte. Hierauf erklärte der Offizier dem neben ihm stehenden Korporal, daß es in Rußland deutsche Kolonisten gebe, die gleichfalls kämpfen müßten.

Während des ganzen Weges nach Przemysl hatte Schwejk keine Gelegenheit mehr, sich bei jemandem zu beschweren, daß er eigentlich Kompanieordonnanz der 11. Marschkompanie des 91. Regiments sei. In Przemysl angelangt, jagte man sie gegen Abend in ein zerschossenes Fort in der inneren Zone, wo die Ställe für die Pferde der Festungsartillerie stehengeblieben waren.

In den Ställen war so viel verlaustes Stroh angehäuft, daß über die kurzen Halme Läuse liefen, als wären es nicht Läuse, sondern Ameisen, die Material zum Bau ihres Haufens herbeischleppten.

Es wurde auch ein wenig schwarzes Abspülwasser aus bloßer Zichorie verteilt und je ein Stück vertrocknetes Kukuruzbrot.
Dann wurde der Transport von Major Wolf übernommen, der zu jener Zeit über alle Gefangenen herrschte, die bei den Reparaturen in der Festung Przemysl und der Umgebung beschäftigt waren. Er war ein gründlicher Mensch und hatte einen ganzen Stab Dolmetscher bei sich, die unter den Gefangenen je nach deren Fähigkeit und Vorbildung Spezialisten für die Bauten aussuchten.
Major Wolf hatte die fixe Idee, daß die russischen Gefangenen ihre Fähigkeiten verleugneten, denn es pflegte zu geschehen, daß auf seine verdolmetschte Frage: »Kannst du eine Eisenbahn bauen?« alle Gefangenen stereotyp erwiderten: »Ich weiß von nichts, hab von was Ähnlichem nicht gehört, hab ehrenhaft und redlich gelebt.«
Als sie also bereits in Reih und Glied vor Major Wolf und seinem ganzen Stab standen, fragte Major Wolf die Gefangenen zuerst auf deutsch, wer von ihnen Deutsch verstehe.
Schwejk trat ernergisch vor, stellte sich vor den Major, leistete ihm die Ehrenbezeigung und meldete, daß er Deutsch verstehe.
Major Wolf, sichtlich erfreut, fragte Schwejk sofort, ob er nicht Ingenieur sei.
»Melde gehorsamst, Herr Major«, antwortete Schwejk, »daß ich nicht Ingenieur bin, sondern Kompanieordonnanz bei der 11. Marschkompanie vom 91. Infanterieregiment. Ich bin in unsere eigene Gefangenschaft geraten. Das ist so geschehn, Herr Major . . .«
»Was?« brüllte Major Wolf.
»Melde gehorsamst, Herr Major, daß es sich so verhält . . .«
»Sie sind Tscheche«, fuhr Major Wolf zu brüllen fort, »Sie haben sich verkleidet, eine russische Uniform angezogen.«
»Melde gehorsamst, Herr Major, daß das alles voll und ganz stimmt. Ich bin wirklich froh, daß sich Herr Major gleich in meine Situation eingelebt ham. Möglich, daß die Unsrigen schon irgendwo kämpfen, und ich soll hier unnütz den ganzen Krieg vertrödeln. Ich sollts Ihnen noch mal ordentlich erklären, Herr Major.«
»Genug«, sagte Major Wolf und rief zwei Soldaten, um den Mann sofort auf die Hauptwache führen zu lassen; er selbst folgte Schwejk langsam mit einem Offizier, wobei er im Gespräch heftig mit den Händen gestikulierte. In jedem seiner Sätze kam etwas von tschechischen Hunden vor; gleichzeitig fühlte der andere aus den Reden des Majors heraus, daß dieser hocherfreut war, weil er das Glück gehabt hatte, mit seinem Scharfblick einen jener Vögel zu entdecken, über deren hochverräterische Tätigkeit jenseits der Grenzen an die Kommandanten der Truppenkörper schon vor einigen Monaten geheime Reservate gesandt worden waren, deren Inhalt besagte: daß manche

Überläufer der tschechischen Regimenter, uneingedenk ihres Treueides, in die Reihen der russischen Armee eintreten und dem Feinde dienen oder ihm zumindest wirksame Spionagedienste leisten.
Das österreichische Innenministerium tappte noch im dunkeln, ob es irgendwelche Kampforganisationen, bestehend aus Überläufern zu den Russen, gäbe. Es wußte noch nichts Bestimmtes über die Revolutionsorganisationen im Auslande, und erst im August, auf der Linie Sokal–Milijatin–Bubnow erhielten die Bataillonskommandanten Geheimreservate des Inhalts, daß der ehemalige österreichische Professor Masaryk über die Grenze geflüchtet sei, wo er eine antiösterreichische Propaganda entfalte.
Irgendein Dummkopf von der Division ergänzte das Reservat noch durch folgenden Befehl: »Im Falle der Gefangennahme unverzüglich dem Divisionsstab vorführen!«
Dies als Erinnerung für Herrn Präsidenten Masaryk, damit er wisse, welche Anschläge und Schlingen für ihn zwischen Sokal–Milijatin–Bubnow vorbereitet waren.
Major Wolf hatte zu jener Zeit noch keine Ahnung davon, auf welche Weise die Überläufer gegen Österreich arbeiteten, die später, wenn sie einander in Kiew oder anderswo begegneten: »Was machst du hier?« lustig antworteten: »Ich habe Seine Majestät den Kaiser verraten.«
Er wußte aus den Reservaten nur von Überläufer-Spionen, deren einer, den man soeben auf die Hauptwache brachte, ihm so einfach in die Falle gelaufen war. Major Wolf, ein einigermaßen eitler Mensch, vergegenwärtigte sich das Lob der höheren Stellen, die Auszeichnung für seine Wachsamkeit, seine Vorsicht und Begabung.
Bevor sie die Hauptwache erreichten, war er überzeugt, daß er die Frage: »Wer versteht Deutsch?« absichtlich gestellt hatte, weil ihm bei der Inspizierung gerade dieser eine Gefangene sofort verdächtig erschienen war.
Der ihn begleitende Offizier nickte mit dem Kopf und meinte, man werde die Verhaftung beim Garnisonskommando zur weiteren Amtshandlung und Vorführung des Angeklagten vor das Kriegsgericht melden müssen, denn es gehe unbedingt nicht an, den Mann, wie der Herr Major beabsichtigte, auf der Hauptwache zu verhören und dann gleich hinter der Hauptwache zu hängen. Er werde gehängt werden, aber auf gerichtlichem Wege nach der Kriegsgerichtsordnung damit vor der Hinrichtung durch ein genaues Verhör der Zusammenhang mit ähnlichen anderen Verbrechen aufgedeckt werden könne. Wer wisse, was da noch an den Tag kommen werde.
Major Wolf wurde von plötzlicher Unnachgiebigkeit erfaßt, eine bisher verborgene Unmenschlichkeit befiel ihn, und er erklärte, er werde

diesen Überläufer-Spion sofort nach dem Verhör auf eigenes Risiko hängen lassen. Er könne sich dies übrigens erlauben, weil er hohe Bekanntschaften habe, ihm sei alles andere vollständig gleichgültig. Es sei genauso wie an der Front. Hätte man den Mann gleich hinter dem Schlachtfeld erwischt und gefangengenommen, dann hätte man ihn verhört und gleich gehängt und auch keine Faxen mit ihm gemacht. Übrigens wisse der Herr Hauptmann vielleicht, daß ein Kommandant im Kriegsgebiet, jeder Kommandant vom Hauptmann aufwärts, das Recht besitze, alle verdächtigen Individuen zu hängen.
Major Wolf irrte sich allerdings ein wenig, soweit es sich um die Rechtsvollmacht zum Hängen handelte.
In Ostgalizien erstreckte sich diese Gerichtsbarkeit, je näher man zur Front kam, auf immer niedrigere Chargen, bis sich schließlich Fälle ereigneten, wo ein Korporal, der eine Patrouille führte, einen zwölfjährigen Jungen hängen ließ, der ihm verdächtig schien, weil er in einem verlassenen und ausgeplünderten Dorf in einer eingestürzten Hütte Kartoffelschalen kochte. –
Der Streit zwischen Hauptmann und Major steigerte sich.
»Sie haben kein Recht dazu«, schrie der Hauptmann aufgeregt. »Er wird auf Grund des gerichtlichen Urteils des Kriegsgerichts gehängt werden.«
»Er wird ohne Urteil gehängt werden«, zischte Major Wolf.
Schwejk, der vor den beiden Offizieren geführt wurde und das ganze interessante Gespräch mit anhörte, sagte seinen Begleitern nichts anderes als: »Gehupft wie gesprungen. Da hamr uns euch mal im Wirtshaus ›Na Zavadilce‹ in Lieben mitanander gestritten, ob wir einen gewissen Hutmacher Waschak, was immer bei der Unterhaltung einen Radau angefangen hat, gleich, wie er sich in der Tür zeigt, herauswerfen solln oder ob wir ihn erst herauswerfen solln, bis er ein Bier hat, bezahlt und austrinkt oder bis er zum erstenmal eine Runde getanzt hat. Der Wirt wieder hat vorgeschlagen, daß wir ihn erst mitten in der Unterhaltung herauswerfen solln, bis er eine Zeche haben wird, daß er dann bezahlen und gleich heraus muß. Und wißt ihr, was uns der Lump angestellt hat? Er is nicht gekommen. Was sagt ihr da dazu?«
Beide Soldaten, die von irgendwo aus Tirol waren, antworteten gleichzeitig:
»Nix böhmisch.«
»Verstehn Sie Deutsch?« fragte Schwejk ruhig.
»Jawohl«, antworteten beide, worauf Schwejk bemerkte: »Das is gut, wenigstens geht ihr unter euren Landsleuten nicht verloren.«
Während dieses freundschaftlichen Gesprächs erreichte man die Hauptwache, wo Major Wolf die Debatte mit dem Hauptmann über

das Schicksal Schwejks fortsetzte, indes Schwejk bescheiden hinten auf einer Bank saß.

Major Wolf schloß sich schließlich doch der Meinung des Hauptmanns an, daß dieser Mensch erst nach der längeren Prozedur gehängt werden müsse, die man so lieblich »Rechtsweg« nennt.

Hätte man Schwejk gefragt, was er von dem allen halte, hätte er wohl geantwortet: »Es tut mir sehr leid, Herr Major, weil Sie eine höhere Charge haben wie der Herr Hauptmann, aber der Herr Hauptmann hat recht. Nämlich jede Übereilung is schädlich. Bei einem Bezirksgericht in Prag is mal ein Richter verrückt geworn. Lang hat man ihm nichts angemerkt, bis es bei ihm einmal bei einer Verhandlung wegen Ehrenbeleidigung zum Ausbruch gekommen is. Ein gewisser Znamenatschek hat zum Kaplan Hortig, der in der Religionsstunde seinen Jungen abgeohrfeigt hat, wie er ihn auf der Gasse getroffen hat, gesagt: ›Sie Ochs, du schwarzes Luder, du frommer Idiot, du schwarzes Schwein, du Ziegenbock von einem Pfarrer, du Schänder der Lehre Christi, du Heuchler und Scharlatan in der Kutte!‹ Dieser verrückte Richter war ein sehr frommer Mensch. Er hat drei Schwestern gehabt, und die waren alle Pfarrersköchinnen, und bei allen ihren Kindern war er Pate gestanden, so hat ihn das so aufgeregt, daß er auf einmal den Verstand verloren hat und den Angeklagten angebrüllt hat: ›Im Namen Seiner Majestät des Kaisers und Königs verurteile ich Sie zum Tod durch den Strang. Gegen dieses Urteil is keine Berufung möglich.‹ — ›Herr Horatschek!‹ hat er dann den Aufseher gerufen: ›Nehmen Sie hier diesen Herrn und hängen Sie ihn dort auf, Sie wissen schon, wo man Teppiche klopft, und dann kommen Sie her, Sie bekommen auch Bier!‹ Das versteht sich, daß der Herr Znamenatschek samtn Aufseher stehngeblieben sind wie angewurzelt, aber er hat mitn Fuß gestampft und hat sie angeschrien: ›Wern Sie folgen oder nicht!‹ Der Aufseher is so erschrocken, daß er den Herrn Znamenatschek schon heruntergezogen hat, und wenn nicht der Verteidiger gewesen wär, der sich ins Mittel gelegt hat und die Rettungsstation gerufen hat, ich weiß nicht, wie es mitn Herrn Znamenatschek ausgefalln wär. Noch wie man den Herrn Richter in den Wagen der Rettungsstation gesetzt hat, hat er geschrien: ›Wenn Sie keinen Strick finden, hängen Sie ihn an einem Leintuch auf, wir verrechnens dann in den Halbjahrsausweisen.‹« —

Schwejk wurde also, nachdem das von Major Wolf aufgesetzte Protokoll unterschrieben worden war, unter Eskorte zum Garnisonskommando gebracht. Das Protokoll besagte, Schwejk habe als Angehöriger der österreichischen Armee wissentlich, ohne jede Pression, eine russische Uniform angezogen und sei hinter der Front, als die Russen zurückwichen, durch die Feldgendarmerie angehalten worden.

Das alles war heilige Wahrheit, und Schwejk, als redlicher Mensch, konnte dagegen nicht protestieren. Als er beim Niederschreiben des Protokolls versuchte, dasselbe durch irgendeinen Ausspruch, der die Situation vielleicht hätte näher beleuchten können, zu ergänzen, erscholl sofort der Befehl des Herrn Major: »Halten Sies Maul, danach frag ich Sie nicht! Die Sache ist vollständig klar.«
Schwejk salutierte dann jedesmal und erklärte: »Melde gehorsamst, daß ich das Maul halt und daß die Sache vollständig klar is.«
Als man ihn hierauf zum Garnisonskommando brachte, sperrte man ihn in irgendein Loch, das früher als Reismagazin und gleichzeitig als Mäusepensionat gedient hatte. Auf dem Boden war noch überall Reis verstreut, und die Mäuse fürchteten sich durchaus nicht vor Schwejk, sondern liefen munter umher, während sie die Körner auflasen. Schwejk mußte sich einen Strohsack holen, und als er im Finstern umherschaute, bemerkte er, daß in diesen Strohsack sofort eine ganze Mäusefamilie übersiedelte. Es bestand kein Zweifel, daß sie sich dort in den Trümmern des Ruhms, in einem morschen österreichischen Strohsack, ein neues Nest begründen wollte. Schwejk fing an, auf die versperrte Tür zu hämmern; irgendein Korporal — ein Pole — kam, und Schwejk verlangte, in einen andern Raum gebracht zu werden, weil er die Mäuse in seinem Strohsack zerdrücken und so dem Militär-Ärar einen Schaden zufügen könne, denn was sich in den Militärmagazinen befinde, sei alles Eigentum des Ärars.
Der Pole verstand teilweise, drohte Schwejk vor der versperrten Tür mit der Faust, sagte noch etwas von einer »beschissenen Höhle« und entfernte sich, während er aufgeregt etwas von Cholera brummte, als hätte ihn Schwejk weiß Gott wie beleidigt.
Die Nacht verbrachte Schwejk ruhig, denn die Mäuse stellten keine großen Ansprüche an ihn, sondern hatten offenbar ihr nächtliches Programm, das sie im anstoßenden Magazin, voll Soldatenmänteln und Mützen, abhielten, die sie mit großer Sicherheit und Selbstverständlichkeit durchbissen; die Intendantur besann sich nämlich erst ein Jahr später, in den Militärmagazinen ärarische Katzen ›ohne Anspruch auf Pension‹ einzuführen, die in den Intendanturen unter der Rubrik »k. u. k. Militärmagazinkatze« geführt wurden. Dieser Katzenrang war eigentlich nur die Erneuerung einer alten Institution, die nach dem Krieg im Jahre sechsundsechzig aufgehoben worden war.
Früher, noch unter Maria Theresia, hatte man zu Kriegszeiten gleichfalls Katzen in die Militärmagazine gebracht, als die Herren von der Intendantur alle ihre Unterschleife mit den Monturen auf die unglücklichen Mäuse abwälzen wollten.
Die k. u. k. Katzen erfüllten aber in vielen Fällen nicht ihre Pflicht,

und so geschah es, daß einmal unter Kaiser Leopold im Militärmagazin auf dem Pohořelez[1] auf Grund eines Kriegsgerichtsurteils sechs den Militärmagazinen zugeteilte Katzen gehängt wurden. Ich bin überzeugt, daß sich damals alle in den Bart lachten, die mit diesem Militärmagazin zu tun hatten ...

Mit dem Morgenkaffee steckte man zu Schwejk irgendeinen Menschen in russischer Uniform und russischem Militärmantel hinein.

Der Mann sprach Tschechisch mit polnischem Akzent. Er war einer von jenen Lumpen, die in jedem Armeekorps, dessen Kommando sich in Przemysl befand, bei der Gegenspionage dienten. Er war ein Mitglied der militärischen Geheimpolizei und ließ sich einen raffinierten Übergang zur Auskundschaftung Schwejks nicht einmal besonders angelegen sein. Er begann ganz einfach: »In eine hübsche Schweinerei bin ich da durch meine Unvorsichtigkeit geraten. Ich hab beim 28. Regiment gedient und bin gleich bei den Russen in Dienst getreten, und dann laß ich mich so dumm fangen. Ich meld mich den Russen, daß ich auf Vorpatrouille gehen werde. Ich hab bei der 6. Kiewer Division gedient. Bei welchem russischen Regiment hast du gedient, Kamerad? Mir kommts so vor, daß wir uns irgendwo in Rußland gesehen haben. Ich hab in Kiew viele Tschechen gekannt, die mit uns an die Front gegangen sind, wie wir zur russischen Armee übergegangen sind, ich kann mich jetzt aber nicht an ihre Namen erinnern und woher sie waren, vielleicht erinnerst du dich an jemanden; mit wem hast du dort verkehrt, ich möcht gern wissen, wer von unserm 28. Regiment dort ist?«

Statt zu antworten griff ihm Schwejk besorgt an die Stirn, dann prüfte er ihm den Puls; zum Schluß führte er ihn zu dem kleinen Fensterchen und forderte ihn auf, die Zunge herauszustrecken. Gegen diese ganze Prozedur wehrte der Schuft sich nicht, da er vermutete, daß es sich vielleicht um ein bestimmtes Zeichen der Verschworenen handle. Dann fing Schwejk an, an die Tür zu trommeln, und als eine Wache kam und fragte, weshalb er Lärm schlage, verlangte er auf deutsch und tschechisch, man möge sofort einen Doktor holen, weil der Mann, den man ihm hereingegeben habe, verrückt geworden sei.

Es nützte jedoch nichts, der Mann wurde nicht gleich geholt. Er blieb ganz ruhig dort und fuhr fort, etwas von Kiew zu faseln; er habe Schwejk dort entschieden gesehen, wie dieser mit den russischen Soldaten marschiert sei.

»Sie ham entschieden Sumpfwasser trinken müssen«, sagte Schwejk, »wie der junge Tynezkej von uns, was ein ganz vernünftiger Mensch war, aber einmal eine Reise unternommen hat und bis nach Italien

1 Prager Platz.

gekommen is. Der hat auch von nichts anderm gesprochen wie von diesem Italien, daß dort lauter sumpfiges Wasser is und sonst keine Denkwürdigkeiten. Und er hat auch von diesem Sumpfwasser Fieber gekriegt. Es hat ihn viermal im Jahr gepackt. An Allerheiligen, am heiligen Josef, an Peter und Paul und an Maria Himmelfahrt. Wenns ihn gepackt hat, so hat er alle Leute, ganz fremde und unbekannte, grad so erkannt wie Sie. Er hat meintwegen einen x-beliebigen Menschen in der Elektrischen angesprochen, daß er ihn kennt, daß sie sich am Bahnhof in Wien gesehn ham. Alle Leute, was er auf der Gasse begegnet hat, hat er entweder am Bahnhof in Mailand gesehn gehabt, oder er is mit ihnen in Graz im Rathauskeller beim Wein gesessen. Wenn er in der Zeit, wo dieses Sumpffieber über ihn gekommen is, im Wirtshaus gesessen is, so hat er alle Gäste erkannt, alle hat er auf dem Dampfer gesehn gehabt, mit dem er nach Venedig gefahren is. Dagegen hats aber kein anderes Mittel gegeben, als was ein neuer Wärter in der Prager Irrenanstalt gemacht hat. Er hat einen Geisteskranken in Pflege bekommen, was den ganzen lieben Tag nichts anderes gemacht hat, als in einem Winkel sitzen und zählen: ›Eins, zwei, drei, vier, fünf, sechs‹ und wieder vom Anfang: ›Eins, zwei, drei, vier, fünf, sechs.‹ Es war irgendein Professor. Der Wärter hat vor Wut aus der Haut fahren können, wie er gesehn hat, daß dieser Narr nicht über Sechse herauskommen kann. Zuerst hat er im guten mit ihm angefangen, er soll sagen: ›Sieben, acht, neun, zehn.‹ Aber woher! Der Professor hat sich nicht die Bohne drum geschert. Er sitzt im Winkerl und zählt: ›Eins, zwei, drei, vier, fünf, sechs!‹ So hat der Wärter Wut gekriegt, is auf seinen Pflegling zugesprungen und hat ihm, wie dieser ›sechs‹ gesagt hat, eine Watsche gegeben. ›Da hast du sieben‹, sagt er, ›und da hast du acht, neun, zehn.‹ Soviel Zahlen, soviel Ohrfeigen. Der Professor hat sich am Kopf gepackt und hat gefragt, wo er is. Wie er ihm gesagt hat, daß im Irrenhaus, hat er sich schon an alles erinnert, daß er wegen irgendeinem Kometen ins Irrenhaus gekommen is, wie er ausgerechnet hat, daß er übers Jahr am 18. Juni, um 6 Uhr früh, auftauchen wird, und man ihm bewiesen hat, daß sein Komet schon vor vielen Millionen Jahren verbrannt is. Den Wärter hab ich gekannt. Wie der Professor ganz zu sich gekommen is und man ihn entlassen hat, hat er sich ihn als Diener zu sich genommen. Er hat nichts anderes zu tun gehabt, wie dem Herrn Professor jeden Morgen vier Watschen herunterzuhauen, was er gewissenhaft und genau ausgeführt hat.«

»Ich kenne alle Ihre Bekannten in Kiew«, fuhr der Agent der Gegenspionage unermüdlich fort, »war nicht so ein Dicker und so ein Magerer dort mit Ihnen? Jetzt weiß ich nicht, wie sie geheißen haben und von welchem Regiment sie waren . . .«

»Machen Sie sich nix draus«, tröstete ihn Schwejk, »das kann jedem passieren, daß er sich nicht merkt, wie alle dicken und magern Leute heißen. Magere Leute merkt man sich freilich schwerer, weil die meisten Leute auf der Welt mager sind. Sie bilden also eine Mehrheit, wie man sagt.«

»Kamerad«, ließ sich der k. u. k. Schuft klagend vernehmen, »du glaubst mir nicht. Es erwartet uns doch das gleiche Schicksal.«

»Zudem sind wir Soldaten«, sagte Schwejk nachlässig, »dazu ham uns unsere Mütter geboren, damit man uns auf Nudeln zerhackt, bis man uns die Montur anzieht. Und wir machens gern, weil wir wissen, daß unsere Knochen nicht umsonst faulen wern. Wir wern für Seine Majestät den Kaiser und sein Haus falln, für das wir die Herzegowina erobert ham. Aus unsern Knochen wird man Spodium für die Zuckerfabriken erzeugen, das hat uns schon vor Jahren der Herr Lajtnant Zimmer erklärt. ›Ihr Schweinebande‹, hat er gesagt, ›ihr ungebildeten Säue, ihr nutzlosen, indolenten Affen, ihr verwechselt euch die Haxen, wie wenn sie keinen Wert hätten. Wenn ihr mal im Krieg fallen werdet, so macht man aus jedem Knochen von euch 1/2 kg Spodium, aus jedem Mann über 2 kg, Beine und Pratzen, zusammengenommen, und in der Zuckerfabrik wird man Zucker durch euch filtrieren, ihr Idioten. Ihr wißt gar nicht, wie ihr euren Nachkommen noch nachn Tod nützlich sein werdet. Eure Buben wern Kaffee trinken, was mit Zucker gesüßt sein wird, was durch eure Gebeine gegangen is.‹ Einmal bin ich nachdenklich geworn, und er auf mich los, worüber ich nachdenk. ›Melde gehorsamst‹, sag ich, ›ich denk mir so, daß Spodium von den Herrn Offizieren viel teurer sein muß als aus gemeinen Soldaten.‹ Drauf hab ich drei Tage Einzel gekriegt.«

Schwejks Gefährte pochte an die Tür und unterhandelte mit dem Wächter, der etwas in die Kanzlei rief.

Bald darauf holte irgendein Stabsfeldwebel Schwejks Gefährten ab, und Schwejk war wieder allein.

Beim Gehen sagte diese Kreatur laut zum Stabsfeldwebel: »Es ist mein alter Kamerad aus Kiew.«

Volle vierundzwanzig Stunden lang blieb Schwejk allein, die Unterbrechungen abgerechnet, in denen man ihm Essen brachte.

In der Nacht kam er zu der Überzeugung, daß der russische Soldatenmantel wärmer und größer sei als der österreichische und daß es nicht unangenehm ist, wenn eine Maus des Nachts das Ohr eines schlafenden Menschen beschnuppert. Schwejk erschien dies im Schlaf wie ein zärtliches Geflüster, aus dem man ihn im Morgengrauen erweckte, als man ihn abholte.

Schwejk vermag sich heute nicht mehr vorzustellen, was für ein

gerichtliches Forum es war, vor das man ihn an jenem traurigen Morgen führte. Daß es sich um ein Kriegsgericht handelte, darüber bestand kein Zweifel. Beisitzer war sogar irgendein General, dann ein Oberst, ein Major, ein Oberleutnant, ein Leutnant, ein Feldwebel und irgendein Infanterist, der eigentlich nichts anderes machte, als daß er den andern Zigaretten anzündete.

Schwejk wurde nicht viel gefragt.

Der Major zeigte ein etwas größeres Interesse und sprach Tschechisch.

»Sie haben Seine Majestät den Kaiser verraten«, fuhr er Schwejk an.

»Jesusmaria, wann?« rief Schwejk, »ich sollt Seine Majestät den Kaiser verraten ham, unsern durchlauchtigsten Monarchen, für den ich schon soviel gelitten hab?«

»Lassen Sie die Dummheiten«, sagte der Major.

»Melde gehorsamst, Herr Major, daß das keine Dummheit is, Seine Majestät den Kaiser zu verraten. Wir Kriegsvolk ham Seiner Majestät dem Kaiser Treue geschworen, und diesen Eid, wie man im Theater gesungen hat, hab ich als treuer Mann erfüllt.«

»Da haben wirs«, sagte der Major, »hier sind Beweise für Ihre Schuld.« Er zeigte auf einen umfangreichen Aktenstoß.

Das Hauptmaterial hatte der Mann geliefert, den man zu Schwejk gesteckt hatte.

»Sie wollen also noch nicht gestehn?« fragte der Major, »Sie haben doch schon selbst zugegeben, daß Sie die russische Uniform freiwillig als Angehöriger der österreichischen Armee angezogen haben. Ich frage Sie zum letztenmal: Waren Sie dazu durch irgend etwas gezwungen?«

»Ich habe es ohne Zwang getan.«

»Freiwillig?«

»Freiwillig.«

»Ohne Druck?«

»Ohne Druck.«

»Wissen Sie, daß Sie verloren sind?«

»Ich weiß. Vom 91. Regiment hat man mich gewiß schon gesucht, aber erlauben Sie, Herr Major, eine kleine Bemerkung, wie sich Leute freiwillig fremde Kleider anziehn. Im Jahre 1908, einmal im Juli, hat Ihnen der Buchbinder Boschetech aus der Langengasse in Prag in Zbraslaw im alten Arm der Beroun gebadet. Die Kleider hat er sich zwischen die Weiden gelegt, und es war ihm sehr angenehm, wie später noch ein Herr zu ihm ins Wasser gestiegen is. Ein Wort hat das andere gegeben, sie ham sich geneckt, ham sich angespritzt, ham bis Abend getaucht. Dann is der fremde Herr zuerst ausn Wasser gekrochen, daß er herich nachtmahln gehn muß. Der Herr Boschetech is noch eine Weile im Wasser geblieben, und dann is er sich in die Weiden um die Kleider gegangen und hat statt seiner Kleider ein paar zerfetzte Landstreicherkleider und einen Zettel gefunden:

›Ich hab mirs lang überlegt: soll ich — soll ich nicht. Weil wir uns zusamm so schön im Wasser unterhalten ham, so hab ich mir eine Butterblume abgerissen, und das letzte abgerissene Blatt war: Soll! Drum hab ich mir mit Ihnen die Hadern verwechselt. Sie müssen sich nicht fürchten hineinzukriechen. Entlaust sind sie vor einer Woche beim Bezirksamt in Dobrschisch worn. Nächstens geben Sie sich besser acht, mit wem Sie baden. Im Wasser sieht jeder nackte Mensch aus wie ein Abgeordneter und is meintwegen ein Mörder. Sie ham auch nicht gewußt, mit wem Sie gebadet ham. Das Bad ist dafür gestanden. Jetzt gegen Abend is das Wasser am angenehmsten. Kriechen Sie noch mal hinein, damit Sie zu sich kommen.‹

Herrn Boschetech is nichts anderes übriggeblieben, wie zu warten bis es finster wird, und dann hat er sich die Landstreicherkleider angezogen und is in der Richtung nach Prag gegangen. Er is den Bezirksstraßen ausgewichen und is auf Feldwegen über die Wiesen gegangen und is mit der Gendarmeriepatrouille aus Kuchelbad zusammengestoßen. Die hat den Landstreicher verhaftet und am näch-

sten Tag früh nach Zbraslaw zum Bezirksgericht gebracht, denn das könnt jeder sagen, daß er der Josef Boschetech, Buchbinder aus der Langengasse Nr. 16 in Prag is.«
Der Schriftführer, der nur sehr wenig Tschechisch verstand, begriff, daß der Angeklagte die Adresse seines Mitschuldigen angab, deshalb fragte er nochmals: »Ist das genau, Prag Nr. 16, Josef Boschetech?«
»Ob er noch dort wohnt, weiß ich nicht«, antwortete Schwejk, »aber damals im Jahre 1908 hat er dort gewohnt. Er hat sehr hübsch Bücher gebunden, aber es hat lang gedauert, weil er sie zuerst hat lesen müssen und nachn Inhalt gebunden hat. Wenn er ein Buch schwarz beschnitten hat, hats schon niemand mehr lesen müssen. Da hat man gleich gewußt, daß es in dem Roman sehr schlecht ausgefalln is. Wünschen Sie vielleicht noch was Näheres? Daß ich nicht vergeß: er is jeden Tag beim ›Fleck‹ gesessen und hat den Inhalt von allen Büchern erzählt, die er grad zum Einbinden bekommen hat.«
Der Major trat zum Schriftführer und flüsterte ihm etwas zu, worauf dieser in den Akten die Adresse des neuen vermeintlichen Verschwörers Boschetech strich.
Dann wurde diese sonderbare Verhandlung nach Art eines Standgerichts, unter dem Vorsitz des Generals Fink von Finkenstein, fortgesetzt.
So wie mancher Mensch das Steckenpferd hat, Streichholzschachteln zu sammeln, war es wiederum das Steckenpferd dieses Herrn, Standgerichte einzusetzen, obwohl dies in der Mehrzahl der Fälle gegen die Kriegsgerichtsordnung verstieß.
Dieser General pflegte zu sagen, daß er keinen Auditor brauche, daß er das Gericht selbst einsetze und jeder Kerl binnen drei Stunden hängen müsse. Solange er an der Front war, hatte es bei ihm nie Not um ein Standgericht gegeben.
So wie jemand täglich regelmäßig eine Partie Schach, Kegel oder Mariage spielen muß, so ließ dieser treffliche General täglich ein Standgericht zusammentreten, führte den Vorsitz und kündigte mit großem Ernst und großer Freude dem Angeklagten ein Match an.
Wollte man sentimental sein, so müßte man schreiben, daß dieser Mann viele Dutzend Menschen auf dem Gewissen hatte, hauptsächlich im Osten, wo er, wie er sagte, mit der großrussischen Agitation unter den galizischen Ukrainern zu kämpfen hatte. Von seinem Standpunkt aus kann aber nicht die Rede davon sein, daß er jemanden auf dem Gewissen hatte.
Das existierte nicht bei ihm. Hatte er einen Lehrer, eine Lehrerin, einen Popen oder eine ganze Familie auf Grund des Urteils seines Standgerichts hängen lassen, kehrte er ruhig in seine Ubikation zurück, wie ein leidenschaftlicher Mariagespieler zufrieden aus dem

Wirtshaus heimkehrt und darüber nachdenkt, wie man ihm an den Leib gerückt war, wie er »re« gab, sie »supre«, er »tuti«, und wie er gewonnen und hundert und den Siebner gehabt hatte. Er hielt Hängen für etwas Einfaches und Natürliches, gewissermaßen für das tägliche Brot, vergaß bei der Urteilsfällung häufig genug des Kaisers und sagte nicht einmal mehr: »Im Namen Seiner Majestät des Kaisers verurteile ich Sie zum Tode durch den Strang«, sondern verkündete: »Ich verurteile Sie . . .«

Zuweilen gewann er dem Hängen sogar eine komische Seite ab, worüber er auch einmal seiner Gattin nach Wien schrieb: ». . . oder kannst Du Dir zum Beispiel, meine Teure, nicht vorstellen, wie ich letzthin gelacht habe, als ich vor einigen Tagen einen Lehrer wegen Spionage verurteilte. Ich habe einen geübten Menschen zum Hängen, er hat schon eine größere Praxis, es ist ein Feldwebel und betreibt das als Sport. Ich war in meinem Zelt, wie dieser Feldwebel nach dem Urteil zu mir kommt und mich fragt, wo er diesen Lehrer aufhängen soll. Ich sagte ihm, hinter dem nächsten Baum, und jetzt stell Dir die Komik der Situation vor! Wir waren mitten in der Steppe, wo wir weit und breit nichts anderes sahen als Gras und meilenweit kein Bäumchen. Befehl ist Befehl, deshalb nahm der Feldwebel den Lehrer mit einer Eskorte mit, und sie ritten fort, um einen Baum zu suchen. Am Abend kehrten sie zurück, und zwar mit dem Lehrer. Der Feldwebel kam zu mir und fragte mich abermals: ›Woran soll ich den Kerl aufhängen?‹ Ich schimpfte ihn aus, mein Befehl habe doch gelautet, an dem nächsten Baum. Er sagte, daß er es also am Morgen versuchen werde, und am Morgen kam er ganz bleich, der Lehrer sei seit früh verschwunden. Mir kam das so lächerlich vor, daß ich allen verzieh, die ihn bewacht hatten, und noch den Witz machte, daß der Lehrer sich wahrscheinlich selbst nach einem Baum umschaun gegangen war. Also Du siehst, meine Teure, daß wir uns hier nicht langweilen, und sag dem kleinen Willichen, daß der Papa ihn küssen läßt und ihm bald einen lebendigen Russen schicken wird, auf dem Willichen reiten wird wie auf einem Pferdchen. Noch an einen zweiten komischen Vorfall erinnere ich mich, meine Teure. Wir hängten neulich einen Juden wegen Spionage. Der Kerl ist uns in den Weg gelaufen, obwohl er dort nichts zu tun hatte, und hat sich ausgeredet, daß er Zigaretten verkauft. Er ist also gehangen, aber bloß ein paar Sekunden, der Strick riß, und er fiel herunter, kam sofort zur Besinnung und schrie mich an: ›Herr General, ich geh nach Haus, ihr habt mich schon gehängt, nach dem Gesetz kann ich nicht für eine Sache zweimal gehängt werden.‹ Ich brach in ein Gelächter aus, und wir ließen den Juden laufen. Bei uns, meine Teure, geht es lustig zu . . .«

Als General Fink Garnisonskommandant der Festung Przemysl wurde, hatte er nicht mehr so oft Gelegenheit, ähnliche Schauspiele zu arrangieren; deshalb griff er Schwejks Fall mit großer Freude auf.
Schwejk stand also vor einem Tiger, der, im Vordergrund an einem langen Tisch sitzend, eine Zigarette nach der andern rauchte und sich die Aussprüche Schwejks übersetzen ließ, wobei er zustimmend mit dem Kopf nickte.
Der Major stellte den Antrag, an die Brigade eine telegraphische Anfrage zwecks Sicherstellung des augenblicklichen Aufenthaltsortes der 11. Marschkompanie des 91. Regiments zu richten, dem der Angeklagte laut seiner Aussage angehörte.
Der General trat dagegen auf und erklärte, daß dadurch das rasche Verfahren des Standgerichts und die eigentliche Bedeutung dieser Institution illusorisch gemacht werde. Es liege doch das vollständige Geständnis des Angeklagten vor, daß er die russische Uniform angezogen habe, weiter die wichtige Zeugenaussage über das Geständnis des Angeklagten, in Kiew gewesen zu sein. Er beantrage daher, sich zur Beratung zurückzuziehen, damit das Urteil verkündet und sofort vollstreckt werden könne.
Allein der Major beharrte auf seiner Ansicht, es sei nötig, die Identität des Angeklagten festzustellen, da die ganze Angelegenheit von außergewöhnlicher politischer Bedeutung sei. Durch die Feststellung seiner Identität könne man den weiteren Verkehr des Beschuldigten mit den ehemaligen Kameraden von jener Abteilung aufdecken, der er angehörte.
Der Major war ein romantischer Träumer. Er sprach noch davon, daß man eigentlich gewisse Fäden suchen müsse, daß es nicht genüge, einen Menschen zu verurteilen. Die Verurteilung sei nur die Resultante einer bestimmten Untersuchung, die Fäden in sich berge, welche ...
Er konnte sich aus diesen Fäden nicht herauswinden, aber alle verstanden ihn und nickten zustimmend mit dem Kopf, sogar der Herr General, dem diese Fäden so gut gefielen, daß er sich die neuen Standgerichte vorstellte, die an den Fäden des Majors hängen würden. Deshalb protestierte er auch nicht mehr, daß bei der Brigade festgestellt werden sollte, ob Schwejk tatsächlich zum 91. Regiment gehörte und wann beiläufig und gelegentlich welcher Operation der 11. Marschkompanie er zu den Russen übergegangen sei.
Schwejk wurde während der ganzen Dauer dieser Debatte auf dem Gang von zwei Bajonetten bewacht; dann wurde er abermals vor das Gericht geführt und noch einmal gefragt, zu welchem Regiment er eigentlich gehöre. Hierauf wurde er ins Garnisonsgefängnis übergeführt.

Als General Fink nach dem erfolglosen Standgericht heimkehrte, legte er sich aufs Kanapee und dachte darüber nach, wie er eigentlich die ganze Verhandlung beschleunigen könne.
Er war fest überzeugt, daß die Antwort zwar bald, aber dennoch nicht mit jener Geschwindigkeit eintreffen werde, durch die sich seine Standgerichte auszeichneten; außerdem stand jetzt noch die geistliche Tröstung des Verurteilten bevor, was die Vollstreckung des Urteils zwecklos um zwei Stunden hinausschieben würde.
Das ist egal, dachte General Fink, wir können ihm die geistliche Tröstung vor Fällung des Urteils gewähren, noch bevor die Berichte von der Brigade eintreffen. Hängen wird er ohnehin.
General Fink ließ Feldkurat Martinec zu sich rufen.
Das war ein unglücklicher Katechet und Kaplan aus Mähren, der so ein Luder von Pfarrer zum Vorgesetzten gehabt hatte, daß er lieber zum Militär gegangen war. Er war ein wahrhaft religiös veranlagter Mann und gedachte bekümmerten Herzens seines Pfarrers, der langsam, aber sicher der Verderbnis verfiel. Er dachte daran, daß sein Pfarrer wie ein Bürstenbinder Sliwowitz gesoffen und ihm einmal des Nachts mit Gewalt eine herumziehende Zigeunerin ins Bett gesteckt hatte, die er hinter dem Dorfe fand, als er aus einer Branntweinschenke taumelte.
Feldkurat Martinec glaubte, daß er als geistlicher Tröster der Verwundeten und Sterbenden auf dem Schlachtfeld auch die Sünden seines gottvergessenen Pfarrers sühne, der ihn, wenn er des Nachts nach Hause kam, unzähligemal geweckt und gesagt hatte:
»Hänschen, Hänschen! Ein pralles Mädl, das ist mein ganzes Glück.«
Seine Hoffnungen erfüllten sich nicht. Man schob ihn von einer Garnison in die andere, wo er überhaupt nichts anderes zu tun hatte, als in den Garnisonskirchen einmal in vierzehn Tagen vor der Messe den Soldaten zu predigen und der Versuchung zu widerstehen, die vom Offizierskasino ausging, wo Reden geführt wurden, daß die prallen Mädel seines Pfarrers im Vergleich damit Gebete zum Schutzengel waren.
Zu General Fink wurde er für gewöhnlich zur Zeit großer Operationen auf dem Kriegsschauplatz gerufen, wenn irgendein Sieg der österreichischen Armee gefeiert werden sollte; in solchen Fällen arrangierte General Fink mit der gleichen Vorliebe, die er sonst für Standgerichte hatte, Feldmessen.
Dieser Fink war so ein österreichischer Patriot, daß er für den Sieg der reichsdeutschen oder türkischen Waffen nicht betete. Wenn die Reichsdeutschen irgendwo über Frankreich oder England gesiegt hatten, überging er dies am Altar mit völligem Schweigen.
Ein bedeutungsloses Scharmützel einer österreichischen Kundschafter-

abteilung mit einer russischen Vorpatrouille dagegen, die der Stab zu der ungeheuren Seifenblase einer Niederlage der ganzen russischen Armee aufblies, gab General Fink Anlaß zu feierlichen Gottesdiensten, so daß der unglückliche Feldkurat Martinec den Eindruck hatte, General Fink sei gleichzeitig das Oberhaupt der katholischen Kirche in Przemysl.

General Fink entschied auch über das Zeremoniell anläßlich einer solchen Messe und hätte sie am liebsten immer so wie den Fronleichnamstag gesehen.

Er hatte in der Gewohnheit, nach beendeter Elevation zu Pferd auf den Exerzierplatz zum Altar zu galoppieren und dreimal zu rufen: »Hurra – hurra – hurra!«

Feldkurat Martinec, eine gläubige und gerechte Seele, einer der wenigen, die noch an Gott glaubten, ging ungern zu General Fink.

Nachdem der Garnisonskommandant alle Instruktionen erteilt hatte, ließ General Fink stets etwas Scharfes eingießen und erzählte dann die neuesten Anekdoten aus den idiotischsten Bändchen, die von den »Lustigen Blättern« fürs Militär herausgegeben wurden.

Er besaß eine ganze Bibliothek solcher Bändchen mit blödsinnigen Aufschriften wie: »Humor im Tornister für Aug und Ohr«, »Hindenburg-Anekdoten«, »Hindenburg im Spiegel des Humors«, »Der zweite Tornister voll Humor, gefüllt von Felix Schlemper«, »Aus unserer Gulaschkanone«, »Saftige Granatsplitter aus dem Schützengraben« oder folgende Trotteleien: »Unter dem Doppeladler«, »Ein Wiener Schnitzel aus der k. u. k. Feldküche, aufgewärmt von Artur Lokesch«. Bisweilen sang er ihm auch aus der Sammlung lustiger Soldatenlieder das Lied »Wir müssen siegen!« vor, wobei er ununterbrochen etwas Scharfes einschenkte und Feldkurat Martinec nötigte, mit ihm zu trinken und zu grölen. Dann führte er unflätige Reden, bei denen Kurat Martinec mit Kümmernis im Herzen seines Pfarrers gedachte, der hinter General Fink, was derbe Worte betraf, in nichts zurückgestanden hatte.

Kurat Martinec bemerkte mit Entsetzen, daß er moralisch immer mehr verfiel, je öfter er zu General Fink ging.

Dem Unglücklichen begannen die Liköre zu schmecken, die er beim General trank, und auch die Reden des Generals begannen ihm allmählich zu gefallen; er bekam wüste Vorstellungen, und über der Kontuschovka, dem Wacholderschnaps und den Spinnweben auf den Flaschen alten Weins, den ihm General Fink vorsetzte, vergaß er Gott; zwischen den Zeilen des Breviers tanzten vor seinen Augen die Weiber aus den Erzählungen des Generals. Der Abscheu gegen die Besuche beim General ließ allmählich nach.

Der General fand Gefallen an Kurat Martinec, der ihm anfangs als

irgendein heiliger Ignaz von Loyola entgegengetreten war und sich der Umgebung des Generals langsam anpaßte.
Einmal lud der General zwei Schwestern aus dem Feldspital zu sich ein, die dort eigentlich gar nicht bedienstet, sondern nur wegen des Gehalts eingeschrieben waren und ihre Einnahmen durch Prostitution vergrößerten, wie dies in diesen schweren Zeiten üblich war. Er ließ Feldkurat Martinec rufen, der bereits so tief in die Klauen des Teufels gefallen war, daß er nach einer halbstündigen Unterhaltung beide Damen gewechselt hatte, wobei er wie ein Hirsch röhrte und das ganze Kissen auf dem Kanapee bespuckte. Danach warf er sich lange Zeit hindurch diese verworfene Handlung vor, obwohl er sie nicht einmal dadurch gutmachen konnte, daß er in jener Nacht auf dem Heimweg irrtümlich im Park vor der Statue des Baumeisters und Bürgermeisters der Stadt, des Mäzens Herrn Grabowsky, der sich in den achtziger Jahren große Verdienste um Przemysl erworben hatte, andächtig niederkniete.
Nur das Stampfen der Militärwache mengte sich in seine inbrünstigen Worte:
»Richte nicht Deinen Diener, denn kein Mensch wird vor Dir bestehen, so Du ihm nicht läßt Vergebung für alle seine Sünden widerfahren. So sei denn, ich flehe Dich an, Dein Richtspruch nicht allzu hart. Deine Hilfe erbitte ich herab, und in Deine Hände befehle ich meine Seele, o Herr.«
Seit damals machte er einigemal den Versuch, sobald man ihn zu General Fink berief, allen irdischen Freuden zu entsagen und redete sich dabei mit einem verdorbenen Magen aus; er hielt diese Lüge für notwendig, wenn seiner Seele höllische Martern erspart bleiben sollten, denn er war gleichzeitig der Ansicht, daß die militärische Disziplin es erfordere, daß ein Feldkurat, wenn der General ihm sagte: »Sauf, Kamerad«, schon aus bloßer Achtung vor dem Vorgesetzten saufen müsse.
Bisweilen gelang ihm dies allerdings nicht, hauptsächlich wenn der General nach feierlichen Gottesdiensten noch feierlichere Fressereien auf Kosten der Garnisonskassa veranstaltete; das Geld wurde dann auf allerhand Art im Kontor zusammengetrommelt, damit man auch was dran verdiene, und der Feldkurat stellte sich dann immer vor, daß er vor dem Antlitz Gottes moralisch verdammt und zu einem zitternden Menschen geworden sei.
Er ging umher wie im Nebel, und während er in dem Chaos den Glauben an Gott nicht verlor, begann er bereits ganz ernsthaft darüber nachzudenken, ob er sich nicht täglich regelmäßig geißeln sollte.
In einer ähnlichen Stimmung stellte er sich auch jetzt auf Einladung des Generals ein.

General Fink ging ihm strahlend und erfreut entgegen.
»Haben Sie schon«, rief er ihm jubelnd zu, »von meinem Standgericht gehört? Wir werden einen Landsmann von Ihnen hängen.«
Bei dem Wort »Landsmann« schaute Feldkurat Martinec schmerzerfüllt auf den General. Schon einigemal hatte er die Vermutung zurückgewiesen, ein Tscheche zu sein, und hatte bereits unzähligemal erklärt, daß zu seinem mährischen Pfarrersprengel zwei Gemeinden gehörten, eine tschechische und eine deutsche, und daß er oft an einem Sonntag für die Tschechen und am zweiten für die Deutschen predigen müsse; und da in der tschechischen Gemeinde keine tschechische, sondern nur eine deutsche Schule sei, müsse er in beiden Gemeinden deutsch unterrichten, deshalb sei er kein Tscheche. Diese logische Begründung hatte einmal einem Major bei Tisch Anlaß zu der Bemerkung gegeben, daß der Feldkurat aus Mähren eigentlich eine Gemischtwarenhandlung sei.
»Pardon«, sagte der General, »ich habe vergessen, es ist nicht Ihr Landsmann. Er ist Tscheche, ein Überläufer, ein Verräter, hat bei den Russen gedient, wird hängen. Inzwischen aber stellen wir der Form zulieb seine Identität fest, das macht nichts, hängen wird er sofort, wie die telegraphische Nachricht eintrifft.«
Während er den Feldkuraten neben sich auf das Kanapee setzen ließ, fuhr der General lustig fort: »Wenn bei mir ein Standgericht stattfindet, muß alles auch wirklich der Schnelligkeit dieses Gerichts entsprechen, das ist mein Prinzip. Als ich noch zu Kriegsbeginn in Lemberg war, hab ich es zuweg gebracht, daß wir einen Kerl drei Minuten nach Verkündung des Urteils gehängt haben. Das war allerdings ein Jude, aber einen Ruthenen haben wir fünf Minuten nach unserer Beratung gehängt.«
Der General lachte gutmütig: »Beide haben zufällig keinen geistlichen Trost gebraucht. Der Jude war Rabbiner und der Ruthene Pope. Dieser Fall ist allerdings anders, hier handelt es sich darum, einen Katholiken zu hängen. Um die Sache nicht zu verzögern, bin ich auf den kapitalen Einfall gekommen, daß Sie ihm den geistlichen Trost im voraus erteilen sollen; wie gesagt, damit sich die Sache dann nicht verzögert.«
Der General klingelte und befahl dem Diener:
»Bring zwei von der gestrigen Batterie.«
Und während er gleich darauf dem Feldkuraten ein Weinglas füllte, sagte er freundlich: »Trösten Sie sich selbst ein bißchen vor der geistlichen Tröstung ...«
Aus dem vergitterten Fenster, hinter dem Schwejk auf dem Kavallett saß, ertönte in dieser schrecklichen Zeit sein Gesang:

»Wir Soldaten, wir sind Herrn,
Uns ham alle Mädl gern,
Wir fassen viel Geld,
Hams gut auf der Welt . . .
Za rara . . . Eins, zwei . . .«

2

Die geistliche Tröstung

Feldkurat Martinec kam nicht, sondern schwebte im wahrsten Sinn des Wortes zu Schwejk hinein wie eine Balletteuse auf die Bühne. Die himmlische Sehnsucht und eine Flasche alten »Gumpoldskirchner« machten ihn in jener Stunde so leicht wie eine Feder. Ihm schien, daß er sich in jener ernsten und heiligen Stunde Gott nähere, während er sich Schwejk näherte.
Man sperrte hinter ihm die Tür zu, ließ beide allein, und er sagte begeistert zu Schwejk, der auf dem Kavallett saß: »Lieber Sohn, ich bin Feldkurat Martinec.«
Diese Ansprache war ihm den ganzen Weg über am passendsten und gewissermaßen väterlich ergreifend erschienen.
Schwejk erhob sich in seiner Höhle, schüttelte dem Feldkuraten beide Hände und sagte: »Freut mich sehr, mein Name is Schwejk, Ordonnanz von der 11. Marschkompanie, 91. Regiment. Unlängst hat man

unsern Kader nach Bruck an der Leitha transferiert, also setzen Sie sich hübsch neben mich, Herr Feldkurat, und erzähln Sie mir, warum man Sie eingesperrt hat. Sie sind doch im Rang eines Offiziers, da gebührt Ihnen doch der Offiziersarrest, woher denn hier, das Kavallett is ja voller Läuse. Manchmal kommts freilich vor, daß jemand nicht weiß, in welchen Arrest er eigentlich gehört, aber dann is es in der Kanzlei oder zufällig verwechselt worn. Einmal bin ich Ihnen, Herr Feldkurat, im Arrest in Budweis beim Regiment gesessen, und man hat einen Kadettstellvertreter zu mir gebracht. So ein Kadettstellvertreter, das war was Ähnliches wie Feldkurat, nicht Schwein und nicht Maus, hat die Soldaten angebrüllt wie ein Offizier, und wenn was geschehn is, so hat man ihn zwischen die gemeine Mannschaft gesperrt. Das waren Ihnen, Herr Feldkurat, solche Bastarde, daß man sie in der Unteroffiziersküche nicht in die Menage aufgenommen hat, auf die Menage für die Mannschaft ham sie keinen Anspruch gehabt, da waren sie höher, und die Offiziersmenage hat ihnen wieder nicht gebührt. Wir ham ihrer damals fünf dort gehabt, und am Anfang ham sie Ihnen in der Kantine lauter Käsl gefressen, weil sie nirgendwo Menage gekriegt ham, bis dort einmal der Oberlajtnant Wurm auf sie gekommen is und es ihnen verboten hat, weil sichs herich nicht mit der Ehre eines Kardettstellvertreters verträgt, in die Mannschaftskantine zu gehn. Aber was ham sie machen solln, in die Offizierskantine hat man sie nicht gelassen. So sind sie in der Luft gehangen und ham in einigen Tagen so einen Leidensweg durchgemacht, daß einer von ihnen in die Maltsch gesprungen is und einer vom Regiment gegangen is und nach zwei Monaten in die Kaserne geschrieben hat, daß er in Marokko Kriegsminister is. Es waren ihrer vier, weil man den aus der Maltsch lebendig herausgezogen hat, er hat nämlich in der Aufregung, wie er hineingesprungen is, vergessen, daß er schwimmen kann und die Freischwimmerprüfung mit Auszeichnung abgelegt hat. Man hat ihn ins Krankenhaus geschafft, und dort hat man sich wieder keinen Rat mit ihm gewußt, ob man ihn mit einer Offiziersdecke oder mit einer gewöhnlichen für die Mannschaft zudecken soll. So hat man also einen Weg gefunden und hat ihm überhaupt keine Decke gegeben und hat ihn nur in ein nasses Leintuch eingewickelt, so daß er in einer halben Stunde gebeten hat, man soll ihn zurücklassen in die Kaserne, und das war grad der, was man noch ganz naß zu mir eingesperrt hat. Er is ungefähr vier Tage dort gesessen, und es hat ihm sehr gefallen, weil er dort Menage bekommen hat, zwar Arrestantenmenage, aber doch Menage, er hats sicher gehabt, wie man sagt. Am fünften Tag hat man sich ihn geholt, und er is dann nach einer halben Stunde um die Mütze zurückgekommen und hat Ihnen vor Freude geweint.

Er sagt mir: ›Endlich is eine Entscheidung über uns gekommen. Von heut an wern wir Kadettstellvertreter auf der Hauptwache zwischen den Offizieren eingesperrt wern, auf die Menage wern wir uns in der Offiziersküche zuzahlen, und bis sich die Offiziere angegessen ham, so bekommen wir zu essen, schlafen wern wir mit der Mannschaft und Kaffee wern wir auch von der Mannschaftsküche kriegen und Tabak fassen wir auch mit der Mannschaft.‹«

Erst jetzt faßte sich der Feldkurat so weit, daß er Schwejk mit einem Satz unterbrechen konnte, dessen Inhalt in keiner Weise zu dem vorangehenden Gespräch paßte.

»Ja, ja, lieber Sohn! Es gibt Dinge zwischen Himmel und Erde, über die man mit inbrünstigem Herzen und voll Vertrauen in die unendliche Gnade Gottes nachdenken muß. Ich komme, lieber Sohn, um dir den geistlichen Trost zu gewähren.«

Er verstummte, weil ihm das alles irgendwie nicht stimmen wollte. Bereits unterwegs hatte er sich eine vollständige Skizze zu seiner Rede vorbereitet, durch die er den Unglücklichen zur Meditation über sein Leben und zur Verzeihung im Jenseits führen wollte, die ihm zuteil werden sollte, wenn er Buße tat und wirkliche Reue bezeigte.

Nun überlegte er, wie er fortfahren sollte, aber Schwejk kam ihm mit der Frage zuvor, ob er eine Zigarette besitze.

Wenn Feldkurat Martinec bisher Nichtraucher geblieben war, so war dies das einzige, was er von seiner früheren Lebenshaltung beibehalten hatte. Zuweilen, wenn er bei General Fink schon ein wenig benebelt war, versuchte er eine Britannika zu rauchen, aber sofort ging alles wieder heraus, wobei er den Eindruck hatte, daß ihn sein Schutzengel warnend im Hals kitzele.

»Ich rauche nicht, lieber Sohn«, antwortete er Schwejk mit ungewöhnlicher Würde.

»Das wundert mich«, sagte Schwejk. »Ich hab viele Feldkuraten gekannt, aber alle ham geraucht wie die Spiritusfabrik in Zlichow. Einen Feldkurat kann ich mir überhaupt nicht vorstelln, ohne daß er raucht und trinkt. Nur einen hab ich gekannt, was nicht gepafft hat, aber der hat wieder lieber statt zu rauchen Tabak gekaut und beim Predigen die ganze Kanzel bespuckt. – Woher sind Sie denn, Herr Feldkurat?«

»Aus Jitschin«, ließ sich mit gebrochener Stimme k. u. k. Hochwürden Martinec vernehmen.

»Da ham Sie vielleicht eine gewisse Rosa Gandes gekannt, Herr Feldkurat, sie war vorvoriges Jahr in einer Weinstube in der Plattnergasse in Prag angestellt und hat Ihnen auf einmal achtzehn Männer auf Paternität geklagt, weil ihr Zwillinge geboren worn

sind. Der eine von diesen Zwillingen hat ein Aug blau gehabt und das andere war braun, der zweite Zwilling hat ein Aug grau und das andere schwarz gehabt, so hat sie angenommen, daß dran schon vier Herren mit solchen Augen angaschiert sind, was in die Weinstube gegangen sind und etwas mit ihr gehabt ham. Einer von den Zwillingen wieder hat ein krummes Beinchen gehabt wie ein Magistrat, was auch hingegangen is, und das andere hat wieder sechs Zehen auf einem Fuß gehabt, wie ein Abgeordneter, was dort täglicher Gast war. Und jetzt stelln Sie sich vor, Herr Feldkurat, daß achtzehn solche Gäste hingegangen sind, und die Zwillinge ham von jedem ein Merkmal gehabt, von allen achtzehn, mit denen sie entweder in Privatzimmer oder ins Hotel gegangen is. Zum Schluß hat das Gericht entschieden, daß der Vater bei so einem Andrang unbekannt is, und sie hats zum Schluß auf den Weinstubenbesitzer geschoben und hat den Weinstubenbesitzer geklagt, bei dem sie gedient hat, aber er hat bewiesen, daß er schon über zwanzig Jahre auf Grund einer Operation der unteren Extremitäten impotent is.
Dann hat man sie, Herr Feldkurat, zu Ihnen nach Jitschin abgeschoben; draus sieht man am besten, daß, wer nach Macht strebt, gewöhnlich einen alten Dreck kriegt. Sie hat sich an einen halten solln und nicht vorm Gericht behaupten, daß ein Zwilling vom Herrn Abgeordneten is und der zweite vom Herrn Magistrat oder von dem und dem. Jede Geburt von einem Kind kann man leicht ausrechnen. Am Soundsovielten war ich mit ihm im Hotel, und am Soundsovielten is es mir geboren worn. Versteht sich, wenn es eine normale Geburt is, Herr Feldkurat. In solchen Absteigs findet sich immer für einen Fünfer ein Zeuge, zum Beispiel der Hausknecht oder das Stubenmädchen, was das beschwören, daß er wirklich in dieser Nacht mit ihr dort war und daß sie ihm noch gesagt hat, wie sie über die Stiegen hinuntergegangen sind: ›Und was, wenn was draus wird?‹ und er, daß er ihr drauf geantwortet hat: ›Mach dir keine Sorgen, Mauserl, ums Kind wer ich mich schon kümmern.‹«
Der Feldkurat wurde nachdenklich, und die ganze geistliche Tröstung schien ihm jetzt irgendwie schwierig. Er hatte sich zwar schon vorher einen ganzen Plan entworfen, wie und was er sprechen werde: von der allerhöchsten Gnade am Tag des Jüngsten Gerichts, an dem alle Kriegsverbrecher mit dem Strick um den Hals aus dem Grabe auferstehen und, falls sie Buße tun, in Gnade aufgenommen werden, genauso wie jener Halunke aus dem Neuen Testament.
Er hatte eine der schönsten geistlichen Tröstungen vorbereitet, die aus drei Teilen bestehen sollte. Zuerst wollte er davon sprechen, daß der Tod durch den Strang für einen mit Gott vollständig ausgesöhnten Menschen ein leichter sei. Das Kriegsgesetz strafe den Schuldigen

für den Verrat an Seiner Majestät dem Kaiser, der der Vater seiner Soldaten ist, so daß das kleinste Vergehen gegen ihn wie Vatermord, wie eine Beschimpfung des Vaters anzusehen sei. Dann wollte er die Theorie entwickeln, daß Seine Majestät der Kaiser von Gottes Gnaden und von Gott zur Verwaltung der weltlichen Angelegenheiten eingesetzt sei, so wie der Papst zur Verwaltung der geistlichen Dinge. Ein am Kaiser geübter Verrat sei ein an Gott dem Herrn selbst verübter Verrat. Den Kriegsverbrecher erwarte also außer dem Strick eine ewige Strafe und die ewige Verdammnis des Lästerers. Wenn jedoch die irdische Gerechtigkeit in Anbetracht der militärischen Disziplin das Urteil nicht aufheben könne und den Verbrecher hängen müsse, so sei noch nicht alles verloren, soweit es sich um die zweite, für die Ewigkeit bestimmte Strafe handle. Der Mensch könne sie mit einem ausgezeichneten Zug parieren, indem er Buße tut.
Der Feldkurat hatte sich diese ergreifende Szene vorgestellt, die ihm selbst dort oben zur Streichung aller Anmerkungen über seine eigene Tätigkeit und sein Wirken in der Wohnung General Finks in Przemysl verhelfen sollte.
Er hatte sich ausgemalt, wie er ihn, den Verurteilten, als Einleitung anbrülln werde: »Tue Buße, Sohn, knien wir zusammen nieder!«
Und wie dann in der stinkenden, verlausten Zelle das Gebet ertönen werde: »O Gott, dessen Eigenschaft es ist, sich immer wieder zu erbarmen und zu vergeben, ich bitte flehentlich für die Seele dieses Kriegers, dem du befohlen hast, diese Welt auf Grund des Urteils des Standgerichts in Przemysl zu verlassen. O hilf, daß dieser Infanterist in seiner flehentlichen und vollkommenen Buße die höllischen Qualen nicht erfahre und der ewigen Freuden teilhaftig werde.«
»Mit Verlaub, Herr Feldkurat. Sie sitzen schon fünf Minuten da wie abgestochen, wie wenn Sie das Gespräch gar nichts angehn möcht. Ihnen merkt man gleich an, daß Sie zum erstenmal im Arrest sind.«
»Ich bin«, sagte der Feldkurat ernst, »wegen des geistlichen Trostes gekommen.«
»Das is merkwürdig, was Sie fort mit dem geistlichen Trost ham, Herr Feldkurat. Ich fühl mich nicht so stark, um Ihnen einen geistlichen Trost zu gewähren. Sie sind nicht der erste, was hinter Katr gekommen is. Übrigens, damit ich Ihnen die Wahrheit sag, Herr Feldkurat, ich hab nicht die Beredsamkeit, daß ich jemandem in seiner schwierigen Lage einen Trost geben könnt. Einmal hab ichs probiert, aber es is nicht besonders gut ausgefalln, setzen Sie sich hübsch neben mich, und ich wers Ihnen erzähln. Wie ich in der Opatowitzergasse gewohnt hab, so hab ich dort einen Kameraden, einen gewissen Faustin gehabt, einen Portier aus einem Hotel. Er war ein sehr braver Mensch, ehrlich und strebsam. Wos ein Straßen-

mädl gegeben hat, hat ers gekannt, und Sie hätten zu jeder beliebigen Nachtzeit zu ihm ins Hotel kommen können, Herr Feldkurat, und ihm sagen: ›Herr Faustin, ich brauch ein Fräulein‹, und er hätt Sie gleich gewissenhaft gefragt, ob Sie eine Blondine haben wolln oder eine Brünette, kleiner, größer, dünn, dick, eine Deutsche, eine Tschechin oder eine Jüdin, ledig, geschieden oder eine verheiratete Frau, intelligent oder ohne Intelligenz.« Schwejk schmiegte sich vertraulich an den Feldkuraten und fuhr fort, indem er ihn um die Taille faßte: »Sagen wir also, Herr Feldkurat, Sie hätten gesagt: ›Ich brauch eine Blondine mit hübschen Beinen, Witwe, ohne Intelligenz‹ und in zehn Minuten hätten Sie sie samtn Taufschein im Bett gehabt.«
Dem Feldkuraten ward allmählich heiß, und Schwejk sprach weiter, während er den Feldkuraten mütterlich an sich drückte: »Sie möchten nicht glauben, Herr Feldkurat, was der Herr Faustin für einen Sinn für Sittlichkeit und Ehrlichkeit gehabt hat. Von den Weibern, was er auf Zimmer vermittelt und geliefert hat, hat er Ihnen keinen Kreuzer Trinkgeld genommen, und wenn sich manchmal eine von den Weibern vergessen hat und ihm was zustecken wollt, da hätten Sie sehn solln, wie er sich aufgeregt hat und angefangen hat, sie anzuschreien: ›Du Sau, du, wenn du deinen Körper verkaufst und eine Todsünde begehst, so denk nicht, daß es mir auf ein Sechserl von dir ankommt. Ich bin kein Kuppler nicht, du schamlose Hure. Ich tus nur aus Mitleid mit dir, damit, wenn du schon so verkommen bist, deine Schande nicht öffentlich den Vorübergehenden preisgeben mußt, damit dich in der Nacht nicht irgendwo die Patrouille erwischt, daß du dann drei Tage lang auf der Polizeidirektion den Boden waschen mußt. So bleibst du wenigstens im Warmen und niemand sieht, wie tief du schon gesunken bist.‹ Er hat sichs bei den Gästen eingebracht, obzwar er nicht Geld nehmen wollt wie ein Zuhälter. Er hat seine Taxe gehabt: blaue Augen ham einen Sechser gekostet, schwarze fünfzehn Kreuzer, und er hat das alles geradezu detailliert, wie eine Rechnung hat ers auf einem Stückel Papier ausgerechnet, was er dem Gast gereicht hat. Es waren sehr mäßige Vermittlungsgebühren. Auf ein Frauenzimmer ohne Intelligenz hats einen Zuschlag von einem Sechser gegeben, weil er von dem Grundsatz ausgegangen is, daß so ein ordinäres Waserl mehr unterhält als irgendeine gebildete Dame. Einmal gegen Abend kommt Ihnen der Herr Faustin eher aufgeregt und außer Rand und Band zu mir in die Opatowitzergasse, wie wenn man ihn grad unter dem Schutzrahmen von der Elektrischen herausgezogen und ihm dabei die Uhr gestohlen hätt. Zuerst hat er überhaupt nichts gesprochen; er hat nur eine Flasche Rum aus der Tasche herausgezogen, hat getrunken, hat sie mir gereicht und gesagt: ›Trink!‹ So hamr nichts gespro-

chen, erst bis wir die Flasche ausgetrunken gehabt ham, sagt er auf einmal: ›Kamerad, sei so gut, tu mir was zu Gefalln. Mach das Fenster auf die Gasse auf, ich wer mich aufs Fenster setzen, und du packst mich bei den Füßen und wirfst mich ausn dritten Stock herunter. Was andres brauch ich schon nicht vom Leben, ich will nur den letzten Trost ham, daß sich ein guter Kamerad gefunden hat, was mich in eine bessere Welt schafft. Ich kann nicht länger leben in dieser Welt, ich, ich ehrlicher Mensch, bin wegen Kuppelei angeklagt wie irgendein Zuhälter aus der Judenstadt. Unser Hotel is doch erstklassig, alle drei Stubenmädchen und auch meine Frau ham Büchel und sind dem Herrn Doktor für die Visite keinen Kreuzer schuldig. Wenn du mich nur bißchen gern hast, wirf mich ausn dritten Stock herunter, gewähr mir diesen letzten Trost.‹ Ich hab ihm gesagt, er soll also aufs Fenster klettern und hab ihn auf die Straße heruntergeworfen. – Erschrecken Sie nicht, Herr Feldkurat.«
Schwejk stieg auf die Pritsche, wobei er den Feldkuraten mit sich zog: »Sehn Sie, Herr Feldkurat, so hab ich ihn gepackt und schups mit ihm herunter.«
Schwejk hob den Feldkuraten in die Höh, ließ ihn auf den Fußboden fallen und fuhr unentwegt fort, während der erschrockene Feldkurat auf dem Boden seine Knochen zusammenklaubte: »Sehn Sie, Herr Feldkurat, daß Ihnen nix geschehn is, und ihm auch nicht, dem Herrn Faustin, nämlich es war nur ungefähr dreimal so hoch. Nämlich der Herr Faustin war Ihnen vollständig besoffen und hat vergessen, daß ich in der Opatowitzergasse ganz niedrig im Erdgeschoß gewohnt hab und nicht mehr im dritten Stock, wie ein Jahr vorher, wie ich in der Krschemenetzgasse gewohnt hab, und er zu mir auf Besuch gekommen is.«
Der Feldkurat schaute von der Erde entsetzt zu Schwejk empor, der, auf der Pritsche stehend, über ihm mit den Armen fuchtelte.
Den Kuraten überkam der Gedanke, daß er es mit einem Wahnsinnigen zu tun habe, deshalb wandte er sich mit den Worten: »Ja, lieber Sohn, es war kaum dreimal so hoch«, langsam rücklings zur Tür, an die er plötzlich mit einem so fürchterlichen Gebrüll zu trommeln begann, daß man ihm sofort öffnete.
Schwejk sah durch das vergitterte Fenster, wie der Feldkurat in Begleitung der Wache eilig über den Hof schritt, wobei er heftig gestikulierte.
Jetzt führen sie ihn wahrscheinlich auf die ›Magorka‹[1], dachte Schwejk, sprang von der Pritsche und sang, im Stechschritt auf und ab marschierend:

1 Tschechische Soldatenbezeichnung für Irrenabteilung.

»Den Ring, den du mir gegeben, den trag ich nicht mehr,
Mordje, warum denn nicht?
Bis ich bei meinem Regiment bin
Lad ich ihn in das Gewehr . . .«

Einige Minuten später meldete man den Feldkuraten bei General Fink. Beim General gab es wiederum große »Sitzung«, bei der zwei liebenswürdige Damen, Wein und Likör die Hauptrolle spielten. Sämtliche Mitglieder des Standgerichts waren hier versammelt – mit Ausnahme des gemeinen Infanteristen, der ihnen am Morgen die Zigaretten angezündet hatte.
Der Feldkurat schwebte wiederum so märchenhaft wie ein Gespenst zu den Versammelten hinein. Er war bleich, aufgeregt und würdevoll wie ein Mensch, der das Bewußtsein hat, unschuldig geohrfeigt worden zu sein.
General Fink, der in der letzten Zeit den Feldkuraten in sein Herz geschlossen hatte, zog ihn zu sich auf das Kanapee und fragte ihn mit trunkener Stimme: »Was ist dir geschehn, geistlicher Trost?«
Dabei warf eine der lustigen Damen eine Zigarette auf den Feldkuraten. »Trinken Sie, geistlicher Trost«, sagte General Fink, während er dem Feldkuraten in einen großen grünen Pokal Wein einschenkte. Da der Kurat nicht gleich trank, begann der General ihm eigenhändig den Wein einzuflößen, und hätte der Kurat nicht wacker gesoffen, wäre alles danebengegangen.
Dann erst wurde der Feldkurat befragt, wie sich der Verurteilte bei der Verabreichung des geistlichen Trostes verhalten habe. Der Feldkurat stand auf und sagte mit einer Stimme voller Tragik: »Er ist wahnsinnig geworden!«
»Das hat ein ausgezeichneter geistlicher Trost sein müssen«, lachte der General, worauf alle in ein fürchterliches Gelächter ausbrachen; beide Damen begannen abermals auf den Feldkuraten Zigaretten zu werfen.
Am Ende des Tisches schlummerte in einem Lehnstuhl der Major, der schon ein bißchen zuviel getrunken hatte; jetzt erwachte er aus seiner Apathie, goß schnell in zwei Weingläser Likör, bahnte sich über die Stühle hinweg einen Weg zum Feldkuraten und zwang den verwirrten Diener Gottes, mit ihm Bruderschaft zu trinken. Dann wälzte er sich wieder auf seinen Platz zurück und döste weiter.
Mit diesem Trank fiel der Feldkurat in die Schlingen des Teufels, der aus allen Flaschen auf dem Tisch, aus den Blicken und Lächeln der lustigen Damen, die ihm gegenüber ihre Beine auf den Tisch gelegt hatten, seine Arme nach ihm ausstreckte, so daß ihn Beelzebub aus lauter Spitzen ansah.

Bis zum letzten Augenblick blieb der Feldkurat überzeugt, daß es um seine Seele gehe und daß er ein Märtyrer sei.
Das drückte er auch in einer Meditation an die beiden Burschen des Generals aus, die ihn ins Nebenzimmer auf das Kanapee trugen.
»Ein trauriges, allein erhabenes Schauspiel eröffnet sich euren Augen, wenn ihr euch unbefangen und reinen Sinns der vielen berühmten Dulder erinnert, die Opfer ihres Glaubens wurden und unter dem Namen Märtyrer bekannt sind. An mir seht ihr, wie der Mensch sich über mannigfache Leiden erhaben fühlt, wenn in seinem Herzen Wahrheit und Tugend wohnen, die ihn zur Gewinnung eines glorreichen Sieges über die gräßlichsten Leiden wappnen.«
In diesem Augenblick kehrten sie ihn mit dem Gesicht zur Wand, und er schlief sofort ein.
Er schlief einen unruhigen Schlaf.
Ihm träumte, daß er tagsüber die Pflichten eines Feldkuraten ausübe und am Abend statt Faustins, den Schwejk aus dem dritten Stockwerk geworfen hatte, Hotelportier sei.
Von allen Seiten langten beim General Klagen gegen ihn ein; er habe einem Gast statt einer Blondine eine Brünette, statt einer geschiedenen intelligenten Frau eine Witwe ohne Intelligenz geliefert.
Er erwachte am Morgen, verschwitzt wie eine Maus, sein Magen schaukelte, als befinde er sich auf einer Seereise, und ihm schien, daß sein Pfarrer in Mähren gegen ihn ein Engel sei.

3

Schwejk wiederum bei seiner Marschkompanie

Jener Major, der am Vormittag des vorhergehenden Tages während der Verhandlung mit Schwejk als Auditor fungiert hatte, war der nämliche Offizier, der am Abend beim General mit dem Feldkuraten Bruderschaft getrunken und weitergeschlummert hatte.
Fest steht, daß niemand wußte, wann und wie der Major in der Nacht den General verlassen hatte. In dem Zustand, in dem sich alle Anwesenden befanden, bemerkte niemand seine Abwesenheit; der General verwechselte sogar, wer eigentlich sprach. Der Major war bereits seit zwei Stunden nicht mehr zugegen, aber der General drehte sich dennoch den Schnurrbart und rief mit idiotischem Lachen: »Gut haben Sie das gesagt, Herr Major!«
Am Morgen konnte man den Major nirgends finden. Sein Mantel hing im Vorzimmer, der Säbel an dem Kleiderhaken, und nur seine Offiziersmütze fehlte. Man nahm an, daß er vielleicht irgendwo auf einem Klosett im Hause eingeschlafen sei, durchsuchte alle Klosetts,

fand ihn aber nirgends. Statt seiner entdeckte man im zweiten Stock einen schlafenden Oberleutnant aus der Gesellschaft des Generals, der kniend, mit dem Mund über der Öffnung, schlief, so wie ihn der Schlaf beim Erbrechen übermannt hatte.
Der Major war wie ins Wasser gefallen.
Hätte aber jemand hinter das vergitterte Fenster der Zelle geschaut, in der Schwejk eingesperrt war, dann hätte er gesehen, wie unter Schwejks russischem Soldatenmantel zwei Personen auf einem Kavallett schliefen und unter dem Mantel zwei Paar Stiefel hervorguckten.
Die mit den Sporen gehörten dem Major, die ohne Sporen Schwejk.
Die beiden lagen aneinandergeschmiegt wie zwei Kätzchen. Schwejk hatte die Pratze unter den Kopf des Majors geschoben, und der Major hielt Schwejks Leib umfangen, während er sich an ihn drückte wie ein junger Hund an die Hündin.
Daran war nichts Rätselhaftes. Es war nichts anderes als die Erfüllung der Obliegenheiten des Herrn Majors.
Auch euch ist gewiß schon folgendes widerfahren. Ihr sitzt mit jemandem beisammen und trinkt die ganze Nacht hindurch bis zum nächsten Vormitag, und plötzlich packt sich euer Zechgenossse am Kopf, springt auf und schreit: »Jesusmaria, ich hab um acht Uhr im Amt sein solln!« Das ist ein sogenannter Anfall von Pflichtbewußtsein, der sich gewissermaßen als aufgepfropftes Produkt von Gewissensbissen einstellt. Einen Menschen, den dieser Anfall erfaßt, bringt nichts von der heiligen Überzeugung ab, daß er augenblicklich im Amt ersetzen muß, was er versäumt hat. Das sind jene Gestalten ohne Hut, die der Portier in den Ämtern auf dem Gang abfängt und in seiner Klappe aufs Kanapee legt, damit sich der Betreffende ausschläft.
Einen ähnlichen Anfall bekam der Major.
Als er im Lehnstuhl erwachte, fiel ihm plötzlich ein, daß er Schwejk augenblicklich verhören müsse. Dieser Anfall amtlicher Pflichten kam so plötzlich und rasch und wurde so eilig und entschlossen ausgeführt, daß überhaupt niemand das Verschwinden des Majors bemerkte.
Um so fühlbarer machte sich die Anwesenheit des Majors in der Wachstube des Militärarrestes. Er platzte hinein wie eine Bombe.
Der diensthabende Feldwebel schlief am Tisch, und ringsumher schlummerte die übrige Mannschaft in den verschiedensten Stellungen.
Der Major mit der schiefgerückten Mütze fluchte so kräftig, daß alle mitten im Gähnen innehielten; ihre Gesichter wurden zu Fratzen, und den Major blickte nicht ein Haufen Soldaten verzweifelt und

affektiert an, sondern ein Haufen grimassenschneidender Affen. Der Major schlug mit der Faust auf den Tisch und brüllte den Feldwebel an: »Sie indolenter Kerl, ich hab Ihnen schon tausendmal gesagt, daß Ihre Leute eine beschissene Saubande sind.« Während er sich an die erschrockene Mannschaft wandte, schrie er: »Soldaten! Euch schaut sogar, wenn ihr schlaft, die Blödheit aus den Augen, und wenn ihr aufwacht, ihr Kerle, so benehmt ihr euch, wie wenn jeder von euch einen Waggon Dynamit aufgefressen hätt.«
Hierauf folgte eine lange und ausgiebige Predigt über die Pflichten der Wachmannschaft und die Aufforderung, ihm sofort den Arrest zu öffnen, in dem sich Schwejk befinde, er wolle den Delinquenten einem neuen Verhör unterwerfen.
So kam also der Major in der Nacht zu Schwejk.
Er kam zu ihm in einem Stadium, in dem — wie man zu sagen pflegt — alles zum Reifen gekommen war. Sein letzter Ausbruch bestand in der Anordnung, ihm die Arrestschlüssel zu übergeben. Der Feldwebel lehnte dies, gleichsam in einer letzten verzweifelten Erinnerung an seine Obliegenheiten, ab, was auf den Major plötzlich einen großartigen Eindruck machte.
»Ihr beschissene Saubande«, schrie er auf dem Hof, »wenn ihr mir so die Schlüssel in die Hand gegeben hättet, ich hätt euch gezeigt!«
»Melde gehorsamst«, antwortete der Feldwebel, »daß ich gezwungen bin, Sie einzusperren und Ihrer Sicherheit wegen zum Arrestanten eine Wache zu stellen. Bis Sie herauszugehen wünschen, klopfen Sie bitte an die Tür, Herr Major.«
»Du Dummkopf«, sagte der Major, »du Pavian, du Kamel, denkst du denn, daß ich mich vor dem Arrestanten fürchte, daß du mir eine Wache zu ihm stelln willst, wenn ich ihn verhören werde? Kruzihimmeldonnerwetter, sperrt mich ein, und schaut schon, daß ihr draußen seid!«
In der Öffnung über der Tür strömte eine vergitterte Petroleumlampe mit herabgezogenem Docht ein mattes Licht aus, so schwach, daß der Major den erwachten Schwejk kaum finden konnte, der in militärischer Haltung bei seinem Kavallett stand und wartete, was sich aus diesem Besuch entwickeln werde.
Schwejk überkam der Einfall, daß es am besten sein werde, dem Herrn Major Rapport zu erstatten, deshalb rief er energisch: »Melde gehorsamst, Herr Major, ein eingesperrter Mann, sonst nichts vorgefallen.«
Der Major konnte sich plötzlich nicht erinnern, wozu er eigentlich hierhergekommen sei, deshalb sagte er: »Ruht! Wo hast du den eingesperrten Mann?«
»Das bin ich, melde gehorsamst, Herr Major«, sagte Schwejk stolz.

Der Major beachtete diese Antwort aber nicht, denn die Weine und Liköre des Generals begannen in seinem Hirn die letzte alkoholische Reaktion hervorzurufen. Er gähnte so fürchterlich, daß sich jeder Zivilist die Kinnladen verrenkt hätte. Beim Major verschob dieses Gähnen seine Gedanken jedoch in jene Gehirnwindungen, die beim Menschen der Sitz der Gabe des Gesanges sind. Er fiel völlig ungezwungen auf Schwejks Kavallett und kreischte wie ein abgestochenes Schwein vor dem Tode:

»O Tannenbaum! O Tannenbaum,
wie schön sind deine Blätter!«

was er einigemal hintereinander wiederholte, wobei er unverständliche Schreie in das Lied mengte.
Dann wälzte er sich auf den Rücken wie ein kleiner Bär, rollte sich im Winkel zusammen und begann zu schnarchen.
»Herr Major«, weckte ihn Schwejk, »melde gehorsamst, Sie wern Läuse kriegen.«
Es nützte aber nichts. Der Major schlief wie ins Wasser gefallen.
Schwejk blickte ihn zärtlich an und sagte: »Also schlaf nur, du Schnapsnase«, und deckte ihn mit dem Mantel zu. Später kroch er zu ihm, und so fand man sie denn am Morgen eng aneinandergeschmiegt.
Gegen neun Uhr, als die Jagd nach dem Major ihren Gipfelpunkt erreichte, kroch Schwejk vom Kavallett und hielt es für angezeigt, den Herrn Major zu wecken. Er rüttelte ihn einigemal sehr gründlich und nahm ihm den russischen Mantel ab; schließlich setzte sich der Major auf dem Kavallett auf, schaute stumpf auf Schwejk und suchte bei ihm die Lösung des Rätsels: was war eigentlich vorgefallen?
»Melde gehorsamst, Herr Major«, sagte Schwejk, »daß man schon paarmal ausn Wachzimmer nachschaun war, ob Sie noch am Leben sind. Drum hab ich mir erlaubt, Sie jetzt zu wecken, weil ich nicht weiß, wie lang Sie gewöhnlich schlafen, damit Sie am Ende nicht verschlafen. Im Bräuhaus in Ourschinovetz war Ihnen ein Tischler, der hat immer bis sechs Uhr früh geschlafen, wenn er aber verschlafen hat, meinetwegen nur ein Viertelstündchen, bis viertel sieben, so hat er dann schon bis Mittag geschlafen, und das hat er so lang gemacht, bis man ihn aus der Arbeit herausgeworfen hat, und er hat Ihnen dann vor Wut das Verbrechen der Beleidigung eines Mitglieds unseres Herrscherhauses begangen.«
»Du bist blöd, gelt?« sagte der Major in gebrochenem Tschechisch, nicht ohne den Unterton einer gewissen Verzweiflung, weil ihm nach dem gestrigen Abend der Kopf herumging wie ein Mühlrad und er in keiner Weise eine Antwort darauf fand, warum er eigentlich hier

sitze, wieso er aus der Wachstube hergekommen sei und warum der Kerl, der vor ihm stand, solchen Blödsinn quatschte, der weder Hand noch Fuß hatte. Das alles kam ihm furchtbar komisch vor. Undeutlich erinnerte er sich, daß er schon einmal in der Nacht hier gewesen war, aber wozu?
»War ich schon hier bei Nacht?« fragte er unsicher.
»Zu Befehl, Herr Major«, antwortete Schwejk, »wie ich den Reden des Herrn Major entnommen hab, is mich, melde gehorsamst, der Herr Major verhören gekommen.«
Und da leuchtete es im Kopf des Majors auf, und er schaute auf sich selbst und dann hinter sich, als ob er etwas suchen würde.
»Machen Sie sich nicht die geringsten Sorgen, Herr Major«, sagte Schwejk, »Sie sind grad so aufgekommen, wie Sie hergekommen sind. Sie sind ohne Mantel gekommen, ohne Säbel und mit der Mütze. Die Mütze is dort, ich hab sie Ihnen aus der Hand nehmen müssen, weil Sie sie sich ham untern Kopf geben wolln. Eine Paradeoffiziersmütze, das is so wie ein Zylinder. Aufn Zylinder schlafen, das hat nur ein gewisser Herr Karderaz in Loděnic getroffen. Der hat sich im Wirtshaus auf den Bauch ausgestreckt, hat sich den Zylinder untern Kopf gegeben, er hat nämlich bei Begräbnissen gesungen und is auf jedes Begräbnis im Zylinder gegangen; er hat sich also hübsch den Zylinder untern Kopf gegeben und hat sich suggeriert, daß er ihn nicht durchdrücken darf, und hat die ganze Nacht auf irgendeine Art mit einem unbedeutenden Körpergewicht über ihm geschwebt, so daß es dem Zylinder überhaupt nicht geschadet hat, sondern noch eher genützt hat, weil er ihn, wie er sich von einer Seite auf die andere umgedreht hat, langsam mit seinen Haaren gebürstet hat, bis er ihn ausgebügelt gehabt hat.«
Der Major, der bereits wußte, um was es sich handelte, hörte nicht auf, stumpf auf Schwejk zu schauen, und wiederholte nur: »Du bist blöd, gelt? Ich bin also hier und geh jetzt weg.« Stand auf, schritt zur Tür und trommelte auf sie.
Bevor man öffnete, sagte er noch zu Schwejk: »Wenn kein Telegramm kommt, daß du du bist, wirst du hängen!«
»Herzlichsten Dank«, sagte Schwejk, »ich weiß, Herr Major, daß Sie sich sehr um mich kümmern, aber wenn Sie, Herr Major, hier am Kavallett vielleicht eine erwischt ham, so sein Sie überzeugt, wenn sie klein is und einen rötlichen Hintern hat, so is es ein Männchen, und wenns nur eine is und Sie nicht so eine lange mit rötlichen Streifen aufn Bauch finden, so is es gut, denn sonst is es ein Pärchen, und diese Luder vermehren sich unglaublich, noch mehr wie Kaninchen.«
»Lassen Sie das!« sagte der Major niedergeschlagen zu Schwejk, als ihm dieser die Tür öffnete.

Der Major machte in der Wachstube keine Szene mehr; er befahl ganz gemessen, man möge eine Droschke holen, und während die Droschke über das elende Pflaster Przemysls ratterte, hatte er nur die Vorstellung im Kopf, daß der Delinquent zwar ein Idiot ersten Ranges, wahrscheinlich aber dennoch nur ein unschuldiges Rindvieh sei. Soweit es sich um ihn selbst, den Major handle, so bleibe ihm nichts anderes übrig, als sich entweder sofort nach seiner Ankunft in der Wohnung zu erschießen oder sich beim General Mantel und Säbel holen zu lassen, ins Stadtbad zu fahren, sich nach dem Bad in der Weinstube beim Vollgruber aufzuhalten, den Appetit aufzufrischen und telephonisch für den Abend eine Eintrittskarte zur Vorstellung im Stadttheater zu bestellen.
Bevor er seine Wohnung erreichte, entschloß er sich für das letztere.
In der Wohnung erwartete ihn eine kleine Überraschung. Er war gerade zur rechten Zeit gekommen . . .
Auf dem Gang seiner Wohnung stand General Fink, hielt den Burschen des Majors am Kragen fest und brüllte ihn an: »Wo hast du deinen Major, Rindvieh? Sprich, du Tier!«
Das Tier sprach aber nicht, weil es im Gesicht blau wurde, so fest würgte es der General.
Der Major bemerkte beim Eintreten, daß der unglückliche Putzfleck den vermißten Mantel und Säbel, die er offenbar aus dem Vorzimmer des Generals gebracht hatte, unter der Achsel festhielt.
Die Szene begann den Major sehr zu amüsieren, deshalb blieb er in der halbgeöffneten Tür stehen und fuhr fort, auf die Leiden seines treuen Dieners zu blicken, der die merkwürdige Eigenschaft besaß, dem Major schon seit langem wegen verschiedener Diebereien im Magen zu liegen.
Der General ließ den blaugewordenen Burschen für einen Augenblick los, und zwar deshalb, um aus der Tasche ein Telegramm zu ziehen, mit dem er den Putzfleck des Majors aufs Maul und auf die Lippen zu schlagen begann, wobei er schrie:
»Wo hast du deinen Major, du Rindvieh, wo hast du deinen Major-*Auditor*, du Rindvieh, damit du ihm ein amtliches Telegramm übergeben kannst?«
»Hier bin ich!« rief Major Derwota, den die Kombination der Worte: Major-Auditor und Telegramm neuerlich an eine gewisse Pflicht erinnerte.
»Ah!« rief General Fink, »du kommst zurück?« In der Betonung lag so viel Bosheit, daß der Major nicht antwortete und unentschlossen stehenblieb.
Der General sagte ihm, er möge mit ihm ins Zimmer kommen, und als sie sich an den Tisch setzten, warf der General das an dem Bur-

schen zerfetzte Telegramm auf den Tisch und sagte mit tragischer Stimme: »Lies, das ist dein Werk!«
Während der Major das Telegramm las, erhob sich der General vom Stuhl, lief im Zimmer auf und ab, warf Stühle und Taburetts um und schrie: »Und ich werde ihn doch hängen!«
Das Telegramm lautete folgendermaßen:
»Infanterist Josef Schwejk, Ordonnanz der 11. Marschkompanie, ist am 16. d. M. beim Übergang Chyrow–Feldstein bei einem Dienstwege als Quartiermacher verlorengegangen. Infanterist Schwejk ist unverzüglich zum Brigadekommando nach Wojalycza zu überführen.«
Der Major öffnete das Tischfach, zog eine Landkarte heraus und wurde nachdenklich; Feldstein lag 40 km südöstlich von Przemysl, so daß das schreckliche Rätsel auftauchte, auf welche Weise der Infanterist Schwejk an über 150 km von der Front entfernten Orten zu einer russischen Uniform gekommen sein konnte, da die Front in der Linie Sokal–Turze–Kozlow verlief.
Als der Major dies dem General mitteilte und ihm auf der Landkarte die Stelle zeigte, wo Schwejk dem Telegramm zufolge vor einigen Tagen verlorengegangen war, brüllte der General wie ein Stier, denn er fühlte heraus, daß all seine Hoffnungen auf ein Standgericht

zuschanden wurden. Er ging zum Telephon, ließ sich mit der Wachstube verbinden und erteilte den Befehl, ihm den Arrestanten Schwejk augenblicklich in der Wohnung des Majors vorzuführen.
Bevor der Befehl erfüllt wurde, gab der General unzähligemal durch fürchterliche Flüche sein Mißfallen darüber kund, daß er Schwejk nicht auf eigenes Risiko ohne jede Untersuchung sofort hatte hängen lassen.
Der Major opponierte und sprach etwas davon, daß Recht und Gerechtigkeit einander die Hände reichen; er sprach in glänzenden Perioden über gerechte Urteile im allgemeinen, über Justizmorde und alles mögliche, was ihm der Augenblick auf die Zunge brachte, denn er hatte nach dem verflossenen Abend einen unbeschreiblichen Kater, der einer Auslösung bedurfte.
Als man Schwejk endlich vorführte, forderte der General von ihm eine Aufklärung: Was war eigentlich in Feldstein vorgefallen und was bedeutete die Geschichte mit der russischen Uniform?
Schwejk erklärte ihm dies gründlich und belegte es mit einigen Beispielen aus seiner Geschichte menschlicher Mißgeschicke. Als der Major ihn dann fragte, warum er das alles nicht schon beim Verhör vor Gericht gesagt habe, antwortete Schwejk, daß ihn eigentlich niemand danach gefragt habe, wie er zu der russischen Uniform gekommen sei, sondern daß alle Fragen nur gelautet hätten: »Gestehn Sie, daß Sie freiwillig und ohne jede Pression die Uniform des Feindes angezogen haben?« Da dies der Wahrheit entsprochen habe, hätte er nichts anderes sagen können als: »Freilich – ja – gewiß – so ists – ohne Zweifel.« Deshalb habe er doch auch mit Entrüstung die bei Gericht gefallene Beschuldigung zurückgewiesen, daß er Seine Majestät den Kaiser verraten habe.
»Der Mann ist ein vollkommener Idiot«, sagte der General zum Major. »Auf dem Damm eines Teiches eine russische Uniform anziehen, die dort Gott weiß wer gelassen hat, sich in eine Abteilung russischer Gefangener einreihen lassen, das kann nur ein Idiot tun!«
»Melde gehorsamst«, ließ sich Schwejk vernehmen, »daß ich wirklich manchmal an mir selbst bemerk, daß ich schwachsinnig bin, besonders so gegen Abend ...«
»Kusch, Ochs«, sagte ihm der Major und wandte sich an den General mit der Frage, was mit Schwejk geschehen solle.
»Sollen sie ihn bei seiner Brigade aufhängen«, entschied der General.
Eine Stunde später wurde Schwejk von einer Eskorte, die ihn zum Brigadestab nach Wojalycza begleiten sollte, auf den Bahnhof gebracht.
Im Arrest hinterließ Schwejk ein kleines Andenken, indem er an die Wand mit einem Stückchen Holz in drei Kolonnen ein Verzeich-

nis sämtlicher Suppen, Soßen und Zuspeisen einkratzte, die er in Zivil gegessen hatte. Es war gewissermaßen ein Protest dagegen, daß man ihm innerhalb vierundzwanzig Stunden keinen Bissen verabreicht hatte.
Mit Schwejk ging gleichzeitig ein Aktenstück nachstehenden Inhaltes an die Brigade ab:
»Auf Grund des Telegramms Nr. 469 wird Infanterist Josef Schwejk, Deserteur der 11. Marschkompanie, dem Brigadestab zur weiteren Amtshandlung eingeliefert.«
Die Eskorte selbst, die aus vier Mann bestand, war ein Durcheinander von Nationen. Sie bestand aus einem Polen, einem Magyaren, einem Deutschen und einem Tschechen, der Eskortenkommandant war und den Rang eines Gefreiten bekleidete. Er spielte sich gegen seinen Landsmann, den Arrestanten, groß auf und ließ ihn sein schreckliches Übergewicht fühlen. Als Schwejk nämlich auf dem Bahnhof den Wunsch äußerte, man möge ihm gestatten zu urinieren, sagte ihm der Gefreite ganz grob, er könne Wasser abschlagen, bis er bei der Brigade anlangen werde.
»Gut«, sagte Schwejk, »das müssen Sie mir schriftlich geben, damit man weiß, bis mir die Harnblase platzt, wer dran schuld is. Drauf is ein Gesetz, Herr Gefreiter.«
Der Gefreite, ein Viehknecht, erschrak vor der Harnblase, und so wurde Schwejk auf dem Bahnhof feierlich von der ganzen Eskorte auf den Abort geführt. – Der Gefreite machte überhaupt während des ganzen Weges den Eindruck eines eigensinnigen Menschen und benahm sich so aufgeblasen, als sollte ihm am nächsten Tage zumindest der Rang eines Korpskommandanten verliehen werden.
Als sich der Zug auf der Strecke Przemysl–Chyrow befand, sagte Schwejk zum Gefreiten:
»Herr Gefreiter, wenn ich Sie mir anschau, so erinner ich mich immer an einen gewissen Gefreiten Bosber, was in Trient gedient hat. Nämlich, wie man den zum Gefreiten gemacht hat, hat er gleich den ersten Tag angefangen, an Umfang zuzunehmen. Die Backen ham ihm angefangen anzuschwellen, und der Bauch is ihm so aufgelaufen, daß ihm am zweiten Tag nicht mal mehr die ärarischen Hosen genügt ham. Und was das ärgste war, die Ohren ham ihm angefangen in die Länge zu wachsen. Man hat ihn also ins Marodenzimmer gebracht, und der Regimentsarzt hat gesagt, daß es so ein schwerer Fall is, daß er platzen könnt, weils ihm von dem Sternderl bis zum Nabel geht. Um ihn zu retten, hat man ihm das Sternderl abschneiden müssen, und er is wieder abgefallen.«
Von diesem Augenblick an bemühte sich Schwejk vergeblich, mit dem Gefreiten ein Gespräch anzuknüpfen und ihm freundschaftlich

zu sagen, warum man allgemein sage, daß der Gefreite das Unglück der Kompanie sei.
Der Gefreite antwortete nur mit ein paar dunklen Drohungen, wer von den beiden wohl lachen werde, bis sie zur Brigade kommen würden. Kurz, der Landsmann bewährte sich nicht, und als Schwejk ihn fragte, woher er sei, antwortete er, das gehe Schwejk nichts an.
Schwejk versuchte es mit ihm auf verschiedene Arten. Er erzählte ihm, es sei nicht das erstemal, daß ihn eine Eskorte begleite, aber er habe sich dabei immer mit allen Begleitern gut unterhalten.
Aber der Gefreite schwieg unentwegt, und Schwejk fuhr fort: »Mir scheint, Herr Gefreiter, Ihnen hat auf der Welt ein Unglück zustoßen müssen, so daß Sie die Sprache verloren ham. Ich hab viele traurige Gefreite gekannt, aber so ein Unglück Gottes wie Sie, Herr Gefreiter, verzeihn Sie und ärgern Sie sich nicht, hab ich noch nicht gesehn. Vertraun Sie mir an, was Sie kränkt, vielleicht kann ich Ihnen raten, weil ein Soldat, was man mit einer Eskorte führt, der hat immer größere Erfahrungen wie die, was ihn bewachen. Oder wissen Sie was, Herr Gefreiter, damit uns der Weg besser vergeht, erzähln Sie was, meinetwegen wies bei Ihnen in der Umgebung ausschaut, obs dort einen Teich gibt, oder vielleicht is eine Ruine dort von einer Burg, und Sie könnten uns dann erzähln, was für eine Sage sich dranknüpft.«
»Jetzt hab ich schon genug«, schrie der Gefreite.
»Da sind Sie ein glücklicher Mensch«, sagte Schwejk, »mancher Mensch hat nie nicht genug.«
Der Gefreite sagte noch: »Bei der Brigade wern sie dir den Standpunkt klarmachen, aber ich wer mich nicht mit dir abgeben«, und hüllte sich dann in vollständiges Schweigen.
Bei diesem Transport gab es überhaupt sehr wenig Amüsement. Der Magyare unterhielt sich mit dem Deutschen auf eigenartige Weise, da er von der deutschen Sprache nur die Worte: »Jawohl«, »und« und »was« kannte. Wenn der Deutsche ihm was erklärte, nickte der Magyare mit dem Kopf und sagte: »Jawohl«, und wenn der Deutsche verstummte, sagte der Magyare »was?«, und der Deutsche legte von neuem los. Der Pole von der Eskorte verhielt sich aristokratisch, kümmerte sich um niemanden und unterhielt sich mit sich allein, indem er sich auf den Boden schneuzte, wozu er ungemein geschickt den Daumen der rechten Hand benutzte; dann verschmierte er den Schleim auf dem Boden melancholisch mit dem Gewehrkolben und wischte hierauf den verschmutzten Kolben manierlich an der Hose ab, wobei er unaufhörlich vor sich hinbrummte: »Heilige Jungfrau.«
»No, da kannst du grad nicht viel«, sagte ihm Schwejk. »In Bojischti hat in einer Kellerwohnung der Straßenkehrer Machatschek ge-

wohnt, der hat sich aufs Fenster geschneuzt und hats so geschickt verschmiert, daß draus ein Bild geworn is, wie Libuscha den Ruhm der Stadt Prag prophezeit. Für jedes Bild hat er von der Frau so ein Staatsstipendium gekriegt, daß er ein Maul gehabt hat wie ein Schlauch, aber er hats nicht gelassen und hat sich drin fort vervollkommnet. Es war auch sein einziges Vergnügen.«
Der Pole antwortete ihm darauf nicht, und zum Schluß versank die ganze Eskorte in tiefes Schweigen, als fahre sie zu einem Begräbnis und denke mit Pietät des Verstorbenen.
So näherten sie sich dem Brigadestab in Wojalycza.

Inzwischen waren beim Brigadestab gewisse grundlegende Veränderungen vor sich gegangen.
Mit dem Kommando des Brigadestabs war Oberst Gerbich betraut worden. Das war ein Mann von großen militärischen Fähigkeiten, die sich ihm in der Form von Podagra in die Beine geschlagen hatten. Er hatte jedoch im Ministerium sehr einflußreiche Bekannte, die dahin wirkten, daß er nicht in Pension ging und sich nun in verschiedenen Stäben größerer militärischer Formationen herumtrieb, eine erhöhte Gage nebst den mannigfachsten Kriegszuschlägen bezog und so lange an einem Ort blieb, als er nicht in einem Podagraanfall irgendeinen Blödsinn begangen hatte. Dann versetzte man ihn wieder anderswohin, und gewöhnlich war dies eigentlich ein Avancement. Mit den Offizieren pflegte er beim Mittagessen von nichts anderem zu sprechen als von einer geschwollenen Zehe, die von Zeit zu Zeit schreckliche Dimensionen annahm, so daß er einen eigens angefertigten Schuh tragen mußte.
Während des Essens bildete es seine liebste Unterhaltung, allen zu erzählen, wie feucht seine Zehe sei und wie diese unaufhörlich schwitze, so daß er sie in Watte wickeln müsse und daß ihre Ausdünstungen den Geruch sauer gewordener Rindssuppe hätten.
Deshalb nahm auch immer das ganze Offizierskorps mit großer Aufrichtigkeit von ihm Abschied, wenn er nach einem andern Ort abging. Sonst war er ein sehr jovialer Herr und verhielt sich recht freundschaftlich zu den Subalternoffizieren, denen er erzählte, wieviel Gutes er früher getrunken und gegessen hatte.
Als man Schwejk zur Brigade brachte und über Befehl des diensthabenden Offiziers mit den entsprechenden Akten Oberst Gerbich vorführte, saß gerade Leutnant Dub bei ihm in der Kanzlei.
Während der wenigen Tage seit dem Marsch Sanok–Sambor hatte Leutnant Dub abermals ein Abenteuer erlebt. Hinter Feldstein war die 11. Marschkolonne nämlich einem Pferdetransport begegnet, der zum Dragonerregiment nach Sadowa Wisznia instradiert war.

Leutnant Dub wußte eigentlich selbst nicht, wie es kam, daß er Oberleutnant Lukasch seine Reitkunst zeigen wollte und auf ein Pferd sprang, das mit ihm im Tal des Flusses verschwand, wo man Leutnant Dub später in einem kleinen Sumpf so festgeklemmt fand, daß ihn vielleicht der beste Gärtner nicht hätte geschickter einsetzen können. Als man ihn mit Hilfe von Kufen herauszog, klagte Leutnant Dub über nichts, sondern stöhnte nur leise, als gehe es mit ihm zu Ende. Deshalb lieferte man ihn beim Vorbeimarsch beim Brigadestab ab und legte ihn dort in das kleine Lazarett.

Nach einigen Tagen erholte er sich, so daß der Arzt erklärte, man werde ihm nur noch zwei- oder dreimal Rücken und Bauch mit Jodtinktur einschmieren, dann könne er wieder ruhig bei seiner Abteilung einrücken.

Jetzt saß er also bei Oberst Gerbich und erzählte ihm von den verschiedensten Krankheiten.

Als er Schwejk erblickte, rief er mit mächtiger Stimme, denn ihm was das rätselhafte Verschwinden Schwejks bei Feldstein bekannt: »Also wir haben dich schon wieder! Viele ziehen als Bestien aus und kommen als noch ärgere Raubtiere zurück. Du bist auch einer von ihnen.«

Der Vollständigkeit halber ziemt es sich zu vermerken, daß Leutnant Dub bei seinem Abenteuer mit dem Pferd eine kleine Gehirnerschütterung erlitten hatte; deshalb dürfen wir uns nicht wundern, daß er, während er dicht an Schwejk herantrat, Gott zum Kampf mit diesem herausfordernd, in Versen schrie: »Vater, ich rufe dich, brüllend umwölkt mich der Dampf der Geschütze, sprühend umzucken mich rasselnde Blitze, Lenker der Schlachten, ich flehe dich an, Vater, hilf mir diesen Lumpen ... Wo warst du so lange, Kerl? Was hast du da für eine Uniform an?«

Es ziemt sich noch hinzuzufügen, daß der von Gicht geplagte Oberst alles in seiner Kanzlei sehr demokratisch eingerichtet hatte, wenn er nicht gerade an einem Anfall litt. Alle möglichen Chargen lösten einander bei ihm ab, um seine Anschauungen über die geschwollene Zehe mit dem Geruch sauer gewordener Rindssuppe anzuhören.

An Tagen, an denen Oberst Gerbich nicht an Anfällen litt, war seine Kanzlei immer voll von den verschiedensten Chargen, denn in diesen außergewöhnlichen Fällen war er recht lustig und gesprächig und hatte gern Zuhörer um sich, denen er schweinische Anekdoten erzählte, was ihm wohltat und den andern die freudige Gelegenheit gab, über die alten Anekdoten zu lachen, die vielleicht schon zur Zeit des Generals Laudon im Umlauf waren.

Der Dienst bei Oberst Gerbich war zu solchen Zeiten sehr leicht, alle taten, was sie wollten, und es galt als Regel, daß bei jedem Stab, bei

dem Oberst Gerbich auftauchte, gestohlen und Allotria aller Art getrieben wurde.
Auch jetzt drangen zugleich mit dem vorgeführten Schwejk die verschiedensten Chargen in die Kanzlei des Obersten und harrten der kommenden Dinge, während der Oberst die von dem Major aus Przemysl verfaßte Zuschrift an den Brigadestab studierte.
Leutnant Dub setzte jedoch in seiner gewohnten, reizenden Art seine Unterredung mit Schwejk fort: »Du kennst mich noch nicht, aber bis du mich kennenlernen wirst, wirst du vor Angst verrecken.«
Der Oberst konnte aus dem Aktenstück des Majors nicht klug werden, denn der Major hatte es noch unter dem Eindruck einer leichten Alkoholvergiftung diktiert.
Oberst Gerbich war aber trotzdem gut gelaunt, da die unangenehmen Schmerzen heute und gestern nicht eingetreten waren und seine Zehe sich ruhig verhielt wie ein Lämmchen.
»Also was haben Sie eigentlich angestellt«, fragte er Schwejk in liebenswürdigem Tone, und Leutnant Dub fühlte einen Stich im Herzen, was ihn dazu bewog, statt Schwejks zu antworten.
»Dieser Mann, Herr Oberst«, stellte er Schwejk vor, »spielt sich auf einen Idioten auf, um mit seiner Blödheit seine Niedertracht zu bemänteln. Ich kenne zwar nicht den Inhalt der mit ihm eingelangten Akten, vermute aber nichtsdestoweniger, daß der Kerl wieder etwas angestellt hat, diesmal aber in größerem Maßstab. Wenn Sie erlauben, Herr Oberst, daß ich in den Inhalt des Aktenstückes Einblick nehme, könnte ich Ihnen entschieden eventuell bestimmte Direktiven geben, wie man mit ihm zu verfahren hat.«
Sich an Schwejk wendend, sagte er zu ihm auf tschechisch: »Du saugst mir das Mark aus den Knochen, nicht wahr?«
»Jawohl«, antwortete Schwejk würdevoll.
»Da haben Sie ihn, Herr Oberst«, fuhr Leutnant Dub auf deutsch fort. »Sie können ihn nach nichts fragen. Sie können mit ihm überhaupt nicht sprechen. Der Krug geht so lange zum Brunnen, bis er bricht, und man wird ihn exemplarisch bestrafen müssen. Erlauben Sie, Herr Oberst . . .«
Leutnant Dub vertiefte sich in das von dem Major in Przemysl verfaßte Aktenstück, und als er zu Ende gelesen hatte, rief er Schwejk feierlich zu: »Jetzt ist Schluß mit dir. Wohin hast du die ärarische Uniform gegeben?«
»Ich hab sie auf dem Teichdamm gelassen, wie ich probiert hab, wie sich die russischen Soldaten in diesen Hadern fühlen müssen«, antwortete Schwejk, »das Ganze is eigentlich nichts anderes wie ein Irrtum.«
Schwejk fing an, Leutnant Dub zu erzählen, was er wegen dieses

Irrtums alles erlitten hatte, und als er schloß, brüllte ihn Leutnant Dub an:
»Jetzt wirst du mich erst kennenlernen. Weißt du, was das ist, ärarisches Eigentum zu verlieren, du Fallott, weißt du, was das heißt, im Krieg die Uniform zu verlieren?«
»Melde gehorsamst, Herr Lajtnant«, antwortete Schwejk, »ich weiß, wenn ein Soldat eine Uniform verliert, muß er eine neue fassen.«
»Jesusmaria«, schrie Leutnant Dub, »du Ochs, du Vieh, du wirst dich so lange mit mir spielen, daß du nach dem Krieg noch hundert Jahre nachdienen wirst.«
Oberst Gerbich, der bisher still und rechtschaffen hinter dem Tisch gesessen hatte, schnitt plötzlich eine gräßliche Grimasse, denn seine bisher ruhige Zehe hatte sich plötzlich aus einem sanften und ruhigen Lämmchen durch einen Gichtanfall in einen brüllenden Tiger, in einen elektrischen Strom von 600 Volt, in ein von einem Hammer langsam zu Schotter zermalmtes Glied verwandelt. Oberst Gerbich winkte nur mit der Hand und brüllte mit der fürchterlichen Stimme eines allmählich auf dem Rost gebratenen Menschen: »Alle heraus! Reichen Sie mir den Revolver!«
Das kannten bereits alle, deshalb stürzten sie samt Schwejk, den die Wache auf den Gang schleppte, aus dem Zimmer. Nur Leutnant

Dub blieb und wollte noch in dieser ihm günstig scheinenden Stunde gegen Schwejk hetzen, deshalb sagte er dem grimassenschneidenden Oberst: »Ich erlaube mir, Sie darauf aufmerksam zu machen, Herr Oberst, daß dieser Mann ...«
Der Oberst miaute und warf das Tintenfaß auf Leutnant Dub, worauf dieser erschrocken salutierte, »allerdings, Herr Oberst« sagte und in der Tür verschwand.
Dann drang aus der Kanzlei des Obersten lange hindurch Gebrüll und Gewinsel, bis das schmerzliche Jammern schließlich verstummte. Die Zehe des Obersten hatte sich plötzlich wieder in ein ruhiges Lämmchen verwandelt, der Gichtanfall war vorüber, der Oberst klingelte und befahl, daß man ihm Schwejk wieder vorführe.
»Also was ist eigentlich mit dir los?« fragte der Oberst, als wäre alles Unangenehme von ihm abgefallen; ihm war so wohl und leicht zumut, als wälze er sich im Sand auf dem Meeresstrand herum.
Schwejk lächelte den Oberst freundschaftlich an und erzählte ihm seine ganze Odyssee; er sei Ordonnanz der 11. Marschkompanie des 91. Regiments und wisse nicht, was man dort ohne ihn anfangen werde.
Der Oberst lächelte gleichfalls und erteilte dann folgenden Befehl: Schwejk eine Soldatenkarte über Lemberg nach der Station Zoltanecz auszufertigen, wo morgen seine Marschkompanie eintreffen soll, und ihm im Magazin eine neue ärarische Montur sowie 6 Kronen 82 Heller als Menagerelutum auf die Reise auszuhändigen.
Als dann Schwejk in der neuen österreichischen Montur den Brigadestab verließ, um sich auf den Bahnhof zu begeben, saß Leutnant Dub beim Stab und war nicht wenig überrascht, als Schwejk sich streng militärisch bei ihm abmeldete, die Dokumente vorwies und besorgt fragte, ob er Oberleutnant Lukasch etwas von ihm bestellen solle.
Leutnant Dub raffte sich zu keiner anderen Bemerkung auf, als zu dem Wörtchen: »Abtreten!« Und als er dem sich entfernenden Schwejk nachschaute, murmelte er nur vor sich hin: »Du wirst mich noch kennenlernen, Jesusmaria, du wirst mich kennenlernen ...«

Auf der Station Zoltanecz war das ganze Bataillon Hauptmann Sagners versammelt; nur die »Nachhut« von der 14. Kompanie fehlte, die beim Abmarsch aus Lemberg irgendwo verlorengegangen war.
Beim Betreten der Stadt befand sich Schwejk in einem vollständig neuen Milieu, denn hier war bereits an dem allgemeinen Treiben zu merken, daß man nicht allzuweit von der Front entfernt war, wo gekämpft wurde. Überall lag Artillerie und Train, aus jedem Haus

traten Soldaten der verschiedensten Regimenter, zwischen denen gleichsam als Elite die Reichsdeutschen umhergingen und als Aristokraten an die Österreicher Zigaretten aus ihren reichen Vorräten verteilten. Bei der reichsdeutschen Küche auf dem Ringplatz standen sogar Fässer mit Bier, aus denen man den Soldaten zum Mittagessen und Abendbrot Bier in Krüge verzapfte; um die Fässer schlichen wie naschhafte Kätzchen die vernachlässigten österreichischen Soldaten mit ihren von dem schmutzigen Absud der gesüßten Zichorie aufgeblähten Bäuchen herum.
Gruppen von Juden mit Schläfenlöckchen, in langen Kaftans, zeigten einander die Rauchwolken im Westen und fuchtelten mit den Händen herum. Überall hieß es, daß es am Flusse Bug, in Ucezskow, Busk und Derewjan brenne.
Der Donner der Kanonen war deutlich hörbar. Bald darauf hieß es wieder, daß die Russen von Grabow her Kamionka Strumilowa bombardierten, daß man den ganzen Bug entlang kämpfe und daß das Militär die Flüchtlinge anhalte, die wieder in ihre Heimat zurückkehren wollten.
Überall herrschte Verwirrung, und niemand wußte etwas Bestimmtes, man vermutete, daß die Russen wieder zur Offensive übergegangen seien und ihren ununterbrochenen Rückzug an der ganzen Front eingestellt hätten.
Jeden Augenblick führten die Posten der Feldgendarmerie irgendeine eingeschüchterte Judenseele wegen Verbreitung falscher und trügerischer Nachrichten zum Hauptkommando des Städtchens. Dort wurden dann die unglücklichen Juden bis aufs Blut geschlagen und mit zerdroschenem Hintern nach Haus gejagt.
Mitten in diese Verwirrung kam nun Schwejk und forschte im Städtchen nach seiner Marschkompanie.
Schon auf dem Bahnhof wäre er beinahe mit dem Etappenkommando in Konflikt geraten. Als er sich dem Tisch näherte, wo den Soldaten, die ihre Truppenteile suchten, Informationen erteilt wurden, schrie ihn irgendein Korporal vom Tisch her an, ob er am Ende wolle, daß seine Marschkompanie ihn suche. Schwejk sagte ihm, er wolle nur wissen, wo hier im Städtchen die 11. Marschkompanie des 91. Regiments einquartiert sei.
»Für mich is sehr wichtig«, bekräftigte Schwejk, »daß ich weiß, wo die 11. Marschkompanie is, weil ich die Ordonnanz von ihr bin.«
Zum Unglück saß am Nebentisch irgendein Stabsfeldwebel, der wie ein Tiger in die Höhe sprang und Schwejk anbrüllte: »Verfluchtes Schwein, du bist Ordonnanz und weißt nicht, wo deine Marschkompanie ist?«
Bevor Schwejk antworten konnte, verschwand der Stabsfeldwebel

in der Kanzlei, und eine Weile später brachte er von dort einen dicken Oberleutnant mit, der so würdevoll aussah wie der Besitzer einer Großselcherei.
Die Etappenkommandos pflegten auch Fangeisen für herumstreifende verwilderte Soldaten zu sein, die am liebsten während des ganzen Kriegs ihre Truppenkörper gesucht, sich in den Etappen herumgeschlagen und in langen Zügen an den Tischen auf den Etappenkommandos gewartet hätten, wo sich die Aufschrift befand: »Menagegeld.«
Als der dicke Oberleutnant eintrat, schrie der Feldwebel: »Habt acht!« und der Oberleutnant fragte Schwejk: »Wo hast du die Dokumente?«
Schwejk legte sie dem Oberleutnant vor, und als sich dieser von der Richtigkeit der Marschroute Schwejks, von seinem Brigadestab nach Zoltanecz zu seiner Kompanie, überzeugt hatte, gab er sie Schwejk wieder zurück und sagte huldvoll zu dem Korporal am Tisch: »Geben Sie ihm Informationen«, worauf die Tür zur Kanzlei wieder geschlossen wurde.
Nachdem die Tür hinter dem Oberleutnant zugefallen war, packte der Stabsfeldwebel Schwejk an der Schulter, führte ihn zur Tür und erteilte ihm folgende Information: »Schau, daß du verschwindest, du Stinkvieh!«
Und so befand sich Schwejk abermals im unklaren und forschte nun nach jemandem Bekannten vom Bataillon. Er ging lange in den Gassen hin und her, bis er schließlich alles auf eine Karte setzte.
Er hielt einen Oberst an und fragte ihn in seinem gebrochenen Deutsch, ob er vielleicht wisse, wo Schwejks Bataillon mit der Marschkompanie liege.
»Mit mir kannst du Tschechisch sprechen«, sagte der Oberst, »ich bin auch ein Tscheche. Dein Bataillon liegt nebenan im Dorfe Klimontow hinter der Bahn, und ins Städtchen darf man nicht, weil sich die Soldaten von eurer Kompanie gleich nach ihrer Ankunft auf dem Marktplatz mit den Bayern gerauft haben.«
Schwejk machte sich also auf den Weg nach Klimontow.
Der Oberst rief ihn zurück, griff in die Tasche, gab Schwejk fünf Kronen, damit er sich dafür Zigaretten kaufe, nahm nochmals freundschaftlich von ihm Abschied, entfernte sich und dachte im Geiste: Was für ein sympathischer Soldat.
Schwejk setzte seinen Weg ins Dorf fort und dachte über den Oberst nach. Dabei kam er zu dem Schluß, daß es vor zwölf Jahren in Trient einen Oberst namens Habermaier gegeben habe, der sich den Soldaten gegenüber auch so freundlich benahm, worauf es sich dann herausgestellt hatte, daß er homosexuell war, denn er wollte in

einem Bad an der Ada einen Kadett-Aspiranten schänden und drohte ihm dabei mit dem Dienstreglement.

In solch düstere Gedanken versunken erreichte Schwejk langsam das unferne Dorf; es bereitete ihm keine große Mühe, den Bataillonsstab zu finden, denn obwohl sich das Dorf sehr in die Länge zog, befand sich darin nur ein einziges anständiges Gebäude, die große Volksschule, die in dieser rein ukrainischen Gegend von der galizischen Landesverwaltung zwecks ausgiebiger Polonisierung der Gemeinde erbaut worden war.

Die Schule hatte während des Krieges einige Phasen durchgemacht. Einigemal waren hier russische Stäbe, österreichische Stäbe einquartiert gewesen, eine Zeitlang, während der großen Schlachten, die über das Schicksal Lembergs entschieden, war der Turnsaal als Operationssaal benutzt worden. Hier wurden Beine und Arme abgeschnitten und Kopftransplantationen durchgeführt.

Hinter der Schule im Schulgarten befand sich eine große trichterförmige Grube, die durch die Explosion einer großkalibrigen Granate entstanden war. In der Ecke des Gartens stand ein starker Birnbaum; auf einem Ast desselben hing ein Stück eines entzweigeschnittenen Strickes, an dem kurz vorher der griechisch-katholische Pfarrer des Ortes gehangen hatte, der auf Grund einer Anzeige des polnischen Ortslehrers gehängt worden war; der Lehrer hatte angegeben, daß der Pfarrer Mitglied einer Gruppe von Altrussen sei und während der russischen Okkupation in der Kirche eine Messe für den Sieg des russischen rechtgläubigen Zaren gelesen habe. Das war zwar nicht wahr, denn der Angeklagte war zu jener Zeit gar nicht im Ort anwesend, sondern hielt sich gerade in einem kleinen, vom Krieg unberührten Badeort, in Bochnia-Zamurowan, zur Kur auf, allein, das tat nichts zur Sache.

Bei der Hinrichtung des griechisch-katholischen Pfarrers spielten einige Umstände mit: die Nationalität, die religiöse Streitfrage und eine Henne. Der unglückliche Pfarrer hatte nämlich knapp vor dem Krieg in seinem Garten eine von den Hennen des Lehrers, die ihm die eingesetzten Melonenkörner aus dem Boden gepickt hatten, erschlagen.

Nach dem Tode des griechisch-katholischen Pfarrers blieb das Pfarrgebäude verwaist zurück, und man kann sagen, daß jeder etwas zum Andenken an den Herrn Pfarrer mitnahm.

Ein polnisches Bäuerlein trug sogar das alte Klavier mit nach Hause, dessen Deckel er zum Ausbessern der Tür seines Schweinestalls benutzte. Einen Teil der Möbel spalteten die Soldaten, wie dies üblich war, und nur durch einen glücklichen Zufall blieb der große Küchenofen unberührt, der eine ausgezeichnete Herdplatte hatte,

denn der griechisch-katholische Pfarrer war in keiner Hinsicht anders als seine Ultra-Kollegen; er legte großen Wert aufs Essen und hatte gern viele Töpfe und Pfannen auf dem Herd und in der Röhre stehen.
Es war zur Tradition geworden, daß von allen durchmarschierenden Truppen in dieser Küche für die Offiziere gekocht wurde. Oben, in dem großen Zimmer, richtete man eine Art Offizierskasino ein. Tische und Stühle verschaffte man sich von der Dorfbevölkerung.
An jenem Tage veranstalteten die Offiziere des Bataillons gerade ein Festmahl; sie hatten aus gemeinsamer Kasse ein Schwein gekauft, und Koch Jurajda rüstete für die Offiziere ein Schweinefest; er war umringt von verschiedenen Günstlingen aus den Reihen der Offiziersburschen, unter denen die Hauptrolle der Rechnungsfeldwebel spielte. Er erteilte Jurajda Ratschläge, wie der Schweinskopf zu zerlegen sei, damit ein Stück vom Rüssel übrigbleibe.
Die heißhungrigsten Augen von allen jedoch hatte Nimmersatt Baloun.
So etwa schauen Menschenfresser lüstern und begierig zu, wenn von einem auf dem Rost gebratenen Missionär das Fett träufelt und beim Schmoren einen angenehmen Duft ausströmt. Baloun war ungefähr so zumute wie einem Hund, der einen Wagen mit Milch zieht und an dem ein Selcherlehrling mit einem Korb voll frisch geräucherter Würste auf dem Kopf vorbeigeht. Aus dem Korb baumelt eine Kette von Würsten auf seinen Rücken herab, man brauchte nur nach ihnen zu springen und zu schnappen, wenn nicht der verfluchte Maulkorb und das widerwärtige Riemenzeug wäre, in das der bedauernswerte Hund eingespannt ist.
Und die Leberwurstfülle, die die erste Epoche ihrer Geburt durchlebte, ein ungeheures Leberwurstembryo, ein großer Haufen auf dem Hackbrett, roch nach Pfeffer, Fett und Leber.
Jurajda hantierte mit aufgestülpten Ärmeln so ernsthaft, daß er dem Bilde Gottes, wie dieser aus dem Chaos die Erdkugel schafft, hätte zum Modell dienen können.
Baloun konnte nicht mehr an sich halten und schluchzte auf. Sein Schluchzen steigerte sich zu einem unstillbaren Weinen.
»Was brüllst du wie ein Stier?« fragte ihn Koch Jurajda.
»Ich hab mich so an zu Haus erinnert«, antwortete Baloun unter Schluchzen, »wie ich immer zu Haus dabei war, und wie ich nie nicht mal meinem besten Nachbarn was davon schicken wollt, ich hab nur immer alles allein auffressen wolln und auch aufgefressen. Einmal hab ich mich so mit Leberwürsten, Blutwürsten und Wellfleisch angepampft, daß alle gemeint ham, daß ich zerspringen wer, und mich mit einer Peitsche im Hof im Kreis herumgejagt ham, wie wenn eine

Kuh nach zuviel Klee aufgebläht is. Herr Jurajda, erlauben Sie mir einen Griff in die Fülle, soll ich dann angebunden wern, sonst überleb ich diese Martern nicht.«
Baloun stand von der Bank auf, trat schwankend wie ein Betrunkener zum Tisch und streckte seine Pratze in der Richtung der Wurstfülle aus.
Ein hartnäckiger Kampf entspann sich. Nur mit Mühe konnten ihn sämtliche Anwesenden davon abhalten, sich auf die Fülle zu stürzen. Sie konnten jedoch nicht verhindern, daß er, als sie ihn aus der Küche hinauswarfen, in seiner Verzweiflung in den Topf mit den eingeweichten Därmen für die Leberwürste griff.
Koch Jurajda war so aufgeregt, daß er dem fliehenden Baloun ein ganzes Bündel Speile nachwarf und ihm nachbrüllte: »Friß dich an den Speilen satt, Biest!«
Um diese Zeit waren oben schon die Offiziere des Bataillons versammelt, und während sie feierlich erwarteten, was unten in der Küche in die Welt gesetzt wurde, tranken sie in Ermangelung eines anderen Getränkes ordinären, mittels eines Zwiebelabsuds gelb gefärbten Kornbranntwein, von dem der jüdische Händler behauptete, daß es der echteste französische Kognak sei, den er von seinem Vater geerbt habe, der ihn seinerseits vom Großvater geerbt habe.
»Du Kerl, du«, sagte ihm bei dieser Gelegenheit Hauptmann Sagner, »wenn du noch mal sagst, daß ihn dein Urgroßvater von einem Franzosen gekauft hat, wie er aus Moskau flüchtete, so laß ich dich einsperren, und du wirst spinnen, bis der Jüngste von deiner Familie der Älteste sein wird.«
Während sie bei jedem Schluck den unternehmungslustigen Juden verfluchten, saß Schwejk schon in der Bataillonskanzlei, wo sich niemand anders befand als der Einjährigfreiwillige Marek, der als Bataillonshistoriker die Rast des Bataillons in Zoltanecz benutzt hatte, um einige siegreiche Kämpfe zu beschreiben, die unbedingt in der Zukunft stattfinden mußten.
Vorläufig entwarf er nur diverse Skizzen, und als Schwejk eintrat, hatte er gerade niedergeschrieben: »Wenn vor unserem geistigen Auge all die Helden auftauchen, die an dem Kampf bei dem Dorfe N., wo an der Seite unseres Bataillons ein Bataillon des Regimentes N. und ein zweites Bataillon des Regimentes N. kämpften, teilgenommen haben, dann erkennen wir, daß unser n—tes Bataillon die glänzendsten strategischen Fähigkeiten an den Tag legte und unstreitig zu dem Siege der n—ten Division beigetragen hat, die die Aufgabe hatte, unsere Linie im Abschnitt N. definitiv zu festigen.«
»No also, siehst du«, sagte Schwejk zum Einjährigfreiwilligen, »ich bin schon wieder da.«

Wenn man Schwein hat . . .

... dann ist der Krieg schon ganz fidel; und niemand muß sich um nichts kümmern, weil man alles vom Ärar kriegt, was man braucht.

Aber im Frieden ist das nicht so, weil, wenn man da was haben will, muß man vorher arbeiten und sparen, was nicht jeder mag. Deshalb gibt's im Krieg soviel Helden...

»Erlaube, daß ich dich beschnuppere«, sagte der Einjährigfreiwillige Marek angenehm berührt, »hm, du stinkst wirklich nach Kriminal.«
»Wie gewöhnlich«, sagte Schwejk, »war es nur ein kleines Mißverständnis; und was machst du?«
»Wie du siehst«, antwortete Marek, »werfe ich die heldenmütigen Retter Österreichs aufs Papier, aber es will mir irgendwie nicht klappen, lauter Schweinedreck kommt heraus. Ich unterstreiche darin das ›N‹, ein Buchstabe, der sowohl in der Gegenwart wie in der Zukunft eine ungewöhnliche Bedeutung in sich birgt. Außer meinen früheren Eigenschaften hat Hauptmann Sagner noch ein ungewöhnliches mathematisches Talent in mir entdeckt. Ich muß die Bataillonsrechnungen kontrollieren und bin bisher zu dem Rechnungsabschluß gekommen, daß das Bataillon vollständig passiv ist und nur darauf wartet, sich mit seinen russischen Gläubigern ausgleichen zu können, da nach einer Niederlage, ebenso wie nach einem Sieg am meisten gestohlen wird. Übrigens ist das alles Wurscht. Auch wenn wir bis auf den letzten Mann aufgerieben werden sollten, hier sind die Dokumente über unsern Sieg, denn ich als Bataillonsschreiber habe die Ehre, schreiben zu dürfen: ›Eine neuerliche Wendung gegen den Feind, der bereits geglaubt hatte, der Sieg sei auf seiner Seite. Ein Ausfall unserer Krieger und ein Bajonettangriff waren das Werk eines Augenblicks. Der Feind flieht verzweifelt, wirft sich in die eigenen Schützengräben, wir stechen ohne Gnade in ihn hinein, so daß er in Unordnung seine Schützengräben verläßt und in unseren Händen verwundete und unverwundete Gefangene zurückläßt. Es ist einer der feierlichsten Augenblicke. Wer es überlebt, schreibt per Feldpost eine Karte nach Hause: ‚Haben übern Arsch gekriegt, teure Frau! Ich bin gesund. Hast du schon unsern Fratz abgestillt? Lehr ihn nur nicht fremden Leuten *Vater* sagen, da das für mich traurig wäre.‘‹ Die Zensur streicht dann auf der Karte das: ›Haben übern Arsch gekriegt‹, da man nicht weiß, um wen es sich handelt und im Hinblick auf die unklare Ausdrucksweise mancherlei kombinieren könnte.«
»Die Hauptsache is, klar sprechen«, bemerkte Schwejk. »Wie die Missionäre im Jahre 1912 beim heiligen Ignaz in Prag gepredigt ham, da war dir dort ein Prediger, und der hat von der Kanzel herunter gesagt, daß er wahrscheinlich niemanden im Himmel wiedersehn wird. Und bei diesem Abendexerzitium war ein Klempner namens Kulitschek zugegen, und der hat nach der Andacht im Gasthaus erzählt, daß der Missionär herich viel Sachen hat anstellen müssen, wenn er in der Kirche, wie bei einer öffentlichen Beichte ankündigt, daß er niemanden im Himmel wiedersehen wird; warum man solche Leute auf die Kanzel schickt. Man soll immer klar und deutlich

sprechen, und nicht in solchen Schnörkeln. Beim ›Brejschka‹ war vor Jahren ein Kellermeister, und der hat in der Gewohnheit gehabt, wenn er in Wut war und nach der Arbeit nach Haus gegangen is, sich in einem Nachtcafé aufzuhalten und fremden Gästen zuzutrinken und immer beim Zutrinken zu sagen: ›Wir wern uns auf euch, ihr werdet euch auf uns . . .‹ Dafür hat er mal von einem anständigen Herrn aus Iglau so eins übers Maul gekriegt, daß der Cafetier früh, wie er die Zähne ausgekehrt hat, sein Töchterchen gerufen hat, was in die fünfte Volksschulklasse gegangen is, und sie gefragt hat, wieviel Zähne ein erwachsener Mensch im Mund hat. Weil sies nicht gewußt hat, so hat er ihr zwei Zähne herausgeschlagen, und am dritten Tag hat er eine Zuschrift vom Kellermeister gekriegt, in der sich dieser für alle Unannehmlichkeiten entschuldigt hat, daß er nichts Ordinäres hat sagen wolln, aber daß man ihn immer mißversteht, weil es eigentlich lauten soll: ›Ihr werdet euch auf uns, wir wern uns auf euch nicht ärgern!‹ Wer zweideutige Sachen redet, muß sichs zuerst überlegen. Ein aufrichtiger Mensch, was spricht, wie ihm der Schnabel gewachsen is, kriegt selten übers Maul. Und wenns ihm paarmal passiert is, dann gibt er sich überhaupt acht und hält lieber in Gesellschaft die Goschen. Es is wahr, daß von so einem Mensch jeder denkt, er is geschnapst, und Gott weiß wie, und daß man ihn auch oft verprügelt, aber das bringt schon seine Überlegenheit mit sich, seine Selbstbeherrschung, weil er damit rechnen muß, daß er allein is und gegen ihn viele Menschen, was sich beleidigt fühlen, und wenn er anfangen möcht, sich mit ihnen herumzuschlagen, könnt er noch doppelt soviel abkriegen. So ein Mensch muß bescheiden und geduldig sein. In Nusle lebte ein gewisser Herr Hauben, den hat man mal Sonntag in Kundratitz auf der Straße aus Versehn mitn Messer gestochen, wie er von einem Ausflug heimgegangen is. Und er is mit dem Messer im Rücken nach Haus gekommen, und wie ihm seine Frau den Rock ausgezogen hat, hat sies ihm hübsch ausn Rücken herausgezogen, und Vormittag hat sie schon mit dem Messer Fleisch auf Gulasch zerschnitten, weil es aus Solinger Stahl und gut geschliffen war und sie lauter stumpfe Messer zu Haus gehabt ham. Sie hat dann eine ganze Garnitur von solchen Messern in die Wirtschaft ham wolln und hat ihn immer Sonntag auf einen Ausflug nach Kundratitz geschickt, aber er war so bescheiden, daß er nirgends woanders hingegangen is als zu ›Banzet‹ nach Nusle, denn wenn er dort in der Küche gesessen ist, hat er gewußt, daß ihn der Wirt Banzet herauswirft, bevor ihn jemand anrühren kann.«

»Du hast dich gar nicht verändert«, sagte der Einjährigfreiwillige.

»Nicht verändert«, sagte Schwejk, »ich habe keine Zeit dazu gehabt. Man hat mich sogar erschießen wolln, aber das wär noch nicht das

ärgste, ich hab seit dem zwölften noch nirgendwo meine Löhnung gekriegt.«
»Bei uns wirst du sie jetzt nicht kriegen, weil wir nach Sokal gehn und die Löhnung erst nach der Schlacht ausgezahlt werden wird, wir müssen sparen. Wenn ich annehme, daß das Vergnügen in vierzehn Tagen abgetan sein wird, so belaufen sich die Ersparnisse bei jedem gefallenen Soldaten samt Zulage auf 24 Kronen 72 Heller.«
»Und was gibts sonst Neues bei euch?«
»Erstens ist uns die Nachhut verlorengegangen, dann gibts für das Offizierskorps in der Pfarre ein Schweinefest, und die Mannschaft treibt sich im Dorf herum und verübt allerhand Unsittlichkeiten an der hiesigen weiblichen Bevölkerung. Vormittag hat man einen Soldaten von eurer Kompanie angebunden, weil er einem siebzigjährigen Weib auf den Dachboden nachgekrochen ist. Der Mensch ist unschuldig, denn im Tagesbefehl ist nichts davon gestanden, bis zu wieviel Jahren es erlaubt ist.«
»Das denk ich mir auch«, sagte Schwejk, »daß der Mensch unschuldig is, weil, wenn so eine alte Babe auf der Leiter hinaufkriecht, so sieht man ihr nicht ins Gesicht. Grad so ein Fall is dir auf den Manövern in Tabor passiert. Ein Zug von uns war im Gasthaus einquartiert, und ein Frauenzimmer hat im Vorzimmer den Fußboden gescheuert, und ein gewisser Chramosta hat sich an sie herangemacht und hat ihr — wie soll ichs sagen — die Röcke getätschelt. Sie hat sehr entwickelte Röcke gehabt, und wie er sie so getätschelt hat, so macht sie, wie wenn nichts wär, er tätschelt sie zum zweitenmal, tätschelt sie zum drittenmal, sie wieder, wie wenns sie nichts angehn möcht, so hat er sich dir zu einer Tat entschlossen, und sie hat ruhig weiter den Fußboden gescheuert, und dann dreht sie sich mitn ganzen Gesicht zu ihm um und sagt: ›Schön hab ich dich drangekriegt.‹ Die Alte war über siebzig Jahre alt, und sie hats dann im ganzen Dorf herumerzählt. — Und jetzt möcht ich mir erlauben, Sie zu fragen, ob Sie in meiner Abwesenheit nicht auch eingesperrt waren.«
»Es war keine Gelegenheit dazu«, entschuldigte sich Marek, »dagegen muß ich dir, soweit es dich betrifft, mitteilen, daß das Bataillon einen Haftbefehl gegen dich erlassen hat.«
»Das macht nichts«, meinte Schwejk, »da ham sie ganz recht gehabt, das Bataillon hat das tun müssen und einen Haftbefehl gegen mich erlassen müssen, das war seine Pflicht, weil man so lange nichts von mir gewußt hat. Das war keine Übereilung vom Bataillon. — Du sagst also, daß alle Offiziere auf der Pfarre beim Schweinefest sind? Da muß ich hingehn und mich vorstelln, daß ich wieder hier bin, der Herr Oberlajtnant Lukasch hat ohnehin sicher große Sorgen um mich gehabt.«

Schwejk machte sich in festem Soldatenschritt auf den Weg nach der Pfarre, wobei er sang:

»Schau mich an und staune,
Meine Lust und Freude,
Schau mich an und staune,
Was für einen Herrn
Man aus mir gemacht hat . . .«

Dann stieg Schwejk in der Pfarre die Stiegen empor, dorthin, woher die Stimmen der Offiziere drangen.
Man sprach von allem möglichen und redete gerade über die Brigade und über die Unordnung, die dort beim Stab herrsche; auch der Brigadeadjutant warf einen Stein auf die Brigade, indem er bemerkte: »Wir haben doch wegen Schwejk telegraphiert, der Schwejk . . .«
»Hier!« rief durch die halbgeöffnete Tür Schwejk, trat ein und wiederholte: »Hier! Melde gehorsamst, Infanterist Schwejk, Kompanieordonnanz der 11. Marschkompanie!«
Als er Hauptmann Sagners und Oberleutnant Lukaschs verdutzte Gesichter sah, auf denen sich eine gewisse stille Verzweiflung spiegelte, wartete er keine Frage ab, sondern rief: »Melde gehorsamst, man hat mich erschießen wolln, weil ich Seine Majestät den Kaiser verraten hab.«
»Um Christi willen, was reden Sie da, Schwejk!« schrie der bleiche Oberleutnant Lukasch verzweifelt.
»Melde gehorsamst, das war so, Herr Oberlajtnant . . .«
Und Schwejk fing an, umständlich zu schildern, wie das alles eigentlich gekommen war.
Die Offiziere blickten ihn mit herausgewälzten Augen an, während er mit allen erdenklichen Einzelheiten in seiner Erzählung fortfuhr und zum Schluß nicht zu bemerken vergaß, daß auf dem Damm des Teiches, wo ihm das Unglück begegnet war, Vergißmeinnicht wuchsen. Als er dann die Namen der Tataren nannte, die er auf seiner Pilgerfahrt kennengelernt hatte, zum Beispiel den Namen Hallimulabalibej, dem er eine ganze Reihe selbst erfundener Namen, wie Valivolavalivej, Malimulamalimej hinzufügte, konnte der Oberleutnant nicht mehr die Bemerkung verbeißen: »Daß ich Ihnen eins aufhau, Sie Rindvieh, fahren Sie fort, kurz, aber zusammenhängend!«
Und Schwejk fuhr mit der ihm eigenen Konsequenz fort; als er dann beim Standgericht, beim General und beim Major angelangt war, ließ er nicht unerwähnt, daß der General auf dem linken Auge schielte und der Major blaue Augen hatte.
»Auf dem Kopfe eine Platte«, fügte er dann in einem Vers hinzu.
Hauptmann Zimmermann, Kompaniekommandant der 12. Kompa-

nie, warf das Töpfchen, aus dem er den kräftigen Branntwein des Juden getrunken hatte, auf Schwejk.
Das brachte Schwejk jedoch nicht aus der Ruhe, und er erzählte, wie es dann zum geistlichen Trost gekommen sei und wie der Major bis früh in seinen Armen geschlafen habe. Dann verteidigte er glänzend die Brigade, wohin man ihn gesandt hatte, als das Bataillon seine Auslieferung als Vermißten gefordert hatte. Und als er dann vor Hauptmann Sagner seine Dokumente ausbreitete, aus denen hervorging, daß ihn die hohe Brigadeinstanz von jedwedem Verdacht reingewaschen hatte, meinte er: »Ich erlaube mir gehorsamst zu bemerken, daß Herr Lajtnant Dub sich mit Gehirnerschütterung bei der Brigade befindet und alle grüßen läßt. Bitte um die Löhnung und um die Tabakzulage.«
Hauptmann Sagner und Oberleutnant Lukasch tauschten untereinander fragende Blicke aus, allein in diesem Augenblick öffnete sich bereits die Tür und herein wurde in einem Zuber die dampfende Leberwurstsuppe getragen.
Das war der Beginn all der Freuden, derer man hier harrte.
»Sie verdammter Kerl, Sie«, sagte Hauptmann Sagner in Anbetracht der nahenden Genüsse gut gelaunt zu Schwejk, »Sie hat nur das Schweinefest gerettet.«

»Schwejk«, fügte Oberleutnant Lukasch hinzu, »wenn noch etwas passiert, wirds mit Ihnen schlecht enden.«
»Melde gehorsamst, daß es mit mir schlecht enden muß«, sagte Schwejk, »wenn man beim Militär is, muß man wissen . . .«
»Verschwinden Sie!« brüllte ihn Hauptmann Sagner an.
Schwejk verschwand und begab sich hinunter in die Küche. Der bestürzte Baloun war bereits zurückgekehrt und bat, seinen Oberleutnant Lukasch beim Essen bedienen zu dürfen.
Schwejk kam gerade zu der Polemik zwischen Koch Jurajda und Baloun.
Jurajda benutzte dabei ziemlich unverständliche Ausdrücke.
»Du bist ein gefräßiges Berstel«, sagte er zu Baloun, »du würdest fressen, bis du schwitzen möchtest, und wenn ich dich die Leberwürste hinauftragen lassen möcht, würdest du dich mit ihnen auf der Stiege dem Satan verschreiben.«
Die Küche hatte nunmehr ein anderes Aussehen. Die Rechnungsfeldwebel der Bataillone und Kompanien naschten dem Rang nach, einem von Koch Jurajda ausgearbeiteten Plan gemäß. Die Bataillonsschreiber, die Kompanietelephonisten und einige Chargen aßen gierig aus einem rostigen Waschbecken die mit heißem Wasser verdünnte Leberwurstsuppe, um auch etwas abzubekommen.
»Naz dar!« sagte Rechnungsfeldwebel Waněk, eine Klaue abnagend, zu Schwejk. »Vor einer Weile war unser Einjährigfreiwilliger Marek hier und hat uns mitgeteilt, daß Sie wieder hier sind und eine neue Montur anhaben. Sie ham mich jetzt in eine hübsche Schlamastik hineingebracht. Er hat mir Angst eingejagt, daß wir die Montur jetzt nicht der Brigade wern verrechnen können. Ihre Montur hat man auf dem Teichdamm gefunden, und wir hams schon durch die Bataillonskanzlei der Brigade gemeldet. Bei mir sind Sie als beim Baden ertrunken geführt. Sie ham überhaupt nicht mehr zurückkommen und uns mit den zwei Monturen Unannehmlichkeiten machen müssen. Sie wissen gar nicht, was Sie dem Bataillon eingebrockt ham. Jeder Teil Ihrer Montur is bei uns verzeichnet. Er befindet sich im Verzeichnis der Monturen bei mir und bei der Kompanie als Zuwachs. Die Kompanie hat um eine vollständige Montur mehr. Davon hab ich dem Bataillon Mitteilung gemacht. Jetzt bekommen wir von der Brigade die Verständigung, daß Sie dort eine neue Montur bekommen ham. Da das Bataillon derweil in den Bekleidungsausweisen anzeigt, daß ein Zuwachs von einer kompletten Montur . . . Ich kenn das, draus kann eine Revision wern. Wenn sichs um so eine Kleinigkeit handelt, kommen sie von der Intendanz zu uns gefahren. Wenn 2000 Paar Stiefel verlorengehn, kümmert sich kein Mensch drum . . . Aber uns is Ihre Montur verlorengegangen«, sagte Waněk tragisch,

indem er aus dem Knochen, der ihm in die Hände gefallen war, das Mark sog und den Rest mit einem Streichholz, das er als Zahnstocher benutzt hatte, herausbohrte, »wegen so einer Kleinigkeit kommt bestimmt eine Inspektion her. Wie ich in den Karpaten war, is eine Inspektion zu uns gekommen, weil wir nicht den Befehl eingehalten ham, den erfrorenen Soldaten die Stiefel unbeschädigt auszuziehen. Man hat sie heruntergezogen und heruntergezogen, und dabei sind sie bei zweien geplatzt, und einer hat sie schon vorn Tod zerrissen gehabt. Und das Malör war fertig. Ein Oberst von der Intendanz is gekommen, und wenn er nicht gleich, wie er gekommen is, von der russischen Seite eins in den Kopf erwischt hätt und ins Tal hinuntergekollert wär, weiß ich nicht, was passiert wär.«
»Hat man ihm auch die Stiefel abgezogen?« fragte Schwejk interessiert.
»Ja«, sagte Waněk melancholisch, »aber niemand hat gewußt wer, so daß wir diese Stiefel von dem Oberst nicht mal in den Ausweis ham aufnehmen können.«
Koch Jurajda kehrte von oben zurück, und sein erster Blick galt dem vernichteten Baloun, der traurig und niedergeschlagen auf der Bank beim Ofen saß und in fürchterlicher Verzweiflung auf seinen abgemagerten Bauch blickte.
»Du gehörst unter die Sekte der Hesychasten«, sagte der gelehrte Koch Jurajda mitleidig, »die haben auch den ganzen Tag auf ihren Nabel geschaut, bis ihnen vorgekommen ist, daß ihnen um den Nabel herum ein Heiligenschein leuchtet. Dann haben sie geglaubt, daß sie den dritten Grad der Vollkommenheit erreicht haben.«
Jurajda griff in die Ofenröhre und entnahm ihr eine Blutwurst.
»Friß, Baloun«, sagte er freundlich, »friß dich an, bis du zerspringst, erstick, du Vielfraß.«
Baloun schossen Tränen in die Augen.
»Zu Haus, wenn wir geschlachtet ham«, erklärte Baloun weinerlich, während er die kleine Blutwurst verspeiste, »hab ich zuerst ein tüchtiges Stück Wellfleisch aufgegessen, den ganzen Rüssel, das Herz, ein Ohr, ein Stück Leber, die Niere, die Milz, ein Stück Schlegel, die Zunge und dann ...«
Und mit leiser Stimme fügte er hinzu, als erzählte er ein Märchen: »Und dann sind die Leberwürste gekommen, sechs Stück, zehn Stück und dickbäuchige Blutwürste mit Graupen und Semmeln, daß du gar nicht weißt, wohinein man zuerst beißen soll, in die aus Semmeln oder in die aus Graupen. Alles zerfließt auf der Zunge, alles duftet, und der Mensch frißt und frißt.
So denk ich mir«, fuhr Baloun zu plaudern fort, »daß mich die Kugeln verschonen wern, aber der Hunger wird mich umbringen,

und ich wer nie mehr im Leben so eine Pfanne mit Wurstfülle sehn wie zu Haus. Sulz hab ich nicht so gern gehabt, weils zittert und nichts ausgibt. Die Frau wieder hätt sich für Sulz erschlagen lassen, und ich hab ihr in die Sulz nicht mal ein Stück Ohr gegönnt, weil ich alles allein auffressen wollt, so wies mir am besten geschmeckt hat. Ich hab sie mir nicht geschätzt, die Leckerbissen nämlich, den Überfluß, und dem Schwiegervater auf dem Altenteil hab ich mal sogar ein Schwein abgeleugnet; ich habs geschlachtet und aufgefressen, und dann hats mir noch leid getan, ihm, dem armen Alten, auch nur ein kleines Stück davon zu schicken – und er hat mir prophezeit, daß ich mal vor Hunger krepiern wer.«

»Und schon is es da, das Malör«, sagte Schwejk, dem heute unwillkürlich Verse von den Lippen strömten.

Koch Jurajda hatte den plötzlichen Anfall von Mitleid mit Baloun bereits überwunden; Baloun wandte sich auffällig rasch zum Herd, zog aus der Tasche ein Stück Brot hervor und versuchte, die ganze Scheibe in die Soße zu tauchen, die in einer großen Pfanne auf allen Seiten eines großen Schweinebratens brodelte.

Jurajda schlug ihn über die Hand, so daß die Brotscheibe in die Soße fiel, wie wenn ein Schwimmer auf der Schwimmschule von der Brücke in den Fluß springt.

Ohne ihm Gelegenheit zu geben, den Leckerbissen aus der Pfanne zu ziehen, packte Jurajda Baloun und warf ihn zur Tür hinaus.

Der bestürzte Baloun sah noch durchs Fenster, wie Jurajda mit der Gabel die von der Soße braun gefärbte Brotscheibe herauszog, ein von der Oberfläche des Bratens abgeschnittenes Stück Fleisch hinzufügte und es mit den Worten: »Essen Sie, mein bescheidener Freund«, Schwejk reichte.

»Jungfrau Maria«, jammerte Baloun hinter dem Fenster, »mein Brot is beim Teufel.« Mit den langen Armen schlenkernd, ging er ins Dorf, um etwas für den Gaumen aufzutreiben.

Während Schwejk die edelmütige Gabe Jurajdas verzehrte, sagte er mit vollem Mund: »Da bin ich wirklich gern, daß ich wieder unter den Meinigen bin. Es möcht mich sehr verdrießen, wenn ich der Kompanie nicht länger meine wertvollen Dienste erweisen könnte.«

Und sich die von der Brotscheibe geflossenen Tropfen und das Fett vom Kinn wischend, fuhr er fort:

»Weiß Gott, weiß Gott, was ihr hier ohne mich angefangen hättet, wenn man mich dort irgendwo zurückbehalten hätt und der Krieg sich noch um paar Jahre verlängern tät.«

Rechnungsfeldwebel Waněk fragte mit Interesse:

»Was meinen Sie, Schwejk, wird der Krieg lange dauern?«

»Fünfzehn Jahre«, antwortete Schwejk. »Das ist selbstverständlich,

weils schon einmal einen dreißigjährigen Krieg gegeben hat und wir jetzt um die Hälfte gescheiter sind wie früher, also 30 : 2 = 15.«
»Der Putzfleck unseres Hauptmanns«, ließ sich Jurajda vernehmen, »hat erzählt, daß er gehört hat, daß wir, sobald wir die Grenzen Galiziens besetzt haben werden, nicht mehr weiterziehn werden. Die Russen werden dann anfangen wegen Frieden zu verhandeln.«
»Das möcht nicht mal dafür stehn, Krieg zu führen«, sagte Schwejk nachdrücklich. »Wenn schon Krieg, so solls ein ordentlicher Krieg sein. Ich wer entschieden nicht früher von Frieden reden, solang wir nicht in Moskau und in Petersburg sind. Das steht doch nicht dafür, wenns schon einen Weltkrieg gibt, nur hinter den Grenzen herumzustänkern. Nehmen wir zum Beispiel die Schweden während dem Dreißigjährigen Krieg. Von wo waren die her und sind doch bis zu Deutschbrod und Leipnik gekommen und ham dort so eine Bresche geschlagen, daß man dort noch heut in den Gasthäusern nach Mitternacht schwedisch spricht, so daß sich gegenseitig niemand versteht. Oder die Preußen, die waren auch nicht grad Nachbarn, und in Leipnik gibts nach ihnen Preußen in Überfluß. Sie sind bis nach Jedouch und nach Amerika gekommen und wieder zurück.«
»Übrigens«, sagte Jurajda, den das Schweinefest heute vollständig aus dem Gleichgewicht gebracht und verwirrt hatte, »sind alle Menschen aus Karpfen entstanden. Nehmen wir die Entwicklungstheorie Darwins, liebe Freunde . . .«
Seine weiteren Erwägungen wurden durch den Eintritt des Einjährigfreiwilligen Marek unterbrochen.
»Rette sich, wer kann«, rief Marek. »Leutnant Dub ist vor einer Weile beim Bataillonsstab angekommen und hat den beschissenen Kadetten Biegler mitgebracht.
Es ist schrecklich mit ihm«, setzte Marek seine Informationen fort, »wie er mit ihm aus dem Automobil geklettert ist, ist er in die Kanzlei gestürzt. Ihr wißt, daß ich die Absicht gehabt hab, wie ich von hier gegangen bin, ein Schläfchen zu machen. Ich hab mich also in der Kanzlei auf eine Bank gestreckt und hab grad angefangen einzuschlafen, wie er auf mich zuspringt. Kadett Biegler hat gebrüllt: ›Habt acht!‹ Leutnant Dub hat mich auf die Füße gestellt, und dann hat er losgelegt: ›Da schaun Sie, was, wie ich Sie in der Kanzlei bei Nichterfüllung Ihrer Pflicht überrascht hab! Geschlafen wird erst nach dem Zapfenstreich‹, wozu Biegler hinzufügte: ›Abschnitt 16, § 9 der Kasernenordnung.‹ Dann hat Leutnant Dub mit der Faust auf den Tisch geschlagen und geschrien: ›Vielleicht habt ihr mich beim Bataillon loswerden wollen, glaubt nicht, daß es Gehirnerschütterung war, mein Schädel hält schon was aus.‹ Kadett Biegler hat inzwischen auf dem Tisch geblättert und dabei laut für sich aus

einem Schriftstück vorgelesen: ›Divisionsbefehl Nr. 280!‹ Der Leutnant hat gedacht, daß er sich über ihn wegen des letzten Satzes, daß sein Schädel was aushält, lustig macht, und hat angefangen, ihm sein unwürdiges und freches Verhalten älteren Offizieren gegenüber vorzuhalten, und jetzt führt er ihn zum Hauptmann, um sich über ihn zu beschweren.«

Kurz darauf kamen die beiden durch die Küche, die man passieren mußte, um in das Zimmer zu gelangen, wo das ganze Offizierskorps saß und wo der feiste Fähnrich Maly nach dem Schweinsschlegel eine Arie aus »Traviata« sang, wobei er infolge des Krautes und des fetten Mittagessens rülpste.

Als Leutnant Dub eintrat, rief Schwejk: »Habt acht, alles aufstehn!«

Leutnant Dub trat dicht zu Schwejk, um ihm direkt ins Gesicht zu rufen: »Jetzt freu dich, jetzt ist Schluß mit dir! Ich laß dich zum Andenken fürs 91. Regiment ausstopfen.«

»Zu Befehl, Herr Lajtnant«, salutierte Schwejk, »ich hab mal gelesen, melde gehorsamst, daß es mal eine große Schlacht gab, in der ein schwedischer König mit seinem treuen Pferd gefalln is. Beide Kadaver hat man nach Schweden geschafft, und jetzt stehn die beiden Leichen ausgestopft im Stockholmer Museum.«

»Woher hast du diese Kenntnisse, Kerl?« schrie Leutnant Dub.

»Melde gehorsamst, Herr Lajtnant, von meinem Bruder, was Professor is.«
Leutnant Dub drehte sich um, spuckte aus und schob Kadett Biegler vor sich hinaus, in der Richtung zum Speisezimmer. Aber er konnte nicht widerstehen, sich noch in der Tür umzudrehen und mit der unerbittlichen Strenge eines Caesaren, der im Zirkus über das Schicksal verwundeter Gladiatoren entscheidet, eine Gebärde mit dem Daumen der rechten Hand zu machen und Schwejk zuzuschreien: »Daumen herunter!«
»Melde gehorsamst«, schrie ihm Schwejk nach, »ich gib sie schon hinunter.«

Kadett Biegler war wie eine Fliege. Er hatte in der Zwischenzeit einige Cholerastationen passiert und sich mit vollem Recht nach all den Manipulationen, deren man ihn als choleraverdächtig unterzog, daran gewöhnt, unwillkürlich ununterbrochen in die Hose zu machen. Schließlich geriet er in so einer Beobachtungsstation einem Fachmann in die Hände, der in den Exkrementen Bieglers keine Cholerabazillen fand, ihm die Gedärme mit Tannin stählte, wie ein Schuster zerrissene Schuhe mit Pechdraht, und ihn zum nächsten Etappenkommando schickte, zumal er Kadett Biegler, der dem Dampf über einem Topfe glich, für »frontdiensttauglich« erklärte.
Es war ein »lieber« Mensch.
Als ihn Kadett Biegler darauf aufmerksam machte, daß er sich sehr schwach fühle, sagte der Arzt mit einem Lächeln: »Die goldene Tapferkeitsmedaille werden Sie noch ertragen. Sie haben sich doch freiwillig zum Militär gemeldet.«
So machte sich Kadett Biegler also auf, um die goldene Tapferkeitsmedaille zu erwerben.
Seine abgehärteten Gedärme schleuderten keine dünne Flüssigkeit mehr in die Hose, aber das häufige Drängen blieb doch noch zurück, so daß der Weg von der letzten Etappe bis zum Brigadestab, wo er mit Leutnant Dub zusammentraf, eigentlich ein Manifestationsweg über alle möglichen Aborte war. Einigemal versäumte er den Zug, weil er auf den Bahnhöfen so lange in den Aborten saß, bis der Zug abgefahren war. Einigemal geschah es, daß er nicht umstieg, weil er im Zug auf dem Abort saß.
Aber dennoch, trotz aller Klosetts, die ihm im Wege standen, näherte sich Kadett Biegler der Brigade.
Leutnant Dub sollte damals noch einige Tage bei der Brigade in Pflege bleiben, aber an dem Tag, als Schwejk zum Bataillon fuhr, wurde der Stabsarzt bezüglich Leutnant Dubs anderer Meinung; der Stabsarzt hatte nämlich erfahren, daß am Nachmittag in der Rich-

tung des Standortes des 91. Regimentes ein Sanitätsautomobil abfahren sollte.
Er war sehr erfreut, Leutnant Dub loszuwerden, der seine Behauptungen unentwegt mit den Worten bekräftigte: »Davon habe ich schon vor dem Kriege bei uns mit dem Herrn Bezirkshauptmann gesprochen.«
Mit deinem Bezirkshauptmann kannst du mir den Arsch auswischen, dachte der Stabsarzt und dankte dem Zufall, der das Sanitätsautomobil zufällig über Zoltanecz hinauf nach Kamionka–Strumilowa führte.
Schwejk hatte den Kadetten Biegler bei der Brigade nicht gesehen, weil dieser schon wieder seit mehr als zwei Stunden auf einem für die Offiziere der Brigade bestimmten Wasserklosett saß.
Man kann schlechthin behaupten, daß Kadett Biegler an ähnlichen Orten nie die Zeit vertrödelte, denn er wiederholte sich dort die berühmten Schlachten der glorreichen österreichisch-ungarischen Armee, angefangen von der Schlacht bei Nördlingen am 6. September 1634 bis zu der von Sarajewo am 19. August 1878.
Während er so unzähligemal nacheinander die Schnur des Wasserklosetts zog und das Wasser geräuschvoll in das Becken stürzte, stellte er sich, die Augen schließend, den Schlachtenlärm vor, den Artillerieangriff und den Donner der Geschütze.
Die Begegnung zwischen Leutnant Dub und Kadett Biegler war nicht gerade erfreulich und bildete unzweifelhaft die Ursache der Bitterkeit in ihren späteren Beziehungen im Dienst und außerhalb desselben.
Als Leutnant Dub nämlich bereits zum viertenmal die Klosettür öffnen wollte, schrie er erzürnt:
»Wer ist dort?«
»Kadett Biegler, 11. Marschkompanie, Bataillon N, 91. Regiment«, lautete die stolze Antwort.
»Hier Leutnant Dub von derselben Kompanie!« stellte sich der Konkurrent vor der Tür vor.
»Sofort bin ich fertig, Herr Leutnant!«
»Ich werde warten!«
Leutnant Dub schaute ungeduldig auf die Uhr. Niemand würde glauben, welcher Energie und Beharrlichkeit es bedarf, in so einer Situation neuerlich fünfzehn Minuten vor der Tür auszuharren, dann nochmals fünf und noch weitere fünf, und auf sein Klopfen, Trommeln und Klopfen unablässig die gleiche Antwort zu erhalten:
»Sofort bin ich fertig, Herr Leutnant!«
Leutnant Dub begann zu fiebern, insbesondere als nach dem hoffnungsvollen Rascheln von Papier weitere sieben Minuten verflossen, ohne daß die Tür sich geöffnet hätte.

Kadett Biegler war überdies noch so taktvoll, noch immer kein Wasser fließen zu lassen.
Leutnant Dub begann, von einem leichten Fieber geschüttelt, zu überlegen, ob er sich vielleicht beim Brigadekommandanten beschweren solle, der möglicherweise den Befehl geben werde, die Tür zu sprengen und Kadett Biegler herauszutragen. Ihm fiel auch ein, daß dieses Verhalten vielleicht eine Subordinationsverletzung sei.
Leutnant Dub wurde es im Verlauf von noch weiteren fünf Minuten klar, daß er dort hinter der Tür nichts mehr zu suchen habe und daß ihm das Verlangen danach schon längst vergangen sei. Aus irgendeinem Prinzip verharrte er jedoch vor dem Klosett und fuhr fort, mit den Füßen an die Tür zu stoßen, hinter der sich unablässig dieselben Worte vernehmen ließen: »In einer Minute bin ich fertig, Herr Leutnant.«
Endlich hörte man, wie Biegler das Wasser laufen ließ, und bald darauf standen einander beide Angesicht in Angesicht gegenüber.
»Kadett Biegler«, donnerte Leutnant Dub, »glauben Sie nicht, daß ich zu demselben Zweck hier war wie Sie. Ich bin gekommen, weil Sie sich bei Ihrer Ankunft beim Stab nicht bei mir gemeldet haben. Kennen Sie nicht die Vorschriften? Wissen Sie, wem Sie den Vorzug gegeben haben?«
Kadett Biegler forschte ein Weilchen in seinem Gedächtnis nach, ob er vielleicht nicht doch etwas begangen habe, was nicht mit der Disziplin und den Verordnungen über den Verkehr zwischen niedrigeren Offizieren mit höheren im Einklang stand.
In seinem Bewußtsein klaffte in dieser Hinsicht ein ungeheurer Zwischenraum und Abgrund.
In der Schule hatte sie niemand darüber belehrt, wie sich in so einem Fall ein niedrigerer Offizier einem andern, höhergestellten gegenüber zu verhalten habe.
Hätte er nicht zu Ende scheißen und zur Aborttür stürzen sollen, mit einer Hand die Hose festhaltend und mit der andern die Ehrenbezeigung leistend?
»Also antworten Sie, Kadett Biegler!« rief Leutnant Dub herausfordernd.
Und da fiel Biegler eine ganz einfache Antwort ein, die alles aufklärte: »Herr Leutnant, bei meiner Ankunft beim Brigadestab wußte ich nicht, daß Sie hier zugegen sind, und nachdem ich in der Kanzlei meine Angelegenheiten geregelt hatte, begab ich mich sofort auf den Abort, wo ich blieb, bis Sie kamen.«
Wozu er mit feierlicher Stimme hinzufügte:
»Kadett Biegler meldet sich gehorsamst bei Herrn Leutnant Dub.«
»Sehn Sie, daß das keine Kleinigkeit ist«, sagte Leutnant Dub mit

Bitterkeit, »meiner Ansicht nach hätten Sie sofort, wie Sie zum Brigadestab gekommen sind, in der Kanzlei fragen sollen, Kadett Biegler, ob nicht zufällig ein Offizier von Ihrem Bataillon hier zugegen ist. Über Ihr Verhalten werden wir beim Bataillon entscheiden. Ich fahre per Automobil hin, und Sie fahren mit. — Kein aber!«
Kadett Biegler wandte nämlich ein, man habe ihm in der Brigadekanzlei eine Marschroute per Eisenbahn ausgehändigt, eine Art zu reisen, die ihm in Anbetracht des Zitterns seines Mastdarms angezeigter schien. Weiß doch jedes Kind, daß Automobile nicht für derlei Dinge eingerichtet sind. Bevor man 180 Kilometer durchfliegt, hat mans schon längst in der Hose.
Der Teufel weiß, wie es geschah, daß die Erschütterungen des Automobils anfangs, als sie losfuhren, auf Biegler keinen Einfluß hatten. Leutnant Dub war ganz verzweifelt, daß es ihm nicht gelang, seinen Racheplan auszuführen.
Zu Beginn der Fahrt dachte Leutnant Dub nämlich im Geiste: Wart nur, Kadett Biegler, wenns über dich kommt, glaub nicht, daß ich halten laß.
In diesem Sinn knüpfte er auch, soweit dies in Anbetracht der Geschwindigkeit möglich war, ein angenehmes Gespräch darüber an, daß die Militärautomobile, da sie ihren Weg genau bemessen haben, mit Benzin nicht verschwenderisch umgehen und nirgends halten dürfen.
Kadett Biegler wandte dagegen ganz richtig ein, daß ein Automobil, wenn es irgendwo auf etwas warte, überhaupt kein Benzin verbrauche, da der Chauffeur den Motor abstelle.
»Wenn ein Automobil«, fuhr Leutnant Dub unerschütterlich fort, »zur bestimmten Zeit an seinem Bestimmungsort ankommen soll, darf es sich nirgendwo aufhalten.«
Seitens Kadett Bieglers erfolgte keine Antwort mehr.
So durchschnitten sie über eine Viertelstunde lang die Luft, als Leutnant Dub plötzlich fühlte, daß er einen aufgeblähten Bauch hatte und daß es angezeigt wäre, zu halten, auszusteigen, sich in den Straßengraben zu begeben, die Hose hinunterzulassen und Erleichterung zu suchen.
Er hielt sich wie ein Held bis 126 Kilometer; dann zog er den Chauffeur energisch am Mantel und schrie ihm ins Ohr: »Halt!
Kadett Biegler«, sagte Leutnant Dub gnädig, indem er rasch aus dem Automobil in den Straßengraben sprang, »jetzt haben Sie auch Gelegenheit.«
»Danke«, erwiderte Kadett Biegler, »ich will das Automobil nicht überflüssig aufhalten.«
Und Kadett Biegler, der auch schon höchste Zeit hatte, sagte sich im

Geiste, daß er sich lieber bemachen werde, als die schöne Gelegenheit zu verpassen, Leutnant Dub zu blamieren.
Bevor sie Zoltanecz erreichten, ließ Leutnant Dub noch zweimal halten, und nach der letzten Station sagte er zornig zu Biegler: »Ich hab zum Mittagsmahl Bikosch mit polnischer Soße gehabt. Vom Bataillon aus werde ich eine Beschwerde an die Brigade telegraphieren. Verdorbenes Sauerkraut und zum Essen ungeeignetes Schweinefleisch. Die Frechheit der Köche übersteigt alle Grenzen. Wer mich noch nicht kennt, der wird mich kennenlernen.«
»Feldmarschall Nostitz-Rhieneck, die Elite der Reservekavallerie«, entgegnete Biegler, »hat eine Schrift mit dem Titel ›Was schadet dem Magen im Kriege‹ herausgegeben, in der er nicht empfiehlt, während der Strapazen und Leiden des Krieges Schweinefleisch zu essen. Jede Unmäßigkeit auf dem Marsch schadet.«
Leutnant Dub antwortete nicht auf diese Worte, sondern dachte nur: Deine Gelehrsamkeit werde ich dir schon austreiben, Kerl. Dann überlegte er sichs doch und antwortete Biegler mit einer recht dummen Frage: »Sie denken also, Kadett Biegler, daß ein Offizier, dem gegenüber Sie sich Ihrer Charge gemäß als Untergebener betrachten müssen, unmäßig ist? Wolln Sie damit vielleicht sagen, Kadett Biegler, daß ich mich überfressen habe? Ich danke Ihnen für diese Aufrichtigkeit. Seien Sie versichert, daß ich mit Ihnen abrechnen werde; Sie kennen mich noch nicht, aber bis Sie mich kennenlernen werden, dann werden Sie an Leutnant Dub denken.«
Bei den letzten Worten hätte er sich beinahe die Zunge abgebissen, weil sie auf der Straße über eine Spalte sausten.
Kadett Biegler antwortete wieder nicht, was Leutnant Dub abermals aufstachelte, weshalb er grob fragte: »Hören Sie, Kadett Biegler, ich denke, Sie haben gelernt, daß Sie auf Fragen Ihres Vorgesetzten antworten sollen.«
»Allerdings«, sagte Kadett Biegler, »einen solchen Passus gibt es. Aber es ist erforderlich, vorher unser gegenseitiges Verhältnis zu analysieren. Soweit mir bekannt ist, bin ich noch nirgendshin zugeteilt, so daß von einer unmittelbaren Subordination Ihnen gegenüber überhaupt keine Rede sein kann, Herr Leutnant. Das Wichtigste jedoch ist, daß man auf Fragen von Vorgesetzten in Offizierskreisen nur in dienstlichen Angelegenheiten antwortet. So wie wir zwei hier im Auto sitzen, stellen wir keine militärische Einheit dar. Zwischen uns besteht kein Dienstverhältnis. Wir fahren beide zu unseren Truppenkörpern, und es wäre entschieden keine dienstliche Äußerung, wenn ich Ihre Frage, ob ich sagen wollte, daß Sie sich überfressen haben, beantworten würde, Herr Leutnant.«
»Sind Sie fertig?« brüllte Leutnant Dub ihn an, »Sie einer, Sie ...«

»Jawohl«, erklärte Kadett Biegler mit fester Stimme, »vergessen Sie nicht, Herr Leutnant, daß über das, was zwischen uns geschehen ist, wahrscheinlich das Offiziersehrengericht entscheiden wird.«
Leutnant Dub war beinahe ohnmächtig vor Zorn. Er hatte die merkwürdige Gewohnheit, in der Aufregung noch mehr Dummheiten und Blödsinn zu sprechen, als wenn er ruhig war.
Deshalb murmelte er auch: »Über Sie wird das Kriegsgericht entscheiden.«
Kadett Biegler benutzte diese Gelegenheit, um Dub vollständig aus der Fassung zu bringen; deshalb sagte er in freundschaftlichem Ton: »Du scherzt, Kamerad.«
Leutnant Dub rief dem Chauffeur zu, er möge halten.
»Einer von uns muß zu Fuß gehen«, stotterte er.
»Ich fahre«, sagte Kadett Biegler hierauf ruhig, »und du mach, was du willst, Kamerad.«
»Fahren Sie weiter«, donnerte Leutnant Dub den Chauffeur mit einer Stimme an, die wie im Delirium zitterte, und hüllte sich dann würdevoll in Schweigen, wie Julius Caesar, als ihm die Verschwörer mit Dolchen nahten, um ihn zu erstechen.
So langten sie in Zoltanecz an, wo sie die Spur des Bataillons fanden.

Während Leutnant Dub und Kadett Biegler noch auf der Treppe darüber stritten, ob ein Kadett, der noch nirgends eingereiht ist, Anspruch auf die Leberwürste jener Ration hat, die dem Offizierskorps der einzelnen Kompanien zugeteilt ist, hatte man sich unten in der Küche bereits gesättigt und auf die breiten Bänke gelegt; jetzt wurde über alles mögliche geplaudert, wobei, was das Zeug hielt, die Pfeifen qualmten.
Koch Jurajda erzählte: »Heut hab ich euch eine großartige Erfindung gemacht. Ich glaube, daß sie einen vollständigen Umsturz in der Kochkunst bedeuten wird. Du weißt doch, Waněk, daß ich nirgends in diesem verdammten Dorf Majoran für die Leberwürste auftreiben konnt.«
»Herba majoranae«, sagte Rechnungsfeldwebel Waněk, der sich daran erinnerte, daß er Drogist war.
Jurajda fuhr fort: »Es ist unerforschlich, wie der menschliche Geist in der Not zu den verschiedensten Mitteln greift, wie sich ihm neue Horizonte erschließen, wie er anfängt, die unmöglichsten Dinge zu erfinden, die sich die Menschheit bisher nicht einmal träumen ließ. – Ich suche also in allen Bauernhöfen Majoran, lauf herum, versuch alles mögliche, erklär ihnen, wozu ich ihn brauch, wie er aussieht . . .«
»Du hast noch den Geruch beschreiben solln«, ließ sich von seiner Bank her Schwejk vernehmen, »du hast sagen solln, daß Majoran so

riecht, wie wenn man in einer Allee von aufgeblühten Akazienbäumen zu einer Flasche Tinte riecht. Auf dem Berg Bohdaletz bei Prag ...«
»Aber Schwejk«, unterbrach ihn der Einjährigfreiwillige Marek mit bittender Stimme, »laß Jurajda ausreden.«
Jurajda fuhr fort: »In einem Bauerngut bin ich auf einen alten ausgedienten Soldaten aus der Zeit der Okkupation von Bosnien und Herzegowina gestoßen, der bei den Ulanen in Pardubitz ausgedient und noch heute nicht Tschechisch vergessen hat. Der hat angefangen mit mir zu streiten, daß man in Böhmen nicht Majoran, sondern Kamillen in Leberwürste gibt. Ich hab also wirklich nicht gewußt, was ich anfangen soll, denn wahrhaftig, jeder vernünftige und unvoreingenommene Mensch muß Majoran für die Königin aller Gewürze halten, die man in Leberwürste gibt. Ich mußte also rasch einen Ersatz finden, der tüchtig nach Gewürz schmeckt. Und da hab ich in einem Bauernhof unter dem Bild irgendeines Heiligen einen Hochzeitskranz aus Myrten hängen gesehn. Es war ein junges Ehepaar, die Myrtenzweige an dem Kranz waren noch ziemlich frisch. Ich hab also die Myrte in die Leberwürste gegeben, allerdings hab ich den ganzen Hochzeitskranz dreimal mit kochendem Wasser abbrühen müssen, damit die Blätter weich werden und den etwas beißenden Duft und Geschmack verlieren. Selbstverständlich hat es viele Tränen gesetzt, wie ich ihnen den Myrtenkranz zu den Leberwürsten genommen hab. Sie haben von mir mit der Versicherung Abschied genommen, daß mich für diese Lästerung — der Kranz war nämlich geweiht — die nächste Kugel töten wird. Ihr habt doch meine Leberwurstsuppe gegessen, und niemand von euch hat erkannt, daß sie statt nach Majoran nach Myrten riecht.«
»In Königgrätz«, ließ sich Schwejk vernehmen, »gabs vor Jahren einen Selcher namens Josef Linek, und der hat auf dem Regal zwei Schachteln stehn gehabt. In einer war eine Mischung von allen Gewürzen, was er in Leberwürste und Blutwürste gegeben hat. In der zweiten Schachtel war Insektenpulver, weil dieser Selcher paarmal festgestellt hat, daß seine Kundschaften in einer Wurst eine Wanze oder eine Schwabe zerbissen ham. Er hat immer gesagt, was die Wanzen betrifft, so ham sie den Geschmack von bittern Mandeln, was man in Gugelhupf gibt, daß aber Schwaben in Würsten stinken wie eine alte, verschimmelte Bibel. Drum hat er in seiner Werkstatt auf Sauberkeit gehalten und hat überall dieses Insektenpulver gestreut. Einmal macht er euch Blutwürste und hat dabei Schnupfen gehabt. Er packt die Schachtel mit dem Insektenpulver und schüttet sie in die Wurstfülle, und seit der Zeit hat man in Königgrätz nur beim Linek Leberwürste gekauft. Die Leute ham sich geradezu um

sie gerissen. Und er war so gscheit, daß er draufgekommen is, daß es dieses Insektenpulver macht, und seit der Zeit hat er sich per Nachnahme ganze Kisten von diesem Pulver bestellt, nachdem er vorher die Firma, von der er es gekauft hat, drauf aufmerksam gemacht hat, daß sie auf die Kiste aufschreiben soll ›Indisches Gewürz‹. Das war sein Geheimnis, mit dem is er ins Grab gegangen, und das interessanteste dran is, daß bei den Familien, wo man seine Blutwürste gekauft hat, alle Schwaben und Wanzen ausgewandert sind. Seit der Zeit gehört Königgrätz zu den reinsten Städten in ganz Böhmen.«
»Bist du schon fertig?« fragte Einjährigfreiwilliger Marek, der sich offenbar auch ins Gespräch mischen wollte.
»Damit wär ich schon fertig«, antwortete Schwejk, »aber ich kenn noch einen ähnlichen Fall in den Beskiden, aber den wer ich euch erzählen, bis wir im Gefecht stehn wern.«
Einjährigfreiwilliger Marek begann zu sprechen: »Die Kochkunst lernt man am besten im Krieg kennen, besonders an der Front. Ich erlaube mir, einen kleinen Vergleich anzustellen. Im Frieden haben wir von sogenannten Eissuppen gehört, das sind Suppen, in die man Eis gibt und die in Norddeutschland, Dänemark und Schweden sehr beliebt sind. Und seht ihr, der Krieg ist gekommen, und heuer im Winter in den Karpaten haben die Soldaten so viel gefrorene Suppen gehabt, daß sie sie nicht einmal gegessen haben, und doch ist es eine Spezialität.«
»Gefrorenes Gulasch kann man essen«, wandte Rechnungsfeldwebel Waněk ein, »aber nicht lange, höchstens so eine Woche. Seinetwegen hat unsere 9. Kompanie die Front verlassen.«
»Im Frieden«, sagte Schwejk mit ungewöhnlichem Ernst, »hat sich der ganze Dienst nur um die Küche und die verschiedensten Speisen gedreht. Da hamr euch in Budweis einen gewissen Oberlajtnant Zakrejs gehabt, der is fortwährend um die Offiziersküche herumscherwenzelt, und wenn ein Soldat was angestellt hat, hat er sich ihn Habt acht hingestellt und hat losgelegt: ›Du Kerl, du wenn sich das noch mal wiederholt, so mach ich aus deinem Maul einen gründlich geklopften Rostbraten, zertret ich dich zu Erdäpfelkasch und gib dirs dann aufzufressen. Reisgekrös wird aus dir herausfließen, du wirst ausschaun wie ein gespickter Hase in der Pfanne. Also siehst du, daß du dich bessern mußt, wenn du nicht willst, daß die Leute denken solln, daß ich aus dir Hackbraten mit Kraut gemacht hab.‹«
Die weitere Auseinandersetzung und das interessante Gespräch über die Verwendung der Speisekarte zur Erziehung der Soldaten vor dem Krieg wurde durch ein lautes Geschrei unterbrochen, das von oben kam, wo das feierliche Mahl beendet war.
Aus dem Durcheinander von Stimmen löste sich das Geschrei des

Kadetten Biegler: »Ein Soldat soll schon im Frieden wissen, was der Krieg fordert, und im Krieg nicht vergessen, was er auf dem Exerzierplatz gelernt hat.«
Dann wurde das Keuchen Leutnant Dubs vernehmbar: »Bitte zu konstatieren, daß ich bereits zum drittenmal beleidigt wurde!«
Oben gingen große Dinge vor.
Leutnant Dub, der bekanntlich mit dem Kadetten Biegler in bezug auf den Bataillonskommandanten hinterhältige Absichten hegte, war von den Offizieren gleich bei seinem Eintritt mit großem Geschrei begrüßt worden. Der jüdische Schnaps wirkte auf alle ausgezeichnet.
Deshalb rief einer über den andern, auf die Reitkunst Leutnant Dubs anspielend: »Ohne Stallmeister gehts nicht! – Ein scheugewordener Mustang! – Wie lange hast du dich unter den Cowboys im Westen herumgetrieben, Kamerad? – Der Kunstreiter!«
Hauptmann Sagner goß ihm rasch ein Wasserglas von dem verdammten Schnaps ein, und der beleidigte Leutnant Dub setzte sich an den Tisch. Er schob einen alten zerbrochenen Stuhl neben Oberleutnant Lukasch, der ihn mit den freundschaftlichen Worten begrüßte: »Wir haben schon alles aufgegessen, Kamerad.«
Die traurige Gestalt des Kadetten Biegler ging um den Tisch herum,

um sich streng vorschriftsmäßig bei allen zu melden; bei Hauptmann Sagner dienstlich und bei den anderen Offizieren, indem er, obwohl ihn alle sahen und kannten, einigemal wiederholte: »Kadett Biegler wieder eingerückt beim Bataillonsstab.«
Biegler ergriff ein volles Glas, setzte sich dann ganz bescheiden ans Fenster und wartete einen geeigneten Augenblick ab, um etwas von seinen Kenntnissen aus Lehrbüchern von sich geben zu können.
Leutnant Dub, dem der schreckliche Fusel in den Kopf gestiegen war, klopfte mit dem Finger auf den Tisch und wandte sich aus heiterem Himmel an Hauptmann Sagner:
»Mit dem Bezirkshauptmann zusammen haben wir immer gesagt: Patriotismus, Pflichttreue, Selbstüberwindung, das sind die richtigen Waffen im Krieg. Ich erinnere mich gerade heute daran, wo unsere Armee in absehbarer Zeit die Grenzen überschreiten wird.«

Hier endet das Manuskript Hašeks (gestorben am 3. Januar 1923 im Alter von vierzig Jahren).

INHALT

James Herriot

Der Doktor und das liebe Vieh
Als Tierarzt in den grünen Hügeln von Yorkshire
249 Seiten. Gebunden und rororo 4393

Dr. James Herriot, Tierarzt
Aus den Erinnerungen eines Tierarztes
256 Seiten. Gebunden und rororo 4579

Der Tierarzt kommt
256 Seiten. Gebunden und rororo 4910

Von Zweibeinern und Vierbeinern
Neue Geschichten vom Tierarzt James Herriot
256 Seiten. Gebunden und rororo 5460

Geschichten vom Tierarzt Dr. James Herriot
Sonderausgabe von «Der Doktor und das liebe Vieh» und «Dr. James Herriot Tierarzt». Deutsch von Friedrich A. Kloth und Ulla H. de Herrera.
512 Seiten. Gebunden
(Wunderlich Verlag)

Noch mehr Geschichten vom Tierarzt
Sonderausgabe von «Der Tierarzt kommt» und «Von Zweibeinern und Vierbeinern». Deutsch von Helmut Kossodo und Ursula Bahn. 512 Seiten. Gebunden
(Wunderlich Verlag)

rororo

C 1063/6

Richard Gordon

Aber Herr Doktor!
Roman
rororo 2037

Doktor ahoi!
Aber Herr Doktor! – Auf hoher See
Roman
rororo 2038

Hilfe! Der Doktor kommt
«Doctor at large»
Roman
rororo 2039

Käpt'n Ebbs
Seebär und Salonlöwe
Roman
rororo 2040

Dr. Gordon verliebt
Roman
rororo 2041

Dr. Gordon wird Vater
Roman
rororo 2042

Doktor im Glück
Roman
rororo 2043

Eine Braut für alle
Roman
rororo 2044

Doktor auf Draht
Roman
rororo 2045

ro
ro
ro

C 2295/1

Elizabeth Goudge

Das Gasthaus am Fluß
Roman (4085)

Das Herz der Familie
Roman (4147)

Das Mädchen vom Meer
Roman (4296)

Der grüne Delphin
Roman (4472)

Das Testament des Mr. Adam
Roman (5673)

Enzianhügel
Roman (5786)

Die weiße Hexe
Ein historischer Roman aus dem England des 17. Jahrhunderts (5822)

Das Erbe der Miss Lindsay
(5955)

Die Stadt der Glocken
(12222)

Unter den Türmen von Oxford
Roman (12342)

rororo

C 989/7